W0300717

Unterwegs
in die Welt von morgen

Unterwegs in die Welt von morgen

Utopische Geschichten
und Science-fiction-Romane

Verlag Das Beste
Stuttgart · Zürich · Wien

Die Texte in diesem Buch
erscheinen mit Genehmigung der Verleger
© 1990 by Verlag DAS BESTE GmbH, Stuttgart
Alle Rechte vorbehalten
119

PRINTED IN GERMANY
ISBN 3 87070 361 X

ES GESCHAH AM TAGE X

von JOHN WYNDHAM

Ins Deutsche übertragen von Gisela Stege

Illustrationen: Peter Klaucke

1

ES WAR eine der glücklichsten Fügungen des Schicksals für meine Frau, daß sie einen Mann geheiratet hatte, der am 26. September geboren worden war. Sonst wären wir beide zweifellos in der Nacht vom 26. auf den 27. zu Hause in Midwich gewesen. Daß ihr die Folgen jener Nacht erspart blieben, dafür werde ich ewig dankbar sein.

Da es jedoch mein Geburtstag war und weil ich außerdem am Tag zuvor den Vertrag mit einem amerikanischen Verleger unterzeichnet hatte, begaben wir uns am Morgen des 25. nach London, wo wir ein wenig zu feiern gedachten. Und es wurde wirklich sehr schön. Ein paar nette Besuche, Hummer und Chablis, ein leichtes Abendessen und dann zurück ins Hotel, wo sich Janet mit jener Begeisterung den Freuden des Bades hingab, die sie stets beim Anblick fremder Badezimmer überfällt.

Am nächsten Morgen brachen wir gemächlich nach Midwich auf. Ein kurzer Aufenthalt in Trayne, dem nächstgelegenen Einkaufszentrum, dann weiter die Hauptstraße entlang durch das Dörfchen Stouch, rechts abbiegen auf die Landstraße nach ... Doch nein! Unsere Fahrbahnhälfte war durch einen Balken gesperrt, von dem ein Schild mit dem Hinweis DURCHFAHRT VERBOTEN herabhing, und daneben stand ein Polizist und hob die Hand.

Also hielt ich. Der Polizist trat an den Wagen. Ich glaubte ihn zu kennen; er mußte aus Trayne sein.

„Tut mir leid, Sir, aber die Straße ist gesperrt."

„Dann muß ich wohl über Oppley fahren?"

„Nein, Sir. Dort ist leider auch gesperrt."

„Aber was –"

Hinter mir hupte es.

„Wenn Sie ein bißchen nach links zurücksetzen könnten, Sir?"

Ich gehorchte, leicht erstaunt, und an uns vorbei holperte ein Militärdreitonner, besetzt mit Männern in Khakiuniformen.

„Ist eine Revolution ausgebrochen in Midwich?" fragte ich.

„Nein, nur ein Manöver", antwortete er. „Die Straße ist unpassierbar."

„Aber doch wohl nicht beide Straßen! Wir wohnen nämlich in Midwich."

„Das ist mir bekannt, Sir. Aber im Augenblick können auch Sie leider nicht nach Midwich. An Ihrer Stelle würde ich nach Trayne zurückfahren, Sir."

Janet machte die Wagentür auf und stieg mit ihren Einkaufstaschen aus. „Ich gehe zu Fuß vor, und du kommst nach, wenn die Straße wieder frei ist", verkündete sie.

Der Polizist zögerte. Dann erklärte er leise: „Da Sie hier wohnen, will ich's Ihnen ausnahmsweise verraten. Sie brauchen's gar nicht zu versuchen. Kein Mensch kommt nach Midwich rein, glauben Sie mir."

Wir starrten ihn an. „Aber warum denn?" fragte Janet.

„Das versucht man eben festzustellen. Also, an Ihrer Stelle würde ich in den ‚Adler' nach Trayne gehen. Ich werde Sie benachrichtigen, sobald die Straße frei ist."

Janet und ich sahen uns an.

„Von mir aus", sagte sie zu dem Polizisten. „Das kommt mir zwar alles höchst sonderbar vor, aber wenn Sie ganz sicher sind, daß wir nicht durchkommen..."

„Ich bin sicher. Außerdem habe ich Befehl, niemanden durchzulassen. Wir geben Ihnen Nachricht, sobald Sie nach Hause fahren können."

Eine Szene zu machen hatte keinen Zweck; der Mann tat nur seine Pflicht, und das mit aller Höflichkeit.

„Na schön", stimmte ich zu. „Gayford ist mein Name, Richard Gayford. Ich werde im Adler Anweisung geben, eine Nachricht für mich in Empfang zu nehmen, falls ich nicht dasein sollte."

Wir stiegen in den Wagen, und ich setzte so weit zurück, daß wir uns wieder auf der Hauptstraße befanden. Hinter Stouch bog ich von der Straße ab in einen Feldweg.

„Die ganze Sache kommt mir höchst merkwürdig vor", stellte ich fest. „Sollen wir querfeldein laufen und mal nachsehen, was eigentlich los ist?"

„Ja, der Polizist hat sich reichlich geheimnistuerisch verhalten", gab Janet zu und öffnete ihre Tür. „Los, komm!"

JA, DIE Sache an sich war schon merkwürdig genug, aber noch merkwürdiger wurde sie durch die Tatsache, daß Midwich bekanntermaßen ein Ort war, an dem sich nichts, aber auch gar nichts ereignete. Janet und ich lebten damals seit etwas über einem Jahr dort und hielten diese Tatsache für Midwichs hervorstechendsten Charakterzug; und deshalb wird uns auch der Grund, warum ausgerechnet Midwich als Schauplatz für die ungewöhnlichen Ereignisse des 26. September auserwählt wurde, ein ewiges Geheimnis bleiben.

Man halte sich die einmalige Durchschnittlichkeit des Ortes vor Augen: Midwich liegt etwa dreizehn Kilometer west-nordwestlich von Trayne. Die Hauptstraße von Trayne nach Westen führt durch die benachbarten Ortschaften Stouch und Oppley, in denen je eine Landstraße zweiter Ordnung nach Midwich abzweigt, das folglich an der Spitze eines Straßendreiecks liegt, dessen untere Ecken Oppley und Stouch bilden. Der einzige andere Zugang ist ein Weg, der sich acht Kilometer weit bis nach Hickham schlängelt, das fünf Kilometer nördlich von Midwich liegt.

Das Zentrum von Midwich bildet ein dreieckiger kleiner Dorfplatz mit fünf schönen Ulmen und einem Dorfteich. In demjenigen Winkel des Platzes, der der Kirche am nächsten liegt, steht das Kriegerdenkmal, und auf den günstig gelegenen Grundstücken rings um den Anger herum befinden sich die Kirche selbst, das Pfarrhaus, das Gasthaus, die Schmiede, die Post, Mrs. Welts Laden und eine Anzahl kleiner Häuser. Insgesamt gehören etwa sechzig Landhäuser und andere Häuser zum Dorf, ein Rathaus, der Gutsbesitz Kyle Manor und der Meierhof, der ehemalige Hof des Gutsverwalters.

Die Kirche ist gotisch, mit normannischem Westportal und Taufstein; das Pfarrhaus georgianisch, der Meierhof viktorianisch, und Kyle Manor besitzt neben tudorischen Grundzügen zahlreiche Anbauten späterer Baustile. Bei den Landhäusern findet man fast jeden Stil, doch noch jüngeren Datums als die beiden Häuser der Kreisverwaltung sind die Laborflügel, die an den Meierhof angebaut wurden, als das Ministerium das Gebäude für Forschungszwecke übernahm.

Niemals hat es einen triftigen Grund für Midwichs Existenz gegeben. Es war weder ein Markt, noch lag es an einer wichtigen Handelsstraße; es muß irgendwann einmal einfach aus dem Nichts entstanden sein. „Deomesdays Verzeichnis englischer Ortschaften“

bezeichnet es als ein verschlafenes Nest, und verschlafen ist es geblieben, denn die Eisenbahn meidet es.

Soweit bekannt, birgt sein Boden keinerlei begehrte Mineralien; keine Behörde sah in ihm einen geeigneten Platz für einen Flughafen, einen Truppenübungsplatz oder eine Lehrerausbildungsstätte. Nur das Ministerium erschien auf dem Plan, doch der Umbau des Meierhofes hatte kaum Auswirkungen auf das Leben im Dorf selbst. Midwich lebt seit über tausend Jahren in paradiesischer Verträumtheit, oder vielmehr, es hatte so gelebt – bis zum späten Abend des 26. September.

Und seine Einwohner waren zufrieden. Ja, außer dem Pfarrer und seiner Frau, den Zellabys in Kyle Manor, dem Arzt, der Bezirksschwester, uns und natürlich den Wissenschaftlern, hatte seit Generationen jedermann hier sein Leben in ruhigem Gleichmaß verbracht, einem Zustand, der gewissermaßen zum rechtlichen Status erhoben worden war.

Während des 26. September scheint niemand eine Vorahnung der kommenden Ereignisse gehabt zu haben. Höchstens Mrs. Brant wurde, wie sie hinterher behauptete, beim Anblick von neun Elstern von leichter Unruhe ergriffen; und der Schlaf von Miß Ogle, der Postmeisterin, mag in der Nacht zuvor durch einen Traum von ungewöhnlich großen Vampiren gestört worden sein. Aber bis zum späten Abend deutete nichts darauf hin, daß sich in Midwich Ungewöhnliches vorbereitete. Und doch, am Dienstag, den 27. ...

WIR schlossen den Wagen ab, kletterten über ein Gatter und liefen an einer Hecke entlang über ein Stoppelfeld. Danach überquerten wir ein zweites, leicht bergan führendes Stück Land, das sich lang hinzog und von einer sehr hohen Hecke begrenzt war. Wir mußten ziemlich weit laufen, bis wir erneut ein Gatter fanden, über das wir klettern konnten. Dahinter lag eine Weide, die zu einer Hügelkuppe anstieg, und von hier aus konnten wir nach Midwich hinübersehen. Die vielen Bäume gewährten uns keinen direkten Einblick, doch wir erkannten den Kirchturm bei den Ulmen und ein wenig grauen Rauch, der träge senkrecht in die Höhe stieg. Und mitten auf der angrenzenden Wiese sahen wir vier oder fünf Kühe, die, offenbar in tiefem Schlaf, am Boden lagen.

Ich bin kein Bauer, ich wohne nur auf dem Land. Doch dunkel

ahnte ich, daß irgend etwas an den Kühen nicht stimmte. Kühe lassen sich nieder und käuen wieder, ja; aber Kühe liegen nicht da und schlafen. Doch zu diesem Zeitpunkt weckte dieser Anblick sonst keinen Verdacht in mir.

Wir gingen weiter, doch als wir kurz darauf über den Zaun stiegen, der die Wiese mit den Kühen begrenzte, und gerade weiterlaufen wollten, rief uns plötzlich jemand von links etwas zu. Ich sah mich um und entdeckte mitten auf der benachbarten Wiese einen in Khaki gekleideten Mann. Was er rief, verstand ich nicht, doch die Art, wie er den Stock schwang, war ein unmißverständliches Zeichen für uns umzukehren. Ich blieb stehen.

„Ach komm, Richard. Der ist noch meilenweit von uns entfernt", sagte Janet ungeduldig und lief voraus.

Ich zögerte. Der Mann schwenkte jetzt seinen Stock noch energischer und rief noch lauter, obwohl es dadurch kaum verständlicher wurde. Ich beschloß, Janet zu folgen. Sie war schon etwa zwanzig Meter vorausgegangen, und da, eben als auch ich weiterlaufen wollte, schwankte sie, brach lautlos zusammen und blieb unbeweglich liegen.

Ich stand da wie vom Donner gerührt.

Mein Schock dauerte jedoch nur Sekunden an, dann lief ich weiter. Vage hörte ich links noch immer den Mann rufen, doch ich kümmerte mich nicht weiter darum. Ich lief zu Janet.

Doch ich erreichte sie nicht.

Ich war so schnell hinüber, daß ich noch nicht einmal den Boden auf mich zukommen sah.

2

Wie gesagt, am 26. September war in Midwich alles wie immer. Ich habe mich erkundigt und kann genau sagen, wer was getan hat an jenem Abend.

Im „Lamm", zum Beispiel, saß die übliche Anzahl von Gästen. Einige der jüngeren Dorfbewohner waren in Trayne im Kino. Im Postbüro saß Miß Ogle mit einer Strickarbeit an ihrem Schalter und fand wieder einmal, daß richtige, echte Gespräche mit den Nachbarn weit interessanter sind als das Radio. Mr. Tapper, der Gelegenheitsgärtner gewesen war, bevor er groß im Toto gewonnen hatte, war übelster

Laune, weil sein Farbfernseher verrückt spielte, und bedachte ihn mit Ausdrücken, die seine Frau bereits dazu bewogen hatten, sich fluchtartig ins Bett zu verziehen. In den Laboratorien des Meierhofs brannte noch hier und da Licht, aber man war ja daran gewöhnt, daß die Wissenschaftler oft bis tief in die Nacht hinein arbeiteten.

Doch so normal auch ein Tag verläuft, für irgend jemand bringt er meist doch etwas Ungewöhnliches. So war es für mich an diesem Tag eben mein Geburtstag, wie ich schon sagte, und unser verlassenes Häuschen lag still und dunkel da. Und oben in Kyle Manor war es der Tag, an dem Miß Ferrelyn Zellaby Mr. Alan Hughes (zur Zeit: Leutnant) darauf aufmerksam machte, daß zu einer Verlobung immer noch die Eltern ihre Einwilligung zu geben hätten und daß es daher eine nette Geste wäre, wenn er mit ihrem Vater darüber spräche. Nach einigen Einwänden ließ sich Alan schließlich doch dazu bewegen, Gordon Zellaby in seinem Studierzimmer aufzusuchen und ihn über die Lage der Dinge ins Bild zu setzen.

Er fand den Herrn von Kyle Manor bequem in einem großen Ohrensessel sitzend, die Augen geschlossen, den Kopf an das rechte Ohr des Sessels gelehnt, so daß es aussah, als habe ihn die herrliche Musik, die den Raum erfüllte, in Schlaf gewiegt. Stumm, ohne die Augen zu öffnen, zerstörte er jedoch diese Illusion mit einem Wink seiner Hand, der den Besucher in einen zweiten Sessel dirigierte. Dann legte er, um Ruhe bittend, den Zeigefinger an die Lippen.

Auf Zehenspitzen schlich sich Alan zu dem bezeichneten Sessel und nahm Platz. Und dann vergaß er all die schönen Formulierungen, die er für diese Begegnung vorbereitet hatte, und gab sich während der nächsten zehn Minuten eingehend der Betrachtung des Allerheiligsten hin. Eine Wand, die nur von der Tür, durch die er eingetreten war, durchbrochen wurde, war vom Boden bis zur Decke mit Büchern vollgestellt. Niedrigere Bücherregale liefen fast um den gesamten Raum herum und ließen lediglich Platz für die Verandatüren, den Plattenspieler und den Kamin, in dem ein lustiges, wenn auch an diesem Abend nicht unbedingt erforderliches Feuer flackerte. Eines der verglasten Bücherregale war den verschiedenen Ausgaben von Zellabys Werken in allen Sprachen vorbehalten und ließ im untersten Fach noch Raum für Neuerscheinungen.

Über diesem Regal hing die Rötelzeichnung eines jungen Mannes, in dem man auch jetzt, nach vierzig Jahren, noch Gordon Zellaby erkannte. Auf einem anderen Regal kündete eine schwere Bronzebüste von dem Eindruck, den er etwa fünfundzwanzig Jahre später auf den Bildhauer Epstein gemacht hatte. Hier und da hingen an den Wänden signierte Porträts prominenter Leute. Die Wand über und neben dem Kamin war reserviert für Fotografien von Gordon Zellabys Vater, Mutter, Bruder, zwei Schwestern sowie seiner Tochter Ferrelyn und deren Mutter (Mr. Zellabys erster Frau). Eine Fotografie von Angela, der jetzigen Mrs. Zellaby, zierte den Mittelpunkt des Zimmers, einen großen, lederbezogenen Schreibtisch, an dem die Meisterwerke entstanden.

Bei diesem Gedanken fragte sich Alan, ob er den Zeitpunkt seines Besuches nicht etwas ungeschickt gewählt hatte, da im Augenblick ein neues Werk im Entstehen begriffen zu sein schien, eine Tatsache, die sich stets an einer gewissen Geistesabwesenheit Mr. Zellabys erkennen ließ.

„Das ist immer so, wenn er etwas ausbrütet", hatte Ferrelyn ihm erklärt. „Er ist dann nie ganz da. Er macht lange Wanderungen, weiß am Ende nicht mehr, wo er ist, und ruft an, daß wir ihn holen sollen. Es ist ein bißchen lästig für uns, aber wenn er erst einmal angefangen hat zu schreiben, ist alles vorbei. Solange aber müssen wir uns eben ein bißchen um ihn kümmern und auch darauf achten, daß er etwas ißt."

Der Raum mit seinen bequemen Sesseln, dem angenehmen Licht und dem dicken Teppich wirkte auf Alan, als habe sein Besitzer hier die Ergebnisse seiner Meditationen über ein ausgeglichenes Leben in die Praxis umgesetzt. In dem Werk, das Alan als einziges gelesen hatte, bezeichnete Zellaby Askese wie auch übermäßigen Genuß gleichermaßen als Ausdruck von Unausgeglichenheit. Das Buch war interessant, aber deprimierend, fand Alan. Der Autor schien der Tatsache, daß die junge Generation dynamischer war und gewitzter als die vorige, nicht genügend Gewicht beigemessen zu haben.

Schließlich endete die Musik. Zellaby stellte mit einem Knopf an seinem Sessel den Apparat ab, öffnete die Augen und musterte Alan. „Hoffentlich nehmen Sie mir das nicht übel", entschuldigte er sich. „Ich bin der Ansicht, man sollte Bach stets bis zu Ende hören. Außerdem", fügte er mit einem Blick auf den Plattenspieler hinzu, „fehlt uns immer noch das richtige Gefühl für den Umgang mit diesen neuen Erfindungen. Fordert die Kunst eines Komponisten weniger Respekt von uns, wenn er nicht persönlich anwesend ist? Was gebietet uns die Höflichkeit? Daß ich mich vor Ihnen verbeuge, daß Sie sich vor mir verbeugen, daß wir beide uns vor dem Genius verbeugen, und sei es ein Genius aus zweiter Hand? Niemand kann es uns sagen. Wir sind offenbar nicht sehr geschickt mit dem Eingliedern dieser Erfindungen in unser gesellschaftliches Leben, nicht wahr? Mit dem letzten Jahrhundert ist die Welt der Etikette untergegangen, und seitdem ist nie mehr ein Kodex aufgestellt worden, der uns vorschreibt, wie wir uns in bezug auf diese Neuerungen verhalten sollen. Keine Regeln mehr, die von den Individualisten durchbrochen werden können – ein schwerer Schlag für die Sache der Freiheit. Schade, finden Sie nicht?"

„Hm ... Ja", stotterte Alan. „Ich ... Eh ..."

„Obgleich es etwas aus der Mode gekommen ist, die Existenz eines solchen Problems überhaupt anzuerkennen", fuhr Mr. Zellaby fort. „Der typische Mensch dieses Jahrhunderts ist kaum daran interessiert, sich mit Neuerungen wirklich auseinanderzusetzen. Er greift sie einfach gierig auf, wie sie kommen. Nur wenn er auf etwas wahrhaft Großes stößt, erkennt er das soziale Problem, und dann sucht er, anstatt Konzessionen zu machen, nach dem nichtexistenten leichten Ausweg, sucht die Erfindung zu annullieren, zu unterdrücken ... Genau wie bei der Bombe."

„Hm ... Ja. Ich glaube schon. Was ich ..."

Mr. Zellaby entging der Mangel an Enthusiasmus in Alans Antwort nicht. „Wenn man jung ist", sagte er verständnisvoll, „hat die ungeregelte, unbekümmerte Lebensweise noch einen gewissen romantischen Reiz. Doch auf diese Weise, das müssen Sie wohl zugeben, kann man eine derart komplexe Welt nicht regieren. Glücklicherweise haben wir im Westen uns noch einen Rest unserer Ethik erhalten, doch gibt es Anzeichen, daß es für alte Knochen immer schwerer wird, das Gewicht modernen Wissens mit Zuversicht zu tragen. Meinen Sie nicht auch?"

Alan holte tief Luft. Erinnerungen an vorhergehende Verstrickungen im Fangnetz Zellabyscher Vorträge zwangen ihn zu direktem Vorgehen. „Eigentlich, Sir, habe ich Sie in einer anderen Angelegenheit aufgesucht", sagte er.

Wenn Zellaby Unterbrechungen seiner philosophischen Monologe überhaupt bemerkte, nahm er sie gewöhnlich gutmütig hin. Auch jetzt verzichtete er auf weitere Betrachtungen des ethischen

Moments. „Aber natürlich, mein Lieber!“ sagte er. „Worum handelt es sich denn?“

„Es ist ... Es handelt sich um Ferrelyn, Sir.“

„Um Ferrelyn? Ach ja. Die ist leider in London, um ihre Mutter zu besuchen. Morgen kommt sie zurück.“

„Eh ... Sie ist heute zurückgekommen, Mr. Zellaby.“

„So?“ meinte Zellaby skeptisch. Er dachte nach. „Ja, natürlich, Sie haben recht! Sie war ja beim Abendessen. Und Sie auch“, schloß er triumphierend.

„Ja“, erwiderte Alan. Mit Todesverachtung packte er die Gelegenheit beim Schopf und sprudelte sein Anliegen hervor, obgleich er voller Verzweiflung erkannte, daß seine sorgfältig vorbereitete Rede längst wie ein Kartenhaus in sich zusammengefallen war. Trotzdem brachte er es irgendwie hinter sich.

Zellaby hörte Alan geduldig zu, bis er endlich stockend zum Ende kam: „Und so hoffe ich, Sir, daß Sie nichts dagegen einzuwenden haben, wenn wir unsere Verlobung offiziell bekanntgeben.“

„Mein Lieber, Sie überschätzen meinen Einfluß. Ferrelyn ist ein vernünftiges Mädchen, und ich bin sicher, daß sie und ihre Mutter inzwischen alles über Sie in Erfahrung gebracht und gemeinsam eine wohlerwogene Entscheidung getroffen haben.“

„Aber ich habe Mrs. Holder noch gar nicht kennengelernt“, wandte Alan ein.

„Würden Sie sie kennen, hätten Sie die Situation bestimmt anders eingeschätzt. Jane ist hervorragend im Organisieren“, sagte Mr. Zellaby und sah wohlwollend zu einem der Bilder auf dem Kaminsims hinüber. Er stand auf. „Nun, nachdem Sie Ihren Part so bravourös über die Bühne gebracht haben, bin ich wohl an der Reihe. Würden Sie die Gesellschaft zusammentrommeln, während ich eine Flasche Champagner hole?“

Als sich seine Frau, seine Tochter und sein zukünftiger Schwiegersohn um ihn versammelt hatten, hob er das Glas, um einen Toast auszubringen. „Trinken wir auf das Sich-Finden gleichgestimmter Geister. Es ist richtig, daß die Institution der Ehe, wie Kirche und Staat sie proklamieren, eine bedrückend mechanistische Einstellung zur Partnerschaft verrät. Der menschliche Geist jedoch ist zäh, und es geschieht nicht selten, daß die Liebe trotz allem diesen harten, institutionellen Druck übersteht. Hoffen wir daher –“

„Vati", unterbrach ihn Ferrelyn, „es ist schon nach zehn, und Alan muß vor dem Zapfenstreich in der Kaserne sein, sonst wird er bestraft. Du brauchst wirklich nicht mehr zu sagen als ‚herzlichen Glückwunsch euch beiden'!"

„So?" meinte Mr. Zellaby. „Ist das auch wirklich genug? Kommt mir sehr kurz vor. Aber wenn du meinst, dann will ich's sagen, Kleines. Und zwar von ganzem Herzen!"

Alan setzte sein leeres Glas ab. „Leider hat Ferrelyn recht, Sir. Ich muß jetzt gehen", sagte er.

Zellaby nickte mitfühlend. „Es ist sicher eine schwere Zeit für dich. Wie lange hast du noch vor dir?"

Alan erklärte, er hoffe, in drei Monaten ein freier Mann zu sein.

Zellaby nickte abermals. „Ich nehme an, diese Erfahrung hat auch ihr Gutes. Na, dann gute Nacht, mein Lieber. Es ist –" Er brach ab. Ihm war ein Gedanke gekommen. „Mein Gott, ich weiß zwar, daß du Alan heißt, aber deinen Nachnamen kenne ich, glaube ich, nicht. Vielleicht sollten wir da Abhilfe schaffen."

Alan nannte ihm seinen Namen, und sie schüttelten sich noch einmal die Hand. „Verflixt, jetzt muß ich aber laufen. Bis morgen dann um sechs Uhr. Gute Nacht zusammen."

An der Haustür küßten Alan und Ferrelyn sich zum Abschied noch einmal kurz, aber innig. Dann sprang er die Treppe hinunter zu seinem kleinen roten Flitzer, der in der Einfahrt stand. Der Motor heulte auf, Alan winkte noch einmal und stob davon, daß der Kies aufspritzte.

Ferrelyn sah ihm nach, bis die Hecklichter verschwunden waren. Erst als das Motorgeräusch nur noch als fernes Brummen zu hören war, schloß sie die Tür. Auf dem Rückweg ins Studierzimmer sah sie auf der Uhr in der Diele, daß es Viertel nach zehn war.

In Midwich war noch immer alles wie gewöhnlich.

Noch schien aus vielen Fenstern gelbliches Licht in den milden Abend hinaus, der in der Nässe eines kurzen Regenschauers glitzerte. Viele der ganz Alten und ganz Jungen lagen bereits im Bett. Die letzten Gäste im Lamm hatten noch ein paar Minuten herumgestanden und waren dann ihrer Wege gegangen, und um Viertel nach zehn war alles zu Hause, bis auf Alfred Wait und Harry Crankhart, die mit dem Fachsimpeln über Düngemittel kein Ende fanden.

Nur ein Ereignis stand noch aus: das Eintreffen des Busses, der die

Unternehmungslustigeren aus Trayne zurückbrachte. Dann konnte Midwich sich endlich zur Ruhe begeben.

Im Pfarrhaus dachte Miß Polly Rushton um Viertel nach zehn, daß sie, wäre sie vor einer halben Stunde zu Bett gegangen, jetzt schon in Ruhe ihr Buch genießen könnte, das nun unbeachtet auf ihren Knien lag. Und wieviel angenehmer wäre das, als dem Wettstreit von Onkel und Tante ausgesetzt zu sein. Denn in der einen Ecke des Zimmers versuchte ihr Onkel Hubert, Pfarrer Hubert Leebody, im dritten Programm des Hörfunks einer Abhandlung über die präsophokleische Konzeption des Ödipus-Komplexes zu folgen, während in der anderen Tante Dora ein Telefongespräch führte. Mr. Leebody, entschlossen, der Weisheit zum Siege über das Geschwätz zu verhelfen, hatte schon zweimal die Lautstärke erhöht und am Knopf noch eine Vierteldrehung in Reserve. Man konnte ihm kaum ankreiden, daß er nicht ahnte, wie wichtig dieser für ihn so überaus nichtige Austausch weiblicher Freundlichkeiten am Telefon noch werden sollte. Niemand ahnte das.

Der Anruf kam aus South Kensington, London, von wo aus Mrs. Cluey den Rat ihrer alten Freundin Mrs. Leebody suchte. Um sechzehn Minuten nach zehn war sie endlich zum Kern der Sache vorgedrungen. „Und jetzt, Dora, sag mal ehrlich – aber ganz ehrlich, hörst du? –, sollen wir für Kathy weißen Satin oder weißen Brokat nehmen?"

Mrs. Leebody zögerte. „Sicher, für eine sehr junge Braut ... Aber Kathy ist wohl keine so sehr junge Braut mehr. Vielleicht ..."

„Nicht mehr ganz so jung", stimmte Mrs. Cluey zu und wartete.

Mrs. Leebody wünschte die Hartnäckigkeit ihrer Freundin zum Teufel und ebenfalls das Radioprogramm ihres Mannes, das ihr das Denken so schwermachte. „Nun ja", sagte sie schließlich, „hübsch aussehen kann beides, aber für Kathy halte ich eigentlich –" Und hier brach ihre Stimme unvermittelt ab.

Weit fort in Kensington drückte Mrs. Cluey ungeduldig immer wieder die Gabel herunter und sah auf die Uhr. Dann wählte sie die Nummer der Vermittlung.

„Ich möchte mich beschweren", erklärte sie. „Ich bin mitten in einem wichtigen Gespräch unterbrochen worden."

Der Mann im Amt teilte ihr mit, man werde die Verbindung wiederherzustellen versuchen. Wenige Minuten später mußte er zugeben, daß er keinen Erfolg gehabt hatte.

„Einfach unerhört!" empörte sich Mrs. Cluey. „Ich werde schriftlich Beschwerde einreichen. Ich weigere mich, auch nur eine Sekunde mehr zu bezahlen, als wir gesprochen haben. Eigentlich sehe ich noch nicht einmal ein, warum ich überhaupt zahlen soll, unter diesen Umständen. Wir sind um genau zehn Uhr siebzehn getrennt worden."

Der Mann in der Vermittlung gab eine taktvolle Antwort und notierte sich die Zeit: 26. September, 22.17 Uhr.

3

AB 22.17 UHR an jenem Abend wurden die Informationen über Midwich lückenhaft. Die Telefonleitungen blieben stumm. Der Bus, der durch Midwich fahren sollte, traf in Stouch nicht ein, und ein Lastwagen, der nach dem Bus geschickt wurde, kam nicht zurück. Die Luftwaffe teilte Trayne mit, daß ein unbekanntes fliegendes Objekt in der Nähe von Midwich durch Radar festgestellt worden und möglicherweise notgelandet sei. Jemand aus Oppley meldete einen Brand in Midwich, um den sich anscheinend niemand kümmere. Die Feuerwehr von Trayne rückte aus – und ließ nichts mehr von sich hören. Die Polizei von Trayne entsandte einen Wagen, um festzustellen, was mit dem Löschzug geschehen war, und auch er kam nicht mehr zurück.

Oppley meldete einen zweiten Brand, und offenbar kümmerte sich immer noch niemand darum. Konstabler Gobby in Stouch wurde angerufen und per Fahrrad nach Midwich geschickt; und auch von ihm sah und hörte man nichts mehr.

DER Anbruch des 27. brachte grauen Himmel mit dunklen Wolkenfetzen, durch die blasses Licht drang. Dessenungeachtet begrüßten in Oppley und Stouch die Hähne mit Krähen und andere Vögel mit melodischeren Liedern den Tag; in Midwich hingegen sang kein einziger Vogel.

In Oppley und Stouch, genau wie in anderen Orten, brachten Hände die Wecker zum Schweigen; in Midwich rasselten sie weiter, bis sie abgelaufen waren.

In anderen Dörfern traten verschlafene Männer aus den Häusern und begrüßten müde ihre Arbeitskollegen; in Midwich begrüßte sich niemand. Denn Midwich lag im Schlaf!

Während die ganze Welt den Tag mit Lärm zu erfüllen begann, schlief Midwich ruhig weiter. Männer und Frauen, Pferde, Kühe und Schafe, Schweine, Geflügel, Lerchen, Maulwürfe und Mäuse – alles lag und schlief.

Und während der Tag noch jung war, brach von Trayne ein olivgrüner Lastwagen mit der eben noch lesbaren Aufschrift POST – TELEFONDIENST auf mit der Absicht, die Verbindung zwischen Midwich und der übrigen Welt wiederherzustellen.

In Stouch hielt der Techniker an der Telefonzelle, um festzustellen, ob Midwich inzwischen ein Lebenszeichen von sich gegeben hatte. Midwich hatte nicht, alles war noch immer totenstill. Der Wagen ratterte weiter.

Kurz hinter Stouch bog er scharf nach rechts und holperte etwa einen halben Kilometer weit die Nebenstraße nach Midwich entlang. Dann, hinter der nächsten Kurve, geriet er in eine Situation, die seine ganze Geistesgegenwart als Fahrzeuglenker verlangte.

Er sah einen Löschzug, halb umgekippt, zwei Räder im Graben, und eine schwarze Limousine, die etwas weiter hinten den Hügel auf der anderen Straßenseite zur Hälfte hinaufgefahren war. Dahinter lag, halb im Graben, ein Mann mit einem Fahrrad. Der Fahrer zog den Wagen scharf herüber, um sich mit einer S-Kurve zwischen den Fahrzeugen hindurchzumanövrieren. Doch ehe ihm das gelang, geriet sein eigener Wagen auf den schmalen Randstreifen, holperte noch ein paar Meter weiter und blieb dann in einer Hecke stecken.

Eine halbe Stunde später ratterte der Frühbus mit waghalsigem Tempo – er hatte nie einen Passagier, bevor in Midwich die Schulkinder nach Oppley einstiegen – um dieselbe Kurve und klemmte sich sauber in die Lücke zwischen Löschzug und Lastwagen. Damit war die Straße endgültig blockiert.

Auch die andere Straße nach Midwich, die Oppley-Straße, bot einen ähnlichen Anblick. Das Durcheinander der gestrandeten Fahrzeuge erweckte auf den ersten Blick den Eindruck, sie sei über Nacht zum Schuttabladeplatz geworden. Und hier war der Postwagen der erste, der anhielt, ohne selbst betroffen zu sein. Einer der Männer stieg aus und ging zu Fuß weiter, um die Lage zu prüfen. Er näherte sich eben dem Heck des Busses, als er urplötzlich zu Boden sank.

Dem Fahrer blieb der Mund offenstehen, und er starrte ungläubig hinaus. Dann wanderte sein Blick weiter, und er entdeckte im Bus die Köpfe mehrerer Passagiere – alle reglos. Hastig setzte er zurück, wendete und jagte zurück nach Oppley, dem nächsten Telefon zu.

Inzwischen war die Situation drüben auf der Stouch-Seite vom Fahrer eines Bäckerwagens bemerkt worden, und zwanzig Minuten später entwickelte sich auf beiden Zufahrtsstraßen nach Midwich die gleiche hektische Aktivität. Ambulanzen rasten herbei, Türen flogen auf, uniformierte Männer sprangen aus den Wagen. Sachverständigen Blickes musterten sie den Trümmerhaufen, entrollten ihre Bahren und machten sich auf den Anmarsch.

Auf der Straße nach Oppley erreichten die beiden ersten Träger den liegenden Postboten zwar, doch in dem Augenblick, als sie die Bahre neben ihm ausrichteten, sackte der eine von ihnen zusammen und fiel quer über die Beine des vordersten Opfers.

Dem Hintermann fielen vor Verwunderung schier die Augen aus dem Kopf. Aus dem Gemurmel hinter sich schnappte er das Wort „Gas!" auf, ließ die Bahre fallen, als stünde sie unter Strom, und machte hastig kehrt.

Jetzt trat man zur Beratung zusammen. Kopfschüttelnd sprach der Ambulanzfahrer aus, was alle dachten: „Das hier fällt nicht mehr in unser Ressort", erklärte er. „Schlägt mehr ins Fach der Feuerwehr, würde ich sagen."

„Meiner Ansicht nach geht das das Militär an", meinte der Träger. „Was wir hier brauchen, sind Gasmasken, nicht bloß Rauchmasken."

4

UNGEFÄHR zur selben Zeit, als Janet und ich uns Trayne näherten, stand Leutnant Alan Hughes Seite an Seite mit Feuerwehrhauptmann Norris auf der Straße nach Oppley. Sie sahen zu, wie ein Feuerwehrmann mit einem langen Haken nach dem zu Boden gesunkenen Krankenwagensanitäter langte. Jetzt faßte der Haken, und sie zogen ihn zu sich. Etwa anderthalb Meter weit wurde der Körper über die Straßendecke geschleift – dann setzte sich der Mann plötzlich auf und begann zu fluchen.

Alan schien es, als habe er nie etwas Schöneres gehört. Seine

größte Angst hatte sich in dem Moment gelegt, als er entdeckt hatte, daß die Opfer dieses geheimnisvollen Geschehens zwar ruhig, aber durchaus merklich atmeten.

„Gut", sagte Alan. „Wenn der eine hier sich so schnell wieder erholt, wird es bei den anderen vermutlich ebenso sein. Allerdings bringt uns diese Erkenntnis der Lösung des Rätsels um keinen Schritt näher."

Der nächste, der mit dem Haken herausgezogen wurde, war der Postbote. Er war etwas länger in seinen Tiefschlaf versunken gewesen als der Sanitäter, doch seine Wiederherstellung erfolgte ebenso rasch und zufriedenstellend.

„Es scheint eine scharf gezogene, feste Grenze zu geben", fuhr Alan fort. „Aber haben Sie jemals von einem Gas gehört, das unbeweglich an derselben Stelle bleibt, noch dazu, wo wir im Augenblick leichten Wind haben? Das erscheint mir unlogisch."

„Vielleicht ist das Zeug flüssig und verdampft", meinte Feuerwehrhauptmann Norris. „Wirkt anscheinend wie ein Holzhammer. Kennen Sie ein flüssiges Gas mit einer solchen Wirkung? Ich nicht."

Alan schüttelte den Kopf. „Ich auch nicht. Außerdem", setzte er hinzu, „hätte sich ein ätherischer Stoff inzwischen längst verflüchtigt. Auf keinen Fall hätte er gestern abend schon den Bus und die anderen Personen erwischen können. Der Bus sollte um zehn Uhr fünfundzwanzig in Midwich sein, und wenige Minuten vorher bin ich selbst hier entlanggekommen. Da habe ich noch nichts bemerkt. Und das hier muß der Bus sein, der mir kurz vor Oppley begegnete."

„Möchte wissen, welche Ausdehnung das hat", überlegte der Feuerwehrhauptmann. „Muß ziemlich weit reichen, sonst könnten wir von der anderen Seite Fahrzeuge auf uns zukommen sehen."

Die Feuerwehrleute zogen nun mit Hilfe von Alans Männern die am nächsten Liegenden heraus. Das Geschehene schien keinerlei Auswirkung auf die Opfer zu haben. Einer nach dem anderen setzte sich munter auf, und alle erklärten entschieden, der Hilfe der Sanitäter nicht zu bedürfen.

Als nächstes mußte dann der umgekippte Traktor aus dem Weg geräumt werden, damit weitere Fahrzeuge mit ihren Insassen herausgeholt werden konnten. Alan überließ seinem Sergeanten und dem Feuerwehrhauptmann die Aufsicht über diese Aktion und kletterte über einen Zaun neben der Straße. Der Feldweg dahinter zog sich einen kleinen Hügel hinauf und ermöglichte einen besseren Ausblick auf Midwich. Alan konnte mehrere Dächer erkennen, darunter auch Kyle Manor und den Meierhof, sowie den oberen Teil der Klosterruine und zwei graue Rauchsäulen. Ein friedliches Bild. Doch ein paar Schritte weiter brachten ihn an einen Punkt, von wo aus er auf einer Wiese vier Schafe reglos liegen und schlafen sah. Dieser Anblick beunruhigte ihn, weil er bewies, daß die Schlafzone ausgedehnter war, als er angenommen hatte. Noch weiter hinten lagen zwei Kühe. Er beobachtete sie eine Zeitlang, um sicher zu sein, daß sie sich nicht rührten, dann machte er kehrt und ging in Gedanken versunken zur Straße zurück.

„Sergeant Decker!" rief er.

Der Sergeant kam und salutierte

„Sergeant", sagte Alan, „ich brauche einen Kanarienvogel – im Käfig natürlich."

Der Sergeant riß erstaunt die Augen auf. „Einen ..., eh ..., einen Kanarienvogel, Sir?" fragte er ungläubig.

„Mein Gott, ein Wellensittich tut's auch. In Oppley gibt's bestimmt welche. Nehmen Sie den Jeep. Sagen Sie dem Besitzer, daß wir ihn entschädigen, falls das nötig sein sollte."

„Ich ... Eh ..."

„Fahren Sie los, Sergeant! Ich brauche den Vogel so schnell wie möglich."

„Jawohl, Sir."

ICH spürte, daß ich mit dem Gesicht nach unten über den Boden rutschte. Komisch! Eben noch war ich auf Janet zugelaufen, und nun, ohne Übergang, dies ...

Dann hörte die Bewegung auf. Ich setzte mich und fand mich inmitten einer Menschenansammlung. Ein Feuerwehrmann löste einen Eisenhaken aus meinem Anzug. Ein Sanitäter betrachtete mich mit professionell interessierter Miene. Ein junger Rekrut trug einen Eimer mit weißer Farbe, ein zweiter eine Landkarte und ein ebenso junger Korporal eine lange Stange mit einem daran befestigten Vogelkäfig. Außerdem war ein Offizier dabei. Janet lag noch dort, wo sie hingefallen war. Als ich aufstand, unternahm der Feuerwehrmann mit seinem Haken eben den Versuch, sie an die Angel zu bekommen. Er erwischte sie am Gürtel ihres Regenmantels. Er zog, doch der Gürtel riß, darum begann er, sie nun mit dem Haken herüberzurollen. Nach der zweiten Umdrehung setzte sie sich auf, zerzaust und verwirrt.

„Wie fühlen Sie sich, Mr. Gayford?" fragte jemand neben mir.

Ich sah mich um und erkannte den Offizier Alan Hughes, den ich ein paarmal bei den Zellabys getroffen hatte.

„Gut", entgegnete ich. „Aber was ist hier eigentlich los?"

Er überging meine Frage und half Janet auf die Beine. Dann wandte er sich an den Korporal. „Es ist wohl besser, wenn ich wieder auf die Straße zurückgehe. Sie machen hier weiter, Korporal."

„Zu Befehl, Sir!" antwortete der Korporal. Er senkte die Stange in die Waagerechte und bewegte sie mit dem Käfig an der Spitze vorsichtig vorwärts. Der Vogel fiel von der Stange und blieb auf dem sandigen Käfigboden liegen. Der Korporal zog den Käfig zurück. Der Vogel erhob sich, zwitscherte ärgerlich und hüpfte auf die Stange zurück. Der eine der beiden Rekruten, die ihn aufmerksam beobachtet hatten, trat vor und tupfte einen Klecks weißer Farbe auf das Gras, der andere trug etwas in seine Karte ein. Dann marschierte die Dreiergruppe etwa zwölf Meter weiter und wiederholte den Vorgang.

Diesmal war es Janet, die fragte, was in drei Teufels Namen hier eigentlich los sei. Alan erklärte es uns, soweit er das konnte. „Es ist offenbar unmöglich, nach Midwich hineinzukommen, solange diese Geschichte andauert", schloß er. „Sie sollten lieber nach Trayne fahren und dort auf die Entwarnung warten."

Wir sahen ebenfalls keine andere Möglichkeit. Janet nickte. Wir dankten Hughes und gingen zu unserem Wagen.

Im Adler angekommen, bestand Janet darauf, daß wir ein Zimmer nahmen. Für alle Fälle, meinte sie, und ging nach oben. Mich zog es an die Bar.

Es war ungewöhnlich voll für diese Tageszeit – immerhin war es erst Mittag –, und es waren fast nur Fremde hier. Die meisten unterhielten sich erregt in Gruppen oder zu zweien, doch gab es auch einige einsame Trinker. Ich bahnte mir mit Mühe den Weg zur Theke. Als ich mich, ein Glas in der Hand, wieder zurückschob, sagte neben mir jemand: „Nanu, was machst du denn hier, Richard?"

Die Stimme klang vertraut, und das Gesicht war es auch, obgleich es ein, zwei Sekunden dauerte, bis ich es untergebracht hatte. Doch dann war ich hoch erfreut.

„Bernard, alter Junge!" rief ich. „Das ist ja großartig! Komm mit, raus aus diesem Gewühl!“ Ich ergriff ihn am Arm und zog ihn in die Halle.

Bei seinem Anblick fühlte ich mich wieder jung; er brachte mir die Küste zurück, die Ardennen, den Reichswald und den Rhein. Ein wunderbares Zusammentreffen. Ich schickte den Kellner nach weiteren Drinks. Nach einer halben Stunde hatte sich die Wiedersehensfreude ein wenig gelegt. „Du hast mir noch nicht meine erste Frage beantwortet“, erinnerte er mich. „Ich hätte nie gedacht, daß du an so etwas Spaß haben würdest.“

„Woran?“ fragte ich.

Er nickte zur Bar hinüber. „An der Presse“, erklärte er.

„Ach so, das ist es also! Ich wunderte mich schon über diese Invasion.“

Seine hochgezogenen Brauen senkten sich wieder. „Also, wenn du nicht dazugehörst, was tust du dann hier?“ wollte er wissen.

„Ich wohne hier in der Gegend“, klärte ich ihn auf.

In diesem Augenblick kam Janet in die Halle, und ich machte die beiden miteinander bekannt.

„Janet, dies ist Bernard Westcott, früher, als wir zusammen waren, Captain. Dann ist er, soviel ich weiß, Major geworden, und jetzt ...?“

„Colonel“, ergänzte Bernard und begrüßte sie charmant.

„Ich freue mich sehr“, meinte Janet. „Ich habe viel von Ihnen gehört. Ich weiß, das sagt man so, aber in Ihrem Fall stimmt's wirklich.“

Sie lud ihn ein, mit uns zu Mittag zu essen, doch er erklärte, er habe Geschäftliches zu erledigen und sei schon reichlich spät dran. Sein Bedauern war echt. „Dann zum Abendessen?“ schlug Janet vor. „Bei uns zu Hause, wenn das inzwischen wieder möglich ist, oder hier, falls wir im Exil bleiben müssen, ja?“

„Zu Hause?“ fragte Bernard.

„Ja, in Midwich“, erklärte sie. „Etwa dreizehn Kilometer von hier.“

Bernards Verhalten änderte sich. „Ihr wohnt in Midwich?“ fragte er und sah von einem zum anderen. „Schon lange?“

„Ungefähr seit einem Jahr“, sagte ich. „Wir wären auch jetzt dort, aber ...“ Und ich berichtete, wie es kam, daß wir im Adler gelandet waren.

Als ich geendet hatte, überlegte er kurz und schien dann zu einem Entschluß zu kommen. Er wandte sich an Janet.

„Mrs. Gayford, würden Sie es mir verzeihen, wenn ich Ihnen Ihren Mann entführe? Ich bin wegen dieser Midwich-Sache hier und glaube, daß er uns helfen kann, wenn er Lust hat."

„Sie meinen herauszufinden, was los ist?" fragte Janet.

„Nun, sagen wir, es hat etwas damit zu tun. Was meinst du?" wandte er sich an mich.

„Ich helfe natürlich gerne, wenn ich kann. Aber ich verstehe nicht recht ... Wer ist wir?" erkundigte ich mich.

„Das erkläre ich dir unterwegs", gab er zurück. „Ich hätte schon vor einer Stunde dort sein sollen. Ich würde Ihnen Ihren Mann nicht so einfach entführen, wenn's nicht wirklich wichtig wäre. Kommen Sie solange allein zurecht, Mrs. Gayford?"

Janet versicherte ihm, daß sie im Adler sicher sei, und wir standen auf.

„Noch eins", sagte er, ehe wir gingen. „Lassen Sie sich nicht von diesen Burschen da an der Bar belästigen. Lassen Sie sie notfalls rauswerfen, wenn sie's versuchen. Die Reporter sind alle ein bißchen nervös, seit sie wissen, daß ihre Redakteure die Midwich-Sache nicht anfassen wollen. Kein Wort zu einem von denen, ja? Später erzähle ich Ihnen mehr."

„Wird gemacht", versprach Janet.

DAS Hauptquartier war auf der Oppley-Straße, in einiger Entfernung von dem betroffenen Gebiet, errichtet worden. An der Polizeisperre wies Bernard einen Ausweis vor, der den Konstabler stumm vor uns salutieren ließ, und wir konnten ungehindert passieren. Ein junger Offizier, der verloren in einem Zelt herumsaß, freute sich über unsere Ankunft und fühlte sich verpflichtet, uns selbst sogleich ins Bild zu setzen, da der hierfür eigentlich zuständige Colonel Latcher eben die Linien inspizierte.

Er breitete eine große Landkarte aus, die einen perfekten Kreis von gut zwei Kilometer Durchmesser zeigte; leicht südöstlich von seinem Mittelpunkt lag die Kirche von Midwich.

„Das ist das betroffene Gebiet", erklärte der Captain. „Und soweit wir es beurteilen können, ist es tatsächlich ein Kreis und nicht nur ein Streifen. Wir haben einen Beobachter auf dem Kirchturm von Oppley postiert, der nicht die kleinste Bewegung gesehen hat. Nur zwei Männer liegen vollkommen still auf der Straße vor dem Wirtshaus. Und in bezug auf die Frage, was da eigentlich los sei, sind wir keinen Schritt weitergekommen. Wir haben festgestellt, daß es unbeweglich ist, unsichtbar, geruchlos, von Radar nicht registriert wird, keinen Schall zurückwirft, auf Säugetiere, Vögel, Reptilien und Insekten augenblickliche Wirkung ausübt und anscheinend keine Folgen für die Opfer hat – wenigstens keine direkten. Das ist aber auch alles."

Bernard stellte noch einige Fragen, die aber auch kein Licht in die Sache brachten, und dann machten wir uns auf die Suche nach Colonel Latcher, den wir in Begleitung des Polizeipräsidenten von Winshire fanden. Beide beobachteten von einer Bodenerhebung aus das Terrain. Bernard stellte sich und mich vor. Der Colonel sah ihn durchdringend an.

„Aha", sagte er. „Sie sind also der Bursche, der mir am Telefon befohlen hat, die Sache geheimzuhalten."

Noch ehe Bernard etwas erwidern konnte, platzte der Polizeipräsident heraus: „Geheimhalten, lächerlich! Ein Gebiet von gut zwei Kilometer Durchmesser ist betroffen, und Sie wollen es geheimhalten!"

„So lautet der Befehl", sagte Bernard. „Die Sicherheits–"

„Aber wie, zum Teufel, glauben Sie –"

Colonel Latcher unterbrach ihn. „Wir haben unser Bestes getan, alles als taktische Übung zu tarnen. Etwas dünn, die Ausrede, aber wenigstens etwas. Die Sache ist nur, daß man nie weiß, ob das nicht danebengegangen ist. Wird ja alles so geheimgehalten, daß keiner mehr etwas erfährt."

„Die Nachrichtenagenturen haben schon Wind davon gekriegt", grollte der Polizeipräsident. „Ein paar haben wir ablenken können, aber Sie wissen ja, wie die sind. Durch irgendeine Hintertür kommen sie doch wieder herein und stecken ihre Nase in alles. Wie sollen wir die bloß zum Schweigen bringen?"

„Das braucht Sie nicht zu kümmern", beruhigte ihn Bernard. „Das Innenministerium hat dazu bereits einen entsprechenden Erlaß herausgegeben. Ich glaube, der wirkt. Es hängt davon ab, ob die Sache für die Presse sensationsträchtig genug wirkt, um dafür Ärger in Kauf zu nehmen."

Im Laufe der nächsten zwei Stunden tauchten alle möglichen Leute auf, die alle irgendein Amt oder eine Behörde vertraten. Neben der Oppley-Straße wurde ein Zelt errichtet, und für 16.30 Uhr wurde eine

Konferenz anberaumt. Colonel Latcher gab einen kurzen Lagebericht. Als er geendet hatte, traf ein Gruppenkommandeur der Luftwaffe ein. Wütend knallte er eine große Fotografie vor den Colonel auf den Tisch.

„Da, meine Herren!" sagte er grimmig. „Das hat uns zwei gute Männer und eine teure Maschine gekostet. Ich hoffe, es rechtfertigt den Einsatz."

Wir drängten uns um den Tisch, um die Aufnahme aus der Nähe zu betrachten und sie mit der Karte zu vergleichen.

„Was ist denn das?" fragte ein Major der Abwehr und zeigte auf eine Stelle des Bildes.

Das betreffende Objekt besaß einen verschwommen-ovalen Umriß und schien, nach dem Schatten zu urteilen, wie ein Löffel geformt zu sein. Der Polizeipräsident beugte sich neugierig über das Foto.

„Keine Ahnung", gab er zu. „Sieht aus wie ein ziemlich ungewöhnliches Bauwerk, aber das kann es nicht sein. Ich bin selbst vor knapp einer Woche bei der Klosterruine gewesen und habe nichts gesehen. Außerdem ist das Bauen dort verboten."

Ein anderer sah auf das Foto, dann auf die Karte und wieder auf das Foto. „Es befindet sich genau im Mittelpunkt des Gebietes", erklärte er. „Wenn es vor einigen Tagen noch nicht da gewesen ist, muß es inzwischen dort gelandet sein."

„Wenn's nicht einfach ein wettergebleichter Heuschober ist", meinte jemand.

Der Polizeipräsident schnaufte verächtlich. „Mann, sehen Sie sich doch das Größenverhältnis an und die Form! Das ist so groß wie ein Dutzend Heuschober!"

„Aber was ist es dann?" wollte der Major wissen.

Einer nach dem anderen studierte das Foto durch ein Vergrößerungsglas.

„Konnten Sie nicht ein Bild aus geringerer Höhe machen?" fragte der Major.

„Dabei haben wir ja die Maschine verloren", erwiderte der Gruppenkommandeur kurz.

„Wie hoch erstreckt sich eigentlich diese ..., dieser betroffene Raum?" fragte jemand.

Der Gruppenkommandeur zuckte die Achseln. „Das erfährt man nur, wenn man hineinfliegt", sagte er. „Dies", er tippte auf das Foto,

„ist in dreitausend Meter Höhe gemacht worden. Da oben hat die Besatzung nichts gespürt."

Colonel Latcher räusperte sich. „Zwei meiner Offiziere nehmen an, daß es sich um einen halbkugelförmigen Raum handelt", gab er zu bedenken.

„Möglich", stimmte der Gruppenkommandeur zu. „Kann aber auch ein Rhomboeder sein oder ein Zwölfeck."

„Soviel ich weiß", entgegnete der Colonel freundlich, „hat man die beiden Vögel beobachtet, die hineingeflogen sind, und ihren Standort bestimmt, als sie herabfielen. Dabei soll festgestellt worden sein, daß die Grenze der Zone nicht senkrecht verläuft wie eine Wand, daß es sich also keinesfalls um einen Zylinder handelt. Die Seiten weichen leicht zurück, woraus man schließen kann, daß der Raum entweder kuppelförmig oder konisch ist. Alles scheint auf eine Halbkugelform hinzudeuten, aber es gab bisher noch keine Möglichkeit, das genau festzustellen."

„Nun, immerhin ist das der erste Erfolg seit längerer Zeit", gab der Gruppenkommandeur zu. Er überlegte. „Wenn das stimmt mit der Halbkugel, dann müßte sie sich etwa eineinhalbtausend Meter über dem Mittelpunkt erheben. Irgendwelche brauchbaren Vorschläge, wie wir das feststellen können, ohne weitere Flugzeuge zu verlieren, haben die Männer wohl nicht gemacht, wie?"

„Doch, der eine von ihnen", sagte Colonel Latcher unsicher. „Er hat vorgeschlagen, an einem Hubschrauber eine hundert bis hundertfünfzig Meter lange Leine zu befestigen und einen Käfig mit einem Kanarienvogel daran zu hängen und dann langsam mit der Höhe hinunterzugehen ... Ja, ich weiß, das klingt ein bißchen –"

„Durchaus nicht", fiel ihm der Gruppenkommandeur ins Wort. „Eine großartige Idee. Sicher von demselben Burschen, der den Umkreis bestimmt hat."

„Richtig", nickte Colonel Latcher.

„Mal ganz was Neues. Ornithologische Kriegführung", bemerkte der Gruppenkommandeur. „Vielleicht finden wir noch was Besseres als einen Kanarienvogel, aber für die Idee an sich bin ich überaus dankbar. Nur heute ist es dafür zu spät. Ich werde die Sache auf morgen früh ansetzen und aus der niedrigsten noch sicheren Höhe Aufnahmen machen lassen."

Man beschloß, zu Beobachtungszwecken stündlich eine Leuchtkugel abzuschießen, bis am nächsten Morgen der Hubschrauber die Fotos machen konnte. Dann löste sich die Versammlung auf.

Ich verstand nicht, warum Bernard daran teilgenommen und, vor allem, mich dahin mitgenommen hatte. Auf dem Rückweg fragte ich ihn: „Darf ich fragen, was du mit der Sache zu tun hast?"

„Natürlich. Ich bin beruflich hier."

„Der Meierhof?" tippte ich.

„Ja, der Meierhof fällt auch in mein Ressort, aber selbstverständlich interessiert uns besonders alles Außergewöhnliche, das in der Umgebung vorgeht."

„Wir", das war, wie ich schon bei seiner Vorstellung erraten hatte, entweder der militärische Geheimdienst oder zumindest eine Abteilung davon.

„Ich dachte, für so was ist der Spezialdienst zuständig."

„Die Angelegenheit hat verschiedene Aspekte", wich er aus und wechselte das Thema.

NACH dem gemeinsamen Abendessen mit Bernard waren Janet und ich zeitig schlafen gegangen und noch nicht wieder erwacht, als am Morgen des 28. ein Meteorologieoffizier verkündete, der Bodennebel werde sich in Midwich früh auflösen. Zwei Männer bestiegen den Hubschrauber, und dann wurde noch ein Käfig mit zwei lebhaften, aber leicht nervösen Frettchen hineingereicht. Gleich darauf startete die Maschine und stieg geräuschvoll in die Höhe.

„Die haben gesagt, auf zweitausend Meter ist's sicher", sagte der Pilot. „Dann fangen wir mal bei zweieinhalbtausend an und können dann langsam runtergehen."

Der Beobachter machte seine Apparaturen einsatzbereit und spielte mit den Frettchen, bis der Pilot sagte: „Es ist soweit. Laß sie jetzt runter. Wir machen eine Proberunde auf zweieinhalbtausend Meter."

Der Käfig wurde durch die Luke geschoben und hundert Meter weit hinabgelassen.

Die Maschine beschrieb einen Bogen, und der Pilot informierte die Bodenstellen, daß er eine Proberunde über Midwich fliegen würde. Der Beobachter lag auf den Knien und behielt durch ein Fernglas die Frettchen im Auge.

Sie schienen sich wohl zu fühlen und kletterten munter im Käfig hin und her. Der Beobachter schwenkte für einen Augenblick das Fernglas von ihnen ab auf das Dorf zu und stieß plötzlich einen überraschten Ruf aus.

„Was ist los?" wollte der Pilot wissen.

„Dieses Ding beim Kloster, das wir fotografieren sollen ..."

„Was ist damit?"

„... tja, das war entweder eine Fata Morgana, oder es ist uns entwischt."

5

FAST zum selben Zeitpunkt, als der Beobachter diese Entdeckung machte, führte die Wache an der Straße Midwich–Stouch den Routinetest durch. Der wachhabende Sergeant warf ein Stück Zucker über die weiße Linie, die die Grenze markierte, und sah zu, wie der Hund an seiner langen Leine hinterhersprang. Der Hund schnappte den Zucker und zermalmte ihn zwischen den Zähnen.

Einen Augenblick betrachtete der Sergeant den Hund nachdenklich, dann trat er selbst an die Linie. Hier zögerte er zunächst, machte dann aber mutig einen Schritt darüber hinweg. Nichts geschah. Mit wachsender Zuversicht tat er noch ein paar Schritte. Ein halbes Dutzend Krähen flog schreiend über seinem Kopf dahin. Er sah ihnen nach; sie zogen stetig über Midwich weiter.

„He, ihr da, ihr Nachrichtenleute!" rief er. „Benachrichtigt das Hauptquartier in Oppley. Betroffenes Gebiet vermutlich frei. Meldung wird nach weiteren Tests bestätigt."

WENIGE Minuten zuvor hatte sich in Kyle Manor Gordon Zellaby stöhnend zu bewegen begonnen. Sogleich wurde ihm klar, daß er am Boden lag, und auch, daß das Zimmer, eben noch hell erleuchtet und ein wenig überheizt, nunmehr dunkel und kalt war.

Er schauderte. Noch nie war ihm so kalt gewesen; jeder Muskel tat ihm weh.

Irgendwo im Dunkeln rührte sich etwas. „Was ist denn los...?" fragte Ferrelyns zitternde Stimme. „Daddy ...? Angela ...? Wo seid ihr?"

„Hier bin ich", erwiderte Zellaby mit schwerer Zunge. „Ich bin halb erfroren. Angela, Liebste ...?"

„Hier drüben, Gordon“, sagte sie, ebenfalls bibbernd, dicht hinter ihm.

Er streckte die Hand aus und berührte etwas, doch seine Finger waren zu taub, um zu fühlen, was es war.

Von der anderen Seite des Raums vernahm er Geräusche. „Großer Gott, bin ich steif!“ jammerte Ferrelyn. „Ich spüre meine Beine überhaupt nicht mehr.“ Einen Augenblick blieb sie still. „Was klappert denn da so?“

„Meine Z-zähne, g-glaube ich“, antwortete Zellaby mühsam.

Wieder Geräusche, dann ein Stolpern. Dann das Klirren von Gardinenringen, und gleich darauf war der Raum in graues Licht getaucht.

Zellabys Blick fiel auf den Kaminrost. Ungläubig starrte er hinüber. Vorhin erst hatte er ein neues Scheit aufs Feuer gelegt, und jetzt war nur noch ein wenig Asche übrig!

Ferrelyn ging mit unsicheren Schritten zum Kamin und streckte zitternd die Hand aus. „Niedergebrannt“, stellte sie fest.

Sie versuchte, die *Times* vom Stuhl zu nehmen, doch ihre Finger waren zu klamm, um sie zu halten. Schließlich schaffte sie es mit beiden Händen und zerknüllte das Papier. Nachdem sie es auf den Rost gelegt hatte, nahm sie, ebenfalls mit beiden Händen, kleinere Holzscheite aus dem Korb und ließ sie auf das Papier fallen. Irgendwie brachte sie es fertig, ein Streichholz zu entzünden, und sofort loderte, wie eine herrliche Blume, die Flamme empor.

Angela stand auf und kam mit unbeholfenen, steifen Schritten näher. Zellaby kroch auf allen vieren hinüber. Das Holz begann zu knacken, und die Familie drängte sich an das Feuer. Bald wich die Gefühllosigkeit aus ihren Gliedern, und sie fühlten sich besser.

Auf beiden Straßen nach Midwich, der Oppley- und der Stouchstraße, begann ein großes Motoranwärmen und Starten, und sogleich setzten sich zwei Schlangen von Krankenwagen, Löschzügen, Polizeiautos, Jeeps und Militärlastwagen nach Midwich in Bewegung.

Am Dorfplatz trafen sie aufeinander. Die Zivilfahrzeuge hielten, und ihre Insassen stiegen aus; die Militärfahrzeuge fuhren fast alle weiter zur Hickham Lane, wo das Kloster lag. Nur ein kleiner roter Flitzer scherte aus und fuhr holpernd nach Kyle Manor hinauf, wo er in einem wahren Kiesregen vor der Haustür stoppte.

Alan Hughes kam in Zellabys Studierzimmer gestürmt, riß Ferrelyn aus der kauernden Gruppe vor dem Feuer hoch und schloß sie fest in die Arme.

„Liebling!“ stieß er atemlos hervor. „Liebling! Bist du gesund?“

„Liebling“, sagte auch Ferrelyn, als sei das eine Antwort.

Nach einer rücksichtsvollen Pause bemerkte Gordon Zellaby: „Auch wir sind gesund. Zumindest nehmen wir das an, wenn wir auch etwas verstört sind. Und ziemlich verfroren.“

Alan schien die anderen erst jetzt zu bemerken. „Das ...“, begann er und dann: „Mein Gott! Ich hole sofort was Heißes zu trinken!“ Er lief hinaus, Ferrelyn hinter sich herziehend.

„Was Heißes zu trinken“, murmelte Zellaby. „Welch lieblichen Klang diese Worte besitzen!“

Und so wurden wir, als wir dreizehn Kilometer entfernt im Adler zum Frühstück erschienen, mit der Nachricht empfangen, daß Colonel Westcott vor zwei Stunden ausgegangen und daß Midwich wieder aus seinem Schlaf erwacht sei.

6

Auf der Straße nach Stouch stand zwar noch immer ein Polizeiposten, doch als Einwohner von Midwich wurden wir anstandslos durchgelassen und gelangten ohne weitere Zwischenfälle zu unserem Haus, wo wir alles vorfanden, wie wir es verlassen hatten. Nur die Milch im Kühlschrank war sauer geworden, da ja der Strom ausgesetzt hatte.

So hatte der vergangene Tag bereits eine halbe Stunde nach unserer Rückkehr etwas Unwirkliches bekommen. Und als wir mit unseren Nachbarn sprachen, die ja das Ganze selbst erlebt hatten, stellten wir fest, daß es ihnen nicht anders erging, ja, daß bei ihnen das Gefühl der Unwirklichkeit noch ausgeprägter war.

Wie Mr. Zellaby erklärte, war das kaum verwunderlich, denn ihr Wissen um das Geschehene beschränkte sich auf das Gefühl, eines Abends nicht zu Bett gegangen und eines Morgens völlig durchfroren wieder aufgewacht zu sein. Alles andere beruhte für die Einwohner von Midwich auf Hörensagen. Man mußte es glauben, daß man einen Tag verloren hatte, denn es war wohl kaum möglich, daß sich die gesamte übrige Welt irrte. Daher schlug Mr. Zellaby vor, den ganzen Zwischenfall einfach zu vergessen.

Und das erwies sich auch – wenigstens für einige Zeit – als überraschend einfach, denn selbst wenn die Affäre nicht unter die strengen Paragraphen der Geheimhaltungsvorschriften gefallen wäre, hätte sie vermutlich für einen zugkräftigen Sensationsbericht nicht genug Spannungsmomente enthalten. Sicher, es gab insgesamt elf Todesfälle. Doch selbst die waren für den verwöhnten Leser uninteressant, und die Erzählungen der Überlebenden waren hoffnungslos undramatisch, hatten sie doch nichts zu berichten als die Geschichte ihres leicht unterkühlten Erwachens.

Es war uns daher vergönnt, in Ruhe unsere Verluste zu zählen, unsere Wunden zu verbinden und uns von dem Erlebnis, das später als der Tag X bekannt wurde, in unerwarteter Stille zu erholen.

Die bereits erwähnten elf Todesfälle waren: Mr. William Trunk, ein Landarbeiter, und dessen Frau und Sohn, die beim Brand ihres Hauses umkamen; ein älteres Ehepaar mit Namen Stagfield, das ebenfalls in seinem Haus verbrannte; ein weiterer Landarbeiter, Herbert Flagg, der ganz in der Nähe des Hauses von Mrs. Harriman, deren Mann zu jener Zeit in seiner Bäckerei arbeitete, an Unterkühlung gestorben war; Harry Crankhart, einer der beiden Männer, die der Posten auf dem Kirchturm von Oppley vor dem Wirtshaus hatte liegen sehen und der ebenfalls die Unterkühlung nicht verkraftet hatte. Die übrigen vier waren ältere Leute, gegen deren Lungenentzündung weder Sulfonamide noch Penizillin hatten etwas ausrichten können.

Für uns andere hielt Mr. Leebody am folgenden Sonntag einen Dankgottesdienst ab, und damit war die Sache erledigt.

Zwar gab es noch etwa eine Woche lang ein ziemliches Hin und Her von Militär- und Behördenfahrzeugen, doch das galt weniger dem Dorf als der Klosterruine, wo ein tiefer Eindruck im Boden, der tatsächlich aussah, als habe hier einige Zeit etwas gelegen, streng bewacht wurde. Ingenieure hatten das Phänomen vermessen, gezeichnet und fotografiert. Techniker aus allen Fachbereichen waren anschließend mit Minensuchgeräten, Geigerzählern und anderen Meßinstrumenten darüber hergefallen, doch schließlich hatte das Militär unvermittelt jegliches Interesse daran verloren und räumte das Feld.

Die Untersuchungen im Meierhof dauerten etwas länger, und einer derjenigen, die sich damit befaßten, war Bernard Westcott. Er kam mehrmals zu Besuch bei uns vorbei, ließ aber kein Wort darüber verlauten, was dort vor sich ging, und wir fragten auch nicht danach. Wir wußten nicht mehr als die anderen Dorfbewohner, nämlich daß dort der Sicherheitsdienst Untersuchungen anstellte.

Erst am Abend des Tages, an dem die Nachforschungen abgeschlossen waren und Westcott uns seine Abreise nach London für den folgenden Tag ankündigte, sprach er noch einmal über den Tag X und seine Folgen.

„Ich habe euch einen Vorschlag zu machen, falls ihr daran interessiert seid", verkündete er. „Es handelt sich im wesentlichen um folgendes: Wir halten es für angebracht, dieses Dorf noch einige Zeit unter Beobachtung zu stellen, damit wir wissen, was sich hier tut. Wir könnten nun natürlich einen unserer Leute hierher abkommandieren, damit er uns auf dem laufenden hält, doch das brächte gewisse Nachteile mit sich. Zunächst einmal müßte der Mann ganz von vorne anfangen, da er hier fremd ist, und das dauert seine Zeit. Außerdem glaube ich kaum, daß wir im Augenblick einen guten Mann entbehren können, noch dazu, wo es zweifelhaft ist, ob der Erfolg den Aufwand rechtfertigt. Wenn wir dagegen jemand hätten, der sich hier auskennt und zuverlässig ist, so wäre das für uns eine weitaus zufriedenstellendere Lösung. Was haltet ihr davon?"

Ich überlegte einen Moment. „Auf Anhieb nicht allzuviel", entgegnete ich. „Es kommt darauf an, was verlangt wird." Ich warf Janet einen Blick zu.

„Das klingt, als sollten wir hinter unseren Nachbarn herspionieren", meinte Janet kühl. „Ich glaube, dafür ist ein Berufsspion wesentlich besser geeignet."

„Ja", unterstützte ich sie. „Wir sind hier schließlich zu Hause."

Er nickte, als habe er etwas Ähnliches erwartet. „Ihr betrachtet euch also als dazugehörig hier?" fragte er.

„Wir versuchen es, und es ist uns wohl auch ziemlich gut gelungen", sagte ich.

Abermals nickte er. „Gut. Das heißt, gut, daß ihr euch dem Dorf gegenüber verpflichtet fühlt. Gerade das brauche ich: jemanden, dem das Wohl von Midwich am Herzen liegt."

„Ich sehe nicht ein, weshalb. Das Dorf ist seit Jahrhunderten auch ohne so etwas ausgekommen."

„Richtig", gab er zu. „Bis jetzt jedenfalls. Nun aber braucht Midwich Schutz von außen. Und mir scheint, die beste Möglichkeit, diesen Schutz zu gewährleisten, bietet sich, wenn wir ausreichend mit Informationen über die Vorgänge im Dorf versorgt werden."

„Was für einen Schutz? Und wovor?"

„Hauptsächlich vor Schnüfflern", erwiderte er. „Mein Lieber, glaubst du denn wirklich, es war Zufall, daß die Midwich-Affäre nicht augenblicklich groß in allen Blättern herausgekommen ist? Daß nicht Journalisten aus aller Welt herbeigeströmt sind und jedermann nach Kräften ausgequetscht haben?"

„Gewiß nicht", gab ich zu. „Mir ist natürlich klar, daß da der Geheimdienst mitmischt, das hast du mir selbst gesagt. Und ich war auch keineswegs erstaunt darüber. Ich habe zwar keine Ahnung, was im Meierhof vorgeht, aber ich weiß doch, daß die Sache streng geheim ist."

„Aber es war nicht nur der Meierhof, der in Schlaf versetzt wurde", wandte er ein, „sondern alles im Umkreis von fast zwei Kilometern."

„Aber der Meierhof gehörte dazu, und dort muß der Schwerpunkt gelegen haben. Vielleicht besaß das angewandte Mittel eben nur diese Reichweite, oder die Leute haben es für sicherer gehalten, hier einmal eine Zeitlang alles ruhigzustellen."

„Glaubt man das im Dorf?" wollte er wissen.

„Im allgemeinen, ja."

„Siehst du, solche Dinge muß ich wissen. Man schiebt also alles auf den Meierhof, wie?"

„Natürlich. Was sonst könnte der Grund sein – in Midwich?"

„Nun, und wenn ich euch sage, daß ich begründeten Verdacht habe, daß der Meierhof nichts damit zu tun hat? Und daß unsere äußerst eingehenden Recherchen diesen Verdacht bestätigen?"

„Aber dann wäre das Ganze ja völlig sinnlos", protestierte ich.

„Aber nein! Das heißt, nicht sinnloser als jeder andere Zufall."

„Zufall? Du glaubst also an eine Notlandung?"

Bernard zuckte die Achseln. „Ich kann's nicht sagen. Möglicherweise besteht der Zufall eher darin, daß der Meierhof gerade da liegt, wo die Landung stattgefunden hat. Ich aber sage: Fast jedermann hier im Dorf ist einem seltsamen Phänomen ausgesetzt gewesen. Und nun nehmt ihr einfach alle an, daß es damit erledigt ist. Warum eigentlich?"

Janet und ich starrten ihn an.

„Nun ja", sagte sie. „Es ist gekommen und auch wieder verschwunden. Warum also nicht?"

„Und es ist einfach gekommen, hat gar nichts getan und ist wieder verschwunden? Und hat keinerlei Folgen nach sich gezogen?"

„Ich weiß nicht. Jedenfalls keine unmittelbaren – außer den Toten natürlich. Und die haben gnädigerweise nichts gespürt", erwiderte Janet.

„Keine unmittelbaren Folgen", wiederholte er. „Das will heute sehr wenig heißen. Auch Röntgenstrahlen und Gammastrahlen hinterlassen keine unmittelbaren Folgen. Ihr braucht keine Angst zu haben, das ist nur ein Beispiel. Strahlen hätten wir sofort entdeckt. Aber es gab da doch etwas, etwas, das wir nicht entdeckt haben, etwas Unbekanntes, das ..., nun, sagen wir, künstlichen Schlaf hervorgerufen hat. Und das ist ein sehr bemerkenswertes Phänomen – unerklärlich und beunruhigend. Glaubt ihr wirklich, daß man ohne weiteres annehmen darf, etwas so Seltsames tritt auf und verschwindet einfach ohne Folgen? Es kann natürlich sein, daß es damit nichts weiter auf sich hat, aber bestimmt sollte man die Dinge doch beobachten und sich vergewissern, daß das auch wirklich der Fall ist, nicht wahr?"

Janet begann allmählich weich zu werden. „Und das sollen wir also für dich tun: beobachten und Notizen machen über etwa auftretende Folgen?"

„Was ich brauche, ist eine zuverlässige Informationsquelle über Midwich im allgemeinen. Ich möchte wissen, was sich hier abspielt, um dann, falls nötig, die erforderlichen Schritte einleiten zu können."

Janet sah ihn einen Augenblick nachdenklich an. „Und was wird deiner Ansicht nach geschehen, Bernard?" fragte sie.

„Hätte ich euch diesen Vorschlag gemacht, wenn ich das wüßte?" entgegnete er. „Ich ergreife nur Vorsichtsmaßregeln. Ohne Beweise können wir keine Quarantäne anordnen, aber wir können Ausschau halten nach Beweisen. Ihr könnt es. Also?"

„Ich weiß nicht", sagte ich. „Gib uns ein, zwei Tage Zeit zum Überlegen. Wir geben dir dann Bescheid."

„Gut", stimmte er zu. Und dann sprachen wir von anderen Dingen.

Nach reiflichem Überlegen faßten wir unseren Entschluß, und ich teilte Bernard mit, daß wir mit seinem Vorschlag einverstanden seien, falls er uns vorher noch über ein paar Einzelheiten Auskunft geben könne. Ich erhielt einen Antwortbrief mit dem Vorschlag, bei unserem nächsten Besuch in London mit ihm zusammenzutreffen. Er machte es keineswegs dringend und bat uns lediglich, inzwischen die Augen offenzuhalten.

Das taten wir, doch es gab wenig zu sehen. Zwei Wochen nach dem Tag X kräuselten nur noch wenige Wellen den glatten Spiegel von Midwichs gelassener Ruhe.

Die kleine Minderheit, die das Gefühl hatte, durch den Geheimdienst um Fotos in den Zeitungen und weltweiten Ruhm gekommen zu sein, resignierte; die übrigen Leute waren froh, daß ihre Ruhe nicht weiter gestört wurde. Wieder eine andere Gruppe war nicht davon abzubringen, daß der Meierhof und seine Bewohner mit dem Ereignis etwas zu tun hatten und daß ohne die dortigen geheimnisvollen Vorgänge das Phänomen niemals in Midwich stattgefunden hätte. Und ein letztes Grüppchen war der Ansicht, daß der Meierhof nur positiven Einfluß auf das Geschehen gehabt und Schlimmeres abgewendet habe. Zu ihnen gehörte Gordon Zellaby.

Miß Polly Rushton, fast die einzige Besucherin, die betroffen worden war, beendete ihre Ferien bei Onkel und Tante und kehrte heim nach London. Leutnant Alan Hughes wurde, sehr zu seinem Mißvergnügen, nicht nur ohne Angabe von Gründen nach Nordschottland versetzt, sondern auch mehrere Wochen später als erwartet zur Entlassung vorgemerkt. Mrs. Harriman, die Frau des Bäckers, hatte, nachdem keine ihrer Erklärungen zu Herbert Flaggs Aufenthalt in ihrem Vorgarten Glauben gefunden hatte, im Angriff ihre Zuflucht gesucht und hielt ihrem Mann unaufhörlich seine Vergangenheit vor. Sonst ging alles seinen gewohnten Gang.

Midwich versank wieder in seinen tausendjährigen Schlaf.

UND nun tauchte eine technische Schwierigkeit auf, denn dies ist, wie ich wahrscheinlich schon erklärt habe, nicht meine, sondern Midwichs Geschichte. Wenn ich also die Ereignisse so berichten wollte, wie ich sie erlebt habe, dann käme ein schönes Durcheinander heraus, bei dem die Folgen den Ursachen vorangingen. Daher ist es besser, ich ordne meinen Bericht chronologisch, ohne Rücksicht auf die Reihenfolge, in der ich von den Ereignissen Kenntnis erhielt.

Zum Beispiel erfuhr ich erst durch nachträgliches Fragen von der leichten Unruhe, die sich nach einiger Zeit überall im Dorf bemerkbar machte. Und zwar seit Ende November, Anfang Dezember, teilweise allerdings auch ein wenig eher; jedenfalls aber ungefähr zur selben Zeit, als Miß Ferrelyn Zellaby im Laufe ihrer fast täglichen Korrespondenz mit Mr. Hughes erwähnte, daß sich zu ihrer Bestürzung ein leiser Verdacht nunmehr bestätigt habe.

In einem nicht sehr zusammenhängenden Brief erklärte sie – oder vielleicht sollte man lieber sagen: deutete sie an –, daß sie zwar nicht verstehen könne, wieso, und nach allem, was sie gelernt habe, sei es eigentlich auch unmöglich, aber es sei einwandfrei erwiesen, daß sie ein Baby erwarte. Dessen sei sie ganz sicher. Ob er glaube, Wochenendurlaub bekommen zu können, denn sie halte es für notwendig, die Sache eingehend zu besprechen.

7

Es sollte sich herausstellen, daß Alan nicht der erste war, der Ferrelyns Neuigkeiten erfuhr. Sie hatte sich schon seit geraumer Zeit Sorgen gemacht und sich wenige Tage vor ihrem Brief an ihn entschlossen, es ihrer Familie mitzuteilen. Das hielt sie für anständiger, als zu warten, bis jedermann es sehen konnte. Und außerdem brauchte sie dringend Rat, den ihr die einschlägigen Bücher offenbar nicht geben konnten. Sie überlegte, wem sie es zuerst sagen sollte, und ihre Wahl fiel auf Angela, denn ihre Mutter konnte manchmal in solchen Sachen schrecklich übereifrig sein.

Gesagt war jedoch leichter als getan, denn nie schien der richtige Augenblick zur Beichte gekommen zu sein. Bis sich eines Samstagsmorgens Ferrelyn dazu durchrang, sie heute abzulegen, komme, was wolle.

Gordon Zellaby beendete eben sein Frühstück, als Ferrelyn erschien. Geistesabwesend nahm er ihren Gutenmorgenkuß entgegen und rüstete sich gleich darauf zu seinem Morgenspaziergang – einmal um den Garten.

Ferrelyn aß ein paar Cornflakes, trank etwas Kaffee und nahm sich Schinken und Ei. Doch nach zwei Bissen schob sie den Teller so energisch zurück, daß Angela aus ihren Gedanken auffuhr.

„Was ist denn?“ fragte sie. „Ist es nicht gut?“

„Doch, das schon“, erwiderte Ferrelyn. „Aber ich habe einfach keinen Appetit auf Ei.“

Angela schien uninteressiert. Dabei hatte Ferrelyn doch halbwegs gehofft, sie würde Fragen stellen. Tapfer holte sie Luft und begann ihre Beichte einzuleiten.

„Offen gestanden, Angela, mir war schlecht heute morgen."

„Ach, wirklich?" entgegnete ihre Stiefmutter und bestrich ihren Toast mit Butter. Beim Marmeladeaufstreichen fügte sie hinzu: „Mir übrigens auch. Scheußlich, nicht?"

Ferrelyn ignorierte die Gelegenheit zum Ausweichen und hielt an ihrem Vorsatz fest. „Ich glaube", sagte sie ruhig, „bei mir hatte die Übelkeit einen bestimmten Grund." Und dann wurde sie ganz deutlich: „Ich glaube, ich bekomme ein Baby."

Angela sah sie eine Weile nachdenklich-interessiert an und nickte langsam. Sorgfältig bestrich sie das nächste Stück Toast mit Butter und Marmelade, dann sah sie auf.

„Ich auch", erklärte sie.

Ferrelyn blieb der Mund offenstehen, und sie starrte Angela ungläubig an.

Zu ihrem größten Erstaunen stellte sie fest, daß sie schockiert war. Aber – schließlich, warum auch nicht? Angela war nur sechzehn Jahre älter als sie, da war es doch ganz natürlich. Nur, na ja, es war halt ziemlich unerwartet. Vati war schließlich dreifacher Großvater aus erster Ehe! Es dauerte eine Weile, bis man sich an den Gedanken gewöhnt hatte.

Sie hörte nicht auf, Angela anzustarren. Stumm, ohne etwas zu sagen. Ihr wollte einfach nicht das rechte Wort einfallen. Diese Wendung war so unerwartet.

Angela schien Ferrelyn gar nicht zu sehen. Sie blickte starr geradeaus, in eine endlose Ferne. Ihre dunklen Augen waren blank und glänzend. Der Glanz verstärkte sich, und dann hingen zwei dicke Tropfen an ihren Wimpern. Sie lösten sich und liefen ihr über die Wangen.

Ferrelyn saß noch immer da wie gelähmt. Nie hatte sie Angela weinen sehen. Das paßte so gar nicht zu ihr.

Angela beugte sich vor und legte das Gesicht in die Hände. Ferrelyn sprang auf. Sie lief hinüber, schloß Angela in die Arme und begann sie tröstend zu streicheln.

Bald darauf hörte Angela auf zu schluchzen. Sie atmete tiefer und ruhiger und suchte nach einem Taschentuch. „Puh!" machte sie.

„Verzeih, daß ich mich so dumm benommen habe. Aber ich bin so schrecklich glücklich."

„Ach so", sagte Ferrelyn unsicher.

Angela putzte sich die Nase und tupfte sich die Augen. „Weißt du", erklärte sie, „bis jetzt habe ich nicht gewagt, daran zu glauben, aber wenn man mit jemand darüber spricht, wird es plötzlich real. Ich habe es mir immer so sehr gewünscht, und nie ist etwas passiert; ich war schon so weit, daß ich resignieren wollte. Und nun ist es doch wahr geworden, endlich! Ich ... Ich ..." Wieder begann sie zu weinen.

Einige Minuten später raffte sie sich zusammen, betupfte ein letztes Mal ihre Augen und steckte entschlossen das Taschentuch ein. „So", sagte sie. „Schluß jetzt damit. Ich hätte nie gedacht, daß Weinen so erleichtert." Sie sah Ferrelyn an. „Man achtet dabei gar nicht mehr auf andere, nicht wahr? Verzeih, Liebes."

„Ach, macht nichts. Ich freue mich für dich", gab Ferrelyn zurück – großzügig, wie sie fand, denn sie war es ja schließlich gewesen, die Trost und Rat gesucht hatte. Sie machte eine Pause. „Was mich betrifft, mir ist nicht nach Weinen zumute", fuhr sie dann fort. „Aber ich habe Angst ..."

Dieses Wort ließ Angela aufhorchen und riß sie aus ihren Betrachtungen. Das hätte sie von Ferrelyn nicht erwartet. Sie sah ihre Stieftochter nachdenklich an, als käme ihr erst jetzt die Bedeutung der Lage zu Bewußtsein.

„Angst, Kind?" wiederholte sie. „Du brauchst doch keine Angst zu haben. Sicher, ganz korrekt ist es nicht, aber ... Nun ja, es ist doch sinnlos, puritanisch zu tun. Zuerst müssen wir mal feststellen, ob es überhaupt stimmt."

„Es stimmt", sagte Ferrelyn düster. „Aber ich versteh's einfach nicht. Bei mir ist das anders als bei dir. Du bist verheiratet."

Angela überhörte das. „Also gut. Dann mußt du als nächstes Alan benachrichtigen", schlug sie vor.

„Ja, das muß ich wohl", stimmte Ferrelyn ohne Begeisterung zu.

„Natürlich mußt du. Und davor brauchst du auch keine Angst zu haben. Alan läßt dich bestimmt nicht im Stich. Er betet dich an."

„Bist du sicher?" meinte Ferrelyn zweifelnd.

„Ganz sicher, du Dummchen. Man braucht ihn doch nur anzusehen. Es ist zwar nicht sehr erfreulich, aber ich wäre nicht überrascht, wenn er trotzdem selig wäre. Es wird natürlich ... Aber Kind, Ferrelyn! Was ist denn los?“ unterbrach sie sich, bestürzt über Ferrelyns Gesicht.

„Aber du verstehst mich nicht, Angela. Es war nicht Alan.“

Der mitfühlende Ausdruck auf Angelas Gesicht erlosch. Ihr Blick wurde kühl. Sie wollte aufstehen.

„Aber nein!“ rief Ferrelyn verzweifelt. „Du verstehst mich falsch, Angela! So ist es doch nicht. Es war niemand! Darum habe ich Angst!“

IM VERLAUF der folgenden zwei Wochen baten drei junge Frauen aus Midwich um ein vertrauliches Gespräch mit Mr. Leebody. Er hatte sie getauft und kannte sie und ihre Eltern gut. Alle drei Frauen waren nett, intelligent und keinesfalls unaufgeklärt. Und doch sagte ihm jede einzelne das gleiche. „Es war niemand, Herr Pfarrer. Darum habe ich Angst ...“

Als Harriman, der Bäcker, zufällig erfuhr, daß seine Frau beim Arzt gewesen war, fiel ihm ein, daß Herbert Flaggs Leiche in seinem Vorgarten gelegen hatte, und er verprügelte sie trotz ihrer tränenreichen Proteste, daß Herbert nicht hereingekommen sei und daß sie weder mit ihm noch mit einem anderen etwas gehabt habe.

Und Tom Dorry, der nach achtzehn Monaten Dienst bei der Marine heimkehrte, packte seine Siebensachen und zog zu seiner Mutter, als er hörte, in welchem Zustand sich seine Frau befand. Doch die Mutter riet ihm, wieder nach Hause zu gehen und seiner armen Frau beizustehen, denn sie habe Angst. Und als auch das ihn nicht rührte, bekannte sie, daß auch sie, seit Jahren ehrbare Witwe, nun ja, nicht direkt Angst habe, aber daß sie sich um alles in der Welt nicht erklären könne, wie es passiert sei. Ratlos ging Tom Dorry nach Hause, wo er seine Frau in der Küche auf dem Boden fand, neben sich eine leere Aspirinschachtel. Er stürzte fort, den Arzt zu holen.

Eine andere nicht mehr ganz junge Frau kaufte sich ein Fahrrad und strampelte damit, finster entschlossen, unglaubliche Entfernungen herunter.

Zwei junge Frauen wurden ohnmächtig, weil sie zu heiß gebadet hatten.

Drei stolperten auf unerklärliche Weise und fielen die Treppe hinunter.

Eine weitere Anzahl litt unter merkwürdigen Magenkrämpfen. Und selbst Miß Ogle in ihrem Postbüro wurde beim Verzehr einer recht eigenartigen Mahlzeit aus fingerdick gestrichener Fischpaste und einem halben Pfund saurer Gurken beobachtet.

Es kam so weit, daß wachsende Besorgnis Dr. Willers zu einer dringenden Besprechung ins Pfarrhaus trieb, wo die beiden Herren, wie um den Handlungsbedarf zu unterstreichen, von einem verzweifelten Ruf nach dem Arzt unterbrochen wurden.

Wie sich herausstellte, war es weniger schlimm, als es zunächst schien. Glücklicherweise hatte das Wort GIFT nur den Vorschriften entsprechend auf der Flasche mit dem Desinfektionsmittel gestanden und war nicht so wörtlich zu nehmen, wie Rosie Platch es geglaubt hatte. Trotzdem änderte es nichts an der tragischen Absicht. Als Dr. Willers fertig mit seiner ärztlichen Hilfeleistung war, wurde er von blinder, ohnmächtiger Wut ergriffen. Die arme kleine Rosie Platch war erst siebzehn Jahre alt ...

8

DIE innere Ruhe, die Gordon Zellaby nach der nun zwei Tage zurückliegenden Hochzeit von Alan und Ferrelyn allmählich wiedergefunden hatte, wurde durch Dr. Willers Erscheinen brutal gestört. Der Arzt, noch immer erregt vom Selbstmordversuch der Rosie Platch, war in einem solchen Zustand, daß Zellaby Schwierigkeiten hatte, den Grund seines Kommens zu verstehen.

Nach und nach begriff er, daß der Arzt und der Pfarrer gemeinsam beschlossen hatten, seine oder vielmehr Angelas Hilfe zu erbitten. Es ging dabei um eine Angelegenheit, die ihm keineswegs klar wurde, und der tragische Fall der kleinen Rosie hatte offensichtlich dazu geführt, daß Dr. Willers dieses Vorhaben so schnell wie möglich in die Tat umsetzen wollte.

„Bis jetzt haben wir Glück gehabt", erklärte Willers, „aber dies ist nun schon der zweite Selbstmordversuch in einer Woche. Jeden Moment können weitere folgen – und zwar erfolgreiche. Wir müssen die Sache an die Öffentlichkeit bringen und die Spannung lösen. Wir dürfen nicht länger warten."

„Was mich betrifft, so kann ich bestätigen, daß es bestimmt noch nicht an die Öffentlichkeit gedrungen ist. Ich habe keine Ahnung, worum es eigentlich geht", meinte Zellaby.

Willers starrte ihn an und rieb sich die Stirn. „Verzeihung", bat er. „Ich war so eingespannt in letzter Zeit, daß mir gar nicht die Idee gekommen ist, Sie könnten noch nichts davon wissen. Es geht um all diese unerklärlichen Schwangerschaften."

„Unerklärliche Schwangerschaften?" fragte Zellaby erstaunt.

Willers versuchte ihm zu erklären, warum sie unerklärlich waren. „Das Ganze ist so mysteriös", schloß er, „daß der Pfarrer und ich zu dem Schluß gekommen sind, es müsse irgendwie mit dem anderen unerklärlichen Erlebnis zusammenhängen, das wir hier hatten – mit dem Tag X."

Zellaby sah ihn gedankenverloren an. Die Besorgnis des Arztes war offenbar echt.

„Das scheint mir eine recht merkwürdige Theorie", sagte er vorsichtig.

„Wir stehen vor einer mehr als merkwürdigen Situation", erwiderte Willers. „Aber das kann warten. Was jedoch nicht warten kann, sind die vielen Frauen, die dicht vor der Hysterie stehen. Einige davon sind meine Patientinnen, andere werden es noch werden, und wenn die augenblicklich herrschende Spannung nicht rasch gelöst wird ..." Er ließ den Satz unbeendet und schüttelte den Kopf.

„Die vielen Frauen?" wiederholte Zellaby fragend. „Ein bißchen ungenau, wie mir scheint. Wie viele sind es denn?"

„Na, so fünfundsechzig, siebzig, würde ich sagen."

„Was?" Zellaby starrte ihn ungläubig an.

„Ich sagte ja, es ist ein vertracktes Problem."

„Aber wie kommen Sie auf fünfundsechzig?"

„Weil das in etwa die Anzahl der Frauen in gebärfähigem Alter im Ort ist", erklärte Willers.

SPÄTER am selben Abend, nachdem Angela Zellaby müde und entsetzt zu Bett gegangen war, sagte Willers: „Es tut mir leid, daß ich ihr das antun mußte, Zellaby. Aber früher oder später hätte sie's ja doch erfahren. Ich hoffe nur, daß die anderen es ebenso gefaßt aufnehmen wie sie."

Zellaby nickte düster. „Ja, sie ist wirklich großartig. Wie hätten Sie oder ich wohl einen solchen Schock überstanden?"

„Ich weiß es nicht“, entgegnete Willers. „Bis jetzt machen sich die meisten der verheirateten Frauen noch keine Gedanken, doch nun bleibt uns keine Wahl mehr: Wenn wir den Unverheirateten Nervenzusammenbrüche ersparen wollen, müssen wir die Ehefrauen ebenfalls in Unruhe versetzen. Ich sehe keinen anderen Weg.“

„Ich frage mich nur, wieviel wir ihnen sagen sollen“, überlegte Zellaby. „Sollen wir ein großes Geheimnis daraus machen und sie letzten Endes selbst ihre Schlüsse ziehen lassen, oder haben Sie einen besseren Vorschlag?“

„Verdammt noch mal, es ist doch ein Geheimnis“, sagte der Doktor.

„Das *Wie* ist ein Geheimnis“, berichtigte Zellaby. „Aber ich glaube kaum, daß Zweifel bestehen in bezug auf das, *was* geschehen ist. Und ich glaube, Sie sind sich ebenfalls klar darüber. Es sei denn, Sie weichen der Erkenntnis bewußt aus.“

„Sagen Sie's“, bat Willers. „Ihre Schlußfolgerungen lauten möglicherweise anders als meine. Hoffentlich.“

Zellaby schüttelte den Kopf. „Die Schlußfolgerungen –“, begann er. Dann fiel sein Blick auf das Bild seiner Tochter, und er brach ab.

„Mein Gott!“ rief er. „Ferrelyn auch?“

Langsam wandte er den Kopf wieder dem Doktor zu. „Ich nehme an, Sie wissen es nicht.“

Willers zögerte. „Ich bin nicht sicher“, bekannte er.

Zellaby strich sich das weiße Haar zurück und lehnte sich tief in den Sessel. Stumm starrte er minutenlang auf das Muster des Teppichs. Dann riß er sich zusammen. „Es bieten sich drei, nein, vielleicht auch vier Möglichkeiten“, sagte er betont unbeteiligt. „Ich schätze, Sie hätten, gäbe es einen Anhaltspunkt für sie, die nächstliegende Möglichkeit bereits erwähnt. Gegen sie sprechen mehrere Punkte, zu denen ich gleich kommen werde.“

„Sehr richtig“, bestätigte der Doktor.

Zellaby nickte. „Zweitens wäre, zumindest bei den primitiveren Lebensformen, Parthenogenese nicht unmöglich?“

„Schon, aber keinesfalls, soweit bekannt, bei den höheren Lebensformen. Ganz gewiß nicht bei den Säugetieren.“

„Richtig. Nun, dann haben wir noch künstliche Befruchtung.“

„Haben wir“, nickte der Doktor.

„Aber Sie glauben nicht daran?“

„Nein."

„Ich auch nicht. Bleibt also", fuhr Zellaby leicht ergrimmt fort, „die Möglichkeit der Implantation, die etwas zur Folge hat, das Huxley ‚Xenogenese' genannt hat, das heißt, die Hervorbringung einer Lebensform, die möglicherweise von der der Mutter abweicht – oder sollte man sie richtiger als Wirt bezeichnen? Sie wäre ja nicht die echte Mutter."

Dr. Willers runzelte die Stirn. „Ich hoffe, daß diese Möglichkeit den Frauen nie in den Sinn kommt."

Zellaby schüttelte den Kopf. „Diese Hoffnung geben Sie lieber ganz schnell auf, mein Lieber. Vielleicht kommen sie nicht gleich darauf, doch es ist die einzige Erklärung, die den Intelligenteren von ihnen übrigbleibt. Denn sehen Sie mal her: Wir sind beide der Ansicht, daß man Parthenogenese, also jungfräuliche Empfängnis, streichen kann, nicht wahr? Es gibt nicht einen stichhaltig belegten Fall."

Der Doktor nickte.

„Gut. Weiterhin werden Sie sich darüber im klaren sein, daß sowohl Vergewaltigung als auch künstliche Befruchtung schon wegen der hundertprozentigen Empfängnisquote nicht in Frage kommen, denn nach den Gesetzmäßigkeiten der Verhältnisregeln ist es unmöglich, daß sich alle Frauen im gleichen Stadium ihres Zyklus befinden. Das trifft nebenbei auch auf Parthenogenese zu. Es ist schlechthin unmöglich, daß aus einer Gruppe von Frauen mehr als fünfundzwanzig Prozent sich im gleichen Stadium der Schwangerschaft befinden."

„Na –", begann der Doktor zweifelnd.

„Also gut, machen wir Konzessionen und sagen dreiunddreißigeindrittel Prozent, und das ist hochgegriffen. Trotzdem, wenn Ihre geschätzte Anzahl stimmt, ist das immer noch eine statistische Unmöglichkeit. Ergo bleibt uns nur die vierte und letzte Theorie: daß während des Tages X eine Implantation befruchteter Eizellen stattgefunden hat."

Willers machte ein unglückliches Gesicht und schien immer noch nicht überzeugt. „Aber gibt es nicht vielleicht noch andere Möglichkeiten, an die wir nicht gedacht haben?"

„Fällt Ihnen eine Form der Empfängnis ein, die nicht unter die Verhältnisregeln fällt?" fragte Zellaby ein wenig ungeduldig. „Nein? Folgt also, daß dies nicht Empfängnis sein kann. Darum muß es Implantation sein."

Der Doktor seufzte. „Na schön, Sie sollen recht haben“, sagte er. „Ich persönlich interessiere mich nur am Rande für das ‚Wie‘. Meine Sorge gilt dem Wohl all derer, die meine Patientinnen sind oder es noch werden.“

„Richtige Sorgen werden Sie erst später bekommen“, warf Zellaby ein. „Denn da sich alle im gleichen Stadium befinden, werden auch die Geburten zur gleichen Zeit stattfinden oder jedenfalls so ziemlich zur gleichen Zeit. Zwischen Ende Juni und der ersten Juliwoche. Vorausgesetzt natürlich, es verläuft alles normal.“

„Im Augenblick“, widersprach Willers entschieden, „ist mein Hauptanliegen, die Frauen zu beruhigen und sie nicht noch mehr aufzuregen. Und deshalb müssen wir unter allen Umständen verhindern, daß diese Implantationstheorie die Runde macht, jedenfalls so lange wie möglich. Sie könnte Panik erzeugen. Ich bitte Sie, tun Sie sie einfach ab, wenn Ihnen jemand damit kommt.“

„Ja“, stimmte Zellaby nach einigem Nachdenken zu. „Ja, Sie haben recht. In diesem Fall scheint mir eine Zensur wirklich gerechtfertigt.“ Er runzelte die Stirn. „Schwer abzuschätzen, wie Frauen so etwas betrachten. Ich muß sagen, wenn ich eine Lebensform hervorbringen sollte, von der ich nicht weiß, wie sie aussehen wird – ich würde wahnsinnig. Sicher, die meisten Frauen sind seelisch viel stärker als wir, aber für die wenigen, die es nicht sind, ist es unerläßlich, diesen Verdacht so lange wie irgend möglich geheimzuhalten.“ Er überlegte. „Und jetzt müssen wir meiner Frau ein paar Richtlinien für ihr Verhalten ausarbeiten. Es gibt da verschiedene Punkte, die wir auf keinen Fall außer acht lassen dürfen. Einer der heikelsten wird sein, wie wir ein öffentliches Bekanntwerden dieser Angelegenheit verhindern können.“

„Mein Gott, ja“, pflichtete Willers bei. „Wenn erst einmal die Presse davon Wind bekommt ...“

„Ich weiß. Davor bewahre uns Gott. Tägliche Kommentare und sechs Monate Zeit für die gewagtesten Spekulationen ... Nein, danke. Tun wir also, was in unseren Kräften steht. Zu Hilfe kommt uns die Tatsache, daß der Geheimdienst den Tag X aus der Presse herausgehalten hat. So, und jetzt wollen wir mal überlegen, wie Angela die Sache am besten anfängt ...“

9

DIE Werbung für die „für jede Frau von Midwich unerläßliche Informationsversammlung" war intensiv. Neugierig fragten sich die Leute, was es denn Wichtiges sei, das den Doktor, den Pfarrer und deren Frauen, die Bezirksschwester und beide Zellabys auf den Plan rief und veranlaßte, jeden einzelnen persönlich einzuladen. Auf ihre Fragen bekamen sie jedoch nur ausweichende Antworten. Da zudem versichert wurde, der Eintritt sei frei, es werde nicht gesammelt und es gebe freien Tee für jedermann, war dafür gesorgt, daß kaum ein Stuhl frei blieb.

Die beiden Initiatoren saßen auf der Bühne, zwischen sich, ein wenig blaß, Angela Zellaby. Der Doktor rauchte nervös; der Pfarrer war in Betrachtungen versunken, aus denen er sich nur dann und wann losriß, um an Mrs. Zellaby eine Frage zu richten, die sie zerstreut beantwortete. Sie warteten zehn Minuten, um auch den Zuspätkommenden noch Gelegenheit zur Teilnahme zu bieten, dann ließ der Doktor die Türen schließen und eröffnete die Versammlung mit einer kurzen Ansprache, die lediglich die große Bedeutung des Treffens betonte.

Der Pfarrer stellte sodann mit wenigen Worten Mrs. Zellaby vor und bat, ihr aufmerksam zuzuhören. Sie habe in allem, was sie sage, seine und Dr. Willers' vollste Unterstützung, und er habe sie lediglich gebeten, zu den Versammelten zu sprechen, weil die Angelegenheit besser von einer Frau behandelt werde. Er danke ihr, daß sie sich dieser Mühe unterziehen wolle.

„Dr. Willers und ich", schloß er, „werden uns jetzt zurückziehen, doch wir werden in der Nähe bleiben. Wenn Mrs. Zellaby fertig ist, werden wir, falls Sie das wünschen, wiederkommen und nach bestem Vermögen Ihre Fragen beantworten. Und jetzt bitte ich Sie, Mrs. Zellaby Ihre Aufmerksamkeit zu schenken."

Er verschwand mit dem Doktor durch eine Seitentür, die sie jedoch nicht hinter sich schlossen, sondern nur anlehnten.

Angela Zellaby nahm einen Schluck Wasser aus dem Glas, das vor ihr auf dem Tisch stand. Sie blickte auf ihre Notizen, dann hob sie den Kopf und wartete, bis das Stimmengewirr verebbte. Sie faßte ihr Publikum ins Auge, als sähe sie jeden einzeln an. „Zunächst", begann sie, „muß ich Sie warnen. Was ich Ihnen zu sagen habe, ist für mich schwer auszusprechen, für Sie schwer zu glauben und für uns alle schwer zu verstehen." Sie machte eine Pause, senkte den Blick und sah wieder auf.

„Ich bekomme ein Baby", erklärte sie. „Und ich bin sehr, sehr glücklich darüber. Das ist natürlich für eine Frau. Nicht natürlich ist es, sich davor zur fürchten. Leider gibt es in Midwich eine Anzahl Frauen, die genau das tun. Sie sind unglücklich, schämen sich und haben Angst. Für sie haben wir diese Versammlung einberufen, um ihnen zu helfen und zu versichern, daß das alles nicht nötig ist."

Ruhig sah sie sich wieder im Publikum um. Hier und da, so schien es, wurde der Atem angehalten.

„Etwas sehr Seltsames hat sich bei uns ereignet. Nicht bei einigen wenigen, nein, bei fast allen ..., bei fast allen Frauen von Midwich, die Kinder bekommen können."

Die Zuhörer saßen stumm und reglos; aller Blicke waren auf die Sprecherin gerichtet, während sie ihnen die Lage erklärte. Bevor sie jedoch zum Schluß kam, entstand in der rechten Saalecke eine Unruhe. Angela sah auf und stellte fest, daß Miß Latterly und ihre unzertrennliche Begleiterin, Miß Lamb, die Ursache waren.

Angela wartete. Sie hörte die ungehaltene Stimme Miß Latterlys, verstand jedoch nicht, was sie sagte.

„Miß Latterly", sagte Angela deutlich. „Ist es richtig, daß das Thema dieser Versammlung Sie nicht direkt betrifft?"

Miß Latterly erhob sich. „Natürlich ist das richtig, Mrs. Zellaby", erwiderte sie mit vor Entrüstung bebender Stimme. „Ich habe nie, nie in meinem ganzen Leben ..."

„Dann möchte ich Sie bitten, angesichts dessen, daß das Thema für viele hier von größter Wichtigkeit ist, sich weiterer Störungen zu enthalten. Oder wollen Sie lieber gehen?"

Miß Latterly blieb trotzig stehen und sah Mrs. Zellaby an. „Das ist doch ...", begann sie. Dann besann sie sich eines Besseren. „Na schön, Mrs. Zellaby", sagte sie. „Ich werde gegen die unerhörten Verleumdungen, die Sie hier ausgesprochen haben, zu gegebener Zeit Beschwerde einlegen."

Würdevoll machte sie kehrt und wartete, daß Miß Lamb ihr folge.

Doch Miß Lamb rührte sich nicht.

Miß Latterly wollte etwas sagen, doch der Ausdruck in Miß Lambs Gesicht hinderte sie daran. Sie starrte vor sich hin, während ihr ganzes Gesicht nach und nach puterrot wurde.

Miß Latterly stieß einen komischen Laut aus; mit der Hand umklammerte sie die Stuhllehne. Stumm blickte sie auf ihre Freundin hinunter. In wenigen Sekunden war sie um Jahre gealtert. Mühsam raffte sie sich zusammen, ließ den Stuhl los und ging stocksteif, mit kleinen, unsicheren Schritten, hinaus.

Angela wartete. Sie hatte erregtes Gemurmel erwartet, doch die Zuhörer blieben still. Sie waren verstört. Erwartungsvoll wandten sich ihr alle Gesichter zu. Sie nahm ihren Faden wieder auf und versuchte die Spannung, die Miß Latterly noch gesteigert hatte, wieder herabzusetzen. Nur mit Mühe brachte sie ihren Vortrag zu Ende.

Und jetzt erhob sich augenblicklich das erwartete Stimmengewirr. Angela trank noch einen Schluck Wasser, während sie aufmerksam die Menschen im Saal beobachtete.

Miß Lamb drückte sich ein Taschentuch vor die Augen und saß in sich zusammengesunken da, während die freundliche Mrs. Brant sie zu trösten versuchte. Doch Miß Lamb war durchaus nicht die einzige, die weinte. Über die gebeugten Köpfe hinweg klangen schrille Stimmen, die Unglauben, Empörung und Bestürzung verrieten. Im ganzen jedoch war die Unruhe keinesfalls so groß, wie Angela befürchtet hatte.

Erleichtert und mit wachsendem Selbstvertrauen klopfte sie nach einer ihr angemessen erscheinenden Pause auf den Tisch. Die Stimmen erstarben. Angela holte tief Luft und begann von neuem.

„Nur sehr dumme Menschen“, sagte sie, „erwarten vom Leben nur Schönes. Das ist Unsinn. Aber dieses Ereignis wird auf einigen von uns viel schwerer lasten als auf anderen. Trotzdem sitzen wir alle im selben Boot, ob verheiratet oder nicht. Es gibt keinen Grund, geringschätzig auf die eine oder andere herabzublicken – gar keinen! Wir sind alle außerhalb der Konventionen gestellt worden, und falls eine verheiratete Frau versucht sein sollte, sich für tugendsamer zu halten als ihre unverheiratete Nachbarin, so soll sie sich überlegen, ob sie tatsächlich nachweisen kann, daß das Kind, das sie trägt, von ihrem Mann stammt. Dies ist uns allen gemeinsam widerfahren, und gemeinsam müssen wir es tragen. Es gibt keinen Unterschied zwischen uns, bis auf den, daß ...“ Sie machte eine Pause und wiederholte: „... bis auf den, daß einige von uns nicht die Liebe eines Mannes besitzen, die ihnen hilft. Deshalb sind diese um so mehr auf unser aller Mitgefühl und unsere Fürsorge angewiesen."

Sie sprach noch weiter über diesen Punkt, bis sie meinte, den gewünschten Erfolg erzielt zu haben, und wandte sich dann einem anderen Aspekt zu. „Dies", betonte sie, „ist unsere Angelegenheit. Es gibt kaum etwas, das persönlicher wäre. Und ich bin der Ansicht – und nehme an, daß Sie mir darin beipflichten –, daß das auch so bleiben soll. Wir wollen keine Einmischung! Sie alle wissen sehr gut, wie sich billige Zeitschriften auf alles stürzen, das mit Geburt zu tun hat, besonders wenn es sich dabei um ungewöhnliche Umstände handelt. Darum rate ich Ihnen, vermeiden Sie, etwas nach außen durchsickern zu lassen. Es könnte für uns alle häßliche und unangenehme Folgen haben. Es ist Midwichs Angelegenheit, und sie wird so gehandhabt, wie Midwich es will, und nicht, wie irgendeine Boulevardzeitung es möchte. Wenn Leute aus Trayne oder andere Fremde Sie fragen, geben Sie keine Auskunft, um Ihrer selbst und um der Babys willen. Aber machen Sie kein Geheimnis daraus. Tun Sie, als sei in Midwich alles normal. Wenn wir alle zusammenhalten, wird sich niemand für uns interessieren, und wir haben unsere Ruhe. Dies ist allein unsere Angelegenheit, und niemand hat ein größeres Recht oder eine größere Pflicht, unsere Kinder vor dem Ausgenutztwerden zu schützen, als wir, die wir ihre Mütter werden."

Sie sah die Frauen eindringlich an. „Ich werde jetzt den Herrn Pfarrer und Dr. Willers bitten hereinzukommen", schloß sie. „Bitte, entschuldigen Sie mich für ein paar Minuten, ich werde später wieder zu Ihnen kommen. Sie haben sicher eine Menge Fragen auf dem Herzen."

Sie schlüpfte durch die Seitentür in den Nebenraum.

„Ausgezeichnet, Mrs. Zellaby. Wirklich ausgezeichnet", lobte Mr. Leebody.

Dr. Willers drückte ihr die Hand. „Ich glaube, Sie haben's geschafft", sagte er. Dann folgte er dem Pfarrer in den Saal.

Zellaby führte sie zu einem Sessel. Sie nahm Platz und lehnte sich mit geschlossenen Augen zurück. Sie war blaß und wirkte erschöpft.

„Ich finde, du solltest lieber nach Hause gehen", sagte er.

Sie schüttelte den Kopf. „Nein, mir ist gleich wieder besser. Ich muß wieder zu den Frauen."

„Die werden auch ohne dich fertig. Du hast deine Pflicht getan, und großartig dazu.“

Wieder schüttelte sie den Kopf. „Ich weiß, was in diesen Frauen jetzt vorgeht. Dies ist wichtig, Gordon. Wir müssen ihnen Gelegenheit geben, Fragen zu stellen, so lange sie wollen. Dann sind sie über den ersten Schock hinweg, wenn sie gehen.“ Sie hob die Hand und strich sich das Haar zurück. „Weißt du, daß das nicht wahr ist, was ich vorhin gesagt habe, Gordon?“

„Was denn, Liebes? Du hast eine ganze Menge gesagt.“

„Daß ich froh und glücklich bin. Vor zwei Tagen war ich es noch, aber jetzt habe ich Angst. Einfach Angst.“

Sein Griff um ihre Schultern wurde fester. Seufzend legte sie ihren Kopf an seine Brust.

„Mein Liebes, mein Liebes“, sagte er und strich ihr übers Haar. „Es wird alles gut werden. Wir passen schon auf dich auf.“

Sie weinte. „Zu wissen, da wächst etwas in einem, und nicht zu wissen, wie oder was ... Es ist so ..., so demütigend, Gordon. Ich fühle mich wie ein Tier.“

Er küßte sie auf die Wange und hörte nicht auf, ihr übers Haar zu streichen. „Mach dir keine Sorgen“, redete er ihr zu. „Ich wette, wenn es ankommt, sagst du sofort: ‚Sieh mal, die Zellabysche Nase!‘ Und wenn nicht, dann tragen wir unsere Enttäuschung gemeinsam, mein Liebes. Du bist nicht allein. Ich bin da, und Willers ist da. Wir werden immer dasein und dir helfen.“

Sie wandte den Kopf und küßte ihn. „Gordon, Liebster“, sagte sie. Dann machte sie sich los und setzte sich auf. „Ich muß wieder zurück“, erklärte sie entschlossen.

Zellaby sah ihr nach. Dann rückte er den Stuhl näher an die angelehnte Tür, steckte sich eine Zigarette an und lauschte kritisch auf die Fragen, die die Stimmung im Dorf widerspiegelten.

10

Im Januar bestand die Hauptaufgabe darin, den Schock zu mildern und die Reaktionen der Betroffenen zu steuern, um auf diese Weise eine ruhigere Einstellung zur Situation zu schaffen. Die erste Versammlung konnte als Erfolg verbucht werden; vieles war geklärt, die

Angst verscheucht worden, und die Zuhörer hatten zum größten Teil den Vorschlag zu Solidarität und gemeinsam zu tragender Verantwortung akzeptiert.

Als die Verwirrung nach dem ersten Schreck dem Gefühl gewichen war, daß zuverlässige Personen sich der Angelegenheit angenommen hatten, und als bei den jungen Frauen selbstbewußter Stolz Elend und Angst ablöste und im allgemeinen die Bestürzung einer Art freudiger Erwartung Platz gemacht hatte, konnte sich das Komitee mit Recht sagen, daß es ihm gelungen war, die Dinge in die rechte Bahn zu lenken.

Das ursprüngliche Komitee – Willers, die Leebodys, die Zellabys und Schwester Daniels – war um uns beide und Arthur Crimm erweitert worden, der die Interessen der urplötzlich mitten ins Leben von Midwich hineingezogenen Bewohner des Meierhofes vertrat.

Doch trotz dieses ersten Erfolges konnte sich das Komitee nun keineswegs auf seinen Lorbeeren ausruhen. Im Gegenteil, die so bedachtsam unterstützte Einstellung der Dorfbewohner mußte gepflegt werden, und man mußte auf der Hut sein, daß die üblichen Vorurteile nicht wieder die Oberhand gewannen.

„Wir müssen", faßte Angela bei einer Sitzung zusammen, „eine Art Notgemeinschaft schaffen, ohne dabei zuzugeben, daß dies tatsächlich eine solche ist."

Dieser Vorschlag fand allgemeinen Beifall. Nur Mrs. Leebody schien nicht überzeugt. „Aber", wandte sie zögernd ein, „wir sollten doch ehrlich sein, finden Sie nicht?"

Wir sahen sie fragend an.

„Nun ja, ich meine, es ist ja doch schließlich eine Notlage, in der wir uns befinden, nicht wahr?" meinte sie. „Und so etwas wird uns bestimmt nicht ohne Grund auferlegt. Es muß einen Grund dafür geben, und unsere Pflicht ist es, ihn zu finden."

Angela betrachtete sie nachdenklich. „Ich verstehe nicht ganz ...", begann sie.

„Na ja", erklärte Mrs. Leebody. „Wenn solche Dinge, so ungewöhnliche Dinge, geschehen, gibt es gewöhnlich einen Grund dafür. Ich meine, so wie bei den Plagen Ägyptens und bei Sodom und Gomorrha."

Schweigen. Zellaby fühlte sich veranlaßt, die betretene Stille zu brechen.

„Ich für meinen Teil", bemerkte er, „halte die Plagen Ägyptens für ein unerfreuliches Beispiel himmlischer Abschreckungstaktik. Und Sodom ..." Auf einen Blick seiner Frau hin brach er ab.

„Hm ...", räusperte sich der Pfarrer, denn ihm schien, daß er hier auch etwas sagen müsse. „Hm ..."

Angela kam ihm zu Hilfe. „Ich glaube nicht, daß Sie sich darüber Gedanken zu machen brauchen, Mrs. Leebody. Zwar ist Unfruchtbarkeit eine klassische Form göttlichen Fluches, doch ich erinnere mich nicht, je davon gehört zu haben, daß göttliche Vergeltung die Form von Fruchtbarkeit angenommen hat. Das scheint doch auch ziemlich abwegig, nicht wahr?"

„Das kommt auf die Frucht an", erwiderte Mrs. Leebody düster.

Abermals unbehagliches Schweigen. Alle, außer Mr. Leebody, sahen Mrs. Leebody an.

Dr. Willers' Blick wanderte weiter zu Schwester Daniels und dann wieder zurück zu Mrs. Leebody, die es durchaus nicht zu stören schien, daß sie Mittelpunkt des Interesses war. Dann sah sie uns alle der Reihe nach an.

„Es tut mir leid, aber ich fürchte, daß ich der Grund für dies alles bin", bekannte sie mit reumütiger Miene.

„Meine liebe Mrs. Leebody ...", begann der Doktor.

Abwehrend hob sie die Hand. „Sie sind sehr freundlich", sagte sie. „Ich weiß, Sie wollen mich schonen. Aber die Zeit ist gekommen, da ich bekennen muß. Ich habe nämlich gesündigt. Hätte ich vor zwölf Jahren mein Kind bekommen, wäre dies alles nicht geschehen. Jetzt muß ich zur Strafe ein Kind tragen, das nicht von meinem Mann ist. Das ist doch ganz eindeutig! Dies ist meine Strafe, und ich bedaure unendlich, daß Sie alle sie mit mir ertragen müssen. Es ist genau wie mit den Plagen –"

Hochrot und bestürzt unterbrach sie der Pfarrer: „Ich glaube ..., hm ... Wenn Sie uns entschuldigen würden ..."

Allgemeines Stühlerücken. Ruhig trat Schwester Daniels zu Mrs. Leebody und unterhielt sich mit ihr.

Dr. Willers beobachtete die beiden, bis er merkte, daß Mr. Leebody stumm fragend neben ihm stand. Begütigend legte er ihm die Hand auf die Schulter.

„Die Nachwirkung des Schocks, Mr. Leebody. Durchaus verständlich. Ich hatte schon eher Fälle wie diesen erwartet. Schwester

Daniels wird sie nach Hause bringen und ihr ein Beruhigungsmittel geben. Schlaf ist die beste Medizin. Ich komme morgen und sehe nach ihr."

Dann gingen wir auseinander, bedrückt und nachdenklich.

ANGELA ZELLABYS Vorschlag wurde mit Erfolg in die Tat umgesetzt. In der zweiten Januarhälfte wurde das Programm der Sozial- und Nachbarschaftshilfe in einem Umfang gestartet, der sicherstellte, daß nur die notorischen Quertreiber allein blieben und Zeit zum Grübeln hatten.

Ende Februar konnte ich Bernard berichten, daß die Dinge im großen und ganzen glatt liefen – glatter jedenfalls, als wir es zunächst erwartet hatten. Die generelle Zuversicht hatte zwar hier und da mal ein wenig nachgelassen, war jedoch stets sogleich wieder gestiegen. In einer Hinsicht konnte ich hingegen Bernards Neugier nicht befriedigen: Ich hatte keine Ahnung, wie es im Meierhof aussah. Entweder waren die Wissenschaftler der Ansicht, die Angelegenheit fiele unter das Geheimhaltungsgebot, oder sie hielten es für besser, zumindest so zu tun.

Noch immer war das einzige Verbindungsglied zum Dorf Mr. Crimm, und ich erklärte, daß entweder ich ermächtigt werden müsse, ihm von meinem offiziellen Auftrag Mitteilung zu machen, oder Bernard müsse ihn persönlich befragen. Bernard entschied sich für die zweite Möglichkeit und vereinbarte eine Zusammenkunft mit Mr. Crimm bei dessen nächstem Besuch in London.

Als Mr. Crimm zurückkam, suchte er uns auf. Offenbar verspürte er das Bedürfnis, uns sein Herz auszuschütten und von den Sorgen zu erzählen, die auf ihm lasteten.

„Das sind doch alles Bürokraten und Paragraphenreiter", beschwerte er sich. „Ich weiß einfach nicht, was ich machen soll, wenn meine sechs weiblichen Mitarbeiter demnächst anfangen, mit ihren Urlaubswünschen den gesamten sorgfältig ausgearbeiteten Abwesenheitsplan durcheinanderzubringen. Alle unsere Arbeitstermine werden über den Haufen geworfen. Ich habe Colonel Westcott gesagt, wenn seine Behörde die Sache ernstlich geheimhalten will, kann sie das nur, wenn sie sich auf oberster Ebene offiziell einschaltet. Andernfalls wird man früher oder später Erklärungen für die auffälligen Arbeitsausfälle von mir verlangen. Ich glaube, er hat das auch eingesehen, aber ich verstehe immer noch nicht, was den Geheimdienst so sehr daran interessiert."

„Wie schade", meinte Janet. „Und wir hatten so gehofft, Sie könnten uns genau das erklären."

NACHDEM Mrs. Leebody der Sitzung des Komitees ein so peinliches Ende gesetzt hatte, nahm sie – kaum zu unserer Überraschung – nicht weiter an der aktiven Förderung der dörflichen Harmonie teil. Als sie nach einigen Tagen Ruhe wieder in der Öffentlichkeit auftauchte, schien sie ihr Gleichgewicht wiedergefunden und den festen Entschluß gefaßt zu haben, die ganze unglückliche Situation als eine widerwärtige Angelegenheit abzutun.

Eines Tages Anfang März jedoch brachten der Pfarrer von St. Mary in Trayne und seine Frau Mrs. Leebody mit dem Wagen nach Hause. Sie hatten sie, wie sie verlegen berichteten, auf dem Marktplatz von Trayne gefunden, als sie auf einer umgestülpten Kiste stand und dort eine Art von Predigt hielt.

„Eine Predigt?" fragte Mr. Leebody, in dessen Besorgnis sich auf einmal heftige Unruhe mischte. „Ich ... Hm ... Können Sie mir sagen, worüber?"

„Tja, nun, das war ziemlich phantastisch", wich der Pfarrer von St. Mary aus.

„Aber ich muß es unbedingt wissen. Der Arzt fragt bestimmt danach, wenn er kommt."

„Nun – eh –, es war so etwas wie ein Aufruf zur Buße. Sie sprach wie ein Erweckungsprediger. Die Leute von Trayne sollten Buße tun und um Vergebung bitten, auf daß nicht Zorn, Vergeltung und Höllenfeuer sie träfen. Ziemlich nonkonformistisch, muß ich leider sagen. Gespenstisch. Vor allem, so sagte sie, sollten die Einwohner von Trayne den Leuten von Midwich aus dem Wege gehen; die hätten bereits unter dem göttlichen Groll zu leiden. Wenn sich die Leute von Trayne nicht vorsähen und sich besserten, träfe auch sie die Strafe Gottes."

„Aha", sagte Mr. Leebody und bemühte sich, möglichst unbeteiligt zu klingen. „Aber welcher Art die Strafe ist, die uns heimgesucht hat, das hat sie nicht gesagt?"

„Ein Fluch", erklärte ihm der Pfarrer von St. Mary. „Die Auferlegung einer Plage in Form von – hm – Babys. Das hat natürlich eine

Menge unanständiger Zwischenrufe bewirkt. Eine höchst bedauerliche Angelegenheit. Als mich dann meine Frau auf Mrs. Leebodys Zustand aufmerksam machte, schien mir das Ganze zwar etwas verständlicher, aber zugleich noch weit tragischer. Ich ... Ah, da ist ja Dr. Willers." Erleichtert brach er ab.

EINE Woche später bezog Mrs. Leebody nachmittags auf den Stufen des Kriegerdenkmals Posten. Barfüßig, bekleidet mit einem härenen Bußgewand und einem Aschenfleck auf der Stirn, begann sie mit ihrer Ansprache. Zum Glück waren um diese Zeit nur wenige Menschen auf der Straße, und Mrs. Brant konnte sie überreden, nach Hause zu gehen, noch ehe sie richtig mit ihrer Predigt begonnen hatte. Die Nachricht von diesem Ereignis verbreitete sich im Dorf wie ein Lauffeuer. Midwich reagierte eher mitfühlend als staunend, als kurz darauf bekannt wurde, daß Dr. Willers Mrs. Leebody in ein Sanatorium eingewiesen hatte.

ETWA Mitte März kamen Alan und Ferrelyn zum erstenmal seit ihrer Hochzeit in Midwich zu Besuch. Da Ferrelyn bis zu Alans Entlassung aus dem Militärdienst ganz allein unter Fremden in einer kleinen schottischen Stadt gewohnt hatte, war Angela dagegen gewesen, sie mit Mitteilungen über die Lage in Midwich zu beunruhigen. Also mußte sie die Neuigkeit den beiden jetzt beibringen.

Der besorgte Ausdruck auf Alans Gesicht vertiefte sich, als er von der mißlichen Lage erfuhr.

Ferrelyn lauschte, ohne etwas zu sagen, und warf nur ab und zu einen raschen Blick zu Alan hinüber. Später brach sie als erste das Schweigen.

„Wißt ihr", bekannte sie, „ich hatte gleich das Gefühl, als sei etwas nicht in Ordnung. Ich meine, es dürfte –" Sie brach ab. Ihr war ein ganz anderer Gedanke gekommen. „Mein Gott, wie furchtbar! Der arme Alan! Ich habe ihn ja praktisch dazu gezwungen, mich zu heiraten. Das ist doch Nötigung, nicht wahr? Oder Erpressung! Ist das ein Scheidungsgrund? Oh, wie schrecklich. Willst du dich scheiden lassen, Liebling?"

In Zellabys Augenwinkeln bildeten sich bei den Worten seiner Tochter kleine Fältchen.

Alan legte seine Hand auf die ihre. „Ich denke, wir sollten einen solchen Schritt nicht in Betracht ziehen, mein Schatz. Oder was meinst du?“

„Liebster“, sagte Ferrelyn nur und drückte seine Hand. Dann wandte sie sich an Angela und bat sie um weitere Informationen. Eine halbe Stunde später verließen die beiden Frauen das Zimmer, und die Männer blieben allein. Die Tür war kaum ins Schloß gefallen, da brach es schon aus Alan heraus.

„Ich muß sagen, das ist wirklich ein ziemlicher Schlag, nicht wahr?“

„Leider ja“, mußte Zellaby zugeben. „Der einzige Trost, den ich dir geben kann, ist, daß der Schock nachläßt. Das Schlimmste daran ist – für uns Männer – der Kampf mit unseren Vorurteilen. Für die Frauen ist das hier nur die erste Hürde.“

Alan schüttelte den Kopf. „Es wird Ferrelyn schwer getroffen haben. Genau wie Angela“, fügte er hastig hinzu. „Sicher, man kann nicht erwarten, daß sie alles Weitere sofort übersieht. Das braucht eine Weile. Aber –“

„Mein lieber Junge“, unterbrach ihn Zellaby. „Als Ferrelyns Mann hast du das Recht, alles mögliche von ihr zu denken, aber zu deinem eigenen Besten rate ich dir, eines nicht zu tun: Unterschätze sie nicht. Ferrelyn war, das kann ich dir versichern, dir weit voraus. Sie hat es bereits so weit verarbeitet, daß sie die Sache mit einer kurzen Bemerkung abtat, weil sie wußte, wenn sie sich Sorgen macht, sorgst du dich auch um sie.“

„Glaubst du wirklich?“ fragte Alan betreten.

„Allerdings“, meinte Zellaby. „Und das war höchst vernünftig von ihr. Ein Mann, der sich unnötig Sorgen macht, ist nur lästig. Am besten verdrängt er sie und übernimmt mit all seiner Kraft und Energie praktische und organisatorische Obliegenheiten. Das sind die Früchte jahrelanger Erfahrungen. Und noch etwas kann er tun: Er kann – auf taktvolle Weise – modernes Wissen und nüchterne Vernunft anwenden. Du hast ja keine Ahnung, was letzthin hier im Dorf an weisen Sprüchen, bösen Vorzeichen, Altweibermären, Wahrsagungen und ähnlichem Unfug aufgetaucht ist. Wußtest du schon, wie gefährlich es ist, freitags durch ein Friedhofstor zu gehen? Daß es praktisch Selbstmord ist, Grün zu tragen, und gar nicht gut, Mohnkuchen zu essen? Bist du dir im klaren darüber, daß ein Messer oder eine Nadel, die mit der Spitze im Boden steckenbleiben, wenn sie herunterfallen, die Geburt eines Jungen ankündigen? Nein? Das dachte ich mir. Ich mache mir zum Zeitvertreib den Spaß, eine kleine Sammlung dieses folkloristischen Unfugs anzulegen, um damit meinen Verleger zu vertrösten."

Mit leicht verspäteter Höflichkeit erkundigte sich Alan nach dem Fortgang des in Arbeit befindlichen Werkes. Zellaby seufzte resigniert. „Ende nächsten Monats soll ich den endgültigen Entwurf vorlegen. Bis jetzt habe ich erst drei Kapitel meiner zeitgenössischen Studie fertig. Es lenkt zu sehr ab, einen Kindergarten am Hals zu haben."

„Mich überrascht nur, wie du's geschafft hast, die Sache geheimzuhalten. Ich hätte nie gedacht, daß dir das gelingt."

„Ich auch nicht", gab Zellaby zu. „Und es erstaunt mich auch jetzt noch. Aber glaube ja nicht, daß in Oppley und Stouch nicht höchst unnachbarlich böse Dinge über einige von uns, die man gesehen hat, gesagt werden. Obwohl man offenbar das volle Ausmaß der Tragödie noch nicht erkannt hat. Ich hörte, daß es eine Theorie gibt, nach der wir allesamt an einer dieser alten, ausschweifenden Orgien teilgenommen haben sollen. Nun, wie dem auch sei, so mancher weicht uns tatsächlich aus, wenn er uns begegnet. Generell jedoch haben sich die Unseren wirklich bemerkenswert gehalten angesichts dieser Provokationen."

„Wie? Willst du mir tatsächlich erzählen, daß sogar eure nächsten Nachbarn nicht wissen, was wirklich hier vorgeht?"

„Das will ich nicht sagen, aber vielleicht wollen sie es nicht glauben. Sie müssen eine ganze Menge gehört haben, doch sie glauben lieber, daß alles nur Tarnung ist für etwas weitaus Normaleres, aber Unanständiges. Willers hatte recht, als er sagte, daß der normale Mensch zum eigenen Schutz durch einen Reflex davor bewahrt wird, beunruhigende Dinge zu glauben. Das heißt, solange diese Dinge nicht in der Zeitung stehen. Dann natürlich würden achtzig, neunzig Prozent der Leser ins andere Extrem fallen und jeden Unsinn glauben. Nein, die zynische Einstellung in den anderen Dörfern hilft uns sogar. Sie bewirkt, daß die Zeitungen keinen Anhaltspunkt bekommen, an dem sie eine Story aufhängen könnten. Falls nicht ein Bewohner unseres Dorfes ihnen einen gibt. Die Spannungen innerhalb der Ehen waren in der ersten Woche nach der Bekanntmachung am schlimmsten. Einige Ehemänner wurden recht schwierig, doch als wir ihnen endlich in ihre Dickschädel gehämmert hatten, daß es sich nicht um eine Aktion zur Stützung der Frauen gegen die Ehemänner handelte und daß außerdem keiner dem anderen etwas voraushatte, wurden sie endlich vernünftig und toleranter. Der Bruch zwischen Miß Lamb und Miß Latterly war nach ein paar Tagen, als Miß Latterly den Schock verarbeitet hatte, wieder gekittet, und Miß Lamb wird jetzt mit einer Hingabe verhätschelt, die schon an Belästigung grenzt."

Zellaby erzählte noch mehr Anekdoten aus dem Dorf und schloß damit, daß Miß Ogle erst in letzter Minute davon abgehalten werden konnte, eine Anzahlung auf den prächtigsten Kinderwagen zu machen, den Trayne zu bieten hatte.

Nach einer Pause fragte Alan: „Und du sagst, daß etwa zehn Frauen, von denen man erwartet hätte, daß auch sie zu den Betroffenen zählten, verschont blieben?"

„Ja. Und fünf davon saßen in dem Bus auf dem Weg nach Oppley und waren daher den ganzen Tag X über unter Beobachtung. Somit wäre die Theorie, daß es sich um ein Fruchtbarkeitsgas handelt, erledigt", erwiderte Zellaby.

11

„Es ist wirklich schade", schrieb mir Bernard Westcott Anfang Mai, „daß die Umstände es mir verbieten, dem Dorf offiziell Glückwünsche zu dem bisher großartigen Erfolg des Unternehmens auszusprechen. Es ist mit einer Diskretion und einem Gemeinsinn durchgeführt worden, die uns, offen gestanden, überrascht haben. Hier war man weitgehend der Ansicht, daß sich bereits relativ früh die Notwendigkeit zum Einschreiten ergeben werde, doch jetzt, sieben Wochen vor dem Tag Y, hegen wir die berechtigte Hoffnung, daß es auch bis dahin nicht mehr nötig sein wird einzugreifen. Der Umstand, der uns am meisten Sorge bereitet hat, hängt mit Miß Frazer und Mr. Crimms Stab und also keineswegs mit dem Dorf zusammen; ebensowenig übrigens mit der Dame selbst. Ihr Vater, ein pensionierter Fregattenkapitän und streitsüchtiger Alkoholiker, legte es darauf an, Krach zu schlagen. Du weißt schon: Anfrage im Unterhaus betreffs Lotterleben und Orgien in regierungseigenen Unternehmen. Hätte am liebsten die Tochter der Presse zum Fraß vorgeworfen. Zum Glück konnten wir gerade noch rechtzeitig ein paar einflußreiche Leute zusammentrommeln, die ihm dann ins Gewissen geredet haben. Was meinst Du, wird Midwich durchhalten?"

Das war schwer zu sagen. Wenn es keinen größeren Zwischenfall gab, mochte es klappen. Auf der anderen Seite mußte man stets auf das Unerwartete gefaßt sein, den winzigen Funken, der das Pulverfaß zum Explodieren brachte.

Doch bis jetzt waren wir aller auftretenden Schwierigkeiten Herr geworden. Oft genug schienen sie aus dem Nichts zu entstehen und sich wie eine Seuche zu verbreiten. Die schlimmste aller Ängste, die nur zu leicht eine Panik hätte hervorrufen können, war durch Röntgenaufnahmen besänftigt worden. Diese zeigten nämlich, daß alles völlig normal verlief.

Generell konnte man die Lage im Mai als „ungeduldiges Kräftesammeln für die große Schlacht" bezeichnen. Dr. Willers, der sonst immer Entbindungen im Trayner Krankenhaus befürwortete, hatte seine Meinung geändert. Einmal wären dann – sollte an den Babys etwas ungewöhnlich sein – alle Versuche zur Geheimhaltung hinfällig geworden. Zum zweiten besaß Trayne nicht die Möglichkeit, die gesamte weibliche Bevölkerung Midwichs auf einmal unterzubringen. Also rackerte sich Dr. Willers gemeinsam mit Schwester Daniels ab, um, so gut es ging, alle notwendigen Vorbereitungen zu treffen, und man konnte von Glück sagen, daß Schwester Daniels am Tag X zufällig nicht zu Hause gewesen war. Willers, so hörte man, hatte für die erste Juniwoche einen Assistenten engagiert und für später ein Hilfskorps von Hebammen. Das kleine Sitzungszimmer des Rathauses diente als Versorgungsdepot, und täglich trafen neue voluminöse Kartons von den verschiedensten chemischen Fabriken ein.

Auch Mr. Leebody arbeitete bis zum Umfallen. Das ganze Dorf zeigte ihm gegenüber Mitgefühl wegen seiner Frau, und man schenkte ihm mehr Beachtung als je zuvor. Mrs. Zellaby betrieb immer noch unermüdlich die Arbeit für die dörfliche Nachbarschaftshilfe und erklärte, von Janet unterstützt, immer wieder, daß Midwich allem, was da kommen möge, vereint und furchtlos ins Auge blicken müsse. Ich denke, es war ihr Verdienst, daß wir – von Mrs. Leebody abgesehen – ohne psychosomatische Schwierigkeiten bis hierher alles durchgestanden hatten.

Die Früchte von Mr. Zellabys Wirken waren, wie zu erwarten, weniger offensichtlich. Er bezeichnete sich scherzhaft als „Liquidator der Kaffeesatz- und Handleseabteilung" und legte erhebliche Fähigkeiten an den Tag, blühenden Unsinn aus der Welt zu schaffen, ohne dabei einen Menschen ernstlich zu kränken.

Mr. Crimms Sorgen mit seinem Personal hörten nicht auf. Immer wieder appellierte er an Bernard Westcott und versicherte, ein Skandal könne nur vermieden werden, wenn das Forschungsprojekt in die Zuständigkeit des Kriegsministeriums überstellt werde. Bernard, so schien es, versuchte ebendas zu erreichen und betonte ständig, daß die gesamte Affäre absolut geheim bleiben müsse, und zwar so lange es irgend möglich sei.

„Was Midwich nur zum Vorteil gereicht", sagte Mr. Crimm achselzuckend. „Doch was den Geheimdienst angeht, so will mir einfach nicht einleuchten, was ..."

Bis Mitte Mai gab es keine wahrnehmbaren Veränderungen; die Stimmung in Midwich harmonisierte wunderbar mit dem Blühen und Gedeihen der Natur ringsum. Daß seitdem keine Disharmonie zu spüren war, wäre zuviel gesagt, doch klangen die Saiten ein wenig gedämpft. Die Atmosphäre wurde unwirklicher, bedrückender.

„Jetzt fangen wir an, uns die Startlöcher zu graben", bemerkte Willers eines Tages Zellaby gegenüber.

„Ich weiß, wie Ihnen zumute ist", sagte Zellaby. Und dann, nach einer nachdenklichen Pause: „Ich glaube, wir können froh sein, daß wir nicht mehr Schwierigkeiten gehabt haben."

„Ja", stimmte der Doktor zu. „Alles ist weit besser verlaufen, als wir erwartet hatten – und das haben wir zum großen Teil Ihrer Frau zu verdanken."

Zellaby zögerte, dann faßte er sich ein Herz. „Ich mache mir Sorgen um sie, Willers", bekannte er. „Könnten Sie nicht einmal mit ihr sprechen?"

„Ich?"

„Ja. Sie ist viel unruhiger, als sie uns merken lassen will. Vor ein paar Tagen, abends, ist alles herausgekommen. Ich blickte auf und sah, daß sie mich fast haßerfüllt anstarrte. Und dann, als hätte ich etwas gesagt, fuhr sie mich an: ‚Ja, für euch Männer ist alles schön und gut. Ihr braucht das ja nicht durchzumachen. Ihr könnt euch überhaupt nicht vorstellen, wie das ist, wenn man nachts wach liegt mit dem demütigenden Bewußtsein, daß man nur benutzt wird, so als wäre man kein Mensch, sondern nur ein Brutkasten ... Und wie man dann daliegt und nachdenkt, Stunde um Stunde, und sich fragt, was ist das wohl, das ich da ausbrüten muß. Ich kann nicht mehr. Ich kann einfach nicht weiter. Bald breche ich zusammen.'" Zellaby schwieg und schüttelte den Kopf. „Und man kann so wenig helfen. Ich habe nicht versucht, sie zu beruhigen; einmal mußte es einfach heraus. Aber ich wäre froh, wenn Sie mit ihr sprechen, sie überzeugen würden. Sie weiß genau, daß alle Tests und Röntgenuntersuchungen auf eine normale Entwicklung hinweisen, aber sie hat es sich in den Kopf gesetzt, das von Ihnen zu hören. Vielleicht hilft's."

„Ja", antwortete der Doktor. „Gott sei Dank verläuft alles normal. Ich wüßte nicht, was wir getan hätten, wäre das nicht der Fall. Ich versichere Ihnen, meine Patientinnen können dafür nicht dankbarer sein als ich. Also machen Sie sich keine Gedanken; ich werde Ihre Frau schon beruhigen. Sie ist nicht die erste, die von diesen Ängsten geplagt wird, und sie wird auch nicht die letzte sein. Aber bei allen ist es dasselbe: Kaum hat man ihnen eine Idee ausgeredet, stürzen sie sich schon auf die nächste. Wir haben eine sehr, sehr schwere Zeit vor uns ..."

EINE Woche später schien es, als werde sich Dr. Willers' Voraussage als fatale Untertreibung erweisen. Die Spannung wuchs von Tag zu Tag nahezu fühlbar.

Nach einer weiteren Woche war Midwichs Gemeinschaftssinn in beklagenswertem Umfang geschwächt. Während die Unzulänglichkeit der Selbsthilfe immer deutlicher wurde, mußte Mr. Leebody mehr und mehr das gesamte Gewicht der Angst in seiner Gemeinde auf seine Schultern nehmen. Er ersparte sich nichts. Er arrangierte tägliche Sondergottesdienste und fuhr während der übrigen Zeit von einem seiner Pfarrkinder zum anderen, immer bereit, ihnen neuen Mut zuzusprechen.

Zellaby kam sich recht überflüssig vor. Vernunft war nicht gefragt. Er verhielt sich ungewöhnlich still und hätte sich am liebsten unsichtbar gemacht.

„Haben Sie bemerkt", fragte er eines Abends in Mr. Crimms Häuschen, „wie die Frauen einen jetzt ansehen? Als habe man den Herrgott bestochen, daß er einen zum Mann gemacht hat. Ziemlich enervierend manchmal. Ist das im Meierhof auch so?"

„Es ging schon los", bestätigte Mr. Crimm. „Aber wir haben sie vor ein, zwei Tagen alle in Urlaub geschickt. Manche sind nach Hause gefahren, die anderen haben wir mit Hilfe des Doktors privat untergebracht. Jetzt läuft auch unsere Arbeit wieder besser. Damit war es in der letzten Zeit ein bißchen schwierig geworden."

„Das erscheint mir noch als eine gewaltige Untertreibung", sagte Zellaby. „Ich habe noch nie in einer Sprengstoffabrik gearbeitet, aber jetzt weiß ich, wie einem dabei zumute sein muß. Man kann nichts tun als warten und hoffen, daß nichts passiert. Offen gestanden ist mir unbegreiflich, wie wir das noch einen Monat aushalten sollen." Er zuckte die Achseln und schüttelte den Kopf.

Doch im selben Augenblick, als er verzagt den Kopf schüttelte, war schon Erleichterung im Verzug.

Der guten Miß Lamb, die, liebevoll beaufsichtigt von Miß Latterly, ihren abendlichen Spaziergang absolvieren wollte, widerfuhr ein Mißgeschick. Eine der Milchflaschen, die sauber aufgereiht vor ihrer Haustür standen, war umgefallen. Miß Lamb stolperte beim Verlassen des Hauses über sie und stürzte ...

Miß Latterly trug sie ins Haus zurück und lief ans Telefon.

Als Dr. Willers fünf Stunden später nach Hause kam, war seine Frau noch auf. Sie hörte den Wagen, und als sie die Haustür öffnete, stand er auf der Schwelle, zerzaust, verstört, und blinzelte ins grelle Licht. Sie hatte ihn während ihrer Ehe erst ein- oder zweimal so gesehen und ergriff besorgt seinen Arm.

„Charley! Was ist denn los? Ist etwa –?"

„B-betrunken, Milly. Tut mir leid. Kümmere dich nicht drum", murmelte er.

„Mein Gott, Charley! War das Kind –?"

„War nur anstrengend, Schatz, nichts weiter. Baby ist in Ordnung. Alles normal mit Baby. Großartig."

„Gott sei Dank!" rief Mrs. Willers. Es klang inbrünstig wie ein Gebet.

„Goldene Augen hat's ", sagte ihr Mann nachdenklich. „Komisch. Aber kann man nichts gegen sagen, gegen goldene Augen, nicht?"

„Nein, Liebster. Natürlich nicht."

„Ganz normal, bis auf die goldenen Augen. Ganz und gar normal."

Mrs. Willers half ihm aus dem Mantel und geleitete ihn ins Wohnzimmer. Dort fiel er in einen Sessel, blieb zusammengesunken sitzen und starrte unverwandt vor sich hin.

„D-dumm, nicht?" murmelte er. „S-so viel Sorgen hat man sich gemacht und ganz umsonst. Ich –" Unvermittelt brach er in Tränen aus und bedeckte das Gesicht mit den Händen.

Mrs. Willers setzte sich auf die Sessellehne und legte ihrem Mann den Arm um die Schultern. „Ruhig, Liebling. Ist ja alles gut jetzt. Jetzt ist ja alles vorbei." Sie gab ihm einen Kuß.

„Hätte ja schwarz oder gelb sein können, oder grün, hätte aussehen können wie'n Affe. Röntgenbilder zeigen so was nicht", sagte er. „Der Miß Lamb, der sollte man ein Kirchenfenster stiften, wenn's nach mir ginge. Ihr Verdienst, wenn die Weiber nicht hysterisch werden …"

„Ich weiß, mein Schatz, ich weiß. Aber mach dir keine Sorgen. Du hast doch gesagt, es ist alles normal."

Dr. Willers nickte mehrmals nachdrücklich. „Stimmt. Normal", wiederholte er, abermals nickend. „Hat nur goldene Augen. Goldene Augen sind nicht schlimm. Normal …, ganz normal … Mein Gott, Milly, bin ich müde …"

EINEN Monat später wanderte Gordon Zellaby im Wartezimmer von Traynes bester Frauenklinik auf und ab, bis er sich schließlich mühsam zwang, sich hinzusetzen und still sitzen zu bleiben. Albern, sich in seinem Alter noch so zu benehmen! Er fühlte sich doppelt so alt wie vor einem Jahr. Trotz all seiner Bemühungen fand ihn die Schwester, die zehn Minuten später hereinrauschte, wie er im Zimmer auf und ab ging.

„Ein Junge, Mr. Zellaby", verkündete sie. „Und ich soll Ihnen von Ihrer Frau ausdrücklich bestellen, daß er die Zellaby-Nase hat."

12

AN EINEM schönen Nachmittag der letzten Juliwoche traf Gordon Zellaby, als er gerade das Postamt verließ, auf eine festlich gekleidete Familie, die aus der Kirche kam. In der Mitte ging ein junges Mädchen mit einem weiß gewickelten Baby auf dem Arm. Das Mädchen wirkte sehr jung für eine Mutter, es war fast noch ein Schulkind. Zellaby lächelte der Gruppe freundlich zu, und die Leute lächelten zurück. Doch als sie vorbei waren, sah er ihnen ein wenig traurig nach.

Am Kirchhofstor traf er auf Pfarrer Leebody.

„Hallo, Herr Pfarrer. Wieder ein neues Schäfchen aufgenommen?" fragte er.

Mr. Leebody nickte. Er gesellte sich zu Mr. Zellaby und ging im Gleichschritt neben ihm her. „So langsam läßt's nach", meinte er. „Höchstens noch zwei, drei."

„Dann sind's alle?"

„So ziemlich. Offen gestanden, hatte ich das kaum erwartet, aber ich nehme an, die Dinge normalisieren sich allmählich, Gott sei Dank." Er machte eine nachdenkliche Pause. „Dieses Mädchen von eben, die kleine Mary Histon", fuhr er fort, „hat ihren Sohn Theodore genannt. Und ich muß sagen, das gefällt mir sehr."

Zellaby dachte einen Augenblick nach und nickte dann. „Mir gefällt das auch, Herr Pfarrer. Und für Sie ist das ein großes Kompliment."

Mr. Leebody sah erfreut aus, schüttelte jedoch den Kopf. „Nicht für mich", entgegnete er. „Daß ein Kind wie Mary ihren Sohn ‚Gabe Gottes' nennt, statt sich seiner zu schämen, ist ein Kompliment für das ganze Dorf."

„Aber man hat das Dorf erst mit der Nase darauf stoßen müssen, wie man sich menschlich verhält."

„Die Zusammenarbeit hat es gebracht", sagte der Pfarrer. „Die Zusammenarbeit unter Leitung Ihrer Frau."

Ein paar Schritte gingen sie schweigend nebeneinander her. „Trotzdem, die Tatsache bleibt bestehen, daß das Mädchen seiner besten Jahre beraubt worden ist", begann dann Zellaby erneut. „Sie ist zu plötzlich vom Kind zur Frau geworden, und das finde ich tragisch."

„Man wäre geneigt, dem zuzustimmen, doch im Grunde bezweifle ich, daß es so ist", meinte Mr. Leebody. „Mehr Mädchen, als uns lieb ist, vertauschen heute nur zu willig ihre Puppen mit Babys, und einige von unseren Frauen sind sowieso nicht gerade beraubt worden."

„Stimmt. Ich war eben bei Miß Ogle, und der ist sicher nichts genommen worden. Sie ist zwar noch etwas verwirrt, aber selig. Sie tut, als sei das Ganze ein Zaubertrick, der einzig und allein für sie inszeniert wurde." Zellaby schwieg und fuhr dann nach einer Weile fort: „Meine Frau sagte mir, daß Ihre Gattin in ein paar Tagen nach Hause kommt. Es hat mich gefreut, das zu hören."

„Ja, die Ärzte sind sehr zufrieden mit ihrem Zustand. Sie hat sich gut erholt."

„Und dem Kind geht es auch gut?"

„Ja", sagte Mr. Leebody ein klein wenig unglücklich. „Sie betet es an."

„Ja, dann haben sich wohl inzwischen alle Wogen geglättet, Mr. Leebody. Ich für meinen Teil finde die Atmosphäre augenblicklich verdächtig ruhig, wie eine Ruhepause nach einer Schlacht."

„Ja, eine Schlacht war es", stimmte Mr. Leebody zu. „Aber Schlachten sind nur die Höhepunkte in einem Feldzug. Es werden noch neue auf uns zukommen."

Zellaby sah ihn aufmerksam an. Mr. Leebody fuhr fort: „Was sind das wohl für Kinder? Ist Ihnen aufgefallen, wie eigentümlich sie uns ansehen mit ihren seltsamen Augen? Sie sind doch ... nun, Fremde, nicht wahr?" Er zögerte. „Ich weiß, das ist eine Art zu denken, die Sie ablehnen, aber mir kommt immer wieder der Verdacht, daß dies vielleicht so etwas wie ein Test ist."

„Aber wer sollte uns testen wollen?" fragte Zellaby.

Mr. Leebody schüttelte den Kopf. „Das werden wir wohl nie erfahren. Trotzdem, einen ersten Test haben wir ja schon überstanden. Wir hätten uns der Situation, vor die wir gestellt waren, entziehen können, aber wir haben uns ihr gestellt."

„Bleibt nur zu hoffen", ergänzte Zellaby, „daß wir richtig gehandelt haben."

Mr. Leebody sah ihn überrascht an. „Was denn sonst?"

„Ich weiß nicht. Aber wie soll man das auch wissen, bei ... Fremden?"

Gleich darauf trennten sie sich. Mr. Leebody machte einen Besuch, und Zellaby setzte mit nachdenklicher Miene seinen Spaziergang fort. Erst auf dem Dorfplatz wandte er sich wieder seiner Umgebung zu, und zwar, als er Mrs. Brinkman auf sich zukommen sah. Eben noch hatte sie eilig einen nagelneuen Kinderwagen vor sich hergeschoben, doch dann war sie urplötzlich stehengeblieben, hatte hilflos und verstört in den Wagen geschaut, und jetzt nahm sie das Baby heraus und trug es ein paar Schritte weit zum Kriegerdenkmal hinüber. Dort setzte sie sich auf die zweite Stufe, knöpfte ihre Bluse auf und legte das Baby an ihre Brust.

Zellaby setzte seinen Weg fort. Auf Mrs. Brinkmans Höhe angelangt, zog er seinen leicht ramponierten Hut und grüßte. Ein ärgerlicher Ausdruck trat auf Mrs. Brinkmans Gesicht, und sie errötete bis zu den Haarwurzeln. Doch sie rührte sich nicht, sondern sagte verteidigend, als habe er sie angegriffen: „Na ja, ist doch ganz natürlich!"

„Liebe gnädige Frau, es ist sogar klassisch. Eines der schönsten Symbole, die wir kennen", beruhigte Zellaby sie.

„Dann ist es ja gut, gehen Sie weiter", befahl sie und begann auf einmal zu weinen.

Zellaby zögerte. „Kann ich irgendwie ...?"

„Ja, gehen Sie weiter!" wiederholte sie. „Sie glauben doch nicht, daß ich mich freiwillig hier zur Schau stelle, wie?" fügte sie tränenerstickt hinzu.

Zellaby blieb immer noch unentschlossen stehen.

„Sie hat Hunger", erklärte Mrs. Brinkman. „Wenn Ihr Kind auch eins von diesen Kindern wäre, würden Sie's verstehen. Würden Sie jetzt bitte gehen?"

Es schien zwecklos, die Sache weiter erforschen zu wollen. Abermals lüftete Zellaby den Hut und tat dann, worum er gebeten worden war.

Verwundert stellte er fest, daß ihm etwas entgangen sein mußte; irgend etwas hatte man ihm vorenthalten.

Auf halbem Weg nach Kyle Manor hörte er hinter sich einen Wagen und trat zur Seite, um ihn vorbeizulassen. Der Wagen fuhr jedoch nicht weiter, sondern hielt neben ihm an. Als er sich umdrehte, erkannte er statt des Lieferanten, den er erwartet hatte, Ferrelyn in ihrem kleinen schwarzen Wagen.

„Kind, wie schön, daß du vorbeikommst!" sagte er lächelnd. „Ich bin ganz überrascht, daß du hier bist. Ich wünschte, ich wäre nicht immer so vergeßlich."

Doch Ferrelyn erwiderte sein Lächeln nicht. Der müde Ausdruck auf ihrem blassen Gesicht blieb unverändert. „Niemand wußte, daß ich kommen würde. Noch nicht einmal ich selbst. Ich hatte es gar nicht vor." Sie blickte auf das Baby in dem Tragkorb neben ihr. „Es hat mich dazu gezwungen."

13

AM TAG darauf kehrte Dr. Margaret Haxby aus Norwich mit ihrem Baby nach Midwich zurück. Miß Haxby gehörte nicht mehr zum Stab des Meierhofs, trotzdem verlangte sie eine Unterkunft, genau wie zwei Stunden später Miß Diana Dawson. Miß Haxby gehörte allerdings immer noch zum Personal, aber man hatte sie erst drei Wochen später vom Urlaub zurückerwartet. Die dritte, die kam, war Miß Polly Rushton aus London mit ihrem Kind, die unglücklich und verwirrt ihren Onkel, Pfarrer Leebody, um Hilfe und Obdach bat.

Einen Tag später erschienen zwei weitere ehemalige Belegschaftsangehörige des Meierhofs mit ihren Kindern und stellten klar, daß trotz ihres Ausscheidens der Meierhof verpflichtet sei, ihnen in Midwich ein Zimmer zu besorgen. Nachmittags traf dann noch unerwartet die junge Mrs. Dorry mit ihrem Baby ein, die sich in Davonport aufgehalten hatte, weil ihr Mann dort stationiert war, und bezog wieder ihr Häuschen.

Am dritten Tag kehrte schließlich die letzte Angehörige des Meierhofs mit Kind vorzeitig aus dem Urlaub zurück, und als letzte kam Miß Latterly mit Miß Lambs Baby aus Eastbourne, wohin sie Miß Lamb zur Erholung gebracht hatte.

Der Empfang fiel recht unterschiedlich aus. Mr. Leebody hieß seine Nichte herzlich willkommen. Dr. Willers war bestürzt und fassungslos, ebenso seine Frau, die um seinen so dringend benötigten Urlaub fürchtete. Gordon Zellaby wirkte, als beobachte er mit gewisser Zurückhaltung ein interessantes Phänomen. Derjenige aber, den diese Entwicklung am gründlichsten aus der Fassung brachte, war ohne Zweifel Mr. Crimm. Sein Gesicht nahm allmählich einen leicht irren Ausdruck an.

Es wurden eine Anzahl dringender Berichte an Bernard Westcott abgeschickt. Janets und meiner meldete, daß zwar die erste und vermutlich gefährlichste Hürde genommen war und die Babys angekommen seien, ohne weltweite Aufmerksamkeit zu erregen, daß aber, wolle man weiterhin jegliches Aufsehen vermeiden, dieser neuen Sachlage augenblicklich begegnet werden müsse. Es seien vernünftige Pläne für Versorgung und Pflege der Kinder auszuarbeiten.

Mr. Crimm erklärte, daß ihm die Unregelmäßigkeiten in den Personalangelegenheiten langsam über den Kopf wüchsen und daß es einen ungeheuren Eklat geben würde, träfe man nicht höheren Ortes umgehend umfassende Maßnahmen.

Dr. Willers reichte sogar drei Berichte ein. Der erste war ein rein medizinischer für die Akten. Der zweite war in volkstümlicherer Sprache gehalten und für Laien bestimmt. Unter anderem führte er aus: „Da die Zahl der Neugeborenen sehr hoch ist – es handelt sich um 31 männliche und 30 weibliche Kinder –, muß man bislang auf eingehendere Untersuchungsergebnisse verzichten. Man kann allerdings jetzt schon folgende Beobachtungen festhalten:

Am auffallendsten sind die Augen. Grundsätzlich scheinen sie normal, die Iris ist jedoch meines Wissens einmalig in ihrer Färbung. Sie ist von vollkommen gleichmäßig goldener Farbe. Das außerordentlich weiche und feine Haar ist ein wenig dunkler als blond. Unter dem Mikroskop erkennt man, daß es auf einer Seite abgeflacht und auf der anderen bogenförmig ist, im Querschnitt also ein winziges D bildet. Proben von acht Kindern zeigen, daß die Haare sich alle gleichen. Ich habe festgestellt, daß ein derartiger Haartyp noch nirgends aufgetreten ist. Finger- und Zehennägel sind etwas schmaler als normal, was jedoch keineswegs auf Klauenform hindeutet, da sie im Gegenteil flacher sind als gewöhnlich. Die halbmondähnliche Form mag ein wenig eigenartig sein, doch für eine genauere Feststellung ist es noch zu früh. In einem früheren Bericht wurde angedeutet, daß die Entstehung der Kinder einem xenogenetischen Prozeß, also einer Fremdbefruchtung zu verdanken sein könnte. Ihre extreme Ähnlichkeit untereinander, die Tatsache, daß sie auf keinen Fall Hybriden einer bekannten Spezies sind, und auch die besonderen Umstände der Schwangerschaften weisen auf diese Möglichkeit hin. Weitere Anhaltspunkte würde eventuell eine Blutgruppenuntersuchung ergeben, die jedoch erst vorgenommen werden kann, wenn sich kein Blut der Mutter mehr im Körper der Säuglinge befindet. Ich habe zwar bis jetzt keinen Bericht über einen Fall von Xenogenese bei Menschen finden können, doch sehe ich keinen Grund, warum so etwas nicht möglich sein sollte. Auch die Betroffenen haben natürlich an eine solche Erklärung gedacht. Die Gebildeteren unter ihnen akzeptieren die These, daß sie sozusagen nur Wirtsmütter sind und nicht echte Mütter; die weniger Gebildeten hingegen betrachten das als demütigend und neigen dazu, es zu ignorieren. Im allgemeinen scheinen alle Kinder vollkommen gesund zu sein, obgleich nicht eines von ihnen die sonst bei Säuglingen dieses Alters übliche ‚Rundlichkeit' aufweist. Das Verhältnis Kopf–Körper ist das eines etwas älteren Kindes, und manche Mütter machen sich Sorgen, weil die Haut einen leichten Silberschimmer aufweist. All diese Merkmale sind sämtlichen Kindern gemeinsam und scheinen für sie normal zu sein."

Doch Janet, die diesen Bericht gelesen hatte, war ganz und gar nicht zufrieden damit. „Hören Sie mal", sagte sie. „Was bedeutet denn die plötzliche Rückkehr von allen Müttern mit ihren Kindern und dieser Zwang, von dem sie reden? Das können Sie doch nicht einfach übergehen."

„Nur eine Form von Hysterie, die kollektive Halluzinationen hervorruft", meinte Willers. „Geht vermutlich bald vorüber."

„Aber alle Mütter, ob gebildet oder nicht, behaupten, daß die Kinder eine Art Zwang auf sie ausuben können und es auch tun. Diejenigen, die fort waren, wollten gar nicht hierher zurückkommen; sie kamen, weil sie mußten. Ich habe mit jeder einzelnen gesprochen, und alle sagten, daß sie plötzlich todunglücklich waren, daß sie wußten, es werde nur besser, wenn sie hierherkämen. Sie haben versucht, dieses Gefühl zu beschreiben, doch es scheint, daß es bei jeder in anderer Form aufgetreten ist. Eine meinte zu ersticken, die andere sagte, es sei wie Hunger oder Durst gewesen, die dritte vermeinte, unerträglichen Lärm zu vernehmen. Ferrelyn erklärt, sie sei auf einmal unerträglich nervös geworden. Aber wie auch immer es sich bemerkbar gemacht hat, alle wußten, daß dieses Gefühl etwas mit den Babys zu tun hatte und daß sie es nur loswerden konnten, wenn sie sie nach Midwich zurückbrachten. Sogar Miß Lamb ist es so ergangen. Sie hat es auch gespürt, war aber noch zu krank, um zu kommen. Und was geschah? Der Zwang übertrug sich auf Miß Latterly, und diese fand keine Ruhe, bis sie an Miß Lambs Stelle das Kind hergebracht hatte. Nachdem es hier bei Mrs. Brant gut untergebracht war, fühlte sie sich wieder frei und konnte zu Miß Lamb nach Eastbourne zurückkehren."

Doch Dr. Willers wollte nichts davon hören. „Was hier vorliegt, ist folgendes", sagte er. „Jede Mutter will unbewußt, daß ihr Kind in allem den anderen Kindern gleicht und ihnen doch gleichzeitig überlegen ist. Befindet sich nun eine Mutter mit ihrem goldäugigen Kind allein unter normalen Menschen, empfindet sie es als anomal und trachtet unwillkürlich, es dorthin zu bringen, wo es unter Gleichen ist. Und das ist in unserem Fall einzig und allein Midwich. Also nehmen sie ihre Kinder und kommen her, und alles ist wieder in Ordnung."

„Meinetwegen", gab Janet nach. „Aber was ist mit Mrs. Welt?"

Von dem Vorfall, auf den sie anspielte, hatte Mrs. Brant berichtet. Sie war eines Morgens zu Mrs. Welt in den Laden gekommen und hatte sie beobachtet, wie sie sich immer wieder eine Nadel in den Arm stach und heftig dabei weinte. Mrs. Brant hatte sie daraufhin auf schnellstem Wege zu Dr. Willers gebracht, der ihr ein Beruhigungsmittel verabreichte. Als sie sich etwas besser fühlte, hatte sie die Sache erklärt. Sie habe das Baby beim Wickeln versehentlich gestochen, woraufhin das Baby, ihrem Bericht zufolge, sie einfach mit seinen goldenen Augen angestarrt und sie gezwungen habe, sich selbst mit der Nadel zu stechen.

„Nein, wirklich!" entgegnete Willers. „Gibt es ein besseres Beispiel für eine hysterische Form von Reue?"

„Und Harriman?" hielt Janet ihm eigensinnig vor.

Harriman war eines Tages in einem fürchterlichen Zustand in Dr. Willers' Praxis gekommen: Nasenbeinbruch, Zähne ausgeschlagen, beide Augen blau. Er sei, so sagte er, von drei unbekannten Männern überfallen worden – nur hatte niemand diese Männer gesehen. Hingegen behaupteten drei Dorfjungen, sie hätten durchs Fenster verfolgt, wie Harriman sich wie von Sinnen mit den eigenen Fäusten traktiert habe. Und am nächsten Tag bemerkte jemand im Gesicht von Harrimans Baby eine Schramme.

Dr. Willers zuckte die Achseln. „Mein Gott, wenn Harriman behaupten würde, eine Herde rosa Elefanten hätte ihn angegriffen, würde mich auch das nicht wundern", tat er Janets Einwand ab.

„Nun gut", sagte Janet. „Wenn Sie diese Dinge übergehen wollen, mache ich eben noch einen Bericht."

Und das tat sie. Sie beendete ihn folgendermaßen: „Weder ich noch jemand anders im Dorf zweifelt daran, daß es sich hier um Tatsachen handelt und nicht um Produkte einer hysterischen Phantasie, wie Dr. Willers glauben machen will. Diese Sachlage sollte meiner Ansicht nach hingenommen und nicht wegerklärt werden. Die Schwächeren unter uns neigen zum Aberglauben und schreiben den

Kindern übernatürliche Kräfte zu. Dies leistet natürlich nur dem, was Zellaby ‚Fünfte Kolonne der Hexen und Zauberer' nennt, Vorschub und ist höchst ungesund. Es sollte daher eine unvoreingenommene Untersuchung durchgeführt werden."

Und eine Untersuchung forderte auch Dr. Willers in seinem dritten Bericht, eine Untersuchung eher wissenschaftlicher Art. Er mahnte: „Denken Sie daran, welch unerhörtes Material für Studien uns hier in den Schoß gefallen ist. Einundsechzig vollkommen gleiche Menschen, so ähnlich, daß nicht einmal ihre Mütter sie auseinanderhalten können. Denken Sie daran, wie einmalig die Gelegenheit ist, Einwirkungen der Umgebung, des Trainings, der Gesellschaft, der Speisepläne und so weiter zu erforschen. Es muß etwas unternommen werden, bevor diese Chance wieder vorüber ist."

Aufgrund dieser Berichte stattete Bernard Midwich erneut einen Besuch ab. Die ganze Angelegenheit wurde einen Nachmittag lang intensiv besprochen, und die Diskussion endete mit dem Versprechen Bernards, das Gesundheitsministerium zu raschem, tatkräftigem Eingreifen zu veranlassen.

Als die anderen gegangen waren, sagte er: „Da nunmehr das amtliche Interesse an Midwich notgedrungen offenkundig wird, wäre es vielleicht nützlich, wenn wir uns Zellabys Mitarbeit sichern könnten. Wäre es dir möglich, für mich eine Zusammenkunft mit ihm zu arrangieren?"

Ich rief Zellaby an, der sofort einverstanden war, und fuhr Bernard nach dem Essen nach Kyle Manor hinauf. Als er etwa zwei Stunden später zurückkehrte, sah er nachdenklich aus.

„Na?" fragte Janet. „Was hältst du denn nun vom Weisen von Midwich?"

Bernard schüttelte den Kopf und sah mich an. „Erstaunlich", meinte er. „Deine Berichte waren ausgezeichnet, Richard, aber ich möchte bezweifeln, daß du den Mann verstehst. Ja, ich weiß, er redet viel daher, was man geneigt ist, nicht ernst zu nehmen, aber was du mir beschrieben hast, war eher der äußere Eindruck als der Kern des Menschen."

„Tut mir leid, wenn ich dich irregeführt habe", entschuldigte ich mich. „Bei Zellaby ist es nur so, daß der Kern meist nicht faßbar ist. Er wirft beiläufig Bemerkungen hin, und bis man verstanden hat, was er meint, hat man schon wieder den Anschluß verpaßt und weiß nicht, ob er aus diesen Ideen ernsthafte Folgerungen gezogen oder nur einfach mit einer von ihm aufgestellten Hypothese jongliert hat. Das macht es ein bißchen schwierig."

Bernard nickte. „Mittlerweile kann ich das verstehen. Ich hab's am eigenen Leibe zu spüren bekommen. Nebenbei bemerkt – er ist völlig einer Meinung mit Dr. Willers, was die absolute Notwendigkeit einer wissenschaftlichen Beobachtung der Kinder betrifft. Vor allem dieser ‚Zwang' interessiert ihn, aber aus dem entgegengesetzten Grund: Er hält das alles nämlich keineswegs für Hysterie und ist neugierig, was es nun eigentlich ist. Weißt du übrigens, daß seine Tochter vor ein paar Tagen versucht hat, das Baby mit dem Auto spazierenzufahren?"

„Nein", sagte ich. „Was heißt ‚versucht'?"

„Nun, nach zehn Kilometern mußte sie aufgeben und umkehren. Das Baby wollte nicht. Wie Zellaby es ausdrückt: ‚Es ist schon schlecht, wenn ein Kind an Mutters Schürzenzipfel hängt; doch wenn ein Kind die Mutter am Gängelband hat, ist das alarmierend.' Er meint, es müsse unbedingt etwas geschehen."

14

Aus verschiedenen Gründen dauerte es drei Wochen, bis Alan Hughes Zeit hatte, übers Wochenende nach Midwich zu kommen, so daß Zellabys Entschluß, etwas zu unternehmen, bis dahin aufgeschoben werden mußte.

Inzwischen war die Abneigung der Kinder, die unmittelbare Umgebung Midwichs zu verlassen, zu einer im Dorf allgemein akzeptierten Tatsache geworden. Sie brachte zwar einige Unannehmlichkeiten mit sich – man mußte immer jemand haben, der nach den Kindern sah, wenn man einmal nach Trayne wollte –, doch wurde das nicht allzu schwergenommen. Es war eben eine zusätzliche Unbequemlichkeit neben denen, die ein Baby sowieso mit sich bringt.

Zellaby nahm die Sache weniger leicht, doch er wartete bis Sonntag nachmittag, bevor er seinem Schwiegersohn seine Bedenken auseinandersetzte. Als er sicher war, daß sie ungestört bleiben würden, setzte er sich mit Alan im Garten unter eine Zeder auf den Rasen und kam mit ungewöhnlicher Direktheit zur Sache.

„Was ich dir sagen will, mein Junge, ist folgendes: Ich wäre viel ruhiger, wenn du Ferrelyn von hier fortholen würdest, und zwar je eher, desto besser."

Alan sah ihn überrascht an und runzelte die Stirn. „Ich dachte, ihr wüßtet, daß mir ohnehin nichts lieber wäre, als sie bei mir zu haben."

„Natürlich, mein Junge, das wissen wir. Aber im Augenblick kümmern mich weniger eure persönlichen Wünsche als das, was unbedingt getan werden muß. Um Ferrelyns willen, nicht deinetwegen."

„Aber sie will ja auch fort. Sie hat's doch schon mal versucht", erinnerte ihn Alan.

„Ich weiß. Aber sie hat versucht, das Kind mitzunehmen, und dadurch war sie gezwungen umzukehren. Genau wie sie nicht anders konnte, als herzukommen. Darum mußt du sie dazu bringen, daß sie ohne das Kind fortgeht. Wenn du sie zu diesem Schritt überreden kannst, werden wir dafür sorgen, daß es dem Kind an nichts fehlt. Alles weist darauf hin, daß es, wenn es nicht bei Ferrelyn ist, keinerlei Einfluß mehr auf sie ausüben kann."

„Aber Willers sagt doch –"

„Willers schlägt Lärm, weil er Angst hat. Er weigert sich zu sehen, was er nicht sehen will."

„Du willst also sagen, daß es gar nicht Hysterie ist, was Ferrelyn und die anderen hierher zurückgetrieben hat?"

„Mein Gott, was ist denn Hysterie? Eine funktionelle Störung des Nervensystems. Sicher, viele Frauen haben unter nervösen Spannungen zu leiden gehabt, doch Willers weigert sich, genau zu untersuchen, warum ihre Reaktion diese besondere Form annimmt, und versteckt sich hinter Gemeinplätzen wie langanhaltende, unterdrückte Angst und so weiter. Man kann ihm das nicht einmal übelnehmen. Er hat viel durchgemacht und ist völlig erschöpft. Er braucht Ruhe. Doch das bedeutet nicht, daß wir zusehen müssen, wie er die Tatsachen verschleiert. Er will zum Beispiel nicht zugeben, daß diese Hysterie niemals auftritt, wenn sich nicht eines der Kinder in der Nähe befindet, auch wenn er diese Beobachtung gemacht haben sollte."

„Ja, ist das denn tatsächlich so?" fragte Alan erstaunt.

„Ausnahmslos. Der Zwang entsteht nur, wenn eines der Kinder in der Nähe ist. Trennt man Mütter und Kinder, dann läßt er sofort nach und hört allmählich ganz auf. Bei manchen dauert das zwar länger als bei anderen, aber das hat nichts zu sagen."

„Aber ich ..., ich verstehe nicht, wie das funktionieren soll."

„Ich habe auch keine Ahnung. Möglicherweise hat es mit Hypnose zu tun. Aber wie dem auch sei, eines steht fest: Es wird von den Kindern bewußt und gezielt angewandt. Nimm einmal den Fall Miß Lamb. Da sie selbst körperlich nicht in der Lage war, dem Zwang zu gehorchen, wurde er prompt auf Miß Latterly übertragen, die bis dahin nichts davon gespürt hatte. Resultat: Das Kind bekam seinen Willen und wurde hierher zurückgebracht, genau wie die anderen. Und seitdem die Kinder wieder hier sind, hat es kein Mensch geschafft, sie mehr als zehn Kilometer von Midwich fortzubringen. Hysterie, behauptet Willers: Mit einer Frau fange es an, die anderen übernähmen es unbewußt und zeigten dann die gleichen Symptome. Aber in dem Moment, wo das Baby bei einer Nachbarin untergebracht ist, kann die Mutter gehen, wohin sie will. Ich sage daher: Ferrelyn kann das Baby nicht mitnehmen, wenn sie Midwich verlassen will. Wenn sie sich aber entschließen kann, ohne das Kind fortzugehen, so wird nichts sie daran hindern. Deine Aufgabe ist nun, sie dazu zu überreden."

Alan dachte nach. „Also eine Art von Erpressung. Ich oder das Kind. Ein bißchen unfair, nicht?"

„Mein lieber Junge, die Erpressung geht von dem Kind aus. Alles, was du zu tun hast, ist, die Lage zu klären. Der einzig mögliche Kompromiß wäre, wenn du dich dem Kind beugen und hierherziehen würdest."

„Das kann ich nicht."

„Siehst du. Ferrelyn weicht der Entscheidung seit Wochen aus, aber einmal muß sie sich ihr stellen. Du mußt ihr helfen, die Hürde zuerst zu erkennen und sie dann zu nehmen."

„Ist das nicht ein bißchen viel verlangt von ihr?" fragte Alan langsam.

„Ist das andere nicht ebensoviel verlangt von einem Mann? Noch dazu, wenn es gar nicht sein Kind ist?"

„Hm", machte Alan nur.

Zellaby fuhr fort: „Und ihr Kind ist es im Grunde auch nicht, sonst würde ich nicht so sprechen. Dies Kind hat mit keinem von euch auch nur das geringste zu tun. Alle diese Mütter wurden nur dazu benutzt, als sogenannte Wirtsmütter die Kinder zu ernähren. Aber wenn auch die Herkunft der Kinder unbekannt ist, ein Phänomen an sich ist es nicht. Schon unsere Vorfahren kannten es; sie nannten solche Wesen Wechselbälger. Ihnen wäre diese ganze Angelegenheit weit weniger befremdlich erschienen, da sie es ja nur mit religiösen Dogmen zu tun hatten, die weit weniger streng sind als die wissenschaftlichen. Sicher, niemals sind Wechselbälger in solchen Mengen aufgetreten wie bei uns, doch die Quantität hat nichts mit der Qualität des Phänomens zu tun; sie bestätigt es nur. Alle diese einundsechzig goldäugigen Kinder sind Eindringlinge, Wechselbälger. Sie sind Kuckuckseier. Nun aber ist das interessanteste Faktum am Kuckuck nicht, wie er das Ei ins Nest geschmuggelt, und auch nicht, warum er ausgerechnet dieses Nest gewählt hat, nein, das eigentliche Problem beginnt, wenn die Jungen ausgeschlüpft sind, und zwar mit der Frage: ‚Was wird der junge Kuckuck jetzt tun?' Und was er auch tun wird, alles wird regiert von seinem Selbsterhaltungstrieb, einem Trieb, der gekennzeichnet ist durch absolute Rücksichtslosigkeit und Brutalität."

Alan dachte nach. „Glaubst du wirklich, daß du da eine passende Analogie gefunden hast?" fragte er beunruhigt.

„Ich bin fest davon überzeugt", erwiderte Zellaby.

Eine Weile schwiegen die beiden. Zellaby lag mit hinter dem Kopf verschränkten Händen in seinem Liegestuhl. Alan starrte auf den Rasen. „Also gut", erklärte er schließlich. „Ich glaube, wir haben alle gehofft, daß nach der Geburt der Kinder sich alles wieder normalisieren würde. Offensichtlich wird das aber nicht der Fall sein. Was erwartest du denn genau?"

„Nichts Spezielles. Nur glaube ich nicht, daß es angenehm sein wird", antwortete Zellaby. „Der Kuckuck überlebt, weil er zäh und zielbewußt ist. Darum will ich, daß du Ferrelyn mitnimmst und sie von hier fernhältst. Du mußt sie diesen Wechselbalg bald vergessen lassen, damit sie ein normales Leben führen kann. Das wird zweifellos schwer sein, aber vielleicht hilft es, wenn sie ein eigenes Kind bekommt."

Alan rieb sich die Stirn. „Das ist wirklich eine verteufelt schwierige Situation", sagte er. „Trotz allem hegt sie mütterliche Gefühle für das Kind und …, na, so eine Art Pflichtgefühl."

„Aber natürlich! Das ist ja genau der Trick. Darum rackert sich die arme Vogelmutter ab, um das ewig hungrige Kuckuckskind zu füttern. Es ist ein Trick, der den Arterhaltungstrieb ausnutzt. Aber wir als zivilisierte Menschen können es uns doch nicht leisten, primitiven

Trieben nachzugeben, oder? Ferrelyn muß dagegen ankämpfen, sie darf sich nicht von ihren Naturinstinkten erpressen lassen. Und dabei mußt du ihr helfen. Meiner und Angelas Unterstützung kannst du gewiß sein."

Alan nickte langsam. „Ich glaube, die brauche ich nicht. Wir wissen beide, daß es so nicht weitergeht. Jetzt, wo du mir den Anstoß gegeben hast, werden wir's schon schaffen."

Die beiden Männer saßen noch eine Weile schweigend da. Alan war erleichtert, daß ihm jemand geholfen hatte, seine verworrenen Gedanken und Gefühle auf eine Formel zu bringen, die sofortiges Handeln verlangte. Und er war beeindruckt, denn nie hatte sein Schwiegervater ein Thema so geradlinig verfolgt, hatte jede der lokkenden Ableitungen mißachtet, um unbeirrt auf sein Ziel zuzusteuern. Dabei waren die Spekulationen, die sich anboten, höchst interessant, und Alan wollte gerade selbst eine oder zwei davon aufs Tapet bringen, da kam Angela über den Rasen auf sie zu. Sie setzte sich in den Liegestuhl neben ihrem Mann und bat um eine Zigarette.

Zellaby reichte ihr eine und gab ihr auch Feuer. Er wartete, bis sie die ersten Züge inhaliert hatte. „Schwierigkeiten?" fragte er dann.

„Ich weiß nicht recht. Ich habe eben mit Margaret Haxby telefoniert. Sie ist fort."

Zellaby hob fragend die Brauen. „Auf und davon?"

„Ja. Sie rief aus London an."

„Ach", sagte Zellaby und versank in Nachdenken. Alan fragte, wer Margaret Haxby sei.

„Ach ja, du kennst sie nicht. Sie ist eine von Mr. Crimms jungen Damen. Das heißt, sie war es. Und eine der intelligentesten, wie ich hörte. Dr. Margaret Haxby, Doktor der Philosophie."

„Auch eine der ... Betroffenen?" fragte Alan.

„Ja, und eine der widerwilligsten. Und jetzt ist sie fort und hat Midwich die Sorge für ihr Kind überlassen."

„Aber was hast du damit zu tun, Liebes?" fragte Zellaby.

„Ach, Mr. Crimm ist nicht da, und da meinte sie, ich solle es ihm ausrichten. Sie wollte Anweisungen geben wegen des Babys."

„Wo ist das Kind?"

„Bei Mrs. Dorry, wo sie gewohnt hat. Die weiß noch gar nichts von ihrem Glück. Ich muß sie erst benachrichtigen."

„Dieser Schritt kann unangenehme Folgen haben", meinte Zellaby.

„Ich sehe schon, wie eine Frau nach der anderen die Flucht ergreift. Können wir nicht noch warten, bis Mr. Crimm zurückkommt und Maßnahmen ergreifen kann? Schließlich sind wir ja nicht verantwortlich für seine weiblichen Angestellten. Vielleicht überlegt sie sich's auch noch."

Angela schüttelte den Kopf. „Die nicht, die hat sich alles reiflich überlegt. Sie sagt, sie hätte sowieso nie nach Midwich kommen wollen, sie sei hierhin abgeordnet worden. Wäre sie in den Urwald geschickt worden und hätte Gelbfieber bekommen, wäre der Staat für die Folgen verantwortlich, meint sie. Nun, da sie hier statt dessen ohne ihre Schuld ein Kind bekommen hat, müsse sich der Staat auch des Kindes annehmen."

„Hm", machte Zellaby. „Ich möchte bezweifeln, daß der Staat eine solche Argumentation unwidersprochen hinnimmt."

„Nun ja. Sie jedenfalls lehnt das Kind ab. Sie sei nicht mehr dafür verantwortlich, als wenn sie's vor der Haustür gefunden hätte, und weigere sich daher, sich von ihm ihr Leben und ihre Arbeit zerstören zu lassen."

„Mit dem Resultat, daß die Gemeinde das Kind am Hals hat – falls sie nicht dafür zahlen will, natürlich."

„Richtig. Danach habe ich sie auch gefragt. Sie sagt, das Dorf und der Meierhof könnten sich ja um die Verantwortung streiten, ihre sei es jedenfalls nicht. Sie weigert sich, auch nur einen Penny zu bezahlen, da das juristisch als Anerkennung einer Verantwortung gewertet werden könne. Trotzdem will sie anonym der Person, die sich des Kindes annimmt, wöchentlich zwanzig Pfund schicken."

„Du hast recht, meine Liebe, sie hat sich's reiflich überlegt. Was wird nun aus dem Kind, wenn sie mit dieser Haltung durchkommt? Jemand muß ja die Verantwortung dafür übernehmen. Soll man den Armenpfleger hinzuziehen? Oder einen Gerichtsbeschluß über das Sorgerecht erwirken? Was meinst du?"

„Ich weiß es nicht. Sie hat ohnehin auch diesen Fall eingeplant. Sie würde gerichtlich gegen einen solchen Beschluß angehen, denn sie meint, daß medizinische Untersuchungen einwandfrei ergeben würden, daß das Kind gar nicht ihr Kind sein könne, und daraus will sie ableiten, daß sie ohne ihr Wissen und gegen ihren Willen plötzlich zur Mutter gemacht worden sei und dafür nicht verantwortlich gemacht werden könne. Hilft das nichts, will sie gegen das Ministerium Klage erheben wegen Fahrlässigkeit, weil sie einer Gefahr ausgesetzt worden sei, oder wegen Duldung eines Überfalls oder, wenn das geht, wegen Zuhälterei. Da ist sie nicht ganz sicher."

„Dazu hat sie auch allen Grund", sagte Zellaby. „Eine solche Anklage zu formulieren wäre höchst interessant."

„Na ja, sie glaubt nicht, daß es dazu kommen wird", gab Angela zurück.

„Damit wird sie recht haben", pflichtete Zellaby bei. „Eine derartige Gerichtsverhandlung wäre ein gefundenes Fressen für sämtliche Journalisten. Und für Frau Dr. Haxby wäre die Sache vermutlich höchst einträglich, ganz gleich, wie sie ausgeht. Armer Mr. Crimm – und armer Colonel Westcott. Das wird eine harte Nuß für die beiden werden. Ich möchte wissen, wie weit ihr Einfluß reicht in diesem Fall ..." Er versank einen Augenblick in Schweigen und fuhr dann fort: „Weißt du, ich habe eben zu Alan gesagt, daß er Ferrelyn von hier fortbringen muß, und nach dieser Neuigkeit erscheint mir das dringlicher denn je. Wenn Margaret Haxbys Flucht bekannt wird, macht ihr Beispiel womöglich Schule, meinst du nicht?"

„Bei einigen vielleicht", stimmte Angela zu.

„Und wenn es ihr nun viele gleichtun, meinst du nicht, daß das eine Gegenaktion hervorrufen könnte, um diese allgemeine Fahnenflucht zu verhindern?"

„Aber wenn man doch jedes öffentliche Aufsehen vermeiden will –"

„Ich denke da nicht an die Behörden, meine Liebe. Nein, ich habe nur überlegt, was geschehen würde, wenn es den Kindern ebensowenig behagt, allein gelassen wie von Midwich fortgebracht zu werden."

„Aber du glaubst doch nicht ...?"

„Ich weiß nicht recht. Ich versuche nur, mich in die Lage eines jungen Kuckucks zu versetzen, und finde, daß mir alles, was meinem Wohlbefinden und meiner Bequemlichkeit abträglich wäre, nicht sonderlich gefallen würde. Das ist natürlich eine Hypothese, aber sie ist es wert, daß man um so energischer auf Ferrelyns Abreise besteht. Ich möchte unsere Tochter weit fort wissen, falls hier etwas Derartiges geschehen sollte."

„Es wäre in jedem Fall besser, wenn sie Midwich verläßt", stimmte Angela zu. „Um einen Anfang zu machen, könnte man ihr ja zwei, drei Wochen Urlaub vorschlagen und abwarten, was hier passiert", schlug sie vor.

„Gut", sagte Alan. „Ich will's versuchen. Wo ist sie?"

„Bevor ich hierherkam, war sie auf der Veranda."

Die Zellabys sahen Alan nach. Zellaby hob besorgt die Brauen.

„Es wird keine großen Schwierigkeiten geben, glaube ich", beruhigte ihn Angela. „Sie sehnt sich danach, bei ihm zu sein, und nur ihr Pflichtgefühl hindert sie daran. An diesem Konflikt reibt sie sich auf. Außerdem ist es, nachdem sie alle Mühen der Schwangerschaft durchgestanden hat, für sie natürlich schwer, sich an den Gedanken zu gewöhnen, daß sie nicht die natürliche Mutter des Kindes ist. Das braucht seine Zeit." Angela blickte nachdenklich über den Rasen hin. „Ich spreche jeden Abend ein Dankgebet", fügte sie hinzu.

Zellaby nahm ihre Hand. Nach einigen Minuten bemerkte er: „Ich weiß nicht, ob es je einen dümmeren und unpassenderen Ausdruck gegeben hat als ‚Mutter Natur'. Die Natur ist so unglaublich rücksichtslos, so schrecklich und grausam, daß man die Zivilisation hat erfinden müssen. Man hält ein Raubtier für wild, doch selbst das wildeste unter ihnen wirkt zahm, wenn man bedenkt, was einem Schiffbrüchigen im Kampf gegen das unbarmherzige Meer abverlangt wird. Die Insekten überleben nur durch verwickelte Vorgänge von phantastischer Entsetzlichkeit. Nein, nichts ist unangebrachter als das Gefühl der Geborgenheit, das der Begriff ‚Mutter Natur' vermittelt. Jede Spezies versucht sich zu erhalten, mit allen ihr zur Verfügung stehenden Mitteln, und seien sie noch so unfair – es sei denn, der Selbsterhaltungstrieb kollidiert mit einem anderen Trieb."

Angela nutzte die kurze Pause, die er einlegte, um leicht ungeduldig zu bemerken: „Zweifellos zielst du auf etwas Bestimmtes ab, Gordon."

„Ganz recht", nickte Zellaby. „Ich muß wieder auf die Kuckuckseier zurückkommen. Ein Kuckuck schreckt vor nichts zurück, wenn es um die Selbsterhaltung geht. Ist ein Nest erst einmal heimgesucht von dieser Plage, bleibt nur noch eines. Ich bin, wie du weißt, ein sehr humaner, gütiger Mensch, und zwar von Natur aus."

„Ja, Gordon."

„Ein weiterer Nachteil ist, daß ich ein kultivierter Mensch bin. Aus all diesen Gründen kann ich mich nicht dazu durchringen, das, was unerläßlich wäre, zu billigen. Ebensowenig wie die anderen das können, auch wenn sie die Notwendigkeit dazu einsehen. Und darum werden wir genau wie die arme Vogelmutter die Ungeheuer hegen und pflegen und unsere eigene Rasse verraten ... Seltsam, nicht? Wir bringen es über uns, einen Wurf junger Katzen zu töten, die uns doch gar nicht bedrohen. Aber diese Kreaturen ziehen wir gewissenhaft groß."

Angela saß da, ohne sich zu rühren. Dann wandte sie den Kopf und sah ihn lange und ruhig an. „Es ist dir ernst mit dem, was du da gerade gesagt hast?"

„Ja, mein Liebes."

„Es paßt so gar nicht zu dir."

„Wie ich ja bereits sagte, es ist auch eine ganz neue Situation für mich. Ich habe erkannt, daß die Devise ‚leben und leben lassen' nur bei Menschen mit zuverlässig funktionierendem Gewissen Anwendung finden darf."

„Aber Gordon, vielleicht siehst du das alles zu schwarz. Schließlich können doch ein paar anomale Babys nicht –"

„Sie können jedenfalls bei erwachsenen Frauen – von Harriman gar nicht zu reden – eine Nervenkrise hervorrufen, nur um ihren Kopf durchzusetzen."

„Das gibt sich vielleicht, wenn sie älter werden. Man hat schon gehört, daß in den schwierigsten Eltern-Kind-Beziehungen eine Art Sympathie entstanden ist."

„In Einzelfällen, vielleicht. Aber nicht in einundsechzig miteinander verflochtenen Fällen. Nein, hier existiert keine liebevolle Zuneigung, und sie wird auch nie existieren. Es sind die nüchternsten, vernünftigsten, zielbewußtesten Kinder, von denen ich je gehört habe – und die selbstgenügsamsten, was ja kein Wunder ist, wenn sie alles bekommen, was sie verlangen. Noch sind sie klein, noch sind ihre Wünsche eher bescheiden, aber warten wir ab, was später wird ..."

„Dr. Willers sagt –", begann seine Frau, doch Zellaby schnitt ihr ungeduldig das Wort ab. „Willers ist glänzend mit der Situation fertig geworden, aber jetzt benimmt er sich wie ein verdammter Vogel Strauß. Seine Hysterie-Hypothese ist fast zum pathologischen Tick geworden. Er versucht damit alles wegzuerklären."

„Aber es muß doch eine Erklärung für das alles geben!"

„Es gibt auch eine."

„Und die wäre?"

„Wir müssen warten, bis die Kinder groß genug sind, um die Beweise dafür zu liefern."

„Du hast also eine Theorie?"

„Ja, aber keine sehr erfreuliche."

„Was vermutest du denn?"

Zellaby schüttelte den Kopf. „Noch nicht", sagte er. „Aber da du eine verschwiegene Frau bist, will ich dir eine Frage stellen: Wenn du den Wunsch hättest, eine sehr stabile, schwer bewaffnete, überlegene Gesellschaftsform zu stürzen, was würdest du tun? Würdest du einen vermutlich kostspieligen und ganz gewiß selbstzerstörerischen Krieg mit gleichen Waffen starten? Oder würdest du, falls Zeit keine Rolle spielt, eine subtilere Taktik vorziehen? Würdest du nicht lieber versuchen, eine fünfte Kolonne einzuschmuggeln und von innen heraus zu zerstören versuchen?"

15

WÄHREND der nächsten Monate ergaben sich in Midwich mehrere Veränderungen.

Dr. Willers vertraute seine Praxis einem jungen Vertreter an und trat, erschöpft und von der Obrigkeit enttäuscht, eine Urlaubsreise an, die ihn, so hieß es, in Begleitung seiner Frau rund um die Welt führen sollte.

Im November hatten wir eine Grippeepidemie, der drei Dorfbewohner und drei der Kinder zum Opfer fielen, darunter Ferrelyns Sohn. Man rief sie sofort nach Hause, doch sie traf ihn nicht mehr lebend an. Die beiden anderen Opfer waren Mädchen.

Kurz zuvor hatte es noch eine regelrechte Sensation gegeben: Der Meierhof war geräumt worden – eine großartige Demonstration behördlicher Organisationskunst. Am Montag erfuhren die Wissenschaftler davon, am Mittwoch trafen die Möbelwagen ein, und bereits am Wochenende standen die teuren Laboratorien gähnend leer. Auch Mr. Crimm und sein Stab waren fort, und alles, was zurückblieb, waren vier goldäugige Babys, für die Pflegeeltern gesucht werden mußten.

Eine Woche später bezog ein vertrocknet wirkendes Ehepaar

namens Freeman das von Mr. Crimm geräumte Haus. Mr. Freeman stellte sich als Sozialpsychologe vor, und seine Frau war offenbar Medizinerin. Andeutungsweise wurde uns zu verstehen gegeben, daß es ihre Aufgabe war, im Auftrag einer nicht näher bezeichneten Behörde die Entwicklung der Kinder zu beobachten. Und dieser Aufgabe widmeten sie sich mit Hingabe: Sie steckten die Nase in alles hinein, saßen ständig beobachtend auf einer der Bänke auf dem Dorfplatz und machten sich immer unbeliebter. Bald waren sie im ganzen Dorf nur als die „Topfgucker" bekannt. Da jedoch Sturheit zu ihren hervorstechendsten Eigenschaften gehörte, hielten sie auch angesichts der allgemeinen Ablehnung durch und wurden schließlich akzeptiert, wie man eben etwas Unvermeidliches akzeptiert.

Was nun die Kinder betraf, so gaben sie – wenn man von ihrer Weigerung, Midwich zu verlassen, einmal absah – während ihrer ersten Lebensjahre wenig Anlaß zur Besorgnis. Auch die Demonstrationen ihrer Macht blieben gemäßigt und traten nur vereinzelt auf. Die Kinder waren, wie Zellaby vorausgesagt hatte, bemerkenswert vernünftig und selbstgenügsam – solange alles nach ihren Wünschen ging. Sie boten damit all den Unkenrufen und auch den düsteren Theorien Zellabys so wenig Nahrung, daß Janet und ich nicht die einzigen waren, die sich allmählich fragten, ob die übernatürlichen Eigenschaften der Kinder nicht langsam auswuchsen.

Und dann, im folgenden Frühsommer, machte Zellaby eine Entdekkung, die den Freemans trotz ihrer intensiven Beobachtungen offenbar entgangen war.

Er tauchte eines sonnigen Nachmittags plötzlich bei uns auf und ließ trotz meiner Proteste, ich hätte zu arbeiten, keine Ruhe, bis wir mit ihm kamen.

„Ich weiß, mein Lieber, ich weiß. Auch ich stelle mir meinen wartenden Verleger mit Tränen in den Augen vor. Aber es handelt sich um etwas ungeheuer Wichtiges. Ich brauche zuverlässige Zeugen."

„Zeugen? Wobei?" fragte Janet, nicht gerade begeistert.

„Ich will Ihnen nichts einreden. Ich bitte Sie nur, mir bei einem Experiment zuzusehen und Ihre eigenen Schlüsse zu ziehen. Hier –" er suchte in seinen Taschen – „sind unsere Testapparate."

Er legte ein kleines, mit Intarsien geschmücktes Holzkästchen auf den Tisch, etwa halb so groß wie eine Streichholzschachtel, und daneben eins von diesen Geduldspielen, die aus zwei großen Nägeln bestehen, die so gebogen sind, daß sie ineinanderhängen, jedoch ohne Mühe getrennt werden können, wenn man sie in die richtige Position bringt. Er nahm das Holzkästchen und schüttelte es. Innen klapperte etwas.

„Zucker", erläuterte er. „Dies ist ein Erzeugnis verspielter japanischer Erfindungsgabe. Es hat keinen sichtbaren Öffnungsmechanismus, doch wenn man dieses Stück Intarsie hier beiseite schiebt, läßt es sich mühelos öffnen, und da ist das Stückchen Zucker. Wie man auf den Gedanken kommen kann, so etwas Sinnloses zu konstruieren, ist mir zwar unverständlich, aber für uns wird es schon seinen Zweck erfüllen. Also, bei welchem Kind fangen wir an?"

„Aber die Kinder sind doch noch nicht mal ein Jahr alt", gab Janet zu bedenken. Mir lief es kalt über den Rücken.

„Eigentlich stimmt das schon, aber offenbar läuft ihre Entwicklung schneller. Sie sind ganz und gar wie gut entwickelte Zweijährige, allesamt", konterte Zellaby. „Und außerdem ist das, was ich vorhabe, kein ausgesprochener Intelligenztest ... Oder vielleicht doch?" Unsicher brach er ab. „Ich muß zugeben, daß ich mir da nicht ganz sicher bin. Auf jeden Fall spielt es keine große Rolle. Welches Kind nehmen wir also?"

Mrs. Brant führte uns in ihren kleinen Garten, wo das Kind in seinem Laufstall spielte. Der Junge wirkte tatsächlich wie ein Zweijähriger, und zwar wie ein hochintelligenter. Zellaby gab ihm das Kästchen. Der Junge nahm es, besah es, stellte fest, daß es klapperte, und schüttelte es begeistert. Offenbar jedoch merkte er, daß es ein Kästchen war, denn er versuchte es zu öffnen. Zellaby ließ ihn eine Weile damit spielen, dann holte er ein Stückchen Zucker aus der Tasche und tauschte es gegen das noch immer geschlossene Kästchen ein.

„Ich sehe nicht ein, was das beweisen soll", sagte Janet, als wir wieder gingen.

„Geduld, meine Liebe", erwiderte Zellaby sanft zurechtweisend. „Welchen Jungen nehmen wir jetzt?"

Janet schlug das Pfarrhaus vor, weil es am Weg lag. Zellaby schüttelte den Kopf. „Nein, das ist ein Mädchen."

„Aber spielt das eine Rolle? Das kommt mir alles sehr mysteriös vor", meinte Janet skeptisch.

„Ich möchte Sie überzeugen", erwiderte Zellaby. „Schlagen Sie einen anderen vor."

Wir einigten uns auf den Jungen von Mrs. Dorry. Hier wiederholte sich die Vorstellung, doch nachdem das Kind kurz damit gespielt hatte, hielt es Zellaby das Kästchen hin und sah fragend zu ihm auf.

Zellaby nahm ihm das Kästchen jedoch nicht ab, sondern zeigte dem Kind, wie man es öffnen konnte. Dann ließ er den Jungen den Vorgang wiederholen und den Zucker herausnehmen. Anschließend legte Zellaby ein zweites Stück Zucker in das Kästchen, schloß es und gab es dem Jungen zurück.

„Versuch's noch mal", forderte er ihn auf, und erstaunt sahen wir, wie der Junge das Kästchen mühelos öffnete und sich selig das zweite Stück Zucker holte.

„Und jetzt", sagte Zellaby, als wir gingen, „zurück zu Nummer eins, dem Jungen von Mrs. Brant."

Wieder in Mrs. Brants Garten, reichte er dem Kind das Kästchen, genau wie zuvor. Gierig nahm das Kind es entgegen. Ohne zu zögern, fand es das Stückchen Intarsie und schob es beiseite, als habe es das schon hundertmal getan. Zellaby betrachtete amüsiert unsere verblüfften Gesichter. Noch einmal nahm er das Kästchen und schloß es.

„So", sagte er. „Und jetzt ein anderer Junge."

Wir besuchten drei. Kein einziger zögerte beim Öffnen des Kästchens. Alle machten es auf, als sei ihnen der Mechanismus wohlvertraut, und fielen eifrig über den Inhalt her.

„Interessant, nicht wahr?" meinte Zellaby. „Und jetzt zu den Mädchen."

Wieder geschah genau das gleiche, nur daß wir diesmal, statt dem zweiten, erst dem dritten Kind das Geheimnis des Kästchens zeigten. Danach verlief alles wie gehabt.

„Finden Sie das nicht auch faszinierend?" fragte Zellaby strahlend. „Wollen Sie's mal mit den Nägeln versuchen?"

„Vielleicht später", sagte Janet. „Jetzt brauche ich erst mal einen Tee." Wir nahmen Zellaby mit nach Hause.

„Diese Idee mit dem Kästchen war gut", lobte sich Zellaby, während er ein Gurkensandwich verschlang. „Es hat wunderbar geklappt."

„Haben Sie denn noch andere Versuche gemacht?" fragte Janet.

„Oh, eine ganze Menge. Einige waren ein bißchen zu kompliziert, andere nicht aufschlußreich genug. Außerdem hatte ich die Sache da noch nicht richtig erfaßt."

„Sind Sie denn sicher, daß Sie sie jetzt erfaßt haben? Denn daß ich sie erfaßt habe, kann ich nicht behaupten", sagte Janet.

Er sah sie an. „Doch, ich glaube, Sie haben sie erfaßt. Und Richard auch. Sie dürfen es ruhig zugeben."

Er nahm sich das nächste Sandwich und sah mich fragend an.

„Ich nehme an", begann ich, „ich soll jetzt sagen, daß Ihr Experiment mir bewiesen hat, daß alle Jungen wissen, was einer von ihnen weiß, die Mädchen jedoch nicht. Und umgekehrt. Nun gut, es scheint tatsächlich, als habe es genau das bewiesen – falls da nicht irgendwo ein Haken ist."

„Aber mein lieber –"

„Na ja, Sie müssen doch zugeben, daß das, was dieses Experiment zu beweisen scheint, mehr ist, als man auf einmal schlucken kann."

„Natürlich. Ich selbst bin dieser Sache auch nur schrittweise nähergekommen", sagte er.

„Aber entsprechen die Tatsachen denn auch wirklich den Schlüssen, die wir aus dem Experiment ziehen sollten?"

„Aber auf jeden Fall, mein Lieber. Eindeutiger geht es doch wohl nicht." Er zog die verschlungenen Nägel aus der Tasche und warf sie auf den Tisch. „Da, nehmen Sie sie, und machen Sie selbst einen Versuch. Oder noch besser, erfinden Sie einen eigenen Test. Sie werden die Schlußfolgerungen – zumindest die vorläufigen – absolut zwingend finden."

„Nun gut", sagte ich. „Nehmen wir's als Hypothese, die ich für den Augenblick akzeptiere –"

„Moment mal!" fiel Janet ein. „Mr. Zellaby, wollen Sie tatsächlich behaupten, daß alles, was ich einem Jungen erkläre, die anderen automatisch ebenfalls wissen?"

„Gewiß – vorausgesetzt natürlich, daß es ihrer Entwicklungsstufe entspricht."

Janet blickte äußerst skeptisch drein.

Zellaby seufzte. „Das alte Lied", sagte er. „Lyncht Darwin, und beweist damit die Unmöglichkeit der Evolution." Er wandte sich wieder mir zu. „Sie wollten die Hypothese akzeptieren –", begann er.

„Ja", sagte ich. „Und Sie nannten es eine vorläufige Hypothese. Welches ist die nächste?"

„Ich denke doch, daß diese eine bereits genug Konsequenzen in sich birgt, um unser gesamtes Gesellschaftssystem auf den Kopf zu stellen."

„Könnte dieses Phänomen denn nicht so etwas wie eine weiterentwickelte Form des gleichgeschalteten Denkens und Fühlens bei Zwillingen sein?" fragte Janet.

Zellaby schüttelte den Kopf. „Ich glaube nicht. Es sei denn, es hätte sich so weit entwickelt, daß es völlig neue Züge aufweist. Außerdem haben wir es hier nicht mit einer Gruppe zu tun, die untereinander in geistiger Verbindung steht, sondern mit zwei getrennten Gruppen, unter denen es keine Querverbindung gibt. Da dies, wie wir gesehen haben, eine bewiesene Tatsache ist, stellt sich uns sogleich folgende Frage: Wie weit ist jedes Kind ein Einzelwesen? Vom physischen Standpunkt ist natürlich jedes ein Individuum, doch wie ist es damit in anderer Hinsicht? Wenn es sein Denken und Fühlen mit den anderen der Gruppe teilt, statt sich ihnen umständlich mitteilen zu müssen, wie wir das tun, kann es dann eine eigene Persönlichkeit sein? Ich sage nein. Es liegt klar auf der Hand: Wenn A, B und C gemeinsame Empfindungen haben, ist das, was A ausspricht, dasselbe wie das, was B und C denken, und das, was B unter bestimmten Umständen tut, deckt sich genau mit dem, was A und C unter den gleichen Umständen tun würden. Das heißt, natürlich sind ihre Handlungen leichten Abweichungen unterworfen, je nachdem, in welchem körperlichen Zustand sie sich befinden, ergo, wie ihre Drüsen und anderen physischen, individuell unterschiedlichen Faktoren in Aktion treten. Aber worauf ich hinaus will, ist folgendes: Niemals handelt oder antwortet mir hier ein Individuum, sondern immer ein Teil der Gruppe. Und darin allein schon liegen eine Menge weiterer Probleme und Folgerungen."

Janet runzelte die Stirn. „Ich verstehe immer noch nicht ganz ..."

„Ich will es einmal anders formulieren", sagte Zellaby. „Es scheint, daß wir hier achtundfünfzig kleine Ganzheiten haben. Doch da der Schein trügt, stellen wir fest, daß wir es in Wahrheit nur mit zwei Ganzheiten zu tun haben – einem Jungen und einem Mädchen, obgleich der Junge aus dreißig und das Mädchen aus achtundzwanzig Komponenten besteht, die jede wiederum in physikalischer Struktur und äußerer Erscheinung einem Jungen oder Mädchen gleichen." Hier machte er eine Pause.

„Ich weiß nicht", warf Janet zögernd ein. „Mir kommt das sehr unwahrscheinlich vor."

„Gewiß", stimmte Zellaby zu. „Mir ging das genauso."

„Hören Sie", sagte ich nach einer Pause, „meinen Sie das wirklich ernst? Ich meine, dramatisieren Sie das Ganze nicht ein bißchen?"

„Nein. Ich spreche nur Tatsachen aus. Sie haben ja den Beweis gesehen."

Ich schüttelte den Kopf. „Alles, was wir gesehen haben, ist, daß die Kinder sich auf eine Art verständigen, die uns fremd ist. Von da bis zu Ihrer Theorie ist es ein verdammt großer Sprung."

„Mit nicht mehr als diesem Beweis, vielleicht. Aber Sie müssen wissen, daß ich vorher bereits eine große Anzahl Tests durchgeführt habe, und nicht ein einziges Ergebnis widerspricht meiner Idee des Kollektivindividualismus, wie ich es nenne. Außerdem ist es gar nicht so fremdartig, wie es auf den ersten Blick scheint. Es gibt eine ganze Menge Entwicklungsformen, die sich bei näherem Hinsehen als Kolonie erweisen. Und viele Formen können gar nicht überleben, wenn sie nicht Kolonien bilden, die dann als Individuen handeln. Derartiges kommt vorzugsweise bei den niederen Formen vor, aber ich sehe keinen Grund, warum es denen allein vorbehalten bleiben soll. Wir selbst bilden ja sogar Gruppen – bewußt allerdings, aber zum gleichen Zweck wie zum Beispiel die Insekten: um schlagkräftiger oder widerstandsfähiger zu sein. Warum sollte da die Natur nicht versuchen, die vollkommenere Version einer Methode zu kreieren, mit der wir unsere Unzulänglichkeit zu überwinden versuchen?"

Ein rascher Blick zu Janet zeigte mir, daß sie abgeschaltet hatte. Immer wenn sie fand, daß jemand Unsinn redete, beschloß sie augenblicklich, keine weitere Energie mehr zu investieren, und ließ innerlich eine Jalousie herunter. Ich jedoch strengte mich weiter an.

„Ich habe das Gefühl", sagte ich, „daß ich Ihnen nicht mehr ganz folgen kann. Sie behaupten, das Denken in jeder dieser beiden Gruppen sei sozusagen gleichgeschaltet. Bedeutet das, daß die Jungen zusammen ein normales Denkvermögen multipliziert mit dreißig und die Mädchen eines multipliziert mit achtundzwanzig besitzen?"

„Ich glaube nicht", sagte Zellaby. „Gott sei Dank. Sicher, die Intelligenz wird um einige Grad höher sein als normal, aber wie weit, das läßt sich im Augenblick noch nicht feststellen. Doch was mir vorläufig viel bedeutsamer erscheint, ist der ungewöhnlich hohe Grad von Willenskraft, den diese Wesen hervorbringen. Es ist ungewiß, wie dieser Zwang ausgeübt wird, doch ich denke, wenn dieses Phänomen überhaupt untersucht werden kann, werden wir finden, daß in dem Moment, wo sich ein gewisser Grad von Willenskraft in einem Träger konzentriert, eine Hegelsche Verwandlung stattfindet; das heißt, wenn ihre Quantität einen kritischen Punkt überschreitet, nimmt sie neue Formen an, in diesem Fall die Form direkten Zwanges. Diese Folgerung ist allerdings eine rein spekulative, das muß ich zugeben."

„Mein Gott, das Ganze klingt für mich schrecklich kompliziert", stöhnte ich.

„In den Einzelheiten, in der Mechanik, ist es das vielleicht. Aber im Prinzip doch wohl kaum. Wir alle sind uns doch darin einig, daß das Hauptmerkmal des Menschen die Verkörperung des Geistes ist, nicht wahr?"

„Gewiß." Ich nickte.

„Nun ist der Geist lebendige Energie. Er muß sich entweder weiterentwickeln oder verkümmern. Geistige Entwicklung zielt aber auf das Hervorbringen eines größeren Geistes ab. Wenn wir nun annehmen, daß dieser größere Geist, dieser Supergeist, eben jetzt versucht, in Erscheinung zu treten, worin soll er wohnen? Der normale Mensch kann ihn nicht aufnehmen; den Supermenschen gibt es nicht. Ist es da nicht möglich, daß er sich statt eines einzelnen Individuums einer Gruppe bedient? Und trifft das zu, wäre dann nicht die Existenz zweier Supergeister denkbar? Ich habe viel über diese beiden Gruppen nachgedacht und habe das Gefühl, daß man die beiden Supergeister benennen sollte. Aber so sehr ich auch suchte, ich kam immer wieder auf zwei Namen zurück: Adam und Eva."

ZWEI, drei Tage später berief mich ein Brief zu einem Auftrag nach Kanada, und ich fuhr sofort ab. Janet packte erst noch unsere Sachen, bevor sie mir folgte.

Als sie in Kanada eintraf, konnte sie mir wenig Neues aus Midwich berichten, nur, daß eine Fehde ausgebrochen sei zwischen den Freemans und Zellaby. Zellaby hatte offenbar Westcott von seiner Theorie in Kenntnis gesetzt, und die Freemans hatten, völlig vor den Kopf geschlagen, eigene Tests durchgeführt. Sie waren immer finsterer geworden, je weiter die Tests fortschritten.

„Aber die werden wenigstens vor Adam und Eva haltmachen",

meinte Janet. „Wirklich, der alte Zellaby! Ich bin nur froh, daß wir damals in London gewesen sind. Stell dir vor, ich wäre die Mutter von einem Einunddreißigstel Adam oder einem Neunundzwanzigstel Eva geworden!"

16

WÄHREND der nächsten Jahre fuhren wir nur auf kurze Besuche in die Heimat, doch im achten Sommer nach unserer Abreise konnte ich mich für sechs Wochen freimachen. Ich flog nach London und lief eines Tages Ende der ersten Woche auf dem Piccadilly Circus Bernard Westcott in die Arme.

Wir gingen auf einen Drink ins *In and Out*, und im Verlaufe unseres Gespräches fragte ich ihn nach Midwich. Ich war sicher, daß das Ganze im Sande verlaufen und aus den Kindern eine Schar völlig normaler Dorfkinder geworden sei.

Bernard jedoch versank einen Moment in Nachdenken, bevor er antwortete. „Zufällig muß ich morgen hin", erwiderte er dann. „Hast du Lust, mitzukommen und alte Bekanntschaften aufzufrischen?"

Janet war für eine Woche zu einer Schulfreundin gefahren, und ich war allein und ohne bestimmte Pläne.

„Ihr beobachtet das Dorf also noch immer? Ja, ich komme gern mit. Geht es Zellaby gut?"

„Aber ja. Der gehört zu denen, die nie altern."

„Als ich ihn das letzte Mal sah, da kam er uns mit einer ganz verrückten Idee über die Kinder. Irgendwas mit zusammengesetzter Persönlichkeit", erinnerte ich mich. „Der alte Phantast! Soweit ich mich erinnere, sagte er etwas von Adam und Eva."

„Du wirst ihn kaum verändert finden", sagte Bernard. „Was ich dort zu tun habe, ist leider etwas morbide: Eine Leichenschau. Aber darum brauchst du dich ja nicht zu kümmern."

„Eins von den Kindern?" fragte ich.

„Nein." Er schüttelte den Kopf. „Ein Autounfall. Ein Junge aus dem Dorf. Pawle heißt er."

„Pawle? Ach ja, ich weiß", erwiderte ich. „Die haben weiter draußen eine Farm nach Oppley zu, nicht wahr?"

„Ganz recht, die Dacre-Farm. Tragische Geschichte."

Ich hielt es für aufdringlich zu fragen, welches Interesse er an der Leichenschau habe, und wechselte daher das Thema.

Am anderen Tag jedoch, als wir uns nach dem Frühstück bei herrlichem Sommerwetter auf den Weg machten, war er gesprächiger. „Du wirst einiges verändert finden in Midwich", bereitete er mich vor. „In eurem Haus wohnt jetzt ein Künstlerehepaar. Aber am meisten wirst du dich über den Meierhof wundern. Vor dem steht jetzt ein Schild mit der Aufschrift: ‚Midwich-Meierhof – Sonderschule – Erziehungsministerium'."

„Ach! Die Kinder?" fragte ich.

„Genau", nickte er. „Zellabys phantastische Theorien scheinen doch nicht ganz so phantastisch zu sein. Er hat die Freemans damit so aus dem Sattel gehoben, daß sie sich am liebsten ins nächste Mauseloch verkrochen hätten."

„Meinst du etwa diesen Unsinn über Adam und Eva?" fragte ich ungläubig.

„Nicht direkt. Ich spreche von den zwei Gruppen. Es hat sich bald herausgestellt, daß diese geistige Verbindung tatsächlich existiert. Mit etwas über zwei Jahren lernte einer der Jungen leichte Wörter zu lesen –"

„Mit zwei Jahren?" rief ich überrascht.

„Das entspricht einem Alter von vier Jahren bei anderen Kindern", gab er zu. „Und am nächsten Tag stellte man fest, daß alle anderen Jungen die Wörter ebenfalls lesen konnten. Von da an war der Fortschritt einfach verblüffend. Erst Wochen später lernte eins der Mädchen lesen, doch dann konnten es sofort alle. Als dann einer der Jungen radfahren lernte, fuhren alle anderen sofort ohne Schwierigkeiten. Mrs. Brinkman brachte ihrer Tochter das Schwimmen bei, und alle Mädchen konnten schwimmen, die Jungen hingegen erst, als einer von ihnen den Dreh heraushatte. Nein, nein, von dem Moment an, wo Zellaby es öffentlich erklärt hatte, wurde es plötzlich offensichtlich, daß jede der beiden Gruppen ein Individuum repräsentiert, obgleich viele Leute das einfach nicht wahrhaben wollen. Sicherlich, die Argumente sind vielfach sehr kompliziert, aber wie dem auch sei, die Verbindung besteht. Daher war es natürlich unmöglich, die Kinder in gewöhnliche Schulen zu schicken; der Klatsch hätte kein Ende genommen. Und da haben dann das Erziehungs- und das Gesundheitsministerium eingegriffen und im Meierhof für sie eine Art Wohlfahrtseinrichtung und Beobachtungsstation erstellt. Diese Einrichtung hat sich besser bewährt, als wir erwarteten. Keines der Kinder wurde gezwungen, dort zu leben; trotzdem sind sie eins nach dem anderen gekommen, da sie aus ersichtlichen Gründen in ihren Familien nie ein vollwertiges Heim gefunden hätten. Außerdem ist der Zusammenhalt unter ihnen weit größer, als er je in einer Familie sein könnte, weil sich ja jedes Wesen zu einer Gruppe der eigenen Art hingezogen fühlt."

„Eigenartig", bemerkte ich. „Und was haben die Leute im Dorf dazu gesagt?"

„Manche waren natürlich dagegen, aber mehr aus konventionellen Gründen als aus Überzeugung. Viele waren erleichtert, daß ihnen die Verantwortung für die Kinder abgenommen wurde, da sie sich im Grunde vor ihnen fürchteten, obgleich sie das niemals zugegeben hätten. Nur wenige mögen die Kinder wirklich, und in diesen Häusern gehen sie auch nach wie vor aus und ein. Andere dagegen haben ganz mit ihren Familien gebrochen."

„Das ist die merkwürdigste Institution, von der ich je gehört habe", stellte ich fest.

Bernard lächelte. „Nun, wenn du zurückdenkst, wirst du dich erinnern, daß es auch recht merkwürdig angefangen hat", rief er mir ins Gedächtnis zurück.

„Aber was machen sie da im Meierhof?" wollte ich wissen.

„In erster Linie ist es eine Schule; sie haben Lehrer und Erzieher und außerdem Sozialpsychologen dort. Überdies kommen regelmäßig prominente Professoren und halten Vorlesungen. Anfangs unterrichtete man wie in anderen Schulen auch, doch dann kam jemand auf die Idee, daß man jeweils nur einen Jungen und ein Mädchen zu unterrichten brauchte, um sämtlichen Kindern den Stoff zu vermitteln, und es klappte vorzüglich. Man kann sogar sechs Paaren gleichzeitig verschiedene Stunden erteilen, und es klappt ebensogut."

„Aber mein Gott, dann saugen die ja Lehrstoff auf wie Löschpapier", sagte ich fassungslos.

„So ist es. Selbst den Lehrern ist es manchmal unheimlich."

„Und trotz allem könnt ihr die Existenz der Kinder geheimhalten?"

„Vor der Öffentlichkeit, ja. Wir haben uns mit der Presse arrangiert, für die ja auch der jetzige Zustand keinerlei Story abgibt. In der näheren Umgebung hat es natürlich einiger Öffentlichkeitsarbeit bedurft, aber wir haben erreicht, daß man die Kinder als so zurückgeblieben betrachtet, daß eine treusorgende Regierung ihnen eine Sonderschule zur Verfügung stellt. Auch die übrigen Einwohner von Midwich gelten – als Folge des Tages X – für leicht verdreht, so daß eventuelle Bemerkungen ihrerseits nicht ernst genommen werden. Man duldet Midwich und die Kinder, wie man einen verkalkten Großvater duldet."

„Das muß ein ziemliches Stück Arbeit gekostet haben", sagte ich. „Was ich aber immer noch nicht verstehe, ist, warum ihr die Sache unbedingt geheimhalten wollt. Sicher, damals war das verständlich; da war ein unbekanntes Flugobjekt gelandet, und das betraf den Geheimdienst. Aber jetzt ...? All das viele Geld, das ihr ausgebt, um die Kinder versteckt zu halten ... Und die Schule kostet ja wohl auch mehr als ein paar Groschen."

„Du glaubst nicht, was in einem Wohlfahrtsstaat alles für die Notleidenden getan wird!" wich er aus.

„Ach, hör auf damit, Bernard", sagte ich ungeduldig.

Doch er hörte nicht auf. Obgleich er weiter über Midwich und die Kinder sprach, wich er beharrlich einer Beantwortung dieser Frage aus.

Wir aßen in Trayne zu Mittag und trafen kurz nach zwei in Midwich ein. Ich fand es völlig unverändert, so als sei höchstens eine Woche vergangen, seit ich es zuletzt gesehen hatte. Auf dem Dorfplatz vor dem Rathaus, in dem die Leichenschau stattfinden sollte, drängte sich bereits eine Menschenmenge.

„Sieht so aus, als müßtest du deine Besuche auf später verschieben", meinte Bernard, als wir den Wagen parkten. „Scheint ja, als habe sich alles, was Beine hat, hier eingefunden."

„Wird es lange dauern? Was meinst du?" erkundigte ich mich.

„Ist vermutlich reine Formsache. In einer halben Stunde haben wir's hinter uns."

„Wirst du aussagen?" fragte ich, neugierig, aus welchem Grund er von London hergekommen war, wenn es nur eine Formsache sein sollte.

„Nein. Ich bin nur als Beobachter hier."

Wir betraten den Saal, der sich nach und nach füllte. Ich sah viele bekannte Gesichter, und es schien wirklich so, daß jedermann hier war.

Nach einer halben Stunde war alles vorbei. Ich sah Zellaby rasch aus der Tür treten, als sich die Versammlung auflöste; er wartete auf der Treppe auf uns. Er begrüßte mich, als sei ich nur ein paar Tage fort gewesen. „Was führt Sie denn hierher? Ich dachte, Sie sind in Indien."

„Kanada", verbesserte ich ihn. „Ich bin rein zufällig hier." Und ich erklärte, daß Bernard mich mitgebracht habe.

Bernard zuckte dazu nur die Achseln. „Was bleibt mir anderes übrig?"

In diesem Augenblick kamen ein Junge und ein Mädchen an uns vorbei und gingen mitten unter den nach Hause strebenden Passanten die Straße entlang. Ich konnte nur einen kurzen Blick auf ihre Gesichter werfen und starrte ihnen verblüfft nach.

„Aber das können doch nicht –", begann ich.

„Doch", sagte Zellaby. „Haben Sie nicht die Augen gesehen?"

„Aber das ist absurd! Die sind doch erst neun Jahre alt!"

„Nach unserem Kalender", erwiderte Zellaby.

Ich starrte hinter ihnen her. „Aber das ... Das ist unglaublich! Die beiden da sehen ja aus wie Sechzehn-, Siebzehnjährige!"

„Das sind sie physisch auch."

Ich konnte es immer noch nicht fassen.

„Wenn Sie nicht in Eile sind, kommen Sie doch mit zu mir zum Tee", schlug Zellaby vor.

Nach einem Blick auf mich bot Bernard an, uns mit seinem Wagen hinzufahren.

„Na schön", sagte Zellaby. „Aber fahren Sie vorsichtig, nach dem, was Sie eben gehört haben."

„Ich bin nicht leichtsinnig", wehrte sich Bernard.

„War der junge Pawle auch nicht. Und außerdem fuhr er ausgezeichnet", erwiderte Zellaby.

Bald darauf kam Kyle Manor in Sicht. Wir fuhren vorbei an der Haustür und parkten den Wagen bei den Ställen. Zellaby führte uns auf die Veranda und bat uns, in den gepolsterten Rohrsesseln Platz zu nehmen.

„Angela ist im Augenblick nicht da", sagte er. „Aber zum Tee wollte sie wieder zurück sein."

Er machte es sich in seinem Sessel bequem und blickte auf den Rasen hinaus. Die neun Jahre seit dem Tag X hatten Zellaby nicht viel anhaben können. Das feine Silberhaar war noch immer dicht und glänzend, die Augenfältchen vielleicht ein wenig zahlreicher, das

Gesicht schmaler, doch sein hagerer Körper hatte höchstens vier oder fünf Pfund verloren.

Plötzlich wandte er sich an Bernard. „Sie sind also zufriedengestellt. Und glauben Sie, daß es damit nun sein Bewenden hat?"

„Hoffentlich. Man hätte ja doch nichts ungeschehen machen können, und mithin war es das klügste, das Urteil zu akzeptieren", gab Bernard zurück.

„Hm", machte Zellaby. Dann sah er mich an. „Und Sie? Was halten Sie als unbeteiligter Beobachter von unserer kleinen Farce heute nachmittag?"

„Ich weiß nicht – ach so, die Leichenschau. Tja, ich habe zwar gespürt, daß da etwas in der Luft lag, aber soweit ich feststellen konnte, ist alles ordnungsgemäß verlaufen. Der Bursche ist leichtsinnig gefahren und hat einen Fußgänger verletzt. Dann hat ihn aus völlig unerklärlichen Gründen die Panik gepackt, und er hat Fahrerflucht begangen. Er ist zu schnell gefahren, hat die Kurve bei der Kirche nicht mehr gekriegt und ist gegen die Mauer gebraust. Sind Sie der Ansicht, daß der Befund ‚Tod durch Unfall' nicht zutrifft? Man könnte es natürlich auch als Mißgeschick bezeichnen, doch das kommt auf dasselbe heraus."

„Ein Mißgeschick war es tatsächlich", sagte Zellaby. „Es kommt aber kaum auf dasselbe heraus, denn es ereignete sich kurz vor dem Unfall. Ich werde Ihnen sagen, was sich ereignet hat. Dem Colonel habe ich bis jetzt auch nur einen kurzen Bericht geben können ..."

Zellaby war über die Oppley-Straße von seinem üblichen Nachmittagsspaziergang zurückgekehrt. Als er sich der Abzweigung der Hickham Lane näherte, tauchten aus ihrer Einmündung vier der Kinder auf und bogen auf die Straße zum Dorf ein. Sie gingen in einer Reihe nebeneinander vor ihm her.

Es waren drei Jungen und ein Mädchen. Zellaby betrachtete sie mit anhaltendem Interesse. Die Jungen waren sich dermaßen ähnlich, daß er sie nicht unterscheiden konnte; er versuchte es auch gar nicht mehr. Die Kinder hatten sich daran gewöhnt, daß man sie verwechselte.

Wieder einmal staunte er über die ungewöhnlich rapide Entwicklung der Kinder; sie war fast doppelt so schnell wie normal vor sich gegangen. Und das war das einzige, was sie äußerlich von anderen Kindern ihres Alters und ihrer Größe unterschied; ansonsten besaßen sie höchstens einen etwas leichteren Körperbau, ohne jedoch den Eindruck zu schnellen Wachstums zu vermitteln.

Und wieder einmal wünschte er, den Kindern näherkommen zu können, sie besser kennenzulernen. Es war nicht seine Schuld, daß ihm das bis jetzt nicht gelungen war; er hatte es immer wieder versucht, seit sie Kleinkinder waren. Vielleicht verstand er sie sogar ein wenig besser als ihre Erzieher im Meierhof, und oberflächlich waren sie auch freundlich zu ihm – das waren sie nur zu wenigen – und unterhielten sich mit ihm, doch nie gelang es ihm, weiter zu ihnen vorzudringen. Immer traf er auf eine Barriere. Was er von ihnen hörte und sah, war nur ihre Anpassung an die Umwelt; ihr wahres Selbst und ihre wahre Natur jedoch lagen hinter jener Barriere. Sie waren interessiert, sie lernten, doch man hatte das Gefühl, daß sie lediglich Wissen sammelten, ohne ihre Persönlichkeit beeinflussen zu lassen. Zellaby fragte sich, ob es wohl jemals jemandem gelingen würde, ihnen näherzukommen.

Jetzt bog das Quartett vor ihm um eine Ecke und entschwand seinen Blicken. Eben erreichte er selbst diese Ecke, als ihn ein Auto überholte. Alles, was sich nun abspielte, konnte er deutlich beobachten.

Der Wagen, ein kleiner, offener Zweisitzer, fuhr noch nicht einmal schnell, doch direkt an der Ecke, hinter der die Kinder stehengeblieben waren, um zu beratschlagen, welchen Weg sie nehmen sollten, geschah es. Der Fahrer tat sein Bestes. Er zog den Wagen ganz nach rechts, um ihnen auszuweichen, es fehlten jedoch ein paar Zentimeter. Sein linker Kotflügel streifte den außenstehenden Jungen an der Hüfte und schleuderte ihn quer über die Straße gegen einen Zaun.

Zellaby vergaß das Bild nie: der Junge am Zaun, die drei anderen Kinder wie versteinert, der junge Mann im Auto, der, noch immer bremsend, seinen Wagen wieder unter Kontrolle zu bekommen suchte. Ob er überhaupt zum Stehen gekommen war, konnte Zellaby nicht sagen; wenn ja, dann höchstens für den Bruchteil einer Sekunde. Dann heulte der Motor auf. Der Wagen schoß vorwärts. Der Fahrer schaltete hinauf und trat auf den Gashebel. Er fuhr stur geradeaus und machte keinerlei Anstalten, der Linkskurve zu folgen. Der Wagen beschleunigte noch, als er gegen die Kirchhofsmauer prallte. Er wurde völlig zertrümmert und der Fahrer mit dem Kopf voran gegen die Mauer geschleudert.

Menschen schrien, und ein paar, die in der Nähe waren, eilten auf das Wrack zu. Zellaby rührte sich nicht. Wie gelähmt stand er da und sah gelbe Flammen aus den Trümmern schießen, gefolgt von schwarzem Qualm. Dann drehte er sich steif zu den Kindern um. Auch sie starrten zu dem Wrack hinüber. In jedem Gesicht stand der gleiche gespannte Ausdruck. Dann liefen die drei zu dem Jungen hinüber, der stöhnend am Zaun lag.

Zellaby merkte, daß er zitterte. Mit unsicheren Schritten stakste er zu einer Bank am Rande des Dorfplatzes, setzte sich und lehnte sich zurück. Er war bleich und fühlte sich elend.

Den Rest der Geschichte erfuhr ich später von Mrs. Williams, der Wirtin vom Lamm. Sie hatte das Krachen gehört, aus dem Fenster geschaut und Menschen laufen sehen. Dann hatte sie Mr. Zellaby bemerkt, der auf die Bank zuwankte, sich setzte und zurücklehnte, bis ihm der Kopf auf die Brust sank, als sei er ohnmächtig geworden. Sie lief zu ihm und verabreichte ihm auf seine Bitte hin vier von den Pillen, die er in der Tasche trug. Dann nahm sie ihn mit zu sich ins Haus und bettete ihn auf die Couch in der Halle. Da er versicherte, es gehe ihm besser, ging sie hinaus und erkundigte sich nach dem Unfall.

Als sie zurückkam, sah er nicht mehr so grau aus, machte jedoch immer noch einen erschöpften Eindruck.

Nachdem sie ihm versprochen hatte, nichts über seinen kleinen Zusammenbruch verlauten zu lassen, fragte sie ihn: „Dann haben Sie also alles gesehen, Sir? Kann einem wirklich einen Schock versetzen, nicht wahr?"

„Ja", bestätigte er. „Ich hab's gesehen. Aber ich konnte nicht erkennen, wer im Wagen saß."

„Das war der junge Jim Pawle", sagte sie. „Von der Dacre-Farm."

Er schüttelte den Kopf. „Den kenne ich. Netter Bursche."

„Ja, Sir, wirklich. Nicht so wild wie die anderen. Hab ihn noch nie so verrückt fahren sehen. Sieht ihm gar nicht ähnlich."

Nach einer Pause erklärte Zellaby mit eigenartiger Stimme: „Er hatte vorher eins von den Kindern angefahren – einen Jungen. Nicht schlimm, aber er wurde gegen einen Zaun geschleudert."

„Eins von den Kindern?" fragte sie. Und dann wußte sie plötzlich, was er meinte. „Aber nein, Sir! Mein Gott, die können doch nicht ..." Doch dann schwieg sie wieder, weil er sie so seltsam ansah.

„Andere haben es auch gesehen“, sagte er. „Gesündere als ich. Vielleicht hätte ich es auch besser überstanden, wenn ich schon früher im Leben einmal Zeuge eines Mordes gewesen wäre ...“

ZELLABYS eigener Bericht endete jedoch damit, daß er sich zitternd auf der Bank niederließ. Als er fertig war, schaute ich von ihm zu Bernard. Dessen Gesicht verriet jedoch nichts. „Sie meinen also, daß die Kinder schuld waren?“ fragte ich. „Daß sie den jungen Mann zwangen, gegen die Mauer zu fahren?“

„Ich meine gar nichts.“ Zellaby schüttelte traurig den Kopf. „Ich stelle fest. Es war genau dasselbe wie damals, als sie ihre Mütter zwangen, hierher zurückzukommen.“

„Aber die Zeugen? Diejenigen, die ausgesagt haben?“

„Die wissen genau, was passiert ist. Aber die brauchten ja nur zu sagen, was sie wirklich gesehen haben.“

„Aber wenn sie wissen, daß es so ist, wie Sie behaupten ...?“

„Nun, was dann? Der Befund in einer solchen Affäre muß den Behörden akzeptabel erscheinen, akzeptabel für den sogenannten ‚vernünftigen Menschen‘. Nehmen wir mal an, man wäre zu der Ansicht gelangt, der Junge habe Selbstmord begangen. Glauben Sie, dieser Befund käme durch? Niemals. Man würde eine zweite Leichenschau abhalten mit der Auflage, zu einem ‚vernünftigen‘ Ergebnis zu kommen, und das wäre wiederum dasjenige, das wir jetzt haben. Also, warum sollte sich ein Zeuge der Gefahr aussetzen, für unzuverlässig oder abergläubisch zu gelten, und das für nichts und wieder nichts? Sehen Sie doch, wie Sie selbst auf meinen Bericht reagiert haben: mit Skepsis! Dabei kennen Sie mich seit langem und waren selbst dabei, als die Kinder ihre Mütter zur Rückkehr zwangen.“

„Aber es besteht doch ein Unterschied zwischen den damaligen Ereignissen und dem, was Sie mir jetzt erzählen“, protestierte ich.

„So? Würden Sie mir bitte den grundlegenden Unterschied erklären zwischen dem Zwang, zu tun, was man nicht gern tut, und dem Zwang, zu tun, was den eigenen Tod zur Folge hat? Mein Lieber, Ihnen ist das Gespür für das Ungewöhnliche verlorengegangen. Sie haben es von der Vernunft überwuchern lassen. Hier bei uns finden Sie das Außergewöhnliche jeden Morgen vor der Haustür.“

Ich nutzte die Gelegenheit, um das Thema zu wechseln. „Ist Willers denn nun endlich von seiner Hysterie-Idee geheilt?" erkundigte ich mich.

„Die hat er lange vor seinem Tod ad acta gelegt", erwiderte Zellaby.

Ich erschrak. Ich hatte mich schon bei Bernard nach dem Doktor erkundigen wollen, war aber nicht dazu gekommen. „Ich hatte keine Ahnung, daß er tot ist! Er kann doch kaum über fünfzig gewesen sein! Wie ist denn das gekommen?"

„Er hat eine Überdosis Schlaftabletten geschluckt."

„Er ... Sie wollen doch nicht sagen ...? Aber Willers war doch gar kein Mensch, der ..."

„Richtig", sagte Zellaby. „Offiziell hieß es, er habe an Depressionen gelitten. Eine erklärende Phrase, doch keineswegs zutreffend. In Wahrheit weiß natürlich kein Mensch, warum er's getan hat." Er machte eine Pause und setzte dann hinzu: „Erst als ich erkannte, wie das Urteil im Falle des jungen Pawle ausfallen mußte, machte ich mir Gedanken über Willers."

„Aber das ist doch absurd!"

„Ich weiß nicht recht. Sie haben doch selbst gesagt, daß Willers nicht der Mensch war, der so etwas tut. Und nun stellt sich plötzlich heraus, daß wir viel gefährlicher leben, als wir dachten. Das ist ein ziemlicher Schock. Sehen Sie, man muß sich doch vor Augen führen, daß es leicht Angela oder jemand anderes hätte sein können, der mit dem Auto um die Ecke kam ... Es ist leicht möglich, daß sie oder ich oder irgend jemand von uns unbewußt etwas tut, was die Kinder kränkt oder reizt ... Den armen Jungen trifft gewiß keine Schuld; er tat sein Bestes, um keines der Kinder zu verletzen, konnte es aber nicht mehr verhindern. Und in ihrer Empörung nahmen sie Rache und brachten ihn um. Daher muß man sich wohl jetzt entscheiden. Ich selbst ..., nun, für mich ist dies interessanter als alles, was ich je erlebt habe, und ich will unbedingt sehen, wie es weitergeht. Aber Angela ist noch jung, und Michael braucht sie. Ihn haben wir schon fortgeschickt, doch jetzt frage ich mich, ob ich sie nicht lieber auch überreden soll fortzugehen. Ich möchte es vermeiden, solange es nicht unbedingt nötig ist, aber es ist schwer zu sagen, wann der Moment zum Handeln da ist. All die Jahre haben wir wie auf einem Vulkan gelebt. Nie hat er sich geregt, bis auf gelegentliche kleinere Erschütterungen, doch mein Verstand sagt mir, daß sich ein Druck aufbaut, der den Vulkan früher oder später zum Ausbruch bringt. Man fragt sich nur, ob diese Geschichte mit dem jungen Pawle der Beginn einer akuten Gefahr ist, die eine Auflösung meines Heims rechtfertigt?"

Er war offensichtlich beunruhigt, und auch an Bernard konnte ich keine Spur seiner üblichen Skepsis entdecken. „Ich glaube, die ganze Sache mit dem Tag X ist mir ein bißchen aus dem Gedächtnis geraten, und jetzt ist es schwer, sich wieder an den Gedanken zu gewöhnen", sagte ich entschuldigend. „Ich hatte erwartet, daß sich die Eigenheiten der Kinder im Laufe der Zeit geben würden."

„Das haben wir uns alle einzureden versucht", stimmte Zellaby zu. „Auf jeden noch so kleinen angeblichen Beweis dafür haben wir uns gegenseitig hingewiesen. Aber es nützte nichts."

„Und Sie haben noch immer keine Ahnung, wie es funktioniert – das mit dem Zwang, meine ich?"

„Nein. Es ist dasselbe, als wollte man fragen, wie es kommt, daß der eine eine stärkere Persönlichkeit hat als der andere. Sicher, bei den Kindern hat sich diese Eigenschaft ins Phantastische gesteigert, und sie können sie lenken. Aber wie, das ist uns nach wie vor ein Rätsel."

KURZ darauf kam Angela Zellaby auf die Veranda heraus. Sie hatte sich äußerlich kaum verändert, war aber so geistesabwesend, daß sie gleich nach den üblichen Begrüßungsfloskeln wieder unaufmerksam wurde. Der Tee, der gebracht wurde, rettete die Situation. Auch Zellaby mühte sich, zur Auflockerung der Stimmung beizutragen.

„Richard und der Colonel waren auch bei der Leichenschau", sagte er. „Der Befund fiel aus wie erwartet. Sicher hast du schon davon gehört."

Angela nickte. „Ja. Ich war bei Mrs. Pawle auf der Dacre-Farm. Die Arme ist ganz verstört. Sie wollte hingehen und die Kinder anzeigen – sie wollte sogar öffentlich Anklage erheben bei der Leichenschau. Mr. Leebody und ich haben sie aber davon abhalten können. Sie hätte nur ihre Familie in Schwierigkeiten gebracht und andere dazu. Wir sind dann bei ihr geblieben, bis es vorbei war."

„David, der andere Sohn von Pawles, war dafür da", berichtete Zellaby. „Er sah aus, als wolle er jeden Moment zu reden anfangen, aber sein Vater hielt ihn zurück."

„Ich frage mich, ob es nicht besser gewesen wäre, wenn es tatsächlich zur Sprache gekommen wäre", meinte Angela. „Einmal muß es ja herauskommen. Jetzt geht es nicht mehr um einen Hund oder einen Stier."

„Hund und Stier? Davon habe ich nie gehört", warf ich ein.

„Der Hund hat eins von den Kindern in die Hand gebissen; zwei Minuten später lief er vor einen Traktor und wurde überfahren. Der Stier war hinter mehreren Kindern her; dann machte er plötzlich kehrt, durchbrach zwei Zäune und stürzte sich in den Mühlteich, wo er ertrank", erklärte Zellaby ungewöhnlich knapp.

„Aber dies hier ist Mord", betonte Angela.

„Ich will ja nicht behaupten, daß sie morden wollten. Höchstwahrscheinlich waren sie verängstigt und wütend, und das ist eben ihre Art, sich zu rächen, wenn eins von ihnen verletzt wird. Aber Mord war es trotzdem; das weiß das ganze Dorf. Und jetzt stellt sich heraus, daß die Kinder damit durchkommen. Wir können es uns einfach nicht leisten, es dabei bewenden zu lassen. Sie zeigen nicht die geringste Spur von Reue, und das beunruhigt mich am meisten. Sie haben es einfach getan, und damit gut. Und seit heute nachmittag wissen sie, daß Mord, soweit es sie betrifft, keine Strafe nach sich zieht. Was soll denn mit denjenigen geschehen, die sich später ernsthaft gegen sie stellen?"

Zellaby schlürfte gedankenverloren seinen Tee. „Weißt du, Liebes, es ist nicht unsere Aufgabe, Abhilfe zu schaffen. Das geht die Behörden an. Die Leute im Meierhof müssen wissen, was im Dorf vorgeht, und sie werden Bericht erstatten, so daß die Behörden trotz dieses Urteils erfahren, was gespielt wird. Wir müssen abwarten und sehen, was sie unternehmen. Aber vor allem, Liebes, bitte ich dich inständigst, nichts zu tun, was dich in Konflikt mit den Kindern bringen könnte."

„Ganz bestimmt nicht, Liebster", beteuerte Angela. „Ich habe einen höllischen Respekt vor ihnen. Ein richtiger Feigling bin ich."

„Die Taube braucht nicht feige zu sein, um den Falken zu fürchten; sie ist nur klug", bemerkte Zellaby und lenkte die Konversation in alltäglichere Bahnen.

URSPRÜNGLICH hatte ich die Absicht gehabt, noch den Leebodys und ein paar anderen Dorfbewohnern guten Tag zu sagen, doch als wir uns von den Zellabys verabschiedeten, war es so spät, daß wir weitere Besuche auf ein nächstes Mal verschieben mußten, wollten wir nicht weit später als geplant wieder in London sein.

Was Bernard bewegte, als wir losfuhren, wußte ich nicht – er war seit unserer Ankunft im Dorf überhaupt sehr schweigsam gewesen –, aber was mich betrifft, so genoß ich erleichtert das Bewußtsein, ins normale Leben zurückzukehren. Das Gefühl, mich in einer gespannten Atmosphäre zu befinden, hatte mich seit dem Besuch des Rathauses nicht verlassen. Ich glaube, auch Bernard spürte es. Mir schien es jedenfalls, als ob er vorsichtiger führe als gewöhnlich. Erst auf der Oppley-Straße steigerte er die Geschwindigkeit ein wenig, und da näherten sich uns vier Gestalten. Selbst auf diese Entfernung hin erkannte ich deutlich, daß es vier der Kinder waren. Einer Eingebung folgend, bat ich Bernard: „Würdest du bitte halten? Ich möchte sie mir mal genau ansehen."

Er bremste und kam unmittelbar vor der Einmündung der Hickham Lane zum Stehen.

Die Kinder kamen auf uns zu. Ihre Kleidung wirkte fast wie eine Schuluniform: blaue Baumwollhemden und graue Flanellhosen bei den Jungen, graue Faltenröcke und hellgelbe Blusen bei den Mädchen.

Als sie näher kamen, fand ich die Ähnlichkeit zwischen ihnen noch größer, als ich erwartet hatte. Alle besaßen sie den gleichen bräunlichen Teint. Der seltsame Glanz der Haut zog trotz der Sonnenbräune noch immer die Aufmerksamkeit auf sich. Alle hatten sie das gleiche dunkelblonde Haar, die gleiche schmale, gerade Nase und einen ziemlich kleinen Mund. Die seltsam gestellten Augen bewirkten wohl am stärksten die Fremdartigkeit ihres Aussehens. Ich konnte die Jungen nicht voneinander unterscheiden, ja, ich bezweifle sogar, daß ich, vom Haarschnitt abgesehen, mit Sicherheit Jungen und Mädchen hätte auseinanderhalten können.

Und dann sah ich auch die Augen. Ich hatte vergessen, wie auffallend sie bei den Babys gewesen waren, und sie als gelb im Gedächtnis gehabt. Doch sie waren viel beeindruckender: Sie erinnerten an glühendes Gold. Fremdartig, gewiß; aber abgesehen davon einzigartig in ihrer Schönheit. Sie wirkten wie lebendige, kostbare Edelsteine.

Fasziniert betrachtete ich sie weiter, auch als die Kinder direkt neben uns waren. Sie schenkten uns kaum einen Blick und bogen in die Hickham Lane ein. Aus der Nähe betrachtet, fand ich sie tatsächlich auf eine seltsame Art beunruhigend; und nun wurde mir klar, warum viele Familien froh gewesen waren, als sie in den Meierhof übersiedelten.

Wir sahen ihnen noch nach, als sie den Weg hinaufgingen. Dann wollte Bernard den Wagen wieder starten.

Ein plötzlicher Knall ließ uns zusammenfahren. Ich riß den Kopf herum und sah eben noch einen der Jungen zusammenbrechen und mit dem Gesicht nach unten zu Boden fallen. Die anderen drei standen wie versteinert.

Bernard öffnete die Wagentür und wollte aussteigen. Der noch stehende Junge drehte sich um und sah uns an. Seine Goldaugen waren kalt und hart. Mich überlief plötzlich eine Woge von Unsicherheit und Schwäche. Dann wanderte sein Blick weiter.

Hinter der Hecke ertönte ein zweiter Knall, gedämpfter als der erste, und dann, weiter entfernt, ein Schrei!

Bernard sprang aus dem Wagen, und ich folgte ihm. Eines der Mädchen kniete neben dem zusammengebrochenen Jungen, der stöhnte und sich wand, als es ihn berührte. Das Gesicht des anderen Jungen war schmerzverzerrt. Auch er stöhnte. Die beiden Mädchen begannen zu weinen.

Und jetzt drang von den Bäumen her, hinter denen der Meierhof lag, ein unheimliches Stöhnen, wie ein vielfältiges Echo, und vermischte sich mit den lauten Klagen junger Stimmen und Weinen.

Bernard blieb stehen. Ich fühlte, wie sich mir die Haare sträubten. Wieder dieser Laut: vielstimmiges, schmerzerfülltes Jammern und zwischendrin ein schriller Schrei! Dann auf dem Weg das eilige Trappeln vieler kleiner Füße ...

Beide machten wir keinen Versuch weiterzugehen. Mich hielt die nackte Angst am Boden fest.

Wir standen da und sahen, wie etwa sechs Jungen, alle einander beunruhigend ähnlich, auf den Gestürzten zuliefen und ihn gemeinsam aufhoben. Erst als sie ihn forttrugen, fiel mir das anders klingende Schluchzen hinter der Hecke links des Weges auf.

Ich kletterte die Böschung hinauf und spähte über die Hecke. Dahinter kniete ein Mädchen im Sommerkleid auf der Wiese. Es hatte die Hände vors Gesicht geschlagen und wurde von Schluchzen geschüttelt.

Auch Bernard kam heraufgestiegen, und gemeinsam arbeiteten wir uns durch die Hecke. Und jetzt sah ich, daß ein Mann ausgestreckt vor dem Mädchen am Boden lag. Unter dem leblosen Körper ragte der Lauf einer Flinte hervor.

Als wir näher traten, hörte uns das Mädchen. Augenblicklich verstummte das Schluchzen, und die Augen des Mädchens weiteten sich vor Schreck. Dann sah es uns, das Entsetzen verschwand, und das Mädchen begann haltlos zu weinen.

Bernard trat zu ihr und hob sie auf, während ich die Leiche betrachtete. Sie bot einen höchst unerfreulichen Anblick. Ich versuchte, das Jackett nach oben zu zerren, um das, was vom Kopf übriggeblieben war, zu verdecken. Bernard nahm das Mädchen beiseite.

Auf der Straße erklangen Stimmen. Als wir an die Hecke kamen, blickten zwei Männer herauf und sahen uns.

„Haben Sie da geschossen?“ fragte der eine.

Wir schüttelten den Kopf.

„Hier oben ist ein Toter“, erklärte Bernard. Das Mädchen neben ihm zuckte zusammen und stieß einen klagenden Laut aus.

„Wer ist es denn?“ fragte derselbe Mann.

„Es ist David“, rief das Mädchen hysterisch. „Sie haben ihn umgebracht. Erst haben sie Jim getötet und jetzt David!“ Dann konnte sie wieder vor Schluchzen nicht weitersprechen.

Einer der Männer kam die Böschung herauf. „Ach, du bist's, Elsa“, sagte er.

„Ich habe versucht, ihn zurückzuhalten, Joe! Ich hab's versucht, aber er wollte nicht auf mich hören“, stieß sie zwischen den Schluchzern hervor. „Ich wußte, sie würden ihn umbringen, aber er wollte nicht hören ...“ Dann wurden ihre Worte zusammenhanglos, und sie klammerte sich zitternd an Bernard.

„Wir müssen sie von hier wegbringen“, sagte ich. „Wissen Sie, wo sie wohnt?“

„Ja“, sagte der Mann. Er hob das zitternde Mädchen auf die Arme, als sei es ein Kind, stieg mit ihm die Böschung hinunter und trug es zum Wagen. Bernard wandte sich an den anderen Mann.

„Würden Sie bitte hier bleiben und keinen heranlassen, bis die Polizei kommt?“

„Jawohl. Ist das David Pawle?“ fragte der Mann, während er heraufkletterte.

„Das Mädchen hat ihn David genannt“, erklärte Bernard.

„Dann ist er es. Diese Schweine!" Der Mann schob sich durch die Hecke. „Holen Sie die Polizei aus Trayne." Er warf einen Blick auf die Leiche. „Mörder!" sagte er.

SIE setzten mich bei Kyle Manor ab, von wo aus ich die Polizei anrief. Als ich den Hörer auflegte, stand Zellaby mit einem Glas in der Hand neben mir.

„Sie sehen aus, als könnten Sie das gebrauchen", sagte er.

„Kann ich", gab ich zu. „Ein richtiger Schock. Ekelhaft."

„Aber wie ist es passiert?" wollte er wissen.

Ich gab ihm einen kurzen Bericht. Zwanzig Minuten später kam Bernard zurück und konnte mehr erzählen.

„Die Pawle-Brüder hingen offenbar sehr aneinander", begann er. Zellaby nickte zustimmend. „Nun, anscheinend hatte der junge David beschlossen, da niemand der Gerechtigkeit Genüge getan hatte, seinen Bruder eigenhändig zu rächen. Seine Freundin Elsa kam gerade zur Dacre-Farm, als er sich auf den Weg machen wollte. Als sie sah, daß er ein Gewehr bei sich trug, erriet sie, was er vorhatte, und versuchte, ihn zurückzuhalten. Er wollte nicht auf sie hören und schloß sie in einen Schuppen ein. Es dauerte einige Zeit, bis sie sich befreit hatte, doch sie ahnte, daß er zum Meierhof gehen würde, und lief ihm querfeldein nach. Als sie an die bewußte Wiese kam, dachte sie, sie habe sich getäuscht, denn sie sah ihn zunächst nicht. Vermutlich hat er in Deckung gelegen. Jedenfalls bemerkte sie ihn erst nach dem ersten Schuß, als er aufstand, das Gewehr noch immer auf den Weg gerichtet. Dann, während sie auf ihn zulief, richtete er die Flinte gegen sich selbst und zog ab ..."

Zellaby dachte eine Weile nach. „Vom Standpunkt der Polizei aus gesehen, liegt der Fall klar", stellte er dann fest. „David macht die Kinder für den Tod seines Bruders verantwortlich und will aus Rache eines von ihnen umbringen. Um sich selbst vor Strafe zu schützen, begeht er Selbstmord. Was anders kann ein ‚vernünftiger Mensch' denken?"

„Ich mag ja vorher skeptisch gewesen sein", sagte ich, „aber das bin ich jetzt nicht mehr. So, wie der Junge uns angeschaut hat! Ich glaube, einen Moment lang hat er uns für die Täter gehalten. Das Gefühl war einfach unbeschreiblich und gleichzeitig fürchterlich. Hast du es auch gespürt?" setzte ich, zu Bernard gewandt, hinzu.

Der nickte. „Ein ganz eigenartiges Schwächegefühl", stimmte er zu. „Unheimlich."

„Es war ..." Ich brach ab. Mir war etwas eingefallen. „O Gott, jetzt habe ich vollkommen vergessen, der Polizei von dem verletzten Jungen zu berichten. Sollen wir einen Krankenwagen zum Meierhof bestellen?"

Zellaby schüttelte den Kopf. „Es ist ein Arzt dort", beruhigte er uns. Er schwieg. Dann schüttelte er besorgt den Kopf. „Mir gefällt diese Entwicklung der Dinge nicht, Colonel."

17

DAS Abendessen in Kyle Manor wurde verschoben, damit Bernard und ich bei der Polizei unsere Aussagen machen konnten, und als wir das hinter uns hatten, war ich tatsächlich ziemlich hungrig. Außerdem war ich den Zellabys für ihr Angebot dankbar, uns beide fur die Nacht zu beherbergen. Die Schießerei hatte Bernard veranlaßt, doch lieber in Midwich oder wenigstens in der Nähe zu bleiben, und ich stand vor der Wahl, entweder mit dem Bummelzug allein nach London zurückzukehren oder ihm hier Gesellschaft zu leisten. Hinzu kam, daß ich ein wenig schuldbewußt war wegen meiner skeptischen Haltung Zellaby gegenüber und die Gelegenheit begrüßte, diese Unhöflichkeit wiedergutzumachen.

Die Zellabys waren jedoch offensichtlich der Meinung, daß wir genug Aufregungen für den Tag gehabt hatten, und taten beim Essen alles, um dem Thema Midwich aus dem Weg zu gehen.

Nicht lange nachdem wir uns ins Wohnzimmer zurückgezogen hatten, wurden uns allerdings die Probleme Midwichs in Gestalt von Pfarrer Leebody wieder vor Augen geführt. Der Geistliche war tief beunruhigt und wirkte deutlich gealtert.

„Es muß unbedingt etwas getan werden", verkündete er erregt.

Zellaby sah ihn nachdenklich an. „Mein lieber Herr Pfarrer, das sagen wir bereits seit zwei Jahren", gab er freundlich zu bedenken.

„Ich meine etwas Entscheidendes. Wir haben alles Menschenmögliche getan, um hier bei uns Ruhe und Frieden aufrechtzuerhalten, aber offenbar genügt das nicht. Wir brauchen einen Kodex, der auch für die Kinder gilt, ein Mittel, das auch sie die Macht des Gesetzes spüren läßt. Wenn bekannt wird, daß das Gesetz nicht in der Lage ist, der Gerechtigkeit Genüge zu tun, wird es mißachtet, und die Menschen werden glauben, Zuflucht und Schutz nur noch in der Selbstjustiz finden zu können. Genau das ist heute nachmittag geschehen, und selbst wenn wir diese Krise ohne ernsthafte Schwierigkeiten überstehen, wird die nächste nicht lange auf sich warten lassen. Es ist sinnlos, wenn ein Gericht Gesetze rein formal anwendet, um zu einem Urteil zu kommen, von dem jedermann weiß, daß es falsch ist. Der Befund heute nachmittag war glatter Unfug, und niemand im Dorf zweifelt daran, daß die Leichenschau des jüngeren Pawle eine ebensolche Farce werden wird. Es ist absolut notwendig, Schritte zu unternehmen, um die Kinder unter die Macht des Gesetzes zu zwingen, bevor Schlimmeres geschieht."

„Wie Sie sich erinnern werden", entgegnete Zellaby, „haben wir ähnliche Schwierigkeiten seit langem vorausgesehen. Wir haben sogar unserem Colonel hier ein Memorandum in dieser Angelegenheit geschickt. Und was geschah? Sie, Colonel, reichten es weiter an übergeordnete Behörden, und uns wurde von dort mitgeteilt, man setze volles Vertrauen in die Sozialpsychologen im Meierhof. Mit anderen Worten, man sah keinen Weg, über die Kinder Kontrolle auszuüben, und hoffte optimistisch, daß sich unter adäquater Aufsicht und Erziehung keine prekären Situationen ergeben würden. Und da, muß ich zugeben, bin ich mit dem Ministerium einer Meinung, denn ich sehe auch heute noch keine Möglichkeit, die Kinder zum Einhalten irgendwelcher Regeln zu zwingen."

Mr. Leebody machte ein unglückliches Gesicht und faltete die Hände. „Aber etwas muß getan werden", wiederholte er. „Der Vorfall heute hat größte Erregung ausgelöst, und ich fürchte, das Pulverfaß kann jeden Augenblick in die Luft gehen. Fast alle Männer treffen sich heute abend im Lamm, und die Frauen laufen von Haus zu Haus und stecken die Köpfe zusammen. Es ist genau der Anlaß, auf den die Männer seit langem warten."

„Anlaß?" unterbrach ich ihn. „Ich verstehe nicht ..."

„Kuckuckseier", erklärte Zellaby. „Glauben Sie denn, daß die Männer diese Kinder gern haben? Nur ihren Frauen zuliebe haben sie gute Miene zum bösen Spiel gemacht. In Anbetracht der schweren Kränkung, die ihnen in ihren Augen widerfahren ist, spricht das sehr für sie. Die Frauen fühlen da anders. Obgleich sie wissen, daß sie, biologisch gesehen, nicht die Mütter der Kinder sind, fühlen sie sich ihnen doch durch den Prozeß des Austragens und Gebärens mit einem Band verbunden, das nicht so leicht zu durchtrennen ist. Für manche, wie Miß Ogle und Miß Lamb, könnten sie Hörner und Klauen haben, und sie würden sie noch anbeten. Von den Männern kann man im besten Falle Toleranz erwarten."

„Ja, es ist alles sehr schwierig gewesen", pflichtete ihm Mr. Leebody bei. „Wir haben stets versucht auszugleichen, aber unter der Oberfläche hat da etwas immer weitergeglimmt ..."

„Und Sie glauben, die Pawle-Affäre wird den glimmenden Funken endgültig anfachen?" fragte Bernard.

„Sie kann es. Tut sie es nicht, wird etwas anderes der Anlaß sein", sagte Mr. Leebody hilflos. „Wenn man nur etwas tun könnte, bevor es zu spät ist!"

„Man kann nicht, mein Freund", erklärte Zellaby bestimmt. „Ich habe Ihnen das oft genug gesagt, glauben Sie mir doch endlich! Wir können noch nicht einmal voraussehen, was die Kinder tun werden, weil wir einfach nicht verstehen können – nicht einmal annähernd –, was sie wollen und wie sie denken. Wie geht es übrigens dem Jungen, der angeschossen wurde? Sein Zustand könnte den Lauf der Dinge beeinflussen."

„Die anderen wollten ihn nicht fortlassen; sie haben den Krankenwagen wieder weggeschickt. Dr. Anderby vom Meierhof behandelt den Jungen. Der Arzt mußte eine Menge Schrotkörner entfernen, doch er glaubt, der Patient wird sich bald erholen", berichtete der Pfarrer.

„Hoffentlich hat er recht. Wenn nicht, können wir uns auf eine echte Vendetta gefaßt machen", befürchtete Zellaby.

„Ich finde, die haben wir schon", bemerkte Mr. Leebody unglücklich.

„Noch nicht", widersprach Zellaby. „Dazu gehören zwei Parteien. Bis jetzt ging die Aggression allein vom Dorf aus."

„Sie wollen doch nicht abstreiten, daß die Kinder die beiden Pawle-Söhne umgebracht haben!"

„Nein, aber das war keine Aggression. Ich habe einige Erfahrung, was die Kinder betrifft. Im ersten Fall war ihre Tat ein rein spontaner Gegenschlag, als eines von ihnen verletzt wurde. Auch im zweiten Fall handelten sie defensiv, denn Sie dürfen nicht vergessen, daß da ein zweiter geladener Lauf drohte. In beiden Fällen war ihre Reaktion zu drastisch, das gebe ich zu, aber von der Handlung her war es Totschlag, nicht Mord. Jedesmal waren sie diejenigen, die provoziert wurden, nicht die, die provozierten. Der erste Mordversuch wurde von David Pawle unternommen."

„Ich weiß nicht", meinte der Pfarrer. „Wenn Sie jemand mit dem Auto anfährt und Sie bringen ihn dafür um, dann ist das in meinen Augen Mord, und damit eine Provokation. Und das war es auch für David Pawle. Er verließ sich darauf, daß die Justiz dem Recht Genüge tun werde. Die Justiz jedoch ließ ihn im Stich, also nahm er die Sache selbst in die Hand. War das vorsätzlicher Mord? Oder vorsätzliche Gerechtigkeit?"

„Eines war es sicher nicht – Gerechtigkeit", sagte Zellaby fest. „Es war Blutrache. Er hat ohne Ansehen der Person eines der Kinder umbringen wollen für eine Tat, die die Kinder gemeinsam begangen haben. Nein, mein Freund, was diese Vorfälle uns lehren, ist, daß Gesetze, von einer Spezies für die Belange ebendieser Spezies geschaffen, sich naturgemäß nur mit den Möglichkeiten dieser Spezies befassen; auf eine Spezies mit anderen Möglichkeiten sind sie nicht anwendbar."

Der Pfarrer schüttelte verzagt den Kopf. „Ich weiß nicht, Zellaby ... Ich finde mich nicht mehr zurecht. Ich bin noch nicht einmal sicher, ob man den Begriff ‚Mord' überhaupt in Verbindung mit den Kindern anwenden kann."

Zellaby hob fragend die Brauen.

„‚Gott schuf also den Menschen als sein Abbild'", zitierte Mr. Leebody. „Nun gut, was sind dann aber diese Kinder? Das Abbild bezieht sich doch nicht auf die äußere Erscheinung, sonst wäre jede Statue ein Mensch. Nein, es bezieht sich auf Geist und Seele. Sie aber behaupten – und nach den bisherigen Erfahrungen steht es mir nicht an, dies zu bezweifeln –, daß die Kinder nicht jedes für sich einen Geist haben, sondern daß sie sich gemeinsam in einen teilen, das heißt in einen Mann-Geist und einen Frau-Geist, jeder weitaus stärker, als wir es fassen können. Was also sind sie? Auf keinen Fall das, was wir als Mensch bezeichnen, denn ihre innere Erscheinung ist anders, ist das Abbild von etwas anderem. Und da sie etwas anderes sind, Mord aber als das Töten eines Angehörigen der eigenen Spezies definiert werden muß, kann ganz offensichtlich das Töten eines der Kinder durch uns nicht Mord sein. Und von hier aus müssen wir noch weiter gehen. Denn da sie nicht unter das Verbot des Mordes fallen, wie sollen wir uns ihnen gegenüber verhalten? Im Augenblick gewähren wir ihnen alle Privilegien des echten homo sapiens. Ist das richtig? Besteht für uns, da sie zu einer anderen Spezies gehören, nicht vielmehr die Pflicht, sie zu bekämpfen, um unsere eigene Spezies zu erhalten? Würden wir wilde Tiere in unserer Mitte entdecken, unsere Pflicht wäre eindeutig. Ich weiß nicht ..., wie gesagt, ich weiß nicht mehr, woran ich bin ..."

„Das, mein Lieber, merkt man", entgegnete Zellaby. „Vor wenigen Minuten erst sagten Sie mir hitzig, die Kinder hätten die beiden Pawle-Jungen ermordet. In Verbindung mit Ihren späteren Ausführungen hieße das also: Töten sie uns, wird ein Mord begangen, bringen aber wir sie um, wäre das etwas anderes. Ich habe das Gefühl, weder ein Rechtsgelehrter noch ein Laie oder ein Kirchenmann würde eine derartige Auslegung akzeptieren. Auch Ihren Argumenten bezüglich des Abbildes kann ich mich nicht anschließen. Wenn Ihr Gott ausschließlich ein Erdengott wäre, hätten Sie zweifellos recht, denn man kann wohl kaum leugnen, daß uns die Kinder von ‚außerhalb' ins Nest gelegt wurden. Wie ich es hingegen verstehe, ist Ihr Gott ein allumfassender Gott; er ist der Gott aller Sonnen und Planeten. Muß er dann nicht folgerichtig auch eine allumfassende Gestalt besitzen? Wäre es nicht strafbare Eitelkeit, sich vorzustellen, daß ER sich nur in der Form, die dem Planeten Erde eigen ist, zu manifestieren vermag? Nun, unsere Ansichten über derartige Probleme differieren wohl erheblich. Aber dennoch –"

Er brach ab, da sich draußen in der Halle laute Stimmen erhoben. Fragend sah er seine Frau an. Plötzlich wurde die Tür aufgestoßen, und Mrs. Brant erschien. Sie stürzte auf Mr. Leebody zu und packte ihn am Ärmel.

„Sir, Sie müssen sofort kommen!" keuchte sie.

„Aber meine liebe Mrs. Brant –", begann er.

„Sie müssen kommen, Sir", sagte sie noch einmal. „Die gehen alle zum Meierhof. In Brand stecken wollen sie ihn. Sie müssen kommen und sie aufhalten."

Mr. Leebody starrte sie an, während sie unaufhörlich an seinem Ärmel zog.

„Sie gehen gerade los", sagte sie verzweifelt. „Sie können sie aufhalten, Herr Pfarrer. Sie wollen die Kinder verbrennen. Ach bitte, bitte! Schnell!"

Mr. Leebody erhob sich. Er wandte sich an Angela Zellaby. „Es tut mir sehr leid, aber ich glaube ...", begann er, doch Mrs. Brant drängte ihn so, daß er nicht weitersprechen konnte.

„Hat denn jemand die Polizei benachrichtigt?" erkundigte sich Zellaby.

„Ja – nein. Ich weiß nicht. Die kommt doch nicht mehr rechtzeitig. Bitte, Herr Pfarrer, bitte, beeilen Sie sich!" Mrs. Brant schob ihn mit Gewalt zur Tür.

Wir vier blieben zurück und sahen uns an. Angela ging rasch zur Tür und schloß sie.

„Ich sollte ihm wohl besser beistehen", sagte Bernard.

„Ja, sicher kann er unsere Hilfe brauchen", stimmte Zellaby zu und wandte sich zur Tür. Ich folgte ihm.

Doch Angela stellte sich entschlossen mit dem Rücken vor die Tür. „Nein!" widersprach sie energisch. „Wenn ihr etwas Nützliches tun wollt, dann ruft die Polizei."

„Das kannst du machen, Liebes. Wir gehen und –"

„Gordon", fiel sie ihm ernst, fast vorwurfsvoll ins Wort. „Denke doch nach! Colonel Westcott! Wir würden alles nur noch schlimmer machen. Man hielte Sie für einen Parteigänger der Kinder!"

Wir standen verblüfft vor ihr.

„Wovor fürchtest du dich, Angela?" fragte Zellaby.

„Ich weiß nicht. Wie soll ich das auch wissen? Der Colonel kann gelyncht werden."

„Aber es ist wichtig für mich!" protestierte Zellaby. „Wir wissen, was die Kinder mit einzelnen Menschen anstellen können. Jetzt will ich sehen, was sie mit einer Menge machen. Wenn sie ihrem Stil treu bleiben, brauchen sie nur die ganze Gesellschaft zum Umkehren zu bringen. Es wird höchst interessant sein zu beobachten –"

„Unsinn!" unterbrach ihn Angela und klang dabei so bestimmt, daß Zellaby sie erstaunt ansah. „Das ist nicht ihr Stil, und das weißt du auch. Sonst hätten sie ja nur Jim Pawle dazu zu bringen brauchen, den Wagen anzuhalten, und David Pawle, den zweiten Lauf in die Luft zu feuern. Aber das haben sie nicht getan. Die sind nicht zufrieden damit, einen Angriff abzuwehren. Die schlagen zurück!"

Wieder riß Zellaby die Augen auf. „Du hast recht, Angela", sagte er überrascht. „Daran habe ich nicht gedacht. Die Vergeltung ist jedesmal viel zu drastisch gewesen."

„Genau. Und was immer sie auch mit einer Menschenmenge anfangen, ich wünsche nicht, daß du dabei bist. Und Sie auch nicht, Colonel", setzte sie, zu Bernard gewandt, hinzu. „Wir brauchen Sie, damit Sie uns aus dem Schlamassel, den Sie mit heraufbeschworen haben, wieder heraushelfen. Ich bin froh, daß Sie hier sind. Ihnen wird man wenigstens Gehör schenken."

Wieder wandte sie sich an ihren Mann. „Gordon, wir vertrödeln die Zeit. Bitte, ruf in Trayne an und erkundige dich, ob jemand die Polizei dort informiert hat. Und bitte auch um Krankenwagen."

„Krankenwagen? Ist das nicht ein bißchen voreilig?" wandte Zellaby ein.

„Du hast zwar etwas gesagt von ‚ihrem Stil treu bleiben', aber anscheinend hast du den Gedanken nicht zu Ende gedacht", erwiderte Angela. „Ich hingegen schon. Wenn du dich nicht darum kümmerst, tu ich es."

Wie ein kleinlauter Junge, der gerade gerügt worden ist, griff Zellaby nach dem Telefon. Zu mir bemerkte er: „Wir wissen noch nicht mal ... Ich meine, wir wissen nur, was Mrs. Brant gesagt hat ..."

„Wie ich Mrs. Brant kenne, ist sie eine der zuverlässigsten Frauen im Dorf", sagte ich.

„Das stimmt", mußte er zugeben. „Na schön, riskieren wir's."

Nach dem Gespräch legte er nachdenklich den Hörer auf. Dann beschloß er, es noch mal zu versuchen.

„Angela, Liebes, glaubst du nicht, aus sicherer Entfernung ... Schließlich bin ich der einzige, dem die Kinder trauen. Ich bin ihr Freund und ..."

Doch Angela schnitt ihm unnachgiebig das Wort ab. „Gordon, es ist zwecklos. Du bist nur neugierig. Du weißt ganz genau, daß die Kinder keine Freunde haben."

18

Der Polizeipräsident von Winshire stattete Kyle Manor am nächsten Morgen einen Besuch ab.

„Tut mir leid, daß ich Sie in dieser Sache behelligen muß, Zellaby.

Scheußliche Geschichte – einfach gräßlich. Und so sinnlos. Keiner in Ihrem Dorf ist richtig im Bilde, wie mir scheint. Dachte, Sie könnten mir vielleicht einen Bericht geben, den man auch verstehen kann."

Angela beugte sich vor. „Wie sind die offiziellen Zahlen, Sir John? Bis jetzt haben wir noch nichts Amtliches gehört."

„Schlimm, fürchte ich." Er schüttelte den Kopf. „Eine Frau und drei Männer tot, acht Männer und fünf Frauen im Krankenhaus, drei davon in ernstem Zustand. Mehrere Männer, die nicht im Krankenhaus sind, aber eigentlich hineingehörten. In jeglicher Hinsicht ein richtiger Aufstand – jeder gegen jeden. Aber warum nur? Das ist etwas, das ich nicht herausfinden kann. Alle reden nur dummes Zeug." Er wandte sich wieder an Zellaby. „Sie haben doch die Polizei geholt und gesagt, es werde Schwierigkeiten geben. Was hat Sie dazu veranlaßt?"

„Nun ja", begann Zellaby vorsichtig, „wir haben es hier mit einer höchst ungewöhnlichen Situation zu tun –"

Doch seine Frau unterbrach ihn. „Das war Mrs. Brant, die Frau von unserem Schmied", sagte sie und beschrieb, wie der Pfarrer von Kyle Manor fortgeholt worden war. „Mr. Leebody kann Ihnen sicher mehr erzählen als wir. Er war dabei."

„Ja, er war dabei und ist auch irgendwie nach Hause gekommen, aber jetzt liegt er in Trayne im Krankenhaus", bemerkte der Polizeipräsident.

„Mein Gott, der arme Mr. Leebody! Ist er schwer verletzt?"

„Das weiß ich leider nicht. Der Arzt läßt niemand zu ihm. Also", wandte er sich abermals an Zellaby, „Sie hatten meinen Leuten mitgeteilt, daß sich die Dorfbewohner auf den Weg zum Meierhof begeben hatten, um ihn in Brand zu stecken. Woher wußten Sie das?"

Zellaby sah ihn erstaunt an. „Na, von Mrs. Brant. Meine Frau hat's Ihnen doch eben gesagt."

„Und das ist alles? Sie sind nicht hingegangen und haben sich von den Vorgängen überzeugt?"

„Eh ... Nein", bekannte Zellaby.

„Sie wollen also behaupten, daß Sie auf die unbewiesene Aussage einer halb hysterischen Frau hin die gesamte Polizei alarmiert und auch noch Krankenwagen bestellt haben?"

„Darauf habe ich bestanden", erklärte Angela kühl. „Und völlig zu Recht, wie sich herausgestellt hat."

„Aber nur auf das Wort dieser Frau hin –"

„Ich kenne Mrs. Brant seit Jahren. Sie ist eine sehr vernünftige Frau."

„Wenn Mrs. Zellaby uns nicht zurückgehalten hätte, lägen wir vermutlich jetzt auch im Krankenhaus", warf Bernard ein.

Der Polizeipräsident sah uns an. „Ich habe eine anstrengende Nacht hinter mir", sagte er endlich. „Vielleicht bin ich deshalb nicht richtig mitgekommen. Wenn ich Sie recht verstehe, behaupten Sie, daß diese Mrs. Brant hierherkam und Ihnen berichtete, die Dorfbewohner, ganz normale Männer und Frauen, beabsichtigten, gegen eine Schule voller Kinder zu marschieren, und zwar gegen ihre eigenen Kinder und –"

„Nicht ganz, Sir John. Die Männer wollten das und möglicherweise auch die eine oder andere Frau, aber die meisten Frauen waren dagegen", widersprach Angela.

„Nun gut. Diese Männer also, ganz normale, anständige Dorfbewohner, wollten eine Schule voller Kinder in Brand stecken. Und Sie haben das unbesehen geglaubt. Sie haben nicht nachgeprüft, ob es stimmte, Sie haben die Polizei gerufen, weil Mrs. Brant eine vernünftige Frau ist."

„Jawohl", bestätigte Angela eisig.

„Sir John", sagte nun Zellaby nicht minder frostig, „ich sehe ein, daß Sie sich die ganze Nacht um die Ohren geschlagen haben, und ich respektiere auch Ihre öffentliche Stellung, aber ich glaube, wenn wir diese Unterredung fortsetzen wollen, so sollte das in einem anderen Ton geschehen."

Der Polizeipräsident errötete leicht. Er senkte den Blick. Dann rieb er sich mit der Faust heftig die Stirn und entschuldigte sich, erst bei Angela und dann bei Zellaby. Fast kläglich beschwerte er sich: „Aber ich kann einfach nichts Greifbares finden! Seit Stunden stelle ich überall Fragen und kann mir einfach keinen Vers draus machen. Es gibt keinen Anhaltspunkt dafür, daß die Leute den Meierhof in Brand zu stecken versuchten; sie haben keinen Finger dazu gerührt. Sie haben sich nur gegenseitig verprügelt – aber auf dem Gelände des Meierhofes. Warum? Nicht etwa, daß einige die anderen hätten zurückhalten wollen, nein, sie sind offenbar alle zusammen vom Lamm zum Meierhof aufgebrochen, und lediglich der Pfarrer hat den Versuch gemacht, sie zurückzuhalten. Und worum ging es dabei?

Anscheinend um etwas, das mit den Kindern in der Schule zusammenhängt, aber ist das ein Grund für einen derartigen Aufruhr? Das Ganze ergibt einfach keinen Sinn!" Er schüttelte den Kopf und überlegte einen Moment. „Ich weiß noch, daß mein Vorgänger mir sagte, irgendwas könne nicht stimmen in Midwich, und er hatte recht. Aber was, zum Teufel? Was?"

„Mir scheint, es ist das beste, Sie wenden sich an Colonel Westcott", schlug Zellaby vor und setzte leicht boshaft hinzu: „Sein Amt hat aus Gründen, die sich mir entziehen, seit neun Jahren regstes Interesse an Midwich bekundet. Also weiß er vermutlich mehr über uns als wir selber."

Neugierig wandte sich Sir John an Bernard. „Und zu welchem Amt gehören Sie, Sir?" fragte er.

Auf Bernards Antwort hin drohten ihm die Augen aus dem Kopf zu fallen. „Sagten Sie Geheimdienst?" wiederholte er ungläubig.

„Jawohl, Sir", gab Bernard zurück.

Der Polizeipräsident schüttelte den Kopf. „Ich geb's auf." Sein Blick wanderte mit dem Ausdruck eines Mannes, der am Ende ist, zu Zellaby zurück. „Das alles, und jetzt auch noch der Geheimdienst!" murmelte er wie betäubt.

ETWA zur selben Zeit, als der Polizeipräsident in Kyle Manor eintraf, kam eines der Kinder, ein Junge, gemächlich die Einfahrt zum Meierhof herunter. Die beiden Polizisten, die schwatzend am Tor standen, verstummten. Einer ging auf den Jungen zu.

„Und wo soll's hingehen, mein Sohn?" erkundigte er sich freundlich.

Der Junge sah ihn ausdruckslos an, doch die goldenen Augen waren wach. „Ins Dorf", sagte er.

„Das laß man lieber", riet ihm der Polizist. „Die sind nicht gerade gut zu sprechen auf euch, nach gestern nacht."

Doch der Junge antwortete nicht und blieb auch nicht stehen. Er ging einfach weiter.

Der Polizist machte kehrt und ging zum Tor zurück. Sein Kollege sah ihm neugierig entgegen.

„Na", sagte er. „Viel erreicht hast du ja nicht, was? Ich dachte, wir sollten sie daran hindern wegzugehen."

Der erste Polizist blickte verwirrt hinter dem Jungen her. Er schüttelte den Kopf. „Komisch“, meinte er unbehaglich. „Ich verstehe das nicht. Wenn noch einer kommt, versuchst du's mal, Bert.“

Wenige Minuten später tauchte eines der Mädchen auf. Auch sie kam selbstbewußt, geradezu lässig daher.

„Na, dann will ich mal“, sagte der zweite Polizist und ging dem Mädchen entgegen.

Doch nach etwa vier Schritten machte er kehrt und kam wieder zurück. Die beiden Polizisten standen da und ließen das Mädchen an sich vorbei auf den Weg hinausgehen.

„Was, zum Teufel ...?“ fragte der zweite Polizist verblüfft.

„Verrückt, nicht?“ sagte der andere. „Du willst etwas tun, und dann tust du etwas ganz anderes. Mir gefällt das nicht, ganz und gar nicht! He!“ rief er dem Mädchen nach. „He, du! Kleines Fräulein!“

Doch sie sah sich nicht um. Er wollte ihr nachgehen, blieb aber nach ein paar Schritten stehen. Das Mädchen bog um eine Ecke und verschwand aus dem Blickfeld.

Der Polizist drehte sich um und kam zurück. Sein Atem ging hastig, und sein Gesicht war besorgt.

„Mir ist das unheimlich“, sagte er verstört. „Irgendwas stimmt hier nicht ...“

DER Bus aus Oppley, der über Stouch nach Trayne fuhr, hielt in Midwich gegenüber von Mrs. Welts Laden. Die zehn Frauen, die auf ihn warteten, ließen die zwei ankommenden Passagiere aussteigen und rückten dann der Reihe nach vor. Miß Latterly, die erste, ergriff die Haltestange und wollte einsteigen. Nichts geschah. Beide Füße schienen wie am Boden festgenagelt.

Miß Latterly versuchte es noch einmal, wieder ohne Erfolg. Hilflos sah sie zum Schaffner auf.

„Wollen Sie ein wenig beiseite treten und die anderen einsteigen lassen, Muttchen? Ich helfe Ihnen dann gleich“, sagte er.

Verwirrt gehorchte Miß Latterly. Nun war die Reihe an Mrs. Dorry. Sie packte die Stange, aber auch sie kam nicht weiter. Der Schaffner nahm ihren Arm und versuchte, sie heraufzuhieven, doch ihr Fuß wollte sich nicht vom Boden lösen. Sie trat neben Miß Latterly, und gemeinsam sahen sie zu, wie die dritte ihren ebenso fruchtlosen Versuch unternahm.

„Was soll denn das? Ist das vielleicht ein Witz?“ fragte der Schaffner. Dann sah er die Gesichter der drei. „Verzeihung, meine Damen. Aber was ist denn nur los?"

Es war Miß Latterly, die ihre Aufmerksamkeit von den Vorgängen am Bus abwandte, als sie auf einem Stein gegenüber dem Lamm eines der Kinder sitzen sah. Es hatte das Gesicht den Frauen zugewandt und ließ lässig ein Bein baumeln. Miß Latterly löste sich aus der Gruppe am Bus und ging hinüber. Sie betrachtete das Kind genau, war ihrer Sache aber trotzdem nicht ganz sicher, als sie fragte: „Du bist doch nicht Joseph, oder?"

Der Junge schüttelte den Kopf. Sie fuhr fort: „Ich muß nach Trayne, Miß Forsham, Josephs Mutter, besuchen. Sie ist gestern verletzt worden und liegt dort im Krankenhaus."

Der Junge sah sie an und schüttelte unmerklich den Kopf. Tränen der Wut traten in Miß Latterlys Augen. „Habt ihr denn noch nicht genug angerichtet? Ihr seid Ungeheuer! Wir wollen doch nur unsere Freunde besuchen, die krank sind – durch eure Schuld!"

Der Junge schwieg. Miß Latterly machte impulsiv einen halben Schritt auf ihn zu, beherrschte sich jedoch gleich wieder.

„Versteht ihr denn nicht? Habt ihr denn kein Gefühl?" fragte sie mit schwankender Stimme.

Hinter ihr sagte der Schaffner halb verwirrt, halb scherzhaft: „Na, kommen Sie schon, meine Damen. Entschließen Sie sich. Der alte Karren hier beißt nicht. Ich kann nicht den ganzen Tag warten."

Die Frauen standen unentschlossen da. Mrs. Dorry versuchte noch einmal einzusteigen – vergeblich. Zwei der Frauen drehten sich ärgerlich zu dem Jungen um, der sie ungerührt ansah.

Miß Latterly gab auf und ging davon. Der Schaffner wurde ungehalten. „Wenn Sie nicht mitwollen, fahren wir ohne Sie ab. Wir müssen ja schließlich unseren Fahrplan einhalten!"

Niemand rührte sich. Wütend schloß er die Türen, und der Bus fuhr an. Der Schaffner blickte kopfschüttelnd zu dem kleiner werdenden Häuflein der Frauen zurück und murmelte vor sich hin: „Die haben doch nicht alle Tassen im Schrank!"

Polly Rushton, unersetzliche rechte Hand ihres Onkels in der Pfarrgemeinde, fuhr Mrs. Leebody nach Trayne, um den Pfarrer zu besuchen. Seine Verletzungen, so hatte man ihr am Telefon mitgeteilt, seien lästig, aber nicht gefährlich – nur ein Bruch der linken

Speiche und des rechten Schlüsselbeins und eine Anzahl Quetschungen –, doch er brauche Ruhe und Schlaf. Er bitte um einen Besuch, um Anordnungen für die Zeit seiner Abwesenheit zu treffen.

Zweihundert Meter außerhalb von Midwich jedoch bremste Polly plötzlich und wendete.

„Haben wir etwas vergessen?" erkundigte sich Mrs. Leebody erstaunt.

„Nein", sagte Polly. „Ich kann nur nicht weiterfahren."

„Du kannst nicht?" wiederholte Mrs. Leebody.

„Ganz recht, ich kann nicht", bestätigte Polly.

„Na, nun hör aber mal!" protestierte Mrs. Leebody entrüstet. „Ich finde, in einer derartigen Situation –"

„Tante Dora, ich sagte ‚ich kann nicht' und nicht ‚ich will nicht'."

„Ich verstehe nicht, wovon du sprichst", sagte Mrs. Leebody.

„Na schön", sagte Polly. Sie fuhr ein Stückchen und wendete noch einmal, so daß der Wagen wieder in Richtung Trayne stand. „Jetzt versuch du's mal", sagte sie.

Widerstrebend kletterte Mrs. Leebody auf den Fahrersitz. Sie fuhr nicht gern, nahm die Herausforderung jedoch an. Sie fuhr los, und genau an derselben Stelle, wo Polly gebremst hatte, bremste nun auch Mrs. Leebody. Hinter ihnen hupte es, und ein Lieferwagen mit Trayner Nummernschild quetschte sich an ihnen vorbei. Er verschwand hinter der Kurve.

Mrs. Leebody versuchte, aufs Gaspedal zu treten, doch kurz davor konnte sie ihren Fuß nicht mehr weiterbewegen. Sie versuchte es noch einmal. Ihr Fuß rührte sich nicht.

Polly sah sich suchend um und entdeckte an der Hecke eines der Kinder, das die Frauen aufmerksam beobachtete. Sie versuchte, das Mädchen zu erkennen.

„Judy", sagte sie dann voll böser Ahnungen, „machst du das?"

Das Nicken war kaum wahrnehmbar.

„Aber das darfst du nicht!" protestierte Polly. „Wir müssen nach Trayne, um Onkel Hubert zu besuchen. Er liegt im Krankenhaus."

„Ihr dürft nicht", sagte das Mädchen mit einem Anflug von Bedauern in der Stimme.

Polly spürte Wut in sich aufsteigen. Sie wollte noch etwas sagen, aber Mrs. Leebody unterbrach sie nervös. „Verärgere sie nicht, Polly. Denk an gestern abend."

Das wirkte; Polly sagte nichts weiter. Sie starrte das Kind an der Hecke böse an.

Mrs. Leebody gelang es inzwischen, den Rückwärtsgang einzulegen. Versuchsweise streckte sie den rechten Fuß aus und fand, daß sie anstandslos das Gaspedal erreichte. Sie setzte zurück und überließ Polly wieder das Steuer. Schweigend fuhren sie zum Pfarrhaus zurück.

In Kyle Manor machte uns indes noch immer der Polizeipräsident das Leben schwer. „Unsere Informationen bestätigen Ihre ursprüngliche Version, daß die Dorfbewohner zum Meierhof marschierten, um ihn in Brand zu stecken", stellte er fest.

„Richtig", sagte Zellaby.

„Aber Sie behaupten auch – und Colonel Westcott gibt Ihnen recht –, daß die Kinder im Meierhof die wahren Schuldigen sind. Sie haben angeblich den Zwischenfall provoziert."

„Dem ist auch so", versicherte ihm Bernard. „Aber ich fürchte, wir können in dieser Hinsicht nichts unternehmen."

„Keine Beweise, meinen Sie? Nun, Beweise zu finden ist Aufgabe der Polizei."

„Nein, Beweise meine ich nicht. Ich spreche von der Anwendbarkeit des Gesetzes auf die Kinder."

„Hören Sie!" erklärte der Polizeipräsident betont nachsichtig. „Vier Menschen sind getötet worden, dreizehn liegen im Krankenhaus, und noch mehr sind übel zusammengeschlagen worden. Das kann man doch nicht einfach mit ein paar bedauernden Worten abtun! Wir müssen die Fakten sammeln und feststellen, wer der Schuldige ist, und der wird dann zur Rechenschaft gezogen. Das müssen Sie doch einsehen."

„Es sind ziemlich ungewöhnliche Kinder ...", begann Bernard.

„Ich weiß, ich weiß. Mein Vorgänger hat mich informiert. Nicht ganz richtig im Kopf und so. Sonderschule und alles mögliche."

Bernard unterdrückte einen Seufzer. „Sir John, diese Kinder sind nicht zurückgeblieben. Die Sonderschule ist für sie eingerichtet worden, weil sie anders sind. Ja, moralisch sind sie verantwortlich für die Schlägerei gestern abend, aber das ist doch nicht dasselbe wie juristisch. Wir haben nichts, wofür wir sie juristisch belangen können."

„Minderjährige können vor Gericht gestellt werden oder wenigstens diejenigen, die die Verantwortung für sie tragen. Sie wollen mir doch nicht weismachen, daß eine Bande von Neunjährigen irgendwie – wie, ist mir immer noch nicht klar – einen Aufruhr anzetteln kann, bei dem Menschen getötet werden, um dann ungestraft davonzukommen! Das ist unerhört!"

„Aber ich habe Sie doch schon mehrmals darauf hingewiesen, daß diese Kinder anders sind. Ihr Alter hat nichts zu sagen, höchstens insofern, als sie tatsächlich noch Kinder sind und daher grausamer in ihren Taten als in ihren Absichten. Das Gesetz kann ihnen nichts anhaben – und meine Behörde will nicht, daß ein Wort über sie an die Öffentlichkeit dringt."

„Lächerlich!" gab der Polizeipräsident zurück. „Ja, ich weiß Bescheid mit diesen Sonderschulen. Die Kinder dürfen nicht ... Wie sagt man doch? Ach ja, bevormundet werden. Statt dessen antiautoritäre Erziehung, freie Entfaltung und so weiter. Verdammter Blödsinn! Die werden nur noch exaltierter, weil sie zu einer anderen Denkweise als normale Menschen erzogen werden. Aber wenn die Herren in gewissen Behörden glauben, weil diese Kinder zufällig eine von der Regierung eingerichtete Schule besuchen, fielen sie nicht unters Gesetz und könnten hemmungslos alles tun, was ihnen in den Sinn kommt, dann haben sich die Herren aber geirrt!"

Zellaby und Bernard wechselten resignierte Blicke. Bernard beschloß, es ein letztes Mal zu versuchen.

„Sir John, diese Kinder besitzen eine ungeheure Willenskraft, die so stark ist, daß ihre Anwendung bereits an Nötigung grenzt. Nun hat das Gesetz es bisher noch nie mit dieser speziellen Form der Nötigung zu tun gehabt, folglich hat es auch keine Kenntnis von ihr und kann sie nicht einordnen. Da diese Form der Nötigung also rechtlich nicht existiert, kann das Gesetz auch nicht behaupten, die Kinder könnten sie ausüben. Deshalb können in den Augen des Gesetzes die Verbrechen, die die öffentliche Meinung ihrer Willenskraft zuschreibt, entweder niemals stattgefunden haben, oder sie müssen anderen Personen oder Mitteln zugeschrieben werden. Soweit es das Gesetz angeht, kann kein Zusammenhang zwischen den Kindern und den Verbrechen bestehen."

„Außer, daß sie sie verübt haben, wie Sie alle mir versichern", sagte Sir John.

„Was das Gesetz angeht, so haben sie gar nichts getan. Und außerdem, sollte man tatsächlich eine Formulierung finden, auf Grund derer man sie vor Gericht stellen könnte, würde man ebensowenig erreichen. Sie würden ihre Willenskraft nur auf Ihre Beamten anwenden. Man kann sie weder verhaften noch festhalten, selbst wenn man es versuchte."

„Na, diese Spitzfindigkeiten wollen wir doch lieber den Anwälten überlassen. Was wir brauchen, sind lediglich Beweise, um einen Haftbefehl zu rechtfertigen", versicherte ihm der Polizeipräsident.

Zellaby starrte gedankenverloren in einen Winkel der Decke. Bernard trug die abwesende Miene eines Mannes zur Schau, der ganz langsam bis zehn zählt – ganz langsam. Mich selbst quälte ein leichter Husten.

„Dieser Schulmeister da im Meierhof ... Wie heißt er noch? Torrance", fuhr der Polizeipräsident fort. „Der Direktor. Den muß man verantwortlich machen für die Kinder. Ich war gestern abend bei ihm. Er verhielt sich reichlich ausweichend. Alle hier weichen mir aus." Er mied unsere Blicke. „Aber er hat mir überhaupt nicht weitergeholfen."

„Dr. Torrance ist ein bekannter Psychiater, kein Schulmeister", berichtigte ihn Bernard. „Vermutlich plagt er sich mit schweren Zweifeln, ob er richtig handelt."

„Psychiater?" wiederholte Sir John mißtrauisch. „Dann sind es also doch zurückgebliebene Kinder?"

„Nein, das sind sie nicht", widersprach Bernard geduldig.

„Was gibt's denn noch daran zu zweifeln? Das ist ganz offensichtlich die Wahrheit, und die darf man der Polizei nicht vorenthalten, sonst bekommt man Ärger, und das mit Recht."

„Nun, so einfach liegt die Sache nicht", gab Bernard zurück. „Möglicherweise wußte Dr. Torrance nicht, wieviel er Ihnen über seine Arbeit mitteilen darf. Ich denke, wenn ich mit Ihnen noch einmal zu ihm gehe, wird er eher zum Sprechen bereit sein und Ihnen die Lage besser erklären können als ich."

Mit diesen Worten stand er auf. Auch wir anderen erhoben uns. Der Abschied des Polizeipräsidenten war kühl, Bernards rechtes Auge zuckte ganz leicht, als er uns auf Wiedersehen sagte und ihn hinausbegleitete.

Zellaby sank in einen Sessel und seufzte tief. Geistesabwesend suchte er nach seinem Zigarettenetui.

„Ich kenne Dr. Torrance", sagte ich. „Er tut mir jetzt schon leid."
„Unnötig", behauptete Zellaby. „Colonel Westcotts Erläuterungen waren zwar nicht sehr aufschlußreich, aber er ist wenigstens umgänglich. Torrance hingegen ist aggressiv. Wenn sich Sir John von ihm die Situation erklären lassen muß, so ist das nichts als ausgleichende Gerechtigkeit. Was mich viel mehr interessiert, ist Colonel Westcotts Verhalten. Ich glaube, wenn sich Sir John um mehr Verständnis bemüht hätte, dann hätte er die Katze aus dem Sack gelassen. Jetzt haben wir genau die Situation, die Westcott die ganze Zeit zu verhindern suchte. Warum also zeigt er nicht mehr Besorgnis?" Er versank in Nachdenken und trommelte leise mit den Fingern auf der Armlehne.
Da kam Angela herein. Nur schwer riß sich Zellaby aus seinen Gedanken und sah sie an. Er bemerkte ihren Gesichtsausdruck.
„Was ist los, Liebes?" fragte er. „Ich dachte, du wolltest mit einem Sack voller Geschenke nach Trayne ins Krankenhaus fahren?"
„Wollte ich auch", erwiderte sie. „Und jetzt bin ich wieder da. Wir dürfen anscheinend das Dorf nicht verlassen."
Zellaby fuhr auf. „Das ist doch Unsinn! Dieser alte Narr kann doch nicht das ganze Dorf unter Arrest stellen! Ich als Friedensrichter –", begann er erbost.
„Es ist nicht Sir John, es sind die Kinder. Sie haben alle Straßen besetzt und lassen keinen hinaus."
„So, wirklich?" rief Zellaby. „Wie interessant! Ich möchte doch wissen, ob –"
„Von wegen interessant!" schimpfte seine Frau. „Es ist ekelhaft und unerhört. Und vor allem beunruhigend", setzte sie hinzu, „weil man nicht weiß, was dahintersteckt."
Zellaby fragte sie, wie die Kinder ihre Blockade bewerkstelligten. Sie erklärte es ihm und schloß: „Und sie tun es nur bei uns, weißt du, bei denen, die hier im Dorf wohnen. Die anderen können kommen und gehen, wie sie wollen."
„Und alles ganz ohne Gewaltanwendung?" fragte Zellaby mit einer Spur von Besorgnis in der Stimme.
„Ja. Man muß einfach anhalten. Ein paar Leute haben sich schon bei der Polizei beschwert, und die hat's nachgeprüft. Ergebnislos, natürlich. Die Polizei wird von den Kindern nicht angehalten, daher können die Polizisten auch nicht begreifen, worum es geht. Das einzige Resultat ist, daß alle, die bisher davon gehört haben, daß die

Leute von Midwich nicht ganz richtig im Kopf seien, nunmehr fest davon überzeugt sind."

„Aber die Kinder müssen doch einen Grund dafür haben", überlegte Zellaby.

Angela sah ihn vorwurfsvoll an. „Darauf kannst du dich verlassen. Und daß er von größtem soziologischem Interesse ist, davon bin ich ebenfalls überzeugt, aber darum geht's jetzt nicht. Was ich wissen will, ist: Kann man etwas dagegen tun?"

„Liebling", sagte Zellaby beruhigend, „ich verstehe deine Gefühle, aber wir wissen bereits seit einiger Zeit, daß wir es nicht verhindern können, wenn es den Kindern beliebt, in unser Leben einzugreifen. Und jetzt beliebt es ihnen eben."

„Aber Gordon, die Leute im Krankenhaus in Trayne sind schwer verletzt! Ihre Angehörigen wollen sie besuchen."

„Mein Liebes, das einzige, was man tun könnte, ist, sich eines der Kinder einmal vorzunehmen und ihm die Lage freundlich zu erklären. Vielleicht überlegen sie sich's, doch das kommt auf die Gründe an, die sie für diese Maßnahme haben."

Angela sah ihren Mann stirnrunzelnd an. Sie wollte etwas entgegnen, schwieg jedoch und verließ ärgerlich das Zimmer. Zellaby schüttelte den Kopf. „Diese Frauen!" meinte er.

Dann versanken wir beide in Nachdenken, bis Zellaby plötzlich aus seinen Gedanken auffuhr. „Haben Sie schon einmal darüber nachgedacht, welchen Status Sie hier einnehmen, junger Freund?" fragte er mich. „Wenn Sie heute wieder abfahren wollen, sollten Sie lieber feststellen, ob die Kinder Sie als einen der Unseren betrachten oder nicht."

Das war ein Punkt, der mir noch nicht in den Sinn gekommen war. Ein etwas beunruhigender Aspekt, fand ich. Ich beschloß, die Sachlage zu prüfen.

Bernard war mit dem Polizeipräsidenten in dessen Wagen fortgefahren, also nahm ich mir den seinen für meinen Test.

Gewißheit erhielt ich kurz darauf auf der Straße nach Oppley. Gegen meinen Willen brachten Hand und Fuß den Wagen zum Stehen. Eines der Kinder, ein Mädchen, saß am Straßenrand, kaute auf einem Grashalm und machte ein unbeteiligtes Gesicht. Ich versuchte, den Gang wieder einzulegen. Meine Hand gehorchte mir nicht. Und auch den Fuß brachte ich nicht auf die Kupplung. Ich erklärte dem

Mädchen, daß ich nicht in Midwich wohne und nach Hause wolle. Sie schüttelte stumm den Kopf. Ich bewegte den Schalthebel hin und her und stellte fest, daß ich ihn nur in den Rückwärtsgang bringen konnte.

„Hm", machte Zellaby, als ich zurückkam. „Hat man Sie also zum Ehrenbürger von Midwich ernannt, wie? Hatte ich's mir doch gedacht. Erinnern Sie mich daran, daß ich Angela sage, sie soll die Köchin informieren."

ZUR selben Zeit, da Zellaby und ich uns in Kyle Manor unterhielten, fand im Meierhof eine ähnliche Unterredung statt, die sich im Ton jedoch von der unsrigen ziemlich unterschied. Dr. Torrance, der durch die Gegenwart von Colonel Westcott seine Bedenken abgelegt hatte, beantwortete die Fragen des Polizeipräsidenten ausführlicher als zuvor. Im Augenblick jedoch war ein Stadium erreicht, da die unterschiedliche Einschätzung der Situation durch die Gesprächspartner nicht mehr länger zu verheimlichen war, und eine besonders abseitige Frage veranlaßte den Doktor, ein wenig hilflos zu sagen: „Ich fürchte, ich habe Ihnen die Lage nicht ganz deutlich machen können, Sir John."

Der Polizeipräsident knurrte ungeduldig. „Das bekomme ich hier dauernd zu hören. Und man erklärt mir ständig, daß diese teuflischen Kinder – wie, verstehe ich zwar immer noch nicht – verantwortlich seien für die Ereignisse gestern abend. Selbst Sie sagen mir das, obwohl Sie doch der Leiter dieser Schule sind. Jawohl, ich habe kein Verständnis dafür, daß Kinder derart über die Stränge schlagen, daß sie sogar einen Aufruhr verursachen, und ich sehe auch nicht ein, warum ich dafür Verständnis haben soll. In meiner Eigenschaft als Polizist wünsche ich einen der Rädelsführer vorgeführt zu bekommen. Ich will doch mal sehen, was der dazu zu sagen hat."

„Aber Sir John, ich habe Ihnen doch schon erklärt, daß es keine Rädelsführer gibt!"

„Ja, ja, ich weiß. Ich hab's gehört. Alle sind gleich und so weiter. Na schön, in der Theorie vielleicht, aber Sie wissen so gut wie ich, daß es in jeder Gruppe einen Burschen gibt, der sich hervortut, und daß man sich den schnappen muß. Wird man mit dem fertig, wird man auch mit den übrigen fertig." Er machte eine erwartungsvolle Pause.

Dr. Torrance tauschte einen hilflosen Blick mit Colonel Westcott.

Bernard zuckte unmerklich die Achseln und nickte kaum wahrnehmbar. Dr. Torrances unglücklicher Gesichtsausdruck vertiefte sich. Beunruhigt sagte er: „Na gut, Sir John. Da Sie mir praktisch den Befehl dazu erteilen, bleibt mir keine Wahl. Aber ich muß Sie bitten, Ihre Worte sorgfältig zu wählen. Die Kinder sind sehr ..., nun, sensibel."

Die Wahl des letzten Wortes war unglücklich gewesen. Für ihn war es eine neutrale Bezeichnung, für den Polizeipräsidenten hingegen war es das Wort, mit dem vernarrte Mütter ihre verzogenen Söhnchen beschreiben, und das machte ihm die Kinder noch weniger sympathisch. Er gab einen verächtlichen Laut von sich, als Dr. Torrance aufstand und den Raum verließ. Stumm warteten er und Bernard, bis Dr. Torrance mit einem der Jungen wiederkam.

„Das ist Eric", stellte er vor. „Eric, Sir John Tenby möchte dir ein paar Fragen stellen", erklärte er dem Jungen. „Als Polizeipräsident ist es nämlich seine Pflicht, über den Vorfall gestern abend Bericht zu erstatten."

Der Junge nickte und sah Sir John an. Dr. Torrance nahm seinen Platz hinter dem Schreibtisch wieder ein und beobachtete die beiden gespannt und nervös.

Der Blick des Jungen war ruhig, wachsam, jedoch unbeteiligt; er verriet keinerlei Gefühl. Sir John begegnete ihm mit der gleichen Stetigkeit. Ein gesundes Kind, dachte er. Vielleicht ein bißchen dünn, aber nicht hager, sondern eher zart. Das Gesicht war schmal, hübsch und verriet nichts. Die Augen waren das Bemerkenswerteste daran. Man hatte ihm oft die Goldfarbe der Iris geschildert, doch er hatte nicht dieses Leuchten erwartet, dieses sanfte Glühen, das von innen zu kommen schien. Es beunruhigte ihn ein wenig. Doch dann rief er sich ins Gedächtnis zurück, daß er es mit einem anomalen Wesen zu tun habe, und mit einem Neunjährigen, der wirkte wie ein Sechzehnjähriger und der außerdem noch mit diesen neumodischen Methoden erzogen war. Er beschloß, den Jungen zu behandeln, als sei er so alt, wie er aussah, und bequemte sich zu der Haltung, die Fachleute als ‚Mann-zu-Mann' zu bezeichnen pflegen.

„Üble Sache, das gestern abend", begann er. „Müssen wir aufklären. Wir müssen herausfinden, was wirklich passiert ist. Wer verantwortlich ist dafür und so. Immer wieder sagt man mir, daß das ihr hier seid. Was hast du dazu zu sagen?"

„Nein", erwiderte der Junge prompt.

Der Polizeipräsident nickte. Man konnte in so einem Fall kaum ein spontanes Geständnis erwarten.

„Was ist nun eigentlich genau passiert?" fragte er.

„Die Leute vom Dorf sind gekommen und wollten den Meierhof in Brand stecken", sagte Eric.

„Bist du sicher?"

„Das haben sie jedenfalls gesagt, und sonst hatten sie ja auch hier nichts zu suchen um diese Zeit", meinte der Junge.

„Na schön, lassen wir das Warum und Weshalb zunächst mal beiseite. Du sagst, einige sind gekommen, um das Haus in Brand zu stecken. Dann sind wohl die anderen gekommen, um sie daran zu hindern, und so ist die Schlägerei entstanden?"

„Ja", stimmte der Junge zu, doch diesmal weniger bestimmt.

„Dann hattet ihr, du und deine Freunde, im Grunde gar nichts damit zu tun und habt nur zugesehen?"

„Nein", sagte der Junge. „Wir mußten uns wehren. Das war notwendig, sonst hätten sie das Haus in Brand gesteckt."

„Du meinst, ihr habt einigen zugerufen, sie sollten die anderen davon abbringen, ja?"

„Nein", erklärte der Junge geduldig. „Wir haben bewirkt, daß sie sich schlugen. Wir hätten sie ja einfach wegschicken können, aber dann wären sie bestimmt ein anderes Mal wiedergekommen. Jetzt kommen sie nicht wieder. Jetzt wissen sie, daß es besser für sie ist, wenn sie uns in Ruhe lassen."

Der Polizeipräsident schwieg verdutzt. „Ihr habt es bewirkt, daß sie sich schlugen, sagst du? Wie habt ihr das gemacht?"

„Das ist zu schwer zu erklären. Sie würden es nicht verstehen", sagte der Junge geringschätzig.

Sir John wurde ein wenig rot. „Trotzdem würde ich es gern von dir hören", sagte er mit einer Miene großzügiger Zurückhaltung.

„Das hätte keinen Zweck", erklärte der Junge. Er sprach normal, ohne Ironie, lediglich, als stelle er etwas fest.

Das Gesicht des Polizeipräsidenten wurde noch röter. Dr. Torrance fiel hastig ein: „Das ist eine ziemlich komplizierte Geschichte, Sir John, und wir alle versuchen seit Jahren, sie zu verstehen – ohne großen Erfolg. Man kann nicht viel mehr sagen, als daß die Kinder die Leute durch ihre Willenskraft gezwungen haben, gegenseitig übereinander herzufallen."

Sir John sah erst ihn, dann den Jungen an. Dann, nach zwei, drei tiefen Atemzügen, wandte er sich wieder an den Jungen, doch jetzt war seine Stimme leicht erregt. „Nun, wie ihr es auch gemacht habt, ihr gebt auf jeden Fall zu, daß ihr für den Vorfall verantwortlich seid?"

„Wir sind verantwortlich dafür, daß wir uns verteidigt haben", sagte der Junge.

„So verteidigt, daß es vier Tote und dreizehn Schwerverletzte gegeben hat, während ihr, wie du sagst, die Leute ebensogut hättet wegschicken können."

„Sie wollten uns umbringen", sagte der Junge unbeeindruckt.

Der Polizeipräsident sah ihn lange an. „Wie ihr es gemacht habt, ist mir zwar unverständlich, aber ich glaube dir, daß ihr es gemacht habt, und auch, daß es nicht notwendig war."

„Sie wären wiedergekommen, und spätestens dann wäre es notwendig gewesen", erwiderte der Junge.

„Das kannst du doch gar nicht wissen. Deine ganze Einstellung ist ungeheuerlich. Habt ihr denn nicht einen Funken Mitgefühl für diese unglücklichen Menschen?"

„Nein", erklärte der Junge. „Warum auch? Gestern nachmittag hat einer von ihnen auf einen von uns geschossen. Nun müssen wir uns schützen."

„Aber doch nicht durch Blutrache! Das Gesetz schützt euch genau wie alle anderen!"

„Das Gesetz hat Wilfred nicht davor geschützt, angeschossen zu werden, und gestern abend hätte es uns auch nicht geschützt. Das Gesetz straft den Verbrecher, nachdem die Tat begangen ist; wir können nichts damit anfangen. Wir wollen am Leben bleiben."

„Aber ihr findet nichts dabei, am Tod anderer Menschen schuldig zu sein!"

„Müssen wir uns ständig im Kreis drehen?" fragte der Junge. „Ich habe Ihre Fragen beantwortet, weil wir es für besser halten, daß Sie die Situation verstehen. Da Sie aber ganz offensichtlich nichts begriffen haben, will ich es Ihnen noch deutlicher sagen. Wenn jemand einen Versuch macht, uns zu stören oder zu belästigen, werden wir uns wehren. Wir haben bewiesen, daß wir dazu in der Lage sind, und hoffen, das wird jedem eine Warnung sein."

Sir John starrte den Jungen sprachlos an. Seine Fingerknöchel wurden weiß, und sein Gesicht färbte sich purpurn. Er stemmte sich aus dem Sessel halb hoch, als wolle er sich auf den Jungen stürzen, sank jedoch wieder zurück, als habe er sich eines Besseren besonnen. Sekunden vergingen, bevor er wieder sprechen konnte. Dann wandte er sich mit halberstickter Stimme an den Jungen, der ihn kritisch-unbeteiligt musterte. „Du verdammter, dreckiger, kleiner Lausebengel! Wie kannst du es wagen, so mit mir zu sprechen! Weißt du nicht, daß ich die Polizei dieser Grafschaft vertrete? Wenn nicht, dann wird's Zeit, daß du's lernst, und dafür werde ich sorgen, so wahr ich hier sitze! Mit Erwachsenen in diesem Ton zu reden, du eingebildeter kleiner Affe! Ihr wollt also nicht ‚belästigt' werden; ihr wollt euch wehren! Wofür haltet ihr euch eigentlich? Ihr müßt noch viel lernen, Freundchen, eine ganze ..."

Unvermittelt brach er ab und starrte den Jungen an.

Dr. Torrance beugte sich über den Schreibtisch. „Eric ...", wollte er protestieren, machte jedoch keinerlei Anstalten, sich einzumischen.

Bernard Westcott saß stumm abwartend in seinem Sessel und beobachtete.

Der Mund des Polizeipräsidenten wurde schlaff und öffnete sich leicht. Er riß die Augen auf, die groß und immer größer wurden. Seine Haare sträubten sich. Auf der Stirn und an den Schläfen bildeten sich Schweißtropfen und rannen ihm übers Gesicht. Unartikulierte Laute kamen aus seinem Mund. Tränen liefen ihm über die Wangen. Er begann zu zittern, schien aber unfähig, sich zu bewegen. Dann, nach langen, verkrampften Sekunden, bewegte er sich doch. Seine Hände griffen flatternd zum Kopf, und er stieß seltsam dünne Schreie aus. Dann glitt er aus dem Sessel auf die Knie und fiel vornüber. Da lag er auf allen vieren, zitterte, stieß hohe, wimmernde Laute aus und krallte sich in den Teppich.

Und dann übergab er sich.

Der Junge sah auf. Als beantworte er eine Frage, sagte er zu Dr. Torrance: „Ihm fehlt nichts. Er wollte uns Angst machen, da haben wir ihm gezeigt, was es heißt, Angst zu haben. Jetzt wird er uns besser verstehen. Er ist bald wieder in Ordnung."

Dann wandte er sich um und verließ das Zimmer. Die beiden Männer sahen sich an.

Bernard zog ein Taschentuch hervor und tupfte sich den Schweiß ab, der ihm in dicken Tropfen auf der Stirn stand. Dr. Torrance saß reglos da, und sein Gesicht war aschfahl. Beide blickten sie auf den Polizeipräsidenten. Der lag jetzt schlaff, offenbar bewußtlos, auf dem Boden und atmete in langen, gierigen Zügen, nur dann und wann von heftigem Zittern geschüttelt.

„Mein Gott!" sagte Bernard. Er sah abermals Dr. Torrance an. „Und Sie sind seit drei Jahren hier!"

„Bis jetzt hat sich noch nie auch nur entfernt so etwas ereignet wie dies hier", entgegnete Torrance. „Wir haben ja viel für möglich gehalten, aber ein derart feindseliger Ausbruch ist uns noch nicht vorgekommen. Gott sei Dank!"

„Ja, es hätte Ihnen weit schlimmer ergehen können", erwiderte Bernard. Er sah wieder auf Sir John hinunter.

„Der Mann muß fortgeschafft werden, ehe er wieder zu sich kommt. Lassen Sie ihn von seinen Leuten abholen. Sagen Sie, daß er einen Anfall gehabt hat."

Fünf Minuten später standen sie auf der Treppe und sahen dem Polizeipräsidenten nach, der, noch immer halb bewußtlos, davongefahren wurde.

19

NACH mehreren Whiskys verlor Bernards Gesicht endlich den entsetzten Ausdruck, mit dem er nach Kyle Manor zurückgekehrt war. Er schloß seinen Bericht über das grausige Interview des Polizeipräsidenten im Meierhof mit den Worten: „Wissen Sie, einer der wenigen kindlichen Züge an den Kindern ist ihre Unfähigkeit, die eigene Kraft einzuschätzen. Abgesehen von der Abriegelung des Dorfes, war alles, was sie getan haben, übersteigert. Ihre Absichten mögen entschuldbar sein, die Ausführung hingegen ist es nicht. Sie wollten Sir John Angst einjagen, um ihm zu zeigen, wie unklug es sei, sie zu stören, doch sie begnügten sich nicht mit einer angemessenen Demonstration ihrer Fähigkeiten, sondern sie gingen so weit, den Armen an den Rand des Wahnsinns zu treiben. Sie zwangen ihn zu einer Demütigung, die einfach unverzeihlich ist."

Mit seiner sanften, ruhigen Stimme fragte Zellaby: „Betrachten Sie die Dinge da nicht ein wenig einseitig, Colonel? Sie sagten ‚unverzeihlich', setzen also voraus, daß die Kinder Verzeihung erwarten.

Doch warum sollten sie das? Machen wir uns Gedanken darüber, ob Schakale oder Wölfe uns verzeihen, wenn wir sie umbringen wollen? Keineswegs. Wir trachten lediglich danach, sie unschädlich zu machen, weil sie für uns eine Gefahr bilden. Was nun die Kinder betrifft, so scheint mir, daß wir noch nicht begriffen haben, welch große Gefahr sie für uns darstellen, wohingegen sie sich genau darüber im klaren sind, daß wir sie bedrohen. Und sie haben die Absicht zu überleben. Wir täten gut daran, uns einmal zu überlegen, was sich aus dieser Absicht ergibt. Wir können es jeden Tag im Garten beobachten: ein endloser, erbitterter Kampf ohne Regeln, ohne eine Spur von Mitleid oder Gefühl ..."

Er sprach ruhig, aber niemand konnte an seiner Ansicht zweifeln. Und doch schien, wie so oft bei Zellaby, die Lücke zwischen Theorie und tatsächlichen Umständen zu unzureichend überbrückt, um ausreichend überzeugend zu wirken.

Dann sagte Bernard: „Die Kinder haben ganz offensichtlich ihre Einstellung geändert. Bis jetzt haben sie von Zeit zu Zeit zwar Druck und Zwang angewandt, aber, von ein paar Vorfällen abgesehen, keine Gewalt. Und jetzt dies. Können Sie sagen, wann das angefangen hat, oder sind Sie der Ansicht, daß es eine langsame Entwicklung gewesen ist?"

„Doch, ich kann es genau sagen", erwiderte Zellaby. „Es hat an dem Tag angefangen, als das mit Jimmy Pawle und seinem Wagen passierte."

„Und das war – warten Sie – am letzten Mittwoch. Am dritten Juli. Ich möchte mal wissen ...", setzte er an, brach aber ab, da uns der Gong zum Mittagessen rief.

„Meine bisherigen Erfahrungen mit interplanetarischen Invasionen", führte Zellaby aus, während er sich den Salat nach seinem speziellen Geschmack würzte, „beschränken sich auf Berichte aus zweiter Hand und sind absolut hypothetisch, wenn auch umfassend. Dennoch kann ich mich auf keinen Fall besinnen, der uns in unserem augenblicklichen Dilemma auch nur einen Deut weiterhilft. Alle Invasionen werden ohne Ausnahme als unangenehm, gleichzeitig jedoch fast immer als offen und niemals als heimtückisch beschrieben. Womit ..."

„Keinen Cayennepfeffer, Liebling", bat ihn seine Frau.

„Wie bitte?"

„Nimm keinen Cayennepfeffer, er bekommt dir nicht", mahnte Angela.

„Stimmt. Wo ist der Zucker?"

„Links von dir, Schatz."

„Ach ja. Wo war ich ...?"

„Die Invasionen", half ich ihm.

„Richtig. Womit haben wir es also zu tun? Im Grunde auch nur mit einem Krieg. Die Beweggründe sind simplifiziert, die Bewaffnung kompliziert, doch das Schema ist das gleiche, und alle Prognosen, Spekulationen und Folgerungen helfen uns im Ernstfall nicht weiter. Es ist wirklich ein Jammer um all das Kopfzerbrechen, das diese Prognostiker darauf verschwendet haben, nicht wahr?"

Er konzentrierte sich auf seinen Salat.

„Für mich ist es immer noch ein Problem zu erraten, wann man Sie wörtlich nehmen darf und wann nicht", meinte ich.

„Diesmal dürfen Sie ihn getrost wörtlich nehmen", sagte Bernard.

Zellaby warf ihm einen Seitenblick zu. „Einfach so, Colonel? Noch nicht einmal Widerspruch aus Gewohnheit?" fragte er. „Sagen Sie ehrlich: Seit wann nehmen Sie diese Invasion als gegeben hin?"

„Seit etwa acht Jahren", erwiderte Bernard. „Und Sie?"

„Auch so lange, vielleicht ein bißchen länger. Die Erkenntnis war durchaus nicht angenehm, aber ich hatte sie zu akzeptieren. Sie kennen doch das alte Axiom von Sherlock Holmes: ‚Wenn man das Unmögliche eliminiert hat, muß das, was übrigbleibt, und sei es noch so unwahrscheinlich, die Wahrheit sein.' Ich hatte jedoch keine Ahnung, daß dieser Satz auch in offiziellen Kreisen anerkannt wird. Und was beschlossen Sie dagegen zu tun?"

„Nun, wir haben alles in unseren Kräften Stehende getan, um die Kinder hier zu isolieren und zu erziehen."

„Großen Erfolg haben Sie damit gehabt, das muß ich sagen. Warum taten Sie das?"

„Augenblick", unterbrach ich. „Ich bin nicht ganz mitgekommen. Sie wollen also im Ernst behaupten, daß die Kinder Invasoren sind? Daß sie von irgendwo außerhalb der Erde stammen?"

„Richtig", erklärte Bernard. „Alle anderen Hypothesen hat meine Behörde nach und nach fallenlassen müssen. Obwohl es natürlich immer noch einige gibt, die sich nicht damit abfinden wollen. Trotz der Tatsache, daß wir mehr Beweise hatten als Mr. Zellaby."

„Aha!" sagte Zellaby, plötzlich aufmerksam geworden. „Da kommen wir also dem Grund für das rätselhafte Interesse des Geheimdienstes näher."

„Nun, ich sehe jetzt keinen Grund mehr, warum ich nicht gewissen Kreisen Einblick gewähren soll", erklärte Bernard. „Ich weiß sehr wohl, daß Sie zu Beginn der Affäre eigene Ermittlungen über den Grund unseres Interesses angestellt haben, Mr. Zellaby, glaube aber kaum, daß Sie auf einen Anhaltspunkt gestoßen sind."

„Nein, aber was ist denn nun der Grund?"

„Einfach der, daß Midwich weder der einzige noch der erste Ort ist, der einen Tag X erlebt hat. Und außerdem, daß drei Wochen vor und nach diesem Zeitpunkt die Anzahl der durch Radar ermittelten unbekannten Flugobjekte sprunghaft gestiegen war."

„Donnerwetter!" staunte Zellaby. „Es gibt also außer unserer Gruppe noch andere Gruppen von Kindern! Wo?"

Doch Bernard ließ sich nicht aus dem Konzept bringen und fuhr gelassen fort: „Einen Tag X gab es in einer kleinen Stadt in Nordaustralien, doch da war offenbar etwas schiefgegangen. Dreiunddreißig Frauen wurden schwanger, aber alle Kinder starben, die meisten bereits wenige Stunden nach der Geburt. Ein weiterer Tag X fand in einer Eskimoansiedlung auf der Victoriainsel, nördlich von Kanada, statt. Die Eingeborenen schweigen sich zwar darüber aus, doch die Geburt so vieler Kinder, die ganz anders waren als ihre eigenen, muß sie in Angst und Schrecken versetzt und dazu veranlaßt haben, die Kinder so rasch wie möglich auszusetzen; jedenfalls ist kein Kind am Leben geblieben. Was übrigens, in Verbindung mit dem Zeitpunkt, zu dem die Midwich-Babys zurückkehrten, den Schluß zuläßt, daß sich die Willenskraft erst nach ein bis zwei Wochen entwickelt und die Kinder bis dahin vielleicht wirklich Einzelwesen sind. Ein weiterer Tag X ..."

Zellaby hob die Hand. „Lassen Sie mich raten. Hinter dem Eisernen Vorhang?"

Bernard nickte. „Einer in der Gegend von Irkutsk, an der Grenze zur Äußeren Mongolei – eine recht grausige Angelegenheit. Man war der Ansicht, daß die Frauen mit dem Teufel geschlafen hatten, und brachte sie und die Kinder kurzerhand um. Der andere Tag X ereignete sich direkt in einer Stadt namens Gizhinsk, in den Bergen nördlich von Ochotsk. Es ist wahrscheinlich, daß auch anderswo ähnliche

Ereignisse stattfanden – ziemlich sicher sogar in Südamerika und Afrika –, doch das ist schwer festzustellen. Die Eingeborenen sprechen nicht gern darüber. Möglicherweise gibt es sogar hier und da ein abgelegenes Dorf, das einen Tag verschlafen hat, ohne es zu wissen; in einem solchen Fall wäre den Leuten die Herkunft der Babys noch rätselhafter. Meist jedoch wurden die Babys als Mißgeburt betrachtet und umgebracht."

„Nicht aber, wie ich annehme, in Gizhinsk", warf Zellaby ein.

Um Bernards Mund zuckte es leicht, als er ihn ansah. „Viel entgeht Ihnen nicht, Zellaby, wie? Sie haben recht – nicht in Gizhinsk. Der Tag X dort ereignete sich eine Woche vor dem in Midwich. Drei, vier Tage später erhielten wir den Bericht darüber. Die Russen waren ziemlich beunruhigt. Das war für uns ein Trost, als sich dann hier das gleiche abspielte; wir wußten nun sicher, daß die Russen nicht die Hand im Spiel hatten. Und sie wiederum hörten von Midwich und waren ebenso erleichtert. Dann berichtete unser Agent, daß in Gizhinsk alle Frauen gleichzeitig schwanger seien. Wir erfaßten nicht gleich die Bedeutung dieser Tatsache und betrachteten sie als unwichtig. Als wir jedoch von der Lage der Dinge in Midwich erfuhren, begann unser Interesse zu wachsen. Leider riegelten die Russen, als die Babys geboren waren, Gizhinsk vollständig ab, und unsere Informationsquelle versiegte. Wir hingegen konnten Midwich nicht vollständig abriegeln und waren auf andere Maßnahmen angewiesen; aber ich glaube, den Umständen entsprechend, haben wir unsere Sache nicht schlecht gemacht."

Zellaby nickte. „Ich verstehe. Das Kriegsministerium wußte nicht recht, was es mit den Kindern nun eigentlich auf sich hatte, weder mit unseren noch mit denen der Russen. Hätte es sich nun aber eines Tages herausgestellt, daß die Kinder Genies sind, so wäre es nur von Vorteil, wenn man den Russen etwas Gleichwertiges entgegenzusetzen hätte."

„So ungefähr. Es wurde uns jedenfalls sehr bald klar, daß es keine gewöhnlichen Kinder waren."

„Wie dumm von mir", sagte Zellaby und schüttelte betrübt den Kopf. „Es ist mir nie in den Sinn gekommen, daß Midwich nicht einmalig sein könnte. Es kommt mir im Moment hingegen durchaus in den Sinn, daß etwas vorgefallen sein muß, das Sie veranlaßt, das alles zuzugeben. Die Ereignisse hier rechtfertigen das sicher nicht, also muß es etwas sein, das anderswo stattgefunden hat. In Gizhinsk vielleicht? Ist die Entwicklung dort in ein Stadium getreten, das sich bei unseren Kindern auch in Kürze einstellen wird?"

Bernard legte Messer und Gabel säuberlich nebeneinander auf den Teller, betrachtete das Besteck sekundenlang und sah dann auf.

„Die Fernostarmee", sagte er langsam, „ist kürzlich mit neuen Atomkanonen mittleren Kalibers ausgerüstet worden, die eine Reichweite von zirka achtzig Kilometern haben sollen. In der letzten Woche hat man sie getestet. Gizhinsk existiert nicht mehr ..."

Wir starrten ihn fassungslos an. Angela beugte sich entsetzt vor. „Wollen Sie etwa sagen – alles ist ausgelöscht?" fragte sie ungläubig.

Bernard nickte. „Alles. Die ganze Stadt. Man hätte niemand warnen können, ohne daß die Kinder davon erfahren hätten. Und so, wie es jetzt gekommen ist, kann man es offiziell auf eine Fehlberechnung zurückführen oder auf Sabotage."

Er machte wieder eine Pause.

„Offiziell", wiederholte er dann. „Wir hingegen haben von den Russen einen Geheimbericht erhalten, der zwar mit Einzelheiten äußerst sparsam ist, der sich aber zweifellos auf Gizhinsk bezieht und offenbar zur Zeit der Aktion gegen die Stadt verfaßt worden ist. In diesem Bericht wird Midwich nicht ausdrücklich erwähnt, aber der Bericht enthält nichtsdestoweniger eine dringende Warnung. Im Anschluß an eine Beschreibung, die haargenau auf die Kinder paßt, spricht er von ihnen als einer Gruppe, die, wo immer sie auch auftaucht, nicht nur eine nationale, sondern eine elementare Gefahr für die Menschheit darstellt. Er fordert alle Regierungen auf, jede dieser Gruppen, soweit sie bekannt sind, unverzüglich zu ‚neutralisieren', und zwar verlangt er das überaus nachdrücklich, fast mit einem Unterton panischer Angst. Er weist immer wieder darauf hin, daß das rasch geschehen müsse, nicht nur zum Wohl der Nationen oder Kontinente, sondern weil diese Kinder eine Gefahr für die ganze menschliche Rasse bilden."

Lange zog Zellaby mit dem Finger das Muster der Damastdecke nach, ehe er aufsah. „Und wie hat der englische Geheimdienst reagiert?" fragte er. „Wahrscheinlich hat er sich gefragt, was für einen Trick sich die Russen da nun wieder ausgedacht haben, wie?" Er sah wieder aufs Tischtuch hinunter.

„Viele glauben an solch einen Trick", gab Bernard zu.

Zellaby blickte noch einmal auf. „Letzte Woche haben sie Gizhinsk vernichtet, sagen Sie? An welchem Tag?"

„Am Dienstag, dem zweiten Juli", antwortete Bernard.

Zellaby nickte mehrmals langsam. „Interessant", sagte er. „Aber ich möchte wissen, woher unsere Kinder das wußten ..."

Bald nach dem Mittagessen verkündete Bernard, daß er noch einmal zum Meierhof wolle. „Als Sir John da war, hatte ich keine Gelegenheit, mit Dr. Torrance zu sprechen, und hinterher waren wir beide zu erledigt."

„Und Sie können uns gar keinen Anhaltspunkt dafür geben, was Sie in bezug auf die Kinder vorhaben?" wollte Angela wissen.

Er schüttelte den Kopf. „Selbst wenn ich es wüßte, wäre es immer noch ein Amtsgeheimnis. Jetzt will ich erst einmal Torrance fragen, ob er auf Grund seiner Erfahrungen mit den Kindern Vorschläge hat. In etwa einer Stunde bin ich zurück." Damit ging er.

Als er aus der Haustür trat, schritt er automatisch auf seinen Wagen zu, doch als er den Türgriff schon in der Hand hatte, änderte er seinen Entschluß. Ein kleiner Spaziergang, fand er, würde ihm guttun. Und flott marschierte er die Auffahrt hinunter.

Im Dorf traf er auf eine gedrückte Atmosphäre. Er hatte eigentlich erwartet, daß Erbitterung über die Abriegelung herrschte, doch die wenigen Menschen, denen er begegnete, gingen ostentativ ihren eigenen Geschäften nach. Die Lektion der Kinder, daß es gefährlich war, Gruppen gegen sie zu bilden, war offenbar verstanden worden. Ein geschickter Schritt nach oben auf der Leiter zur Diktatur; kein Wunder, daß die Russen nicht einverstanden waren mit dem, was sich in Gizhinsk getan hatte.

In der Hickham Lane traf er auf zwei der Kinder, die an der Böschung saßen und so konzentriert nach Westen in die Luft starrten, daß sie nicht merkten, wie er herankam.

Bernard blieb stehen und folgte ihrem Blick; gleichzeitig hörte er das Dröhnen von Düsenmotoren. Die Maschine, ein silberner Punkt am blauen Sommerhimmel, kam in etwa hundertfünfzig Meter Höhe an. Gerade als er sie entdeckt hatte, lösten sich von ihr mehrere schwarze Punkte. Gleich darauf entfalteten sich fünf weiße Fallschirme und sanken langsam nach unten. Die Maschine flog stetig weiter.

Er sah zu den Kindern hinüber und erhaschte eben noch den Blick voller Genugtuung, den sie austauschten. Er verstand nicht viel von Flugzeugen, doch er wußte, daß diese Maschine, ein leichter Bomber, von einer fünfköpfigen Besatzung geflogen wurde. Nachdenklich sah er die Kinder an, und jetzt bemerkten sie ihn.

„Das war eine sehr teure Maschine", stellte Bernard fest. „Jemand wird sehr böse über ihren Verlust."

„Das ist eine Warnung. Aber sie müssen vermutlich noch mehr verlieren, bevor sie's glauben", meinte der Junge.

„Vermutlich. Eine ungewöhnliche Fähigkeit, die ihr da habt." Er schwieg und ließ sie nicht aus den Augen. „Ihr habt wohl nicht gern Flugzeuge über euch, stimmt's?"

„Stimmt", bekannte der Junge.

Bernard nickte. „Kann ich verstehen. Aber sagt mir eines: Warum kleidet ihr eure Warnungen immer in so drastische Form? Warum geht ihr immer weiter als notwendig? Hättet ihr die Maschine nicht einfach zurückschicken können?"

„Wir hätten sie auch abstürzen lassen können", sagte das Mädchen.

„Sicher. Wir müssen dankbar sein, daß ihr's nicht getan habt. Aber es wäre kaum weniger wirksam gewesen, sie zurückzuschicken, nicht wahr? Warum müßt ihr so drastisch sein?"

„Es macht mehr Eindruck. Wir müßten eine ganze Menge Flugzeuge zurückschicken, bevor sie begreifen, daß wir es tun. Aber wenn sie jedesmal ihre Maschinen verlieren, wenn sie herkommen, begreifen sie's schnell", erklärte der Junge.

„Aha. Dasselbe gilt wohl für gestern abend, wie? Hättet ihr die Leute nur zurückgeschickt, wäre die Warnung nicht so wirkungsvoll gewesen", sagte Bernard.

„Glauben Sie denn, daß es genügt hätte?" fragte der Junge.

„Das kommt wohl darauf an, wie man's macht. Auf keinen Fall wäre es nötig gewesen, sie sich gegenseitig umbringen zu lassen. Ich meine, ist es, vom Praktischen her, nicht unklug, jedesmal so weit zu gehen, daß Wut und Haß entstehen?"

„Und Angst", ergänzte der Junge.

„Aha, ihr wollt also Angst erregen. Warum?" wollte Bernard wissen.

„Damit man uns in Ruhe läßt", erwiderte der Junge. „Es ist ein

Mittel, nicht der Zweck." Seine goldenen Augen ruhten ernst und aufmerksam auf Bernard. „Früher oder später werdet ihr uns töten wollen, wie auch immer wir uns verhalten. Wir können unsere Position nur dadurch stärken, daß wir die Initiative ergreifen."

Der Junge sprach gelassen, doch seine Worte trafen Bernard wie ein Schock. Schlagartig erkannte er, daß er mit einem Erwachsenen sprach, obwohl er genau wußte, daß der Bursche erst neun Jahre alt war.

Er brauchte Sekunden, bis er sich wieder gefaßt hatte. Dann betrachtete er den Jungen genauer. „Bist du Eric?" fragte er.

„Nein", sagte der Junge. „Manchmal bin ich Joseph, aber jetzt bin ich wir alle. Sie brauchen keine Angst vor uns zu haben. Wir wollen mit Ihnen sprechen."

Jetzt hatte sich Bernard wieder in der Gewalt. Bedächtig ließ er sich neben den beiden an der Böschung nieder und zwang sich, ganz nüchtern zu sprechen.

„Die Annahme, daß wir euch töten wollen, ist doch wohl ein bißchen weit hergeholt", meinte er. „Sicher, wenn ihr so weitermacht wie bisher, müssen wir euch ja hassen und eines Tages Vergeltung üben – oder sollte man lieber sagen, uns vor euch schützen? Andernfalls jedoch – nun, man wird sich schon einigen. Aber haßt ihr uns denn wirklich so? Andernfalls ließe sich doch sicher ein modus vivendi finden."

Er sah den Jungen an, immer noch in der schwachen Hoffnung, daß er besser zu ihm wie zu einem Kind gesprochen hätte. Doch die Antwort zerstörte auch die letzte Illusion.

„Sie sehen die Sachlage völlig falsch", widersprach der Junge kopfschüttelnd. „Das hat nichts mit Haß zu tun und kann auch nicht durch Diskussionen aus der Welt geschafft werden. Es ist ein rein biologisches Gebot. Ihr könnt euch nicht leisten, uns nicht zu töten, denn sonst seid ihr erledigt ..." Er machte eine Pause, um dieser Eröffnung Gewicht zu verleihen, und fuhr dann fort: „Ja, ein politisches Gebot gibt es auch, doch das setzt eine unmittelbarere Einstellung zu uns voraus, eine bewußtere. Schon jetzt überlegen einige eurer Politiker, die von uns wissen, ob die russische Lösung nicht auch hier angebracht wäre."

„Ach, dann wißt ihr also tatsächlich davon?"

„Natürlich. Solange die Kinder von Gizhinsk lebten, brauchten wir uns keine Sorgen zu machen. Doch als sie starben, geschah zweierlei: Erstens war das Gleichgewicht gestört, und zweitens erkannten wir, daß die Russen das Gleichgewicht nicht gestört hätten, wären sie sich nicht klar darüber gewesen, daß eine Kolonie von Kindern unserer Art eher eine Belastung ist als ein Vorteil. Das biologische Gebot ist nicht zu leugnen. Die Russen folgten ihm aus politischen Motiven, die Eskimos aus primitivem Instinkt, doch das Resultat ist das gleiche. Für euch hingegen wird es schwieriger sein. In Rußland dient der einzelne dem Staat; wer sich über den Staat erhebt, ist ein Verräter. Verräter, seien es einzelne oder Gruppen, müssen vernichtet werden. In diesem Fall deckte sich also das biologische mit dem politischen Gebot. Daß eine Anzahl Unschuldiger auch vernichtet wurde, nun, das war nicht zu umgehen; es ist die Pflicht jedes einzelnen, dem Staat zu dienen und, wenn nötig, für ihn zu sterben. Anders hier. Es ist hier nicht nur so, daß euer Selbsterhaltungstrieb von Konventionen überlagert ist, sondern bei euch herrscht noch dazu die äußerst unbequeme Idee, daß der Staat dem einzelnen zu dienen habe. Aus diesem Grund werdet ihr euch nicht von dem Gedanken freimachen können, daß auch wir sogenannte Rechte haben. Den ersten Gefahrenpunkt haben wir bereits hinter uns. Das war, als ihr von der russischen Aktion gegen die Kinder hörtet. Ein entschlossener Mann hätte hier rasch einen ‚Unfall' arrangieren können. Euch gefiel es, uns zu verstecken, und uns gefiel es, versteckt zu werden, dabei hätte ein Unfall ohne Schwierigkeiten in Szene gesetzt werden können. Die Chance jedoch habt ihr ungenutzt vorübergehen lassen. Die Leute im Krankenhaus von Trayne haben bestimmt von uns gesprochen, und Neuigkeiten verbreiten sich schnell. Wie also wollt ihr uns liquidieren?"

Bernard schüttelte den Kopf. „Hört mal", sagte er, „wie wär's, wenn wir die Sache mal von einem etwas zivilisierteren Standpunkt aus betrachten? Schließlich ist dies ein zivilisiertes Land und bekannt für seine Kunst, Kompromisse zu finden. Ich bin überzeugt, wir könnten zu einer Verständigung kommen. Die Geschichte zeigt, daß wir Minderheiten gegenüber toleranter sind als andere."

Diesmal antwortete das Mädchen. „Dies ist kein Zivilisationsproblem. Es ist primitiv", sagte sie. „Können wir uns behaupten, werden wir euch beherrschen, das steht fest. Wollt ihr euch kampflos ergeben? Das glaube ich nicht; dazu seid ihr nicht dekadent genug. Und dann: Kann ein Staat, so tolerant er auch ist, es sich leisten, eine immer mächtiger werdende Minderheit zu beherbergen, über die er keine Macht hat? Wieder kann nur ein Nein die Antwort sein. Was also werdet ihr tun? Solange ihr darüber nachdenkt, sind wir relativ sicher. Die Primitiveren unter euch, die Massen, werden sich von ihrem Instinkt leiten lassen und versuchen, uns zu vernichten – siehe gestern abend. Die Liberaleren, Verantwortungsbewußteren und Religiösen werden sich um die ethische Seite Sorgen machen. Und die wahren Idealisten werden gegen jedes drastische Durchgreifen protestieren. Eure konservative Regierung wird sich nur widerwillig zu drastischen Maßnahmen gegen uns bequemen, während die Politiker der Linken in uns eine Chance für ihre Partei und den Sturz der Regierung sehen werden. Die letzteren werden unsere Rechte als Minderheit und besonders als Kinder verfechten und behaupten, Gerechtigkeit, Mitgefühl und das gute Herz des Volkes zu vertreten. Dann wird es einigen aufgehen, daß sie es tatsächlich mit einem ernsten Problem zu tun haben und daß sich bei einer erzwungenen Wahl zwischen den Befürwortern der offiziellen Parteipolitik des guten Herzens und denjenigen, deren Mißtrauen gegen uns ausgeprägt ist, eine Spaltung geben muß. Das Zurschaustellen allgemeiner Rechtschaffenheit und das Anpreisen wohlerprobter Tugenden wird also nachlassen."

„Ihr haltet offenbar nicht allzuviel von unseren Institutionen", warf Bernard ein.

Das Mädchen zuckte die Achseln. „Als unbestritten überlegene Spezies konntet ihr es euch ja leisten, den Sinn für Realität verkümmern zu lassen und euch im Abstrakten zu verlieren", erwiderte sie. „Während nun diese Leute sich streiten, wird vielen von ihnen allmählich klarwerden, daß eine Auseinandersetzung mit einer höher entwickelten Spezies eine heikle Sache ist und mit der Zeit immer unmöglicher wird. Vielleicht werden ein paar Versuche gemacht, uns aus dem Weg zu räumen, doch gestern abend haben wir euch ja gezeigt, was geschieht, wenn Soldaten gegen uns eingesetzt werden. Flugzeuge werden wir abstürzen lassen. Sicher, gegen Geschosse, wie sie von den Russen verwendet wurden, sind wir machtlos. Doch die würden nicht nur uns, sondern auch alle anderen Dorfbewohner vernichten. Eine solche Aktion erfordert bei euch nicht nur endlose Beratungen, sie wäre auch das Verderben einer jeden Regierung, die ein Massaker an Unschuldigen aus reiner Zweckmäßigkeit gutheißt. Und nicht nur das, die Mitglieder dieser Regierung könnten gelyncht werden."

Sie hielt inne, und nun nahm der Junge den Faden wieder auf. „Nun, die Einzelheiten mögen variieren, aber eine ähnliche Entwicklung ist unvermeidlich, wenn die Gefahr, die unsere Existenz darstellt, öffentlich bekannt wird. Es mag sogar eine Zeit geben, in der ironischerweise die Parteien darum kämpfen, nicht zu regieren, nur, um nichts gegen uns unternehmen zu müssen." Er schwieg und blickte nachdenklich über die Felder. Dann fuhr er fort: „So, das wär's. Weder eure noch unsere Wünsche zählen in dieser Angelegenheit; wir sind nur Spielbälle der Macht, die sich Leben nennt. Sie hat euch zahlenmäßig stark, aber geistig unterentwickelt geschaffen; uns hingegen hat sie geistig stark und physisch schwach gemacht. Jetzt hat sie uns gegeneinandergestellt und wartet ab, was geschieht. Ein grausames Spiel, gewiß, aber Grausamkeit ist so alt wie das Leben selbst. Nur einen Fortschritt gibt es, die wichtigsten Errungenschaften der Menschheit: Humor und Mitleid. Doch beide sind noch nicht tief genug verwurzelt, obgleich die Aussichten nicht schlecht stehen." Wieder machte er eine Pause und lächelte. „Klingt so recht nach Zellaby, unserem ersten Lehrer, nicht wahr?" Dann fuhr er ernster fort: „Aber die Macht ‚Leben' ist viel stärker als wir und läßt sich ihr blutiges Spiel nicht verbieten. Dennoch halten wir es für möglich, das letzte, ernste Stadium des Kampfes wenigstens hinauszuschieben. Und deswegen wollen wir mit Ihnen sprechen ..."

20

„Dies", sagte Zellaby vorwurfsvoll zu dem goldäugigen Mädchen, das am Wegrand auf dem Ast eines Baumes hockte, „ist eine höchst ungehörige Einschränkung meiner Bewegungsfreiheit. Ihr wißt genau, daß ich täglich einen Nachmittagsspaziergang mache und immer zum Tee zurück bin. Tyrannei kann leicht zur schlechten Angewohnheit werden. Außerdem habt ihr ja meine Frau als Geisel."

Das Kind schien sich das zu überlegen und schob eine dicke Pfefferminzkugel in die linke Backentasche.

„Na schön, Mr. Zellaby", stimmte es zu.

Zellaby setzte einen Fuß vor. Ungehindert passierte er die unsichtbare Barriere, die ihn vorher aufgehalten hatte.

„Danke, mein Kind", sagte er mit einem höflichen Neigen des Kopfes. „Kommen Sie, Gayford."

Wir schlenderten weiter, in den Wald hinein. Hinter uns blieb die Wegwache lässig auf ihrem Ast sitzen, schlenkerte mit den Beinen und lutschte ihre Pfefferminzkugel.

„Ein hochinteressanter Punkt bei diesem Problem – die Grenze zwischen Einzelwesen und Kollektiv", bemerkte Zellaby. „Sie zu bestimmen ist mir tatsächlich nur sehr ungenügend gelungen. Der Genuß, den dieses Kind beim Lutschen des Bonbons empfindet, ist zweifellos individuell, das ist anders kaum möglich; doch die Erlaubnis zum Weitergehen bekamen wir, ebenso wie das Verbot, vom Kollektiv. Da nun aber der Geist ein gemeinsamer ist, wie ist das mit den Eindrücken, die sie empfangen? Genießen die anderen Kinder mit diesem Mädchen zusammen das Pfefferminzbonbon? Anscheinend doch nicht. Trotzdem aber müssen sie Kenntnis haben davon und vielleicht auch von dem Geschmack. Ähnlich ist es, wenn ich ihnen meine Filme vorführe oder Vorträge halte. Theoretisch genügen zwei, die mir zuhören, um allen den Stoff zu vermitteln, in der Praxis jedoch habe ich jedesmal, wenn ich zum Meierhof gehe, ein volles Haus. Anscheinend geht bei der Übertragung visueller Eindrücke etwas verloren, denn sie ziehen es offenbar vor, die Filme mit eigenen Augen zu sehen. Sie sprechen nicht gern darüber, doch es scheint, daß das individuelle Erlebnis beim Betrachten der Bilder für sie befriedigender ist als, sagen wir mal, der individuelle Genuß einer Pfefferminzkugel. Dieser Gedankengang zieht eine ganze Kette von weiteren Fragen nach sich."

Und eine halbe Stunde lang lauschte ich einer Erörterung dieser Fragen, der ich allerdings nur unvollkommen zu folgen vermochte.

Inzwischen hatte uns unser Weg im Halbkreis auf die Oppley-Straße geführt. Kurz vor dem Dorfeingang tauchte aus der Hickham Lane eine in Gedanken versunkene Gestalt auf und bog vor uns auf die Straße ein. Mit einem Zuruf holte Zellaby Bernard in die Wirklichkeit zurück. Er blieb stehen und wartete auf uns.

„Sie machen nicht den Eindruck, als habe Torrance Ihnen viel helfen können", bemerkte Zellaby.

„Bis zu Dr. Torrance bin ich gar nicht gekommen", bekannte Bernard. „Und jetzt hat es auch keinen Zweck mehr, ihn zu belästigen. Ich habe mich eben lange mit zweien der Kinder unterhalten."

„Nicht mit zweien", korrigierte ihn Zellaby höflich. „Man spricht mit *dem* Jungen oder mit *dem* Mädchen oder mit beiden."

„Gut, ich akzeptiere Ihre Korrektur. Ich habe mit allen Kindern gesprochen – wenigstens glaube ich das, obgleich ich eine starke Zellabysche Färbung im Konversationsstil beider zu bemerken glaubte."

Zellabys Ausdruck verriet Genugtuung. „Angesichts dessen, daß wir uns zueinander verhalten wie der Löwe zum Lamm, war unser Verhältnis immer erstaunlich gut", bemerkte er. „Es ist erfreulich für mich, erzieherisch gewirkt zu haben. Wie sind Sie mit ihnen ausgekommen?"

„Ich glaube, ‚ausgekommen' ist nicht das richtige Wort", meinte Bernard. „Ich wurde informiert, belehrt und instruiert. Und dann wurde ich beauftragt, ein Ultimatum zu überbringen."

„Ach! Und wem, bitte?" fragte Zellaby.

„Ich bin nicht ganz sicher. Demjenigen, nehme ich an, der ihnen eine Flugmöglichkeit verschaffen kann."

Zellaby zog die Brauen in die Höhe. „Wohin denn?"

„Das haben sie nicht gesagt. Dahin, nehme ich an, wo sie ungestört ihre Entwicklung abschließen können." Und er gab uns eine Kurzfassung von den Argumenten der Kinder.

„Es läuft also im Grunde darauf hinaus", faßte er zusammen, „daß ihre Existenz in ihren Augen eine Herausforderung für die Obrigkeit darstellt, die diese nicht mehr lange ignorieren kann. Doch jede Regierung, die versucht, sie zu eliminieren, wird sich, ob sie Erfolg damit hat oder nicht, immense politische Unannehmlichkeiten einhandeln. Die Kinder selbst haben nicht den Wunsch, anzugreifen oder sich verteidigen zu müssen ..."

„Natürlich nicht", murmelte Zellaby. „Denen kommt es im Augenblick nur darauf an zu überleben, um später herrschen zu können."

„... und daher ist es im Interesse aller, wenn man ihnen die Möglichkeit gibt, sich zurückzuziehen."

„Das wäre ein echter Triumph für die Kinder", kommentierte Zellaby und versank in Nachdenken.

„Ich finde das recht leichtsinnig", sagte ich. „Alle schön beieinander in einem Flugzeug ..."

„Du glaubst ja wohl nicht, daß sie daran nicht gedacht hätten! Die haben sich alle Einzelheiten genauestens überlegt. Sie verlangen mehrere Maschinen. Sie verlangen Leute, die die Maschinen auf Defekte, Zeitbomben und ähnliche Scherze untersuchen. Sie verlangen Fallschirme, von denen einige getestet werden sollen. Und sie verlangen vieles mehr. Die haben die Konsequenzen aus der Gizhinsk-Affäre weit schneller und gründlicher erfaßt als unsere Leute hier."

„Hm", machte ich. „Ich beneide dich wirklich nicht um die Aufgabe, einen derartigen Vorschlag an die zuständigen Stellen weiterzuleiten. Wie lautet übrigens die Alternative?"

Bernard schüttelte den Kopf. „Es gibt keine. Vielleicht war Ultimatum nicht der richtige Ausdruck. Verlangen wäre wohl besser. Ich sagte den Kindern, daß ich wenig Hoffnung hätte, jemanden zu finden, der sich das ernsthaft anhört. Sie meinten, sie zögen es vor, zunächst diesen Weg zu probieren; es gäbe weniger Schwierigkeiten, wenn die Sache in aller Stille über die Bühne gehe. Für den Fall, daß ich nicht damit durchkomme – und das ist ziemlich wahrscheinlich –, schlagen sie vor, mich zu zweit beim nächsten Versuch zu begleiten. Nach dem, was wir mit dem Polizeipräsidenten erlebt haben, ist das keine angenehme Aussicht. Sie werden bei einer Instanz nach der anderen ihren Zwang anwenden, bis zur höchsten, wenn nötig. Was soll sie daran hindern?"

Zellaby tauchte aus seinen Gedanken auf. „Das war natürlich zu erwarten", sagte er. „Aber nicht jetzt, nicht so bald. Und wenn die Russen die Dinge nicht beschleunigt hätten, wäre es bestimmt auch jetzt noch nicht gekommen. Auch die Kinder, glaube ich, waren noch nicht darauf vorbereitet, und darum wollen sie an einen Ort gebracht werden, wo sie ungestört ihre Entwicklung beenden können. Wir haben da ein hübsches moralisches Dilemma am Hals. Auf der einen Seite haben wir uns und unserer Kultur gegenüber die Pflicht, die Kinder zu liquidieren, denn es ist klar, daß wir sonst völlig von ihnen beherrscht werden und ihre Kultur, wie sie auch geartet sein mag, die unsere erstickt. Auf der anderen Seite ist es gerade unsere Kultur, auf Grund derer wir Skrupel haben, eine unbewaffnete Minderheit rücksichtslos auszurotten, ganz zu schweigen von den praktischen Hindernissen, die einer solchen Lösung entgegenstehen. Und drittens – mein Gott, wie kompliziert ist das alles! – zeugt das Abschieben des Problems, das die Kinder ja darstellen, von einem recht fragwürdigen

Begriff von Moral. Ja, da sehnt man sich wirklich nach tentakelbehafteten Marsmonstern, denn dies ist eine Situation, für die keine moralisch vertretbare Lösung existiert."

Bernard und ich lauschten schweigend. Dann fühlte ich mich veranlaßt zu sagen: „Für mich klingt das wie eine jener meisterhaften Zusammenfassungen, die seit eh und je die Philosophen auf unwegsames Gelände geführt haben."

„Aber nein!" wehrte Zellaby ab. „In einer Zwickmühle wie dieser bleibt immer noch die Möglichkeit, zum Besten der Mehrheit zu handeln. Ergo müßten die Kinder unbedingt mit den geringstmöglichen Kosten zum schnellstmöglichen Zeitpunkt eliminiert werden. Bedauerlich, daß ich zu keinem anderen Schluß gelangen kann. In den neun Jahren sind sie mir ziemlich ans Herz gewachsen, und entgegen der Ansicht meiner Frau glaube ich behaupten zu können, daß ich einer Freundschaft mit ihnen doch recht nahegekommen bin, jedenfalls im Rahmen der gegebenen Situation."

Wieder ließ er eine längere Pause eintreten und schüttelte den Kopf. „Es ist wirklich die einzige Möglichkeit", wiederholte er. „Aber natürlich werden sich die Behörden nicht dazu überwinden können – wofür ich im Grund dankbar bin, denn ich sehe keinen Weg, wie sie es tun könnten, ohne uns alle mit zu beseitigen." Er blieb stehen und betrachtete das Dorf, das ruhig in der Nachmittagssonne dalag. „Ich werde alt und lebe sowieso nicht mehr lange. Aber ich habe eine junge Frau und einen Sohn und möchte, daß die so lange wie möglich am Leben bleiben. Nein, die Behörden werden Einwände geltend machen; doch wenn die Kinder fortwollen, werden sie gehen. Die Humanität wird über das biologische Gebot triumphieren – würden Sie das Redlichkeit nennen oder Dekadenz? Doch die Gefahr wird aufgeschoben. Wie lange? Wer kann das sagen ..."

In Kyle Manor wartete schon der Tee auf uns, doch nach einer Tasse erhob sich Bernard und verabschiedete sich von den Zellabys. „Ich werde doch nicht mehr erfahren, wenn ich noch bleibe", meinte er. „Und je eher ich das Verlangen der Kinder meinen ungläubigen Vorgesetzten unterbreite, desto schneller kommen die Dinge in Gang. Mr. Zellaby, Sie haben zweifellos recht mit Ihren Argumenten, was die Behörden betrifft, doch ich für meinen Teil werde alles tun, um die Kinder so rasch wie möglich aus dem Land zu schaffen. Ich habe in meinem Leben schon so manch Unerfreuliches gesehen, aber noch niemals eine so eindringliche Warnung wie die Demütigung des Polizeipräsidenten. Ich werde Sie selbstverständlich auf dem laufenden halten."

Er sah mich an. „Kommst du mit, Richard?"

Ich zögerte. Janet war noch in Schottland und sollte erst in zwei Tagen zurückkommen.

In London erwartete mich nichts, und ich fand das Problem der Midwich-Kinder faszinierender als alles, was mir dort geboten werden konnte. Angela bemerkte mein Zögern.

„Bleiben Sie doch, wenn Sie Lust haben", bot sie mir an. „Ich glaube, Gordon und mir tut jetzt ein wenig Gesellschaft gut."

Ich war sicher, daß sie es ernst meinte, und nahm ihr Angebot an.

„Schließlich wissen wir nicht, ob du als Kurier einen Begleiter mitnehmen darfst", sagte ich zu Bernard. „Wenn ich mitkomme, werde ich vermutlich feststellen, daß ich noch unter dem Bann stehe."

„Ach ja, dieser alberne Bann", meinte Zellaby. „Ich muß tatsächlich einmal ernsthaft mit den Kindern darüber sprechen. Eine recht absurde, rein von Panik diktierte Maßnahme."

Wir begleiteten Bernard zur Tür und sahen ihm nach, wie er winkend die Auffahrt hinunterfuhr und verschwand.

„Ja, ein Triumph für die Kinder", sagte Zellaby noch einmal, als der Wagen in die Straße einbog. „Und ein wohldurchdachter Plan ... Aber was wird später ...?" Er zuckte die Achseln und schüttelte den Kopf.

21

„LIEBES", sagte Zellaby über den Frühstückstisch hinweg zu seiner Frau, „falls du heute nach Trayne fährst, würdest du mir eine große Dose Pfefferminzkugeln mitbringen?"

Angela, die gerade mit dem Toaster beschäftigt war, wandte ihre Aufmerksamkeit ihrem Gatten zu. „Aber Schatz", widersprach sie, gar nicht besonders zärtlich, „erstens wirst du dich erinnern, daß von einer Fahrt nach Trayne gar nicht die Rede sein kann, und zweitens habe ich nicht die Absicht, die Kinder mit Süßigkeiten zu versorgen. Und außerdem, falls das bedeuten sollte, daß du heute abend im Meierhof Filme vorführen willst, melde ich schärfsten Protest an."

„Der Bann ist aufgehoben", erklärte Zellaby. „Ich habe ihnen gestern abend erklärt, daß das nun wirklich eine recht dumme und unüberlegte Maßnahme war. Von einer allgemeinen Flucht würden sie sofort hören, und sei es durch Miß Lamb oder Miß Ogle, und es ist ebenso wirkungsvoll, das halbe Dorf als Geisel zu nehmen wie das ganze. Außerdem habe ich ihnen angedroht, meinen Vortrag über die Ägäis heute abend abzusagen, wenn die Hälfte von ihnen weiterhin die Straßen und Wege unsicher macht."

„Und sie sind tatsächlich darauf eingegangen?" fragte Angela.

„Natürlich. Sie sind doch nicht dumm. Vernünftigen Argumenten sind sie durchaus zugänglich."

„Ach nein! Nach allem, was wir erlebt haben ..."

„Doch, wirklich", widersprach Zellaby. „Wenn sie nervös oder verschreckt sind, machen sie Dummheiten, aber machen wir das nicht alle? Und weil sie jung sind, übertreiben sie vieles, aber tun das nicht alle jungen Menschen? Wären wir nicht alle nervös, wenn wir damit rechnen müßten, daß uns dasselbe widerfahren könnte wie den Kindern von Gizhinsk?"

„Gordon, ich verstehe dich nicht", sagte seine Frau. „Diese Kinder haben sechs Menschenleben auf dem Gewissen, viele andere Leute haben sie schwer verletzt. Und jederzeit kann einem von uns das gleiche passieren. Und du willst sie trotzdem in Schutz nehmen?"

„Aber keineswegs, Liebes. Ich versuche nur zu erklären, daß sie Fehler wie wir alle machen, wenn sie Angst haben. Eines Tages werden sie mit uns um ihr Leben kämpfen müssen; das wissen sie, und aus Nervosität haben sie den Fehler gemacht zu glauben, dieser Zeitpunkt sei jetzt gekommen."

„Dann sollen wir jetzt also sagen: ‚Tut uns leid, daß ihr aus Versehen sechs Menschen getötet habt. Schwamm drüber'?"

„Was sonst? Willst du sie dir lieber zum Gegner machen?"

„Unsinn, natürlich nicht. Aber wenn, wie du sagst, das Gesetz ihnen nichts anhaben kann, folgt daraus noch lange nicht, daß wir so tun müssen, als wäre nichts geschehen. Schließlich gibt es ja auch noch menschliche Sanktionen."

„Ich wäre da vorsichtig, Liebes. Wir haben gerade gesehen, daß der Besitz der Macht alle anderen Maßnahmen zunichte macht."

Angela sah ihren Mann verständnislos an. „Aber Gordon, ich verstehe dich einfach nicht", wiederholte sie noch einmal. „Wir denken in so vielen Dingen gleich, wir haben dieselben Prinzipien – aber jetzt komme ich nicht mehr mit. Wir können doch nicht einfach ignorieren, was geschehen ist! Das wäre genauso, als würden wir es gutheißen."

„Du und ich, Liebes, wir messen mit verschiedenem Maß. Du urteilst nach menschlichen Maßstäben und siehst ein Verbrechen. Ich betrachte es als naturgegebenen Daseinskampf und sehe kein Verbrechen darin, sondern eine elementare Gefahr." Der Ton, in dem er dies sagte, war so anders als sonst, daß wir ihn beide erschrocken anstarrten. Zum erstenmal sah ich einen anderen Zellaby, jünger als der alte, sprachversessene Wortspinner, einen Zellaby, wie er hier und da in seinen Werken zu spüren war. Doch sogleich verfiel er wieder in seinen gewohnten Stil. „Das kluge Lamm reizt den Löwen nicht", sagte er. „Es besänftigt ihn, sucht Zeit zu gewinnen und hofft das Beste. Die Kinder mögen Pfefferminzkugeln und erwarten, daß ich sie ihnen bringe."

Sein und Angelas Blick trafen sich. Ich sah deutlich, wie aus dem ihren der verwirrte, gekränkte Zug schwand und Raum machte für ein so tiefes Vertrauen, daß es mich verlegen machte.

Zellaby wandte sich an mich. „Leider bin ich sehr beschäftigt heute morgen, mein Lieber", erklärte er. „Vielleicht feiern Sie die Aufhebung der Belagerung, indem Sie meine Frau nach Trayne begleiten?"

KURZ vor dem Mittagessen waren wir wieder in Kyle Manor, und ich fand Zellaby in einem Sessel auf den Steinplatten vor der Veranda. Er hörte mich nicht kommen, und als ich ihn sah, fiel mir auf, wie er sich verändert hatte.

Beim Frühstück hatten wir einen jüngeren, stärkeren Mann als gewöhnlich gesehen; nun wirkte er alt und müde, älter, als ich ihn je geschätzt hatte. Wie er dasaß, den Blick in endlose Ferne gerichtet, während die sanfte Brise in seinem seidenweichen weißen Haar spielte, schien er abgeklärt wie sonst nur die ganz Alten.

Dann trat ich auf ein Steinchen, und mit dessen Geräusch änderte sich sogleich sein Ausdruck, und das Gesicht, das er mir zuwandte, war wieder das des alten Zellaby, den ich seit Jahren kannte.

Ich setzte mich in einen Stuhl neben ihn und stellte die große Dose Pfefferminzkugeln auf die Steinplatten. Sekundenlang ließ er den Blick darauf ruhen.

„Gut“, stellte er fest. „Die mögen sie. Schließlich sind es doch Kinder, trotz allem.“

„Zellaby“, sagte ich, „es geht mich ja nichts an, aber halten Sie es wirklich für richtig, heute abend dorthin zu gehen? Es herrscht doch offene Feindschaft zwischen uns und den Kindern. Sie müssen den Verdacht hegen, daß etwas gegen sie unternommen wird. Sie selber sagten, daß sie nervös waren. Nun, dann sind sie sicher immer noch nervös und somit gefährlich.“

Zellaby schüttelte den Kopf. „Nicht für mich, mein Freund. Ich habe sie unterrichtet, lange ehe die Behörden auf den Plan traten, und habe das die ganzen Jahre hindurch fortgesetzt. Ich will nicht sagen, daß ich sie verstehe, aber ich glaube, ich kenne sie besser als jeder andere. Das wichtigste ist, daß sie mir vertrauen ...“ Er versank in Schweigen und sah zu, wie sich die Pappeln im Wind wiegten.

„Vertrauen ...“, begann er, da kam Angela mit einer Sherryflasche und Gläsern aus dem Haus, und er brach ab und fragte, was man in Trayne zu uns gesagt habe.

Beim Essen war er ungewöhnlich still, und später verzog er sich in sein Studierzimmer.

Nachmittags unternahm er seinen üblichen Spaziergang, von dem er zum Tee zurückkam. Er riet mir, gut zu essen, da an den Abenden, an denen er den Kindern Vorträge halte, nur eine leichte Mahlzeit serviert werde.

Ohne große Hoffnung fragte Angela: „Liebster, mußt du denn wirklich gehen? Deine Filme haben sie doch schon alle gesehen und den über die Ägäis bestimmt schon zweimal. Kannst du's denn nicht verschieben und später einen Leihfilm zeigen, den sie noch nicht kennen?“

„Aber es ist ein guter Film, Liebes, so gut, daß man ihn ohne weiteres mehrmals sehen kann“, erklärte Zellaby leicht gekränkt. „Außerdem behandle ich jedesmal ein anderes Thema dabei. Die griechischen Inseln bieten eine Fülle von Gesprächsstoffen.“

Um halb sieben begannen wir, die Gerätschaften in den Wagen zu laden. Es waren zahllose Kisten und Kästen mit Projektor, Verstärker, Lautsprecher, Filmspulen, Tonbandgerät, und alle waren ziemlich schwer. Als wir zu guter Letzt auch noch das Standmikrofon verstaut hatten, sah es eher aus, als gehe er auf eine Safari als zu einem Vortrag.

Zellaby selbst hatte ein Auge auf alles, inspizierte, zählte, legte schließlich selbst noch die Dose Pfefferminzkugeln obendrauf und war schließlich zufrieden. Er wandte sich an Angela.

„Ich habe Gayford gebeten, mich hinzufahren und mir beim Abladen zu helfen", sagte er. „Mach dir keine Sorgen." Er zog sie an sich und küßte sie.

„Gordon ...", begann sie. „Gordon ..."

Den linken Arm um sie gelegt, streichelte er ihr mit der Rechten die Wange und sah ihr ernst in die Augen. Mit liebevollem Vorwurf schüttelte er den Kopf.

„Aber, Gordon, ich habe Angst vor den Kindern ... Wenn sie nun ...?"

„Du brauchst keine Angst zu haben, Liebes. Ich weiß, was ich tue", beruhigte er sie.

Dann wandte er sich ab und stieg in den Wagen. Wir fuhren davon, während Angela auf der Treppe stand und uns traurig nachblickte.

NICHT ohne Mißtrauen fuhr ich vor das Portal des Meierhofes, doch nichts war da, was mein Mißtrauen gerechtfertigt hätte.

Alles schien normal; sogar die Spuren der Schlägerei von vor zwei Tagen waren beseitigt.

Unsere Ankunft war nicht unbemerkt geblieben. Noch ehe ich ausgestiegen war, wurde die Haustür aufgerissen, und mehr als ein Dutzend Kinder kam herausgestürzt und umringte aufgeregt den Wagen. Mit begeistertem: „Hallo, Mr. Zellaby!" hatten sie im Nu die rückwärtige Tür geöffnet und begannen auszuladen.

Zwei der Jungen reichten die Gegenstände weiter, und schon liefen zwei Mädchen mit Mikrofon und Filmleinwand die Treppe hinauf, und ein drittes trug mit Triumphgeheul die Dose mit den Pfefferminzkugeln ins Haus.

„Hoppla", sagte Zellaby besorgt, als sie zu den schwereren Kästen kamen. „Seid ein bißchen vorsichtig. Das sind empfindliche Instrumente!"

Ein Junge grinste ihn an, hob eine der schwarzen Kisten mit übertriebener Vorsicht heraus und reichte sie weiter. Es war überhaupt nichts Geheimnisvolles mehr an den Kindern, es sei denn ihre verwirrende Ähnlichkeit.

Zum erstenmal seit meiner Rückkehr nach Midwich sah ich sie

wirklich als Kinder. Unmöglich, in ihnen eine Gefahr zu erblicken. Das konnten nicht dieselben Kinder sein, die den Polizeipräsidenten so gedemütigt hatten. Und es schien unmöglich zu glauben, daß diese Kinder hier ein Ultimatum gestellt hatten, das an die höchsten Instanzen weitergeleitet wurde.

„Ich hoffe, die Beteiligung ist gut", sagte Zellaby.

„O ja, Mr. Zellaby", versicherte einer der Jungen. „Alle sind da, außer Wilfred natürlich. Der liegt noch auf der Krankenstation."

„Ach ja. Wie geht's ihm denn?" fragte Zellaby.

„Sein Rücken tut noch weh, aber die Schrotkugeln sind alle raus. Und der Doktor sagt, er wird bald wieder gesund", berichtete der Junge.

Jetzt wurde der letzte Kasten ausgeladen. Ich erinnerte mich, daß er schon im Wagen gewesen war, als wir einpackten. Er war offensichtlich schwer; zwei Jungen trugen ihn zwischen sich. Zellaby sah ihnen besorgt nach, dann wandte er sich mir zu.

„Vielen Dank für Ihre Hilfe", sagte er verabschiedend.

Ich war enttäuscht.

Diese neue Seite der Kinder faszinierte mich; ich wäre gern geblieben und hätte sie beobachtet, während sie alle entspannt und richtige Kinder waren. Zellaby erriet meine Gedanken.

„Ich würde Sie gern bitten hierzubleiben", erklärte er, „aber ich muß bekennen, daß ich mir heute abend große Sorgen um Angela mache. Sie hat immer Angst vor den Kindern gehabt, und die letzten Tage haben sie mehr mitgenommen, als sie zugeben will. Es ist bestimmt besser, wenn sie heute abend nicht allein bleibt, und ich hatte eigentlich gehofft, daß Sie, mein Lieber ... Es wäre sehr nett von Ihnen ..."

„Aber selbstverständlich", beeilte ich mich zu versichern. „Wie unüberlegt von mir! Mit dem größten Vergnügen." Was blieb mir anderes übrig?

Er lächelte und streckte mir die Hand hin. „Ausgezeichnet. Ich bin Ihnen sehr dankbar, mein Freund. Ich weiß, ich kann mich auf Sie verlassen."

Dann wandte er sich an die drei, vier Kinder, die noch herumstanden, und lächelte sie an. „Die anderen werden schon warten", sagte er. „Geh voraus, Priscilla!"

„Ich bin Helen, Mr. Zellaby", berichtigte sie ihn in aller Freundlichkeit.

„Ach so. Na, macht nichts. Kommt, Kinder." Zusammen stiegen sie die Treppe hinauf.

Ich fuhr gemächlich zurück. Vor der Haustür von Kyle Manor wendete ich den Wagen, damit er startbereit war, wenn ich Zellaby nachher wieder abholen würde.

Im Wohnzimmer saß Angela vor den offenen Verandatüren. Im Radio spielte ein Haydn-Quartett. Als ich eintrat, wandte sie mir ihr Gesicht zu, und als ich ihr Gesicht sah, war ich froh, daß Zellaby mich gebeten hatte zurückzufahren.

„Sie haben ihn begeistert empfangen", sagte ich als Antwort auf ihre stumme Frage. „Nach allem, was ich gesehen habe, konnte man sie für eine Schar ganz normaler Schulkinder halten. Zweifellos hat er recht, wenn er sagt, daß sie ihm vertrauen."

„Möglich", erwiderte sie. „Aber ich traue ihnen nicht. Nicht mehr, seit sie ihre Mütter gezwungen haben, hierher zurückzukommen. Bis sie Jim Pawle umgebracht haben, habe ich mein Mißtrauen unterdrücken können, doch seitdem habe ich Angst vor ihnen. Gott sei Dank, daß ich Michael sofort weggeschickt habe ... Man weiß doch nie, was sie im nächsten Augenblick aushecken werden. Selbst Gordon gibt zu, daß sie nervös und schreckhaft sind. Es ist Leichtsinn hierzubleiben, wo unser Leben von einem zufälligen Angst- oder Wutanfall der Kinder abhängt. Glauben Sie etwa, daß einer von denen da oben Colonel Westcotts ‚Ultimatum' ernst nimmt? Ich nicht. Und das bedeutet, daß die Kinder etwas tun müssen, das nicht übersehen werden kann; sie müssen die Mächtigen, die Dickköpfigen und Uneinsichtigen überzeugen, und Gott weiß, wie sie das anstellen werden. Nach allem, was bis jetzt geschehen ist, habe ich einfach Angst, schreckliche Angst ... Denen ist es doch gleich, was aus uns wird ..."

„Aber es hätte doch keinen Sinn, diese Demonstration ihrer Macht hier vorzuführen", versuchte ich sie zu beruhigen. „Das muß dort geschehen, wo es zählt. Dafür müssen sie mit Bernard nach London gehen, wie sie es ja auch angedroht haben. Wenn sie ein paar von den Regierungsleuten so behandeln, wie sie den Polizeipräsidenten behandelt haben ..."

Ein greller Lichtschein, fast wie ein Blitz, schnitt mir das Wort ab, und das Haus begann heftig zu beben.

„Was ist ...?“ Weiter kam ich nicht. Der Luftdruck, der durch die offenen Fenster hereinfegte, warf mich fast um. Dann kam der Knall, eine riesige, wirbelnde, schmetternde Explosionswelle, und das Haus schien über uns zusammenzustürzen.

Dem betäubenden Krach folgte das Klirren und Bersten fallender Gegenstände, und dann war es totenstill.

Ohne zu wissen, warum, rannte ich an Angela, die zusammengekauert in ihrem Sessel hockte, vorbei, durch die offenen Verandatüren auf den Rasen hinaus. Der Himmel war voller Blätter, die von den Bäumen gerissen waren.

Ich wandte mich um und sah zurück auf das Haus. Alle Westfenster starrten mich aus leeren Höhlen an, keine Scheibe war heil geblieben. Ich drehte mich wieder um und sah zwischen und über den Bäumen ein weißrotes Glühen. Ich brauchte nicht zu überlegen, was es bedeutete!

Ich lief zurück ins Wohnzimmer, doch Angela war fort, ihr Sessel leer. Ich rief nach ihr, doch es kam keine Antwort.

Endlich fand ich sie. Sie war in Zellabys Studierzimmer. Der ganze Boden war bedeckt mit Glassplittern. Ein Vorhang war losgerissen worden und hing halb über dem Sofa. Angela selbst saß in Zellabys Arbeitssessel und hatte den Oberkörper über den Schreibtisch gebeugt, den Kopf auf die bloßen Arme gelegt. Sie rührte sich nicht, als ich hereinkam.

Das Öffnen der Tür erzeugte einen Luftzug, der ein Stück Papier vom Schreibtisch auf den Boden wehte.

Ich hob es auf. Es war ein Brief in Zellabys steiler Handschrift. Ich brauchte ihn nicht zu lesen.

Mir war alles klargeworden, als ich das rötlichweiße Glühen vom Meierhof her gesehen und mich im selben Moment an die schweren Kästen erinnert hatte, die angeblich das Tonbandgerät und die anderen Apparaturen enthielten. Außerdem war ich nicht befugt, den Brief zu lesen. Doch als ich ihn wieder neben die stumme Angela auf den Schreibtisch legte, fiel mein Blick auf ein paar aufschlußreiche Zeilen:

„... wird Dir bestätigen, daß es nur noch Wochen, höchstens Monate dauern kann. Also nicht bitter werden, mein Liebling ...

Was meinen Entschluß angeht: Wir haben so lange in einem sorgfältig gepflegten Garten gelebt, daß wir darüber das Gesetz der Wildnis vergessen haben. Es heißt: ‚Si fueris Romae, Romani vivito more', und das mit Recht. Doch man kann dasselbe noch gültiger ausdrükken, wenn man sagt: Willst du in der Wildnis leben, so lebe nach dem Gesetz der Wildnis ..."

– ENDE –

John Wyndham

Der 1903 im englischen Warwickshire geborene John Wyndham versuchte sich nach dem Besuch des College in so verschiedenen Berufsfeldern wie Landwirtschaft, Grafik, Werbung und Verwaltung, wandte sich aber schon 1925 nebenberuflich der Schriftstellerei zu. Sechs Jahre später verkaufte er seine erste Science-fiction-Kurzgeschichte an ein bekanntes Fachmagazin, und bis zum II. Weltkrieg veröffentlichte er drei Romane unter verschiedenen Pseudonymen.

Nach seinem Militärdienst nahm Wyndham die Tätigkeit als SF-Autor wieder auf und schrieb in der Folgezeit jene Romane, die ihn wirklich bekannt machten und ihm seinen Platz unter den erstklassigen englischen Kollegen wie Arthur C. Clarke, Brian W. Aldiss oder H. G. Wells – als dessen würdiger Nachfolger er gefeiert wurde – sicherten. Berühmt wurde vor allem sein Roman „Die Triffids", in dem der Großteil der Erdbevölkerung durch einen Meteoritenschauer erblindet und von mutierten Pflanzen bedroht wird. Aber auch die späteren Romane des Autors, „Wenn der Krake erwacht", „Wem gehört die Erde?" und „Es geschah am Tage X", trugen zu Wyndhams Ruf als hervorragendem Schriftsteller dieses Genres bei. Das Erfolgsrezept des 1969 verstorbenen Autors bestand darin, daß er traditionelle Themen der SF – wie Invasionen oder Katastrophen – in anspruchsvoller und zugleich spannender Form variierte. Wenn er etwa auf mögliche Fehlentwicklungen hinwies, die aus Umwelt- oder Naturmißbrauch resultierten, oder anhand von Ausnahmesituationen die Strukturen menschlicher Gemeinschaften durchleuchtete, so verband er dies stets mit einer abenteuerlichen oder unterschwellig Grusel erzeugenden Handlung.

Auch Regisseure ließen sich von Wyndhams Ideen inspirieren: „Die Triffids" und „Es geschah am Tage X" wurden als Filme bekannt. Letzterer gelangte unter dem Titel „Das Dorf der Verdammten" in die Kinos und löste in der Fachwelt ein zwiespältiges Echo aus: Während seine Kritiker dem Film vorwarfen, er sei „abstoßender als viele Vorgänger", lobten seine Befürworter, es handle sich um eine „außergewöhnlich gelungene Adaptation von Wyndhams SF-Klassiker".

Die vergessene Welt

von SIR ARTHUR
CONAN DOYLE

Ins Deutsche übertragen
von Werner Engel

Titelillustration:
W. Francis Phillipps

wfrancis phillipps

1

Mr. Hungerton, ihr Vater, war wirklich der taktloseste Mensch auf Erden. Er erinnerte mich an einen Kakadu – ungepflegt, gutartig und ausschließlich auf sein eigenes einfältiges Ich bedacht. Wenn überhaupt etwas mich von Gladys hätte abbringen können, dann wäre es der Gedanke an einen solchen Schwiegervater gewesen. Ich bin überzeugt, daß er glaubte, ich käme seiner sympathischen Gesellschaft wegen dreimal in der Woche nach Chestnuts; und vor allem, um mir seine Ausführungen über Goldlegierungen anzuhören – ein Gebiet, auf dem er eine Art Kapazität war.

An jenem Abend lauschte ich wieder eine Stunde oder noch länger seinem eintönigen Gezwitscher über die Verdrängung guten Geldes durch schlechtes, über den symbolischen Wert des Silbers und über die wahren Wechselkurse.

„Stellen Sie sich vor", rief er mit schwachbrüstiger Heftigkeit, „daß alle Schulden der Welt gleichzeitig gekündigt würden und unverzüglich bezahlt werden müßten. Was würde dann wohl unter den augenblicklichen Verhältnissen passieren?"

Ich gab die naheliegende Antwort, daß ich ruiniert wäre, worauf er aus seinem Stuhl aufsprang, mich tadelte wegen meiner leichtfertigen Art, die es ihm unmöglich mache, in meiner Gegenwart über ein vernünftiges Thema zu sprechen. Dann schoß er zur Tür hinaus, um sich für eine Versammlung umzukleiden.

Endlich war ich mit Gladys allein, und der entscheidende Augenblick war gekommen! Während des ganzen Abends hatte ich mich wie ein Soldat gefühlt, der das Signal zu einem verzweifelten Unternehmen erwartet, schwankend zwischen Siegeshoffnung und Furcht vor der Niederlage.

Ihr stolzes, zartes Profil hob sich klar von dem roten Vorhang ab. Wie schön sie war! Und wie unnahbar! Wir verstanden uns gut, sehr gut sogar; aber ich hatte es nie hinausgebracht über die Art von Kameradschaft, die ich auch bei einem meiner Reporter-Kollegen von der „Gazette“ hätte finden können – ein vollkommen freies, sehr freundliches und völlig neutrales Verhältnis. Ich mag es nicht, wenn eine Frau mir gegenüber zu offen und unbefangen bleibt. Es ist kein Kompliment für einen Mann. Das wahre Gefühl, so glaube ich wenigstens, wird von Schüchternheit und Zurückhaltung begleitet.

Gladys besaß alle weiblichen Vorzüge. Einige nannten sie kalt; aber die leicht bräunliche Haut, in ihrer Färbung fast orientalisch, das rabenschwarze Haar, die großen feuchten Augen, diese vollen und doch zarten Lippen – alles sprach für größte Leidenschaftlichkeit. Doch ich mußte betrübt feststellen, daß ich das Geheimnis, dieses Gefühl zu erwecken, bisher noch nicht entdeckt hatte. Heute abend würde ich mit der Ungewißheit Schluß machen und klare Verhältnisse schaffen. Schließlich konnte sie mir nur einen Korb geben, und ein abgewiesener Verehrer ist besser als ein geduldeter Bruder. So weit war ich in meinen Gedanken gekommen, und eben wollte ich das lange, unbehagliche Schweigen brechen, als zwei dunkle Augen mich prüfend betrachteten und Gladys lächelnd ihr Haupt schüttelte.

„Ich habe das Gefühl, daß Sie mir einen Heiratsantrag machen wollen, Ned. Tun Sie's lieber nicht; denn so ist alles viel schöner.“

Ich zog meinen Stuhl näher heran. „Wie konnten Sie denn nur wissen, daß ich Ihnen einen Antrag machen wollte?“ fragte ich erstaunt.

„Glauben Sie, es gäbe eine Frau auf Erden, die auf eine solche Erklärung nicht vorbereitet wäre? Aber, ach – Ned, unsere Freundschaft ist so schön und angenehm.“

„Wissen Sie, Gladys, frei und ungezwungen kann ich auch reden mit – dem Stationsvorsteher.“ Weiß der Himmel, woher mir dieser würdige Beamte in den Sinn kam; aber da war er nun und brachte uns beide zum Lachen. „Damit bin ich aber nicht zufrieden. Ich möchte Sie in den Armen halten und ... Ach, Gladys, ich möchte ...“ Sie war aufgesprungen, da ich Anstalten machte, einige meiner Wünsche zu verwirklichen.

„Jetzt haben Sie alles verdorben, Ned“, sagte sie. „Es ist so lange schön und natürlich, bis dann diese Geschichte kommt. Zu schade! Warum können Sie sich denn nicht beherrschen?“

„Ich hab das ja nicht erfunden“, verteidigte ich mich. „Liebe ist doch nichts Unnatürliches!“

„Mag ja anders sein, wenn es beide trifft. Ich hab aber noch nie geliebt."

„Aber Sie müssen doch – Sie mit all Ihrer Schönheit, Ihrer Seele! O Gladys, Sie sind für die Liebe geschaffen! Sie müssen lieben!"

„Man muß darauf warten können."

„Aber warum wollen Sie mich denn nicht lieben, Gladys? Stört Sie mein Äußeres? Oder etwas anderes?"

Sie streckte ihre Hand aus und beugte sich etwas vor – es war eine graziöse, herablassende Haltung – und faßte mich unters Kinn. Dann blickte sie mir mit einem undurchsichtigen Lächeln ins Gesicht. „Nein, das nicht", sagte sie endlich. „Es sitzt tiefer."

„Mein Charakter?"

Sie nickte streng.

„Was kann ich tun, um mich zu bessern? Aber setzen Sie sich doch wieder, und erklären Sie es mir. Nein, es kommt nicht wieder vor; bitte, setzen Sie sich wieder!"

Sie sah mich mißtrauisch an, und das bedeutete mir viel mehr als ihr früheres rückhaltloses Vertrauen. Sie setzte sich jedenfalls.

„Und nun erzählen Sie mir, was für Fehler ich habe."

„Ich liebe einen anderen Mann", sagte sie.

Diesmal war *ich* mit dem Aufspringen an der Reihe.

„Es ist kein bestimmter Mann", erklärte sie und mußte über mein Gesicht lachen, „nur ein Ideal. Bisher bin ich ihm noch nicht begegnet."

„Erzählen Sie mir von ihm. Wie sieht er aus?"

„Oh, er könnte Ihnen sehr ähnlich sein."

„Wie nett, daß Sie das sagen! Aber weiter: Was macht er besser als ich? Sie brauchen mir nur ein Stichwort zu geben, Gladys – Abstinenzler, Flieger, Theosoph, Übermensch –, und ich will gern alles versuchen."

Sie mußte über meinen offenbar recht wandlungsfähigen Charakter lachen. „Also, zunächst glaube ich bestimmt nicht, daß mein Ideal solche Reden führen würde", sagte sie. „Er wäre ein harter, strenger Mann, der sich nicht jeder Laune eines dummen Mädchens fügt. Vor allem aber müßte er ein Mann der Tat sein und dem Tod ohne Furcht ins Auge blicken können – ein Mann, der große Leistungen und einzigartige Erlebnisse aufzuweisen hat!"

In ihrer Begeisterung sah sie so bezaubernd aus, daß ich fast vom hohen Gipfel unseres Gesprächs gestürzt wäre. Ich nahm mich gerade noch rechtzeitig zusammen.

„Wir können nicht alle Helden sein", sagte ich. „Außerdem gibt es dazu keine Gelegenheit – ich jedenfalls hatte noch keine. Sonst würde ich versuchen, sie zu nutzen."

„Aber es gibt überall Gelegenheiten. Der Mann, den ich meine, verschafft sich selbst seine Chancen. Rund um uns warten Heldentaten darauf, vollbracht zu werden. Erinnern Sie sich an diesen jungen Franzosen, der letzte Woche mit dem Ballon aufstieg? Ein Sturm kam auf. Aber der junge Mann bestand auf seinem Start, weil er ihn angekündigt hatte. Der Wind trug ihn fünfzehnhundert Meilen weit, in vierundzwanzig Stunden. Und er ist mitten in Rußland abgestürzt. Das war ein Mann von der Art, die ich meine. Stellen Sie sich die Frau vor, die er liebte. Bedenken Sie, wie andere Frauen sie beneiden müssen! Und das wünsche ich mir – ich will um meinen Mann beneidet werden."

„Um Ihnen zu gefallen, hätte ich das auch gemacht."

„Aber Sie sollen es ja nicht nur tun, um mir zu gefallen! Sie müßten so handeln, weil Sie gar nicht anders könnten. Zum Beispiel haben Sie doch im vergangenen Monat in der ‚Daily Gazette' über die Grubenexplosion bei Wigan berichtet – hätten Sie denn da nicht trotz aller giftigen Gase selbst hinuntersteigen und den Leuten helfen können?"

„Habe ich ja auch gemacht."

„Davon haben Sie aber nichts erzählt."

„Es war ja auch nichts Besonderes."

„Ich weiß nicht." Sie betrachtete mich mit erheblich größerem Interesse. „Das war tapfer von Ihnen."

„Ich mußte ja. Wenn man seine Artikel gut verkaufen will, muß man selbst an die Dinge herangehen."

„Was für ein prosaisches Motiv! Damit zerstören Sie die ganze Romantik. Aber immerhin, was für einen Grund Sie auch hatten, ich freue mich, daß Sie in diesem Stollen waren." Sie gab mir ihre Hand. Ich beugte mich darüber und küßte sie. „Ich weiß genau, daß ich nur ein dummes Mädchen mit kindlicher Phantasie bin. Doch wenn ich einmal heirate, dann will ich nur einen berühmten Mann nehmen."

„Warum sollten Sie auch nicht?" rief ich. „Frauen wie Sie lassen Männer über sich selbst hinauswachsen. Geben Sie mir eine Chance!

Wie Sie sagen, Männer sollten sich ihre Gelegenheiten selbst schaffen und nicht warten, bis sie sich bieten. Clive zum Beispiel war nur ein einfacher Buchhalter, und er hat Indien erobert. Bei Gott! Ich werde noch etwas in der Welt zustande bringen!"

Sie lachte über meinen plötzlichen Ausbruch. „Warum auch nicht?" sagte sie. „Sie besitzen alles, was ein Mann braucht – Jugend, Kraft, gute Erziehung, Energie. Zuerst tat es mir leid, daß Sie sich erklärt haben. Und nun bin ich froh darüber – so froh, weil es diese Gedanken in Ihnen erwecken konnte."

„Und wenn ich's schaffe ..."

Ihre Hand legte sich wie warmer Samt über meine Lippen. „Kein Wort weiter, mein Herr. Sie müßten schon seit einer halben Stunde beim Spätdienst in Ihrem Büro sitzen; ich mochte Sie nur nicht daran erinnern. Vielleicht werden wir eines Tages wieder darüber sprechen."

So kam es, daß mein Herz glühte, während ich an diesem nebligen Novemberabend hinter der Straßenbahn herlief, fest entschlossen, daß nicht ein Tag mehr verstreichen durfte, ohne daß ich eine Heldentat vollbrachte.

Aber wer hätte damals wohl voraussagen können, was für eine unglaubliche Form diese Tat annehmen sollte oder auf welch sonderbare Art ich an sie herangeführt würde?

2

McArdle, der stellvertretende Chefredakteur, nickte mir zu, als ich eintrat, und schob die Brille hoch auf seine kahle Stirn. „Na, Mr. Malone, soviel ich höre, machen Sie sich ganz gut", sagte er in seiner gemütlichen schottischen Mundart. Ich bedankte mich.

„Die Grubenexplosion war hervorragend. Sie haben die richtige Art, so etwas anzupacken. Mir kommt da ein Gedanke. Wie wäre es denn, wenn Sie einen Betrüger – einen modernen Münchhausen – entlarvten und lächerlich machten? Wie gefällt Ihnen das?"

„Mir ist alles recht."

McArdle saß für ein paar Minuten in tiefem Brüten da. „Ich überlege, ob Sie wohl im Guten mit dem Burschen auskommen oder wenigstens mit ihm sprechen könnten", sagte er schließlich. „Sie haben anscheinend eine Begabung, mit den Menschen Kontakt zu bekommen. Warum sollten Sie also nicht einmal Ihr Glück bei Professor Challenger in Enmore Park versuchen?"

Ich muß zugeben, daß ich leicht zusammenfuhr.

„Challenger!" rief ich. „Professor Challenger, der berühmte Zoologe! Ist das nicht der Mann, der Blondell vom ‚Telegraph' eines über den Schädel geschlagen hat?"

Der Redakteur lächelte grimmig.

„Schreckt Sie das ab?"

„Das gehört alles mit zum Geschäft, Sir", antwortete ich.

„So ist es. Ich nehme nicht an, daß er immer so gewalttätig ist. Blondell ist ihm zur unrechten Zeit in die Quere gekommen. Vielleicht haben Sie mehr Glück oder können ihn mit mehr Takt behandeln. Ich bin jedenfalls sicher, daß das auf Ihrem Gebiet liegt, und die ‚Gazette' sollte sich dieser Sache annehmen."

„Eigentlich weiß ich gar nichts über ihn", sagte ich. „Ich habe seinen Namen zum erstenmal in Verbindung mit der Gerichtsverhandlung wegen der Sache mit Blondell gehört."

„Ich kann Ihnen ein paar Notizen zu Ihrer Information geben, Mr. Malone. Ich habe den Professor schon seit einiger Zeit im Auge behalten." Er kramte ein Blatt aus seiner Schublade. „Hier ist sein Lebenslauf in groben Umrissen: Challenger, George Edward.

Geboren: Langs, N. B., 1863.

Ausbildung: Gymnasium, Universität Edinburgh. 1892 Assistent am Britischen Museum, dort 1893 stellvertretender Leiter der Abteilung für vergleichende Anthropologie. Im gleichen Jahr nach schwerer Auseinandersetzung zurückgetreten. Gewinner der Craystonmedaille für Zoologische Forschung. Auswärtiges Mitglied von Société Belge, American Academy of Sciences, La Plata etc. etc. Expräsident der Paläontologischen Gesellschaft, Sektion H. Britische Gesellschaft und so weiter.

Veröffentlichungen: ‚Beobachtungen an einer Reihe von Kalmükkenschädeln'; ‚Grundzüge der Entwicklung der Vertebraten' sowie zahlreiche Aufsätze, darunter ‚Der grundlegende Irrtum des Weismannismus', hierdurch hitzige Diskussion auf dem Zoologenkongreß in Wien ausgelöst. Freizeitbeschäftigung: Spaziergänge, Bergsteigen.

Adresse: Enmore Park, Kensington.

Hier, nehmen Sie das mit. Das wäre alles für heute abend."

Ich steckte das Blatt ein. „Mir ist nur noch nicht ganz klar, warum ich diesen Herrn interviewen soll. Was hat er denn angestellt?"

„Machte sich vor zwei Jahren allein zu einer Expedition nach Südamerika auf. Kam im vergangenen Jahr zurück. War inzwischen zweifellos in Südamerika, wollte aber keine genaue Ortsangabe machen. Fing an, seine Erlebnisse andeutungsweise zu berichten. Aber irgend jemand begann näher zu sondieren, und er verschloß sich wie eine Auster. Entweder ist etwas ganz Wunderbares passiert, oder der Mann ist ein Erzlügner, was mir wahrscheinlicher vorkommt. Zeigte ein paar beschädigte Fotografien, die gefälscht sein sollen. Ist so empfindlich geworden, daß er auf jeden losgeht, der Fragen stellt, und Reporter die Treppe hinunterschmeißt. Nach meiner Meinung ist er weiter nichts als ein gemeingefährlicher Größenwahnsinniger mit enormer wissenschaftlicher Begabung. Das ist Ihr Mann, Mr. Malone. Und jetzt – wünsche ich Ihnen viel Spaß mit ihm. Sie sind groß genug, um selbst auf sich aufzupassen. Und außerdem sind Sie für jeden Fall versichert, Sie wissen ja – die gesetzliche Haftung des Arbeitgebers ..." Er grinste breit, und die Audienz war beendet.

Ich ging hinüber zum Savage-Club, betrat ihn jedoch nicht gleich, sondern lehnte mich an das Geländer der Terrasse und sah in Gedanken versunken eine geraume Zeit auf den braunen, trägen Fluß hinaus. In frischer Luft kann ich am klarsten und vernünftigsten nachdenken. Ich zog die Liste von Professor Challengers wissenschaftlichen Werken aus der Tasche und las sie im Schein der Bogenlaterne noch einmal durch. Und dann kam mir eine Eingebung. Nach allem, was ich gehört hatte, stand fest, daß ich als Journalist niemals hoffen durfte, von diesem streitbaren Professor vorgelassen zu werden. Aber die Auseinandersetzungen, die in seiner kurzgefaßten Vita zweimal erwähnt wurden, zeigten, daß er in seiner Wissenschaft ein Fanatiker sein mußte. War das nicht die schwache Stelle, an der man ihn packen konnte? Ich wollte es versuchen.

Ich trat in den Club ein. Es war kurz nach elf, und der Salon war schon ziemlich voll. Ein großer, hagerer, knochiger Mann saß im Sessel vor dem Kamin und drehte sich zu mir herum, als ich einen Stuhl neben ihn schob. Das war genau der Mann, den ich jetzt brauchte – Tarp Henry, Mitarbeiter der Zeitschrift „Nature". Ich fiel gleich mit der Tür ins Haus.

„Was wissen Sie von Professor Challenger?"

„Challenger?“ Er zog die Stirn mißbilligend in Falten. „Challenger ist doch der Mann, der mit einem Lügenmärchen aus Südamerika zurückkam.“

„Mit was für einem Märchen?“

„Ach, lauter blanker Unsinn über seltsame Tiere, die er entdeckt haben wollte. Ich glaube, er hat alles wieder zurückgenommen. Jedenfalls folgten keine weiteren Angaben mehr. Nachdem er Reuter ein Interview gewährt hatte, gab es ein solches Geschrei, daß er einsehen mußte, er würde damit nicht durchkommen. Ein oder zwei Leute waren wohl bereit, ihn ernst zu nehmen. Aber er war zu keinem Gespräch bereit.“

„Was wissen Sie sonst noch über Challenger?“

„Nun, ich bin Bakteriologe. Ich lebe zu zurückgezogen, um mich um Skandalgeschichten zu kümmern. Trotzdem habe ich auf wissenschaftlichen Tagungen einiges über Challenger gehört; denn er ist ein Mann, den man einfach nicht übersehen kann. Er ist außerordentlich klug – bis obenhin geladen mit Energie und Vitalität, aber ein zänkischer, übellauniger Monomane, und obendrein gewissenlos. Er ist nicht einmal davor zurückgeschreckt, in dieser südamerikanischen Geschichte Fotografien zu fälschen.“

„Sie nennen ihn einen Monomanen. Was hat er denn für eine fixe Idee?“

„Davon hat er an die tausend; aber die letzte hat etwas mit Weismann und der Entwicklungslehre zu tun. Ich glaube, er hatte deshalb in Wien einen fürchterlichen Auftritt.“

„Können Sie mir nicht erzählen, worum es dabei ging?“

„Im Augenblick nicht; aber es existiert eine Übersetzung des Protokolls. Wir haben sie in unserem Büro abgeheftet. Wenn Sie mit hinüberkommen wollen?“

„Und ob ich will. Ich soll den Kerl interviewen, und dafür muß ich irgendwie an ihn herankommen. Es ist sehr nett, daß Sie mir dabei behilflich sein wollen. Wenn es Ihnen nicht zu spät ist, gehe ich gern mit.“

Eine halbe Stunde später hockte ich im Archiv der Zeitschrift vor einem riesigen Wälzer und studierte den Artikel „Weismann kontra Darwin“ mit der Überschrift „Lebhafter Protest in Wien. Heftige Diskussionen“. Bei meiner leider etwas vernachlässigten wissenschaftlichen Ausbildung konnte ich den Ausführungen nicht im einzelnen folgen; aber es war klar ersichtlich, daß der englische Professor seinen Standpunkt äußerst aggressiv vorgetragen und seine Kollegen vom Kontinent erheblich verärgert hatte. „Einspruch", „Tumult" und „Allgemeiner Protest" waren die ersten Kommentare, die mir sofort ins Auge fielen. Im übrigen jedoch hätte das Ganze auch ebensogut auf chinesisch geschrieben sein können nach allem, was ich damit anfangen konnte.

„Wenn ich nur einen einzigen gut verständlichen Satz entdecken könnte, dann wäre mir schon geholfen", seufzte ich. „Doch halt! Der hier dürfte genügen. Ich glaube ihn sogar ganz verschwommen begreifen zu können. Ich will ihn mir abschreiben. Er soll meine Brücke zu diesem fürchterlichen Professor sein."

„Kann ich Ihnen sonst noch unter die Arme greifen?"

„Ja; ich will ihm schreiben. Wenn ich den Brief hier abfassen und Ihre Adresse angeben dürfte, wäre mir sehr geholfen."

„Und wir haben den Kerl am nächsten Tag hier, und er schlägt unser ganzes Inventar kurz und klein."

„Nein, nein. Ich zeige Ihnen den Brief natürlich – nichts Anstößiges, das verspreche ich Ihnen."

„Gut, hier ist mein Schreibtisch. Papier finden Sie dort. Ich möchte den Brief aber noch sehen, bevor er hinausgeht."

Es war gar nicht so einfach; aber als ich ihn fertig hatte, konnte ich mir zu einem guten Stück Arbeit gratulieren. Stolz las ich den Brief dem kritischen Bakteriologen vor.

> Sehr geehrter Herr Professor,
> als bescheidener Student der Naturwissenschaften habe ich Ihre Betrachtungen über den Unterschied zwischen Darwin und Weismann stets mit größtem Interesse verfolgt. Kürzlich hatte ich Gelegenheit, mein Gedächtnis bei der neuerlichen Lektüre Ihres meisterhaften Vortrages in Wien aufzufrischen. Mit dieser bewundernswerten Darlegung dürfte in dieser Angelegenheit das letzte Wort gesprochen sein. Darin ist allerdings ein Satz enthalten, den ich mir hier zu zitieren erlaube. Nämlich: „Ich protestiere scharf gegen die unerträgliche und völlig dogmatische Behauptung, daß jedes einzelne *Id* ein Mikrokosmos sei, begabt mit eigener historischer Struktur, die sich allmählich in der Generationenfolge entwickelt habe." Möchten Sie nicht vielleicht doch im Hinblick auf die zukünftige Forschung diese Aussage etwas abschwächen?
>
> Wenn Sie gestatten, möchte ich Sie um das Vergnügen einer Unterredung bitten, da dieser Punkt mich sehr beschäftigt und ich hierzu gewisse Vor-

schläge machen könnte, die ich nur im persönlichen Gespräch näher definieren kann. Mit Ihrer Erlaubnis hoffe ich die Ehre zu haben, übermorgen (Mittwoch) um elf Uhr vormittags bei Ihnen vorzusprechen.

Mit dem Ausdruck meiner vorzüglichen Hochachtung bin ich Ihr sehr ergebener

Edward D. Malone

„Na, wie finden Sie das?" fragte ich triumphierend.

„Wenn Sie das mit Ihrem Gewissen vereinbaren können", sagte Tarp Henry.

„Das hat mir bisher noch keine Schwierigkeiten bereitet."

„Aber was haben Sie überhaupt vor?"

„An ihn heranzukommen. Wenn ich erst einmal dort bin, wird mir schon etwas einfallen. Ich könnte sogar ein offenes Geständnis ablegen. Wenn er Sportgeist hat, wird es ihn belustigen."

3

Die Befürchtungen – oder Hoffnungen – meines Freundes sollten sich nicht bestätigen. Als ich am Mittwoch bei ihm eintraf, lag dort ein in West Kensington abgestempelter Brief, der meine Adresse in einer Handschrift trug, die wie ein Stacheldrahtverhau aussah. Der Inhalt lautete:

Werter Herr,

Ihr Schreiben habe ich erhalten. Sie bekennen sich darin zu meinem Standpunkt, obwohl meine Ansichten einer Unterstützung weder durch Sie noch sonst jemand bedürfen. Im Zusammenhang mit meiner Feststellung haben Sie das Wort „Betrachtungen" benutzt, und ich muß Sie darauf aufmerksam machen, daß dieses Wort in solcher Verbindung etwas Beleidigendes hat. Der übrige Inhalt läßt mich jedoch annehmen, daß Sie nicht aus Bosheit, sondern eher infolge Ignoranz fehlgingen, und so will ich darüber hinwegsehen. Sie haben einen Satz aus meinem Vortrag angeführt und scheinen einige Schwierigkeit zu haben, ihn zu begreifen. Man sollte meinen, daß jedes halbwegs menschliche Gehirn die Pointe verstehen kann. Wenn aber wirklich noch weitere Erklärungen nötig sind, will ich Sie zu der angegebenen Stunde empfangen, obwohl Besuche jeder Art mir äußerst zuwider sind. Was Ihren Vorschlag betrifft, ich könnte meine Formulierung abschwächen, so möchte ich Ihnen gleich mitteilen, daß ich so etwas nicht zu tun pflege, nachdem ich meine ausgereiften Erkenntnisse einmal klar ausgedrückt habe.

Wenn Sie kommen, wollen Sie diesen Umschlag meinem Diener Austin zeigen, da er Anweisung hat, mich mit allen Mitteln vor jenen zudringlichen Strolchen zu bewahren, die sich „Journalisten" nennen.

Hochachtungsvoll
George Edward Challenger

Als ich die Nachricht erhielt, war es fast halb elf. Aber ein Taxi brachte mich noch rechtzeitig an meinen Bestimmungsort. Der Wagen hielt vor einem imposanten Haus mit Säulengang. Die schweren Vorhänge an den Fenstern ließen vermuten, daß dieser furchtbare Professor erheblichen Reichtum besaß.

Ein merkwürdiger, dunkelhäutiger Mensch von unbestimmbarem Alter, in dunkler Lederjacke und braunen Gamaschenstiefeln, öffnete die Tür. Er musterte mich von Kopf bis Fuß mit kritischen blauen Augen.

„Angemeldet?"

Ich nickte.

„Wo ist Ihr Brief?" Ich zog den Umschlag aus der Tasche.

„In Ordnung." Er war anscheinend kein Freund von vielen Worten. Als ich ihm den Korridor entlang folgte, wurde ich plötzlich von einer zierlichen Frau aufgehalten, die aus der Eßzimmertür trat. Sie war eine liebenswürdige, lebhafte, dunkeläugige Dame von eher französischem als englischem Typ.

„Einen Augenblick, bitte", sagte sie. „Austin, Sie können warten. Treten Sie bitte ein, Sir. Darf ich fragen, ob Sie meinen Mann schon kennen?"

„Nein, Madam, ich hatte noch nicht die Ehre."

„Dann bitte ich im voraus für ihn um Entschuldigung. Ich muß Sie darauf vorbereiten, daß er ein ganz unmöglicher Mensch ist – absolut unmöglich. Wenn Sie darüber Bescheid wissen, wird es Ihnen leichter fallen, Zugeständnisse zu machen."

„Das ist sehr liebenswürdig von Ihnen, Madam."

„Wenn er gewalttätig werden will, verlassen Sie sofort sein Zimmer. Lassen Sie sich auf keinen Streit mit ihm ein. Ich will doch nicht hoffen, daß Sie mit ihm über Südamerika sprechen wollen?"

Einer Dame gegenüber konnte ich nicht lügen.

„Du lieber Himmel! Das ist sein gefährlichstes Thema. Sie werden ihm kein Wort glauben – das weiß ich jetzt schon. Aber das dürfen Sie ihn ja nicht merken lassen; sonst wird er sehr jähzornig. Wenn Sie tun, als ob Sie ihm glaubten, werden Sie heil wieder herauskommen. Vergessen Sie nicht, daß er es selbst alles glaubt. Es hat nie einen ehrlicheren Menschen als ihn gegeben. So, jetzt darf ich Sie aber nicht länger aufhalten, sonst schöpft er Verdacht. Falls Sie merken, daß er gefährlich wird – dann läuten Sie und versuchen, ihn aufzuhalten, bis ich komme. Bisher habe ich ihn auch bei den schlimmsten Ausbrüchen noch immer besänftigen können."

Mit diesen ermutigenden Worten übergab die Dame mich wieder dem schweigsamen Austin, der während unserer ganzen Unterredung wie ein Bronzestandbild der Diskretion neben uns gestanden hatte, und er führte mich zum Ende des Korridors. Er klopfte an die Tür, von innen erscholl ein Stiergebrüll, und ich stand dem Professor gegenüber.

Er saß auf einem Drehstuhl hinter einem breiten Tisch, der mit Büchern, Landkarten und Diagrammen vollgepackt war. Als ich eintrat, wirbelte er mit seinem Sitz herum, um mich anzusehen. Seine Erscheinung nahm mir den Atem. Ich war ja auf einiges gefaßt gewesen, aber nicht auf eine derart überwältigende Persönlichkeit. Sein Körperbau, seine Wucht und furchteinflößende Erscheinung waren einmalig. Er hatte einen enormen Kopf und ein Gesicht und einen Bart, die mich an einen assyrischen Bullen erinnerten; das erstere gerötet, der letztere so schwarz, daß er fast blau wirkte, spatenförmig und wellig bis zur Brust reichend. Sein Haar trug er eigenartig, vorn in einer langen, gebogenen Locke über seine massive Stirn geklebt. Die Augen, blaugrau, unter großen und schwarzen Büscheln, blickten sehr klar, sehr kritisch und sehr gebieterisch. Sonst sah man oberhalb des Tisches nur noch seine weit ausladenden Schultern und einen Brustkorb wie ein Faß sowie zwei riesige, mit langen schwarzen Haaren bedeckte Hände. Dies alles und eine gewaltige Donnerstimme waren mein erster Eindruck von dem berüchtigten Professor Challenger.

„Na", sagte er und starrte mich herausfordernd an. „Was gibt's?"

„Sie waren so freundlich, mich herzubestellen, Sir", sagte ich und hielt ihm seinen Umschlag hin. Er nahm meinen Brief und breitete ihn vor sich aus.

„Dann sind Sie also dieser junge Mensch, der kein Englisch versteht? Wie ich sehe, haben Sie aber die Güte, meine allgemeinen Schlußfolgerungen zu billigen!"

„Vollkommen, Sir – vollkommen!" sagte ich mit größtem Nachdruck.

„Großartig! Das bestärkt mich in meiner Position außerordentlich, nicht wahr? Ihr Alter und Ihre würdige Erscheinung machen Ihre Unterstützung doppelt wertvoll. Na, immerhin sind Sie noch besser als dieser Sauhaufen in Wien, dessen vereintes Geschrei mich nicht mehr beeindruckt als das Gegrunze eines einzelnen britischen Schweins." Dabei starrte er mich – als den gerade anwesenden Vertreter dieser Gattung – an.

„Die müssen sich abscheulich betragen haben", sagte ich.

„Sie dürfen versichert sein, daß ich meine Auseinandersetzungen ganz allein erledigen kann, mein Lieber, und daß ich für Ihre Sympathie überhaupt keine Verwendung habe. So, und nun wollen wir tun, was in unseren Kräften steht, um diesen Besuch abzukürzen; denn er kann Ihnen kaum angenehm sein, für mich aber ist er unsagbar langweilig. Wie Sie mir einreden wollten, haben Sie einige Kommentare zu meiner These zu machen."

Er war von einer so brutalen Direktheit, daß es sehr schwierig war, ihm auszuweichen.

Ich mußte zunächst meine Rolle weiterspielen und eine günstige Eröffnung abwarten.

„Ich bin natürlich nur ein Student", sagte ich mit blödem Lächeln, „kaum mehr als ein ernsthaft Suchender. Immerhin hatte ich den Eindruck, daß Sie in dieser Angelegenheit mit Weismann etwas zu scharf ins Gericht gegangen sind. Haben denn nicht die allgemeinen Forschungen inzwischen eine gewisse Tendenz gezeigt, um – seine Position glaubwürdiger zu machen?"

„Welche Forschungen?" Er sprach mit bedrohlicher Ruhe.

„Natürlich bin ich mir voll bewußt, daß es keine gibt, die man als definitiv beweisend bezeichnen kann. Ich wollte nur auf die Richtung der modernen Geisteswelt und den allgemeinen wissenschaftlichen Blickpunkt anspielen, wenn ich es einmal so ausdrücken darf."

Er beugte sich mit ernstem Gesicht vor.

„Ich nehme an, Sie sind sich darüber klar", sagte er, „daß der kraniale Index ein konstanter Faktor ist?"

„Natürlich", sagte ich.

„Und daß die Telegonie noch *sub judice* steht?"

„Selbstverständlich."

„Und daß das Keimplasma sich wesentlich vom parthenogenetischen Ei unterscheidet?“

„Aber ganz gewiß!“ rief ich und berauschte mich an meiner eigenen Kühnheit.

„Und was beweist das?“ fragte er mit sanfter, drängender Stimme.

„Ja, was wohl?“ murmelte ich. „Was beweist es denn?“

„Es beweist“, brüllte er in einem plötzlichen Zornesausbruch, „daß Sie der unverschämteste Betrüger in London sind, ein schändlicher Journalist, der von Wissenschaft ebensowenig Ahnung hat wie von Anstand!“

Er war aufgesprungen, und aus seinen Augen funkelte blinde Wut. Selbst in diesem höchst fatalen Augenblick fand ich noch Zeit für mein Erstaunen darüber, daß er nur von kleiner Statur war. Sein Kopf reichte mir nicht über die Schulter – ein mißgestalteter Herkules, dessen überwältigende Kraft sich allein auf Breite, Tiefe und Hirn ausgewirkt hatte.

„Blödsinn!“ schrie er vornübergebeugt, die Hände auf den Tisch gestützt. „Wissenschaftlichen Blödsinn habe ich Ihnen erzählt! Haben Sie wohl geglaubt, Sie könnten Ihren Verstand mit meinem messen – Sie mit Ihrem Walnuß-Gehirn? Ihr infernalischen Schmierfinken glaubt wohl, ihr seid allmächtig, was? Daß euer Lob einen Mann fördern und euer Tadel ihn vernichten kann? Ihr kriechendes Ungeziefer, ich durchschaue euch! Ihr kennt keine Grenzen mehr. Es ist höchste Zeit, daß man euch die Flügel stutzt! Ich werde euch in eure Schranken weisen. Mit G. E. C. sollt ihr nicht so leicht fertig werden. Ich habe euch gewarnt, und wenn ihr dennoch herkommt, so tut ihr das auf eure Gefahr. Genugtuung, mein lieber Mr. Malone, ich verlange Genugtuung! Sie haben sich auf ein sehr gefährliches Spiel eingelassen, und ich fürchte, Sie haben es verloren!“

„Hören Sie, Sir“, sagte ich und zog mich zur Tür zurück, die ich öffnete, „Sie können mich von mir aus beschimpfen, soviel Sie wollen. Aber es gibt eine klare Grenze. Rühren Sie mich nicht an!“

„Darf ich das nicht?“ Er war langsam und bedrohlich auf mich zugekommen. Aber nun blieb er stehen und steckte seine riesigen Hände in die Seitentaschen seiner kurzen, jugendlich geschnittenen Jacke. „Ein paar von euch habe ich schon hinausgeworfen. Und warum sollten Sie nicht Ihren Kollegen folgen? Ich fürchte, Sie müssen!“ Er kam wieder langsam näher, mit kurzen, tänzelnden Schritten.

Ich hätte ausreißen und zur Haustür rennen können; aber das erschien mir zu würdelos. Außerdem begann jetzt in mir ein gerechter Zorn aufzusteigen. „Ich fordere Sie auf, die Finger von mir zu lassen, Sir. Ich werde es nicht dulden."

„Gütiger Himmel!" Der schwarze Schnurrbart sträubte sich, und ein weißer Eckzahn funkelte in verächtlichem Grinsen. „Sie würden es nicht dulden, wie?"

„Seien Sie kein Narr, Professor", rief ich. „Es ist aussichtslos für Sie! Ich wiege hundertachtzig Pfund, dabei kein Gramm Fett, und spiele seit drei Jahren jeden Sonnabend als Mittelstürmer für die Londoner Iren. Ich bin nicht der Mann ..."

In diesem Moment stürzte er sich auf mich. Es war gut, daß ich die Tür aufgemacht hatte, sonst wären wir hindurchgeflogen. Als unentwirrbares Knäuel rollten wir den Flur entlang. Irgendwo nahmen wir unterwegs einen Stuhl mit. Der aufmerksame Austin hatte die Haustür aufgerissen, und wir nahmen die Eingangsstufen mit einem Rückwärtssalto. Der Stuhl zerbrach auf dem Pflaster zu Kleinholz, und wir rollten einzeln in den Rinnstein. Challenger stand sofort wieder auf den Beinen, schwang die Fäuste und keuchte dabei wie ein Asthmatiker. „Haben Sie genug?" schnaufte er.

„Sie abscheulicher Grobian!" schrie ich und richtete mich mühsam auf.

Wir hätten an Ort und Stelle bis zum bitteren Ende weitergekämpft, aber glücklicherweise wurde ich aus dieser scheußlichen Situation erlöst. Ein Polizist stand neben uns, das Notizbuch aufgeklappt in der Hand.

„Was ist hier los?" wandte er sich an mich. „Was gibt es?"

„Dieser Mann hat mich angegriffen", sagte ich.

„Stimmt das?" fragte der Polizist.

Der Professor atmete schwer und gab keine Antwort.

„Das ist nicht das erste Mal", meinte der Polizist streng und schüttelte den Kopf. „Erst im letzten Monat sind Sie wegen der gleichen Sache bestraft worden. Sie haben diesem jungen Mann ein blaues Auge geschlagen. Wollen Sie ihn anzeigen, Sir?"

Ich hatte mich inzwischen etwas beruhigt.

„Nein", sagte ich, „das will ich nicht. Ich war selbst nicht unschuldig daran. Ich bin bei dem Professor eingedrungen, obwohl er mich gewarnt hatte."

Der Polizist klappte sein Notizbuch zu. „Daß so etwas nicht wieder vorkommt", sagte er. Dann stampfte er ärgerlich die Straße hinunter. Der Professor blickte mich an, und tief in seinen Augen glomm ein Fünkchen Humor.

„Kommen Sie mit!" forderte er mich auf. „Mit Ihnen bin ich noch nicht fertig."

So unheimlich es klang, folgte ich ihm nichtsdestoweniger ins Haus. Der Diener Austin schloß mit steinerner Miene die Tür hinter uns.

Wir betraten denselben Raum, den wir zehn Minuten zuvor so stürmisch verlassen hatten. Der Professor schloß umständlich die Tür hinter uns, deutete auf einen Sessel und hielt mir eine Zigarrenkiste unter die Nase.

„Echte San Juan Colorado", sagte er. „Leicht erregbare Leute wie Sie brauchen Narkotika. Und nun hören Sie aufmerksam alles an, was ich Ihnen zu erzählen habe. Zunächst, was Ihre Rückkehr in mein Haus nach Ihrem äußerst gerechtfertigten Hinauswurf betrifft" – er reckte angriffslustig seinen Bart vor und starrte mich herausfordernd an, als ob er Widerspruch erwartete – „wie gesagt, nach Ihrem wohlverdienten Hinauswurf. Der Grund lag in der Antwort, die Sie diesem zudringlichen Polizisten gaben und in der ich meinte, einen kleinen Funken von Anstand bei Ihnen zu erkennen – mehr jedenfalls, als ich bei Leuten Ihres Berufs gewohnt bin. Aus diesem Grund habe ich Sie wieder hierher gebeten, da ich geneigt war, Ihre nähere Bekanntschaft zu machen. Ihre Asche wollen Sie gefälligst in die kleine japanische Schale tun!"

All dies dröhnte er heraus wie ein Lehrer vor seiner Klasse. Er hatte sich in seinem Drehstuhl mir zugewandt, den Kopf zurückgelegt, die Augen von hochmütigen Lidern halb verdeckt. Jetzt drehte er sich plötzlich zur Seite und wühlte in dem Durcheinander von Papieren auf seinem Schreibtisch. Alsbald wandte er sich wieder mir zu, in der Hand etwas, das aussah wie ein zerfetztes Zeichenheft.

„Ich erzähle Ihnen jetzt von Südamerika", sagte er. „Keine Kommentare, bitte. Zuallererst möchte ich Ihnen zu verstehen geben, daß nichts von dem, was ich Ihnen jetzt mitteile, veröffentlicht werden darf, es sei denn mit meiner ausdrücklichen Erlaubnis. Diese Erlaubnis wird jedoch nach aller menschlichen Voraussicht niemals erteilt werden. Ist das klar?"

„Das ist aber sehr hart“, erwiderte ich. „Sicherlich könnte ein gut überlegter Bericht ...“

„Dann sind wir fertig“, sagte er. „Ich wünsche Ihnen einen schönen guten Morgen.“

„Nein, nein!“ rief ich. „Ich nehme alle Bedingungen an. Ehrenwort.“

Er starrte mich ungeniert und voller Zweifel an. „Aber was weiß ich schon von Ihrer Ehre?“ sagte er.

„Auf mein Wort, Sir!“ rief ich ärgerlich. „Sie erlauben sich eine ganze Menge! Ich bin in meinem Leben noch nicht so beleidigt worden.“

Er reagierte eher interessiert als verärgert auf meinen Ausbruch. „Rundschädelig“, murmelte er. „Brachyzephalisch, grauäugig, schwarzhaarig und angedeutet negroid. Keltisch, stimmt's?“

„Ein Ire.“

„Das erklärt natürlich alles. Also gut; Sie haben mir Ihr Versprechen gegeben, daß mein Vertrauen respektiert wird. Wie ich allerdings gleich sagen möchte, wird dieses Vertrauen bei weitem nicht vollständig sein. Ich bin jedoch bereit, Ihnen ein paar Hinweise zu geben, die Sie interessieren werden. Zunächst einmal dürfte Ihnen ja bekannt sein, daß ich vor zwei Jahren eine Reise nach Südamerika angetreten habe – eine Reise, die in der Geschichte des Kosmos einmal klassisch genannt werden wird. Der ursprüngliche Zweck meiner Reise war, einige Schlußfolgerungen von Wallace und Bates zu überprüfen. Dies konnte nur an Ort und Stelle geschehen. Auch wenn meine Expedition keine sonstigen Ergebnisse erbracht hätte, wäre sie sehr beachtenswert gewesen. Aber als ich dort war, erlebte ich einen merkwürdigen Vorfall, der mir eine ganz andere Forschungsrichtung eröffnete.

Es ist Ihnen bekannt, daß das Gebiet des Amazonas bisher nur teilweise erforscht ist. Meine Aufgabe war, in dieses wenig bekannte Urwaldgebiet zu reisen, um seine Tierwelt zu untersuchen, wodurch ich Material für mehrere Kapitel des großen, umfassenden Zoologiebuches gewann, das einmal die Krönung meines Lebenswerkes sein soll.

Ich befand mich auf der Rückreise, und meine Arbeit war abgeschlossen, als ich Gelegenheit hatte, in einem kleinen Indianerdorf zu übernachten. Das geschah an einer Stelle, an der ein gewisser Nebenfluß – dessen Namen und Lage ich verschweige – in den

Amazonas mündet. Die Eingeborenen waren Cuama-Indianer, eine freundliche, aber etwas degenerierte Rasse. Auf meinem Weg stromaufwärts hatte ich bei ihnen einige Kranke geheilt und sie beträchtlich beeindruckt, so daß ich nicht verwundert war, als sie mich bei meiner Rückkehr schon dringend erwarteten. Ihren Zeichen konnte ich entnehmen, daß jemand dringend meinen medizinischen Beistand brauchte, und so folgte ich dem Häuptling zu einer seiner Hütten.

Als ich eintrat, sah ich, daß der Kranke, zu dem man mich gerufen hatte, soeben gestorben war. Zu meiner Überraschung war es kein Indianer, sondern ein weißer Mann, sogar ein ungewöhnlich weißer Mann: neben flachsblondem Haar bot er auch noch sonstige Merkmale eines Albinos. Er war in Lumpen gekleidet, stark abgemagert und von langen Entbehrungen gezeichnet. Soweit ich den Bericht der Eingeborenen verstehen konnte, kannten sie ihn nicht. Er war allein aus dem Urwald in ihr Dorf gekommen, im Endstadium völliger Erschöpfung.

Der Rucksack des Mannes lag neben seinem Lager, und ich untersuchte den Inhalt. Sein Name stand auf einem Schild an der Innenseite – ‚Maple White, Lake Avenue, Detroit, Michigan'. Vor diesem Namen werde ich stets meinen Hut ziehen.

Aus dem Inhalt des Rucksacks war zu ersehen, daß dieser Mann, ein Künstler, auf der Suche nach Motiven gewesen war. Es fanden sich ein paar ganz alltägliche Bilder von Flußlandschaften, ein Farbkasten, eine Schachtel mit Farbstiften, einige Pinsel, jener Knochen, der dort in meiner Schreibtischschale liegt, ein Buch von Baxter, ‚Falter und Schmetterlinge', ein billiger Revolver und ein paar Patronen. Sonstige persönliche Besitztümer hatte er entweder nicht besessen oder unterwegs verloren.

Ich wollte mich gerade von ihm abwenden, als ich etwas aus seiner zerlumpten Jacke hervorragen sah. Es war sein Skizzenbuch, das schon damals genauso beschädigt war, wie Sie es hier vor sich sehen. Sie dürfen mir ruhig glauben, daß kein Erstdruck von Shakespeare mit größerer Ehrfurcht behandelt werden könnte als diese Reliquie, seit sie in meinen Besitz gelangte. Ich fordere Sie auf, sich den Inhalt Seite für Seite anzusehen."

Er nahm sich eine Zigarre, lehnte sich zurück und verfolgte mit kritischen Augen den Eindruck, den dieses Dokument auf mich machen sollte.

Ich hatte das Buch in der Erwartung aufgeschlagen, darin eine Offenbarung zu finden, obwohl ich keine Vorstellung hatte, welcher Art sie sein könnte. Die erste Seite war jedoch eine Enttäuschung. Sie enthielt nur das Bild eines sehr fetten Mannes in einer gelbgrünen Jacke und darunter die Erklärung „Jimmy Colber auf dem Postdampfer". Es folgten mehrere Seiten voller Skizzen von Indianern. Danach kam das Bild eines vergnügten und korpulenten Geistlichen mit Schlapphut, der einem sehr dünnen Europäer gegenüber saß. Darunter die Beschriftung: „Mittagessen mit Fra Cristofero in Rosario". Studien von Frauen und kleinen Kindern füllten mehrere weitere Seiten, und darauf folgte eine ununterbrochene Reihe von Tierzeichnungen mit Erklärungen wie „Seekuh auf Sandbank", „Schildkröten und ihre Eier", „Schwarzes Ajouti unter Miriti-Palme"; und schließlich kam eine Doppelseite mit Studien von sehr unangenehm aussehenden Reptilien mit langen Schnauzen. Ich wußte nicht, wo ich sie einordnen sollte, und sagte das auch dem Professor.

„Das sollen doch sicher Krokodile sein?"

„Alligatoren! Alligatoren! In ganz Südamerika gibt es kaum so etwas wie ein echtes Krokodil. Der Unterschied zwischen ihnen ..."

„Ich meine, daß ich nichts Außergewöhnliches sehen kann – nichts, was Ihre Andeutungen rechtfertigt."

Er lächelte mild. „Versuchen Sie es mit der nächsten Seite", sagte er.

Ich konnte seine Begeisterung noch immer nicht teilen. Es war eine ganzseitige Skizze, die mit angedeuteten Farben eine Landschaft darstellte. Da war ein blaßgrüner Vordergrund mit gefiederten Tieren. Er stieg steil an und reichte bis zu einer Reihe von Felsen in dunkelroter Farbtönung. Diese waren sonderbar gerippt, wie ich es von einigen Basaltformationen in Erinnerung hatte. Sie erstreckten sich in einer ununterbrochenen Mauer über den ganzen Hintergrund. An einer Stelle stand ein isolierter pyramidenförmiger Felsen mit einem großen Baum auf der Spitze. Er schien durch einen Spalt von der übrigen Felswand getrennt. Eine dünne grüne Linie von Pflanzenwuchs säumte die Oberkante der braunroten Felsen.

„Das ist zweifellos eine sonderbare Landschaft", sagte ich, „aber ich bin geologisch nicht gebildet genug, um sie wundervoll zu finden."

„Wundervoll!" wiederholte er. „Einmalig ist sie. Sie ist unglaublich.

Kein Mensch auf Erden hat je von solch einer Möglichkeit geträumt. Jetzt die nächste Seite!"

Ich blätterte um und schrie überrascht auf. Ich sah ein ganzseitiges Bild des tollsten Ungeheuers, das ich jemals erblickt hatte. Der Kopf glich dem eines Vogels, der Körper dem einer aufgeblähten Eidechse; der lange, nachschleppende Schwanz trug aufwärts gerichtete Stacheln, und der gewölbte Rücken war mit einem hohen, gezackten Kamm besetzt. Vor dieser Kreatur stand ein lächerliches Männchen, ein Zwerg in Menschengestalt, der sie anstarrte.

„Na, wie finden Sie das?" rief der Professor und rieb sich triumphierend die Hände.

„Das ist ungeheuerlich – grotesk."

„Aber was hat ihn veranlaßt, solch ein Tier zu zeichnen?"

„Billiger Gin, nach meiner Meinung."

„Ach, eine bessere Erklärung fällt Ihnen wohl nicht ein, wie?"

„Was haben Sie denn für eine, Sir?"

„Die naheliegende, daß dieses Wesen wirklich existiert, daß er es nach der Natur gezeichnet hat."

Am liebsten hätte ich laut gelacht; aber ich dachte noch rechtzeitig an einen neuen Salto mortale durch die Haustür.

„Ohne Zweifel", sagte ich, wie man einen Verrückten besänftigt, „ohne Zweifel. Ich muß jedoch gestehen, daß diese winzige Menschengestalt mich verwirrt. Wenn es ein Indianer wäre, so könnten wir ihn als Beweis für eine amerikanische Pygmäenrasse ansehen; aber es scheint ein Europäer mit einem Sombrero zu sein."

Der Professor schnaufte wie ein gereizter Stier. „Das ist wirklich die Höhe!" schrie er. „Sie sind einfach unmöglich. Sehen Sie doch her!" Er beugte sich vor und tippte mit einem seiner großen behaarten Wurstfinger auf das Bild. „Sehen Sie sich doch mal die Pflanze hinter dem Tier an; ich glaube, die haben Sie für eine Butterblume oder ein Farnkraut gehalten, was? Das ist eine Elfenbeinpalme, und die werden immerhin um die zwanzig Meter hoch. Begreifen Sie denn nicht, daß der Mann in einer bestimmten Absicht eingezeichnet ist? Wenn er in Wirklichkeit vor dieser Bestie gestanden hätte, könnte er bestimmt nichts mehr aufgezeichnet haben. Er hat sich dazugemalt, um einen Größenmaßstab zu geben. Wir wollen einmal annehmen, er war etwa einen Meter achtzig groß. Der Baum ist etwa zehnmal so groß; das entspricht genau den zu erwartenden Verhältnissen."

„Aber", rief ich, „alle Erfahrungen der Menschheit können doch nicht wegen einer einzigen Skizze beiseite geschoben werden, wegen einer Skizze eines fahrenden Künstlers aus Amerika, der sie im Fieberdelirium gemalt haben mag oder einfach als Erzeugnis einer blühenden Phantasie!"

Statt zu antworten, nahm der Professor ein Buch aus einem Regal. „Dieses ist eine ausgezeichnete Monographie von meinem gelehrten Freund Ray Lankester!" sagte er. „Es enthält eine Illustration, die Sie interessieren dürfte. Ja, hier ist sie! Die Unterschrift dazu heißt: ‚Wahrscheinliches Abbild des Dinosauriers Stegosaurus, Jurazeitalter'. Allein das Hinterbein ist doppelt so hoch wie ein erwachsener Mann. Na, was sagen Sie dazu?"

Er reichte mir das aufgeschlagene Buch. Ich fuhr zusammen, als ich das Bild sah. Dieses rekonstruierte Tier einer vergangenen Epoche besaß sicherlich eine sehr große Ähnlichkeit mit der Skizze des unbekannten Künstlers.

„Das ist bemerkenswert", sagte ich. „Aber es könnte reiner Zufall sein, oder dieser Amerikaner könnte ein solches Bild gesehen und im Gedächtnis behalten haben."

„Sehr schön", meinte der Professor einlenkend, „wir wollen es einstweilen dabei belassen. Ich möchte Sie nun bitten, einen Blick auf diesen Knochen zu werfen." Er reichte mir den Knochen, den er bereits als einen Teil der Besitztümer des Toten bezeichnet hatte. Er war ungefähr achtzehn Zentimeter lang, dicker als mein Daumen, und ließ an einem Ende Spuren von getrocknetem Knorpel erkennen.

„Zu welchem bekannten Lebewesen gehört dieser Knochen?" fragte der Professor.

Ich untersuchte ihn sorgfältig und versuchte, mir alte, vergessene Kenntnisse ins Gedächtnis zurückzurufen.

„Es könnte ein sehr kräftiges menschliches Schlüsselbein sein", sagte ich.

Mein Gesprächspartner winkte verächtlich ab. „Das menschliche Schlüsselbein ist gebogen. Dieser Knochen ist gerade. Auf der Oberfläche trägt er eine Rinne, die anzeigt, daß eine Sehne darübergelaufen ist. Das dürfte für ein Klavikel nicht zutreffen." Er nahm aus einer Pappschachtel einen erbsengroßen Knochen. „Soweit ich es beurteilen kann, entspricht dieser menschliche Knochen dem, den Sie in der Hand halten. Das dürfte Ihnen eine Vorstellung von der Größe des Tieres geben. An den Knorpelresten können Sie sehen, daß dies kein fossiles, sondern noch ein ganz frisches Exemplar ist. Was sagen Sie nun?"

„Vielleicht von einem Elefanten ..."

Er zuckte schmerzlich zusammen. „Nein! Wie können Sie von Elefanten in Südamerika reden!"

„Also", erwiderte ich, „dann eben ein großes südamerikanisches Tier – ein Tapir zum Beispiel."

„Sie dürfen voraussetzen, junger Mann, daß ich mich in den Grundlagen meines Berufes auskenne. Dies ist kein klassifizierbarer Knochen, weder von einem Tapir noch von irgendeinem sonstigen der Zoologie bekannten Lebewesen. Er gehört zu einem sehr großen, sehr starken und mit größter Wahrscheinlichkeit sehr wilden Tier, das auf dieser Erde lebt, von der Wissenschaft jedoch bisher noch nicht entdeckt ist. Sind Sie immer noch nicht überzeugt?"

„Ich bin zumindest stark beeindruckt."

„Dann ist Ihr Fall nicht hoffnungslos. Ich will nun einmal den toten Amerikaner verlassen und mit meinem Bericht fortfahren. Sie können sich denken, daß ich unmöglich vom Amazonas fortkonnte, ohne dieser Sache auf den Grund zu gehen. Es gab Anzeichen für die Richtung, aus der der verstorbene Wanderer gekommen war. Schon allein die indianischen Legenden hätten mich leiten können; denn ich fand heraus, daß es bei allen am Strom lebenden Stämmen gleichlautende Gerüchte über ein unheimliches Land gab. Sie haben doch bestimmt von ‚Curupuri' gehört?"

„Noch nie."

„Curupuri ist der Geist des Urwaldes, etwas Furchtbares, dem man aus dem Weg geht. Niemand kann über sein Aussehen etwas sagen, aber am ganzen Amazonas löst dieser Name Furcht und Schrecken aus. Nun stimmen alle Stämme in bezug auf die Richtung überein, in der Curupuri lebt. Es war dieselbe Richtung, aus der der Amerikaner gekommen war. Irgend etwas Fürchterliches mußte dort zu finden sein. Es war meine Sache, herauszufinden, was es war."

„Was taten Sie dann?" Meine ganze frühere Arroganz war dahin. Dieser massige Mann zwang einen einfach zu Aufmerksamkeit und Respekt.

„Ich überwand die extreme Scheu der Eingeborenen. Durch Überredung, Geschenke und – wie ich zugeben will – auch mit etwas

Gewaltandrohung brachte ich zwei von ihnen dazu, mich hinzuführen. Nach vielen Abenteuern kamen wir endlich in einen Landstrich, den außer meinem unglücklichen Vorgänger noch kein Mensch bereist hatte. Wollen Sie gefälligerweise einen Blick hierauf werfen?"

Er reichte mir eine Fotografie, die ziemlich mitgenommen aussah. „Ihr bedauerlicher Zustand kommt daher", erklärte er, „daß auf der Rückreise stromabwärts unser Boot umschlug und die Kiste mit den belichteten Platten zerschellte. Fast alle Negative waren dadurch unbrauchbar – ein unersetzlicher Verlust. Das ist eines der wenigen, die gerettet werden konnten. Die Presse hat auch von Fälschungen gesprochen. Ich bin nicht dazu aufgelegt, über einen solchen Punkt zu streiten."

Die Fotografie hatte sich ziemlich verfärbt, so daß ein unfreundlicher Kritiker aus der getrübten Oberfläche leicht falsche Schlüsse ziehen konnte. Es war eine düstergraue Landschaft, und als ich allmählich die Einzelheiten ausmachte, erkannte ich darauf eine außerordentlich hohe Felsreihe, die von weitem wie ein ungeheurer Wasserfall aussah. Im Vordergrund lag eine baumbewachsene Ebene.

„Ich glaube, das ist dieselbe Stelle wie auf dem Aquarell", sagte ich.

„Es ist dieselbe Stelle", entgegnete der Professor. „Ich habe Spuren vom Lagerplatz unseres Freundes gefunden. Und nun sehen Sie sich das hier an."

Es war eine Nahaufnahme der gleichen Szenerie auf einer hochgradig beschädigten Fotografie. Ich konnte einwandfrei die isolierte, baumgekrönte Felszinne erkennen, die abseits der Felsreihe aufragte.

„Jetzt gibt es für mich keinen Zweifel mehr", meinte ich.

„Na, das ist schon ein Gewinn", erwiderte er. „Wir machen Fortschritte, was? Wollen Sie jetzt bitte einmal die Spitze dieses Felsenturmes näher betrachten? Fällt Ihnen daran etwas auf?"

„Ein großer Baum."

„Aber auf dem Baum?"

„Ein großer Vogel", sagte ich.

Er gab mir eine Lupe.

„Ja", sagte ich, nachdem ich hindurchgeschaut hatte, „auf dem Baum sitzt ein großer Vogel. Er scheint einen stattlichen Schnabel zu haben. Ich würde sagen, es ist ein Pelikan."

„Über Ihre Sehschärfe kann man Ihnen kein Kompliment machen", sagte der Professor. „Das ist weder ein Pelikan noch überhaupt ein

Vogel. Es interessiert Sie vielleicht zu hören, daß ich dieses Exemplar abschießen konnte. Das war für meine Erlebnisse der einzige unwiderlegbare Beweis. Unglücklicherweise ging er bei demselben Bootsunfall verloren, der mir auch meine Fotografien zerstört hat. Als dieses Tier gerade im Strudel der Stromschnellen verschwand, packte ich es und behielt einen Teil eines Flügels in der Hand. Ich war zwar bewußtlos, als ich an Land gespült wurde; aber das kümmerliche Überbleibsel meines einmaligen Exemplars hatte ich noch. Ich lege es Ihnen nun vor."

Er zog aus einer Schublade etwas, das in meinen Augen der obere Teil eines großen Fledermausflügels war: wenigstens sechzig Zentimeter lang, ein langer gebogener Knochen mit einer pergamentenen Haut darunter.

„Eine Riesenfledermaus!" rief ich.

„Nichts Derartiges", sagte der Professor streng. „Ist es denn zu glauben, daß die elementare Tatsache aus der vergleichenden Anatomie Ihnen nicht bekannt sein sollte, nämlich daß der Flügel eines Vogels in Wirklichkeit der Unterarm ist, während der Flügel einer Fledermaus aus drei verlängerten Fingern mit Häuten dazwischen besteht? In diesem Fall nun ist der Knochen sicherlich der Unterarm, und Sie können selbst sehen, daß die Haut an einem einzigen Knochen hängt, und darum kann es sich nicht um eine Fledermaus handeln. Wenn es nun aber weder Vogel noch Fledermaus ist, was ist es dann?"

Mein karger Wissensvorrat war erschöpft. „Ich weiß es wirklich nicht", sagte ich.

Er öffnete dasselbe Standardwerk, auf das er mich schon einmal verwiesen hatte. „Hier", sagte er und zeigte auf das Bild eines ungewöhnlichen fliegenden Scheusals, „ist eine ausgezeichnete Reproduktion des *Dimorphodon* oder *Pterodactylos*, eines fliegenden Reptils aus der Jurazeit. Auf der nächsten Seite finden Sie eine Darstellung des Mechanismus seines Flügels. Haben Sie die Güte und vergleichen Sie sie mit dem Teil in Ihrer Hand!"

Eine Woge der Verwunderung durchströmte mich, als ich es tat. Ich war überzeugt. Die Skizze, die Fotografien, der Bericht und nun sogar dieses Beweisstück – die Indizien waren vollständig.

„Das ist die großartigste Sache, die mir je zu Ohren gekommen ist!" sagte ich, obwohl natürlich meine Begeisterung eher journalistischer als wissenschaftlicher Natur war. „Das ist kolossal! Sie sind ein wissenschaftlicher Kolumbus und haben eine versunkene Welt entdeckt. Ich bitte vielmals um Entschuldigung für meine anfänglichen Zweifel: Es war ja alles so unglaublich. Wenn ich aber Beweise sehe, dann weiß ich sie auch zu würdigen, und diese hier sollten jedem genügen."

Der Professor lehnte sich in seinem Stuhl zurück und schnurrte vor Zufriedenheit.

„Und dann, Sir, was taten Sie danach?"

„Die nasse Jahreszeit war gekommen, Mr. Malone, und meine Vorräte gingen zu Ende. Ich erforschte noch einen Teil dieser gewaltigen Felsen, fand jedoch keine Möglichkeit, sie zu ersteigen. Der pyramidenförmige Felsen, auf dem ich den Pterodactylos gesehen und geschossen hatte, erwies sich etwas zugänglicher. Da ich ein guter Bergsteiger bin, konnte ich bis zur halben Höhe hinaufklettern. Von dort oben gewann ich eine bessere Vorstellung von dem Plateau, das dieses Bergmassiv krönt. Es schien riesengroß zu sein; weder im Osten noch im Westen konnte ich ein Ende des grünbewachsenen Felsdaches erblicken. Unten gab es nur Sumpf und Dschungel."

„Haben Sie noch irgendwelche anderen Spuren von Lebewesen bemerkt?"

„Nein, das habe ich nicht. Aber während der Woche, die wir am Fuße der Felsen zubrachten, konnten wir von oben einige seltsame Geräusche hören."

„Und dieses Vieh, das der Amerikaner gezeichnet hat? Wie erklären Sie sich das?"

„Wir können nur vermuten, daß er irgendwie hinaufgelangt ist und es dort gesehen hat. Dadurch wissen wir auch, daß es einen Weg nach oben gibt. Andererseits wissen wir, daß dieser Weg sehr schwierig sein muß; sonst wären die Tiere längst heruntergekommen und hätten die Umgebung verwüstet. Das ist doch wohl klar."

„Aber wie sind sie denn dort hinaufgekommen?"

„Es gibt dafür nur eine einzige Erklärung", sagte der Professor. „Wie Sie vielleicht gehört haben, besteht der südamerikanische Kontinent größtenteils aus Granit. Irgendwann in grauer Vorzeit hat es an dieser Stelle im Inneren einen plötzlichen, großen vulkanischen Ausbruch gegeben. Die Felsen sind aus Basalt, wie ich ergänzen muß, und daher plutonischen Ursprungs. Ein Gebiet, ungefähr so groß wie Sussex, wurde so *en bloc* mitsamt all seinem lebenden Inhalt hochgehoben und vom übrigen Kontinent abgeschnitten. Was ist das Resultat? Nun, die allgemeinen Naturgesetze sind aufgehoben. All die verschiedenen Widerstände, die den Daseinskampf in der übrigen Welt beeinflussen, werden unwirksam oder abgeändert. Arten, die sonst längst ausgestorben wären, überleben. Sie haben gesehen, daß sowohl der Pterodactylos als auch der Stegosaurus Tiere des Jura und somit entwicklungsgeschichtlich ungeheuer alt sind. Durch diese seltsamen, zufällig entstandenen Verhältnisse sind sie erhalten geblieben."

„Ihre Beweise sind eindeutig. Sie brauchten sie doch nur den zuständigen Gremien vorzulegen."

„Das hatte ich in meiner Einfalt auch geglaubt", entgegnete der Professor voller Bitterkeit. „Ich kann Ihnen aber nur versichern, daß ich an jeder Ecke auf Unglauben stieß, der zur einen Hälfte aus Dummheit, zur anderen aus Neid entsprang. Es ist mir nicht gegeben, andere Menschen anzubetteln oder eine Tatsache zu beweisen, wenn man mein Wort bezweifelt. Nach dem ersten Versuch war ich mir zu schade dazu, alle beweiskräftigen Unterlagen, die ich besitze, zu zeigen. Als dann noch Leute wie Sie, die die törichte Neugier der Öffentlichkeit verkörpern, bei mir eindrangen und mein Privatleben störten, war ich einfach unfähig, ihnen mit würdiger Zurückhaltung zu begegnen. Ich gebe zu, daß ich etwas hitzig veranlagt bin."

Ich streichelte meine Beule über dem Auge und schwieg.

„Meine Frau hat mir deshalb schon häufig Vorhaltungen gemacht, und doch glaube ich, daß jeder Mann von Ehre genauso reagieren würde. Heute abend habe ich jedoch vor, ein überzeugendes Beispiel für die Herrschaft des Willens über die Gefühle zu geben. Ich lade Sie ein, bei dieser Vorstellung zugegen zu sein." Er gab mir eine Karte von seinem Schreibtisch. „Wie Sie sehen, will Mr. Percival Waldron, ein Naturgeschichtler, der für ziemlich populär gehalten wird, um acht Uhr dreißig im Hörsaal des Zoologischen Instituts eine Vorlesung über ‚Die Zeitalter der Erde' halten. Man hat mich persönlich eingeladen, auf dem Podium zu sitzen und anschließend eine Dankesrede an den Vortragenden zu richten. Während ich das tue, werde ich ein paar Bemerkungen fallenlassen, die das Interesse der Zuhörer erregen und in einigen von ihnen den Wunsch erwecken mögen, mehr von der Sache zu erfahren. Selbstverständlich keine Einzelheiten, sondern lediglich eine Andeutung, daß es noch wissenschaftliches Neuland gibt.“ Er lächelte. „Auf jeden Fall müssen Sie kommen. Es wird für mich tröstlich sein, wenigstens einen Verbündeten im Saal zu wissen, mag er auch noch so unmaßgeblich sein und von der Sache keine Ahnung haben. So, Mr. Malone, nun habe ich Ihnen mehr von meiner Zeit geopfert, als ich vorhatte. Ich hoffe, Sie werden nicht vergessen, daß das, was ich Ihnen erzählt habe, nicht für die Öffentlichkeit bestimmt ist.“

„Aber Mr. McArdle, mein Chefredakteur, wird mich fragen, was ich getan habe.“

„Erzählen Sie ihm, was Sie wollen. Unter anderem können Sie ihm sagen, wenn er noch einmal jemanden schickt, werde ich ihm einen Besuch mit der Reitpeitsche abstatten. Aber ich mache Sie dafür verantwortlich, wenn irgend etwas von diesen Dingen gedruckt werden sollte. Dann also bis heute abend.“

Ich bekam einen letzten Eindruck von roten Backen, graugelocktem Bart und unduldsamen Augen mit auf den Weg, als er mich energisch aus seinem Zimmer hinauskomplimentierte.

4

Infolge der physischen Erschütterungen, die ich bei meinem ersten Interview mit Professor Challenger davongetragen hatte, und der geistigen Erschütterungen bei unserer zweiten Unterhaltung war ich etwas zermürbt, als ich mich draußen wiederfand. Ein einziger Gedanke klopfte in meinem schmerzenden Schädel: daß mir der Professor die Wahrheit erzählt hatte, daß diese von weltbewegender Bedeutung war und daß ich für die „Gazette“ eine unvorstellbare Auflagensteigerung erzielen könnte, wenn ich nur die Erlaubnis erlangte, davon Gebrauch zu machen. Am Ende der Straße wartete eine Droschke. Ich sprang hinein und fuhr zum Büro. McArdle war, wie üblich, auf seinem Posten.

„Na“, rief er erwartungsvoll, „was haben Sie erreicht? Ich glaube, junger Mann, Sie kommen vom Schlachtfeld. Wollen Sie mir etwa erzählen, daß er Sie angegriffen hat?“

„Wir hatten zuerst eine kleine Meinungsverschiedenheit.“

„Das sieht ihm ähnlich! Und was haben Sie gemacht?“

„Nun, er wurde vernünftiger, und wir haben uns unterhalten. Ich bekam aber nichts aus ihm heraus – das heißt, nichts, was wir veröffentlichen können."

„Da bin ich gar nicht so sicher. Sie haben ein blaues Auge, und das ist schon etwas für die Zeitung. Wir werden dieses Schreckensregime nicht dulden, Mr. Malone. Wir müssen den Mann in seine Schranken weisen. Ich will ihn als den Betrüger hinstellen, der er ist."

„Er ist alles andere als ein Betrüger."

„Was?" brüllte McArdle. „Sie wollen mir doch nicht etwa erzählen, daß Sie wirklich seinen ganzen Quatsch über Mammuts und Mastodons und große Seeschlangen glauben?"

„Also davon ist mir nichts bekannt. Aber ich denke, daß er etwas Neues entdeckt hat."

„Dann schreiben Sie es um Himmels willen auf, Mann!"

„Ich wollte, ich könnte es. Aber er hat mir alles nur unter der Bedingung erzählt, daß ich nichts darüber schreibe." Ich faßte den Bericht des Professors in ein paar Sätzen zusammen. „So stehen die Dinge."

McArdle machte ein recht ungläubiges Gesicht. „Gut, Mr. Malone", sagte er endlich, „aber diese wissenschaftliche Veranstaltung heute abend – darüber wenigstens kann es keine Geheimhaltung geben. Ich nehme kaum an, daß irgendeine Zeitung darüber berichten will; denn über Waldron gibt es schon ein Dutzend Berichte, und daß Challenger dort reden will, weiß keiner. Wenn wir Glück haben, kann es ein Mordsgeschäft werden. Sie sind ja sowieso dort, also schreiben Sie für uns einen schönen, runden Bericht. Ich halte Ihnen bis Mitternacht ein paar Spalten frei."

ALS ich am Abend zum Hörsaal kam, geriet ich in ein viel größeres Gedränge, als ich erwartet hatte. Kutschen in langer Kette luden ihre Fracht weißbärtiger Professoren aus, und der dunkle Strom bescheidener Fußgänger, der sich durch den gewölbten Torbogen preßte, ließ darauf schließen, daß die Zuhörerschaft ebenso aus Laien wie aus Gelehrten bestand. Sobald ich mich gesetzt hatte, bemerkte ich sogar, daß auf der Galerie und in den hinteren Bankreihen ein ausgesprochener Übermut herrschte. Als ich mich umdrehte, erblickte ich viele junge Leute, die ich für Medizinstudenten hielt. Anscheinend hatte jedes der großen Krankenhäuser sein Kontingent entsandt. Die Stimmung war fröhlich und ausgelassen.

Als der alte Dr. Meldrum mit seinem stadtbekannten verbeulten Zylinder auf dem Podium erschien, erhob sich ein unüberhörbares Rufen „Wo haben Sie bloß den Deckel her?", so daß er seine Kopfbedeckung schleunigst abnahm und unauffällig unter seinem Stuhl versteckte. Die größte Demonstration gab es jedoch beim Eintritt von Professor Challenger, der jetzt den Gang entlangschritt, um seinen Platz am äußersten Ende der ersten Reihe auf dem Podium einzunehmen. Kaum war sein Bart hinter der Ecke sichtbar geworden, als auch schon lautes Begrüßungsgeschrei und großes Gelächter einsetzten. Offenbar waren diese Menschenmassen nicht allein des Vortrags wegen gekommen, sondern weil sich die Nachricht verbreitet hatte, daß der berüchtigte Professor an der Veranstaltung teilnehmen würde.

Challenger lächelte müde und voll nachsichtiger Verachtung, so, wie ein gütiger Mann auf das Gekläff einer Meute junger Hunde reagiert. Er setzte sich langsam hin, fuhr sich mit der Hand über seinen Bart und betrachtete mit hochmütigen Blicken unter gesenkten Lidern den überfüllten Saal vor sich. Der Lärm über seinen Auftritt hielt noch immer an, als Professor Ronald Murray, der Vorsitzende, und Mr. Waldron, der Referent, sich nach vorn durchschlängelten und die Veranstaltung begann.

Professor Murray richtete einige tiefsinnige Worte an seinen weißen Schlips und die Wasserkaraffe auf dem Pult und machte eine scherzhafte Bemerkung zu dem silbernen Kerzenhalter zu seiner Rechten. Dann setzte er sich, und Mr. Waldron, der berühmte Populärwissenschaftler, erhob sich unter allgemeinem Beifallsgemurmel. Er war ein strenger, hagerer Mann mit schriller Stimme und arrogantem Benehmen. Aber er besaß die Gabe, sich die Ideen anderer Leute anzueignen und sie in verständlicher und sogar interessanter Form an das Laienpublikum weiterzugeben.

Jetzt eröffnete Mr. Waldron uns in seiner klaren und zuweilen bildhaften Rede eine Vogelperspektive der Schöpfungsgeschichte, wie die Wissenschaft sie heute sieht. Er erzählte uns, wie die Erdkugel zunächst als ungeheure Masse glühender Gase im Weltenraum flakkerte. Dann malte er die Abkühlung aus, die Verfestigung, die Schrumpfung, wobei die Berge entstanden, den Dampf, der zu Wasser wurde, die langsame Vorbereitung der Bühne, auf der sich das unerklärliche Drama des Lebens abspielen sollte.

Über den Ursprung des Lebens selbst drückte er sich unbestimmt und zurückhaltend aus. Hatte das Leben sich aus den abkühlenden anorganischen Bestandteilen der Erdkruste entwickelt? Sehr wahrscheinlich. Oder waren die ersten Lebenskeime von außen mit einem Meteor auf die Erde gelangt? Kaum vorstellbar.

Damit kam der Vortragende zu der großen Leiter des tierischen Lebens, beginnend tief unten bei Mollusken und winzigen Seetieren, dann Sprosse für Sprosse aufwärts über Reptilien und Fische, bis wir endlich bei einer Känguruhratte anlangten, dem ersten Geschöpf, das seine Jungen lebendig zur Welt brachte, und damit dem direkten Vorfahren aller Säugetiere und vermutlich auch aller im Saale Anwesenden.

„Nein, nein!" protestierte ein vorlauter Student in der letzten Reihe. Darauf meinte Mr. Waldron, wenn der junge Herr mit dem roten Schlips, der „nein, nein" gerufen habe und also für seinen Teil vermutlich beanspruche, aus einem Ei gekrochen zu sein, sich nach der Vorlesung bei ihm melden wolle, wäre er sehr erfreut, ein solches Kuriosum kennenzulernen.

Nachdem der Redner unter allgemeinem Gelächter auf diese Weise seinem Zwischenrufer geantwortet hatte, kam er zu seiner Darstellung der Vergangenheit zurück, zur Austrocknung der Meere, dem Auftauchen von Sandbänken, dem kriechenden, schleimigen Gewimmel an ihren Rändern, der Tendenz der Seetiere, Zuflucht auf den Schlammbänken zu suchen, dem Überfluß an Nahrung, der sie dort erwartete und ihr enormes Wachstum begünstigte. „Und so, meine Damen und Herren", fügte er hinzu, „entstand jene furchterregende Gattung der Saurier, die uns noch heute Schrecken einjagen, wenn wir sie im Wealdener oder Solnhofener Schiefer sehen, die jedoch lange vor dem ersten Erscheinen der Menschheit auf diesem Planeten ausgestorben sind."

„Irrtum!" dröhnte eine Stimme vom Podium.

Nun war Mr. Waldron ein gestrenger Zuchtmeister und verfügte über beißenden Humor, wie er an dem Herrn mit dem roten Schlips demonstriert hatte. Dieser Zwischenruf aber erschien ihm so ungeheuerlich, daß er außerstande war, darauf zu reagieren. Er blickte voller Verwunderung an der Reihe der Professoren auf dem Podium entlang, bis sein Blick auf Challenger fiel, der mit geschlossenen Augen und heiterem Gesicht in seinem Stuhl lehnte, als ob er im Schlaf lächelte.

„Ach so!“ sagte Waldron achselzuckend. „Das war mein Freund Challenger.“ Dann nahm er unter allgemeinem Gelächter seinen Vortrag wieder auf, als ob eine weitere Erklärung überflüssig wäre.

Der Zwischenfall war aber noch lange nicht zu Ende. Welchen Weg der Redner auch durch die Wildnis der Vergangenheit nehmen mochte, so kam er doch über kurz oder lang immer wieder zu einer Erwähnung von ausgestorbenen oder prähistorischen Arten, und unfehlbar erscholl das gleiche Stiergebrüll des Professors. Die Zuhörer begannen darauf zu warten und schrien vor Vergnügen, wenn es kam. Obwohl Waldron ein hartgesottener Redner war, geriet er völlig durcheinander.

„Das ist ja einfach nicht mehr auszuhalten!“ schrie er schließlich und starrte über das Podium. „Ich muß Sie bitten, Professor Challenger, Ihre Zwischenrufe zu unterlassen.“

Im Saal wurde es mäuschenstill. Die Studenten saßen starr vor Entzücken, einen Zank zwischen den hohen Göttern des Olymp mitzuerleben. Challenger stemmte langsam seinen gewichtigen Körper aus seinem Stuhl hoch.

„Und ich muß Sie meinerseits bitten, Mr. Waldron“, sagte er, „Behauptungen zu unterlassen, die nicht den wissenschaftlichen Tatsachen entsprechen.“

Diese Worte entfesselten einen Sturm. „Unerhört! Unerhört!“, „Laßt ihn ausreden!“, „Werft ihn raus!“ konnte man aus dem allgemeinen, aus Gelächter und Flüchen gemischten Lärm heraushören.

Der Vorsitzende stand auf, wedelte mit den Armen und blökte aufgeregt. „Professor Challenger – persönliche – Meinung – später“, lauteten die vernehmbaren Gipfel inmitten von unverständlichem Gemurmel. Der Zwischenrufer verbeugte sich, lächelte, strich sich den Bart und ließ sich wieder in seinen Stuhl sinken. Waldron fuhr in seinen Ausführungen fort, allerdings recht hitzig. Ab und zu, wenn er eine Feststellung traf, schoß er einen giftigen Blick auf seinen Widersacher ab.

Endlich erreichte der Vortrag seinen Abschluß, und Waldron setzte sich. Nach einem Zwitschern des Vorsitzenden erhob sich Professor Challenger und trat an den Rand des Podiums.

„Meine Damen und Herren“, begann er trotz fortgesetzten Lärms von den hinteren Reihen. „Verzeihung – meine Damen und Herren, liebe Kinder –, ich muß um Entschuldigung bitten, daß ich unachtsamerweise einen beträchtlichen Teil dieser Zuhörerschaft nicht angesprochen habe." (Tumult, währenddessen der Professor mit erhobener Hand dastand und freundlich mit seinem gewaltigen Kopf nickte, als ob er der Menge einen päpstlichen Segen erteilte.) „Man hat mich ausersehen, eine Dankesrede zu verlesen für Mr. Waldron, dessen erhebender und phantasievoller Rede wir gerade lauschen durften. Der Vortrag enthält Punkte, in denen ich anderer Meinung bin, und es war meine Pflicht, dies jeweils anzuzeigen. Mr. Waldron hat aber nichtsdestoweniger seine Aufgabe gut gelöst, vorausgesetzt, daß diese Aufgabe darin bestand, einen einfachen und interessanten Bericht von dem zu geben, was *er* für die Geschichte unseres Planeten hält. Man kann volkstümlichen Vorlesungen sehr leicht zuhören. Aber Mr. Waldron" (hierbei blinzelte er diesen strahlend an) „wird mir sicher verzeihen, wenn ich behaupte, daß sie nicht notwendigerweise oberflächlich und irreführend sein müssen, wenn sie der beschränkten Auffassungsgabe eines ungebildeten Publikums angepaßt sein sollen." (Ironischer Beifall.)

„In einem besonderen Punkt habe ich als Forscher die Genauigkeit unseres Redners in Frage stellen müssen. Es handelte sich dabei um den Fortbestand gewisser Arten tierischen Lebens auf der Erde. Ich spreche in dieser Sache nicht als Amateur oder, wie ich hinzufügen möchte, als Populärwissenschaftler, sondern ich spreche als jemand, der von seinem wissenschaftlichen Gewissen getrieben wird, sich genau an die Tatsachen zu halten. Und ich behaupte, daß Mr. Waldron im Irrtum ist, wenn er meint, es könne keine sogenannten prähistorischen Tiere mehr geben, nur weil ihm persönlich noch keines begegnet ist. Sie sind auch heute noch in all ihrer Scheußlichkeit und Gefährlichkeit zu finden, wenn man nur die Energie und Ausdauer aufbringt, ihre Schlupfwinkel aufzusuchen." (Zwischenrufe wie „Quatsch!", „Das müssen Sie erst beweisen!", „Woher wissen Sie denn das?", „Irrtum!")

„Woher ich das weiß, fragen Sie mich? Ich weiß es, weil ich einige von ihnen gesehen habe." (Applaus, Geschrei und eine einzelne Stimme: „Lügner!") „Habe ich recht gehört, daß jemand mich einen Lügner genannt hat? Will der Betreffende, der mich einen Lügner genannt hat, gütigst aufstehen, damit ich ihn sehen kann?" (Eine Stimme: „Hier ist er, Sir!", und inmitten einer Gruppe von Studenten wurde ein harmloses kleines Kerlchen mit Brille, das sich heftig wehrte, hochgehoben.) „Haben Sie gewagt, mich einen Lügner zu nennen?" („Nein, nein!" brüllte der Beschuldigte und verschwand wie in einer Versenkung.) „Wenn irgend jemand in diesem Saal es wagt, meine Glaubwürdigkeit anzuzweifeln, werde ich mich gern nach der Veranstaltung mit ihm darüber unterhalten." („Lügner!") „Wer hat das gesagt?" (Wieder wurde der Kleine, der verzweifelt strampelte, emporgehoben.) „Ich komme gleich zu euch rauf ..." (Allgemeiner Chor: „Komm, Liebling, komm!")

Der Vortrag wurde für einige Zeit vollständig unterbrochen, während der Vorsitzende, der aufgestanden war und beide Arme schwang, aussah, als ob er ein Orchester dirigierte. Der Professor war jetzt in Berserkerwut geraten, mit rotem Kopf und gesträubtem Bart stand er da. „Jeder große Entdecker ist auf die gleiche Unglaubigkeit gestoßen – das sichere Merkmal einer Generation von Narren. Ihr könnt die Männer, die ihr Leben für die Erschließung neuer wissenschaftlicher Betätigungsfelder eingesetzt haben, nur mit Dreck bewerfen. Galilei, Darwin und ich ..." (Anhaltender Beifall und völliges Durcheinander.)

Das Vorausgegangene stammt aus meinen mitgekritzelten eiligen Notizen, die nur einen sehr unvollkommenen Eindruck von dem Chaos geben können, in das sich die Versammlung zu diesem Zeitpunkt verwandelt hatte. Ich sah weißbärtige Männer aufspringen und dem hartnäckigen Professor mit den Fäusten drohen. Der ganze große Hörsaal wogte und brodelte wie ein Topf mit kochendem Wasser. Der Professor trat einen Schritt vorwärts und erhob beide Hände. Der Mann hatte etwas so Großartiges und Fesselndes an sich, daß das Geschrei unter seiner gebieterischen Geste und seinen herrischen Blicken allmählich erstarb. Er schien eine entscheidende Botschaft zu haben. Die Leute wurden still, um sie ganz deutlich zu vernehmen.

„Ich will Sie nicht weiter aufhalten", sagte er. „Es lohnt sich nicht. Ich behaupte, der Wissenschaft ein neues Forschungsgebiet erschlossen zu haben. Sie bestreiten es. Dann bin ich bereit, den Beweis anzutreten. Wollen Sie aus Ihrer Mitte einen oder mehrere Vertreter ernennen, die eine Expedition unternehmen, um meine Behauptungen in Ihrem Auftrag zu überprüfen?"

Mr. Summerlee, der ehrwürdige Professor für Vergleichende Anatomie, ein großer, dünner Mann, erhob sich von den Zuhörerbänken. Er wünsche, sagte er, Professor Challenger zu fragen, ob die Forschungsergebnisse, auf die er in seinen Ausführungen anspielte, von einer

Reise zum Amazonas stammten, die er vor zwei Jahren unternommen hätte.

Professor Challenger sagte, dies träfe zu.

Mr. Summerlee wünschte zu wissen, wie es käme, daß Professor Challenger beanspruchte, Entdeckungen gemacht zu haben, die von früheren Forschern mit anerkanntem wissenschaftlichen Ruf übersehen worden sein müßten.

Professor Challenger erwiderte, daß Mr. Summerlee den Amazonas mit der Themse zu verwechseln scheine; daß jener in Wirklichkeit aber ein etwas größerer Fluß sei. Es werde Mr. Summerlee vielleicht interessieren zu erfahren, daß er zusammen mit dem Orinoko, mit dem er in Verbindung stehe, ein Einflußgebiet von etwa fünfzigtausend Meilen umfasse und daß es in einem so ungeheuren Gebiet nicht ganz ausgeschlossen sei, daß ein Mann etwas fände, das einem anderen entgangen wäre.

Mr. Summerlee erklärte mit einem sauren Lächeln, daß er sich durchaus des Unterschiedes zwischen der Themse und dem Amazonas bewußt sei, der darin liege, daß im ersteren Falle jegliche Behauptung leicht zu überprüfen sei, was beim letzteren nicht möglich wäre. Er sei Professor Challenger sehr verpflichtet, wenn er ihm die geographische Länge und Breite des Landes angäbe, in dem man prähistorische Tiere finden könnte.

Professor Challenger antwortete, daß er gute Gründe dafür habe, diese Angaben vorerst für sich zu behalten, jedoch bereit sei, sie unter angemessenen Vorsichtsmaßregeln einem vom Publikum gewählten Komitee zu übergeben. Ob Mr. Summerlee selbst diesem Komitee angehören und persönlich seine Angaben überprüfen wolle?

Mr. Summerlee: „Ja, das will ich!" (Großer Applaus.)

Professor Challenger: „Dann versichere ich, Ihnen alles erforderliche Material zu übergeben, das Sie brauchen, um den Weg zu finden. Wenn Mr. Summerlee sich aufmacht, um meine Aussagen zu überprüfen, ist es jedoch nur billig, wenn ein oder mehrere Beauftragte von mir mitreisen, die ihn kontrollieren. Ich will Ihnen nicht verhehlen, daß es dabei Schwierigkeiten und Gefahren geben wird. Mr. Summerlee wird einen jüngeren Gefährten nötig haben. Möchte sich jemand freiwillig melden?"

Auf solche Art kann ein Mann dem großen Wendepunkt seines Lebens unvermittelt gegenüberstehen. Hätte ich bei meinem Eintritt in diesen Saal wohl ahnen können, daß ich mich dort zu einem Abenteuer verpflichten würde, wie es mir bisher noch nicht einmal im Traum begegnet war? Aber Gladys – war dies nicht genau die Gelegenheit, von der sie gesprochen hatte? –, Gladys hätte mich aufgefordert mitzugehen. Ich war aufgesprungen. Ich sprach, noch ehe ich meine Worte überlegt hatte.

Gleichzeitig bemerkte ich, daß ein paar Reihen vor mir ein großer, schlanker Mann mit dunklen braunroten Haaren gleichfalls aufgestanden war. Er starrte mich ärgerlich an; aber ich dachte nicht daran nachzugeben.

„Ich will mitgehen, Herr Vorsitzender", wiederholte ich ein übers andere Mal. „Mein Name ist Edward Dunn Malone. Ich bin Reporter der ‚Daily Gazette'. Ich kann behaupten, ein absolut unvoreingenommener Zeuge zu sein."

„Und wie ist Ihr Name, Sir?" fragte der Vorsitzende meinen hochgewachsenen Rivalen.

„Ich heiße Lord John Roxton. Ich bin schon den Amazonas hinaufgefahren, ich kenne die ganze Gegend und halte mich darum für diese Forschungsreise besonders geeignet."

„Lord John Roxtons Ruf als Sportsmann und Weltreisender ist natürlich weltbekannt", sagte der Vorsitzende. „Auf der anderen Seite wäre es aber auch sicherlich sehr gut, ein Mitglied der Presse auf solcher Expedition dabeizuhaben."

„Dann schlage ich vor", sagte Professor Challenger, „daß beide Herren gewählt werden, als Vertreter dieser Versammlung Professor Summerlee auf seiner Reise zu begleiten und mit ihm über die Wahrheit meiner Mitteilungen nachzuforschen und uns zu berichten."

Damit war unser Geschick unter Gebrüll und Hochrufen besiegelt, und ich wurde von dem Menschenstrom, der in Richtung Tür strudelte, mit hinweggerissen. Mein Geist war noch ganz benommen von dem ungeheuren neuen Projekt, das sich so plötzlich vor mir entwickelt hatte. Als ich wieder klar denken konnte, stellte ich fest, daß ich unter den silbernen Laternen der Regent Street entlangging, voller Gedanken an Gladys und meine ungewisse Zukunft.

Plötzlich spürte ich eine Berührung an meinem Ellbogen. Ich drehte mich um und sah in die lustigen, aber gebieterischen Augen des großen, schlanken Mannes, der sich als mein Gefährte für diese geheimnisvolle Unternehmung gemeldet hatte.

„Mr. Malone, wie ich gehört habe", sagte er. „Wir werden miteinander auskommen müssen, was? Meine Wohnung ist ganz in der Nähe. Hätten Sie wohl eine halbe Stunde für mich Zeit? Ich möchte Ihnen einige Dinge sagen."

5

LORD JOHN ROXTON und ich gingen gemeinsam die Vigo Street hinunter und durch das düstere Portal des berühmten aristokratischen Wohnblocks „Albany". Am Ende eines langen, dunklen Ganges stieß mein Begleiter eine Tür auf und drehte einen Lichtschalter an. Eine Anzahl von Lampen, die durch farbige Schirme leuchteten, tauchten das große Zimmer vor uns in rötlichen Glanz.

Als ich in der Tür stand und mich umsah, hatte ich den Eindruck von außergewöhnlichem Komfort und eindrucksvoller Eleganz, kombiniert mit einer ausgesprochen männlichen Atmosphäre. Überall mischten sich der Luxus des reichen Mannes von gutem Geschmack und die unbekümmerte Unordnung des Junggesellen. Kostbare Felle und seltsame schillernde Matten aus einem orientalischen Basar lagen über den Fußboden verstreut. Wie ein Wandrelief säumte den ganzen Raum eine Reihe von prachtvollen schweren Tierköpfen aus allen Teilen der Welt. Und das weiße Nashorn der Lado-Enklave ließ über ihnen allen seine hochmütige Unterlippe herabhängen.

In der Mitte des Raumes stand ein schwarz-goldener Louis-quinze-Tisch, eine wunderbare Antiquität, zur Zeit allerdings schändlich entweiht durch Weinspuren und Brandflecken von Zigarrenresten. Darauf befanden sich ein silbernes Tablett mit Rauchwaren und ein polierter Flaschenständer. Mein Gastgeber füllte hieraus zwei hohe Gläser. Nachdem er mir einen Sessel angewiesen und meine Erfrischung danebengestellt hatte, bot er mir eine lange, glatte Havanna an. Dann setzte er sich mir gegenüber und betrachtete mich lange unverwandt mit merkwürdig glitzernden Augen – Augen von der Farbe eines Gletschersees.

Durch den dünnen Rauch meiner Zigarre konnte ich nun die Einzelheiten eines Gesichts studieren, das ich bereits von vielen Fotografien her kannte: die kräftige, gebogene Nase, die hohen, straffen Wangen, das kastanienbraune, schon etwas gelichtete Haar, den energischen Schnurrbart und das kräftige Kinn. Seine Haut war von Sonne und Wind rotbraun gegerbt. Er hatte buschige, überhängende Augenbrauen, die seinen an sich schon stechenden Augen einen fast wilden Ausdruck verliehen, der durch seine kräftige, gefurchte Stirn noch verstärkt wurde.

Der Lord war schlank, aber sehr kräftig gebaut – und er hatte oft bewiesen, daß sich nur wenige Männer in England an Stärke und Ausdauer mit ihm messen konnten. Er war etwas über einen Meter achtzig groß, wirkte jedoch wegen einer eigentümlichen Rundung seiner Schultern etwas kleiner. Das war also der berühmte Lord John Roxton, der mir jetzt gegenübersaß, heftig an seiner Zigarre kaute und mich lange mit unbehaglichem Schweigen musterte.

„So", sagte er endlich, „jetzt ist es passiert, mein lieber junger Freund. Wir haben uns kopfüber reingestürzt, Sie und ich. Als Sie in den Saal gingen, haben Sie wohl noch nichts davon geahnt, was?"

„Kein Gedanke daran."

„Bei mir gleichfalls. Kein Gedanke. Und jetzt stecken wir bis zum Hals in der Suppe! Ich bin gerade erst vor drei Wochen aus Uganda zurückgekommen und habe mir in Schottland ein Grundstück gemietet. Vertrag und alles unterschrieben. Schöne Geschichte – wie? Und wie hat's Sie erwischt?"

„Na, für mich gehört das alles direkt zum Geschäft. Ich bin Journalist bei der ‚Gazette'."

„Natürlich – das haben Sie ja schon gesagt, als Sie sich meldeten. Sind Sie übrigens der Malone, der die Rugby-Medaille für Irland kriegen soll?"

„Vielleicht eine überzählige."

„Ich wußte doch gleich, daß ich Ihr Gesicht schon gesehen hatte. Ich lasse mir kein Rugbyspiel entgehen, denn es ist das männlichste Spiel, das wir noch haben. Na gut, ich habe Sie nicht hierhergebeten, damit wir uns über Sport unterhalten. Wir müssen unser Geschäft vorbereiten. Hier stehen die Schiffsverbindungen, auf der ersten Seite der ‚Times'. Am übernächsten Mittwoch geht ein Dampfer nach Para. Wenn der Professor und Sie es schaffen können, denke ich, wir sollten ihn nehmen – was? Schön, ich kümmere mich darum. Wie steht's mit Ihrer Ausrüstung?"

„Das besorgt meine Zeitung."

„Können Sie schießen?"

„Ungefähr militärischer Durchschnitt."

„Großer Gott! So schlecht? Ihr jungen Burschen kümmert euch viel zuwenig darum, das Wichtigste zu lernen. In Südamerika müssen Sie mit einem Gewehr umgehen können; denn falls unser Freund, der Professor, nicht verrückt oder ein gewaltiger Lügner ist, könnten wir da auf ein paar drollige Viecher stoßen. Was für ein Gewehr haben Sie?"

Er ging hinüber zu einem Eichenschrank. Als er ihn aufmachte, erblickte ich blinkende Läufe in parallelen Reihen wie Orgelpfeifen.

„Mal sehen, ob ich in meinem Arsenal was Passendes für Sie auftreiben kann", sagte er. Er nahm eines der Gewehre aus dem Schrank. „So, hier hätten wir ein nützliches Instrument mit Zielfernrohr und doppeltem Auswerfer, punktgenau bis dreihundertfünfzig Meter. Das ist die Flinte, die ich vor drei Jahren gegen die peruanischen Sklavenhändler benutzt habe. Jeder Mensch kann mal in eine Lage kommen, mein junger Freund, wo er für Menschenrechte und Gerechtigkeit eintreten muß, wenn er sich nicht für den Rest seines Lebens kläglich fühlen will. Darum habe ich damals einen kleinen Privatkrieg geführt. Jede dieser Kerben steht für einen Sklavenmörder – eine ganz schöne Reihe, was? Die große hier ist für Pedro Lopez, ihren Häuptling, den ich an einem Nebenflüßchen des Putomayo erwischt habe. So, und hier haben wir das Richtige für Sie." Er nahm ein braun-silbernes Gewehr heraus. „Griff schön gummiert, genaues Visier, Kammer für fünf Patronen. Diesem hier dürfen Sie getrost Ihr Leben anvertrauen." Er reichte es mir und machte seinen Eichenschrank wieder zu. „Im übrigen", fuhr er fort, als er zu seinem Sessel zurückkam, „was wissen Sie über diesen Professor Challenger?"

„Ich habe ihn heute zum erstenmal gesehen."

„Ich auch. Er scheint ein hochnäsiger alter Vogel zu sein, und seine gelehrten Brüder lieben ihn wohl nicht übermäßig. Was hat Sie denn dazu gebracht, sich für diese Geschichte zu interessieren?"

Ich erzählte ihm kurz, was ich am Vormittag erlebt hatte, und er hörte aufmerksam zu. Dann holte er eine Karte von Südamerika hervor und legte sie auf den Tisch.

„Ich glaube jedes einzelne Wort, das er Ihnen erzählt hat", sagte er ernst. „Südamerika ist eine Gegend, die mich schon immer angezogen hat, und ich halte es für das großartigste, reichste und wunderbarste Stück Erde auf diesem Planeten. Die Menschen kennen es noch viel zuwenig und wissen nichts von seinen Entwicklungsmöglichkeiten. Ich aber habe es kreuz und quer durchstreift. Als ich dort unten war, wurden mir ein paar Geschichten erzählt – Indianersagen und dergleichen, die aber gewiß nicht ganz aus der Luft gegriffen waren. Je mehr man dieses Land kennenlernt, junger Freund, desto mehr begreift man, daß dort einfach alles möglich ist – alles. Es gibt da nur wenige schmale Wasserstraßen, auf denen die Leute reisen. Alles andere ist Finsternis. Und hier unten im Mato Grosso" – er kreiste mit seiner Zigarre über einem Teil der Karte – „oder hier oben in dieser Ecke, wo drei Länder zusammenstoßen, würde mich überhaupt nichts überraschen. Wie dieser Mensch schon heute abend sagte, gibt es dort fünfzigtausend Meilen Wasserwege durch einen Urwald von der Ausdehnung Europas. Die Menschen haben bis jetzt nur hier und da einen Pfad oder eine kleine Lichtung in dieses Labyrinth gehauen. Warum sollte es in solch einem Land nichts Neues und Wunderbares geben? Und warum sollten wir nicht die Männer sein, um das rauszufinden? Außerdem", fügte er hinzu, und sein hageres Gesicht leuchtete vor Entzücken, „steht dort bei jeder Meile etwas auf dem Spiel. Und etwas aufs Spiel setzen, junger Freund, das ist das Salz des Lebens. Dann lohnt sich's erst. Wir alle werden viel zu verweichlicht und bequem. Ich verlange nichts als große unbewohnte Gebiete, freien Raum, ein Gewehr in der Faust und die Jagd auf etwas, das aufzuspüren sich lohnt. Bis jetzt habe ich Krieg, Querfeldeinjagden und Flugzeuge ausprobiert. Aber diese Jagd auf Viecher, die man sonst nur im Traum sieht, wenn man zuviel Hummer gegessen hat, bietet einen ganz neuen Nervenkitzel." Er kicherte vor Vergnügen über diese Aussicht.

Vielleicht erzähle ich zu ausführlich über diesen neuen Bekannten; aber er sollte ja nun für geraume Zeit mein Gefährte sein. Nur die Notwendigkeit, meinen Bericht über die Versammlung pünktlich abzuliefern, brachte mich endlich von ihm fort. Als ich ihn verließ, ölte er das Schloß seiner Lieblingsflinte und lächelte immer noch vor sich hin beim Gedanken an die Abenteuer, die auf uns warteten. Es war für mich völlig klar, daß ich in ganz England keinen mutigeren Mann hätte finden können.

Müde, wie ich war, saß ich nach den wundersamen Ereignissen dieses Tages noch lange bei McArdle, meinem Chefredakteur, und erklärte ihm die ganze Situation, die er für wichtig genug hielt, um am nächsten Morgen darüber zu berichten. Wir verabredeten, daß ich vollständige Berichte über meine Abenteuer in Form von Briefen heimsenden sollte und daß diese entweder sofort von der „Gazette“ gedruckt oder für spätere Veröffentlichungen zurückgehalten werden sollten, je nach Wunsch von Professor Challenger; denn wir konnten ja noch nicht wissen, welche Bedingungen er an die Informationen, die uns den Weg zum unbekannten Land zeigen sollten, knüpfen würde. Eine diesbezügliche telefonische Anfrage brachte uns außer einer Beschimpfung der Presse keine Einzelheiten. Professor Challenger bemerkte abschließend nur, daß er uns alle Informationen, die er für angebracht hielt, bei der Abreise übergeben werde.

Und nun, mein geduldiger Leser, kann ich mich nicht mehr direkt an Sie wenden. Von jetzt an (falls überhaupt eine Fortsetzung dieser Erzählung zu Ihnen gelangt) kann dies nur noch durch die von mir vertretene Zeitung erfolgen. Diesen Bericht über die bisherigen Ereignisse übergebe ich meinem Redakteur, so daß es wenigstens eine Aufzeichnung darüber gibt, wie alles zustande kam, falls ich nicht nach England zurückkehre. Diese letzten Zeilen schreibe ich im Salon des Booth-Passagierdampfers „Francisca“. Der Lotse wird sie mitnehmen und an Mr. McArdle schicken.

Ein letztes Bild möchte ich noch skizzieren, bevor ich mein Notizbuch zuklappe – ein Bild, das ich als Erinnerung an den alten Kontinent mit mir nehmen werde. Es ist ein feuchter, trüber Morgen im Spätfrühling. Drei Gestalten in glänzenden Regenmänteln gehen den Kai entlang zur Gangway des großen Dampfers. Ein Gepäckträger schiebt einen Karren vor ihnen her, der mit Koffern, Zeltplanen und Gewehrfutteralen hoch beladen ist. Summerlee, eine lange, melancholische Erscheinung, geht mit schleppenden Schritten wie jemand, der seinen Entschluß schon tief bereut. Lord John Roxton schreitet energisch aus, und was mich selbst angeht, so bin ich froh, daß ich die Hetze der Vorbereitungen und allen Abschiedsschmerz hinter mir habe, und ich zweifle nicht, daß man es mir anmerkt.

Plötzlich brüllt jemand hinter uns. Es ist Professor Challenger, der versprochen hat, zu unserer Abreise zu kommen. Er rennt hinter uns her – eine japsende, rotgesichtige, cholerische Gestalt.

„Nein, vielen Dank“, sagt er, „ich gehe nicht an Bord. Die paar Worte, die ich Ihnen zu sagen habe, können ebensogut hier gesprochen werden. Bilden Sie sich bitte nur nicht ein, daß ich Ihnen für Ihre Reise in irgendeiner Form zu Dank verpflichtet wäre. Seien Sie sich darüber klar, daß sie für mich völlig gleichgültig ist. Wahrheit bleibt Wahrheit. Daran werden auch Ihre Berichte nichts ändern. Meine Anweisungen für Sie und die Angaben über den Reiseweg sind in diesem versiegelten Umschlag. Sie werden ihn öffnen, wenn Sie eine Stadt namens Manaus am Amazonas erreicht haben, jedoch keinesfalls vor dem darauf vermerkten Datum. Mr. Malone, ich will Ihrer Berichterstattung keine Beschränkung auferlegen; denn es ist ja der einzige Zweck Ihrer Reise, um diese Dinge viel Wind zu machen. Aber ich verlange, daß Sie die genaue Lage Ihres Reiseziels nicht bekanntgeben und daß nichts vor Ihrer Rückkehr veröffentlicht werden darf. Leben Sie wohl, mein Lieber, Sie haben es immerhin geschafft, meine Einstellung zu dem abscheulichen Beruf, den Sie unglücklicherweise ausüben, etwas zu mildern. Leben Sie wohl, Lord John. Soweit ich informiert bin, ist die Wissenschaft zwar für Sie ein Buch mit sieben Siegeln; Sie dürfen sich jedoch zu dem Jagdgebiet gratulieren, das Sie erwartet. Und leben Sie wohl, Professor Summerlee. Falls Sie überhaupt noch besserungsfähig sind, wovon ich, ehrlich gesagt, nicht überzeugt bin, werden Sie bestimmt als klügerer Mann nach London zurückkehren."

Damit machte er auf dem Absatz kehrt, und eine Minute später konnte ich seine kleine, untersetzte Gestalt schon in der Ferne untertauchen sehen. So, und jetzt sind wir schon ein gutes Stück im Kanal. Die Glocke für die letzte Post läutet, und der Lotse geht von Bord. Wir begeben uns auf hohe See. Gott segne all unsere Lieben daheim und schenke uns eine glückliche Wiederkehr!

6

Ich möchte diejenigen, die diesen Brief lesen, nicht mit einem Bericht von unserer luxuriösen Überfahrt auf dem Booth-Dampfer langweilen und will auch nichts über unseren siebentägigen Aufenthalt in Para erzählen. Auch unsere Reise stromaufwärts will ich nur ganz kurz erwähnen. Wir fuhren den großen, träge fließenden, lehmfarbenen Strom hinauf auf einem Schiff, das unserem Ozeandampfer an Größe nur wenig nachstand. Fahrplanmäßig passierten wir die Enge von

Obidos und erreichten die Stadt Manaus. Hier wurden wir von dem wenig attraktiven einzigen Gasthof von Mr. Shortman, dem Agenten der Britisch-Brasilianischen Handelsgesellschaft, erlöst. Auf seiner gastlichen Fazenda warteten wir den Tag ab, an dem wir ermächtigt waren, Professor Challengers Instruktionsbrief zu öffnen.

Bevor ich zu den überraschenden Ereignissen dieses Termins komme, möchte ich noch gern ein deutlicheres Bild von meinen Reisegefährten und unseren in Südamerika angeheuerten Hilfskräften entwerfen.

Die wissenschaftlichen Verdienste Professor Summerlees sind so allgemein bekannt, daß ich mich nicht mit ihrer Aufzählung aufzuhalten brauche. Summerlee ist übrigens für eine derartige anstrengende Expedition besser geeignet, als man auf den ersten Blick glauben möchte. Sein langer, hagerer, sehniger Körper ist anscheinend gegen Erschöpfung immun, und seine trockene, sarkastische und zuweilen auch unsympathische Art wird von keinem Wechsel der Umgebung beeinflußt. Obwohl er schon über fünfundsechzig Jahre alt ist, habe ich ihn noch nie über die Strapazen der Reise stöhnen hören. Anfangs hatte ich seine Teilnahme an der Expedition als Behinderung angesehen; inzwischen bin ich jedoch überzeugt, daß er mir an Ausdauer in nichts nachsteht.

Von Anfang an hat er nie einen Hehl aus seiner Meinung gemacht, daß Professor Challenger ein kompletter Betrüger und unsere ganze Expedition für die Katz sei. Er prophezeite, daß wir in Südamerika nichts als Enttäuschung und in England entsprechenden Spott ernten würden. Mit diesen Ansichten lag er uns während der ganzen Reise von Southampton bis Manaus in den Ohren. Seit der Landung unseres Schiffes hat er in der Schönheit und Vielfalt der Insekten- und Vogelwelt ringsum etwas Trost gefunden; denn er ist mit Leib und Seele der Wissenschaft verschrieben. Tagsüber saust er mit Schrotflinte und Schmetterlingsnetz durch die Wälder, und abends ordnet er seine zahlreichen erbeuteten Exemplare.

Zu seinen Eigentümlichkeiten gehört es, daß er sich nachlässig kleidet, nicht gerade reinlich ist und leidenschaftlich gern eine kurze Bruyèrepfeife raucht. In seiner Jugend hat er an mehreren wissenschaftlichen Expeditionen teilgenommen, so daß das Leben im Zelt und Kanu ihm nichts Neues ist.

Lord John Roxton hat einige Punkte mit Professor Summerlee

gemeinsam, in anderen jedoch unterscheiden sie sich wie Tag und Nacht. Er ist zwanzig Jahre jünger, hat aber annähernd den gleichen mageren, knochigen Körperbau. Er benimmt sich äußerst aristokratisch und zurückhaltend, kleidet sich stets sorgfältig mit weißen Drillichanzügen und hohen braunen Stiefeln und rasiert sich mindestens einmal täglich. Wie die meisten Tatmenschen macht er nicht viele Worte und bleibt gern mit seinen Gedanken allein; aber er ist jederzeit bereit, auf eine Frage zu antworten oder sich in ein Gespräch einzuschalten, wobei er dann in einer seltsam abgehackten, halb scherzhaften Manier redet.

Seine geographischen Kenntnisse, insbesondere von Südamerika, sind erstaunlich. Er glaubt fest an den Erfolg unserer Reise und läßt sich durch Professor Summerlees abfällige Bemerkungen nicht beirren. Seine Stimme ist sanft, sein Betragen ruhig, aber seine glitzernden blauen Augen verraten, daß er durchaus zu leidenschaftlichen Zornausbrüchen und unbeugsamen Entschlüssen fähig ist. Er redete nur wenig über seine Taten in Brasilien und Peru; es war für mich jedoch wunderbar, die Begeisterung mitzuerleben, die sein Erscheinen bei den Eingeborenen längs des Flusses auslöste. Sie betrachteten ihn als ihren Helden und Beschützer. Die Ruhmestaten des Roten Häuptlings, wie sie ihn nennen, sind bei ihnen schon zur Legende geworden. Die zugrundeliegenden Tatsachen, soweit ich sie erfahren konnte, waren erstaunlich genug.

Vor einigen Jahren war Lord John in jenes Niemandsland gekommen, das zwischen den unbestimmbaren Grenzen von Peru, Brasilien und Kolumbien liegt. In diesem Bezirk gedeiht der wilde Gummibaum: für die Eingeborenen ein Fluch, der nur noch mit der Zwangsarbeit in den alten Silberminen von Darien unter spanischem Joch vergleichbar ist. Eine Handvoll Mestizen beherrschte das Land. Sie bewaffneten einige Indianer, die ihnen willfährig waren, und versklavten den Rest. Sie terrorisierten die Eingeborenen mit den unmenschlichsten Qualen, um sie zum Sammeln der Gummikuchen zu zwingen, die dann auf dem Fluß nach Para hinabgebracht wurden.

Lord John Roxton machte sich zum Fürsprecher der elenden Opfer und erntete nichts als Drohungen für seine Mühen. Darauf erklärte er Pedro Lopez, dem Anführer der Sklavenhalter, in aller Form den Krieg. Er stellte eine Truppe aus entlaufenen Sklaven auf und begann einen Feldzug, den er erst beendete, nachdem er den berüchtigten

Mestizen eigenhändig getötet und das von ihm verkörperte System zerstört hatte.

So war es denn kein Wunder, daß der rothaarige Mann mit der weichen Stimme und dem freien, offenen Betragen an den Ufern des großen südamerikanischen Flusses beträchtliches Aufsehen erregte. Die Dankbarkeit der Eingeborenen wurde aber zum Teil aufgewogen vom Haß der Mestizen, die ihre Ausbeutung gern fortgesetzt hätten. Eine nützliche Folge seines früheren Aufenthaltes ist, daß er die „Lingoa Geral", einen eigentümlichen Dialekt aus einem Drittel Portugiesisch und zwei Drittel Indianisch, der in ganz Brasilien geläufig ist, fließend beherrscht.

Ich habe bereits erwähnt, daß Lord John Roxton von Südamerika geradezu besessen ist. Er kann nur mit Begeisterung von diesem Land sprechen, und diese Begeisterung ist ansteckend. Sie zog sogar mich in ihren Bann und erregte meine Wißbegier. Ich wollte, ich könnte den Zauber seiner Vorträge wiedergeben, diese einmalige Mischung aus exaktem Wissen und unverbildeter Phantasie, die den Zuhörer so faszinierte, daß selbst der Professor allmählich sein zynisches und skeptisches Lächeln vergaß.

Soviel über meine beiden weißen Gefährten, deren Vorzüge und Schwächen im weiteren Verlauf dieser Erzählung noch deutlicher zutage treten werden. Wir haben aber auch schon eine Anzahl von Hilfskräften angemustert, die für die weitere Entwicklung nicht ohne Bedeutung sein werden. Der erste ist ein hünenhafter Neger namens Zambo, ein schwarzer Herkules, willig wie ein Pferd (und wohl auch von gleicher Intelligenz). Wir haben ihn in Para eingestellt, auf Empfehlung der Schiffahrtsgesellschaft, auf deren Dampfern er auch ein holpriges Englisch gelernt hat.

Ebenfalls in Para traten Gomez und Manuel in unsere Dienste, zwei Mestizen. Das sind dunkelhäutige Burschen, bärtig und wild, so vital und geschmeidig wie Panther. Beide haben ihr ganzes Leben am oberen Lauf des Amazonas verbracht, den wir erforschen wollen. Dieser Umstand hat Lord John bewogen, sie anzustellen. Der eine von ihnen, Gomez, spricht ausgezeichnet englisch. Diese Männer erklärten sich bereit, uns gegen einen Monatslohn von fünfzehn Dollar zu bedienen, für uns zu kochen, zu rudern und sich anderweitig nützlich zu machen.

Ferner haben wir drei Mojo-Indianer aus Bolivien angeworben, die unter allen am Fluß lebenden Stämmen die geschicktesten Fischer und Bootsbauer sind. Ihren Anführer nennen wir Mojo, nach seinem Stamm, und die anderen hören auf die Namen José und Fernando.

Drei Weiße also, zwei Mischlinge, ein Schwarzer und drei Indianer bildeten die Mannschaft der kleinen Expedition, die jetzt in Manaus ihre Instruktionen erwartete, um sich zu ihrer einzigartigen Suche aufzumachen.

Tag und Stunde waren endlich nach einer Woche ermüdenden Wartens herangekommen. Wir saßen im schattigen Wohnzimmer der Fazenda „Santo Ignacio", zwei Meilen landeinwärts von der Stadt Manaus. Draußen lag die gelbe, metallische Sonnenglut über dem Land, und die Schatten der Palmen wirkten ebenso schwarz und massiv wie die Bäume selbst. Die Luft war unbewegt, erfüllt vom ununterbrochenen Gesumm der Insekten, einem tropischen Chor, der vom tiefen Brummen der Biene bis zum hohen, scharfen Summen der Mücke eine ganze Skala umfaßt.

Wir saßen um den Rohrtisch herum, auf dem ein versiegelter Umschlag lag. Darauf standen in Professor Challengers eckiger Handschrift die Worte: „Instruktionen für Lord John Roxton und Begleiter. In Manaus am 15. Juli, genau um 12 Uhr zu öffnen."

Lord John hatte seine Uhr neben sich auf den Tisch gelegt. „Wir haben noch zwei Minuten Zeit", sagte er. „Der alte Knabe nimmt es sehr genau."

Professor Summerlee lächelte säuerlich und nahm den Umschlag in seine magere Hand. „Was macht es denn schon, ob wir ihn jetzt oder in zwei Minuten aufmachen?" sagte er. „Es gehört doch alles zum gleichen System aus Schwindel und Unsinn, für das der Verfasser leider mit Recht verrufen ist."

„Nein, wir müssen die Spielregeln einhalten", entgegnete Lord John. „Diese Veranstaltung ist Sache des alten Challenger, ohne dessen Entgegenkommen wir jetzt nicht hier säßen. Da wäre es unaufrichtig, wenn wir uns nicht genau nach seinen Anweisungen richten wollten."

„Eine schöne Bescherung ist das!" rief der Professor voller Ingrimm. „Was in diesem Umschlag steckt, weiß ich nicht; aber es muß etwas ganz Eindeutiges sein, sonst bin ich in großer Versuchung, den nächsten Dampfer nach Para zu nehmen, um dort noch die ‚Bolivia' zu erreichen. Schließlich habe ich noch Wichtigeres zu tun, als hier herumzurennen und die Behauptungen eines Wahnsinnigen zu widerlegen. – Jetzt muß es aber soweit sein, Roxton!"

„Es ist soweit", sagte Lord John. Er nahm den Umschlag und schnitt ihn mit seinem Federmesser auf. Dann zog er einen gefalteten Bogen Papier heraus. Diesen breitete er sorgfältig aus und legte ihn auf den Tisch. Er war ein leeres Blatt. Er drehte es um. Es war immer noch leer. Wir blickten uns in betretenem Schweigen an, das Professor Summerlee schließlich mit einem mißtönenden Hohngelächter beendete.

„Das ist ein offenes Geständnis", rief er. „Was wollen Sie noch mehr? Der Kerl gibt selbst zu, daß er ein Schwindler ist. Uns bleibt jetzt nur übrig, zurückzufahren und zu verkünden, welchem schamlosen Betrüger wir auf den Leim gegangen sind."

„Vielleicht unsichtbare Tinte!" warf ich ein.

„Das glaube ich nicht!" sagte Lord John und hielt das Papier gegen das Licht. „Nein, junger Freund, es hat keinen Zweck, daß wir uns was vormachen. Ich verbürge mich dafür, daß auf diesem Papier noch nie etwas gestanden hat."

„Darf ich hereinkommen?" dröhnte eine Stimme von der Veranda.

Der Schatten einer gedrungenen Gestalt hatte sich über den sonnenbeschienenen Fleck geschoben. Diese Stimme! Diese ungeheuer breiten Schultern! Wir fuhren herum, den Mund vor Erstaunen weit offen, als Challenger – einen runden Strohhut auf dem Kopf, die Hände in den Jackentaschen – im Türrahmen erschien. Er warf den Kopf in den Nacken, und da stand er im goldenen Sonnenschein, mit all seiner altassyrischen Bartpracht, der einmaligen Dreistigkeit seiner gesenkten Lider und unduldsamen Augen.

„Ich fürchte", sagte er und zog seine Uhr aus der Tasche, „daß ich ein paar Minuten zu spät komme. Ich hatte nämlich beabsichtigt, bei Ihnen zu sein, noch ehe Sie den Brief öffneten. Die Schuld an der unglücklichen Verspätung trifft gleichermaßen einen unfähigen Steuermann wie eine aufdringliche Sandbank."

„Ich muß schon sagen, Sir", sagte Lord John mit etwas ärgerlicher Stimme, „daß Ihr Auftauchen für uns eine beträchtliche Erleichterung bedeutet; denn unsere Mission schien bereits ihr vorzeitiges Ende erreicht zu haben. Ich kann auch jetzt noch nicht begreifen, warum Sie eine so ungewöhnliche Methode anwenden mußten."

Statt einer Antwort kam Professor Challenger ins Zimmer, gab Lord

John und mir die Hand, verbeugte sich ironisch vor Professor Summerlee und ließ sich in einen Korbstuhl fallen, der sich unter seinem Gewicht bog und bedenklich krachte.

„Sie benötigen jetzt keinen Plan mehr, da Sie in den unschätzbaren Genuß meiner persönlichen Führung kommen", sagte er. „Wie Sie ohne weiteres zugeben werden, könnten auch die besten Pläne nur ein kümmerlicher Ersatz für meine persönliche Intelligenz und Führung sein. Und was die kleine Kriegslist mit dem Umschlag betrifft, so wollte ich mir damit unerwünschte Nötigungen, mit Ihnen gemeinsam zu reisen, ersparen."

„Von mir wären die nicht gekommen, Sir!" rief Professor Summerlee offenherzig. „Nicht, solange es auf dem Atlantik noch ein anderes Schiff gegeben hätte."

Challenger wischte ihn mit seiner großen, behaarten Hand gewissermaßen beiseite. „Ich bin sicher, daß Ihr gesunder Menschenverstand mir darin recht gibt und Sie verstehen läßt, daß es für mich besser war, mich selbständig zu bewegen und erst in genau dem Augenblick zu erscheinen, als meine Anwesenheit notwendig wurde. Dieser Augenblick ist nun gekommen. Sie befinden sich in guten Händen. Sie werden Ihr Ziel ohne Fehlschläge erreichen. Von nun an übernehme ich das Kommando über diese Expedition, und ich muß Sie bitten, Ihre Vorbereitungen noch heute abend zu beenden, so daß wir morgen zeitig aufbrechen können."

Lord John Roxton hatte die „Esmeralda", ein großes Dampfschiff, gemietet, das uns stromaufwärts tragen sollte. Was das Klima anbetrifft, so war es ganz unwesentlich, welche Jahreszeit wir für unsere Expedition wählten; denn die Temperatur bewegt sich sowohl im Sommer als auch im Winter ständig um die fünfunddreißig Grad ohne einen wahrnehmbaren Unterschied der Hitze. Mit der Feuchtigkeit verhält es sich jedoch anders: Die Regenzeit dauert von Dezember bis Mai, und während dieser Zeit steigt der Fluß. Er überflutet die Ufer, dehnt sich in großen Lagunen über ungeheure Landflächen aus und bildet einen riesigen, „Gapo" genannten Bezirk, der größtenteils für eine Durchquerung zu Fuß zu sumpfig und für Bootsfahrten zu seicht ist. Etwa im Juni beginnt das Wasser zu fallen und erreicht seinen tiefsten Stand im Oktober oder November. So fiel also unsere Expedition in den Beginn der Trockenzeit, als der große Strom und seine Nebenflüsse mehr oder weniger in normalem Zustand waren.

Die Strömung des Flusses ist nur gering, da das Gefälle nicht besonders groß ist. Kein Strom könnte für die Schiffahrt besser geeignet sein; denn der vorherrschende Wind bläst aus Südost, so daß Segelboote ohne Unterbrechung bis zur peruanischen Grenze fahren können, um sich dann von der Strömung zurücktreiben zu lassen.

In unserem Fall machte das träge Dahinfließen des Stromes den ausgezeichneten Maschinen der „Esmeralda" gar nichts aus. Wir kamen so schnell voran, als ob wir auf einem stehenden Gewässer führen. Drei Tage lang dampften wir nordwestwärts einen Strom hinauf, der sogar hier, tausend Meilen von seiner Mündung entfernt, noch so breit war, daß von der Mitte aus beide Ufer nur als Schatten am Horizont wahrnehmbar blieben. Am vierten Tag nach unserer Abreise aus Manaus bogen wir in einen Nebenfluß ein, der an seiner Mündung nur wenig schmaler als der Amazonas ist, sich jedoch rasch verengt.

Nach einer weiteren zweitägigen Fahrt kamen wir zu einem Indianerdorf. Der Professor bestand darauf, daß wir die „Esmeralda" nach Manaus zurückschickten. Wir würden nun bald an Stromschnellen kommen, erklärte er, die die weitere Benutzung des Schiffes unmöglich machten. Leise fügte er noch hinzu, daß wir uns jetzt dem Zugang zum unbekannten Land näherten. Je weniger Menschen wir ins Vertrauen zögen, desto besser sei es.

Aus demselben Grund ließ er sich auch von jedem von uns das Ehrenwort geben, daß wir nichts sagen oder schreiben würden, was irgendeinen konkreten Anhaltspunkt auf unsere Reiseroute geben könnte. Daher kommt es, daß ich in meinen Aufzeichnungen jegliche klare Ortsangabe vermeiden muß. Professor Challenger wäre eher imstande gewesen, die ganze Expedition im Stich zu lassen, als die Bedingungen, unter denen er uns führen wollte, auch nur um Haaresbreite abzuändern.

Am zweiten August geschah es dann, daß wir unser letztes Band zur Außenwelt lösten, indem wir der „Esmeralda" Lebewohl sagten. Seitdem sind zwei Tage vergangen. Von den Indianern haben wir uns zwei große Kanus gemietet. Sie sind aus leichtem Material (Häute über einem Bambusgerüst), so daß wir sie mühelos um jedes Hindernis herumtragen können. Darin haben wir unsere Sachen verladen. Zwei Indianer wurden angeheuert, um uns bei der Navigation zu helfen. Wie ich hörte, handelt es sich um dieselben – Ataea und

Ipetu mit Namen –, die Professor Challenger auf seiner ersten Reise begleitet haben. Die Aussicht, noch einmal mitgehen zu müssen, schien sie sehr zu erschrecken; aber in diesen Gegenden übt der Häuptling patriarchalische Gewalt aus. Wenn er einen Handel für gut befindet, wird der Stammesangehörige nicht lange nach seiner Meinung gefragt.

So werden wir denn morgen ins Ungewisse aufbrechen. Diesen Bericht gebe ich einem stromabwärts fahrenden Kanu mit; er ist vielleicht für diejenigen, die an unserem Schicksal Anteil nehmen, unser letztes Lebenszeichen. Entsprechend unserer Vereinbarung habe ich ihn wieder an Sie adressiert, lieber Mr. McArdle, und ich überlasse es ganz Ihrem Urteil, Streichungen, Änderungen oder was Ihnen sonst angebracht erscheinen sollte, daran vorzunehmen.

Durch Professor Challengers zuversichtliche Art – und aller fortgesetzten Skepsis Professor Summerlees zum Trotz – bin ich fest überzeugt, daß unser Anführer seine Behauptungen beweisen wird und daß wir tatsächlich am Vorabend bedeutsamer Erlebnisse stehen.

7

UNSERE Freunde daheim dürfen sich mit uns freuen; denn wir sind am Ziel und haben wenigstens bis zu einem gewissen Grad festgestellt, daß Professor Challengers Behauptungen beweisbar sind. Zwar haben wir bisher das Plateau noch nicht ersteigen können; aber es liegt vor uns, und sogar Professor Summerlee ist etwas kleinlaut geworden. Das bedeutet nicht etwa, daß er auch nur für einen Augenblick zugäbe, sein Rivale könnte im Recht sein; aber er ist immerhin weniger beharrlich in seinen ewigen Einwänden und bewahrt größtenteils ein nachdenkliches Schweigen.

Ich will jedoch der Reihe nach berichten und meine Aufzeichnungen dort fortsetzen, wo ich sie abgebrochen habe. Wir schicken einen unserer hiesigen Indianer, der verletzt ist, zurück, und ich vertraue ihm diesen Brief an, wenn auch mit erheblichen Zweifeln, ob er jemals seinen Bestimmungsort erreichen wird.

Als ich das letzte Mal schrieb, waren wir im Begriff, das Indianerdorf, bei dem die „Esmeralda" uns abgesetzt hatte, zu verlassen. Ich muß diese Fortsetzung mit einer schlechten Nachricht beginnen;

denn die erste schwere persönliche Auseinandersetzung (wenn man einmal von den ständigen Reibereien zwischen den Professoren absieht) hat sich an diesem Abend ereignet und hätte leicht ein schlimmes Ende nehmen können.

Ich habe von unserem englisch sprechenden Halbblut, Gomez, berichtet, einem tüchtigen Arbeiter und willigen Burschen, der aber, wie fast alle diese Leute, äußerst neugierig zu sein scheint. An jenem Abend hat er sich in der Nähe der Hütte, in der wir unsere Beratungen abhielten, versteckt. Er wurde dabei von unserem treuen, riesigen Neger Zambo, der den Haß seiner Rasse gegen alle Mischlinge teilt, entdeckt, hervorgezerrt und zu uns geschleppt. Gomez zog das Messer. Aber der kräftige Zambo entwaffnete ihn, bevor er zustechen konnte. Die Angelegenheit ist mit Verwarnungen einstweilen beigelegt worden, und die Kampfhähne wurden gezwungen, sich die Hand zu reichen. Somit besteht Hoffnung, daß sich alles wieder einrenkt.

Der nächste Tag brachte den eigentlichen Start zu unserer Expedition. Wir stellten fest, daß alles Gepäck bequem in den beiden Kanus Platz hatte, und teilten uns in zwei Besatzungen von je sechs Mann auf. Im Interesse des allgemeinen Friedens setzten wir in jedes Boot einen Professor. Ich selbst fuhr mit Challenger, der an diesem Tag gut aufgelegt war.

Zwei Tage lang fuhren wir also einen mittelgroßen, einige hundert Meter breiten Fluß hinauf, dessen Wasser dunkel und klar war. Für gewöhnlich konnte man bis auf den Grund sehen. Das ist bei vielen Zuflüssen des Amazonas möglich. Andere Nebenflüsse wiederum sind gelblich und trübe. Dieser Unterschied rührt von der verschiedenen Bodenbeschaffenheit ihrer Ursprungsgebiete her. Die dunklen Gewässer deuten auf vermoderte Vegetation, die anderen verdanken ihre Färbung lehmigem Boden. Zweimal kamen wir an Stromschnellen, die wir in beiden Fällen durch einen Landtransport über eine halbe Meile umgehen mußten. Die Wälder auf beiden Seiten sind urzeitlich und leichter zu passieren als jüngere Baumbestände. Wir hatten keine großen Schwierigkeiten, mit unseren Kanus hindurchzukommen.

Wie könnte ich jemals das feierliche, rätselvolle Schweigen vergessen? Die Höhe der Bäume und der Durchmesser ihrer Stämme übertrafen alles, was ich mir in meinem Stadtleben hätte vorstellen können. Wie prachtvolle Säulen ragten sie hinauf. In großer Höhe über unseren Köpfen konnten wir undeutlich die Stellen erkennen, an denen die Äste in gotischen Bögen ausschwangen und sich zu einem einzigen, dichtverfilzten Laubdach vereinigten. Nur hier und dort vermochte ein goldener Sonnenstrahl durchzudringen, um als blendender Lichtpfeil das majestätische Halbdunkel zu erhellen. Als wir geräuschlos über den dicken, weichen Teppich aus vermodertem Pflanzenwerk schritten, überkam uns das gleiche ehrfurchtsvolle Schweigen, das einen im Zwielicht eines Domes befällt. Sogar Professor Challengers übliche Lautstärke wurde zu Geflüster.

Ich hatte keine Ahnung von den Namen dieser Baumriesen; aber unsere Wissenschaftler zeigten mir die Zedern, die großen Baumwoll- und Mahagonibäume und all den Überfluß an mannigfaltigen Pflanzen, der den Bedarf der ganzen Welt decken kann. Bunte Orchideen und Moose in wunderbarer Farbenpracht glühten auf den dunklen Baumstämmen. Das Leben muß sich in diesen Urwäldern ständig nach oben zum Licht durchkämpfen. Jede Pflanze, sogar die kleinste, windet und ringelt sich der grünen Oberfläche entgegen und schlingt sich um ihre stärkeren Brüder.

Tierisches Leben regte sich kaum in den majestätischen Gewölben, die sich vor uns erstreckten; aber eine beständige Unruhe weit über unseren Häuptern sprach von der bunten Welt der Schlangen und Affen, der Vögel und Faultiere, die dort oben im Sonnenlicht lebten und verwundert auf unsere winzigen, dunklen, vorwärts stolpernden Gestalten in der Tiefe herabblickten.

In der Morgendämmerung und bei Sonnenuntergang schrien die Brüllaffen, und die Sittiche brachen in ihr schrilles Gekreisch aus. Aber während der heißen Tagesstunden drang nur das volle Dröhnen der Insekten an unsere Ohren, ähnlich dem Geräusch einer fernen Brandung, während sich in den feierlichen Reihen der ungeheuren Stämme nichts regte.

Nur einmal rannte ein krummbeiniges watschelndes Geschöpf, ein Ameisenbär oder etwas Ähnliches, unbeholfen vor uns davon und verschwand im Schatten. Das war das einzige Zeichen von tierischem Leben, das mir in diesem riesigen Waldgebiet am Amazonas zu Gesicht kam.

Und doch gab es Anzeichen dafür, daß sogar menschliches Leben in dieser Abgeschiedenheit existierte, und gar nicht so weit von uns.

Am dritten Reisetag bemerkten wir in der Luft ein rhythmisches und feierliches Vibrieren, das in unregelmäßigen Abständen den ganzen Vormittag hindurch anhielt. Unsere Boote zogen ruhig im Abstand von wenigen Metern dahin, als wir es zum erstenmal hörten. Unsere Indianer erstarrten. Unbeweglich wie Bronzestatuen lauschten sie, und auf ihren Gesichtern malte sich Entsetzen.

„Was ist es denn?" fragte ich.

„Trommeln", sagte Lord John. „Kriegstrommeln. Ich habe sie schon mal gehört."

„Ja, Sir, Kriegstrommeln", sagte Gomez, der Mestize.

„Wilde Indianer, Krieger, keine friedlichen Stämme. Sie beobachten uns auf jeder Meile unseres Weges und wollen uns umbringen."

„Aber wie können sie uns beobachten?" fragte ich und starrte in die dunkle, unbewegte Leere um uns. Mir war es unbegreiflich.

Der Mestize zuckte mit seinen breiten Schultern. „Die Indianer wissen Bescheid. Sie sprechen zueinander mit ihren Trommeln."

Am Nachmittag jenes Tages – nach meinem Taschenkalender war es Dienstag, der 18. August – dröhnten wenigstens sechs oder sieben Trommeln aus verschiedenen Richtungen. Zuweilen schlugen sie rasch, zuweilen langsam, manchmal in offensichtlicher Frage und Antwort. Eine, weit im Osten, brach in ein schnelles Stakkatorasseln aus, dem nach einer Pause ein tiefer Wirbel aus dem Norden folgte. Etwas unbeschreiblich Zermürbendes und Drohendes steckte in diesem unaufhörlichen Getrommel, in dem wir allmählich die Worte zu erkennen meinten, die der Mestize entschlüsselt hatte: „Wir bringen euch um, wenn wir können. Wir bringen euch um, wenn wir können."

Während des ganzen Tages grollten und flüsterten die Trommeln, und ihre Drohung spiegelte sich in den ängstlichen Gesichtern unserer farbigen Begleiter. Selbst der abgehärtete, wichtigtuerische Gomez schien eingeschüchtert. An diesem Tage aber erkannte ich ein für allemal, daß sowohl Summerlee als auch Challenger jenen höchsten Grad der Tapferkeit besaßen: die Tapferkeit der Forscherseele. Sie hatten den Geist, der Darwin unter den Gauchos in Argentinien aushalten ließ.

Es ist von einer gnädigen Vorsehung so eingerichtet, daß das menschliche Gehirn nicht zwei Dinge gleichzeitig denken kann, so daß ihm kein Raum für persönliche Betrachtungen bleibt, wenn es in wissenschaftliche Neugier versunken ist. Den ganzen Tag über, inmitten jener unaufhörlichen und geheimnisvollen Drohungen, beobachteten unsere beiden Professoren jeden Vogel im Flug und jeden Busch am Ufer. Sie fühlten sich so sicher, als wenn sie im Rauchsalon des Royal-Society-Clubs in der St. James Street gesessen hätten. Nur einmal ließen sie sich herab, über die Gefahr zu diskutieren.

„Miranha- oder Amajuaca-Kannibalen", sagte Challenger und wies mit dem Daumen auf den widerhallenden Wald.

„Ohne Zweifel", antwortete Summerlee. „Wie bei allen derartigen Stämmen erwarte ich, einen polysynthetischen Dialekt und einen mongoloiden Typus anzutreffen."

„Polysynthetisch gewiß", bemerkte Challenger nachsichtig. „Mir ist auf diesem Kontinent keine andersartige Sprache bekannt, und ich kenne immerhin über hundert hiesige Dialekte. Die mongoloide Theorie hingegen betrachte ich mit großer Skepsis."

„Dabei sollte man meinen, daß schon eine ganz oberflächliche Kenntnis der vergleichenden Anatomie genügte, sie zu bestätigen", sagte Summerlee scharf.

Challenger reckte sein angriffslustiges Kinn vor, bis sein Gesicht nur noch aus Bart und Hutkrempe zu bestehen schien. „Zweifellos, mein Herr, muß ein oberflächliches Wissen zu diesem Ergebnis führen. Wenn man jedoch über gründliche Kenntnisse verfügt, kommt man zu ganz anderen Schlußfolgerungen." Sie starrten sich in gegenseitiger Herausforderung an, während ringsum das ferne Trommeln dröhnte: „Wir bringen euch um – wir bringen euch um, wenn wir können."

In dieser Nacht verankerten wir unsere Kanus mit schweren Steinen in der Flußmitte und trafen alle Vorbereitungen zu unserer Verteidigung. Es ereignete sich jedoch nichts. Mit dem Morgengrauen setzten wir unsere Reise fort, und das Trommeln erstarb langsam hinter uns. Gegen drei Uhr nachmittags kamen wir an sehr hohe, etwa zwei Kilometer lange Stromschnellen – dieselben, in denen Professor Challenger auf seiner ersten Reise Schiffbruch erlitten hatte. Ich muß bekennen, daß ich ihren Anblick mit Genugtuung empfand; denn hier hatte ich die erste, wenn auch unbedeutende Bestätigung für die Wahrheit seiner Geschichte.

Die Indianer trugen zuerst die Kanus, dann unsere Vorräte durch das Unterholz, das an dieser Stelle sehr dicht ist. Wir Weißen gingen mit geschultertem Gewehr am Waldrand entlang, um sie gegen mögliche Angriffe abzuschirmen.

Bis zum Abend hatten wir die Stromschnellen glücklich hinter uns und waren weiter stromauf vorgedrungen. Dann ankerten wir für die Nacht. Nach meiner Schätzung hatten wir von der Mündung bis hierhin nicht weniger als hundertfünfzig Kilometer auf dem Nebenfluß zurückgelegt.

Am frühen Vormittag des folgenden Tages kam dann die große Kursänderung. Schon seit der Morgendämmerung war Professor Challenger auffallend unruhig und suchte unaufhörlich beide Flußufer ab. Plötzlich tat er einen zufriedenen Ausruf und deutete auf einen einzelnen Baum, der in eigenartigem Winkel über das Flußufer ragte.

„Wofür halten Sie das?“ fragte er.

„Das ist eine Assaipalme“, sagte Summerlee.

„Ganz richtig. Und eine Assaipalme ist mein Wegweiser. Die verborgene Öffnung liegt einen Kilometer weiter auf dem entgegengesetzten Flußufer. In den Bäumen gibt es keine Lücke; das ist das Wunderbare und Geheimnisvolle daran. Dort, wo Sie anstelle des dunkelgrünen Unterholzes hellgrünes Schilf sehen, liegt mein Privateingang ins Unbekannte. Wir wollen uns hindurchzwängen, und Sie werden sehen.“

Es war tatsächlich ein wundersamer Ort. Als wir das hellgrüne Schilf erreichten, stakten wir unsere Kanus hindurch und kamen schließlich in einen ruhigen, flachen Strom, der klar und durchsichtig über sandigen Grund dahinfloß. Er mag etwa zwanzig Meter breit gewesen sein und wurde auf beiden Seiten von äußerst üppiger Vegetation eingesäumt. Wer das kurze Stück Röhricht übersah, konnte die Existenz eines solchen Stromes oder gar des Märchenlandes dahinter nicht ahnen.

Es war nämlich ein Märchenland – das wundervollste, was menschliche Phantasie sich vorzustellen vermag. Der reiche Pflanzenwuchs vereinigte sich oben und verwob sich zu einem natürlichen Heckengang. Durch diesen Laubtunnel floß in goldenem Zwielicht der grüne, durchscheinende Fluß. Ein schönes Bild, das ins Wunderbare gesteigert wurde durch die seltsamen Tönungen des gedämpften Oberlichtes. Kristallklar, bewegungslos wie aus Glas, grünlich wie die Kante eines Eisberges lag das Wasser vor uns. Darüber ein Bogengang aus Laub. Jeder Schlag unserer Paddel sandte tausend feine

Fältchen über die leuchtende Oberfläche. Ein zauberhafter Weg, der uns in das Wunderland führte!

Von den Indianern war nichts mehr zu hören. Aber Tiere gab es genug, und ihre Zutraulichkeit bewies, daß sie noch keine Jäger kennengelernt hatten. Flaumige kleine Seidenäffchen mit schneeweißen Zähnen und funkelnden spöttischen Augen schnatterten uns zu, als wir vorbeifuhren.

Mit dumpfem, schwerem Platschen ließ sich gelegentlich ein Alligator vom Ufer ins Wasser fallen. Einmal starrte uns aus einer Lücke im Gebüsch ein dunkler, plumper Tapir an und tappte dann schwerfällig in den Wald. Ein anderes Mal schoß die gelbe, sehnige Gestalt eines großen Pumas durch das Unterholz, und seine bösartigen Augen starrten uns über seine hellbraune Schulter an. Vögel gab es im Überfluß, vor allem Stelzvögel – Storch, Kranich und Ibis. In kleinen Gruppen versammelt, blau, rot und weiß, bevölkerten sie jeden Baumstamm, der vom Ufer ins Wasser ragte.

Unter uns wimmelte es im kristallklaren Wasser von Fischen in allen Formen und Farben.

Drei Tage lang fuhren wir durch diesen natürlichen Tunnel. Kein Zeichen menschlichen Lebens störte den tiefen Frieden dieses seltsamen Wasserlaufes.

„Hier kein Indianer. Zuviel Angst, Curupuri", sagte Gomez.

„Curupuri ist der Geist der Wälder", erklärte uns Lord John. „Es ist der Name für eine Art Teufel. Die armen Schlucker glauben, daß in dieser Richtung etwas Furchtbares liegt. Darum kommen sie nicht hierher."

Am dritten Tag wurde offenbar, daß unsere Reise in den Kanus nicht mehr lange weitergehen konnte, denn der Strom wurde jetzt rasch flacher. Zweimal in zwei Stunden saßen wir auf Grund. Endlich zogen wir die Boote hinauf ins Gebüsch und verbrachten die Nacht am Flußufer. Am Morgen unternahmen Lord John und ich einen Erkundungsgang durch den Wald, wobei wir uns parallel zum Strom hielten. Da das Wasser immer flacher wurde, kehrten wir um und berichteten, was Professor Challenger bereits vermutet hatte: daß wir von nun an unsere Kanus nicht weiter mitnehmen konnten. Wir zogen sie deshalb an Land, verbargen sie im Gebüsch und markierten einen Baum mit der Axt, um sie wiederzufinden. Dann wurden die einzelnen Lasten verteilt – Gewehre, Munition, Verpflegung, ein Zelt,

Decken. Wir schulterten unsere Bündel und brachen zum beschwerlichsten Teil unserer Reise auf.

Ein unseliger Streit zwischen unseren beiden Hitzköpfen stand am Beginn dieses neuen Abschnitts. Zum Mißvergnügen Summerlees hatte Challenger seit dem Augenblick seines Auftauchens das Kommando über unsere kleine Truppe übernommen. Jetzt, als er seinem Kollegen auch eine kleine Aufgabe zuteilen wollte (es handelte sich lediglich um den Transport eines kleinen Vakuum-Barometers), kam der angestaute Groll plötzlich zum Ausbruch.

„Darf man fragen, mein Herr", sagte Summerlee mit unnatürlicher Ruhe, „mit welchem Recht Sie glauben, uns Befehle erteilen zu können?"

Challenger starrte ihn mit gesträubtem Bart an. „Das tue ich in meiner Eigenschaft als Leiter dieser Expedition, Professor Summerlee."

„Ich fühle mich verpflichtet, mein Herr, Ihnen mitzuteilen, daß ich Sie in dieser Eigenschaft nicht anerkenne."

„Meine Güte!" sagte Challenger und setzte sich auf den Rand eines Kanus. „In diesem Fall können Sie natürlich Ihren Weg fortsetzen, und ich werde Ihnen nach meinem Belieben folgen. Wenn ich nicht der Anführer bin, können Sie auch nicht erwarten, daß ich Sie führe."

Dem Himmel sei Dank, daß es wenigstens noch zwei normale Menschen – Lord John Roxton und mich – gab, die verhüten konnten, daß wir wegen der Launenhaftigkeit unserer Gelehrten mit leeren Händen umkehren mußten. Welcher Argumente, Beschwörungen und Erklärungen bedurfte es, bis wir sie besänftigen konnten! Dann endlich war Challenger bereit vorauszugehen. Summerlee kam grollend hinterher. Durch einen glücklichen Zufall fanden wir zu dieser Zeit heraus, daß unsere Professoren beide die denkbar schlechteste Meinung von einem Dr. Illingworth in Edinburgh hatten. Das wurde unsere Rettung. Jede gefährliche Situation wurde nun dadurch entspannt, daß wir den Namen des schottischen Zoologen ins Gespräch brachten. Da bildeten unsere beiden Kampfhähne in ihrer Verachtung und Beschimpfung dieses gemeinsamen Gegners eine vorübergehende Allianz.

Als wir im Gänsemarsch am Ufer weiter vorrückten, bemerkten wir bald, daß der Fluß sich zu einem bloßen Bach verengte. Schließlich verlor er sich ganz in einem großen grünen Morast aus schwammigen

Moosen, in dem wir bis zu den Knien versanken. Diese Stelle war verseucht mit Schwärmen von Mücken und allen möglichen Arten fliegender Plagegeister. Wir waren froh, als wir uns wieder auf festen Grund gerettet hatten. Dann entschlossen wir uns zu einem Umweg durch den Wald.

Am zweiten Tag unseres Fußmarsches entdeckten wir, daß der Charakter der Landschaft sich änderte. Unser Weg führte beständig aufwärts. Die Wälder wurden spärlicher und büßten ihre tropische Üppigkeit ein. Gewaltige Bäume der alluvialen Amazonasebene wichen Phönix- und Kokospalmen, die in einzelnen Gruppen inmitten dichten Gebüsches standen. In den feuchteren Vertiefungen breiteten Mauritiapalmen ihre anmutig herabhängenden Wedel aus.

Wir gingen nur nach dem Kompaß. Einmal gab es Meinungsverschiedenheiten zwischen Challenger und den beiden Indianern. Dabei vertraute, um Challengers eigene empörte Worte zu gebrauchen, die ganze Gesellschaft „den fehlerhaften Instinkten primitiver Wilder mehr als einem feinnervigen Exponenten der modernen europäischen Kultur". Daß wir recht daran getan hatten, erwies sich am dritten Tag, als Challenger zugeben mußte, einige markante Punkte seiner früheren Reise wiederzuerkennen. An einer Stelle trafen wir sogar auf vier vom Feuer geschwärzte Steine, die von einem Lagerplatz stammten.

Unser Weg stieg immer noch an. Wir überquerten einen felsenübersäten Abhang, wofür wir zwei Tage benötigten. Wieder hatte der Pflanzenwuchs sich verändert. Allein der Elfenbeinbaum blieb noch übrig, daneben wundervolle Orchideen in großem Überfluß. Vereinzelte Bäche mit steinigem Grund und farnbewachsenen Ufern rauschten in den flachen Schluchten herab und boten uns allabendlich gute Lagerplätze an den Ufern felsiger Teiche.

Am neunten Tag nachdem wir unsere Kanus verlassen hatten, ließen wir die Bäume hinter uns. Sie waren immer kleiner geworden, bis sie nur noch die Größe von Büschen hatten. An ihre Stelle trat eine Bambuswildnis, die so dicht gewachsen war, daß wir uns mit den Macheten und Hellebarden der Indianer einen Pfad hauen mußten. Wir brauchten einen ganzen Tag, von sieben Uhr morgens bis acht Uhr abends mit nur zwei Pausen von je einer Stunde, um dieses Hindernis zu überwinden. Etwas Eintönigeres und Ermüdenderes kann man sich nicht vorstellen. Sogar an den lichtesten Stellen konnte ich nicht weiter als zehn bis zwölf Meter sehen. Was für Lebewesen ein solches Dickicht bewohnen, weiß ich nicht; wir hörten jedoch mehrere Male, wie große, schwere Tiere ganz in unserer Nähe es durchbrachen. Nach ihren Geräuschen urteilte Lord John, daß es sich um eine Art wilder Rinder handelte. Zur Abenddämmerung kamen wir aus dem Bambusgürtel heraus und schlugen unser Lager auf, erschöpft von diesem arbeitsreichen Tag.

Früh am nächsten Morgen waren wir wieder auf den Beinen und fanden, daß der Charakter der Landschaft sich abermals verändert hatte. Hinter uns stand die Bambusmauer, so scharf begrenzt, als ob sie einem Flußlauf folgte. Vor uns lag eine freie Ebene, die leicht anstieg und mit Bündeln von Baumfarnen übersät war. Gegen Mittag erreichten wir einen langen Kamm. Es folgte ein flaches Tal, das wiederum in eine sanfte Anhöhe überging. Als wir den ersten dieser Hügel überquerten, trat ein Ereignis ein, das ebensogut bedeutungsvoll wie unwichtig gewesen sein kann.

Challenger, der mit seinen zwei Indianern die Vorhut unserer Gruppe bildete, blieb plötzlich stehen und zeigte aufgeregt nach rechts. Als wir aufblickten, sahen wir in einer Entfernung von ungefähr einem Kilometer etwas Ähnliches wie einen riesigen grauen Vogel mit schwerem Flügelschlag vom Boden aufsteigen und sanft davongleiten. Er flog sehr niedrig und geradlinig und verschwand hinter den Baumfarnen.

„Haben Sie das gesehen?“ rief Challenger triumphierend. „Summerlee, haben Sie das gesehen?“

Sein Kollege starrte noch immer auf die Stelle, an der das seltsame Wesen verschwunden war. „Was war es denn Ihrer Meinung nach?“ fragte er.

„Nach meiner festen Überzeugung ein Pterodactylos.“

Summerlee brach in höhnisches Gelächter aus. „Ein Pteroquatschylos!“ sagte er. „Wenn das kein Storch war, dann habe ich noch nie einen gesehen.“

Challenger wurde so wütend, daß er nicht sprechen konnte. Er schwang sich sein Bündel über die Schulter und marschierte weiter. Lord John kam zu mir nach vorn, und sein Gesicht war ernster als üblich. Er trug seinen Zeiss-Feldstecher in der Hand.

„Ich habe das Viech noch ins Blickfeld bekommen, bevor es über den Bäumen war“, sagte er. „Ich möchte mich nicht festlegen; aber ich möchte wetten, daß mir so ein Vogel noch nie vor die Augen gekommen ist."

So liegen die Dinge also. Stehen wir wirklich direkt am Rand des Unbekannten, stoßen wir bereits auf die Vorposten jener verschollenen Welt, von der unser Anführer erzählt? Ich schreibe Ihnen den Vorfall so auf, wie er sich zugetragen hat, und damit wissen Sie genausoviel wie ich. Es blieb übrigens der einzige dieser Art.

Und nun, liebe Leser, habe ich Sie den breiten Fluß hinaufgeführt, durch das grüne Schilf hindurch, den grünen Tunnel entlang, den langen palmenbewachsenen Abhang hinauf, durch das Bambusgestrüpp und über die Ebene mit den Baumfarnen. Endlich liegt unser Ziel in voller Sicht vor uns.

Als wir den zweiten Hügelkamm überschritten hatten, erblickten wir vor uns eine unregelmäßige, palmenbesetzte Ebene und dahinter die Linie der hohen roten Felsen, die ich schon von dem Bild her kannte.

Die Ebene läuft bogenförmig von uns fort und erstreckt sich über das ganze Blickfeld. Challenger stolziert umher wie ein preisgekrönter Pfau, und Summerlee ist still geworden, aber immer noch skeptisch. Der nächste Tag wird wohl einige unserer Zweifel klären. Inzwischen aber, da José aus Furcht auf seiner Rückkehr besteht, will ich diesen Brief mit ihm zurückschicken in der Hoffnung, daß er gut heimkommt.

8

ETWAS Schreckliches ist geschehen. Wer konnte das voraussehen? Ich vermag kein Ende unserer Notlage abzusehen. Wir sind möglicherweise dazu verurteilt, den Rest unseres Lebens an diesem seltsamen, unzugänglichen Ort zu verbringen. Ich bin noch dermaßen verwirrt, daß ich weder unsere gegenwärtige Situation noch unsere Aussichten für die Zukunft überblicken kann. Es wäre nutzlos, unsere genaue geographische Position anzugeben und unsere Freunde um Entsendung einer Rettungsexpedition zu bitten. Selbst wenn eine käme, wäre aller menschlichen Voraussicht nach unser Schicksal schon lange vor ihrem Eintreffen besiegelt.

Ich will jedoch die Ereignisse, die zu dieser Katastrophe geführt haben, der Reihe nach und in allen Einzelheiten erzählen. Mein letzter Brief schloß mit der Feststellung, daß wir zehn Kilometer vor einer Reihe rotbrauner Felsen lagerten, hinter denen zweifellos jenes Plateau lag, von dem Professor Challenger erzählt hatte. Beim Näherkommen erschienen sie mir teilweise noch höher, als er angegeben hatte – einzelne Abschnitte ragten wenigstens dreihundert Meter hoch auf –, und sie waren auf eine sonderbare Art gestreift, die meines Wissens für Basaltformationen charakteristisch ist. Die Oberkante ließ einen üppigen Pflanzenwuchs erkennen, mit Büschen dicht am Rand und vielen hohen Bäumen dahinter. Von Lebewesen war nichts zu sehen.

An diesem Abend schlugen wir unser Lager unmittelbar am Fuß der Felsen auf – an einer öden und verlassenen Stelle. Die Felsen über uns verliefen nicht nur senkrecht, sondern wölbten sich oben sogar nach außen vor, so daß an einen Aufstieg nicht zu denken war. Ganz in unserer Nähe ragte eine hohe, dünne Felszinne auf. Sie wirkte wie ein roter Kirchturm; ihre Spitze lag mit dem Plateau auf gleicher Höhe. Dazwischen aber gähnte ein tiefer Abgrund. Oben stand ein hoher Baum. Sowohl der Felsturm als auch der vor uns liegende Abschnitt der Felsen waren verhältnismäßig niedrig – nach meiner Schätzung um hundertfünfzig Meter.

„Auf dem dort", sagte Professor Challenger und zeigte auf den Baum, „hatte sich der Pterodactylos niedergelassen. Ich bin den halben Felsen hinaufgeklettert, um ihn zu schießen. Es ist anzunehmen, daß ein guter Bergsteiger wie ich bis zur Spitze aufsteigen kann. Damit käme er allerdings dem Plateau um nichts näher."

Als Challenger von seinem Pterodactylos sprach, beobachtete ich Professor Summerlee. Zum erstenmal glaubte ich, an ihm gewisse Anzeichen für eine aufkeimende Überzeugung und ein schlechtes Gewissen zu bemerken. Auf seinen dünnen Lippen fehlte das verächtliche Lächeln. Sein Gesicht trug jetzt im Gegenteil einen gespannten Ausdruck.

Challenger mußte es auch bemerkt haben und kostete den Vorgeschmack seines Sieges voll aus.

„Natürlich", sagte er mit seinem Sarkasmus, „wird Professor Summerlee begreifen, daß ich einen Storch meine, wenn ich von einem Pterodactylos spreche. Aber diese Art Storch hat keine Federn, sondern eine lederartige Haut, membranöse Flügel und Zähne im Schnabel." Er grinste und zwinkerte und verbeugte sich, bis sein Kollege sich umdrehte und fortging.

Am nächsten Morgen, nach einem kärglichen Frühstück, das nur aus Kaffee und Maniok bestand (wir mußten mit unseren Vorräten sparen), hielten wir Kriegsrat ab, wie wir am besten auf das Plateau gelangen könnten.

Challenger führte den Vorsitz mit einer Feierlichkeit, als wäre er der oberste Richter persönlich. Man muß ihn sich ausmalen, wie er auf einem Felsen thronte, seinen komischen Kinderstrohhut ins Genick geschoben. Seine hochmütigen Augen unter den gesenkten Lidern blickten auf uns herab, und sein großer Bart wackelte, während er uns bedächtig unsere gegenwärtige Lage und seine Pläne auseinandersetzte.

Zu seinen Füßen hätte man uns drei sehen können – mich selbst, jung, sonnenverbrannt und von unserem Fußmarsch in frischer Luft gekräftigt; Summerlee, schweigsam, hinter dem Dunst seiner unvermeidlichen Pfeife; Lord John, scharf wie ein Rasiermesser, die elastische, wachsame Gestalt auf die Flinte gestützt, die Adleraugen aufmerksam auf den Sprecher geheftet. Hinter uns gruppierten sich die beiden dunkelhäutigen Indianer, während vor uns und über uns die gewaltigen rotbraunen Felsklippen aufragten, die uns den Zugang zu unserem Ziel verwehrten.

„Ich brauche wohl nicht zu erwähnen", sagte unser Anführer, „daß ich bei meinem letzten Besuch jede mögliche Art versucht habe, die Felsen zu ersteigen. Ich hatte damals keinerlei Hilfsmittel für das Klettern bei mir, habe jedoch diesmal vorsorglich alles Notwendige mitgebracht. So bin ich sicher, diese einzelne Zinne bis zur Spitze ersteigen zu können. Da aber die Hauptfelsen so weit überhängen, ist jeder Aufstiegsversuch an ihnen aussichtslos. Bei meinem letzten Besuch wurde ich durch die nahende Regenzeit und meine abnehmenden Vorräte zur Eile getrieben. Dadurch war meine Zeit begrenzt, und ich bin nur dazu gekommen, die Felsen bis etwa zehn Kilometer nach Osten zu untersuchen, konnte aber keinen Weg nach oben finden. Was sollen wir demnach jetzt unternehmen?"

„Es scheint nur einen vernünftigen Weg zu geben", sagte Professor Summerlee. „Wenn Sie den Osten erforscht haben, sollten wir an der Basis der Klippen nach Westen gehen und nach einem geeigneten Punkt für unseren Aufstieg suchen."

„Ganz meiner Meinung“, schloß sich Lord John an. „Alles spricht dafür, daß dieses Plateau kein sehr großes Ausmaß hat. Wir werden an ihm entlanggehen, bis wir entweder einen leichten Weg nach oben entdecken oder an unseren Ausgangspunkt zurückkommen.“

„Ich habe unserem jungen Freund hier bereits erklärt“, sagte Challenger (er pflegt von mir zu sprechen, als ob ich ein zehnjähriges Schulkind wäre), „daß es ausgeschlossen ist, einen leichten Weg nach oben zu finden. Und zwar aus dem einfachen Grunde, weil in diesem Fall das Plateau nicht isoliert wäre und die Bedingungen nicht bestünden, die dort in so einmaliger Weise die allgemeinen Lebensgesetze außer Kraft gesetzt haben. Ich gebe aber zu, daß man sehr wohl Stellen finden könnte, an denen ein tüchtiger Mann nach oben gelangen, ein schwerfälliges, riesiges Tier jedoch nicht herunterzukommen vermag. Es ist sogar ganz sicher, daß es einen Punkt gibt, wo ein Aufstieg möglich ist.“

„Und woher wollen Sie das wissen, mein Herr?“ fragte Summerlee scharf.

„Weil meinem Vorgänger, dem Amerikaner Maple White, ein solcher Aufstieg gelungen ist. Wie anders könnte er das Ungeheuer, das er in seinem Heft skizziert hat, gesehen haben?“

„Da eilen Sie mit Ihren Schlußfolgerungen den bewiesenen Tatsachen etwas voraus“, entgegnete der hartnäckige Summerlee. „Ihr Plateau erkenne ich an, weil ich es gesehen habe; aber bisher habe ich mich noch keineswegs davon überzeugt, daß es dort tierisches Leben in irgendeiner Form gibt.“

„Was Sie anerkennen, mein Herr, oder was Sie nicht anerkennen, ist wirklich von unvorstellbar geringer Bedeutung. Immerhin bin ich froh festzustellen, daß Sie das Plateau selbst schon bemerkt haben.“ Er blickte hinauf. Dann sprang er zu unserem Erstaunen von seinem Felsblock herab, packte Summerlee im Genick und drehte ihm das Gesicht nach oben. „Nun, mein Herr!“ brüllte er, heiser vor Erregung. „Kann ich Ihnen so vielleicht etwas nachhelfen? Begreifen Sie, daß das Plateau sehr wohl tierisches Leben birgt?“

Aus dem dicken Saum grüner Vegetation, der über die Oberkante der Klippen hing, kam langsam etwas Schwarzes, Blinkendes hervor. Es hing schließlich über dem Abgrund, und wir sahen, daß es eine große Schlange mit eigenartigem, spatenförmigem Kopf war. Eine Minute lang wand und ringelte sie sich über unseren Köpfen, und die

Morgensonne glänzte auf ihren sehnigen Windungen. Dann zog sie sich wieder zurück und verschwand.

Summerlee war dermaßen überrascht, daß er widerstandslos dagestanden hatte, während Challenger seinen Kopf nach oben hielt. Jetzt schüttelte er seinen Kollegen ab und fand zu seiner Würde zurück.

„Ich wäre Ihnen sehr verbunden, Professor Challenger", sagte er, „wenn Sie zukünftig eine Möglichkeit finden könnten, mir Ihre Beobachtungen mitzuteilen, ohne mich dabei am Hals zu packen. Sogar das Auftauchen eines gewöhnlichen Felsenpythons scheint mir eine derartige Vertraulichkeit nicht zu rechtfertigen."

„Aber nichtsdestoweniger gibt es Lebewesen auf dem Plateau", erwiderte Challenger triumphierend. „Und nun, nachdem ich diese bedeutungsvolle Tatsache dergestalt demonstriert habe, daß sie auch dem Verbohrtesten klar sein muß, bin ich der Ansicht, daß wir nichts Besseres tun können, als unser Lager abzubrechen und westwärts vorzustoßen, bis wir eine Aufstiegsmöglichkeit finden."

Der Boden am Fuße der Felsen war felsig und uneben, so daß wir nur langsam und unter Schwierigkeiten vorankamen. Plötzlich stießen wir jedoch auf etwas, das unsere Herzen höher schlagen ließ. Es war ein alter Lagerplatz mit mehreren leeren Konservendosen aus Chicago, einer mit „Brandy" etikettierten Flasche, einem abgebrochenen Büchsenöffner und einer Menge anderer Abfälle. Eine zerknitterte und in Auflösung begriffene Zeitung ließ sich noch als „Chicago Democrat" identifizieren, wenn auch das Datum ausgelöscht war.

„Gehört mir nicht", sagte Challenger. „Es muß von Maple White stammen."

Lord John hatte aufmerksam einen großen Baumfarn betrachtet, der seinen Schatten über die Lagerstätte warf.

„Moment mal, sehen Sie sich das an", sagte er. „Ich glaube, das soll ein Wegweiser sein."

Ein Holzstreifen war so an den Baum genagelt, daß er nach Westen zeigte.

„Ganz bestimmt ein Wegweiser", meinte Challenger. „Was sonst? Unser Vorgänger befand sich auf einer gefährlichen Unternehmung und hat dieses Zeichen hinterlassen, damit eine eventuell nachfolgende Gruppe ihn finden kann. Vielleicht entdecken wir noch andere Hinweise, wenn wir weitergehen."

Wir fanden sie; aber sie waren von unerwarteter und schrecklicher Art. Unmittelbar unterhalb der Felsen stand ein stattliches, hohes Bambusdickicht, ähnlich dem, das wir auf unserer Reise durchquert hatten. Viele Stämme waren sechs Meter hoch und hatten scharfe, kräftige Spitzen, so daß sie gefährlichen Speeren glichen. Als wir am Rand dieser Dickung entlanggingen, fiel mein Blick auf etwas schimmerndes Weißes darin. Ich steckte meinen Kopf zwischen die Bambusrohre und sah mich unmittelbar einem menschlichen Schädel gegenüber. Das ganze übrige Skelett war ebenfalls da; aber der Schädel hatte sich abgelöst und lag etwas näher zum Freien hin.

Mit ein paar Machetenhieben legten wir die Stelle frei und konnten nun den Einzelheiten des tragischen Geschickes nachspüren. Nur wenige Kleiderfetzen waren noch zu erkennen. Aber auf den Knochenfüßen steckten noch die Überreste von Schuhen, und es stand fest, daß der Tote ein Weißer gewesen war. Zwischen den Knochen lagen eine goldene Uhr und eine Kette mit einem Füllfederhalter. Ferner fand sich ein silbernes Zigarettenetui mit der Inschrift „J. C., von A. E. S." auf dem Deckel. Der Zustand des Metalls ließ vermuten, daß sich die Katastrophe vor nicht allzu langer Zeit ereignet hatte.

„Wer mag das wohl sein?" fragte Lord John. „Armer Teufel! Jeder einzelne Knochen scheint gebrochen zu sein!"

„Und der Bambus wächst zwischen seinen zerschmetterten Rippen hindurch", sagte Summerlee. „Es ist zwar eine schnellwachsende Pflanze; aber es erscheint unmöglich, daß die Leiche schon die ganze Zeit über hier gelegen hat, während die Rohre sechs Meter hoch gewachsen sind."

„Bezüglich der Identität dieses Mannes", sagte Professor Challenger, „gibt es für mich keinerlei Zweifel. Bevor ich mit Ihnen auf der Fazenda zusammentraf, habe ich noch eingehende Nachforschungen über Maple White angestellt. In Para wußte niemand etwas von ihm. Glücklicherweise hatte ich eine bestimmte Spur; denn in seinem Skizzenbuch gibt es ein Bild, das ihn beim Mittagessen mit einem Geistlichen in Rosario zeigt. Diesen Priester konnte ich finden, und wenn er auch ein streitbarer Bursche war, der sehr übelnahm, daß ich ihm die zersetzende Wirkung der modernen Wissenschaft auf seinen Glauben andeutete, konnte er mir doch eine positive Auskunft geben. Maple White ist vor vier Jahren, oder zwei Jahre, bevor ich seine Leiche fand, durch Rosario gekommen. Er war damals nicht allein, sondern hatte noch einen Freund bei sich; einen Amerikaner namens James Colver, der auf dem Boot blieb und diesem Geistlichen nicht begegnet war. Ich denke deshalb, daß wir hier die Überreste von James Colver vor uns haben."

„Ebenso", sagte Lord John, „steht auch ziemlich fest, wie er ums Leben gekommen ist. Er ist von oben heruntergefallen oder gestoßen worden und wurde vom Bambus aufgespießt. Wodurch sonst sind seine Knochen zerschmettert, und wie sonst könnten diese Stämme, deren Spitzen so hoch über unseren Köpfen stehen, durch ihn hindurchragen?"

Ein beklommenes Schweigen senkte sich auf uns, als wir die armseligen Überreste umstanden und die Wahrheit von Lord Johns Worten erkannten. Der überhängende Felskamm lag direkt über dem Bambusgestrüpp. Bestimmt war Colver von dort oben abgestürzt. Aber wie war er abgestürzt? War es ein Unfall? Oder ... Unheilvolle und schreckliche Vermutungen begannen bereits, sich um dieses unbekannte Land zu bilden.

Schweigend setzten wir uns wieder in Bewegung und gingen weiter an den Felsen entlang, die in ihrem ebenmäßigen Verlauf an jene ungeheuren antarktischen Eisfelder denken ließen, die sich von Horizont zu Horizont erstrecken und die Mastspitzen der Expeditionsschiffe weit überragen. Auf den nächsten zehn Kilometern sahen wir weder Risse noch Spalten im Felsen. Dann bemerkten wir auf einmal etwas, das uns mit neuer Hoffnung erfüllte. In einer Höhlung des Felsens, vor dem Regen geschützt, war ein grober Pfeil mit Kreide gemalt, der nach Westen wies.

„Wieder Maple White", sagte Professor Challenger. „Er muß eine Vorahnung gehabt haben, daß nach ihm jemand kommen würde."

„Er hatte also Kreide?"

„Unter den Habseligkeiten, die ich in seinem Rucksack fand, war ein Kasten mit Farbkreiden. Ich erinnere mich, daß die weiße bis auf einen Stummel aufgebraucht war."

„Das ist sicherlich ein ausreichender Beweis", sagte Summerlee. „Wir müssen also seine Anleitung befolgen und weiter nach Westen gehen."

Wieder hatten wir etwa zehn Kilometer zurückgelegt, als wir einen weiteren weißen Pfeil am Felsen sahen. Er befand sich an einer Stelle, wo die Oberfläche der Felsen erstmalig von einer schmalen Spalte durchbrochen wurde. Innerhalb der Spalte fand sich ein dritter Richtungspfeil, der mit etwas erhöhter Spitze nach innen zeigte, als ob die bezeichnete Stelle über Bodenhöhe läge.

Es war ein bedrückender Ort. Die Felswände erschienen gigantisch. Der Ausschnitt des blauen Himmels war so schmal, daß nur gedämpftes Licht bis zum Boden drang. Wir hatten seit vielen Stunden nichts gegessen und waren von der Wanderung über den felsigen und unebenen Boden ermüdet; aber unsere Nerven waren noch zu angespannt, als daß wir jetzt hätten ausruhen können. Wir befahlen trotzdem, das Lager aufzuschlagen, und ließen die Indianer zurück. Wir vier und die beiden Mestizen gingen weiter, die Schlucht hinauf.

Sie hatte am Anfang etwa zwölf Meter Durchmesser, wurde schnell enger und endete schließlich in einem spitzen Winkel, der für einen Aufstieg zu glatt und zu steil war. Das war es sicher nicht, was unser Vorgänger uns hatte bezeichnen wollen.

Wir kehrten wieder um, und da erspähten Lord Johns scharfe Augen plötzlich, was wir suchten. Hoch über uns, im düsteren Schatten, hob sich ein Kreis in noch tieferem Dunkel ab. Das konnte nur der Eingang zu einer Höhle sein.

An dieser Stelle lag loses Geröll, und so war es nicht schwierig hochzuklettern. Der letzte Zweifel schwand, als wir oben ankamen; denn am Rand des Eingangs fand sich wieder ein Pfeil. An dieser Stelle und auf diesem Weg hatten Maple White und sein unglückseliger Kamerad also ihren Aufstieg bewältigt.

Wir waren zu aufgeregt, um zum Lager zurückzukehren, und wollten darum sofort mit unseren Nachforschungen beginnen. Lord John hatte eine Taschenlampe im Rucksack, die uns als Lichtquelle genügen mußte. Er ging voran, während wir ihm einzeln auf den Fersen folgten.

Offenbar war die Höhle durch Wasser ausgespült worden. Ihre Wände waren glatt und der Boden mit runden Steinen bedeckt. Ein Mensch konnte gerade noch in gebückter Stellung hindurchkommen. Fünfzig Meter weit lief sie fast gradlinig in den Felsen hinein und stieg dann in einem Winkel von fünfundvierzig Grad an. Sehr bald wurde dieser Anstieg noch steiler, und wir krochen auf Händen und Knien über loses Geröll, das unter uns nachgab und abrutschte.

Plötzlich ein enttäuschter Ausruf von Lord John Roxton: „Es geht nicht weiter!“

Wir drängten uns hinter ihn und erblickten im gelben Lichtschein eine Mauer aus zerbrochenem Basalt, die bis zur Decke reichte.

„Das Dach ist eingestürzt!“ Vergeblich zerrten wir einige Brocken heraus. Der einzige Erfolg war, daß sich größere Stücke lockerten und drohten den Abhang herunterzurollen und uns zu zermalmen. Es wurde uns klar, daß wir mit unseren Mitteln nichts ausrichten konnten. Maple Whites Aufstiegsweg konnten wir nicht mehr benutzen.

Niedergeschlagen stolperten wir den dunklen Tunnel wieder hinab und machten uns auf den Weg zum Lager. Ehe wir die Schlucht verlassen hatten, ereignete sich jedoch ein Zwischenfall, der im Hinblick auf die späteren Geschehnisse von Bedeutung war.

Wir hatten uns auf dem Grund der Schlucht versammelt, etwa zwölf Meter unterhalb der Höhlenöffnung, als plötzlich ein gewaltiger Felsblock herabgerollt kam und mit unheimlicher Wucht an uns vorbeischoß. Er verfehlte uns nur um Haaresbreite. Woher er gekommen war, konnten wir nicht erkennen. Aber die Mestizen, die noch am Höhleneingang standen, sagten, daß er an ihnen vorbeigeflogen wäre und also von oben heruntergefallen sein müßte. Wir blickten hoch, konnten aber im grünen Dschungel auf den Felsen keinerlei Regung entdecken. Doch es gab kaum einen Zweifel, daß der Stein auf uns gezielt war. Also deutete dieser Zwischenfall darauf, daß sich Menschen – bösartige Menschen – auf dem Plateau befanden.

Wir zogen uns eilig aus der Schlucht zurück, in Gedanken über diese neue Entwicklung und ihre Bedeutung für unser Vorhaben. Die Lage erschien ohnehin schon schwierig genug; wenn aber zu den natürlichen Hindernissen zu allem Überfluß noch menschlicher Widerstand hinzukam, war unser Fall aussichtslos. Dennoch gab es nicht einen unter uns, der nach London zurückkehren wollte, bevor wir das Plateau restlos erforscht hatten.

Wir erörterten die Lage und kamen zu dem Schluß, daß wir am besten unsere Umgehung des Plateaus weiter fortsetzten. Dabei hofften wir, noch eine andere Möglichkeit zu entdecken, um hinaufzukommen. Die Felsen, die nach einer Weile beträchtlich an Höhe verloren hatten, rundeten sich jetzt von Westen nach Norden. Wenn wir für das Plateau eine ungefähre Kreisform annehmen durften, konnte sein Gesamtumfang nicht allzu groß sein. Schlimmstenfalls würden wir in ein paar Tagen wieder an unseren Ausgangspunkt zurückkommen.

An diesem Tag marschierten wir insgesamt etwa vierzig Kilometer, ohne etwas Neues zu entdecken. Der Höhenmesser zeigte an, daß wir uns nach dem ständigen Anstieg, seit dem Verlassen der Kanus, jetzt neunhundert Meter über dem Meeresspiegel befanden. So erklärte sich der Unterschied in Temperatur und Pflanzenwuchs. Die ganze schreckliche Insektenplage, diesen Fluch aller Reisen in den Tropen, waren wir los. Ein paar Palmen konnten sich hier noch behaupten, außerdem viele Baumfarne. Aber die Riesenbäume des Amazonasgebiets lagen endgültig hinter uns. Inmitten dieser unwirtlichen Felsen blühten Passionsblume und Begonie, die uns wie ein Gruß der Heimat erschienen.

An jenem Abend – ich spreche immer noch vom ersten Tage unserer Rundreise um das Plateau – erwartete uns noch ein bedeutendes Erlebnis. Ein Erlebnis, das endgültig den letzten Zweifel an den wundersamen Dingen, die uns greifbar nahe gerückt waren, beseitigte.

Wenn Sie dies lesen, lieber Mr. McArdle, werden Sie erkennen, daß sich hier nicht etwa ein Schildbürgerstreich anbahnt, sondern daß zugkräftige Schlagzeilen und ein zündender Bericht zu erwarten sind, sobald wir Professor Challengers Erlaubnis zur Veröffentlichung haben. Ich werde aber diesen Artikel nie veröffentlichen, wenn es mir nicht gleichzeitig gelingt, stichhaltige Beweise mit nach England zu bringen.

Es spielte sich also das Folgende ab: Lord John hatte ein *Ajouti* geschossen – das ist ein kleines, unserem Schwein ähnliches Tier. Nachdem wir die Hälfte davon den Indianern gegeben hatten, brieten wir unsere Hälfte auf dem Feuer. Die Luft war nach Einbruch der Dunkelheit kühl, und wir waren alle nahe an die Flammen gerückt. Der Mond stand noch nicht am Himmel; aber im Schein der Sterne konnte man die Ebene ein kleines Stück weit überblicken. Plötzlich stieß etwas Riesiges schwirrend aus der Dunkelheit hernieder. Unsere Gruppe saß für einen Augenblick unter einem Baldachin aus ledernen Flügeln. Ich hatte eine blitzartige Vision von einem langen, schlangenartigen Hals, einem wilden, gierigen roten Auge und einem großen, zuschnappenden Schnabel, der zu meiner Überraschung mit kleinen, blinkenden Zähnen besetzt war. Im nächsten Augenblick war das unheimliche Wesen wieder fort – und mit ihm unsere Mahlzeit.

Ein gewaltiger schwarzer Schatten von sechs Meter Durchmesser schwang sich in die Luft hinauf. Einen Moment lang verdeckten die ungeheuren Flügel die Sterne, und dann verschwand alles hinter dem Rand der Felsen über uns.

Wir alle saßen erstarrt und verdutzt da. Summerlee fand als erster die Sprache wieder.

„Professor Challenger", sagte er mit feierlicher und vor Bewegung schwankender Stimme, „ich muß Sie um Verzeihung bitten. Ich war im Unrecht, und ich bitte Sie, das Vergangene zu vergessen."

Das war nett gesagt, und die beiden Männer reichten sich zum erstenmal die Hand. Dies verdankten wir also dem Erscheinen unseres ersten Pterodactylos. Zwei solche Männer zusammenzuführen war wohl mit einem gestohlenen Abendessen nicht zu teuer bezahlt.

Aber das vorgeschichtliche Leben, dessen Existenz auf dem Plateau nun für uns erwiesen war, konnte keineswegs im Überfluß vorhanden sein; während der nächsten drei Tage bekamen wir nichts mehr davon zu Gesicht. In dieser Zeit durchquerten wir eine unfruchtbare und öde Gegend auf der Nord- und Ostseite der Felsen, die teils aus steiniger Wüste, teils aus einsamen Moorflächen voller Wildgeflügel bestand. Auf diesen Seiten war das Plateau bestimmt unzugänglich, und hätte es nicht direkt an der Basis der Felswand eine feste Kante gegeben, so hätten wir umkehren müssen. Mehrere Male steckten wir bis zum Gürtel im Schlamm eines alten subtropischen Sumpfes.

Obendrein schien dieser Ort ein beliebter Brutplatz der Jaracara-Schlange zu sein, der angriffslustigsten und gefährlichsten Giftschlange Südamerikas. Immer wieder krochen und sprangen diese schrecklichen Kreaturen über die Oberfläche des fauligen Morastes auf uns zu. Nur mit ständig schußbereit gehaltenem Gewehr fühlten wir uns vor ihnen einigermaßen sicher. Eine trichterförmige, von faulendem Moos blaßgrün gefärbte Bodenvertiefung werde ich zeitlebens nicht vergessen. Sie muß ein besonders bevorzugter Aufenthaltsort dieses Gezüchts gewesen sein. In ihr wimmelte es von Schlangen, die alle auf uns zugekrochen kamen; denn es ist eine Eigenart der Jaracara, daß sie Menschen beim ersten Anblick angreift. Zum Erschießen waren es zu viele. So ergriffen wir die Flucht und rannten, bis wir nicht mehr weiterkonnten. Nie werde ich vergessen, wie wir beim Zurückblicken noch weit hinter uns die Köpfe und Hälse unserer Verfolger auf- und niederwogen sahen. Wir bezeichneten diese Stelle als Jaracara-Sumpf.

Die Felsen hatten ihre rötliche Färbung verloren und waren jetzt schokoladenbraun. Die Vegetation war spärlicher geworden und die Höhe der Kante auf etwa neunzig Meter abgesunken. Aber an keiner Stelle konnten wir einen Punkt entdecken, von dem aus sich ein Aufstieg versuchen ließ.

„Sicherlich", sagte ich bei unserer Lagebesprechung, „muß der Regen doch irgendwo nach unten abfließen. Es wird Wasserkanäle in den Felsen geben."

„Unser junger Freund hat lichte Momente", entgegnete Professor Challenger und klopfte mir auf die Schulter.

„Irgendwo muß der Regen doch bleiben", wiederholte ich.

„Man darf annehmen, daß er nach innen abläuft, wenn ihm der Weg nach außen versperrt ist."

„Dann müßte es einen See in der Mitte geben."

„Vermutlich."

„Mit großer Wahrscheinlichkeit ist dieser See ein alter Krater", sagte Summerlee. „Die ganze Formation ist ja weitgehend vulkanisch. Auf jeden Fall möchte ich annehmen, daß die Oberfläche des Plateaus nach innen abfällt und in der Mitte ein großes Wasserbecken enthält, das vielleicht durch einen unterirdischen Kanal mit dem Jaracara-Sumpf verbunden ist."

„Oder die Evaporation könnte ein Equilibrium aufrechterhalten", bemerkte Challenger. Damit verloren die beiden Gelehrten sich wieder in eines ihrer üblichen wissenschaftlichen Streitgespräche.

Am sechsten Tag hatten wir unsere Umwanderung der Felsen vollendet und fanden uns an der Stelle unseres ersten Lagers neben der isolierten Felsenzinne wieder. Wir waren alle recht niedergeschlagen, denn wir hatten nun die absolute Gewißheit, daß es nicht einen einzigen Punkt gab, an dem wir Aussicht hatten, die Felsen zu ersteigen. Die Stelle, die Maple Whites Kreidepfeile als seinen eigenen erfolgreichen Weg gekennzeichnet hatten, war jetzt nicht mehr zugänglich.

Was sollten wir nun beginnen? Unsere Nahrungsvorräte, die wir mit Hilfe unserer Gewehre ergänzt hatten, waren zwar noch reichlich, aber der Tag würde kommen, an dem sie der Auffrischung bedurften. In ein paar Monaten mußten wir außerdem mit der Regenzeit rechnen, die uns aus unserem Lager fortspülen würde. Der Fels war härter als Marmor, und einen Versuch, Stufen hineinzuhauen, erlaubten weder die Zeit noch unsere Hilfsmittel.

Kein Wunder also, daß wir uns an jenem Abend düster ansahen und ohne viele Worte müde in unsere Decken krochen. Ich kann mich noch an meinen letzten Eindruck vor dem Einschlafen erinnern: Challenger hockte wie ein ungeheurer Ochsenfrosch am Feuer, den gewaltigen Kopf in die Hände gestützt, anscheinend tief in Gedanken versunken und völlig taub für die „Gute Nacht“, die ich ihm wünschte.

Am nächsten Morgen aber begrüßte uns ein ganz anderer Challenger, der Zufriedenheit und Selbstsicherheit ausstrahlte. Als wir uns zum Frühstück versammelten, begegnete er uns mit gespielter, übermäßiger Bescheidenheit in den Augen. Doch sein Bart war siegesgewiß gesträubt, sein Brustkorb vorgereckt, und seine Hand hatte er in den Jackenausschnitt geschoben.

„Heureka!“ rief er, und die Zähne blitzten durch seinen Bart. „Meine Herren, Sie dürfen mir gratulieren: Das Problem ist gelöst!“

„Sie haben einen Weg nach oben gefunden?“

„Das gestatte ich mir zu behaupten.“

„Und wo?“

Als Antwort wies er auf die kirchturmartige Zinne zu unserer Rechten.

Unsere Gesichter wurden länger, als wir nach oben blickten. Wir hatten schon früher die Versicherung unseres Gefährten gehört, daß diese Zinne zu besteigen sei. Aber zwischen ihr und dem Plateau lag ein schrecklicher Abgrund.

„Da kommen wir nie hinüber“, stöhnte ich.

„Wir können wenigstens erst einmal dort hinaufklettern“, sagte er. „Wenn wir oben sind, kann ich Ihnen vielleicht zeigen, daß die Quellen eines erfinderischen Geistes noch lange nicht versiegt sind.“

Nach dem Frühstück packten wir das Bündel aus, in dem unser Anführer seine Kletterausrüstung mitgebracht hatte. Er nahm ein starkes, leichtes Seil von fünfzig Meter Länge, Steigeisen, Klammern und anderes Gerät heraus. Lord John war ein erfahrener Bergsteiger, und auch Summerlee hatte schon verschiedene schwierige Klettertouren hinter sich, so daß ich der eigentliche Neuling unserer Gruppe war, doch hoffte ich, mit Kraft und Gewandtheit meine Unerfahrenheit ausgleichen zu können.

Es war in Wirklichkeit gar keine so unlösbare Aufgabe, obwohl es Augenblicke gab, in denen mir das Haar zu Berge stand. Die erste

Hälfte war leicht zu ersteigen; aber dann wurde es fortgesetzt steiler, bis wir uns schließlich auf den letzten fünfzehn Metern buchstäblich mit Fingern und Zehen an winzige Vorsprünge und Spalten im Fels klammern mußten. Weder Summerlee noch ich hätten es je geschafft, wenn nicht Challenger (dessen Behendigkeit für seinen plumpen Körper einfach unglaublich war) vor uns den Gipfel erreicht und dort sein Seil um den Stamm des großen Baumes geschlungen hätte. Mit dieser Unterstützung konnten wir schließlich an der rissigen Wand hochkriechen, bis wir endlich eine kleine, grasige Fläche von etwa acht Meter Durchmesser erreichten, die den Gipfel bildete.

Als erstes beeindruckte mich der weite Ausblick auf das Land, durch das wir gekommen waren. Unter uns schien die ganze brasilianische Ebene zu liegen und sich ins Unendliche auszudehnen, bis sie am fernen Horizont in ungewissem blauem Dunst verschwamm. Im Vordergrund lag der lange Hang, besetzt mit Felsen und gesprenkelt mit Baumfarnen. Etwas weiter, im Mittelfeld und noch eben hinter dem Hügelrücken sichtbar, konnte ich die gelben und grünen Massen des Bambus erblicken, durch den wir gekommen waren. Dahinter nahm die Vegetation stetig zu, um sich schließlich zu dem mächtigen Urwald zu verdichten, der sich so weit erstreckte, wie das Auge blikken konnte. Ich nahm immer noch dieses wundervolle Panorama in mich auf, als sich die schwere Hand des Professors auf meine Schulter legte.

„Hier lang, mein junger Freund", sagte er. „Niemals zurückblicken, immer nach vorn, auf unser glorreiches Ziel."

Als ich mich umwandte, sah ich mich in gleicher Höhe mit der Oberkante des Plateaus. Die grüne Fläche aus Gebüsch und vereinzelten Bäumen lag so greifbar nahe, daß man vergaß, wie unzugänglich sie immer noch war. Bei oberflächlicher Schätzung mochte der Zwischenraum zehn Meter betragen; aber in meinen Augen war er ebenso unüberwindlich wie zehn Kilometer.

Ich legte einen Arm um den Baumstamm und beugte mich über den Abgrund. Tief unten standen die kleinen, dunklen Gestalten unserer Diener und blickten zu uns hoch. Die Wand unter mir fiel senkrecht ab, genau wie die Felswand gegenüber.

„Das ist wirklich merkwürdig", sagte Professor Summerlee mit knarrender Stimme. Ich drehte mich um und stellte fest, daß er mit großem Interesse den Baum betrachtete, an dem ich mich festhielt.

Die glatte Rinde und die kleinen gerippten Blätter hatte auch ich schon gesehen. „Nanu", rief ich, „das ist ja eine Buche!"

„Sehr richtig", entgegnete Summerlee, „eine alte Bekannte in der Fremde!"

„Nicht nur eine alte Bekannte, mein Lieber", sagte Challenger, „sondern – wenn ich mir erlauben darf, Ihren Vergleich etwas zu erweitern – auch gleichzeitig eine Verbündete. Diese Buche soll unser Retter werden."

„Donnerwetter", rief Lord John, „eine Brücke!"

„Ganz recht, meine Freunde, eine Brücke! Schließlich habe ich nicht umsonst in der letzten Nacht eine Stunde damit verbracht, meine Gedanken auf unsere Situation zu konzentrieren. Was wir brauchen, ist eine Zugbrücke, die sich über den Abgrund legen läßt. Hier ist sie."

Es war eine glänzende Idee. Der Baum maß gut achtzehn Meter in der Höhe, und wenn er auf die richtige Seite stürzte, konnte er leicht den Abgrund überbrücken. Challenger hatte sich beim Aufstieg die Axt über die Schulter gehängt. Jetzt reichte er sie mir.

„Unser junger Freund hat die nötige Kraft und Ausdauer", sagte er. „Ich denke, er eignet sich am besten für diese Aufgabe. Ich muß Sie jedoch bitten, gütigst auf jedes eigene Denken zu verzichten und genau zu tun, was ich Ihnen sage."

Nach seinen Anweisungen schlug ich seitliche Kerben in den Baum, die ihn in die gewünschte Richtung stürzen lassen sollten. Er hatte bereits von Natur aus eine starke Neigung zum Plateau hin, so daß dies keine schwere Arbeit war. Schließlich ging ich dem Stamm ernstlich zu Leibe und wechselte mich dabei mit Lord John ab. Nach einer Stunde neigte sich der Baum, krachte vornüber und bohrte seine Äste in die Büsche auf der anderen Seite. Der abgeschlagene Stamm rollte bis dicht an den Rand unserer Plattform. Eine bange Sekunde lang dachten wir schon, es wäre alles aus. Er blieb jedoch wenige Zoll von der Kante entfernt liegen. So hatten wir unsere Brücke ins Unbekannte. Wir alle reichten Professor Challenger schweigend die Hand. Er lüftete seinen Strohhut und verbeugte sich der Reihe nach vor jedem.

„Ich beanspruche die Ehre", sagte er, „als erster nach drüben zu gehen – zweifellos ein geeignetes Motiv für ein zukünftiges historisches Gemälde."

Er hatte sich unserer Brücke bereits genähert, als Lord John ihn mit einer Hand am Rockzipfel packte.

„Mein Lieber", sagte er, „das kann ich leider nicht erlauben. Solange es sich um wissenschaftliche Dinge handelt, ordne ich mich Ihnen unter. Aber wenn Sie in mein Ressort kommen, dann sind Sie dran und müssen mir parieren."

„Ihr Ressort, Sir?"

„Wir haben alle unsere Berufe, und meiner ist eben das Soldatspielen. Ich sehe es so: Wir stehen im Begriff, in ein neues Land einzudringen, das bis zum Rand voller Feinde stecken kann. Sich da blindlings hineinzustürzen, aus Mangel an gesundem Menschenverstand und Geduld, das ist nicht nach meinem Geschmack!"

Die Vorhaltungen waren zu einleuchtend, um in den Wind geschlagen zu werden. Challenger schüttelte den Kopf und zuckte mit seinen schweren Schultern.

„Nun, und was schlagen Sie statt dessen vor?"

„Wer weiß, ob nicht in diesen Büschen ein Kannibalenstamm auf ein gutes Mittagessen lauert", sagte Lord John und blickte nach drüben. „Es ist besser, sich rechtzeitig Gewißheit zu verschaffen, ehe man in den Kochtopf wandert. Wir wollen zwar hoffen, daß uns dort nichts Böses erwartet, müssen jedoch so vorgehen, als ob es der Fall wäre. Malone und ich werden deshalb noch einmal nach unten klettern und mit Gomez und den anderen die vier Gewehre heraufholen. Dann kann einer über die Brücke gehen, während die anderen ihm mit ihren Gewehren Schützenhilfe leisten. Unser Späher vergewissert sich dann, daß die anderen gefahrlos nachkommen können."

Challenger sank auf den Baumstumpf und stöhnte vor Ungeduld. Aber Summerlee und ich waren der Meinung, daß Lord John in solchen praktischen Fragen unser Anführer sein sollte. Jetzt, da wir an der schlimmsten Stelle das Seil zu Hilfe nehmen konnten, war das Klettern bedeutend einfacher.

Es dauerte nicht allzu lange, da hatten wir unsere vier Gewehre und eine Schrotflinte nach oben geschafft. Die Mischlinge waren mitgekommen und hatten auf Lord Johns Befehl ein Paket mit Vorräten nach oben getragen für den Fall, daß unser erster Erkundungsgang sich in die Länge ziehen sollte. Jeder von uns schnallte sich Patronengurte um.

„So, Challenger, wenn Sie jetzt immer noch Wert darauf legen, der erste zu sein", sagte Lord John, als alle Vorbereitungen abgeschlossen waren.

„Ich stehe tief in Ihrer Schuld für Ihre gütige Erlaubnis", entgegnete der Professor ärgerlich.

Er schwang sich sein Beil auf den Rücken, setzte sich auf den Stamm, so daß auf jeder Seite ein Bein über dem Abgrund baumelte, und hoppelte in dieser Stellung über unsere Brücke. Bald war er auf der anderen Seite, stand und schwang die Arme hoch.

„Endlich!" rief er. „Endlich!"

Besorgt sah ich zu ihm hinüber, mit der unbestimmten Erwartung, daß sich jeden Augenblick etwas Furchtbares aus dem grünen Vorhang auf ihn stürzen könnte. Aber alles blieb ruhig; nur ein sonderbarer, buntschillernder Vogel flog zwischen seinen Füßen auf und verschwand in den Bäumen.

Summerlee ging als zweiter. Die zähe Energie in seinem zerbrechlichen Körper war bewundernswert. Er bestand darauf, sich zwei Gewehre umzuhängen. So waren beide Professoren bewaffnet, als er drüben ankam. Der nächste war ich. Ich gab mir große Mühe, nicht nach unten in die schreckliche Tiefe zu sehen. Summerlee hielt mir seinen Gewehrkolben hin, und einen Augenblick später ergriff ich seine ausgestreckte Hand. Dann kam Lord John; er ging hinüber – aufrecht, ohne jede Stütze! Er muß Nerven aus Stahl haben.

Nun waren wir alle vier im Traumland angelangt, in der verschollenen Welt des Maple White. Wir alle empfanden diesen Moment als Augenblick größten Triumphes. Wer hätte vermutet, daß er der Auftakt zu unserem tiefsten Unglück war?

Wir hatten uns vom Rand entfernt und waren etwa fünfzig Meter weit durch dichtes Gebüsch vorgedrungen, als wir hinter uns ein fürchterliches Krachen hörten. Wie ein Mann stürzten wir an unseren Ausgangspunkt zurück. Unsere Brücke war nicht mehr da!

Ich beugte mich vor und erblickte weit unten, am Fuß der Klippen, eine wirre Masse von Ästen und zersplittertem Holz. Das war unsere Buche! War der Rand der Plattform abgebröckelt und hatte den Baum abrutschen lassen? Für einen Augenblick schien uns dies die einzig mögliche Erklärung. Aber dann schob sich an der uns abgewandten Seite des Felsenturms ein dunkelhäutiges Gesicht hervor: das Gesicht von Gomez, dem Mestizen. Ja, es war Gomez. Aber nicht mehr der Gomez mit dem beflissenen Lächeln und dem maskenhaften Gesicht.

Dieses Gesicht hatte flammende Augen und verzerrte Züge; es zeigte Haß und Hohn.

„Lord Roxton!" brüllte er. „Lord John Roxton!"

„Ja", sagte unser Gefährte, „hier bin ich."

Ein brüllendes Gelächter drang über den Abgrund zu uns. „Ja, da bist du, du englischer Hund, und da sollst du auch bleiben! Ich habe gewartet und gewartet. Jetzt ist endlich meine Stunde gekommen. Es war schwer genug für euch, da hinaufzuklettern; ihr werdet es aber noch schwerer haben, wieder herunterzusteigen. Ihr verdammten Narren, ihr sitzt in der Falle, jeder einzelne von euch!"

Wir waren zu überrascht, um zu antworten. Ein großer, zerbrochener Ast im Gras zeigte, woher er den Hebel hatte, um unsere Brücke über den Rand zu wuchten.

„Wir hätten euch beinahe schon mit dem Stein bei der Höhle erwischt", schrie er wieder. „Aber so ist's viel besser. Es geht langsamer und ist schrecklicher. Eure Knochen werden da oben bleichen, und kein Mensch wird wissen, wo ihr liegt. Niemand wird kommen, euch zu begraben. Und wenn du im Sterben liegst, Roxton, dann denk an Lopez, den du vor fünf Jahren am Putomayo-Fluß erschossen hast. Ich bin sein Bruder. Jetzt kann ich beruhigt sterben; denn er ist gerächt." Er schüttelte die geballte Faust, und dann war alles ruhig.

Hätte der Mischling einfach Rache genommen und dann schleunigst das Weite gesucht, so könnte alles für ihn gut abgelaufen sein. Sein törichter südländischer Hang zum Dramatischen jedoch sollte ihm zum Verhängnis werden. Roxton war nicht der Mann, den man ungestraft herausfordern durfte. Der Mestize stieg auf der uns abgekehrten Seite der Felszinne ab. Aber ehe er den Boden erreichen konnte, war Lord John am Rand des Plateaus entlanggelaufen und hatte eine Stelle gefunden, von der er den Mann sehen konnte. Seine Flinte krachte ein einziges Mal. Wir konnten zwar nichts sehen, hörten aber den Schrei und darauf den fernen Aufschlag des abstürzenden Körpers. Roxton kam mit steinernem Gesicht zu uns zurück.

„Ich bin ein blinder Einfaltspinsel gewesen", sagte er bitter. „Allein durch meine Dummheit sind wir in diese scheußliche Lage geraten. Ich hätte daran denken müssen, daß diese Leute ein gutes Gedächtnis für Blutrache haben, und hätte besser auf der Hut sein müssen."

„Und was ist mit dem anderen? Einer allein kann doch unmöglich diesen Baum über die Kante gerollt haben."

„Ich hätte ihn auch töten können; habe ihn dann aber doch laufenlassen. Vielleicht ist er unbeteiligt."

Jetzt, da wir Gomez' Motiv kannten, erinnerte sich jeder von uns an Einzelheiten seines hinterhältigen Benehmens. Wir sprachen darüber, bemüht, uns seelisch auf die neuen Verhältnisse einzustellen. Da wurde unsere Aufmerksamkeit durch eine einzigartige Szene in der Ebene unter uns gefesselt.

Ein Mann in weißer Kleidung, der nur der überlebende Mestize sein konnte, rannte, als ob ihm der Tod im Nacken säße. Hinter ihm her, wenige Meter zurück, sprang in riesigen Sätzen die ebenholzfarbene Gestalt Zambos, unseres treu ergebenen Negers. Noch während wir hinblickten, sprang Zambo dem Flüchtling auf den Rücken und schlang ihm die Arme um den Hals. Beide wälzten sich am Boden. Einen Augenblick darauf erhob sich Zambo, blickte noch einmal auf den hingestreckten Mann, winkte uns dann fröhlich mit der Hand zu und kam auf uns zugerannt. Die weißgekleidete Gestalt blieb bewegungslos inmitten der weiten Ebene liegen.

Uns war jede Möglichkeit genommen, wieder zu der Felszinne zurückzukommen. Bisher hatten wir als Erdbewohner gelebt. Jetzt waren wir Einwohner des Plateaus. Einen Weg zurück gab es nicht. Dort lag die Ebene. Da hinten, jenseits des violetten, dunstigen Horizonts, floß der Strom, der in die Zivilisation zurückführte. Aber das Zwischenglied fehlte. Ein einziger Augenblick hatte unsere gesamten Lebensbedingungen von Grund auf verändert.

Dies war aber auch der Augenblick, in dem ich erfuhr, aus welchem Holz meine drei Kameraden geschnitzt waren. Zwar wurden sie ernst und nachdenklich, behielten aber ihre ungebrochene Zuversicht. Gespannt warteten wir auf Zambos Erscheinen. Bald tauchte sein ehrliches schwarzes Gesicht über dem Felsen auf, und seine herkulische Gestalt schwang sich auf die Spitze der Zinne.

„Was ich jetzt tun?" rief er. „Sie mir sagen, und ich tun."

Das war eine Frage, die leichter gestellt als beantwortet war. Nur eines stand fest. Er war unser einziges zuverlässiges Verbindungsglied zur Außenwelt. Er durfte uns unter keinen Umständen verlassen.

„Nein, nein!" rief er. „Ich Sie nicht verlassen. Was auch passieren, Sie mich immer hier finden. Aber ich nicht kann Indianer hier festhalten. Sie schon sagen, zuviel Curupuri hier. Und sie nach Hause gehen. Ich nicht können aufhalten." Es traf zu, daß unsere Indianer in letzter Zeit auf verschiedenste Art gezeigt hatten, daß sie gern umgekehrt wären. Wir wußten, daß Zambo die Wahrheit sagte und daß es für ihn unmöglich war, sie zurückzuhalten.

„Laß sie bis morgen warten, Zambo", brüllte ich, „dann kann ich ihnen einen Brief mitgeben!"

„Gut, Herr! Ich versprechen, sie bis morgen warten", antwortete Zambo. „Aber was ich jetzt für Sie tun?" Es gab eine Menge für ihn zu tun, und der treue Bursche erledigte alles gewissenhaft. Zuallererst löste er unter unserer Anleitung das Seil vom Baumstumpf und warf uns das eine Ende herüber. Es war nicht dicker als eine Wäscheleine, aber sehr stark. Und wenn wir es auch nicht als Brücke benutzen konnten, so mochte es uns doch noch unschätzbare Dienste leisten, falls wir noch irgendwelche Klettertouren zu bewältigen hatten. Dann befestigte er an einem Seilende das Paket mit Verpflegung, das noch drüben lag, und wir konnten es zu uns herüberziehen. So hatten wir Lebensmittel für wenigstens eine Woche, auch wenn wir weiter nichts finden sollten. Dann stieg Zambo hinunter und brachte zwei andere Pakete mit verschiedenen Dingen – eine Munitionskiste und etliche andere Sachen; wir holten uns alles mit dem Seil herüber. Als er endgültig abstieg, war es schon Abend. Zum Schluß versprach er nochmals, die Indianer bis zum nächsten Morgen aufzuhalten. Darum habe ich fast meine ganze erste Nacht auf dem Plateau damit zugebracht, beim Schein eines Windlichtes unsere Erlebnisse aufzuzeichnen.

Wir aßen zu Abend und lagerten dicht am Rand der Felsen; unseren Durst löschten wir mit zwei Flaschen Mineralwasser, die in einer der Kisten lagen. Es ist lebenswichtig für uns, Wasser zu finden. Aber ich denke, daß sogar Lord John für diesen Tag keine Lust auf weitere Abenteuer mehr verspürte. Keiner von uns war aufgelegt, den ersten Vorstoß ins Unbekannte noch jetzt zu unternehmen. Wir vermieden es, ein Feuer zu entfachen oder unnötig laut zu sein.

Morgen (oder richtiger heute; denn es dämmert bereits, während ich dies schreibe) werden wir uns zum erstenmal in dieses merkwürdige Land hineinwagen. Wann ich wieder zum Schreiben komme – oder ob ich überhaupt jemals wieder schreiben werde –, weiß ich nicht. Im Augenblick kann ich sehen, daß die Indianer noch an ihrem Lagerplatz liegen, und ich bin sicher, daß Zambo gleich hiersein wird, um meinen Brief abzuholen. Hoffentlich kommt er gut an.

auf den Weg ins Unbekannte. Wir folgten dem Lauf des Flüßchens, das unserer Quelle entsprang. So konnte uns dieses jederzeit als Wegweiser für den Rückweg dienen.

Kaum waren wir aufgebrochen, als wir auch schon auf Anzeichen stießen, daß in der Tat Wunder auf uns warteten. Nach einigen hundert Metern dichten Waldes kamen wir an eine Stelle, an der der Fluß sich verbreiterte und einen großen Morast bildete. Dichtes, eigenartiges Schilf wuchs hier, das *Equisetacea* oder Pferdeschweif heißt. Dazwischen standen einzelne Baumfarne, sämtlich im kräftigen Wind schwankend. Plötzlich blieb Lord John, der vorausgegangen war, mit erhobener Hand stehen.

„Sehen Sie sich das an!" sagte er. „Donnerwetter, hier muß der Urgroßvater aller Vögel entlanggegangen sein!" In den weichen Schlamm vor uns war eine riesige, dreizehige Spur eingedrückt. Das Tier – oder was es sonst sein mochte – hatte den Sumpf überquert und war in den Wald weitergegangen. Wir alle blieben stehen und beugten uns über diese gewaltige Spur. Alle Anzeichen deuteten darauf, daß es sich um einen Vogel handelte. Sein Fuß war aber um so vieles größer als der eines Straußes, daß sein Körper unvorstellbar gigantisch sein mußte. Lord John blickte sich aufmerksam um und ließ zwei Patronen in seine Elefantenbüchse gleiten.

„Ich wette meinen guten Namen als Fährtensucher", sagte er, „daß dies eine frische Spur ist. Das Vieh ist vor noch nicht zehn Minuten hier vorbeigekommen. Sehen Sie nur, wie das Wasser immer noch in diese tieferen Stellen sickert. Himmel! Hier ist ja auch die Fährte von einem Kleinen!"

Tatsächlich: Da liefen kleinere Fährten von der gleichen Grundform parallel zu den großen.

„Aber was können Sie hieraus lesen!?" rief Professor Summerlee triumphierend und zeigte auf etwas, das wie der Abdruck einer riesigen fünffingerigen Menschenhand zwischen den dreizehigen Spuren zu sehen war.

„Wealden!" entfuhr es Challenger. „Das habe ich im Ton von Wealden gesehen! Das ist ein Wesen, das aufrecht auf dreizehigen Füßen geht und gelegentlich eine seiner fünffingerigen Vorderpfoten auf den Boden setzt. Kein Vogel, mein lieber Roxton – ganz bestimmt kein Vogel!"

„Ein Säugetier?"

„Nein, ein Reptil – ein Dinosaurier! Nichts andres kann eine solche Fährte hinterlassen haben. Wer in der Welt durfte hoffen, etwas Derartiges zu sehen?“ Seine letzten Worte erstarben in Geflüster, und wir alle blieben starr vor Erstaunen stehen. Während wir den Fährten nachgingen, waren wir aus dem Morast heraus und durch ein Dickicht von Gebüsch und Bäumen gekommen. Jetzt lag vor uns eine offene Lichtung, und darin befanden sich fünf der außergewöhnlichsten Kreaturen, die ich je gesehen habe. Zwischen die Büsche gekauert, konnten wir sie in Ruhe beobachten.

Sie waren fünf an der Zahl, davon zwei Ausgewachsene und drei Junge. Ihre Größe war enorm. Selbst die Kleinen konnten es mit Elefanten aufnehmen, während die beiden Alten alles mir Bekannte übertrafen. Sie hatten eine schieferfarbene Haut, die wie bei einer Eidechse geschuppt war und glitzerte, wenn die Sonne darauf schien. Die fünf saßen aufrecht, auf den breiten, mächtigen Schwanz und die gewaltigen dreizehigen Hinterbeine gestützt. Mit ihren fünffingerigen Vorderpfoten bogen sie die Baumäste herab, an denen sie ästen. Sie glichen in ihrem Erscheinungsbild ungeheuren Känguruhs, waren aber sechs Meter hoch und hatten eine Haut wie schwarze Krokodile.

Wie lange wir gebannt auf dieses Schauspiel starrten, vermag ich nicht zu sagen. Ein frischer Wind blies in unsere Richtung, und wir waren gut verborgen, brauchten also keine Entdeckung zu fürchten. Von Zeit zu Zeit hüpften die Kleinen in ungefügen Kapriolen um ihre Eltern herum. Dabei sprangen die Tiere in die Luft und fielen mit dumpfem Aufschlag wieder zu Boden. Die Alten schienen grenzenlose Kräfte zu besitzen. Eines davon, das Schwierigkeiten hatte, an die Krone eines respektablen Baumes heranzukommen, legte die Vorderpfoten um den Stamm und riß ihn um, als ob er ein Schößling wäre. Bei dieser Gelegenheit zeigte sich jedoch nicht nur die ungeheure Muskelkraft, sondern gleichzeitig sein geringer Verstand: Der Baum stürzte mit seiner ganzen Last krachend auf das Tier, das eine Reihe schriller, jaulender Schreie ausstieß. Anscheinend glaubte es sich von einem unsichtbaren Feind angegriffen; denn es schwankte langsam durch den Wald davon, gefolgt von seinem Gefährten und seinen drei Kindern. Wir sahen zwischen den Baumstämmen noch den schimmernden, schieferigen Glanz ihrer Haut, während ihre Köpfe aus dem Gebüsch herausragten. Dann verschwanden sie ganz aus unserem Gesichtsfeld.

Ich blickte meine Kameraden an. Lord John stand im Anschlag, den Finger am Abzug seiner Elefantenbüchse, und der Jagdeifer brannte in seinen Augen. Was hätte er wohl darum gegeben, einen solchen Kopf über dem Kaminsims in seiner behaglichen Bude im *Albany* aufhängen zu können! Aber die Vernunft hielt ihn zurück; denn in diesem unbekannten Land hing für uns alles davon ab, daß unsere Gegenwart seinen Bewohnern verborgen blieb.

Die beiden Professoren befanden sich in stummer Verzückung. In der Erregung hatte jeder von ihnen unbewußt die Hand des anderen ergriffen, und so standen sie da wie zwei Kinder angesichts eines Wunders: Challengers Gesicht von einem engelgleichen Lächeln verklärt und Summerlees spöttische Miene für den Augenblick im Ausdruck der Ehrfurcht geglättet.

„*Nunc dimittis!*" rief er. „Was werden sie in England dazu sagen?"

„Mein guter Summerlee, das kann ich Ihnen ganz genau prophezeien", sagte Challenger. „Sie werden sagen, daß Sie ein unverschämter Lügner und ein wissenschaftlicher Scharlatan sind – genau das, was Sie und andere von mir behauptet haben."

„Und wenn wir Fotografien zeigen?"

„Gefälscht, Summerlee! Plumpe Fälschungen!"

„Und wenn wir Beweismaterial mitbringen?"

„Ah, damit könnten wir sie kriegen! Malone und seine ganze drekkige Pressemeute werden vielleicht doch noch eines Tages unser Loblied heulen. Der achtundzwanzigste August ist der Tag, an dem wir fünf lebende *Iguanodons* in einer Lichtung im Maple-White-Land gesehen haben! Schreiben Sie das in Ihr Tagebuch, mein junger Freund, und schicken Sie es an Ihr Wurstblatt."

„Und wundern Sie sich nicht, wenn Sie dafür rausgeschmissen werden", sagte Lord John. „Die Dinge sehen sich vom Londoner Breitengrad aus etwas anders an, mein Junge. So manchen gibt's, der nie über seine Abenteuer redet, weil niemand ihm glauben würde. Und kann man's ihnen übelnehmen? Uns selbst wird es doch in ein oder zwei Monaten schon vorkommen wie ein Traum. Was, sagten Sie, waren das für Viecher?"

„Iguanodons", wiederholte Summerlee. „Man findet ihre Fußspuren im ganzen Sandstein von Hastings, in Kent und Sussex. Ganz Südengland hat einmal von ihnen gewimmelt, als es noch genug saftiges Grünzeug gab. Die Lebensbedingungen änderten sich, und die Tiere starben aus. Hier aber scheint sich die Umwelt nicht gewandelt zu haben, und so sind auch die Tiere erhalten geblieben."

„Wenn wir jemals lebend hier rauskommen, muß ich so einen Kopf mithaben", sagte Lord John. „Himmel, was für Gesichter werden meine Freunde machen, wenn sie den sehen! Ich weiß nicht, wie Sie darüber denken, aber mir kommt es so vor, als ob wir augenblicklich auf sehr dünnem Eis stehen."

Auch ich hatte diese Empfindung von Rätsel und Gefahr rund um uns. Im Schatten der Bäume schien eine beständige Drohung zu liegen. Wenn ich nach oben in das dunkle Laub blickte, beschlich mich unbestimmtes Grauen. Es stimmte zwar, daß die ungeheuren Kreaturen, die wir soeben gesehen hatten, schwerfällige, friedliche Tiere waren, die kaum jemand etwas zuleide tun würden. Aber welch andere Arten mochte es noch in dieser Welt der Wunder geben? Welche wilden, angriffslustigen Schreckgestalten konnten in ihrem Versteck zwischen den Felsen oder im Gebüsch darauf lauern, sich auf uns zu stürzen?

Noch am selben Tag – unserem ersten im neuen Land – sollten wir ein Beispiel für die Gefahren erleben, die uns umgaben. Es war ein schreckliches Abenteuer, und ich kann nur mit Abscheu daran zurückdenken. Wenn die Lichtung der Iguanodons nach den Worten von Lord John uns zum Traum werden soll, dann wird bestimmt der Sumpf der Pterodactylen für alle Zeiten unser Alpdruck bleiben.

Wir kamen nur sehr langsam weiter durch den Wald, teils weil Lord John erst das Gelände erkundete, ehe er uns nachkommen ließ, teils weil bei jedem zweiten Schritt einer unserer Professoren mit einem Schrei des Entzückens über eine Blume oder ein Insekt von noch unbekannter Gattung herfiel. So mochten wir im ganzen etwa vier oder fünf Kilometer zurückgelegt haben, wobei wir uns stets rechts vom Flußlauf hielten, als der Wald aufhörte. Ein Gürtel von Gebüsch führte zu einem Felshaufen hinauf – das ganze Plateau war mit Felsblöcken übersät. Langsam gingen wir auf diesen Felsen zu, als wir ein sonderbar schnatterndes und pfeifendes Geräusch vernahmen, das die Luft mit gleichmäßigem Lärm erfüllte. Lord John bedeutete uns mit erhobener Hand stehenzubleiben und drang allein, rasch, gebückt laufend, zum Rand der Felsen vor. Wir sahen, wie er hinüberspähte und überrascht zusammenfuhr. Er stand da, als ob er uns vergessen hätte, völlig gebannt von dem, was er erblickte. Endlich winkte er uns heran, hielt aber seine Hand hoch, um uns zur Vorsicht zu mahnen.

Wir krochen an seine Seite und blickten über die Felsen. Vor uns lag ein tiefer Krater, der in früherer Zeit eine der kleineren vulkanischen Öffnungen des Plateaus gewesen sein dürfte. Er hatte die Form einer Schüssel. Auf seinem Grund, einige hundert Meter von unserem Standort entfernt, standen Pfützen von schaumiggrünem, fauligem Wasser, von Schilf umsäumt. Dieser Ort war an sich schon unheimlich genug, seine Bewohner jedoch machten ihn vollends zu einer Szenerie aus Dantes Inferno.

Es war ein Nistplatz der Pterodactylen. Hunderte von ihnen waren hier versammelt. Der ganze Boden um die Wasserpfützen herum wimmelte von ihren Jungen und von Müttern, die brütend auf ihren ledernen gelblichen Eiern hockten. Von dieser krabbelnden, flatternden Masse widerlicher Reptilien kam der abstoßende Lärm, und ein höllischer, ekelhaft muffiger Gestank erfüllte die Luft. Oben jedoch, jeder auf einem Stein für sich, groß, grau und runzelig, eher toten und vertrockneten Mumien als wirklichen Lebewesen gleichend, saßen die entsetzlichen Männchen. Sie verharrten völlig bewegungslos, abgesehen von ihren rollenden Augen und den rattenfallenartigen Schnäbeln, die nach vorbeifliegenden Libellen schnappten. Ihre gewaltigen Hautflügel hatten sie mit verschränkten Armen zusammengefaltet, so daß sie dasaßen wie riesige alte Weiber, die sich in abscheuliche, spinnwebartige Schals gehüllt hatten und mit ihren grausigen Köpfen daraus hervorsahen. Insgesamt beherbergte die Höhle vor uns mindestens tausend dieser schmutzigen Kreaturen.

Unsere Professoren wären am liebsten den ganzen Tag lang dort geblieben, so fasziniert waren sie von dieser Gelegenheit, Leben aus vorgeschichtlicher Zeit zu studieren. Sie zeigten einander Fische und tote Vögel, die zwischen den Felsen umherlagen. Ich hörte, wie sie sich gegenseitig beglückwünschten, endlich die Frage geklärt zu haben, weshalb die Überreste dieser Flugdrachen stets in so großer Anzahl innerhalb engbegrenzter Gebiete gefunden wurden wie beispielsweise im Cambridge-Green-Sandstein. Jetzt sahen wir, daß sie wie Pinguine in Gruppen lebten.

Schließlich jedoch schob Challenger, der darauf versessen war, etwas zu beweisen, was Summerlee bestritt, unvorsichtig seinen Kopf zu weit vor und stürzte uns damit fast ins Unglück. Das am nächsten sitzende Männchen stieß augenblicklich einen schrillen, pfeifenden

Schrei aus, schlug mit seinen sechs Meter breiten Flügeln und schwang sich hoch in die Lüfte. Die Weibchen und Jungen drängten sich neben dem Wasser dicht zusammen, während im ganzen Umkreis die Wachtposten einer nach dem anderen aufstiegen und himmelwärts segelten. Es war ein grandioser Anblick, etwa hundert dieser riesigen, häßlichen Geschöpfe gleichzeitig mit schnellem Flügelschlag wie Schwalben über uns dahinschießen zu sehen. Aber wir sollten bald erfahren, daß dies kein Schauspiel war, bei dem wir uns noch längeres Verweilen leisten konnten. Zuerst flogen die Bestien in einem riesigen Kreis herum, als wenn sie sich über das Ausmaß der Gefahr vergewissern wollten. Darauf wurde ihre Flughöhe niedriger und der Kreis enger, bis sie direkt um uns herumschwirrten. Der Schlag ihrer schieferfarbenen Flügel erfüllte die Luft mit lautem Klatschen.

„Schnell in den Wald und zusammenbleiben!" rief Lord John, der sein Gewehr wie eine Keule herumwirbelte.

Im gleichen Moment, als wir den Rückzug antreten wollten, schloß sich der Kreis um uns, so daß die am nächsten Fliegenden uns mit ihren Flügelspitzen fast im Gesicht streiften. Wir schlugen mit den Gewehrkolben nach ihnen, konnten aber nichts Festes oder Verwundbares treffen. Dann schoß plötzlich aus dem schwirrenden, schieferfarbenen Kreis ein langer Hals hervor, und ein scharfer Schnabel hackte nach uns. Ein anderer und noch ein weiterer folgten diesem Beispiel. Summerlee stieß einen Schrei aus und faßte sich ins Gesicht, von dem Blut herabtropfte. Ich verspürte einen Stoß im Genick und wurde schwindelig von der Wucht des Schlages. Challenger stürzte zu Boden. Als ich mich bückte, um ihm aufzuhelfen, erhielt ich noch einen Schlag ins Genick und fiel auf den Professor. Im gleichen Moment hörte ich den Knall von Lord Johns Elefantenbüchse. Aufblickend sah ich, wie eines der Scheusale mit gebrochenem Flügel am Boden flatterte. Mit weit aufgerissenem Schnabel und blutunterlaufenen, hervorquellenden Augen spie und gurgelte es zu uns herüber, gleich einem Teufel auf einem mittelalterlichen Bild. Seine Genossen waren bei dem plötzlichen Krach höher gestiegen und kreisten über unseren Köpfen.

„Jetzt", schrie Lord John, „jetzt geht's um unser Leben!"

Wir taumelten durch das Gebüsch, und noch ehe wir die Bäume erreichten, griffen die Harpyien von neuem an. Summerlee wurde zu

Boden geschlagen; aber wir rissen ihn hoch und stürzten zwischen die Bäume. Dort angelangt, waren wir in Sicherheit; denn unter den Ästen blieb für diese gewaltigen Flügel kein Platz. Als wir uns zu unserem Lager zurückschleppten, arg zerzaust und mitgenommen, sahen wir die Ungetüme noch für geraume Zeit hoch am blauen Himmel über uns kreisen, nicht größer als Tauben anzusehen. Schließlich jedoch, nachdem wir den dichteren Wald erreicht hatten, gaben sie die Verfolgung auf.

„Ein äußerst interessantes und lehrreiches Erlebnis", sagte Challenger, als wir am Bach rasteten und er sein geschwollenes Knie kühlte. „Über die Verhaltensweise des gereizten Pterodactylos sind wir jetzt gut informiert, Summerlee."

Summerlee wischte sich das Blut von einem Riß in der Stirn, und ich verband mir eine Stichwunde im Nacken. Lord Johns Jacke war an einer Schulter aufgerissen; aber die Zähne der Bestien hatten seine Haut nur gestreift.

„Es verdient, festgehalten zu werden", fuhr Challenger fort, „daß unser junger Freund zweifellos eine Stichwunde abbekommen hat, Lord Johns Jacke dagegen durch einen Biß zerfetzt wurde. Mich selbst haben sie mit den Flügeln gegen den Kopf geschlagen. Wir haben also eine bemerkenswerte Demonstration ihrer verschiedenen Angriffsmethoden erlebt."

„Unser Leben stand auf des Messers Schneide", sagte Lord John ernst, „und ich kann mir keine ekelhaftere Todesart vorstellen, als von solchem dreckigen Ungeziefer ausgelöscht zu werden. Es tut mir leid, daß ich mein Gewehr benutzen mußte, aber es blieb, weiß Gott, nichts anderes übrig."

„Wir wären jetzt nicht hier, wenn Sie's nicht getan hätten", sagte ich mit ehrlicher Überzeugung.

„Möglicherweise hat es auch nichts geschadet", meinte er. „In diesem Urwald wird es öfter Lärm geben, zum Beispiel wenn ein Baum splittert oder umstürzt. Das kann sich genau wie der Knall eines Gewehres anhören. Aber jetzt ist unser Bedarf an Aufregungen für einen Tag gedeckt, und wir sollten Verbandskasten und das Karbol heraussuchen. Wer weiß, was für Gift diese Biester in ihren scheußlichen Schnäbeln haben!"

Als wir, dem Lauf unseres Baches folgend, endlich die dornigen Barrikaden unseres Lagers erblickten, dachten wir, nun wären unsere

Abenteuer zunächst einmal vorbei. Aber wir sollten noch etwas zum Nachdenken bekommen, bevor wir uns ausruhen durften. Der Eingang zum Fort Challenger lag unberührt da, und dennoch war irgendein rätselhaftes und gewalttätiges Wesen in unserer Abwesenheit hiergewesen. Keine Fußspur gab irgendwelche Hinweise. Nur der überhängende Ast des riesigen Gingkobaumes ließ vermuten, auf welchem Weg es gekommen und wieder gegangen sein mochte. An seiner zerstörerischen Kraft jedoch konnte es nach dem Zustand unserer Vorräte keinen Zweifel geben. Sie lagen bunt über die ganze Fläche zerstreut; eine Büchse mit Fleisch war aufgerissen worden, eine Munitionskiste zu Kleinholz zerschlagen. Der metallene Deckel lag zerfetzt in einzelnen Stücken daneben.

Wieder senkte sich lähmende Furcht auf unsere Seelen. Scheu blickten wir in die düsteren Schatten ringsum, in denen überall etwas Entsetzliches lauern konnte. Wie gut tat es uns, Zambos Stimme zu hören und zu sehen, wie er auf der Spitze der gegenüberliegenden Zinne saß und uns angrinste.

„Alles in Ordnung, Massa Challenger, alles in Ordnung!" rief er. „Ich hierbleiben. Keine Angst. Sie mich immer finden, wenn brauchen."

Sein ehrliches schwarzes Gesicht und der weite Ausblick vor uns, der fast zum Nebenfluß des Amazonas reichte, rief uns ins Gedächtnis zurück, daß wir uns tatsächlich auf der Erde und im zwanzigsten Jahrhundert befanden und nicht etwa auf einen unwirtlichen Planeten in seinem frühesten Stadium versetzt waren.

Wie schwer fiel es, sich vorzustellen, daß die violette Linie am fernen Horizont schon dicht bei jenem großen Strom lag, auf dem riesige Dampfer verkehrten und Menschen sich über gewöhnliche Alltagsdinge unterhielten.

Noch eine andere Erinnerung ist mir von dem aufregenden Tag geblieben. Die beiden Professoren konnten sich nicht darüber einigen, ob unsere Gegner der Gattung Pterodactylos oder Ädimorphodon angehörten, und es hatte bereits scharfe Worte gegeben. Um ihrem Zank auszuweichen, war ich etwas beiseite gerückt und saß rauchend auf einem umgestürzten Baumstamm, als Lord John gemächlich zu mir herüberkam.

„Hören Sie, Malone", sagte er, „können Sie sich daran erinnern, wo diese Biester saßen?"

„Ganz genau sogar.“

„Eine Art vulkanische Grube, nicht wahr?“

„Ganz richtig“, sagte ich.

„Haben Sie auch die Bodenart bemerkt?“

„Felsen.“

„Nein, um das Wasser herum – wo das Schilf stand.“

„Stimmt, ein vulkanischer Trichter, angefüllt mit blauem Ton.“

„Da war ein bläulicher Boden. Sah aus wie Ton.“

„Und was ist damit?“ fragte ich.

„Ach, nichts, gar nichts“, sagte er und schlenderte zurück zu den streitenden Wissenschaftlern. Ich hätte weiter nichts auf Lord Johns Bemerkung gegeben, hätte ich ihn nicht in dieser Nacht noch einmal murmeln hören: „Blauer Ton in einem vulkanischen Trichter!“ Dies waren die letzten Worte, die ich vernahm, bevor ich in einen tiefen Schlaf der Erschöpfung sank.

10

LORD JOHN ROXTON behielt mit seiner Vermutung recht, daß der Biß der scheußlichen Kreaturen, die über uns hergefallen waren, giftig sein könnte. Am nächsten Morgen hatten sowohl Summerlee als auch ich starke Schmerzen und hohes Fieber. Challengers Knie war dermaßen dick geworden, daß er nur mühsam hinken konnte. Wir mußten deshalb den ganzen Tag über im Lager bleiben. Lord John beschäftigte sich damit, unsere dornigen Schutzhecken in Höhe und Tiefe zu verstärken, wobei wir ihm halfen, soweit wir dazu fähig waren. Ich erinnere mich, daß ich während des ganzen Tages das Gefühl nicht loswerden konnte, wir würden genau beobachtet. Aber ich hatte keine Ahnung, von wem und von welcher Stelle aus. Dieser Eindruck wurde so stark, daß ich Professor Challenger davon erzählte. Er führte ihn jedoch auf den fieberhaften Erregungszustand meines Nervensystems zurück. Immer wieder blickte ich in die Runde, überzeugt, plötzlich irgend etwas zu entdecken. Aber ich sah nur das dunkle Gewirr unserer Hecke und den tiefen Schatten der hohen Bäume, die sich über uns wölbten. Ich mußte an den indianischen Aberglauben vom Curupuri, dem fürchterlichen Dämon des Urwaldes, denken. Jetzt konnte ich mir vorstellen, wie seine schreckliche Erscheinung diejenigen verfolgte, die es gewagt hatten, in seinen entlegensten und geheiligten Zufluchtsort einzudringen.

In dieser Nacht – unserer dritten im Maple-White-Land – erfuhren wir, wie vorausschauend Lord John gehandelt hatte, als er sich mit der Absicherung unserer Behausung so viel Mühe gab. Wir alle schliefen neben unserem langsam verglimmenden Feuer, als wir durch ein anhaltendes Gebrüll geweckt wurden, wie ich es fürchterlicher nie gehört habe. Es kam aus einer Entfernung von ein paar hundert Metern, war aber ohrenbetäubender als die stärkste Dampfsirene. Im Gegensatz zum klaren, scharfen Ton der Sirene klang dies viel tiefer und vibrierte im Unterton höchster Todesqual. Wir hielten uns die Ohren zu, um diesen nervenzermürbenden Hilfeschrei nicht länger mit anhören zu müssen. Die Not, die darin mitschwang, ließ mir den kalten Schweiß ausbrechen und krampfte mein Herz zusammen. Das ganze Elend eines gemarterten Lebewesens, seine überwältigende Anklage, seine unermeßlichen Nöte, das alles war verdichtet und konzentriert in diesem einen furchtbaren, qualvollen Schrei. Und dann erscholl neben diesem durchdringenden Ton noch ein anderer, unterbrochener, ein leises Gelächter aus gewaltiger Brust, ein grollendes, kehliges Gurgeln voller Vergnügen, das eine groteske Begleitung bildete. Drei bis vier Minuten lang dauerte dieses schauerliche Duett, und das ganze Laubwerk raschelte dazu von den aufgeschreckten und hochfliegenden Vögeln. Dann verstummte es ebenso plötzlich, wie es begonnen hatte. Wir saßen noch lange reglos. Lord John warf ein Büschel Zweige aufs Feuer, und der rote Schein beleuchtete die angespannten Gesichter meiner Gefährten und flackerte über die dicken Äste über uns.

„Was war das?“ flüsterte ich.

„Das werden wir morgen erfahren“, sagte Lord John. „Es war ganz in unserer Nähe – nicht weiter als bis zur Lichtung.“

„Wir hatten das Privileg, Ohrenzeugen einer vorweltlichen Tragödie zu werden, jener Art Drama, die sich im Schilf am Rand jurassischer Lagunen abgespielt haben mag, wenn der stärkere Drache den schwächeren abwürgte“, sagte Challenger mit größerer Feierlichkeit, als ich bisher bei ihm gewöhnt war. „Es ist ganz bestimmt gut für den Menschen, daß er im Ablauf der Schöpfung erst so spät auf der Bildfläche erschienen ist. In der Urzeit trieben Mächte ihr Wesen, denen er mit noch soviel Mut und Erfindungsgeist nicht gewachsen gewesen wäre. Was hätten seine Schleuder, sein Wurfspieß oder sein Pfeil gegen Kräfte vermocht, wie sie heute nacht hier am Werk waren? Sogar gegenüber einem modernen Gewehr hätte das Ungeheuer noch alle Chancen auf seiner Seite."

Summerlee hob die Hand.

„Still!" rief er. „Hört man da nicht etwas?"

Aus der absoluten Stille erklang ein schweres, gleichmäßiges Stapfen. Es war der Schritt eines Tieres – der Rhythmus weicher, aber schwerer Sohlen, die vorsichtig auftraten. Langsam schlich es um unser Lager herum und hielt dann nahe beim Eingang. Wir hörten ein leises, an- und abschwellendes Zischen – den Atem dieser Kreatur. Nur unsere schwache Hecke trennte uns von diesem Schreckgespenst der Nacht. Wir alle hatten unsere Gewehre gepackt. Lord John zog einen kleinen Busch aus der Hecke und blickte hindurch.

„Großer Gott!" flüsterte er. „Ich glaube, ich kann es sehen!"

Ich beugte mich vor und spähte über seine Schulter durch die Öffnung. Ja, da war es. Im düsteren Baumschatten hob sich eine noch dunklere Masse ab, schwarz, nur angedeutet und unbestimmt, eine geduckte Gestalt voll unbändiger Stärke und Drohung. Sie war nicht höher als ein Pferd, aber die undeutlichen Umrisse verrieten Massigkeit und Kraft. Dieser fauchende Atem, so regelmäßig und voluminös wie der Dampf einer Lokomotive, sprach für einen ungeheuren Organismus. Einmal meinte ich, zwei grünliche Augen glitzern zu sehen. Ich vernahm ein unheimliches Rascheln, als ob das Tier langsam vorwärts kröche.

„Ich glaube, es will springen!" sagte ich und spannte mein Gewehr.

„Nicht schießen! Nicht schießen!" flüsterte Lord John. „Ein Gewehrschuß ist in dieser stillen Nacht meilenweit zu hören. Heben Sie das als allerletzten Trumpf auf."

„Wenn es über die Hecke kommt, sind wir erledigt", meinte Summerlee und brach in abgehacktes, nervöses Lachen aus.

„Nein, es darf nicht rüberkommen", rief Lord John. „Aber heben Sie Ihre Schießeisen bis zum Schluß auf. Vielleicht kann ich bei dem Burschen was erreichen. Ich will's auf alle Fälle riskieren."

Nie habe ich einen Menschen eine so tapfere Tat vollbringen sehen. Er bückte sich zum Feuer und ergriff einen lodernden Zweig. Dann schlüpfte er in Sekundenschnelle durch eine Schießscharte, die er in unserer Eingangstür angelegt hatte. Das Tier bewegte sich mit einem schrecklichen Knurren auf ihn zu. Lord John zögerte nicht einen Augenblick, rannte schnell und leichtfüßig der Bestie entgegen und stieß ihr das flammende Holz ins Gesicht. Für einen Moment erblickte ich eine entsetzliche Fratze, wie von einer riesigen Kröte, warzige, schuppige Haut und ein weit offenes Maul, über und über mit frischem Blut beschmiert. Im nächsten Augenblick krachte es im Unterholz, und unser furchtbarer Besucher war fort.

„Ich habe mir gedacht, daß er das Feuer nicht mag", sagte Lord John lachend, als er zurückkam und seinen Zweig auf unseren Brennholzstapel warf.

„Sie hätten sich nicht in solche Gefahr begeben dürfen!" riefen wir.

„Es war unsere einzige Chance. Wenn er hier hereingekommen wäre, hätten wir uns beim Versuch, ihn zur Strecke zu bringen, nur gegenseitig totgeschossen. Und wenn wir durch die Hecke auf ihn geschossen und ihn verwundet hätten, wäre er uns sofort aufs Dach gestiegen. Ganz zu schweigen davon, daß wir uns damit verraten hätten. Ich glaube, daß wir froh sein können, so glimpflich davongekommen zu sein. Wie heißt er übrigens?"

Unsere Gelehrten sahen sich etwas unschlüssig an.

„Ich persönlich sehe mich außerstande, diese Kreatur mit Sicherheit zu klassifizieren", sagte Summerlee und zündete sich seine Pfeife am Feuer an.

„Mit Ihrer Ablehnung, sich festzulegen, beweisen Sie nur eine angemessene wissenschaftliche Zurückhaltung", meinte Challenger mit Herablassung. „Ich selbst will jetzt ebenfalls noch nicht weitergehen, als ganz allgemein festzustellen, daß wir heute nacht mit großer Wahrscheinlichkeit mit irgendeiner Art von fleischfressendem Dinosaurier zusammengetroffen sind. Meine Vermutung, daß etwas Derartiges auf dem Plateau vorkommen könnte, habe ich ja schon erwähnt."

„Wir dürfen nicht vergessen", sagte Summerlee, „daß es noch viele vorgeschichtliche Arten gibt, die uns nicht überliefert sind. Es wäre daher voreilig, zu vermuten, daß wir für alles, was uns hier begegnen könnte, einen Namen parat haben."

„Genauso ist es. Eine oberflächliche Einordnung ist das Äußerste, was wir versuchen können. Morgen finden wir vielleicht noch weitere Anhaltspunkte, die uns einer Identifizierung näherbringen. Inzwischen wollen wir unseren unterbrochenen Schlaf fortsetzen."

„Nicht ohne Wachtposten", entgegnete Lord John mit Entschiedenheit. „Wir dürfen uns in einem solchen Land keine Unvorsichtigkeiten mehr leisten. In Zukunft also Zweistundenwachen für jeden von uns!"

„Dann will ich gleich die erste übernehmen und dabei meine Pfeife zu Ende rauchen", sagte Professor Summerlee.

Von da an wagten wir nicht mehr, ohne Wache zu schlafen.

Am Morgen brauchten wir nach der Ursache des entsetzlichen Tumults, der uns in der Nacht aufgeschreckt hatte, nicht lange zu suchen. Die Iguanodon-Lichtung war zum Schauplatz eines schrecklichen Gemetzels geworden. Beim Anblick der Blutlachen und der riesigen Fleischklumpen, die in allen Richtungen über die Grasfläche verstreut lagen, glaubten wir zuerst, daß eine ganze Anzahl von Tieren abgeschlachtet worden sei. Aber bei näherer Untersuchung der Überreste entdeckten wir, daß alles von einem einzigen dieser plumpen Riesentiere stammte, das in Stücke gerissen worden war von einer Kreatur, die es vielleicht nicht an Größe, gewiß aber an Kraft übertraf.

Aufmerksam untersuchten unsere beiden Professoren die herumliegenden Fleischstücke, die sämtlich die Spuren grausiger Zähne und riesiger Klauen trugen.

„Unser Urteil muß noch in der Schwebe bleiben", sagte Challenger, der einen gewaltigen Streifen weißlichen Fleisches auf dem Knie balancierte. „Die Anzeichen könnten für einen Säbelzahntiger sprechen, wie man sie noch auf Höhlenzeichnungen finden kann. Aber das Wesen, das wir gesehen haben, war unzweifelhaft größer und von mehr reptilischem Charakter. Ich persönlich möchte mich für *Allosaurus* entscheiden."

„Oder *Megalosaurus*", sagte Summerlee.

„Ganz richtig. Jeder der größeren Raubsaurier würde hierher passen. Unter ihnen befanden sich die allerschrecklichsten Gattungen tierischen Lebens, die überhaupt jemals die Erde heimgesucht oder ein Museum beglückt haben." Challenger lachte schallend über seinen Witz; denn obwohl er nur einen sehr schwachen Sinn für Humor hatte, entlockte ihm auch ein plumper Scherz aus seinem eigenen Mund brüllende Lachsalven.

„Je weniger Krach, desto besser", sagte Lord John schroff. „Wir können nicht wissen, wer oder was in unserer Nähe steckt. Wenn der Bursche zum Frühstück zurückkommt und uns hier erwischt, werden wir nicht mehr soviel zu lachen haben. Was bedeutet übrigens dieses Zeichen hier an der Seite des Iguanodons?"

Auf der dunklen, schuppigen schieferfarbenen Haut etwas oberhalb der Schulter fand sich ein sonderbarer kreisrunder Fleck aus einer Substanz, die wie Asphalt aussah. Keiner von uns konnte sich vorstellen, was er zu bedeuten hatte, wenn auch Summerlee meinte, vor zwei Tagen etwas Ähnliches an einem der Jungen bemerkt zu haben. Challenger sagte gar nichts, schaute aber so bedeutungsvoll und wichtig drein, als ob er es wüßte, so daß Lord John ihn endlich nach seiner Meinung fragte.

„Wenn Eure Lordschaft mir gnädigst wieder erlauben, den Mund aufzumachen, muß ich mich glücklich schätzen, meiner Dankbarkeit Ausdruck zu verleihen", sagte er mit ausgesuchtem Sarkasmus. „Ich bin leider nicht gewöhnt, in der Art herumkommandiert zu werden, die bei Eurer Lordschaft üblich zu sein scheint. Ich wußte noch nicht, daß man Sie erst um Erlaubnis fragen muß, bevor man einen harmlosen Scherz belächeln darf."

Unser empfindlicher Freund war nicht zu besänftigen, bis er formell um Entschuldigung gebeten wurde. Als sich endlich seine aufgebrachten Gefühle wieder beruhigt hatten, hielt er uns von seinem Sitzplatz auf einem umgestürzten Baum einen längeren Vortrag. Wie es seine Gewohnheit war, sprach er so, als hätte er ein Auditorium mit mindestens tausend Schülern vor sich, denen er kostbarstes Wissen vermittelte.

„Was die Markierung betrifft", sagte er, „so bin ich geneigt, meinem Freund und Kollegen, Professor Summerlee, darin zuzustimmen, daß die Flecken von Asphalt herrühren. Da dieses Plateau nach seiner ganzen Herkunft in hohem Ausmaß als vulkanisch zu betrachten ist und da Asphalt eine Substanz ist, die man mit vulkanischen Kräften in Verbindung bringt, bezweifle ich nicht, daß er hier in freier Form vorkommt und daß die Tiere damit Berührung hatten. Ein weitaus bedeutenderes Problem ist die Frage nach der Existenzmöglichkeit des fleischfressenden Ungeheuers, das seine Spuren in der Lichtung hinterlassen hat. In groben Zügen wissen wir, daß dieses Plateau nicht größer als eine durchschnittliche englische Grafschaft ist. In diesem begrenzten Territorium haben seit unzähligen Jahren viele Lebewesen, die in der übrigen Welt ausgestorben sind, zusammengelebt. Nun sollte man nach einem so langen Zeitraum erwarten, daß die fleischfressenden Arten – ungehemmte Vermehrung vorausgesetzt – ihre Nahrungsvorräte längst erschöpft und somit entweder ihre Ernährungsweise umgestellt haben oder verhungert sind. Wir sehen, daß letzteres nicht zutrifft. Wir können deshalb nur vermuten, daß das natürliche Gleichgewicht durch irgendeine Beschränkung aufrechterhalten wird, die die Anzahl dieser wüsten Kreaturen begrenzt. Eines der vielen interessanten Probleme also, die noch auf eine Lösung warten. Ich möchte hoffen, daß sich uns noch Gelegenheit zum näheren Studium der fleischfressenden Dinosaurier bieten wird."

„Und ich möchte hoffen, sie bietet sich nicht", bemerkte ich.

Der Professor hob seine buschigen Augenbrauen.

„Vielleicht hat Professor Summerlee hierzu noch etwas zu bemerken", sagte er, und die beiden Gelehrten begaben sich gemeinsam in dünne wissenschaftliche Höhenluft, wo die Möglichkeiten einer Modifikation der Geburtsrate und der Nahrungsreduktion als Beschränkungen im Daseinskampf gegeneinander aufgewogen wurden.

An diesem Vormittag erkundeten wir einen kleinen Teil des Plateaus, wobei wir den Sumpf der Pterodactylen sorgsam mieden und uns diesmal östlich von unserem Bach hielten. In dieser Richtung war das Land durchweg dicht bewaldet, und das Unterholz wucherte so sehr, daß wir nur langsam vorankamen.

Bisher habe ich mich bei den Schrecken von Maple-White-Land aufhalten müssen. Dieses Gebiet hatte aber auch ein anderes Gesicht. Den ganzen Vormittag über wanderten wir zwischen lieblichen Blumen dahin. Wie mir auffiel, waren sie meist weiß oder gelb. Nach der Erklärung unserer Professoren sind dies die primitiven Blumenfarben. An vielen Stellen bedeckten sie den Boden vollständig. Ihr Duft wurde in seiner Intensität und Süße fast betäubend, wenn wir bis zu den Knöcheln in diesen wunderbaren nachgiebigen Teppich einsanken. Die heimische Biene summte überall um uns herum. Die Äste vieler Bäume bogen sich unter der Last ihrer Früchte, von denen einige uns bekannt, andere Arten dagegen völlig neu waren. Wir achteten darauf, welche Sorten von Vögeln angepickt waren, um eine Vergiftung zu vermeiden, und konnten so unsere Nahrungsreserven bereichern. Im Dschungel gab es zahlreiche von wilden Tieren ausgetretene Pfade, und an sumpfigen Stellen sahen wir eine Unmenge seltsamer Fußspuren, darunter viele vom Iguanodon. Einmal beobachteten wir einige dieser riesigen Geschöpfe, die in einem Hain ästen. Lord John konnte mit seinem Fernglas erkennen, daß auch sie Asphaltflecken trugen, allerdings an anderer Stelle als das Tier, das wir am Morgen untersucht hatten. Wir hatten keine Vorstellung, was diese Beobachtung bedeuten konnte.

Wir trafen viele kleinere Tiere: Stachelschweine, einen schuppigen Ameisenbären und ein scheckiges Wildschwein mit langen, gebogenen Hauern. Einmal sahen wir durch eine Lücke zwischen den Bäumen in einiger Entfernung den Hang eines grünbewachsenen Hügels, über den sich ein großes sandfarbenes Tier mit erheblicher Geschwindigkeit bewegte. Es war so schnell verschwunden, daß wir es nicht erkennen konnten. Falls es ein Hirsch war, wie Lord John behauptete, müßte er die Größe jener ungeheuren irischen Elche gehabt haben, die von Zeit zu Zeit aus den Mooren meiner Heimat ausgegraben werden.

Nach dem rätselhaften Besuch, der unserem Lager bei unserer ersten Abwesenheit abgestattet worden war, kehrten wir mit gewissen Befürchtungen dorthin zurück. Diesmal jedoch fanden wir alles in Ordnung. An diesem Abend hatten wir eine lange Diskussion über unsere gegenwärtige Lage und unsere zukünftigen Pläne. Summerlee eröffnete die Debatte. Schon während des ganzen Tages war er recht verdrießlich gewesen. Eine Bemerkung von Lord John darüber, was wir am nächsten Morgen unternehmen sollten, brachte jetzt seinen angestauten Ärger zum Ausbruch.

„Was wir heute, morgen und die ganze Zeit über tun müßten", sagte er, „ist, einen Ausweg aus der Falle zu suchen, in der wir sitzen. Sie alle zerbrechen sich den Kopf darüber, wie wir weiter in das Land hineinkommen können. Und ich sage, wir sollten überlegen, wie wir hier wieder herauskommen."

„Ich bin erstaunt, Sir", dröhnte Challenger und streichelte seinen majestätischen Bart, „daß ein Mann der Wissenschaft einer derart niedrigen Gesinnung fähig ist. Sie befinden sich hier in einem Land, das für einen ehrgeizigen Naturforscher eine Fülle von Studienobjekten bietet, wie sie seit Weltbeginn noch niemand gefunden hat. Und Sie schlagen vor, es zu verlassen, noch ehe wir mehr als nur die oberflächlichsten Kenntnisse vom Land selbst und seinen Bewohnern sammeln konnten. Ich hätte mehr von Ihnen erwartet, Professor Summerlee!"

„Sie dürfen nicht vergessen", sagte Summerlee bitter, „daß ich eine große Anzahl von Studenten in London zurückgelassen habe. Darin unterscheidet sich meine Situation von Ihrer, Professor Challenger; denn soviel ich weiß, sind Sie bisher noch nie mit einem verantwortlichen Lehrauftrag bedacht worden."

„Ganz recht", entgegnete Challenger. „Ich habe es immer als verwerflich betrachtet, ein Hirn, das zu echten Forschungen bestimmt ist, durch eine geringere Aufgabe abzulenken. Das ist der Grund, weshalb ich unerbittlich jedes angebotene Lehramt ausgeschlagen habe."

„Zum Beispiel?" fragte Summerlee geringschätzig.

Aber Lord John beeilte sich, dem Gespräch eine andere Wendung zu geben. „Ich muß sagen", bemerkte er, „daß ich es recht dürftig fände, nach London zurückzufahren, bevor ich eine ganze Menge mehr über diesen Ort weiß als jetzt."

„Und ich könnte niemals wagen, in das Redaktionsbüro meiner Zeitung zu gehen und dem alten McArdle unter die Augen zu treten", sagte ich. „Er würde mir nie verzeihen, wenn ich ein solches Material ungenutzt zurückließe. Außerdem lohnt es sich gar nicht, darüber zu streiten; denn soweit ich es beurteilen kann, können wir überhaupt nicht hier herunter, selbst wenn wir es wollten."

„Unser junger Freund gleicht viele geistige Lücken durch ein gewisses Maß von primitivem gesundem Menschenverstand aus", stellte Challenger fest. „Die Interessen seines fragwürdigen Berufes sind zwar für uns völlig belanglos – wie er aber sehr richtig sagt: wir können auf keine Weise nach unten gelangen. Also ist es Energieverschwendung, darüber zu streiten."

„Es ist Energieverschwendung, etwas anderes zu tun", grollte Summerlee hinter seiner Pfeife. „Ich möchte Sie daran erinnern, daß wir mit einem ganz fest umrissenen Auftrag hierhergekommen sind, der uns auf der Tagung des Zoologischen Instituts in London erteilt wurde. Dieser Auftrag war, die Richtigkeit von Professor Challengers Behauptung nachzuprüfen. Wir sind nun, wie ich zugeben muß, in der Lage, diese Behauptungen zu bestätigen. Unsere klar bestimmte Aufgabe ist damit erfüllt. Was die weiteren Einzelheiten betrifft, die auf diesem Plateau noch zu untersuchen bleiben, so sind sie derart gewaltig, daß nur eine große Expedition mit einer ganz speziellen Ausrüstung Aussicht hätte, damit fertig zu werden. Falls wir versuchen, es selbst zu tun, kann dabei nur herauskommen, daß wir nie zurückkehren. Und der bedeutende Beitrag an wissenschaftlichen Erkenntnissen, den wir jetzt schon gewonnen haben, bliebe unbekannt. Als das Plateau völlig unzugänglich erschien, hat Professor Challenger Mittel und Wege gefunden, uns hier heraufzubringen. Ich denke daher, daß wir ihn jetzt auffordern sollten, den gleichen Erfindungsgeist zu gebrauchen, um uns wieder in die Welt zurückzuführen, aus der wir gekommen sind."

Ich muß gestehen, daß Summerlees Ansichten, als er sie so darlegte, mir sehr vernünftig vorkamen. Sogar Challenger zeigte sich beeindruckt von der Vorstellung, daß seine Gegner unwiderlegt blieben, falls wir, die wir seine Behauptungen stützen konnten, nicht zurückkehrten.

„Das Problem des Abstiegs erscheint auf den ersten Blick unlösbar", sagte er. „Dennoch bin ich überzeugt, daß man damit fertig werden kann. Ich bin bereit, meinem Kollegen darin zuzustimmen, daß ein längerer Aufenthalt im Maple-White-Land gegenwärtig nicht empfehlenswert erscheint und daß die Frage unserer Rückkehr bald geklärt werden muß. Ich weigere mich jedoch ganz entschieden, dieses Land zu verlassen, bevor wir es wenigstens in groben Umrissen erforscht haben und eine Art von Landkarte mit nach Hause nehmen können."

Professor Summerlee murrte ungeduldig. „Zwei lange Tage haben wir bereits mit der Erkundung zugebracht", sagte er, „und sind bezüglich der geographischen Verhältnisse dieses Ortes keineswegs klüger als am Anfang. Es steht fest, daß das Land durchweg dicht bewaldet ist und daß wir Monate brauchen würden, um da hindurchzukommen. Wenn es wenigstens einen zentralen Gipfel gäbe, dann wäre das anders. Aber soweit wir bis jetzt erfahren haben, fällt der Boden nach innen ab. Je weiter wir hineingehen, desto unwahrscheinlicher wird es, daß wir einen Überblick bekommen."

Dies war der Moment, in dem ich eine Erleuchtung hatte. Mein Blick fiel zufällig auf den gewaltigen knorrigen Stamm des Gingkobaumes, der seine riesigen Äste über uns breitete. Wenn sein Stamm alle anderen Bäume an Umfang übertraf, dann mußte doch sicherlich das gleiche für seine Höhe gelten. Wenn wirklich der Rand des Plateaus die höchste Stelle war, weshalb sollte sich dann nicht dieser mächtige Baum als Aussichtsturm erweisen, der einen Überblick über das ganze Land bot? Nun bin ich schon immer ein waghalsiger und geschickter Baumkletterer gewesen. Meine Kameraden mochten mir im Felsen überlegen sein; in diesen Ästen aber konnte mir keiner etwas vormachen. Wenn ich erst einmal mit den Beinen auf den untersten der riesigen Seitenäste gelangte, müßte es in der Tat schon sehr merkwürdig zugehen, wenn ich nicht bis zur Spitze hinaufkäme. Meine Kameraden zeigten sich von meiner Idee begeistert.

„Donnerwetter, junger Bursche, Sie haben's erfaßt!" sagte Lord John und schlug mir auf den Rücken. „Daß wir darauf noch nicht früher gekommen sind, kann ich nicht begreifen! Wir haben nur noch etwa eine Stunde Tageslicht; aber in dieser Zeit können Sie vielleicht eine oberflächliche Skizze zustande bringen. Wenn wir diese Munitionskisten hier unter den Ast stellen, werde ich Ihnen gleich hinaufhelfen."

Er stand auf den Kisten und stemmte mich langsam hoch, während ich mich am Stamm festhielt. Da sprang Challenger vor und versetzte mir mit seiner riesigen Hand einen Stoß, der mich geradezu in den Baum hineinschoß. Mit beiden Armen umklammerte ich den Ast und strampelte heftig mit den Beinen, bis ich zuerst den Oberkörper und dann die Knie hinaufschieben konnte. Drei prachtvolle Hauptäste standen wie Leitersprossen über meinem Kopf, und darüber befand sich ein Gewirr kleinerer Äste. Ich konnte so rasch emporklettern, daß ich sehr bald den Erdboden nicht mehr sah und nur noch Laubwerk unter mir hatte. Hin und wieder geriet ich an ein Hindernis. Einmal mußte ich acht oder zehn Fuß weit an einer Schlingpflanze entlangklettern; aber ich kam prächtig voran, und Challengers dröhnende Stimme war schon weit unter mir. Trotzdem: Wenn ich hochblickte, konnte ich immer noch keine Aufhellung im Laub über mir feststellen. Auf einem Ast, den ich hinaufrutschte, klebte ein dichter Busch, der wie eine Schmarotzerpflanze aussah. Ich schob den Kopf vor, um zu sehen, was dahintersteckte – und stürzte fast vom Baum vor Überraschung und Schreck.

Ein Gesicht starrte mich an – aus einer Entfernung von nur ein bis zwei Fuß. Das Wesen, zu dem es gehörte, hatte hinter dem Busch gekauert und im selben Moment wie ich hervorgeblickt. Es war ein menschliches Gesicht – wenigstens erschien es weit menschenähnlicher als das Gesicht eines Affen. Es war lang, weißlich und voller Warzen; die Nase verlief platt, der Unterkiefer sprang weit vor und war am Kinn mit dicken, borstigen Stoppeln besetzt. Die Augen, die unter dichten, schweren Brauen hervorsahen, hatten einen bestialischen, grausamen Ausdruck. Und als es den Mund öffnete, um mir etwas zuzuknurren, das sich wie ein Fluch anhörte, sah ich lange, gebogene Eckzähne. Einen Augenblick lang las ich Haß und Drohung in den boshaften Augen. Dann erschien blitzschnell ein Ausdruck panischer Angst in dem Gesicht. Gebrochene Äste krachten, als das seltsame Wesen schnell in dem grünen Gewirr untertauchte. Ich konnte noch einen letzten Blick auf einen rötlichen behaarten Körper erhaschen; dann war es im Gestrüpp der Blätter und Zweige verschwunden.

„Was ist los?" brüllte Roxton von unten herauf. „Irgendwas nicht in Ordnung?"

„Haben Sie es nicht gesehen?" schrie ich, die Arme um den Ast geklammert und am ganzen Körper zitternd.

„Wir haben einen Krach gehört, als ob Sie abgerutscht wären. Was war denn?"

Die plötzliche und seltsame Erscheinung dieses Affenmenschen hatte mich so erschreckt, daß ich überlegte, ob ich wieder hinabklettern und meinen Gefährten von meinem Erlebnis erzählen sollte. Aber ich stand schon so hoch oben in dem riesigen Baum, daß ich eine Umkehr vor Erfüllung meines Auftrages als Schande empfunden hätte.

So setzte ich meinen Aufstieg fort, allerdings erst nach einer Pause, in der ich Atem geschöpft und neuen Mut gefaßt hatte. Einmal trat ich auf einen morschen Ast und hing für ein paar Sekunden nur an den Händen. Aber meistens war es ein leichtes Klettern. Allmählich wurde das Laub um mich dünner. Am Wind, der mir ins Gesicht blies, merkte ich, daß alle anderen Bäume des Waldes schon unter mir lagen. Ich war entschlossen, mich nicht mehr umzusehen, bevor ich den allerhöchsten Punkt erreicht hatte. So arbeitete ich mich weiter hinauf, bis sich der oberste Ast unter meiner Last bog. Dort setzte ich mich in eine bequeme Gabelung, achtete auf mein Gleichgewicht und blickte hinab auf ein wundervolles Panorama.

Die Sonne stand eben über dem westlichen Horizont, und der Abend war besonders hell und klar, so daß ich das Plateau unter mir in seiner vollen Ausdehnung überblicken konnte. Von dieser Höhe aus konnte man sehen, daß es eine ovale Form hatte und etwa fünfzig Kilometer lang und fünfunddreißig Kilometer breit war. Es glich einem flachen Trichter, dessen Wandungen abwärts zu einem mächtigen

See im Zentrum liefen. Dieser See mochte einen Umfang von fünfzehn Kilometern haben. Er leuchtete grün im Abendlicht. Ein dicker Schilfsaum umgab seinen Rand, und seine Oberfläche war von mehreren gelben Sandbänken unterbrochen, die im Schein der untergehenden Sonne golden glänzten. Eine Anzahl dunkler Objekte, die für Alligatoren zu dick und für Kanus zu lang wirkten, lagen an den Rändern dieser Sandflächen. Mit meinem Fernglas konnte ich klar und eindeutig erkennen, daß sie lebten, hatte aber keine Ahnung, welcher Art sie angehören mochten.

Auf unserer Seite des Plateaus erstreckten sich bewaldete Hänge mit vereinzelten Lichtungen acht bis neun Kilometer hinab zum See. Unmittelbar unter mir erblickte ich die Iguanodon-Wiese, und etwas weiter entfernt war eine Lücke in den Bäumen, die den Sumpf der Pterodactylen kennzeichnete. Auf der gegenüberliegenden Seite bot das Plateau jedoch einen gänzlich anderen Anblick. Die äußeren Basaltklippen setzten sich dort zur Innenseite fort und bildeten eine etwa zweihundert Fuß hohe Mauer; darunter lag ein waldiger Abhang. Am Fuß dieser roten Klippen, in einiger Höhe über dem Boden, konnte ich durch das Fernglas eine Anzahl dunkler Löcher erkennen, in denen ich Höhleneingänge vermutete. Etwas Weißes schimmerte in einer dieser Öffnungen. Ich konnte aber nicht erkennen, was es war. Ich saß und skizzierte das Land, bis die Sonne untergegangen war und ich in der Dunkelheit keine Einzelheiten mehr unterscheiden konnte. Dann kletterte ich hinab zu meinen Gefährten, die mich schon ungeduldig am Fuß des großen Baumes erwarteten.

Jetzt war ich auch einmal der Held des Tages. Ich hatte den Gedanken gehabt, und ich hatte ihn auch allein ausgeführt, und hier zeichnete ich die Kartenskizze, die uns einen Monat blinden Herumtappens inmitten unbekannter Gefahren ersparte. Bevor meine Kameraden die Einzelheiten meiner Karte näher besprachen, mußte ich ihnen über meinen Zusammenstoß mit dem Affenmenschen in den Ästen berichten.

„Der ist schon die ganze Zeit über dort gewesen“, sagte ich.

„Woher wissen Sie denn das?“ fragte Lord John.

„Weil ich niemals das Gefühl loswerden konnte, daß etwas Feindliches uns beobachtete. Ich habe es Ihnen gegenüber erwähnt, Professor Challenger.“

Dieser nickte bestätigend. „Unser junger Freund hat tatsächlich etwas Derartiges gesagt. Er ist ja auch als einziger von uns mit dem keltischen Temperament begabt, das ihn für derartige Wahrnehmungen empfänglich macht."

„Die ganze Theorie der Telepathie ...", begann Summerlee und stopfte sich eine Pfeife.

„Ist zu umfangreich, um hier diskutiert zu werden", unterbrach Challenger mit Bestimmtheit. „Und jetzt sagen Sie mir einmal", fügte er hinzu, „konnten Sie zufällig beobachten, ob dieses Wesen imstande ist, den Daumen über die Handfläche zu kreuzen?"

„Nein, das konnte ich nicht."

„Besaß es einen Schwanz?"

„Nein."

„Hatte es Füße, mit denen es greifen konnte?"

„Ich glaube nicht, daß es so schnell durch die Zweige sausen könnte, wenn es keinen festen Halt mit den Füßen hätte."

„Falls mein Gedächtnis mich nicht täuscht, gibt es in Südamerika an die sechsunddreißig Affenarten. Der Menschenaffe ist jedoch nicht darunter. Es ist aber klar, daß es ihn hier in diesem Land gibt und daß er nicht der behaarten, gorillaartigen Abart angehört, die man nur in Afrika und im Fernen Osten antrifft. Dies ist ein bärtiger, pigmentarmer Typ. Letzteres Charakteristikum deutet darauf hin, daß er sein Leben im Baumschatten verbringt. Wir stehen nun vor der Frage, ob er dem Affen oder dem Menschen am nächsten steht. Im letzteren Fall könnte er sehr wohl dem entsprechen, was man in Laienkreisen das ‚fehlende Bindeglied' nennt. Die Lösung dieses Problems ist jetzt unsere vordringlichste Aufgabe."

„Das ist sie durchaus nicht", entgegnete Summerlee schnell und heftig. „Jetzt, wo wir dank der Intelligenz und Tatkraft von Mr. Malone unsere Karte besitzen, besteht unsere einzige Aufgabe darin, heil und unversehrt aus dieser scheußlichen Gegend herauszukommen."

„Die Fleischtöpfe der Zivilisation", höhnte Challenger.

„Die Tintenfässer der Zivilisation, mein Herr! Es ist unsere Pflicht, unsere Erlebnisse zu Protokoll zu geben und die weitere Erforschung anderen zu überlassen. Bevor Mr. Malone die Karte für uns gezeichnet hatte, waren Sie alle darin mit mir einig."

„Na ja", sagte Challenger, „ich gebe zu, daß auch ich beruhigter sein werde, wenn ich die Gewißheit habe, daß unsere Freunde über das Ergebnis unserer Expedition informiert sind. Wie wir von hier herunterkommen sollen, darüber habe ich allerdings noch keine Vorstellung. Ich bin aber bisher auf kein Problem gestoßen, das mein Gehirn nicht bewältigt hätte, und ich verspreche Ihnen, morgen meine Aufmerksamkeit der Frage unseres Abstiegs zu widmen."

Und dabei blieb es dann zunächst. An jenem Abend aber wurde im Schein unseres Feuers und einer einzigen Kerze die erste Landkarte der verschollenen Welt aufgezeichnet. Jede Einzelheit, die ich von meinem Aussichtsturm aus nur grob angedeutet hatte, wurde am entsprechenden Ort genauer eingetragen. Challengers Bleistift schwebte unschlüssig über der weißen Fläche, die den See darstellte.

„Wie sollen wir ihn nennen?" fragte er.

„Warum ergreifen Sie nicht diese Gelegenheit, Ihren Namen zu verewigen?" sagte Summerlee in einem Anflug seines üblichen Sarkasmus.

„Ich bin fest überzeugt, mein Herr, daß mein Name in anderen und persönlicheren Zusammenhängen der Nachwelt überliefert wird", erwiderte Challenger mit Nachdruck. „Jeder Dummkopf kann seinen unwichtigen Namen unsterblich machen, indem er ihn einem Berg oder Fluß anhängt. Ich kann auf ein derartiges Denkmal gut verzichten."

Summerlee lächelte verkniffen und setzte zu einer neuen Attacke an. Aber Lord John beeilte sich, ihm zuvorzukommen.

„Es ist Ihr gutes Recht, mein Junge, den See zu benennen", sagte er zu mir. „Sie haben ihn zuerst gesehen. Und wenn Sie sich entscheiden, ‚Malone-See' darauf zu schreiben, kann kein Mensch etwas dagegen haben."

„Aber natürlich, unser junger Freund soll ihm einen Namen geben", stimmte Challenger zu.

„Dann", sagte ich, und ich möchte annehmen, daß ich dabei rot wurde, „wollen wir ihn ‚Gladys-See' nennen."

Challenger sah mich freundlich an und schüttelte sein gewaltiges Haupt in gespielter Mißbilligung. „Kinder bleiben Kinder", sagte er. „Er soll also Gladys-See heißen."

11

Ich war stolz, als drei so bedeutende Männer wie meine Kameraden sich bei mir dafür bedankten, daß ich die Situation gerettet oder doch wenigstens wesentlich verbessert hatte. Als Jüngster unserer Gruppe – nicht allein an Jahren, sondern auch an Erfahrung, Wissen und all den anderen Dingen, die die Bedeutung eines Mannes ausmachen – hatte ich von Anbeginn in ihrem Schatten gestanden. Und nun hatte ich bewiesen, daß auch ich etwas konnte. Ich erwärmte mich an diesem Gedanken. Ach, das ist der Hochmut, der vor dem Fall kommt! Diese aufglimmende Selbstzufriedenheit, dieses zusätzliche Maß an Selbstvertrauen sollte mich noch in dieser Nacht zum schrecklichsten Abenteuer meines Lebens verleiten.

Es kam so: Das Abenteuer auf dem Baum hatte mich übermäßig erregt, und an Schlaf war nicht zu denken. Summerlee hielt Wache. Er saß vornübergebeugt an unserem kleinen Feuer, eine komische, eckige Gestalt. Seine Flinte hatte er über die Knie gelegt, und sein spitzer Ziegenbart wackelte jedesmal, wenn sein Kopf schläfrig nickte. Lord John lag still in seinen südamerikanischen Poncho gewikkelt, und Challenger schnarchte mit gewaltigem Rollen und Rasseln. Der Vollmond schien hell, und die Luft war frisch und kühl. Welch eine Nacht für einen Spaziergang!

Und plötzlich kam mir der Gedanke: „Warum eigentlich nicht?" Angenommen, ich schliche mich leise fort; angenommen, ich fände einen Weg hinab zum zentralen See; angenommen, ich wäre zum Frühstück mit einer Beschreibung dieses Ortes zurück – würde man mich in diesem Fall nicht für einen noch wertvolleren Bundesgenossen halten? Und falls dann Summerlee sich durchsetzte und eine Möglichkeit zum Entkommen gefunden würde, könnten wir nach London zurückkehren und würden aus eigener Erfahrung das innerste Geheimnis des Plateaus kennen, zu dem ich allein und als einziger vorgedrungen wäre.

Ich dachte an Gladys und ihren Ausspruch: „Heldentaten gibt es überall." Ich meinte ihre Stimme bei diesen Worten zu vernehmen. Ich dachte auch an McArdle. Welch dreispaltiger Artikel für die Zeitung! Was für ein Grundstein für meine Karriere! Ich griff mir ein

Gewehr – die Taschen hatte ich voller Patronen – und schlüpfte rasch zwischen den Dornbüschen am Eingang unserer Schutzhecke hindurch. Mein letzter Blick fiel auf den eingeschlafenen Summerlee, den unfähigsten aller Wachtposten, der noch immer wie ein drolliges aufgezogenes Spielzeug vor unserem verglimmenden Feuer mit dem Kopf nickte.

Ich war aber noch keine hundert Meter weit gegangen, als ich meinen voreiligen Entschluß schon bereute. Ich habe eine zu lebhafte Phantasie, um ein wirklich mutiger Mann zu sein. Andererseits fürchte ich am meisten, für ängstlich gehalten zu werden. Dies war die Kraft, die mich jetzt vorwärts trieb. Ich brachte es einfach nicht fertig, mich unverrichteter Dinge wieder zurückzuschleichen. Auch dann, wenn meine Kameraden mich noch nicht vermißt hatten und nie etwas von meiner Schwäche erfahren sollten, würde doch in meiner Seele ein unerträgliches Schamgefühl zurückbleiben. Dennoch machte die Lage, in der ich mich nun fand, mich schaudern, und ich hätte meinen ganzen Besitz dafür gegeben, auf ehrenvolle Weise wieder aus dieser Unternehmung herauszukommen.

Die Bäume standen so dicht, und ihre Zweige waren so dick verfilzt, daß ich vom Mondlicht nichts sehen konnte. Nur hier und dort bildeten die hohen Bäume vor dem Hintergrund des bestirnten Himmels ein wirres Filigran. Als meine Augen sich an die Finsternis gewöhnt hatten, lernte ich verschiedene Grade der Dunkelheit unter den Bäumen unterscheiden. An einzelnen Stellen konnte man undeutliche Umrisse sehen. Dazwischen lagen wie Höhlenöffnungen kohlschwarze Schatten, vor denen ich voller Schrecken zurückzuckte, wenn ich vorbeikam. Ich mußte an den verzweifelten Schrei des gemarterten Iguanodons denken, jenen entsetzlichen Schrei, der die Wälder erzittern ließ. Ich mußte auch an die warzige, von Blut triefende Schnauze denken, die ich im Schein von Lord Johns Fackel erblickt hatte. In ihrem Jagdgebiet befand ich mich jetzt. Jeden Augenblick konnte es sich aus dem Schatten auf mich stürzen – dieses namenlose, schreckliche Ungeheuer. Ich hielt an, nahm eine Patrone aus der Tasche und öffnete die Kammer meines Gewehres. Als ich den Hebel berührte, setzte mein Herz aus. Was ich mitgenommen hatte, war die Schrotflinte und nicht mein Gewehr!

Wieder war ich nahe daran umzukehren. Hier hatte ich gewiß eine ausgezeichnete Entschuldigung für mein Versagen. Aber wieder wehrte sich dieser verrückte Stolz gegen den Gedanken. Ich konnte nicht, durfte einfach nicht versagen. Letzten Endes war mein Gewehr wahrscheinlich gegenüber den Gefahren, die mir begegnen konnten, ebenso nutzlos wie die Schrotflinte.

War schon die Dunkelheit im Wald erschreckend gewesen, so wirkte das stille weiße Mondlicht auf der Wiese der Iguanodons noch unheimlicher. Im Gebüsch versteckt, blickte ich lange Zeit hinüber. Keins der riesigen Tiere war zu sehen. Vielleicht hatte die Tragödie, der eines von ihnen zum Opfer gefallen war, sie von ihrer Weide vertrieben. Im dunstigen silbrigen Licht konnte ich keine Spur von irgendeinem Lebewesen entdecken. Ich raffte mich deshalb auf und schlüpfte rasch über die Lichtung. Im Dschungel auf der anderen Seite fand ich den Bach wieder, der mein Wegweiser sein sollte. Er war ein lustiger Geselle, er gurgelte und kicherte wie der gute, alte Forellenbach im Westland, in dem ich als Junge nachts gefischt hatte. Wenn ich ihm abwärts folgte, mußte ich zum See kommen, und wenn ich an ihm entlang zurückging, konnte ich unser Lager nicht verfehlen. Das verfilzte Gestrüpp zwang mich oft, ihn aus den Augen zu lassen; aber ich blieb stets in Hörweite seines Plätscherns und Rauschens.

Auf meinem Weg den Hang hinab lichtete sich der Wald, und Büsche mit einzelnen hohen Bäumen dazwischen traten an seine Stelle. Hier kam ich gut vorwärts und konnte sehen, ohne selbst gesehen zu werden. Ich ging dicht am Sumpf der Pterodactylen vorbei. Da stieg eines dieser großen Untiere mit trocken knisterndem, ledernem Flügelgerassel ganz in meiner Nähe auf und schoß in die Lüfte empor. Als es vor dem Mond vorbeiflog, schien das Licht durch seine Hautflügel, und es sah wie ein fliegendes Gerippe aus. Ich duckte mich tief zwischen die Büsche; denn ich wußte, daß die Kreatur mit einem einzigen Schrei Hunderte ihrer abscheulichen Genossen auf mich hetzen konnte. Erst als die Bestie sich wieder zur Ruhe begeben hatte, wagte ich, mich vorsichtig zu entfernen.

Die Nacht war bisher außerordentlich still gewesen. Aber beim Weitergehen vernahm ich jetzt ein leises, polterndes Geräusch, ein unaufhörliches Gemurmel, irgendwo vor mir. Je weiter ich kam, desto lauter wurde es, bis es endlich unmittelbar in meiner Nähe war. Als ich stehenblieb, hörte ich das Geräusch gleichmäßig laut. Also kam es anscheinend immer von derselben Stelle her. Es klang wie ein überkochender Kessel oder wie das Brodeln in einem großen Topf.

Bald entdeckte ich seine Ursache. Ich fand in der Mitte einer kleinen Lichtung einen Teich aus einer schwarzen, teerartigen Masse, deren Oberfläche sich in großen Blasen hob und senkte. Die Luft darüber zitterte vor Hitze, und der Boden in der Umgebung war so heiß, daß ich ihn nicht anfassen konnte. Es erwies sich also, daß der große vulkanische Ausbruch, der vor so vielen Jahren dieses ganze Plateau emporgehoben hatte, noch nicht am Ende seiner Kraft war. Überall hatte ich schon geschwärzte Felsen und Lavahügel unter der üppigen Vegetation hervorlugen sehen. Aber dieser Asphaltteich im Dschungel war für mich das erste Anzeichen dafür, daß dieser alte Krater noch aktiv war. Für eine eingehende Untersuchung hatte ich aber keine Zeit; denn ich mußte mich beeilen, wenn ich bis zum Morgen wieder im Lager sein wollte.

Auf den großen, mondbeschienenen Lichtungen schlich ich mich im Schatten der Ränder entlang. Im Dschungel tastete ich mich vorwärts und hielt jedesmal mit pochendem Herzen an, wenn – was häufig geschah – brechende Zweige ein vorbeikommendes großes Tier ankündigten. Ab und zu tauchten für einen Augenblick riesige Schatten auf und waren sofort wieder verschwunden.

Endlich, um ein Uhr früh, sah ich Wasser durch die Lichtungen im Dschungel schimmern. Und nach weiteren zehn Minuten stand ich im Schilf am Ufer des Gladys-Sees. Ich war sehr durstig, und so legte ich mich zunächst auf den Bauch und trank in langen Zügen von seinem frischen, kalten Wasser. An der Stelle, die ich gefunden hatte, war ein breit ausgetretener Pfad mit vielen Fußspuren, der erkennen ließ, daß dies eine Tränke der Tiere war. Dicht am Seeufer lag ein riesiger einzelner Lavablock. Dort hinauf stieg ich, und flach auf seiner Oberfläche ausgestreckt, hatte ich nach allen Richtungen einen ausgezeichneten Ausblick.

Schon meine erste Wahrnehmung erfüllte mich mit Erstaunen. Als ich das Panorama von der Spitze des großen Baumes aus beschrieb, habe ich gesagt, daß ich an der gegenüberliegenden Seite der Felsen eine Anzahl dunkler Flecken bemerkt hatte, die ich für Höhlenöffnungen hielt. Als ich nun zu diesen Felsen hinaufblickte, sah ich dort überall Lichtkreise, scharf begrenzte rötliche Flecken ähnlich den Bullaugen eines Dampfers bei Nacht. Einen Augenblick lang dachte ich, es wäre glühende Lava von einem tätigen Vulkan. Aber jede vulkanische Tätigkeit konnte sich nur unten im Krater abspielen, nicht jedoch oben an seinen Rändern. Was war also die Alternative? Es klang wie ein Märchen, und dennoch konnte es nicht anders sein. Diese rötlichen Flecken waren der Widerschein von Feuern, die in den Höhlen brannten – von Feuern, die nur Menschenhand entzündet haben konnte. Dann gab es also Menschen auf dem Plateau. Wie großartig war mein Erkundungsgang gerechtfertigt! Hier hatten wir eine Neuigkeit, die wir mit nach London zurücknehmen konnten!

Lange Zeit lag ich auf meinem Lavablock und beobachtete diese roten zitternden Lichttupfen. Ich schätze, daß sie fünfzehn Kilometer von mir entfernt waren. Doch sogar auf die Entfernung konnte man noch erkennen, wie sie von Zeit zu Zeit flackerten oder verdeckt wurden, wenn jemand daran vorbeikam. Was gäbe ich darum, könnte ich hinaufkriechen, hineinspähen und meinen Kameraden eine Beschreibung vom Aussehen der Rasse mitbringen, die einen so einzigartigen Ort bewohnt! Im Augenblick war es ausgeschlossen; bestimmt durften wir aber das Plateau nicht verlassen, ohne uns in dieser Hinsicht Gewißheit verschafft zu haben.

Der Gladys-See – mein See – lag vor mir wie eine Quecksilberfläche, und das Spiegelbild des Mondes leuchtete hell aus seiner Mitte. Er war flach; an vielen Stellen sah ich niedrige Sandbänke aus dem Wasser ragen. Überall auf seiner Oberfläche bemerkte ich Lebenszeichen; manchmal nur Ringe und kleine Wellen im Wasser, manchmal glitzerte ein großer Fisch mit silbernen Flanken in der Luft, und zuweilen tauchte der gewölbte, schieferfarbene Rücken eines schwimmenden Ungeheuers auf. Einmal sah ich auf einer gelben Sandbank ein Wesen, das wie ein riesiger Schwan aussah, mit klobigem Körper und einem langen, biegsamen Hals, das am Rand entlangwatschelte. Gleich darauf glitt es ins Wasser, und für kurze Zeit sah ich den gebogenen Hals und den schnellenden Kopf sich über dem Wasser entlangwinden. Dann tauchte das Tier unter und war nicht mehr zu sehen.

Bald wurde meine Aufmerksamkeit jedoch von diesen fernen Erscheinungen abgelenkt und wandte sich dem zu, was sich direkt zu meinen Füßen abspielte. Zwei Wesen, die riesigen Gürteltieren glichen, waren zur Tränke herabgekommen und hockten am Ufer. Ihre langen, biegsamen Zungen bewegten sich beim Trinken wie rote Bänder. Ein riesenhafter Hirsch mit weitverzweigtem Geweih, ein prachtvolles Geschöpf von königlicher Haltung, kam mit seiner Hirschkuh und zwei Kitzen und trank neben den Gürteltieren. Die größten Elche, die ich jemals sah, hätten ihm nicht bis zur Schulter gereicht. Plötzlich schnaufte er warnend und verschwand mit seiner Familie im Schilf, und auch die Gürteltiere flohen Hals über Kopf. Ein Neuankömmling, ein ganz ungeheuerliches Tier, stampfte den Pfad herab.

Einen Augenblick überlegte ich, wo ich die abenteuerliche Gestalt schon gesehen haben könnte, diesen gewölbten, mit dreieckigen Platten besetzten Rücken, diesen seltsamen, vogelartigen Kopf, der sich dicht über dem Boden dahinschob. Dann fiel es mir wieder ein. Das war der Stegosaurus – die gleiche Kreatur, die Maple White in seinem Skizzenbuch festgehalten hatte und die zuerst Challengers Aufmerksamkeit gefesselt hatte. Da stand er – vielleicht sogar derselbe, der dem Amerikaner begegnet war. Die Erde erzitterte unter seinem unheimlichen Gewicht, und sein geräuschvolles Saufen erklang weit in die stille Nacht hinein. Fünf Minuten lang stand er so dicht neben meinem Felsen, daß ich die scheußlichen wackelnden Kämme auf seinem Rücken mit der ausgestreckten Hand hätte berühren können. Dann schwankte er davon und verschwand hinter den Felsen.

Ich sah auf die Uhr und stellte fest, daß es schon halb drei war und damit höchste Zeit für mich, den Rückzug anzutreten. Die Orientierung bereitete keine Schwierigkeiten; denn auf meinem ganzen Hinweg hatte ich den kleinen Bach zu meiner Linken gehabt, und dieser mündete keinen Steinwurf von meinem Lavablock entfernt in den See. Ich machte mich also frohgemut auf den Weg; nun konnte ich meinen Gefährten einen schönen Sack voller Neuigkeiten mitbringen. Das wichtigste davon war natürlich die Entdeckung der erleuchteten Höhlen und die Gewißheit, daß sie von Menschen bewohnt waren. Aber darüber hinaus konnte ich aus eigener Anschauung über den Gladys-See berichten. Ich konnte bezeugen, daß er voller seltsamer Lebewesen steckte. Auch hatte ich einige Formen urzeitlicher Geschöpfe gesehen, denen wir bisher noch nicht begegnet waren.

Ich stapfte den Abhang hinauf und hatte schon etwa den halben Weg zum Lager zurückgelegt, als meine Gedanken durch ein sonderbares Geräusch hinter mir wieder auf meine augenblickliche Lage gelenkt wurden. Es klang wie ein Schnarchen oder Grollen, tief und überaus bedrohlich. Irgendeine absonderliche Kreatur befand sich offenbar in meiner Nähe. Sie war aber nicht zu sehen, und so beeilte ich mich weiterzukommen. Ich hatte ungefähr einen Kilometer zurückgelegt, als das Geräusch sich plötzlich wiederholte, immer noch hinter mir, aber viel lauter und bedrohlicher als vorher.

Mein Herz stand still, als der Gedanke mich durchfuhr, daß die Bestie hinter mir her sein mußte. Es überlief mich kalt, und die Haare sträubten sich mir bei dieser Überlegung. Daß diese Ungeheuer sich gegenseitig in Stücke rissen, erschien im Rahmen ihres Daseinskampfes nicht verwunderlich; aber daß sie sich auch gegen mich wenden könnten, diese Vorstellung war einfach ungeheuerlich.

Wieder fiel mir die blutbeschmierte Fratze ein, die wir im Schein von Lord Johns Fackel erblickt hatten. Mit wankenden Knien blieb ich stehen und starrte mit aufgerissenen Augen den mondbeschienenen Pfad hinter mir entlang. Alles war still wie in einer Traumlandschaft, silbrige Lichtungen und die schwarzen Flecke der Büsche waren alles, was ich sah. Und dann erscholl unvermittelt in dieser tiefen Stille, furchterregend und drohend, wieder das tiefe, kehlige Krächzen, jetzt viel lauter und näher als zuvor. Es gab keinen Zweifel mehr. Irgend etwas war hinter mir her und kam mir in jeder Minute näher.

Ich stand wie gelähmt und starrte immer noch auf das Gelände, das ich durchquert hatte. Und dann sah ich es plötzlich! Das Gebüsch auf der gegenüberliegenden Seite der Lichtung geriet in Bewegung. Ein großer, dunkler Schatten tauchte daraus hervor und hüpfte in das helle Mondlicht. Ich sage bewußt „hüpfte"; denn das Ungeheuer bewegte sich wie ein Känguruh und sprang aufrecht auf seinen mächtigen Hinterbeinen vorwärts; die Vorderpfoten hielt es angewinkelt vor der Brust. Es sah größer aus als ein aufgerichteter Elefant. Aber trotz seiner ungeheuren Massigkeit waren seine Bewegungen außerordentlich behende.

Als ich seine Gestalt erblickte, hoffte ich für einen Augenblick, es handelte sich um ein Iguanodon, das ich als harmlos kannte. Aber das war nicht der sanfte, rehartige Kopf des großen, dreizehigen Blattfressers, sondern ein breites, gedrungenes, krötenartiges Gesicht, ähnlich dem Ungeheuer, das uns in unserem Lager aufgeschreckt hatte. Sein grausiger Schrei und die unbändige Energie seiner Verfolgung gaben mir vollends die Gewißheit, daß dies ganz sicher einer der großen fleischfressenden Dinosaurier war. Mitten in seinem leichtfüßigen Vorwärtsspringen ließ sich das Untier etwa alle zwanzig Meter auf die Vorderpfoten nieder und schnupperte am Boden. Es schnüffelte meiner Spur nach. Manchmal verlor es sie für ein paar Sekunden. Dann fand es sie aber wieder und sprang in riesigen Sätzen weiter auf dem Weg, den ich genommen hatte.

Was sollte ich tun? Meine nutzlose Vogelflinte fiel mir ein. Wie konnte sie mir wohl helfen? Ich sah mich verzweifelt nach einem Felsen oder Baum um. Aber ich befand mich in einem buschigen Dschungel, wo nichts Höheres zu sehen war. Außerdem wußte ich auch, daß die Bestie einen ausgewachsenen Baum wie einen Strohhalm umreißen konnte. Meine einzige Chance lag in der Flucht. Auf dem unebenen, rissigen Boden konnte ich nicht schnell genug vorwärts kommen. Aber als ich mich voller Verzweiflung umblickte, sah ich einen gut abgegrenzten, hartgetretenen Pfad, der quer vor mir entlangführte. Auf unseren Erkundungen hatten wir schon mehrere solcher Wildwechsel angetroffen. Dort konnte ich vielleicht meinen Vorsprung halten, denn ich war ein guter Läufer und in ausgezeichneter Form.

Ich warf meine wertlose Flinte fort und lief einen Kilometer so schnell wie nie zuvor. Meine Glieder schmerzten, und ich hatte das Gefühl, als ob meine Kehle vor Luftmangel zerspringen wollte. Dennoch rannte ich weiter, mit diesem Schreckgespenst im Nacken. Schließlich mußte ich anhalten, kaum mehr fähig, auf den Beinen zu stehen. Für einen Augenblick dachte ich schon, ich hätte das Ungeheuer abgeschüttelt. Ruhig lag der Pfad da. Und dann war plötzlich mit Krachen und Splittern, mit dem Getrappel riesiger Füße und dem Keuchen gigantischer Lungen der Drache wieder hinter mir, mir unmittelbar auf den Fersen.

Was für ein Narr war ich gewesen, so lange zu überlegen, ehe ich die Flucht ergriff! Bis dahin hatte er mich nur nach dem Geruch verfolgt und war verhältnismäßig langsam vorangekommen. Aber als ich anfing zu rennen, hatte er mich gesehen. Und von da an sprang er in gewaltigen Sätzen. Das Mondlicht schien auf seine riesigen, vorstehenden Augen, auf die gewaltigen Zahnreihen in seinem offenen Maul und die blanken Krallen an seinen kurzen, mächtigen Vorderarmen. Mit einem Entsetzensschrei warf ich mich herum und stürzte kopflos weiter den Pfad entlang. Hinter mir erklang der schwere, keuchende Atem des Ungeheuers lauter und lauter. Schon waren seine schweren Tritte neben mir, und ich erwartete jeden Augenblick, seinen Würgegriff im Nacken zu verspüren. Da gab es plötzlich einen

Krach – ich stürzte ins Leere, und danach versank alles in wohltuender Stille und Dunkelheit.

Als ich aus meiner Bewußtlosigkeit erwachte – sie konnte nach meiner Empfindung nur einige Minuten gedauert haben –, bemerkte ich als erstes einen furchtbaren, durchdringenden Gestank. Ich tastete umher und griff mit der einen Hand in etwas, das sich wie ein riesiges Stück Fleisch anfühlte, während die andere an einen großen Knochen stieß. Oben über meinem Kopf war ein kreisförmiger Ausschnitt des Sternenhimmels zu sehen, der mir zeigte, daß ich auf dem Boden einer tiefen Grube lag. Taumelnd stellte ich mich auf die Beine und betastete mich vorsichtig von oben bis unten. Jede einzelne Stelle meines Körpers schmerzte; aber ich konnte alle Glieder und Gelenke bewegen. Als ich mich allmählich auf die näheren Umstände meines Sturzes besann, blickte ich voller Schrecken nach oben und erwartete, dort die Silhouette eines fürchterlichen Kopfes vor dem heller werdenden Himmel zu sehen. Es fehlte jedoch jede Spur von dem Ungeheuer, und ich vernahm auch keinen Ton von oben. Langsam begann ich, mich nach allen Richtungen zurechtzutasten, um herauszufinden, wo ich zur rechten Zeit hineingestürzt sein mochte.

Es war, wie gesagt, eine Grube mit schräg abfallenden Wänden und einem ebenen Boden von etwa sechs Meter Durchmesser. Der Boden lag voller großer Fleischklumpen, meist im Stadium weit fortgeschrittener Verwesung. Die Luft war verpestet und ekelerregend. Nachdem ich über diese verfaulten Klumpen gerutscht und gestolpert war, stieß ich plötzlich an etwas Hartes und entdeckte, daß ein aufrechter Pfahl im Mittelpunkt der Grube fest aufgestellt war. Er war so hoch, daß ich seine Spitze mit meiner ausgestreckten Hand nicht erreichen konnte, und er schien mit Fett eingerieben zu sein.

Plötzlich fiel mir ein, daß ich eine Schachtel Streichhölzer in der Tasche hatte. Ich zündete eines an und gewann so endlich einen Eindruck von der Grube. Es war eine Falle – von Menschenhand erbaut. Der Pfahl in der Mitte, etwa zwei Meter fünfzig hoch, war am oberen Ende zugespitzt und schwarz vom Blut der Kreaturen, die sich darauf aufgespießt hatten. Die verstreuten Fleischreste waren Teile der Opfer, die man heruntergeschnitten hatte, um für das nächste Platz zu machen, das hineinstolpern würde. Ich erinnerte mich an Challengers Worte, daß Menschen sich auf dem Plateau nicht behaupten könnten, weil sie mit ihren schwachen Mitteln den Ungeheuern, die dort herumstreiften, wehrlos ausgeliefert wären. Hier aber hatte ich den Beweis dafür, wie dies dennoch möglich war. In ihren Höhlen mit den engen Eingängen hatten die Eingeborenen – wer sie auch sein mochten – Zufluchtsorte, in die die riesigen Saurier ihnen nicht folgen konnten. Und dank ihrer überlegenen Hirne vermochten sie mit Zweigen verdeckte Fallen auf den Wegen aufzustellen, in denen die Ungeheuer trotz ihrer Kraft und Schnelligkeit umkommen mußten.

Für einen gewandten Mann war die schräge Wand der Grube nicht schwer zu erklettern. Aber ich zögerte lange, bevor ich mich wieder in Reichweite jenes fürchterlichen Dinosauriers wagte, dem ich so knapp entkommen war. Wie konnte ich wissen, ob er nicht hinter dem nächsten Gebüsch lauerte und nur auf mich wartete? Ich faßte jedoch Mut beim Gedanken an ein Gespräch, das Challenger und Summerlee über die Lebensgewohnheiten der großen Saurier geführt hatten. Beide waren sich darin einig, daß die Ungeheuer praktisch kein Gehirn hätten, weil in ihrer winzigen Schädelhöhle kein Platz war. So sei ihr Verschwinden in der Welt in erster Linie auf ihre Dummheit zurückzuführen, die es ihnen nicht ermöglichte, sich veränderten Umweltbedingungen anzupassen.

Wenn also die Bestie mir auflauerte, so müßte sie begriffen haben, was mit mir passiert war. Und das erforderte immerhin eine gewisse Fähigkeit, Ursache und Wirkung zu erfassen. War es da nicht wahrscheinlicher, daß ein hirnloses Geschöpf, das nur seinen unbestimmten Raubinstinkten folgte, bei meinem plötzlichen Verschwinden die Jagd aufgeben und sich nach einer Pause der Überraschung davontrollen würde, um ein neues Opfer zu suchen? Ich kroch bis an den Rand der Grube und spähte hinüber. Die Sterne verblaßten, der Himmel färbte sich weißlich, und der kühle Morgenwind blies mir erfrischend ins Gesicht. Von meinem Feind sah und hörte ich nichts. Langsam kletterte ich ganz heraus und setzte mich für einige Zeit auf den Boden, bereit, beim ersten Anzeichen einer Gefahr in meinen Zufluchtsort zurückzuspringen. Von der absoluten Stille und der zunehmenden Helligkeit ermutigt, gab ich meinem Herzen einen Stoß und stahl mich auf dem Weg, den ich gekommen war, zurück. In einiger Entfernung las ich meine Flinte wieder auf, und kurz darauf stieß ich auf den Bach, der mir die Richtung wies. Und so machte ich mich mit manchem ängstlichen Blick nach hinten auf den Heimweg.

Plötzlich vernahm ich etwas, das mich an meine fernen Gefährten mahnte. Von weit her erscholl durch die klare, stille Morgenluft der scharfe, peitschende Ton eines einzelnen Gewehrschusses. Ich blieb stehen und lauschte. Aber es folgte nichts darauf. Einen Moment erschreckte mich der Gedanke, eine akute Gefahr könnte über die Freunde hereingebrochen sein. Aber dann fiel mir eine einfachere und natürlichere Erklärung ein. Es war schon heller Tag. Sie hatten nun ohne Zweifel meine Abwesenheit bemerkt. Sie hatten angenommen, daß ich mich im Wald verirrt hätte, und diesen Schuß abgefeuert, um mir die Richtung zu weisen. Wir hatten uns zwar strikt gegen jedes Schießen entschieden. Wenn sie jedoch glaubten, daß ich in Lebensgefahr schwebte, würden sie nicht zögern. Ich mußte also so schnell wie möglich zurückeilen und sie beruhigen.

Ich war müde und erschöpft, und so kam ich nicht so rasch voran, wie ich gern wollte. Aber endlich gelangte ich in bekannte Gefilde. Dort zu meiner Linken lag der Sumpf der Pterodactylen; dort vor mir war die Iguanodon-Wiese. Und jetzt war ich schon im letzten Waldgürtel, der mich noch von Fort Challenger trennte. Mit lauter Stimme rief ich meine Gefährten, um ihre Befürchtungen zu zerstreuen. Keine Antwort kam. Diese Stille schien mir nichts Gutes zu verheißen. Ich beschleunigte meine Schritte und rannte das letzte Stück. Die Schutzhecke erhob sich vor mir genauso, wie ich sie verlassen hatte; aber das Tor stand offen. Ich stürzte hinein. Ein furchtbarer Anblick bot sich mir im kalten Morgenlicht. Unsere Ausrüstung lag in wüstem Durcheinander über den Boden verstreut. Meine Kameraden waren verschwunden, und neben der verglühenden Asche unseres Feuers war das Gras rot gefärbt von einer scheußlichen Blutlache.

Von diesem plötzlichen Schock war ich so betäubt, daß ich für kurze Zeit ganz von Sinnen gewesen sein muß. Ich erinnere mich dunkel, so wie man sich auf einen bösen Traum besinnt, daß ich planlos rund um das verlassene Lager durch den Wald irrte und immer wieder laut nach meinen Kameraden rief. Die schweigenden Schatten gaben keine Antwort. Der schreckliche Gedanke, daß ich sie nie wiedersehen würde, daß ich von jetzt an allein und verlassen an diesem entsetzlichen Ort wäre, ohne Aussicht, je wieder in die Außenwelt zu gelangen, trieb mich zur Verzweiflung. Ich hätte mir die Haare ausreißen und mit dem Kopf gegen die Bäume rennen mögen. Jetzt begriff ich, wie sehr ich mich auf meine Gefährten verlassen hatte, auf Challengers unerschütterliches Selbstvertrauen und auf Lord Johns überlegene, humorvolle Kühle. Ohne sie war ich wie ein Kind im Dunkeln, hilflos und ohnmächtig. Ich wußte nicht, wohin ich mich wenden oder was ich zuerst tun sollte.

Nachdem ich eine geraume Zeit in Verwirrung dagesessen hatte, machte ich mich daran zu untersuchen, was für ein plötzliches Mißgeschick meine Gefährten ereilt haben könnte. Der unordentliche Zustand des Lagers sprach dafür, daß sie angegriffen worden waren, und der Gewehrschuß gab ohne Zweifel den Zeitpunkt an. Da nur ein einziger Schuß gefallen war, mußte man annehmen, daß alles in Sekundenschnelle vorüber gewesen war. Die Gewehre lagen noch am Boden, und eines davon – Lord Johns – enthielt eine leere Patronenhülse. Challengers und Summerlees Decken neben dem Feuer sprachen dafür, daß sie zu der Zeit noch geschlafen hatten. Die Kisten mit Munition und Lebensmitteln sowie unsere Kameras und Plattenkästen lagen in wüsten Haufen durcheinander. Aber nichts davon fehlte. Andererseits waren alle unsere unverpackten Nahrungsmittel – und ich erinnerte mich, daß wir eine ganze Menge davon hatten – verschwunden. Dann mußten also Tiere diesen Überfall verübt haben, und keine Menschen.

Waren es aber Tiere – oder vielleicht ein einziges ungeheuerliches Tier –, was mochte dann aus meinen Kameraden geworden sein? Ein wildes Tier hätte sie gewiß zerrissen und ihre Überreste liegengelassen. Wohl war eine gräßliche Blutlache vorhanden, die für Gewaltanwendung sprach. Ein Ungeheuer wie jenes, das mich in der Nacht verfolgt hatte, könnte sicherlich sein Opfer so leicht wie eine Katze eine Maus davontragen. In diesem Fall hätten die anderen die Verfolgung aufgenommen. Dann hätten sie aber ganz bestimmt ihre Gewehre mitgenommen. Je länger ich mich bemühte, die Zusammenhänge in meinem verwirrten und übermüdeten Hirn zu ergründen, desto rätselhafter erschien mir alles. Ich suchte den Wald ab, konnte jedoch keine Spuren finden. Einmal verirrte ich mich dabei und fand erst nach langem Suchen das Lager wieder.

Plötzlich kam mir ein Gedanke, der einen kleinen Trost brachte. Ich war nicht ganz allein auf der Welt. Unten am Fuß der Felsen und in Rufweite wartete der treue Zambo. Ich ging zum Rand des Plateaus und blickte hinunter. Da hockte er auf seinen Decken neben dem Feuer in seinem kleinen Lager. Zu meiner Überraschung saß ihm aber ein zweiter Mann gegenüber. Einen Augenblick hüpfte mein Herz vor

Freude, denn ich dachte schon, einer meiner Kameraden wäre heil nach unten gelangt. Aber ein zweiter Blick zerstörte diese Hoffnung. Im Schein der aufgehenden Sonne leuchtete die Haut des Mannes rötlich auf. Es war ein Indianer. Ich rief laut und schwenkte mein Taschentuch. Zambo blickte sofort hoch, winkte mit der Hand und wandte sich zur Felsenzinne. Kurz darauf stand er oben nahe bei mir und hörte sich bekümmert meine Geschichte an.

„Bestimmt der Teufel sie alle holen, Massa Malone", sagte er. „Sie gehen in Teufelsland, und er sie alle holen. Sie auf mich hören, Massa Malone, und kommen schnell runter, sonst er Sie auch noch kriegen."

„Wie kann ich denn nach unten kommen, Zambo?"

„Sie nehmen Kletterpflanzen von Bäumen, Massa Malone. Werfen hier herüber. Ich binden fest an diesem Stumpf, dann Sie haben Brücke."

„Wir haben schon längst daran gedacht. Es gibt hier keine Kletterpflanzen, die uns tragen könnten."

„Schicken nach Seilen, Massa Malone. Schicken nach Indianerdörfern, viele Lederriemen in Indianerdorf. Indianer unten, ihn hinschicken."

„Wer ist er?"

„Einer von unseren Indianern. Die anderen ihn schlagen und nehmen Lohn weg. Er kommen zu uns zurück. Jetzt wollen nehmen Brief, bringen Seil – tun alles."

Einen Brief abschicken! Warum nicht? Vielleicht konnte er Hilfe bringen; auf alle Fälle aber konnte er dafür sorgen, daß unser Leben nicht umsonst geopfert würde und daß die Nachricht von unseren Entdeckungen unsere Freunde daheim erreichte. Zwei abgeschlossene Briefe hatte ich schon fertig. Ich wollte diesen Tag nutzen, noch einen dritten zu schreiben, der meine jüngsten Erlebnisse bis zu dieser Stunde enthielt. Das konnte der Indianer dann in die Welt zurückbringen. Ich wies Zambo an, am Abend wiederzukommen, und verbrachte einen trübsinnigen, einsamen Tag damit, meine Abenteuer seit der vergangenen Nacht niederzuschreiben. Außerdem verfaßte ich einen Hilferuf, der an einen weißen Händler oder Dampferkapitän, dem der Indianer begegnen mochte, gerichtet war. Ich bat darin, uns Seile zu schicken, da unser Leben davon abhinge. Diese Dokumente werfe ich Zambo am Abend hinüber, dazu meine Geldbörse mit drei

Goldstücken. Diese sind für den Indianer bestimmt, und ich verspreche ihm doppelt soviel, wenn er mit Stricken zurückkommt.

Sie werden also jetzt verstehen, lieber Mr. McArdle, wie diese Botschaft zu Ihnen gelangt, und Sie werden ferner wissen, was passiert ist, falls Sie nie wieder etwas von Ihrem unglückseligen Korrespondenten hören. Heute abend bin ich zu müde und zu deprimiert, um noch irgendwelche Pläne zu machen. Morgen muß ich mir eine Möglichkeit einfallen lassen, wie ich nach den Spuren meiner unglückseligen Freunde suchen kann, ohne die Verbindung mit dem Lager zu verlieren.

12

Als an jenem trübseligen Abend die Sonne unterging, erblickte ich die einsame Gestalt des Indianers auf der weiten Ebene unter mir. Ich sah ihm nach – unsere einzige schwache Hoffnung auf Rettung –, bis er in den Abendnebeln verschwunden war.

Als ich endlich wieder in unser verwüstetes Lager zurückkehrte, war es bereits ganz dunkel, und mein letzter Blick galt dem Schein von Zambos Feuer, dem einzigen Lichtpunkt in der weiten Welt dort unten – dem einzigen Lichtblick auch für meine verdüsterte Seele. Und doch fühlte ich mich jetzt erleichtert; denn der Gedanke war tröstlich, daß die Welt erfahren würde, was wir hier erforscht hatten. Im schlimmsten Fall würden unsere Namen nicht zusammen mit unserem Leben ausgelöscht, sondern gemeinsam mit dem Ergebnis unserer Bemühungen der Nachwelt überliefert.

Es war eine schaurige Angelegenheit, in diesem verwüsteten Lager zu schlafen, und dennoch erschien es noch unmöglicher, im Dschungel zu übernachten. Die Vorsicht riet mir, wachsam zu bleiben; doch mein erschöpfter Körper forderte unwiderstehlich sein Recht. Ich kletterte auf den Ast des Gingkobaumes. Aber auf seiner runden Oberfläche konnte ich nicht sicher genug sitzen und wäre bestimmt hinabgestürzt und hätte mir das Genick gebrochen, sobald ich eingenickt wäre. Ich stieg also wieder hinab und überlegte, was ich tun sollte. Endlich verschloß ich den Eingang der Hecke, entfachte drei Feuer, aß ein kräftiges Abendbrot und versank in tiefen Schlaf, aus dem ich auf sonderbare und höchst willkommene Weise geweckt wurde. Am frühen Morgen, als der Tag eben anbrach, faßte eine Hand nach meinem Arm. Ich fuhr hoch, alle Nerven wie elektrisiert, griff mit der Hand nach einem Gewehr und stieß einen Freudenschrei aus, als ich im grauen Licht Lord John neben mir knien sah.

Er war es – aber er war verändert. Ich kannte ihn beherrscht, korrekt und sorgfältig gekleidet. Jetzt war er bleich, hatte einen wilden Ausdruck im Blick und atmete schwer wie jemand, der schnell und weit gelaufen ist. Sein hageres Gesicht war zerkratzt und blutig, seine Kleidung hing in Fetzen herunter. Seinen Hut hatte er verloren. Ich starrte ihn erstaunt an; aber er ließ mir keine Zeit zum Fragen. Er wühlte in unseren Vorräten, während er sprach.

„Schnell, Jungchen, schnell!" rief er. „Nehmen Sie diese beiden Gewehre und alle Patronen, die Sie einstecken können. Die beiden anderen habe ich schon. So, jetzt ein paar Lebensmittel. Ein halbes Dutzend Büchsen wird reichen. Nicht erst lange reden oder überlegen. Los, weg von hier, oder wir sind erledigt!"

Noch halb im Schlaf und unfähig zu begreifen, was das alles bedeuten sollte, jagte ich hinter ihm drein, unter jedem Arm ein Gewehr und verschiedene Vorräte in den Händen. Er schlüpfte durch das Unterholz, bis er an ein dichtes Gebüsch kam. Dort hinein stürzte er sich kopfüber, ohne auf die Dornen zu achten, und kroch weiter zur Mitte. Mich zerrte er neben sich.

„So!" keuchte er. „Ich denke, hier sind wir erst mal in Sicherheit. Sie kommen todsicher zum Lager zurück. Aber hier werden sie uns kaum vermuten."

„Aber was ist denn überhaupt los?" fragte ich, als ich wieder etwas zu Atem gekommen war. „Wo sind die Professoren? Und wer ist hinter uns her?"

„Die Affenmenschen!" sagte er. „Mein Gott, was für Bestien! Sprechen Sie nicht so laut. Sie haben empfindliche Ohren, auch gute Augen, aber keinen scharfen Geruchssinn, soweit ich es beurteilen kann. Ich glaube also nicht, daß sie uns hier aufspüren werden. Wo sind Sie gewesen? Sie können froh sein, daß Sie nicht dabei waren."

In wenigen Sätzen flüsterte ich ihm zu, was ich erlebt hatte.

„Recht unangenehm", sagte er, als er von dem Dinosaurier und der Grube hörte. „Nicht ganz der Ort für eine Erholungskur, was? Aber ich hatte noch keine Ahnung, was hier alles möglich ist, bis diese Teufel uns erwischten. Die menschenfressenden Papuas hatten mich mal gefangen; aber das sind Waisenknaben im Vergleich zu dieser Bande."

„Wie kam es denn dazu?" fragte ich.

„Es war früh am Morgen. Unsere gelehrten Freunde waren eben aufgewacht. Hatten noch nicht mal angefangen, sich zu zanken. Auf einmal regnete es Affen. Wie die Äpfel fielen sie aus dem Baum. Sie müssen sich da in der Dunkelheit versammelt haben, vermute ich, bis der große Baum über uns von ihnen wimmelte. Einen von ihnen habe ich in den Bauch geschossen. Aber ehe wir wußten, was hinten und vorn war, hatten sie uns schon aufs Kreuz gelegt. Ich habe sie Affen genannt; aber sie trugen Stöcke und Steine in den Händen und schnatterten miteinander und fesselten uns schließlich die Hände mit Schlingpflanzen. Sie sind also jedem Tier, das mir bisher auf meinen Wanderungen begegnet ist, weit überlegen. Affenmenschen sind sie, ‚Fehlende Bindeglieder'. Ich wollte, sie fehlten immer noch! Sie schleppten ihren verwundeten Kollegen weg – er blutete –, und dann setzten sie sich um uns herum. Aus ihren Gesichtern blickte die nackte Mordgier. Es waren große Burschen, so groß wie Menschen und ein gut Teil stärker. Komische, glasige graue Augen haben sie unter roten Büscheln. Sie saßen einfach da und glotzten und glotzten. Challenger ist bestimmt kein Hasenfuß; aber sogar er war eingeschüchtert. Er schaffte es schließlich, sich auf die Beine zu stellen. Dann brüllte er sie an, sie sollten doch ruhig tun, was sie mit uns vorhätten. Dann hätten wir's wenigstens hinter uns. Ich glaube, er wurde durch den unerwarteten Überfall ein bißchen verrückt, denn er schimpfte und tobte wie ein Wahnsinniger."

„Na, und was taten sie dann?"

„Ich dachte, jetzt wäre alles vorbei; aber statt dessen brachte er sie auf etwas Neues. Sie nuschelten und schnatterten alle gleichzeitig. Dann stellte sich einer von ihnen neben Challenger. Sie werden lachen, Bürschchen; aber die beiden hätten Verwandte sein können. Wenn ich's nicht mit eigenen Augen gesehen hätte, würde ich's nicht glauben. Dieser alte Affenmensch – er war ihr Häuptling – war eine Art Challenger in Rot, mit jedem einzelnen Schönheitsmerkmal unseres Freundes, nur noch ein bißchen stärker ausgeprägt. Er hatte den gleichen untersetzten Körper, die breiten Schultern, den mächtigen Brustkasten, einen großen rötlichen Zottelbart, die buschigen Augenbrauen, denselben Komm-doch-her-Ausdruck in den Augen. Als der

Affenmensch neben Challenger stand und ihm seine Pfote auf die Schulter legte, lachte Summerlee, bis ihm die Tränen kamen. Die Affenmenschen lachten auch – oder sie stimmten wenigstens ein höllisches Gegacker an. Dann schleppten sie uns durch den Wald. Unsere Gewehre und die Ausrüstung rührten sie nicht an. Sie hielten sie wohl für gefährlich. Aber all unsere Lebensmittel nahmen sie mit. Summerlee und ich wurden unterwegs recht unsanft behandelt – meine Haut und meine Kleidung beweisen es. Sie zerrten uns geradewegs durch die Brombeeren. Sie selbst haben ein Fell wie Leder. Aber Challenger konnte sich nicht beklagen. Vier von ihnen trugen ihn in Schulterhöhe, und er zog dahin wie ein römischer Kaiser. – Was ist das?"

Wir hörten in der Ferne ein eigenartiges, klickendes Geräusch, so ähnlich wie Kastagnetten.

„Da ziehen sie hin", sagte mein Begleiter und lud beide Läufe des zweiten Gewehres. „Laden Sie alles durch, denn lebendig sollen die uns nicht erwischen. Diesen Krach machen sie, wenn sie aufgeregt sind. Können Sie sie noch hören?"

„Ganz weit weg."

„Der kleine Haufen wird nicht viel ausrichten. Aber ich glaube, sie haben Suchkommandos durch den ganzen Wald geschickt. – Also, ich erzählte gerade meine Geschichte: Sie brachten uns rasch in ihr Dorf, ungefähr tausend Hütten aus Laub und Zweigen in einem großen Hain, dicht am Rand der Felsen. Es liegt fünf oder sechs Kilometer von hier entfernt. Die dreckigen Biester haben mich überall angefaßt, und ich habe das Gefühl, als ob ich in meinem Leben nicht mehr sauber werden könnte. Sie fesselten uns, und ein großes Vieh mit einer Keule in der Pfote bewachte uns. Wenn ich von ‚wir' rede, dann meine ich Summerlee und mich. Der alte Challenger hockte auf einem Baum, aß Ananas und lebte wie Gott in Frankreich. Ich darf aber nicht verschweigen, daß er uns Obst zusteckte und eigenhändig unsere Fesseln lockerte. Wenn Sie ihn gesehen hätten, wie er da im Baum saß neben seinem Zwillingsbruder und in seinem Bierbaß sang ‚Klinget laut, ihr wilden Glocken', um die Affen bei guter Laune zu halten – dann hätten Sie gelacht. Aber uns war nicht so sehr zum Lachen zumute, das dürfen Sie mir glauben. Sie ließen ihn innerhalb bestimmter Grenzen tun, was er wollte. Aber uns hielten sie scharf unter Kontrolle. Es war eine große Beruhigung für uns alle zu wissen, daß Sie noch frei herumliefen und unser Tagebuch in Verwahrung hatten. So, junger Mann, und jetzt will ich Ihnen mal etwas erzählen, was Sie überraschen wird. Sie sagten, daß Sie Spuren von Menschen entdeckt haben und Feuer, Fallen und dergleichen. Nun, wir haben die Eingeborenen selbst gesehen. Arme Teufel waren das, kleine Kerle, die den Kopf hängenließen. Sie hatten ja auch allen Grund dazu. Es sieht aus, als ob sie nur eine Seite des Plateaus beherrschen – drüben, wo Sie die Höhlen gesehen haben. Die Affenmenschen aber halten diese Seite hier besetzt. Zwischen ihnen herrscht ein ständiger blutiger Krieg. Das ist die Lage, soweit ich sie übersehe. Ja, und gestern haben die Affenmenschen ein Dutzend Indianer gefangen und sie im Triumphzug in ihr Dorf geschleppt. In Ihrem Leben haben Sie bestimmt noch kein solches Geschnatter und Gekreisch gehört! Die Indianer waren kleine rothäutige Burschen. Man hat sie so zerbissen und zerkratzt, daß sie kaum gehen konnten. Die Affenmenschen brachten zwei von ihnen an Ort und Stelle um und rissen dem einen glatt den Arm aus. Es war einfach bestialisch. Tapfere kleine Burschen! Gaben kaum einen Laut von sich. Aber uns wurde ganz schlecht dabei. Sogar Challenger hatte genug. – Ich denke, jetzt sind sie weg, meinen Sie nicht auch?"

Wir lauschten angespannt; aber nur Vogelgezwitscher war in dem friedlichen Wald zu hören. Lord John fuhr in seiner Erzählung fort.

„Ich glaube, Sie hatten unverschämtes Glück, mein Junge. Nur weil die Affenmenschen gerade die Indianer gefangen hatten, haben sie Sie vorübergehend vergessen. Sonst wären sie todsicher zum Lager zurückgekommen und hätten Sie einkassiert. Sie haben uns nämlich von Anfang an vom Baum aus beobachtet und wußten genau, daß einer von uns fehlte. Jetzt dachten sie aber nur an ihre neue Jagdbeute. Nur daher kommt es, daß ich heute morgen als erster bei Ihnen hereingeschneit bin und nicht eine Horde Affen. Wir haben hinterher noch eine scheußliche Geschichte mit ansehen müssen. Mein Gott, was für ein Alptraum ist diese ganze Sache! Sie erinnern sich doch an das große Dickicht aus scharfen Bambusstäben unten, wo wir das Skelett des Amerikaners gefunden haben? Es liegt genau unter dem Affendorf, und das ist der Absprungplatz für ihre Gefangenen! Es wird da unten haufenweise Skelette geben. Einer nach dem andern müssen die armen Teufel runterspringen. Die Affenmenschen machen sich einen Sport daraus zu beobachten, ob sie nur auf dem Boden zerschmettern oder ob sie von Bambus aufgespießt werden. Uns nahmen sie mit nach vorn, damit wir zusehen konnten. Der ganze Stamm hatte sich am Rand aufgestellt. Vier Indianer sprangen, und die Bambusrohre bohrten sich durch sie hindurch wie Stricknadeln durch ein Stück Butter. Kein Wunder, daß bei dem Skelett des armen Yankees die Stäbe durch die Rippen wuchsen. Wir waren alle wie hypnotisiert, sie springen zu sehen, und glaubten, wir müßten als nächste das Sprungbrett besteigen. Wir brauchen es jedoch noch nicht. Sie haben sechs Indianer für heute aufgehoben – so habe ich es jedenfalls aufgefaßt. Aber ich glaube, die Hauptakteure der heutigen Vorstellung sollen wir sein. Challenger mag vielleicht davonkommen. Aber Summerlee und ich stehen auf dem Programm. Ihre Sprache besteht zu mehr als der Hälfte aus Zeichen, und es war gar nicht so schwer, sie zu verstehen. So war die Zeit für einen Ausbruch reif. Ich hatte mir schon einen kleinen Plan gemacht. Alles hing von mir ab, denn mit Summerlee ließ sich nichts anfangen, und Challenger war auch nicht mehr viel wert. Als sie einmal zusammenkamen, haben sie sich schon wieder gezankt, weil sie sich über die wissenschaftliche Klassifizierung dieser Teufel, die uns gefangenhielten, nicht einig waren. Wahnsinn nenne ich so was. Verrückt sind alle beide! Aber, wie gesagt, ich hatte mir zwei Punkte überlegt, die uns helfen könnten. Der eine davon war, daß diese Viecher in ebenem Gelände nicht so schnell wie Menschen laufen können. Sie haben nämlich kurze, krumme Beine und einen plumpen Körper. Sogar Challenger könnte im Hundertmeterlauf dem Besten von ihnen noch ein paar Meter Vorsprung geben, und Sie oder ich wären regelrechte Champions. Ein weiterer Punkt war, daß sie keine Ahnung von Gewehren haben. Ich glaube, sie wissen nicht einmal, wie der Kerl, den ich angeschossen habe, zu seiner Verletzung kam. Wenn wir also nur an unsere Gewehre kämen, dann ließe sich gar nicht absehen, was wir damit alles bewerkstelligen könnten. So riß ich mich am Morgen los, gab meinem Bewacher einen Tritt in den Bauch, daß er sich langlegte, und spurtete los zum Lager. Dort habe ich Sie und die Gewehre erwischt, und das Weitere wissen Sie."

„Aber die Professoren?" rief ich betroffen.

„Ja, wir müssen noch mal dorthin und sie rausholen. Ich konnte sie ja nicht mitbringen. Challenger saß oben auf dem Baum, und Summerlee war der Anstrengung nicht gewachsen. Die einzige Chance lag darin, die Gewehre zu holen und dann ihre Rettung zu versuchen. Es ist natürlich möglich, daß sie zur Vergeltung sofort massakriert wurden. Ich glaube zwar nicht, daß sie Challenger etwas tun wollen. Aber für Summerlee kann ich mich nicht verbürgen. Den erledigen sie auf alle Fälle. Dessen bin ich sicher. So habe ich also mit meiner Flucht nichts verschlimmert. Es ist natürlich jetzt Ehrensache, daß wir zurückgehen und sie entweder rausholen oder mit ihnen zusammen ins Gras beißen. Bereiten Sie sich schon langsam darauf vor, mein Jungchen, denn eine von diesen beiden Möglichkeiten gibt's nur für uns, und zwar noch bis zum Abend."

Ich habe mich bemüht, Lord Johns Sprechweise, seine kurzen, kräftigen Sätze und den halb scherzhaften, halb schnodderigen Ton hier wiederzugeben. Aber er war der geborene Führer. Sobald die Gefahr zunahm, wurde sein Benehmen noch unbekümmerter, seine Rede noch origineller. Seine kühlen Augen blitzten vor Begeisterung, und sein Don-Quichotte-Schnurrbart sträubte sich in freudiger Erregung. Seine Liebe zur Gefahr, seine starke Empfänglichkeit für den Reiz des Abenteuers, seine Auffassung, daß jedes Wagnis im Leben eine Art Sport sei, mit dem Leben als Einsatz, machten ihn in solch entscheidenden Stunden zu einem wundervollen Gefährten. Hätten wir nicht um unsere Kameraden in Sorge sein müssen, so wäre es ein regelrechtes Vergnügen gewesen, mich an seiner Seite in dieses Abenteuer zu stürzen.

Wir richteten uns in unserem Versteck auf, als ich plötzlich seinen festen Griff auf meinem Arm spürte.

„Aufgepaßt!" flüsterte er. „Da kommen sie!"

Von unserem Schlupfwinkel aus überblickten wir einen braunen, grünüberdachten Gang aus Baumstämmen und Zweigen. Darin bewegte sich eine Gruppe von Affenmenschen vorbei. Mit krummen Beinen und gebeugtem Rücken gingen sie im Gänsemarsch. Ihre Hände schleiften gelegentlich auf dem Boden, und sie drehten die Köpfe ständig nach rechts und links. Durch ihren gebückten Gang wirkten sie kleiner, als sie tatsächlich waren. Aber ich würde sie auf ungefähr ein Meter fünfzig schätzen. Sie hatten sehr lange Arme und gewaltige Brustkörbe. Viele von ihnen waren mit Stöcken bewaffnet, und aus der Entfernung sahen sie aus wie eine Reihe stark behaarter und mißgestalteter Menschen. Ich konnte sie nur einen Moment lang so deutlich sehen. Dann wurden sie wieder vom Gebüsch verdeckt.

„Jetzt geht's noch nicht", sagte Lord John, der sein Gewehr entsichert hatte. „Unsere einzige Chance liegt darin, daß wir uns ruhig verhalten, bis sie die Suche aufgeben. Dann wollen wir aber mal sehen, ob wir nicht zu ihrem Dorf kommen können. Wir werden noch eine Stunde warten; dann marschieren wir ab."

Wir benutzten diese Zeit dazu, eine unserer Konservendosen aufzumachen und etwas zum Frühstück zu essen. Lord Lohn hatte seit dem vorigen Morgen fast nichts zu sich genommen und aß wie ein Verhungernder. Dann brachen wir endlich zu unserer Expedition auf, die Taschen voller Patronen und in jeder Hand ein Gewehr. Vor dem Abmarsch markierten wir unser kleines Versteck im Gebüsch und merkten uns seine Lage zu Fort Challenger, damit wir es wiederfinden konnten. Leise schlichen wir uns durch die Büsche, bis wir unmittelbar am Rand der Felsen ganz in der Nähe unseres alten Lagers waren. Dort hielten wir an, und Lord John erklärte mir kurz seinen Feldzugsplan.

„Solange wir im dichten Wald gehen, sind diese Burschen uns gegenüber im Vorteil", sagte er. „Sie sehen uns; aber wir können sie nicht sehen. Im Freien ist das anders. Wir müssen uns also im offenen Gelände bewegen, soweit wir können. An der Kante des Plateaus gibt es weniger hohe Bäume als weiter drinnen. Daran entlang müssen wir vorrücken. Gehen Sie langsam, halten Sie die Augen offen und Ihr Gewehr schußbereit. Vor allem lassen Sie sich nicht von ihnen gefangennehmen, solange Sie noch eine Patrone übrig haben – das ist mein letztes Wort für Sie, Jungchen."

Als wir an den Rand der Felsen kamen, blickte ich hinab und sah unseren guten alten schwarzen Zambo rauchend auf einem Felsblock unter uns sitzen. Ich hätte viel darum gegeben, ihn rufen und ihm sagen zu können, wie es um uns stand. Aber es war zu gefährlich; man hätte uns hören können. Die Wälder schienen voller Affenmenschen zu stecken. Wieder und wieder hörten wir ihr sonderbares Geschnatter. Dann stürzten wir uns jedesmal ins nächste Gebüsch und lagen still, bis nichts mehr zu vernehmen war. Wir kamen deshalb nur sehr langsam weiter, und es dauerte wenigstens zwei Stunden, bis ich aus Lord Johns vorsichtigen Bewegungen ersah, daß wir uns nahe am Ziel befinden mußten. Er machte mir ein Zeichen, ruhig liegenzubleiben, während er weiter vorwärts kroch. Innerhalb einer Minute war er wieder zurück.

„Kommen Sie!" sagte er. „Kommen Sie schnell! Ich bete zu Gott, daß es nicht schon zu spät ist!"

Ich zitterte vor Erregung, als ich vorwärts kroch, mich neben ihn legte und zwischen den Büschen hindurch auf eine Lichtung spähte, die sich vor uns ausdehnte.

Es war ein Anblick, den ich nie vergessen werde, bis an meinen letzten Tag nicht – so unwirklich, so unmöglich, daß ich nicht weiß, wie ich ihn beschreiben soll. Falls es mir vergönnt ist, noch einmal auf dem Sofa im Savage-Club zu sitzen und auf die eintönige Realität der Uferpromenade hinauszublicken, wird mir dies alles wie ein schlechter Traum, wie ein Fieberdelirium vorkommen. So will ich es jetzt aufschreiben, solange ich es noch frisch im Gedächtnis habe. Lord John, der an meiner Seite im feuchten Gras gelegen hat, wird bezeugen können, daß ich die Wahrheit gesagt habe.

Ein weiter, freier Platz lag vor uns – einige hundert Meter im Durchmesser. Er reichte bis unmittelbar an den Rand der Felsen und war ganz mit grünem Rasen und Farnkräutern bewachsen. Darum stand ein Halbkreis von Bäumen, in deren Zweigen, übereinandergebaut, merkwürdige Hütten aus Laub steckten. In den Eingängen der Hütten und auf den Ästen der Bäume drängte sich eine dichte Menge von Affenmenschen, die ich nach ihrer Größe für Frauen und Kinder des Stammes hielt. Sie bildeten den Hintergrund des Bildes und blickten alle mit gespanntem Interesse auf die gleiche Szene, die auch uns faszinierte und verstörte.

Im Freien, dicht am Rand der Felsen, hatte sich eine Horde von ein paar hundert dieser zottigen rothaarigen Kreaturen versammelt. Sie beachteten eine gewisse Ordnung. Vorn stand eine Gruppe Indianer – kleine, wohlproportionierte Burschen, deren Haut im hellen Sonnenlicht wie polierte Bronze glänzte. Ein langer, hagerer weißer Mann stand neben ihnen, den Kopf gesenkt, die Arme verschränkt. Seine ganze Haltung drückte Verzweiflung und Niedergeschlagenheit aus. Diese eckige Gestalt gehörte unverkennbar Professor Summerlee.

Vor dieser kläglichen Gruppe Gefangener und um sie herum sahen wir mehrere Affenmenschen, die sie scharf bewachten und jede Flucht unmöglich machten. Etwas abseits standen zwei Gestalten dicht am Rand der Felsen, die derart merkwürdig und trotz der ernsten Lage so lächerlich wirkten, daß sie meine ganze Aufmerksamkeit beanspruchten. Der eine davon war unser Kamerad, Professor Challenger. Die Überreste seiner Jacke hingen ihm noch in Fetzen von den Schultern. Aber sein Hemd war ganz herausgerissen, und sein großer Bart ging unmittelbar in das schwarze Gestrüpp auf seiner Brust über. Seinen Hut hatte er verloren, und seine Haare, die auf unserer Reise tüchtig gewachsen waren, hingen ihm wild ins Gesicht. Es sah aus, als ob ein einziger Tag genügt hätte, um ihn in einen Wilden zu verwandeln. Neben ihm stand sein Herr und Meister, der Häuptling der Affenmenschen.

In allen Zügen war er, wie Lord John gesagt hatte, das getreue Ebenbild unseres Professors, nur daß seine Hautfarbe nicht weiß, sondern rot war. Die gleiche kurze, untersetzte Gestalt, die gleichen massigen Schultern, die gleichen nach vorn hängenden Arme, der gleiche struppige Bart, der auf die haarige Brust fiel. Nur oberhalb der Augenbrauen bildeten die flache Stirn und der niedrige, runde Schädel des Affenmenschen zu der gewölbten Stirn und dem hohen Scheitel des Europäers einen scharfen Kontrast.

Ein blutiges Drama spielte sich jetzt vor uns ab. Zwei Affenmenschen hatten einen der Indianer gepackt und schleppten ihn an den Rand der Felsen. Der Häuptling erhob die Hand. Sie ergriffen den Mann von jeder Seite an Arm und Bein und schwenkten ihn dreimal mit unheimlicher Kraft vor und zurück. Dann warfen sie den armen Teufel mit gewaltigem Schwung über den Abgrund, daß er in hohem Bogen durch die Luft flog, ehe er abzustürzen begann. Als er verschwand, stürzte die ganze Meute mit Ausnahme der Wachen nach vorn. Es folgte eine lange Pause, die schließlich von einem irren Freudengebrüll zerrissen wurde. Sie sprangen umher und schwenkten ihre langen behaarten Arme. Dann traten sie vom Rand zurück, stellten sich wieder in ihrer alten Ordnung auf und warteten auf das nächste Opfer.

Das war Summerlee. Zwei seiner Bewacher packten ihn an den Handgelenken und zerrten ihn brutal nach vorn. Mit seiner ganzen dürren Gestalt und seinen langen Gliedern zappelte und flatterte er verzweifelt wie ein Huhn, das aus dem Käfig gerissen wird. Challenger hatte sich dem Häuptling zugewandt und fuchtelte erregt mit den Händen. Er bat und flehte um das Leben seines Kameraden. Der Affenmensch stieß ihn roh beiseite und schüttelte den Kopf. Da krachte Lord Johns Flinte, und der Häuptling sank zu Boden.

„Schießen Sie mitten rein! Schieß, Söhnchen, schieß!" schrie mein Gefährte.

Auch im Herzen des gewöhnlichsten Menschen gibt es unergründliche düstere Tiefen. Ich habe schon beim Schrei eines verwundeten Hasen feuchte Augen bekommen. Jetzt aber hatte mich die Blutgier gepackt. Ich war aufgesprungen, schoß das ganze Magazin leer, dann das andere, riß die Kammer auf, lud durch, schoß wieder. Während der ganzen Zeit schrie und lachte ich in purer Kampfeswut und Mordlust. Wir beide richteten mit unseren vier Gewehren eine schreckliche Verwüstung an. Die beiden Wachtposten, die Summerlee festgehalten hatten, lagen am Boden. In seiner Verwunderung wankte der Gefangene umher wie ein Betrunkener und konnte noch nicht fassen, daß er frei war.

Die dichte Horde der Affenmenschen rannte kopflos durcheinander und versuchte zu ergründen, wo dieser Todessturm herkommen könnte und was er bedeuten sollte. Sie winkten, gestikulierten, schrien und stolperten über die Gefallenen. Dann rasten sie in einer plötzlichen Eingebung mit Geheul zu den Bäumen, um Deckung zu suchen. Die Gefangenen ließen sie für einen Augenblick allein in der Mitte der Wiese stehen.

Challengers flinker Verstand hatte die Situation erfaßt. Er griff den verwirrten Summerlee am Arm und rannte mit ihm zu uns herüber. Zwei Affenmenschen sprangen ihnen nach und brachen unter zwei Schüssen von Lord John zusammen. Wir stürzten unseren Freunden entgegen und drückten jedem ein geladenes Gewehr in die Hand. Aber Summerlee war am Ende seiner Kraft. Er konnte sich kaum noch auf den Beinen halten. Die Affenmenschen hatten sich inzwischen von ihrer ersten Panik erholt. Sie drangen im Gebüsch vor und drohten uns den Rückweg abzuschneiden. Challenger und ich schleiften Summerlee mit, jeder an einem Ellbogen, Lord John deckte unseren Rückzug, wieder und wieder feuernd, sobald eine wilde Fratze aus dem Gebüsch auftauchte. Für mindestens zwei Kilometer blieben die schnatternden Bestien uns auf den Fersen. Dann ließ die Verfolgung nach; denn sie wollten sich nicht länger dem vernichtenden Gewehrfeuer aussetzen. Als wir endlich das Lager erreichten, sahen wir zurück und fanden uns allein.

So dachten wir; aber wir irrten uns. Kaum hatten wir die Dornentür unserer Hecke verschlossen, einander die Hände geschüttelt und uns keuchend neben unserer Quelle zu Boden geworfen, als wir ein Getrappel nackter Füße hörten und dann leise, klagende Rufe vor unserem Eingang vernahmen. Lord John sprang mit der Flinte in der Hand vor und öffnete. Hingestreckt, das Gesicht auf dem Boden, lagen dort die vier überlebenden Indianer, die aus Furcht vor uns zitterten und uns dennoch um Schutz anflehten. Mit einer ausdrucksvollen Gebärde deutete einer von ihnen auf den Wald ringsum, um zu sagen, daß er voller Gefahren steckte. Dann stürzte er vor, schlang seine Arme um Lord Johns Füße und legte sein Gesicht darauf.

„Donnerwetter!" rief unser Adeliger und zupfte sich ratlos am Schnurrbart. „Was, zum Teufel, sollen wir jetzt mit diesen Leuten anfangen? Steh auf, kleines Kerlchen, und nimm dein Gesicht von meinen Stiefeln!"

Summerlee setzte sich und stopfte seine alte Pfeife. „Wir müssen die Indianer in Sicherheit bringen", sagte er. „Sie beide haben uns alle dem Tod entrissen. Auf mein Wort! Das war ein sauberes Stück Arbeit!"

„Bewundernswert!" rief Challenger. „Bewundernswert! Nicht nur wir allein schulden Ihnen unseren Dank für das, was Sie getan haben. Ich stehe nicht an zu erklären, daß das Verschwinden von Professor Summerlee und mir eine schmerzliche Lücke in der modernen zoologischen Forschung hinterlassen hätte. Unser junger Freund hier und Sie haben eine großartige Leistung vollbracht."

Er strahlte uns mit seinem väterlichen Lächeln an. Aber die europäischen Wissenschaftler wären erstaunt gewesen, hätten sie ihren auserwählten Sohn mit seinen verfilzten, ungekämmten Haaren, seiner bloßen Brust und seiner zerfetzten Kleidung sehen können. Er saß da, eine Fleischdose zwischen die Knie geklemmt, und hielt ein großes Stück Hammelfleisch in der Hand. Der Indianer blickte zu ihm hinüber, warf sich dann mit leisem Winseln zu Boden und klammerte sich an Lord Johns Bein.

„Aber du brauchst doch keine Angst zu haben, mein Junge", sagte Lord John und tätschelte den Kopf zu seinen Füßen. „Er kann Ihren Anblick nicht ertragen, Challenger! Und alles, was recht ist! Das wundert mich nicht sehr. Schon gut, kleiner Bursche, er tut dir nichts, er ist auch nur ein Mensch, so wie wir."

„Ich muß doch sehr bitten, mein Herr!" rief nun der Professor. „Die Frage ist, was wir mit den Indianern anfangen sollen. Die nächstliegende Antwort wäre, sie nach Hause zu bringen, wenn wir nur wüßten, wohin."

„Das ist schnell gesagt", bemerkte ich. „Sie wohnen in den Höhlen auf der anderen Seite des Gladys-Sees."

„Unser junger Freund weiß also, wo sie wohnen. Ich vermute, es ist weit bis dahin."

„Gut dreißig Kilometer", sagte ich.

Summerlee stöhnte. „Ich könnte das nie schaffen. – Heulen da nicht noch immer diese Bestien?"

Während er sprach, hörten wir von weit her aus der dunklen Tiefe des Waldes die unartikulierten Schreie der Affenmenschen. Die Indianer stimmten erneut ein schwaches Angstgewimmer an.

„Wir müssen hier weg, und zwar ganz schnell!" sagte Lord John. „Sie helfen Summerlee, junger Freund! Diese Indianer hier werden Vorräte tragen. Los jetzt, kommen Sie, bevor sie uns sehen können."

In weniger als einer halben Stunde hatten wir unseren Zufluchtsort im Gebüsch erreicht und uns versteckt. Während des ganzen Tages hörten wir das aufgeregte Geschrei der Affenmenschen aus der Richtung unseres alten Lagers. Aber keiner von ihnen kam in unsere Nähe, und wir müden Flüchtlinge, rote wie weiße, konnten uns einen langen, tiefen Schlaf gönnen. Ich döste am Abend vor mich hin, als mich jemand am Ärmel zupfte und ich Challenger neben mir knien sah.

„Sie führen doch über alle diese Ereignisse Tagebuch, Mr. Malone, und Sie möchten es doch eines Tages veröffentlichen", sagte er feierlich.

„Ich bin ja ausschließlich als Presseberichterstatter mitgekommen", antwortete ich.

„Richtig. Sie haben vielleicht einige ziemlich dumme Bemerkungen gehört, die Lord John Roxton machte und die anzudeuten schienen, daß eine – eine gewisse Ähnlichkeit ..."

„Ja, das habe ich gehört."

„Ich brauche wohl nicht besonders zu betonen, daß eine Veröffentlichung derartiger Gedanken in irgendeiner Form äußerst beleidigend für mich wäre."

„Ich will streng bei der Wahrheit bleiben."

„Lord Johns Beobachtungen sind manchmal etwas zu phantasievoll, und er ist imstande, dem Respekt, den auch die niedrigsten Rassen für menschliche Würde und Charakter empfinden, die unsinnigsten Beweggründe zu unterstellen. Sie verstehen, was ich meine?"

„Vollkommen."

„Dann überlasse ich die Angelegenheit Ihrer Diskretion." Nach einer langen Pause fügte er hinzu: „Der Häuptling der Affenmenschen war übrigens ein Geschöpf von hervorragender Bedeutung, eine bemerkenswert gutaussehende und intelligente Persönlichkeit. Ist Ihnen das nicht auch aufgefallen?"

„Ein höchst beachtenswertes Geschöpf", sagte ich.

Und der Professor legte sich mit sichtlich erleichtertem Herzen wieder zum Schlummer nieder.

13

WIR hatten uns eingebildet, daß unsere Verfolger, die Affenmenschen, von unserem Versteck im Gebüsch nichts wüßten. Aber wir sollten bald unseren Irrtum erfahren. Man hörte keinen Laut im Wald. Nicht ein Blatt regte sich an den Bäumen, alles war friedlich um uns. Aber durch unsere früheren Erlebnisse hätten wir eigentlich wissen müssen, wie schlau und geduldig diese Kreaturen beobachten und abwarten konnten, bis ihre Chance kam.

Wir alle waren beim Erwachen erschöpft von den furchtbaren Strapazen und dem unzureichenden Essen am Vortag. Summerlee fühlte sich noch immer so schwach, daß er sich nur mit Mühe auf den Beinen halten konnte. Aber der alte Mann besaß eine verbissene Energie und wollte sich nie geschlagen geben. Wir hielten eine Lagebesprechung ab. Es herrschte Übereinstimmung, noch für ein oder zwei Stunden hierzubleiben und unser dringend notwendiges Frühstück einzunehmen. Danach wollten wir uns über das Plateau und um den Gladys-See herum zu den Höhlen begeben, wo nach meinen Beobachtungen die Indianer wohnten. Wir rechneten damit, daß unsere Schützlinge ein gutes Wort einlegen und uns einen herzlichen Empfang bei ihren Genossen sichern würden. Und dann, nach Erfüllung unserer Aufgabe und im Besitz wertvoller Kenntnisse über das Land, wollten wir unsere ganze Energie auf die lebenswichtige Frage unseres Abstiegs richten. Sogar Challenger war jetzt bereit zuzugeben, daß wir danach nur noch die eine Aufgabe hätten, unsere erstaunlichen Entdeckungen zurück in die Zivilisation zu tragen.

Wir konnten uns jetzt die Indianer, die wir gerettet hatten, in Ruhe etwas näher ansehen. Sie waren kleine Männer, drahtig, gelenkig und gut gebaut. Ihre langen schwarzen Haare waren am Hinterkopf mit Lederriemen zu einem Knoten gebunden, und auch ihre Lendenschurze bestanden aus Leder. Sie hatten bartlose, gutmütige Gesichter. Ihre zerfetzten, blutigen Ohrläppchen ließen erkennen, daß sie darin Schmuckstücke getragen hatten, die ihre Peiniger herausgerissen hatten. Ihre Unterhaltung war fließend, wenn wir auch nichts verstehen konnten. Als sie aufeinander zeigten und mehrmals das Wort „Accala" wiederholten, vermuteten wir, daß das der Name ihres Volkes war. Zuweilen, die Gesichter von Furcht und Haß verzerrt, schüttelten sie die geballten Fäuste gegen den Wald und riefen „Doda! Doda!", was offenbar Ihre Bezeichnung für ihre Feinde war.

„Was halten Sie von ihnen, Challenger?" fragte Lord John. „Für mich steht jedenfalls fest, daß der kleine Bursche, der den Kopf vorn rasiert hat, ein Häuptling ist."

In der Tat mußte dieser Mann eine bevorzugte Stellung einnehmen; denn die anderen wagten nur mit allen Anzeichen tiefen Respekts das Wort an ihn zu richten. Er schien von ihnen der jüngste zu sein, war aber dennoch von so stolzer, hochmütiger Haltung, daß er sich wie ein ungezähmtes Pferd aufbäumte und sich mit blitzenden Augen entfernte, als Challenger ihm seine große Pranke auf den Kopf legte. Dann hielt er sich die Hand vor die Brust und äußerte in würdevoller Haltung mehrere Male das Wort „Maretas". Der Professor packte unbeeindruckt den nächsten Indianer bei der Schulter und machte sich daran, über ihn zu dozieren, als hätte er ein ausgestopftes Exemplar vor sich.

„Man kann die Entwicklungsstufe dieser Leute", sagte er mit seiner dröhnenden Stimme, „gleichviel, ob man nach Schädelkapazität, Stirnwinkel oder einer anderen Methode urteilt, durchaus nicht als niedrig bezeichnen. Wir müssen im Gegenteil annehmen, daß sie bedeutend höher stehen als viele mir bekannte südamerikanische Stämme. Mit keiner glaubhaften Theorie könnten wir erklären, wie eine solche Rasse sich hier an diesem Ort entwickelt hat. Auch die Affenmenschen sind durch eine so breite Lücke von den primitiven Tieren getrennt, die auf diesem Plateau erhalten geblieben sind, daß es sich von selbst verbietet anzunehmen, sie könnten sich hier entwickelt haben."

„Wo, zum Teufel, sind sie denn sonst hergekommen?" fragte Lord John.

„Eine Frage, die ohne Zweifel noch einmal in allen wissenschaftlichen Gesellschaften ganz Europas und Amerikas heftige Diskussionen auslösen wird", antwortete der Professor. „Meine eigene Erklärung ist die, daß die Entwicklung unter den besonderen Verhältnissen dieses Landes bis zu den Wirbeltieren hinauf fortgeschritten ist, wobei die älteren Formen erhalten bleiben und zusammen mit den neueren weiterleben. Daher finden wir so neuzeitliche Geschöpfe wie den Tapir – ein Tier mit einer stattlichen, langen Ahnenreihe –, den großen Hirsch und den Ameisenbären in der Gesellschaft von Reptilformen des Jura. Und nun kommen der Affenmensch und der Indianer. Wie soll der wissenschaftliche Geist ihre Anwesenheit hier erklären? Ich kann dafür nur eine Invasion von außen anführen. Es ist wahrscheinlich, daß ein anthropoider Affe in Südamerika existierte, der in vergangenen Zeitaltern seinen Weg hierher gefunden hat. Er hat sich dann zu den Wesen weiterentwickelt, die wir sahen und von denen einige" – hier blickte er mich scharf an – „bei entsprechender Intelligenz jeder menschlichen Rasse zur Ehre gereichen würden. Und was die Indianer betrifft, so zweifle ich nicht, daß sie vor noch kürzerer Zeit von außen eingewandert sind. Unter dem Zwang einer Hungersnot oder auf der Flucht vor fremden Eroberern sind sie hier hinaufgekommen. Angesichts wütender Bestien, wie sie ihnen zuvor nie begegnet waren, suchten sie Zuflucht in jenen Höhlen, die unser junger Freund beschrieben hat. Aber sie haben bestimmt erbittert kämpfen müssen, um sich gegen die wilden Tiere zu behaupten, vor allem aber gegen die Affenmenschen, die sie als Eindringlinge betrachteten. Daher kommt es, daß sie nur in geringer Anzahl hier leben. So, meine Herren, sind Sie mit meiner Lösung des Rätsels einverstanden, oder wünschen Sie noch weitere Erläuterungen?"

Professor Summerlee war noch zu abgespannt für eine längere Auseinandersetzung, wenn er auch zum Zeichen seiner grundsätzlich anderen Meinung heftig den Kopf schüttelte. Lord John kratzte sich seine spärlichen Locken und bemerkte, dies sei nicht seine Gewichtsklasse und so könne er sich keine Auseinandersetzung leisten. Ich dagegen erfüllte meine Aufgabe, die Diskussion auf ein prosaisches und praktisches Thema abzulenken – diesmal mit der Feststellung, daß einer der Indianer fehle.

„Er ist zum Wasserholen gegangen", sagte Lord John. „Wir haben ihm eine leere Fleischbüchse in die Hand gedrückt, und er ist abgehauen."

„Zum alten Lager?" fragte ich.

„Nein, zum Bach. Der fließt hier vorbei. Kann nicht weiter als ein paar hundert Meter sein. Aber der Mensch läßt sich wirklich Zeit."

„Ich gehe mal und sehe nach", sagte ich, nahm mein Gewehr und schlenderte zum Bach. Meine Freunde blieben zurück, um unseren spärlichen Frühstückstisch zu decken. Es mag unbesonnen erscheinen, daß ich die Deckung unseres Dickichts aufgab, und sei es auch nur für ein so kurzes Stück. Man muß jedoch bedenken, daß wir viele Kilometer vom Affendorf entfernt waren, daß die Bestien offenbar unseren Schlupfwinkel noch nicht entdeckt hatten und daß ich mit meinem Gewehr in der Hand keine Angst vor ihnen hatte.

Irgendwo vor mir hörte ich schon das Gemurmel unseres Bachs, aber ein Gestrüpp aus Bäumen und Unterholz verdeckte ihn noch. An einer Stelle, die außerhalb des Gesichtsfeldes meiner Gefährten lag, bahnte ich mir einen Weg hindurch. Da bemerkte ich etwas Rotes, das zusammengekrümmt zwischen den Büschen lag. Als ich näher herankam, stellte ich voller Schrecken fest, daß es die Leiche des vermißten Indianers war. Er lag auf der Seite, die Knie an den Leib gezogen, den Kopf unnatürlich verdreht, so daß er über seine eigene Schulter zu blicken schien.

Ich rief nach meinen Freunden, rannte vorwärts und beugte mich über den Toten. Mein Schutzengel muß in diesem Augenblick ganz in meiner Nähe gewesen sein; denn irgendeine instinktive Furcht oder vielleicht auch ein leises Geraschel der Blätter ließ mich hochblicken. Aus dem dichten grünen Laub, das über meinem Kopf herabhing, streckten sich langsam zwei lange, muskulöse, mit roten Haaren bedeckte Arme herab. Noch einen Augenblick länger, und die großen schleichenden Hände hätten meine Kehle umklammert. Ich sprang zurück. Aber so schnell ich auch reagierte, die Hände waren noch flinker. Wohl verfehlten sie durch meinen plötzlichen Sprung ihren tödlichen Griff; aber die eine packte mich im Genick und die andere am Gesicht.

Ich riß meine Hände empor, um meine Kehle zu schützen. Im nächsten Moment war die riesige Pfote von meinem Gesicht auf den Hals herabgeglitten. Mühelos wurde ich vom Boden hochgehoben und fühlte, wie ein unwiderstehlicher Druck meinen Kopf weiter und weiter nach hinten zwang, bis die Spannung in meiner Halswirbelsäule unerträglich war. Mit letzter Kraft zerrte ich an der würgenden Hand und konnte sie von meinem Kinn wegdrücken. Ich blickte hoch und sah ein furchtbares Gesicht, dessen erbarmungslose hellblaue Augen direkt in die meinen hinunterblickten. Eine hypnotische Kraft lag in diesen schrecklichen Augen. Ich konnte mich einfach nicht mehr wehren. Als die Bestie fühlte, wie ich in ihrem Griff erschlaffte, blitzten für einen Augenblick zwei weiße Fangzähne zu jeder Seite des scheußlichen Mauls auf. Der Druck auf mein Kinn verstärkte sich von neuem und preßte es stetig aufwärts und nach hinten. Dünne, ovale farbige Nebel schillerten vor meinen Augen, und in meinen Ohren klingelten kleine silberhelle Glöckchen. Undeutlich hörte ich aus weiter Ferne einen Schuß krachen und verspürte schwach einen Stoß. Ich fiel auf den Boden, wo ich besinnungslos liegenblieb.

Als ich wieder zu mir kam, lag ich auf dem Gras ausgestreckt in unserem Versteck. Jemand hatte Wasser vom Bach geholt, und Lord John netzte mir den Kopf, während Challenger und Summerlee mich mit besorgten Gesichtern stützten. Für einen Moment tat ich einen Blick in die menschlichen Seelen hinter den wissenschaftlichen Masken. Es war mehr der Schock als eine wirkliche Verletzung, was mich umgeworfen hatte, und schon nach einer halben Stunde konnte ich mich – wenn auch mit schmerzendem Kopf und steifem Nacken – wieder aufsetzen.

„Mein lieber Freund, Sie sind gerade noch mal davongekommen", sagte Lord John. „Als ich Ihren Schrei hörte und angerannt kam und Ihren halb umgedrehten Kopf und Ihre zappelnden Beine sah, dachte ich schon, wir wären einer weniger. In meiner Aufregung habe ich das Biest verfehlt. Aber es hat Sie wenigstens runterfallen lassen und war weg wie der Blitz. Donnerwetter! Ich wollte, ich hätte wenigstens fünfzig Mann mit Gewehren hier. Ich würde die ganze verdammte Bande ausräuchern und dieses Land ein bißchen sauberer verlassen, als wir es angetroffen haben."

Es stand nun fest, daß die Affenmenschen uns aufgespürt hatten und daß wir von allen Seiten beobachtet wurden. Während des Tages hatten wir nicht viel von ihnen zu befürchten. Aber im Dunkeln würden sie uns wahrscheinlich überfallen. Je früher wir also aus ihrer Nachbarschaft verschwanden, desto besser. Auf drei Seiten waren wir von dichtem Wald umgeben; dort konnten wir in einen Hinterhalt geraten. Auf der vierten Seite aber – die zum See hin abfiel – gab es nur niedriges Unterholz und vereinzelte Bäume, dazwischen gelegentlich eine Wiese. Dort entlang lief übrigens auch der Weg, den ich auf meiner nächtlichen Wanderung genommen hatte. Er führte uns direkt auf die Höhlen zu. Alles sprach also dafür, daß wir uns nach dieser Richtung wandten.

Wir bedauerten sehr, unser altes Lager aufgeben zu müssen – nicht allein der Vorräte wegen, sondern vor allem, weil wir die Verbindung zu Zambo verloren. Wir hatten aber noch einen schönen Vorrat an Patronen und auch alle unsere Gewehre, konnten uns also wenigstens für die nächste Zeit selbst versorgen. Wir hofften auf eine baldige Gelegenheit zur Rückkehr, um die Verbindung mit Zambo wiederaufzunehmen. Er hatte fest versprochen zu bleiben, wo er war. Wir hatten keinen Anlaß, an seinen Worten zu zweifeln.

Am frühen Nachmittag brachen wir auf. Der junge Häuptling ging voran und zeigte uns den Weg. Er lehnte jedoch unwillig ab, irgendwelche Lasten zu tragen. Hinter ihm kamen die beiden anderen überlebenden Indianer mit unseren spärlichen Habseligkeiten auf dem Rücken. Wir vier Weißen gingen mit geladenen und schußbereiten Gewehren als letzte. Bei unserem Aufbruch erhob sich in den dichten Wäldern hinter uns plötzlich ein lautes Geheul der Affenmenschen, das ebensogut ein Triumphgeschrei wie Hohngelächter über unsere Flucht sein konnte. Als wir uns umblickten, sahen wir nur die dichte Wand der Bäume. Aber dieses Gebrüll sagte uns deutlich genug, wie viele unserer Feinde dahinter lauerten. Sie machten jedoch keine Anstalten, uns zu verfolgen. Bald waren wir in freiem Gelände und außerhalb ihres Machtbereiches.

Während ich so als letzter von uns vieren dahintrottete, konnte ich ein Lächeln über die äußere Erscheinung meiner drei Gefährten nicht unterdrücken. War das der elegante Lord John Roxton, der mir an jenem Abend inmitten seiner persischen Teppiche und Gemälde im gedämpften Licht seiner luxuriösen Wohnung im „Albany" gegenübergesessen hatte? Und war dies noch der gebieterische Professor, der hinter dem großen Schreibtisch in seinem riesigen Arbeitszimmer in Enmore-Park gethront hatte? Und schließlich, konnte dies wirklich dieselbe ehrwürdige Gestalt sein, die vor die Versammlung im Zoologischen Institut getreten war? In England wäre es schwergefallen, drei

Landstreicher von ähnlich abgerissenem Aussehen zu finden. Dabei befanden wir uns erst seit etwa einer Woche auf dem Plateau. Aber alle unsere zusätzlichen Kleidungsstücke waren unten im Lager geblieben. Meine drei Freunde hatten ihre Hüte verloren und sich statt dessen Taschentücher um den Kopf gewickelt. Ihre Kleidung hing in Fetzen herunter, und ihre unrasierten, verschmierten Gesichter waren kaum noch zu erkennen. Sowohl Summerlee als auch Challenger hinkten stark, und ich schleifte meine Füße nur mühsam über den Boden, immer noch von dem Schock am Morgen geschwächt. Mein Nacken war von dem mörderischen Griff noch steif wie ein Brett. Wir bildeten wirklich einen traurigen Haufen. Es wunderte mich gar nicht, daß unsere indianischen Begleiter sich gelegentlich verwundert nach uns umblickten.

Am Spätnachmittag erreichten wir den See. Als wir aus dem Gebüsch hervortraten und die Wasserfläche vor uns liegen sahen, stießen wir einen schrillen Freudenschrei aus und zeigten aufgeregt nach vorn. Dort bot sich uns ein wundervoller Anblick. Leicht über die glasige Oberfläche dahingleitend, kam eine ganze Flotte von Kanus geradewegs auf unser Ufer zu. Als wir sie erblickten, waren sie noch einige Meilen entfernt. Aber sie schossen mit großer Geschwindigkeit heran, und bald konnten die Ruderer uns sehen. Sofort erhob sich ein lautes Freudengeheul. Sie standen von ihren Sitzen auf und schwangen wild ihre Paddel und Speere. Dann machten sie sich mit frischer Kraft ans Werk, flogen über die Wasserfläche dahin, zogen ihre Boote auf den flachen Sand hinauf und liefen auf uns zu. Mit lauten Begrüßungsrufen warfen sie sich vor ihrem jungen Häuptling zu Boden. Ein älterer Mann mit einer Halskette, einem Armband aus funkelnden Perlen und einem schönen bernsteinfarbenen Fell über den Schultern ging auf den Jüngling zu und umarmte ihn zärtlich. Er blickte zu uns her und stellte ein paar Fragen. Darauf trat er würdevoll näher und umarmte der Reihe nach jeden von uns. Sodann mußte sich auf seinen Befehl der ganze Stamm vor uns zu Boden werfen.

Ich fühlte mich etwas beklommen bei dieser sklavischen Verehrung, und ich las die gleiche Empfindung in Summerlees und Lord Johns Gesicht. Aber Challenger blühte auf wie eine Blume im Sonnenschein.

„Sie mögen eine primitive Rasse sein", sagte er, strich sich den Bart und blickte auf sie hinab. „Aber ihr Benehmen gegenüber Höhergestellten könnte so manchem unserer etwas zivilisierteren Europäer als Beispiel dienen. Sonderbar, wie unfehlbar doch die Instinkte des Naturmenschen sind!"

Die Eingeborenen befanden sich offenbar auf dem Kriegspfad, denn jeder Mann trug seinen Speer – einen langen Bambusstab mit Knochenspitze –, einen Bogen und Pfeile und hatte eine Art Keule oder Streitaxt umgehängt. Ihre zornigen Blicke zum Wald, aus dem wir gekommen waren, und die häufige Wiederholung des Wortes „Doda" zeigten deutlich genug, daß sie losgezogen waren, um den Sohn des alten Häuptlings zu retten oder seinen Tod zu rächen. Der ganze Stamm hielt jetzt, in weitem Kreis hockend, Kriegsrat ab. Wir saßen in der Nähe auf einer Basaltplatte und sahen ihnen zu. Zwei oder drei Krieger sprachen. Schließlich hielt der junge Häuptling eine zündende Ansprache mit derart lebhaftem Mienenspiel und beredten Gesten, daß wir alles so gut verstanden, als beherrschten wir seine Sprache.

„Was nützt es euch, umzukehren?" sagte er. „Früher oder später müssen wir doch den Kampf wagen. Eure Kameraden sind ermordet worden. Was hilft's, daß ich diesmal heil zurückgekommen bin? Die anderen sind tot. Für keinen von uns gibt es Sicherheit. Jetzt sind wir versammelt und bereit zu kämpfen." Dann deutete er auf uns. „Diese seltsamen Menschen sind unsere Freunde. Sie sind große Krieger und hassen die Affenmenschen genauso wie wir. Sie gebieten", hier zeigte er zum Himmel empor, „über Donner und Blitz. Wann haben wir noch einmal eine solche Gelegenheit? Wir wollen kämpfen und entweder sterben oder für alle Zeiten in Sicherheit leben. Wie könnten wir sonst unseren Frauen wieder unter die Augen treten, ohne uns zu schämen?"

Die kleinen rothäutigen Krieger ließen sich kein Wort seiner Rede entgehen. Als er geendet hatte, brachen sie in stürmischen Beifall aus und schwangen ihre primitiven Waffen durch die Luft. Der alte Häuptling trat zu uns und fragte etwas, wobei er auf den Wald deutete. Lord John machte ihm ein Zeichen, daß er warten sollte, und wandte sich dann zu uns.

„Sie müssen jetzt selbst entscheiden, was Sie machen", sagte er. „Was mich betrifft, so habe ich noch eine ganze Menge mit diesem Affenpack abzurechnen. Wenn wir es schaffen, sie vom Angesicht der Erde zu vertilgen, brauchte darum niemand traurig zu sein. Ich will mit unseren kleinen roten Kumpeln gehen und ihnen aus dem Dreck raushelfen. Was machen Sie, junger Freund?"

„Ich gehe natürlich mit."

„Und Sie, Challenger?"

„Ich werde selbstverständlich gern helfen."

„Und Sie, Summerlee?"

„Mir scheint, wir kommen immer weiter vom Zweck dieser Expedition ab, Lord John. Sie dürfen mir ruhig glauben, daß ich, als ich meinen Lehrstuhl in London verließ, dies kaum in der Absicht tat, den Überfall von Indianern auf eine Menschenaffensiedlung anzuführen."

„So kann es einem im Leben gehen", meinte Lord John lächelnd. „Aber gerade das wird jetzt von uns verlangt. Wie entscheiden Sie sich also?"

„Die Angelegenheit erscheint mir äußerst fragwürdig", entgegnete Summerlee. „Aber da Sie alle mitgehen, sehe ich kaum eine Möglichkeit, wie ich allein zurückbleiben kann."

„Dann ist's also abgemacht", sagte Lord John. Er wandte sich an den Häuptling, nickte und schlug auf sein Gewehr. Der alte Mann drückte uns allen nacheinander die Hand, und seine Leute schrien lauter als zuvor. Für einen Aufbruch am selben Abend war es zu spät geworden, und so schlugen die Indianer ein primitives Biwak auf. Auf allen Seiten begannen Lagerfeuer zu flackern und zu rauchen. Einige Männer waren im Dschungel verschwunden und kamen zurück, ein junges Iguanodon vor sich her treibend. Es trug, wie alle anderen, einen Asphaltfleck an der Schulter. Als wir einen der Eingeborenen in der Haltung eines Besitzers vortreten und seine Einwilligung zum Schlachten des Tieres geben sahen, begriffen wir, daß diese großen Geschöpfe sich wie Rinderherden in Privatbesitz befanden und daß die schwarzen Flecken die Zeichen ihrer Besitzer waren. Stumpfsinnig, mit gigantischem Körper, aber winzigem Hirn, ließen sie sich selbst von einem Kind aufstöbern und treiben. In wenigen Minuten war das Tier zerteilt, und große Fleischstücke brieten über einem Dutzend Lagerfeuer, zusammen mit großen schillernden Fischen, die mit Speeren im See gefangen worden waren.

Summerlee hatte sich in den Sand gelegt und schlief. Aber wir anderen streiften am Ufer entlang, auf der Suche nach neuen Entdekkungen. Zweimal stießen wir auf Vertiefungen mit blauem Ton von der gleichen Farbe wie im Sumpf der Pterodactylen. Es waren alte

Vulkanöffnungen, und aus irgendeinem Grund erregten sie Lord Johns größtes Interesse. Challenger wiederum wurde von einem brodelnden, gurgelnden Schlammgeiser angezogen, auf dessen Oberfläche irgendein Gas große zerplatzende Blasen bildete. Er steckte ein hohles Schilfrohr hinein und schrie in kindlichem Entzücken, als er mit einem brennenden Streichholz am freien Ende des Rohres einen Knall und eine blaue Stichflamme produzieren konnte. Noch erfreuter zeigte er sich, als es ihm gelang, einen Lederbeutel, den er über das Rohr gestülpt und mit Gas gefüllt hatte, in die Luft steigen zu lassen.

„Ein brennbares Gas, das dazu entschieden leichter als Luft ist. Ich möchte behaupten, daß es einen beträchtlichen Anteil von freiem Wasserstoff enthält. Die Einfälle sind bei G. E. C. noch nicht versiegt, mein junger Freund. Ich werde Ihnen noch beweisen, wie man sich die Natur nach seinem Willen dienstbar machen kann." Er war erfüllt von einem geheimen Plan, wollte aber nichts weiter verraten.

Von allem, was wir am Ufer sahen, erschien mir nichts so wundervoll wie die gewaltige Wasserfläche vor uns. Unser Lärm hatte am Ufer alle Lebewesen verscheucht. Bis auf einige Pterodactylen, die hoch über unseren Köpfen ihre Kreise zogen und auf Abfälle warteten, blieb um das Lager herum alles still. Ganz anders war es aber auf den rötlich beleuchteten Wassern des Gladys-Sees. Große schieferfarbene Leiber und hohe, gezackte Rückenflossen schossen in einem silbrigen Saum empor und wälzten sich wieder hinab in die Tiefe. Auf den Sandbänken weiter draußen bewegten sich ungefüge kriechende Tiere – riesige Schildkröten, sonderbare Saurier und eine große, platte Kreatur, die sich wie eine pulsierende, fettige schwarze Ledermatte langsam zum See hinunterwand. Hier und da ragten Schlangenköpfe aus dem Wasser, die mit einem kleinen Schaumkragen vorn und einer langen, strudelnden Welle hinter sich schnell dahinzogen, wobei sie in graziösen Wellenbewegungen auf- und niederwogten. Als eines dieser Geschöpfe sich ein paar hundert Meter vor uns auf eine Sandbank wälzte und dabei unterhalb des langen Schlangenhalses einen plumpen, faßförmigen Rumpf mit riesigen Ruderflossen sehen ließ, brachen Challenger und Summerlee, der sich zu uns gesellt hatte, in Begeisterung aus.

„Ein *Plesiosaurus*! Ein Süßwasser-Plesiosaurus!" rief Summerlee. „Daß ich einen solchen Anblick erleben durfte! Wir sind die glücklichsten aller Zoologen seit Weltbeginn, mein lieber Challenger!"

Erst als die Nacht hereingebrochen war und die Feuer unserer Verbündeten rot im Dunkeln leuchteten, konnten sich unsere beiden Gelehrten von der Anziehungskraft dieses urzeitlichen Sees losreißen.

Mit dem ersten Morgengrauen wurde es in unserem Lager lebendig, und schon eine Stunde später waren wir zu unserer denkwürdigen Expedition unterwegs. Oft hatte ich davon geträumt, einmal Kriegsberichterstatter zu werden. Aber einen Feldzug wie diesen hätte ich mir auch im wildesten Traum nicht ausmalen können. Hier folgt also mein erster Bericht vom Schlachtfeld:

Ein weiterer Trupp Eingeborener war während der Nacht von den Höhlen nachgekommen und hatte unsere Zahl verstärkt. Wir mögen beim Abmarsch vier- bis fünfhundert Mann gewesen sein. Ein Halbkreis von Spähern ging voraus. Dahinter bewegte sich die ganze Gruppe in zusammenhängender Marschsäule den langen Abhang des Buschgebietes hinauf, bis wir dicht am Waldrand waren. Hier schwärmten sie zu einer langen, unterbrochenen Linie von Speerwerfern und Bogenschützen aus. Roxton und Challenger begaben sich auf die rechte Flanke, Summerlee und ich auf die linke. Ein Steinzeitheer war es, das wir in die Schlacht geleiteten – wir mit den letzten Erzeugnissen moderner Büchsenmacherkunst.

Wir brauchten nicht lange auf den Feind zu warten. Ein wüster, schriller Lärm erhob sich am Waldrand. Plötzlich stürzte eine Horde mit Keulen und Steinen bewaffneter Affenmenschen hervor und auf das Zentrum der Schützenkette los. Ein tapferer, aber törichter Angriff; denn die großen, krummbeinigen Kreaturen waren schlecht zu Fuß, während ihre Gegner eine katzenhafte Behendigkeit zeigten. Es war entsetzlich, mit anzusehen, wie die wütenden Bestien mit schäumendem Maul und hervorquellenden Augen auf die Indianer losgingen und sie packen wollten, sie aber stets verfehlten, während sich Pfeil auf Pfeil in ihr Fell grub. Ein großer Kerl, dem ein Dutzend Schäfte in Brust und Rücken staken, lief brüllend an mir vorbei. Ich gab ihm den Gnadenschuß, und er stürzte mit ausgebreiteten Gliedern zwischen die Kakteen. Aber es blieb bei diesem einen Schuß, denn der Angriff hatte sich gegen das Zentrum unserer Streitmacht gerichtet, und die Indianer bedurften dort unserer Hilfe nicht, ihn abzuschlagen. Nicht einer von den Affenmenschen, die aus dem Wald herausgekommen waren, gelangte wieder dorthin zurück.

Sobald wir jedoch zwischen die Bäume kamen, wurde die Angelegenheit ernst für uns. Bald nach unserem Eindringen in den Wald tobte ein erbitterter Kampf, in dem wir uns zeitweise kaum zu behaupten vermochten. Aus dem Unterholz sprangen die Affenmenschen hoch, riesige Keulen schwingend. Sie fielen über die Indianer her, von denen sie oft drei oder vier niederstreckten, ehe ein Speer sie durchbohrte. Ihre furchtbaren Schläge zerschmetterten alles, was sie trafen. Einer schlug Summerlees Flinte zu Kleinholz und hätte ihm mit dem nächsten Schlag den Schädel zertrümmert, wäre er nicht selbst zuvor von einem Indianer ins Herz getroffen worden. Andere Affenmenschen schleuderten aus den Bäumen über uns Steine und Holzkloben herunter und ließen sich schließlich selbst auf unsere Reihen fallen, wo sie wütend kämpften, bis sie niedergestreckt werden konnten.

Einmal brachen unsere Verbündeten unter dem feindlichen Druck zusammen und hätten ohne die verheerende Wirkung unserer Gewehre gewiß die Flucht ergriffen. So aber sammelten sie sich wieder unter ihrem tapferen alten Häuptling und griffen erneut mit derartiger Wucht an, daß nun die Affenmenschen zu weichen begannen.

Summerlee hatte keine Waffe mehr. Ich aber schoß ein Magazin nach dem anderen leer, so schnell ich konnte. Von der anderen Seite her vernahmen wir das pausenlose Krachen der Gewehre unserer Gefährten. Dann kamen von einem Augenblick zum anderen Panik und völlige Auflösung. Schreiend und heulend stoben die großen Bestien nach allen Richtungen durch das Unterholz davon, während unsere Verbündeten wilde Freudenrufe ausstießen und ihren fliehenden Feinden nachsetzten. Alle Fehden unzähliger Generationen, aller Haß und alle Grausamkeit ihrer Stammesgeschichte, alle Mißhandlungen und Verfolgungen sollten an diesem einen Tage endlich Vergeltung finden. Endlich sollte der Mensch seine Herrschaft antreten und das Menschentier für alle Zeiten auf den ihm zugedachten Platz verweisen.

Sosehr die Flüchtlinge auch liefen, den flinken Indianern entkamen sie nicht. Im dichten Wald hörten wir von allen Seiten die triumphierenden Schreie, das Singen der Bögen, das Krachen und den Aufschlag, wenn die Affenmenschen aus ihren Verstecken in den Bäumen heruntergeschossen wurden.

Lord John und Challenger waren zu uns herübergekommen. „Es ist vorbei“, sagte Lord John. „Ich denke, das Aufräumen überlassen wir den Indianern. Je weniger wir sehen, desto ruhiger werden wir schlafen."

Challengers Augen glänzten noch vor Kampfeslust.

„Wir hatten soeben die einmalige Gelegenheit", rief er und stolzierte umher wie ein Kampfhahn, „eine der typischen Entscheidungsschlachten der Weltgeschichte mitzuerleben – jener Schlachten, die das Geschick der Erde bestimmt haben! Was, meine Freunde, bedeutet dagegen schon die Unterwerfung einer Nation durch eine andere? Sie ist unwesentlich und zeitigt jedesmal das gleiche Ergebnis. Aber jene unerbittlichen Kämpfe, in denen in grauer Vorzeit sich die Höhlenmenschen gegen die Tiger behaupten mußten oder die Elefanten zum erstenmal erkennen mußten, daß es jemanden gab, der ihnen überlegen war, das waren die wirklichen Entscheidungsschlachten – die bleibenden Siege. Durch eine seltsame Schicksalsfügung haben wir eine derartige Auseinandersetzung miterlebt und entscheiden helfen. Von jetzt an gehört auf diesem Plateau die Zukunft dem Menschen."

Man brauchte schon einen robusten Glauben an diesen Endzweck, um die mehr als gewaltsamen Mittel gutzuheißen. Als wir weiter durch den Wald gingen, fanden wir die Affenmenschen, von Speeren oder Pfeilen durchbohrt, reihenweise niedergemetzelt. Hier und da bezeichnete eine kleine Gruppe zerschmetterter Indianer die Stelle, wo einer der Anthropoiden sein Leben teuer verkauft hatte. Vor uns hörten wir noch immer das Schreien und Rufen, das uns die Richtung der Verfolgung wies. Die Affenmenschen waren zu ihrem Dorf zurückgetrieben worden. Sie hatten dort eine letzte Schlacht geliefert und waren wieder geschlagen worden. Jetzt kamen wir eben noch rechtzeitig, um die allerletzte schauerliche Szene mitzuerleben. Etwa achtzig bis hundert Männchen, die letzten Überlebenden, waren über die Lichtung, den Schauplatz unseres Sieges vor zwei Tagen, bis an den Rand der Klippen getrieben worden. Als wir hinzukamen, hatten die Indianer sie mit einem Halbkreis von Speerwerfern umzingelt. Dreißig bis vierzig wurden an Ort und Stelle niedergemacht. Die übrigen stieß man, sosehr sie auch schrien und sich sträubten, in den Abgrund. Sie stürzten zweihundert Meter hinunter auf die scharfen Bambusstäbe. Es traf ein, was Challenger gesagt hatte: Die Herrschaft des Menschen war in Maple-White-Land für alle Zeiten gesichert. Die Affenmännchen wurden ausgerottet, ihr Dorf zerstört, Weibchen und

Junge trieb man in die Sklaverei. Die langen Kämpfe um die Vorherrschaft hatten ihre blutige Entscheidung gefunden.

Für uns brachte der Sieg einen großen Vorteil. Wir konnten wieder unser Lager aufsuchen und zu unseren Vorräten gelangen. Wir konnten auch die Verbindung mit Zambo wiederaufnehmen, der entsetzt mit angesehen hatte, wie eine Affenlawine über die Klippen stürzte.

„Kommen weg, Massas, kommen schnell weg!" rief er mit schreckgeweiteten Augen. „Der Teufel Sie bestimmt noch kriegen, wenn Sie oben bleiben!"

„Das ist die Stimme der Vernunft!" sagte Summerlee im Brustton der Überzeugung. „Wir haben genug Abenteuer erlebt, mehr, als für uns gut ist. Ich nehme Sie jetzt beim Wort, Challenger. Von jetzt an werden Sie Ihre ganze Energie darauf verwenden, uns aus diesem scheußlichen Land heraus und wieder zurück in die Zivilisation zu bringen!"

14

Ich hoffe zuversichtlich, noch vor dem Schluß dieses Briefes berichten zu können, daß endlich das Licht durch die Wolken bricht. Wir sitzen zwar immer noch ohne einen erkennbaren Ausweg fest und wehren uns erbittert. Ich kann mir aber durchaus vorstellen, daß wir eines Tages froh sein werden, hier gegen unseren Willen länger aufgehalten worden zu sein. Wir haben auf diese Weise noch mehr von den Wundern dieses einmaligen Ortes und den Geschöpfen, die ihn bewohnen, gesehen.

Der Sieg der Indianer und die Ausrottung der Affenmenschen brachten einen Wendepunkt für unser Geschick. Von da an waren wir die eigentlichen Herren des Plateaus. Die Indianer begegneten uns mit einer Mischung aus Scheu und Dankbarkeit, da wir ihnen mit unseren unerklärlichen Kräften geholfen hatten, ihren Erbfeind vernichtend zu schlagen. In ihrem eigenen Interesse hätten sie vielleicht froh sein sollen, solche fürchterlichen, unberechenbaren Leute wieder loszuwerden. Aber sie haben von sich aus keine Möglichkeit angedeutet, wie wir wieder nach unten in die Ebene gelangen könnten.

Soweit wir ihrer Zeichensprache zu folgen vermochten, gab es früher einen Tunnel, dessen unteren Eingang wir ja von außen gesehen hatten. Durch ihn fanden ohne Zweifel sowohl die Affenmenschen als auch die Indianer zu verschiedenen Zeiten Zugang zum Plateau. Auch Maple White benutzte mit seinem Begleiter diesen Weg. Im letzten Jahr hatte es jedoch ein furchtbares Erdbeben gegeben, und das obere Ende des Tunnels war eingestürzt.

Die Indianer schüttelten nur den Kopf und zuckten mit den Schultern, wenn wir ihnen mit Zeichen zu verstehen gaben, daß wir gern hinunter wollten. Es ist möglich, daß sie uns nicht helfen können; aber es kann ebensogut sein, daß sie es nicht wollen.

Zwei Tage nach der Schlacht waren wir gemeinsam mit unseren Verbündeten über das Plateau gezogen und hatten am Fuß ihrer Felsen unser Lager aufgeschlagen. Sie boten uns an, ihre Höhlen mit uns zu teilen. Aber Lord John wollte davon absolut nichts wissen, weil sie uns damit völlig in der Hand gehabt hätten. Wir bewahrten also unsere Unabhängigkeit und hielten ständig unsere Waffen für den Notfall bereit, pflegten aber andererseits freundschaftliche Beziehungen zu ihnen. Wir besuchten auch ihre Höhlen, äußerst merkwürdige Lokalitäten, von denen wir nicht wußten, ob sie durch Menschenhand oder Naturgewalten entstanden waren. Sie lagen sämtlich in derselben Schicht von verhältnismäßig weichem Gestein, die zwischen dem vulkanischen Basalt und dem harten Granit verlief.

Die Öffnungen lagen etwa zwanzig Meter hoch. Lange Steintreppen führten zu ihnen hinauf, die so schmal und steil waren, daß kein großes Tier sie ersteigen konnte. Innen waren die Höhlen warm und trocken. Gerade Gänge von unterschiedlicher Länge führten in den Felsen hinein, und ihre glatten grauen Wände waren mit vielen großartigen Kohlezeichnungen verziert, die die verschiedenen Tiere des Plateaus darstellten. Auch wenn alles Leben in diesem Land plötzlich erlöschen würde, könnte ein künftiger Forscher hier immer noch im Überfluß Beweise für die einmalige Fauna finden – die Dinosaurier, Iguanodons und Wasserechsen –, die vor so langer Zeit einmal die Erde bewohnten.

Seit wir erfahren hatten, daß die riesigen Iguanodons als zahme Herden von den Indianern gehalten wurden und einfach wandelnde Fleischvorräte darstellten, glaubten wir, daß der Mensch hier sogar mit seinen primitiven Waffen die Vorherrschaft erlangt hätte. Daß er in Wirklichkeit aber nur geduldet wurde, sollten wir bald einsehen.

Am dritten Tag nachdem wir unser Lager bei den Höhlen errichtet hatten, waren Challenger und Summerlee gemeinsam zum See hinuntergegangen, wo einige Eingeborene nach ihren Anweisungen einzelne Exemplare der großen Echsen harpunierten. Lord John und ich waren im Lager zurückgeblieben. Eine Anzahl Indianer beschäftigte sich auf dem grasigen Hang vor den Höhlen mit den verschiedensten Arbeiten. Plötzlich hörten wir einen schrillen Entsetzensschrei, und das Wort „Stoa" erscholl aus hundert Kehlen. Männer, Frauen und Kinder stürzten von allen Seiten in panikartiger Flucht herbei, jagten die Treppen hoch und in die Höhlen hinein.

Wir blickten hinauf und sahen, wie sie uns zuwinkten, daß wir ihnen in ihre Zufluchtsstätte folgen sollten. Wir hatten beide unsere Gewehre ergriffen und warteten, um zu sehen, was für eine Gefahr das sein mochte. Plötzlich brach aus dem nahen Baumgürtel eine Gruppe von zwölf bis fünfzehn Indianern hervor, die um ihr Leben rannten. Ihnen folgten unmittelbar auf den Fersen zwei jener entsetzlichen Ungeheuer, die früher unser Lager umschlichen und mich auf meiner Nachtwanderung verfolgt hatten. In der Gestalt glichen sie scheußlichen Kröten und bewegten sich in langen Sprüngen vorwärts. Sie übertrafen an Größe und Massigkeit jeden Elefanten. Zuvor hatten wir sie nur während der Nacht gesehen. Tatsächlich sind es auch Nachttiere, außer wenn sie, so wie diese beiden, in ihren Schlupfwinkeln gestört werden. Ihre fleckige, warzige Haut schillerte im Sonnenlicht bei jeder ihrer Bewegungen.

Wir hatten jedoch nicht viel Zeit, sie zu betrachten; denn in Sekundenschnelle hatten sie die fliehenden Indianer überholt und begannen ein furchtbares Blutbad unter ihnen anzurichten. Mit ihrem ganzen Gewicht stürzten sie sich auf die Menschen. Dann ließen sie ihr Opfer zerschmettert liegen, um sich dem nächsten zuzuwenden. Die unglückseligen Indianer schrien vor Entsetzen. Wehrlos waren sie der unerbittlichen Zerstörungswut dieser Kreaturen ausgeliefert. Kein halbes Dutzend war mehr am Leben, als mein Kamerad und ich versuchten, ihnen zu Hilfe zu kommen.

Unsere Bemühung hatte nur geringen Erfolg und brachte uns selbst in die gleiche Gefahr. Auf eine Entfernung von nur wenigen hundert Metern schossen wir unsere Magazine leer und jagten den Bestien Kugel auf Kugel in den Leib. Die Wirkung war nicht größer, als hätten wir sie mit Papierkügelchen beworfen. Ihre Reptilnatur machte sich nichts aus Wunden, und ihre Lebenszentren, die nicht in einem Gehirn vereinigt, sondern über das ganze Rückenmark verteilt sind, konnten durch unsere modernen Waffen nicht zerstört werden. Das Äußerste, was wir erreichten, war, daß wir sie mit dem Krach und Mündungsfeuer unserer Gewehre ablenkten und so für die Indianer und uns Zeit gewannen, die Höhlen zu erreichen.

Wo jedoch die Explosivgeschosse des zwanzigsten Jahrhunderts wirkungslos geblieben waren, sollte den vergifteten Pfeilen der Indianer, die in Strophanthussaft getaucht und in verwestem Fleisch aufbewahrt wurden, mehr Erfolg beschieden sein. Für den Jäger allerdings, der eine solche Bestie angreift, sind solche Pfeile kaum von Nutzen, weil das Gift in dem schwerfälligen Kreislauf nur langsam wirkt und das Ungeheuer, bevor seine Kräfte nachlassen, seinen Angreifer immer noch überholen und töten kann.

Als die beiden Drachen uns bis an den Fuß der Treppen verfolgt hatten, regnete pfeifend ein Schauer von Pfeilen aus allen Felsspalten auf sie herab. In einer Minute waren sie damit regelrecht gefiedert, kratzten und geiferten aber immer noch ohne jegliche Schmerzäußerung wütend an den Stufen herum, die sie von ihrer Beute trennten, krochen sogar ungeschickt einige Meter hinauf und rutschten dann wieder nach unten. Endlich wirkte das Gift. Einer stöhnte donnernd auf und ließ seinen riesigen, breiten Kopf zur Erde sinken. Der andere sprang mit schrillen, jaulenden Schreien im Kreis herum, stürzte dann ebenfalls nieder und zuckte noch einige Minuten im Todeskampf, bevor auch er starr und still liegenblieb.

Mit Triumphgeheul kamen die Indianer aus ihren Höhlen herab und vollführten einen wilden Siegestanz um die riesigen Leichen, toll vor Freude, daß wieder zwei ihrer gefährlichsten Feinde erlegt waren. In der Nacht zerteilten sie die Ungeheuer und schafften sie fort; nicht um sie zu essen – denn das Gift war noch wirksam –, sondern um die Entstehung einer Seuche zu verhindern. Die riesigen Herzen jedoch, jedes so groß wie ein Kissen, lagen noch dort und schlugen langsam und gleichmäßig mit sanftem Heben und Senken in schrecklichem Eigenleben weiter. Erst am dritten Tage hörten die Ganglien auf zu arbeiten.

Später, wenn mir wieder ein besserer Schreibtisch als eine Blechkiste zur Verfügung steht und besseres Schreibmaterial als ein abgenutzter Bleistiftstummel und ein letztes, zerknittertes Notizbuch, werde ich einmal einen ausführlichen Bericht über die Accala-Indianer schreiben – über unser Leben bei ihnen und Einblicke in weitere seltsame Verhältnisse des wunderlichen Maple-White-Landes, die sich uns auftaten. Wenigstens wird mein Gedächtnis mich bis dahin bestimmt nicht im Stich lassen; denn solange ich atme, werden jede einzelne Stunde und jedes Ereignis dieser Zeit genauso klar und scharf in meiner Erinnerung bleiben wie die ersten bewußten Kindheitserlebnisse.

Dann will ich jene wundersame Mondnacht beschreiben, in der ein junger *Ichthyosaurus* – ein absonderliches Geschöpf, halb wie ein Seehund, halb wie ein Fisch anzusehen, mit knöchern überdachten Augen beiderseits der Schnauze und einem dritten Auge oben auf dem Kopf – sich im Netz der Indianer verfing und unser Kanu beinahe umwarf, ehe wir ihn ans Ufer zogen. In der gleichen Nacht schoß eine grüne Wasserschlange aus dem Schilf hervor und riß den Steuermann aus Challengers Kanu mit sich in die Tiefe.

Auch jene herrlichen Sommerabende will ich skizzieren, an denen wir einträchtig am Waldrand im hohen Gras lagen, über uns den tiefblauen Himmel.

Wir bewunderten die sonderbaren vogelartigen Geschöpfe, die über uns dahinzogen. Die urweltlichen Kleintiere kamen aus ihren Erdlöchern hervor, um uns anzusehen, während über uns die Buschzweige von saftigen Früchten schwer herabhingen und um uns seltsame und liebliche Blumen die Köpfe aus dem Gras reckten.

Aber, könnte man fragen, weshalb dieser Aufschub, wenn wir doch Tag und Nacht nur auf Mittel und Wege sinnen mußten, wie wir wieder zur Außenwelt zurückkehren könnten? Meine Antwort hierauf ist, daß es keinen unter uns gab, der sich nicht ständig um unsere Befreiung bemüht hätte, daß aber unsere Mühe bisher vergeblich war.

Eine Tatsache haben wir sehr schnell herausbekommen: Die Indianer wollen uns nicht helfen. In jeder anderen Hinsicht erweisen sie sich als unsere Freunde – man könnte fast sagen, als unsere ergebenen Diener. Aber sowie davon die Rede war, daß sie uns bei Herstellung oder Transport eines Steges helfen sollten, den Abgrund zu überbrücken, oder wenn wir von ihnen Lederriemen haben wollten oder Lianen, um uns Seile zu flechten, stießen wir auf freundliche, aber unbeugsame Ablehnung. Sie lächelten, zwinkerten mit den Augen, schüttelten den Kopf, und dabei blieb es. Sogar bei dem alten Häuptling stießen wir auf den gleichen hartnäckigen Widerstand. Nur Maretas, der Jüngling, den wir gerettet hatten, blickte uns unschlüssig an und gab uns durch Gebärden zu verstehen, daß er wegen unserer vergeblichen Wünsche traurig sei.

Seit ihrem Sieg über die Affenmenschen betrachteten die Indianer uns als höhere Wesen, die den Tod in den Rohren ihrer rätselhaften Waffen bei sich trugen. Sie glaubten, solange wir bei ihnen wären, bliebe das Glück ihnen treu. Großzügig wurde jedem von uns eine kleine rothäutige Frau und eine eigene Höhle angeboten, wenn wir für immer bei ihnen auf dem Plateau bleiben wollten. Soweit war alles äußerst freundlich zugegangen, so verschieden unsere Wünsche auch sein mochten. Wir zweifelten aber nicht daran, daß wir unsere Abstiegspläne zu gegebener Zeit geheimhalten mußten, denn wir hatten allen Grund zu fürchten, daß sie noch im letzten Augenblick versuchen würden, uns mit Gewalt zurückzuhalten.

Trotz der Gefahr seitens der Dinosaurier ging ich in den vergangenen drei Wochen zweimal zu unserem alten Lager hinüber, um mit Zambo zu sprechen. Der hielt immer noch die Stellung unterhalb der Felsen. Angespannt spähten meine Augen über die weite Ebene in der Hoffnung, vielleicht von ferne die ersehnte Hilfe nahen zu sehen. Aber kahl und leer dehnten sich nach wie vor die unendlichen, kakteenbewachsenen Flächen bis an den fernen Gürtel des Bambusgestrüpps.

„Jetzt sie müssen bald kommen, Massa Malone. Ehe noch eine Woche vergehen, Indianer kommen zurück und bringen Seil und holen Sie runter." So lauteten die ermunternden Zurufe unseres unvergleichlichen Zambo.

Auf meiner Rückkehr von diesem Besuch hatte ich ein seltsames Erlebnis. Ich war genötigt gewesen, eine Nacht getrennt von meinen Gefährten zu verbringen. Jetzt ging ich auf dem wohlbekannten Weg zurück und hatte eine Stelle etwa zwei Kilometer vom Pterodactylen-Sumpf entfernt erreicht, als ich ein wunderliches Ding erblickte, das mir entgegenkam. Es war ein Mann, der innerhalb eines Geflechts aus gebogenen Bambusstäben lief, so daß er auf allen Seiten von einem glockenförmigen Käfig umgeben war. Beim Näherkommen erkannte ich, daß es Lord John Roxton war. Als er mich erblickte, schlüpfte er lachend unter seiner komischen Schutzhülle hervor und kam auf mich zu. Er schien etwas verwirrt.

„Na, junger Freund", sagte er, „wer hätte das gedacht, daß wir uns hier oben treffen?"

„Was haben Sie denn um alles in der Welt vor?" fragte ich.

„Meine Freunde, die Pterodactylen, besuchen", sagte er.

„Aber warum denn das?"

„Interessante Biester, finden Sie nicht? Aber ungesellig. Ungehobelte, rauhe Manieren Fremden gegenüber, wie Sie sich erinnern werden. Darum hab ich dieses Gerüst gebaut, das sie hindern soll, mit ihren Freundlichkeiten zu aufdringlich zu werden."

„Aber was wollen Sie denn da im Sumpf?"

Er blickte mich lange an und überlegte, was er antworten sollte. „Finden Sie nicht, daß auch Leute, die keine Professoren sind, mal etwas erforschen dürfen?" meinte er schließlich. „Ich studiere eben die hübschen lieben Dinger. Und das muß Ihnen genügen."

„Entschuldigen Sie, ich wollte nicht aufdringlich sein", sagte ich.

Im Nu war er wieder guter Laune und lachte.

„Schon gut, junger Freund. Ich will ein Teufelsküken für Challenger fangen. Das ist einer meiner Jobs. Nein, Ihre Begleitung brauche ich nicht dabei. Ich bin in meinem Käfig geschützt und Sie nicht. Bis nachher! Ich bin bei Dunkelheit wieder im Lager."

Er drehte sich um, und ich ließ ihn in seinem komischen Käfig weiter durch den Wald wandern.

War Lord Johns Betragen auffällig, so konnte man das in noch größerem Maße von Challenger behaupten. Ich muß erwähnen, daß er anscheinend eine ungewöhnliche Anziehungskraft auf die Indianerfrauen ausübte. Er trug ständig einen großen Palmwedel bei sich, um sie wie lästige Fliegen fortzuscheuchen, wenn sie in ihrer Bewunderung zu aufdringlich wurden. Ich werde den einmaligen Aufzug immer vor mir sehen, wie er gleich einem Sultan aus der komischen Oper dahinschritt, das Zeichen seiner Würde in der Hand, den schwarzen Bart vorgesträubt, die Zehen bei jedem Schritt gerade nach vorn gerichtet, gefolgt von einem Schwarm großäugiger Indianermädchen in ihren spärlichen Gewändern aus Rindenfasern.

Summerlee ging völlig im Beobachten der Insekten- und Vogelwelt des Plateaus auf und brachte seine ganze Zeit (ausgenommen den Teil, den er benötigte, um mit Challenger zu streiten) damit zu, seine Sammlungen zu ordnen.

Challenger war in der letzten Zeit jeden Morgen allein fortgegangen und jeweils mit gewichtig-feierlicher Miene zurückgekommen, wie jemand, der die ganze Last einer großen Verantwortung allein auf seinen Schultern trägt. Eines Tages endlich führte er uns zu seiner verborgenen Werkstatt hinunter und weihte uns in seine geheimen Pläne ein.

Der Schauplatz war eine kleine Lichtung inmitten eines Palmenhains. Darin befand sich einer jener brodelnden Schlammgeiser. Am Rand lagen einige aus Iguanodonhaut geschnittene Riemen und eine große zusammengefaltete Membrane – der gereinigte und getrocknete Magen einer großen Fischechse aus dem See. Dieser riesige Sack war an einem Ende ganz, am anderen bis auf eine kleine Öffnung zugenäht. In dieses Loch waren mehrere Bambusröhren gesteckt, deren andere Enden Challenger mit trichterförmigen Lehmkanälen verbunden hatte. Diese sammelten das Gas, das aus dem Schlamm emporstieg. Schon bald fing die schlaffe Haut an, sich zu füllen, und ließ eine solche Aufstiegstendenz erkennen, daß Challenger die Halteriemen an einigen Baumstämmen festbinden mußte. In einer halben Stunde hatte sich ein ganz beachtlicher Gasballon gebildet. Der Zug und die Spannung der Riemen zeigten, daß er einen beträchtlichen Auftrieb hatte.

Challenger stand da wie ein beglückter Vater neben seinem Erstgeborenen, lächelte und strich sich den Bart in stummer, selbstbewußter Zufriedenheit und blickte voller Stolz auf das Erzeugnis seines Erfindungsgeistes. Summerlee war es, der schließlich unser Schweigen brach.

„Sie wollen doch nicht etwa sagen, daß wir mit diesem Ding davonfliegen sollen, Challenger?" fragte er in eisigem Ton.

„Ich beabsichtige, mein lieber Summerlee, Ihnen eine derartige Demonstration seiner Kräfte zu geben, daß Sie hinterher keinen Augenblick mehr zögern werden, sich ihm anzuvertrauen."

„Das schlagen Sie sich nur ruhig gleich aus dem Kopf", rief Summerlee entschieden. „Keine Macht der Erde könnte mich zu solcher Dummheit verleiten. Lord John, ich hoffe doch, daß Sie diesen Wahnsinn nicht untätig mit ansehen?"

„Verdammt gut ausgedacht nenne ich das", meinte unsere Lordschaft. „Ich würde gern mal sehen, wie es funktioniert."

„Das sollen Sie auch", sagte Challenger. „Wir haben uns davon überzeugen müssen, daß wir nirgendwo nach unten klettern können und daß es auch keinen Tunnel mehr gibt. Wir sind nicht in der Lage, irgendeine Art von Brücke zu bauen, die uns zu dem Felsturm zurückbringen könnte, von dem wir gekommen sind. Wie sollte ich also eine Möglichkeit finden, hier herauszukommen? Vor einiger Zeit habe ich zu unserem jungen Freund bemerkt, daß der Geiser Wasserstoff ausstößt. Der Gedanke an einen Ballon war die natürliche Konsequenz. Ich gebe zu, daß ich mir zunächst noch nicht darüber klar war, woher ich eine Hülle für das Gas nehmen sollte; aber eine nähere Betrachtung der immensen Eingeweide dieser Reptilien brachte mich auch auf die Lösung dieses Problems. Sehen Sie hier das Resultat!"

Er steckte eine Hand in den Ausschnitt seiner zerlumpten Jacke und wies mit der anderen stolz auf seine Erfindung. Mittlerweile hatte sich der Gasballon prall aufgebläht und zerrte an seinen Fesseln.

„Sonnenstich!" schnaufte Summerlee.

Lord John aber war von der ganzen Sache entzückt. „Schlauer alter Bursche, nicht?" flüsterte er mir zu; dann sagte er lauter zu Challenger: „Wie steht's mit einem Korb?"

„Um den Korb kümmere ich mich als nächstes. Ich habe schon überlegt, wie er hergestellt und befestigt werden kann. Zunächst will ich Ihnen nur einmal zeigen, wie gut mein Apparat das Gewicht jedes einzelnen von uns tragen kann."

„Von uns allen doch hoffentlich?"

„Nein, mein Plan ist, daß jeder der Reihe nach wie an einem Fallschirm hinunterschweben soll, und der Ballon wird dann zurückgezogen mit Hilfsmitteln, die ich ohne Schwierigkeiten herstellen kann. Wenn er das Gewicht von einem Mann trägt und ihn sanft hinunterbringt, hat er seine Schuldigkeit getan. Jetzt will ich Ihnen seine Kraft vorführen."

Er schleifte einen großen, in der Mitte eingekerbten Basaltbrocken herbei, an dem man leicht ein Seil befestigen konnte. Hierfür benutzte er das Kletterseil, das wir mit aufs Plateau genommen hatten. Es war über dreißig Meter lang, zwar dünn, aber fest. Er hatte eine Art Ledernetz angefertigt, an dem zahlreiche Riemen befestigt waren. Dieses Netz legte er auf die Kuppe des Ballons und band die Riemen unten zusammen, so daß der durch die Last entstehende Druck sich auf eine größere Oberfläche verteilte. Dann wurde der Basaltbrocken an den Riemen festgebunden. Das freie Ende des Seils wickelte der

Professor sich mehrmals um den Arm. „Ich will Ihnen nun", sagte Challenger mit einem Lächeln voll freudiger Erwartung, „die Tragkraft meines Ballons demonstrieren." Während er dies sagte, trennte er mit einem Messer die zahlreichen Ankertaue durch.

Die prall gefüllte Membrane schoß mit großer Geschwindigkeit in die Luft. Im gleichen Augenblick wurde Challenger von den Füßen gerissen und mit hochgezogen. Ich hatte eben noch Zeit, meine Arme um seine nach oben entschwindende Taille zu schlingen, da wurde auch ich schon in die Lüfte entführt. Lord John packte mich mit hartem Griff um die Beine. Aber ich fühlte, daß auch er schon den Boden unter den Füßen verlor. Für einen Augenblick sah ich vor meinem inneren Auge schon vier Entdecker wie eine Wurstkette über das Land dahinsegeln, das sie erforscht hatten. Aber zum Glück hatte wenigstens die Tragfähigkeit des Seiles seine Grenze, wenn auch offenbar die Antriebskräfte dieser höllischen Maschine unendlich waren. Es gab einen scharfen Knall, und wir lagen miteinander unter Seilschlingen auf dem Boden. Als wir uns wieder aufrappelten, sahen wir weit oben am tiefblauen Himmel einen schwarzen Fleck, wo der Basaltbrocken dahinschwebte.

„Großartig!" rief der unverwüstliche Challenger und rieb sich seinen zerschundenen Arm. „Eine gründliche und befriedigende Demonstration! Einen derartigen Erfolg konnte ich nicht erhoffen. Meine Herren, ich verspreche Ihnen, daß in einer Woche der nächste Ballon fertiggestellt ist und daß Sie fest darauf rechnen dürfen, in ihm den ersten Abschnitt unserer Heimreise sicher und bequem zurückzulegen."

Bis hierhin habe ich jedes der Ereignisse sofort anschließend aufgeschrieben. Jetzt beende ich meinen Bericht im alten Lager, wo Zambo so lange auf uns gewartet hat. Inzwischen haben wir alle unsere Nöte und Gefahren wie einen Traum auf der Höhe jener rötlichen Felsen zurückgelassen, die sich jetzt wieder hoch vor uns auftürmen. Wir sind heil und sicher – wenn auch auf eine ganz unerwartete Weise – nach unten gelangt. In sechs bis acht Wochen werden wir wieder in London sein.

Noch am selben Abend nach unserem gefährlichen Abenteuer mit Challengers Ballon trat die Wende in unserem Schicksal ein. Ich sagte bereits, daß die einzige Person, die uns bei unseren Ausbruchsversuchen Mitgefühl gezeigt hatte, der junge Häuptling war. Er allein wünschte nicht, uns gegen unseren Willen festzuhalten. In seiner ausdrucksvollen Zeichensprache hatte er uns das deutlich zu verstehen gegeben. An diesem Abend kam er zu unserem kleinen Lager herunter, drückte mir eine kleine Rolle aus Baumrinde in die Hand, wies dann bedeutungsvoll auf die Reihe von Höhlen über uns, legte den Finger auf die Lippen zum Zeichen, daß wir nichts verraten sollten, und schlich sich wieder zurück.

Ich trug das Stück Rinde an unser Feuer, in dessen Licht wir es gemeinsam betrachteten. Es war ungefähr einen Fuß lang und breit, und auf der Innenseite befand sich eine auffällige Anordnung von Linien, die ich hier wiedergebe:

Sie waren sauber mit Holzkohle auf die weiße Oberfläche gezeichnet und erschienen mir wie eine primitive Notenschrift.

„Was das auch sein mag, ich möchte schwören, daß es für uns von Bedeutung ist", sagte ich. „Soviel konnte ich in seinem Gesicht lesen, als er's mir gab."

„Falls wir nicht an einen Spaßmacher geraten sind", gab Summerlee zu bedenken.

„Das ist einwandfrei eine Art Schrift", sagte Challenger.

„Sieht aus wie ein Preisrätsel", bemerkte Lord John, der einen langen Hals machte, um besser sehen zu können. Plötzlich streckte er die Hand aus und griff nach der Zeichnung.

„Donnerwetter!" rief er. „Ich glaube, jetzt habe ich's raus. Sehen Sie mal hier! Wie viele Zeichen stehen auf dieser Rinde? Achtzehn. Nun, wenn man genau überlegt, gibt es auch achtzehn Höhlenöffnungen im Berg über uns."

„Als er mir die Rinde gab, hat er nach oben auf die Höhlenöffnungen gezeigt!" sagte ich.

„Dann ist alles klar. Dies ist ein Grundriß der Höhlen. Achtzehn Stück in einer Reihe, ein paar kurz, ein paar lang, ein paar verzweigt, genau wie wir's selbst gesehen haben. Das Kreuz bezeichnet eine Höhle, die viel tiefer reicht als die anderen."

„Eine, die hindurchführt!" rief ich.

„Ich glaube, unser junger Freund hat das Rätsel gelöst", sagte Challenger. „Wenn die Höhle nicht durch den ganzen Felsen führt, könnte ich nicht verstehen, weshalb dieser Mensch, der uns offenbar wohlgesinnt ist, uns auf sie aufmerksam machen sollte. Wenn sie aber durchgeht und auf der anderen Seite an entsprechender Stelle herauskommt, dann brauchen wir nicht tiefer als dreißig Meter abzusteigen."

„Dreißig Meter!" murrte Summerlee.

„Ach, unser Seil ist ja immer noch über dreißig Meter lang!" rief ich. „Bestimmt können wir hinunterkommen."

„Und wie steht's mit den Indianern in dieser Höhle?" wandte Summerlee ein.

„In den Höhlen über uns wohnen keine Indianer", erklärte ich. „Sie dienen alle nur als Scheunen und Vorratskammern. Warum gehen wir eigentlich nicht gleich hinauf und erkunden das Gelände?"

Es gibt ein trockenes, harziges Holz auf dem Plateau, das von den Indianern als Fackeln benutzt wird. Jeder von uns sammelte sich ein Bündel davon. Dann stiegen wir über unkrautbewachsene Stufen empor zu der Höhle, die auf der Zeichnung markiert war. Wie ich vermutet hatte, war sie leer. Nur eine Anzahl großer Fledermäuse flog um unsere Köpfe, als wir tiefer eindrangen. Da wir nicht die Aufmerksamkeit der Indianer erregen durften, stolperten wir zunächst im Dunkeln dahin, bis wir um mehrere Ecken gebogen und schon ein gutes Stück im Innern der Höhle waren. Dann endlich zündeten wir unsere Fackeln an.

Wir sahen einen schönen trockenen Tunnel, dessen glatte graue Wände mit symbolischen Zeichnungen der Eingeborenen bedeckt waren. Ein rundes Dach wölbte sich über uns, und weißer Sand glitzerte unter unseren Füßen. Wir eilten hastig weiter, bis wir, in bitterer Enttäuschung laut aufstöhnend, plötzlich zum Halten gezwungen waren. Vor uns erschien eine glatte Felswand ohne jegliche Lücke oder Spalte, die auch nur einer Maus Durchschlupf geboten hätte. Hier gab es für uns keinen Ausweg. Auch Lord Johns noch so eifriges Suchen brachte keinen Erfolg.

Enttäuscht starrten wir auf dieses unerwartete Hindernis. Hier handelte es sich nicht um die Folge eines Bebens wie bei dem Aufstiegstunnel. Die Wand am Ende des Ganges glich genau den Seitenwänden. Dies war eine Sackgasse und war es schon immer gewesen.

„Macht nichts, meine Freunde", sagte der unermüdliche Challenger. „Mein festes Versprechen auf einen neuen Ballon gilt noch immer."

„Könnten wir nicht in der falschen Höhle sein?" warf ich ein.

„Nein, junger Mann", sagte Lord John, den Finger auf unserer Karte. „Siebzehnte von rechts und zweite von links. Das hier ist ganz klar unsere Höhle."

Ich blickte auf das Zeichen, auf das sein Finger tippte, und stieß plötzlich einen Freudenschrei aus.

„Ich glaube, ich hab's! Kommen Sie! Folgen Sie mir!"

Mit der Fackel in der Hand eilte ich den Weg zurück, den wir eben gekommen waren. „Hier", sagte ich und zeigte auf einige Streichhölzer auf dem Boden, „haben wir unsere Fackeln angezündet."

„Stimmt."

„Nun, nach der Zeichnung ist das hier eine verzweigte Höhle. Wir sind im Dunkeln an der Gabelung vorbeigelaufen, bevor unsere Fakkeln brannten. In unserer jetzigen Richtung müßten wir rechts den längeren Arm finden."

Es war, wie ich gesagt hatte. Keine dreißig Meter weiter tat sich eine große schwarze Öffnung in der Wand vor uns auf. Dort entlang eilten wir viele hundert Meter weit, atemlos vor Ungeduld. Dann sahen wir auf einmal in dem schwarzen Gewölbe vor uns einen dunkelroten Lichtschimmer. Überrascht blickten wir dorthin. Eine glühende Fläche schien den Tunnel zu kreuzen und uns den Weg zu versperren. Wir hasteten darauf zu. Kein Laut, keine Wärme, keine Bewegung ging davon aus. Aber immer heller glühte der große leuchtende Vorhang vor uns, tauchte die Höhle in Silberlicht und verwandelte den Sand in Diamantenstaub, bis wir schließlich an der hellen Fläche beim Näherkommen einen runden Rand erkannten.

„Donnerwetter, das ist der Mond!" schrie Lord John. „Wir sind durch, Jungs! Wir sind durch!"

Es war tatsächlich der Vollmond, der gerade durch die Öffnung hereinschien, die auf die Felsen hinausführte. Wir fanden nur einen schmalen Spalt, nicht größer als ein Fenster; aber für unsere Zwecke genügte er vollkommen. Als wir den Kopf hindurchsteckten, konnten wir sehen, daß der Abstieg nicht sehr schwierig war und daß der ebene Boden nicht allzu tief unter uns lag. Es war kein Wunder, daß wir diese Stelle von unten nicht bemerkt hatten; denn die Felsen wölbten sich darüber stark nach außen vor. Ein Aufstieg mußte hier ganz unmöglich und eine nähere Inspektion sinnlos erscheinen.

Wir vergewisserten uns, daß wir mit Hilfe unseres Seils einen Weg nach unten finden konnten, und kehrten dann glückstrahlend zu unserem Lager zurück, um unsere Vorkehrungen für den nächsten Abend zu treffen.

Was wir vorhatten, mußte schnell und heimlich geschehen, denn auch in dieser letzten Stunde konnten die Indianer uns immer noch an unserem Vorhaben hindern. Unsere Vorräte wollten wir zurücklassen bis auf unsere Gewehre und Patronen.

Aber Challenger hatte einige ungefüge Gepäckstücke, die er unbedingt mitnehmen wollte. Vor allem ein bestimmtes Paket, das uns mehr Arbeit bereitete als alles andere. Dieser Tag wollte nur sehr langsam vergehen. Bei Einbruch der Dunkelheit waren wir reisefertig. Mit vieler Mühe schafften wir unsere Sachen die Treppen hinauf und wandten uns dann zurück, um zum Abschied noch einen letzten langen Blick auf dieses seltsame Land zu werfen. Auf dieses Land, das schon bald von Jägern und Schatzsuchern überlaufen sein wird, für uns aber immer ein Traumland voller Zauber und Romantik bleiben wird.

In diesem Land haben wir viel gelitten, viel gewagt und viel gelernt. „Unser Land" werden wir es immer liebevoll nennen. Links von uns entsandte jede der benachbarten Höhlen ihren warmen roten Feuerschein in die Dunkelheit. Vom Hang unter uns erklangen die lachenden und singenden Stimmen der Indianer. Gegenüber lag der weite Bogen der Wälder, und in der Mitte schimmerte undeutlich der große See, die Heimat der merkwürdigsten Ungeheuer. Während wir so standen und diesen Anblick zum letztenmal in uns aufnahmen, klang ein hoher, wimmernder Schrei durch die Dunkelheit, der Ruf irgendeines unheimlichen Tieres. Das war die Stimme von Maple-White-Land selbst, das uns einen Abschiedsgruß zurief. Wir drehten uns um und verschwanden in der Höhle, die zur Heimat führte.

Zwei Stunden später standen wir mit unseren Paketen und all unserem Besitz draußen am Fuß der Felsen. Bis auf den Transport von Challengers Gepäck hatten wir keinerlei Schwierigkeiten. Wir ließen zunächst alles an der Stelle unseres Abstiegs liegen und brachen sofort zu Zambos Lager auf. Am frühen Morgen kamen wir dort an und fanden zu unserer großen Verwunderung ein Dutzend Feuer in der Ebene. Der Hilfstrupp war angekommen. Er bestand aus zwanzig

Indianern mit Stangen, Seilen und allem, was für die Überbrückung des Abgrundes von Nutzen sein konnte. Jetzt werden wir wenigstens mit dem Transport unseres Gepäcks keine Schwierigkeiten haben, wenn wir morgen unseren Rückweg zum Amazonas antreten.

Und damit beschließe ich in glücklicher und dankbarer Stimmung diesen Bericht. Es ist möglich, daß wir in Para eine Pause einlegen, um uns neue Kleidung zu beschaffen. Falls wir es tun, wird dieser Brief einen Tag vor uns ankommen. Andernfalls ist er am selben Tag wie wir in London. In jedem Fall, mein lieber Mr. McArdle, hoffe ich, Ihnen schon sehr bald die Hand schütteln zu können.

15

ICH möchte an dieser Stelle allen Freunden unseren Dank abstatten für die Unterstützung und Gastfreundschaft, die wir überall auf unserer Rückreise erfuhren. Ganz besonders möchte ich Señor Penalosa sowie den anderen Beamten der brasilianischen Regierung für die großzügigen Maßnahmen danken, mit denen sie unsere Reise erleichtert haben. Vor allem half uns auch Señor Pereira, dank dessen Vorsorge wir bereits bei unserer Ankunft in Para eine komplette Neuausstattung vorfanden und somit in menschenwürdigem Zustand wieder in die zivilisierte Welt zurückkehren konnten. Es muß einen schlechten Eindruck gemacht haben, daß wir unseren Gastgebern und Wohltätern für all ihre Freundlichkeiten keine klaren Auskünfte über die geographische Lage von Maple-White-Land gegeben haben. Aber die Umstände ließen uns keine Wahl. Ich möchte hiermit darauf aufmerksam machen, daß sie nur unnütz Zeit und Geld verschwenden würden, falls sie versuchen sollten, unseren Spuren zu folgen. Sogar die Namen sind in unseren Berichten abgeändert, und ich bin sicher, daß auch bei sorgfältigstem Studium niemand unserem unbekannten Land auch nur auf tausend Kilometer nahe kommen kann.

Wir hatten anfangs die Aufregung, die überall auf unserem Reiseweg durch Südamerika entstand, für örtlich begrenzt gehalten. Unsere Freunde in England mögen versichert sein, daß wir keine Ahnung von dem Aufsehen hatten, das das bloße Gerücht von unseren Erlebnissen in ganz Europa ausgelöst hatte. Erst als die „Ivernia" fünfhundert Meilen vor Southampton stand und uns eine Zeitung und eine Agentur nach der anderen telegrafisch Riesensummen für eine kurze Mitteilung über unsere Erlebnisse boten, wurde uns klar, wie groß das Interesse der gesamten Öffentlichkeit war.

Wir hatten jedoch beschlossen, daß die Presse keinerlei Mitteilungen erhalten sollte, bevor wir mit den Mitgliedern des Zoologischen Instituts zusammengetroffen waren. Als Delegierte fühlten wir uns verpflichtet, unseren ersten Bericht der Versammlung zu erstatten, die uns den Auftrag für unsere Nachforschungen erteilt hatte. Dementsprechend lehnten wir jegliche Auskunft ab, obwohl wir Southampton voller Journalisten vorfanden.

Dies hatte zur Folge, daß sich das öffentliche Interesse um so mehr der Tagung zuwandte, die für den siebten November abends angesetzt wurde. Es stellte sich heraus, daß der Hörsaal des Zoologischen Instituts, der Ausgangspunkt unserer Unternehmung, bei weitem zu klein war. Allein die Queen's Hall in der Regent Street schien genügend Platz zu bieten.

Inzwischen weiß man, daß die Veranstalter es ebensogut mit der Albert Hall hätten versuchen können, die immer noch zu klein gewesen wäre.

Es war der zweite Abend nach unserer Ankunft, für den die große Versammlung festgesetzt war. Zuvor hatte natürlich jeder von uns seine dringendsten persönlichen Angelegenheiten zu regeln. Von meinen kann ich jetzt noch nicht sprechen. Möglicherweise werde ich ruhiger daran denken, wenn ich erst einmal etwas Abstand davon gewonnen habe. Am Beginn dieser Erzählung habe ich dem Leser mitgeteilt, welches die Beweggründe für meine Beteiligung an dieser Reise waren. Es ist daher nur recht und billig, daß ich die Geschichte später fortsetze und über das Ergebnis berichte. Immerhin habe ich den Anstoß zur Teilnahme an diesem wundervollen Abenteuer bekommen und kann letzten Endes der Frau, die mich dazu angetrieben hat, nur dankbar sein.

Und nun komme ich zum letzten und höchst bedeutungsvollen Ereignis, der Krönung unserer Abenteuer. Während ich mir den Kopf zerbrach, wie ich es am besten beschreiben sollte, fiel mein Blick auf die Morgenausgabe meiner eigenen Zeitung vom achten November mit dem ausführlichen und ausgezeichneten Bericht meines Freundes und Kollegen Macdona.

Was kann ich Besseres tun, als diesen Artikel – Überschriften und

Text – einfach abzuschreiben? Ich gebe zu, daß die Zeitung angesichts ihrer eigenen Initiative, einen Korrespondenten mitzuschicken, die Sache etwas überschwenglich behandelt hat. Aber die übrigen großen Tageszeitungen brachten kaum weniger ausführliche Berichte. Hier folgt also Freund Macs Artikel:

DIE NEUE WELT

GROSSE VERSAMMLUNG IN DER QUEEN'S HALL

CHAOTISCHE SZENEN

AUSSERGEWÖHNLICHER ZWISCHENFALL

NÄCHTLICHER AUFLAUF IN DER

REGENT STREET

(Sonderbericht)

Die vieldiskutierte Tagung des Zoologischen Instituts, die einberufen wurde, um den Bericht der Prüfungskommission entgegenzunehmen, die im vergangenen Frühjahr nach Südamerika entsandt wurde, um die Behauptungen Professor Challengers zu überprüfen, fand am vergangenen Abend in der großen Queen's Hall statt. Man darf getrost sagen, daß dieses Datum mit roten Buchstaben in die Geschichte der Wissenschaft eingehen wird; denn der Ablauf gestaltete sich derart bemerkenswert und sensationell, daß keiner der Anwesenden ihn je vergessen wird.

Die Eintrittskarten waren theoretisch auf Mitglieder und deren Freunde beschränkt. Aber letzteres ist ein dehnbarer Begriff. Schon lange vor acht Uhr, der für den Beginn festgesetzten Zeit, waren alle Teile der riesigen Halle gedrängt voll. Die Öffentlichkeit, die es unvernünftigerweise übelnahm, ausgeschlossen zu sein, stürmte nach einem längeren Handgemenge um Viertel vor acht die Eingänge. Hierbei wurden mehrere Personen verletzt, darunter auch Inspektor Scoble von der Ordnungsabteilung, der sich unglücklicherweise ein Bein brach. Nach dieser unverantwortlichen Invasion, die nicht allein alle Gänge vollstopfte, sondern auch vor den für die Presse reservierten Bänken nicht haltmachte, dürften es an die fünftausend Menschen gewesen sein, die das Erscheinen der Forschungsreisenden erwarteten.

Auf dem Podium hatten nicht nur die führenden Wissenschaftler unseres Landes, sondern auch die Frankreichs und Deutschlands

Platz genommen. Schweden war ebenfalls vertreten, und zwar durch Professor Sergius, den berühmten Zoologen von der Universität Uppsala.

Der Eintritt der vier Helden des Tages wurde zum Anlaß einer bemerkenswerten Begrüßungsovation. Die gesamte Zuhörerschaft erhob sich von den Plätzen und jubelte ihnen minutenlang zu. Ein scharfer Beobachter konnte jedoch zwischen dem allgemeinen Applaus auch vereinzelte Mißfallenskundgebungen heraushören und danach voraussagen, daß das Programm einen eher lebhaften als harmonischen Verlauf nehmen würde. Man darf jedoch ruhig behaupten, daß niemand die außerordentliche Wendung hätte voraussehen können, die dann tatsächlich eintreten sollte.

Über die äußere Erscheinung der vier Reisenden erübrigt sich eine längere Beschreibung, da ihre Fotografien in den letzten Tagen durch alle Zeitungen gegangen sind. Sie zeigen kaum Spuren der Entbehrungen, die sie durchgemacht haben sollen. Professor Challengers Bart ist vielleicht struppiger, Professor Summerlees Gesicht noch asketischer und Lord John Roxtons Gestalt etwas hagerer. Alle drei sind tief gebräunt von der Sonne. Jeder einzelne scheint sich bester Gesundheit zu erfreuen. Was unseren eigenen Vertreter betrifft, den wohlbekannten Rugbyspieler E. D. Malone, so wirkt er durchtrainiert bis auf die Knochen, und während er über die Menge hinblickte, erschien ein gutmütig-zufriedenes Lächeln auf seinem ehrlichen, aber einfachen Gesicht. (Warte nur, Mac, bis ich dich einmal allein erwische!)

Nachdem Ruhe eingetreten war und das Publikum seine Plätze wieder eingenommen hatte, hielt der Vorsitzende, der Herzog von Durham, eine Ansprache. Er wolle, sagte er, die große Versammlung keinen Augenblick länger als nötig von dem bevorstehenden Bericht abhalten. Es wäre nicht seine Sache, vorwegzunehmen, was Professor Summerlee, der Sprecher des Komitees, gleich zu sagen habe. Aber so viel sei bereits allgemein bekannt, daß die Expedition von einem außergewöhnlichen Erfolg gekrönt sei (Applaus). Das Zeitalter der Romantik sei anscheinend noch nicht vorbei, und es gebe noch Gefilde, in denen die wildesten Phantasien des Dichters den tatsächlichen wissenschaftlichen Forschungen begegneten. Bevor er sich setze, wolle er nur noch hinzufügen, daß er sich glücklich schätze, daß diese Herren gesund und munter von ihrem schweren und gefährlichen Auftrag zurückgekehrt seien; denn es könne nicht bestritten werden, daß ein unglücklicher Ausgang dieser Expedition für die zoologische Wissenschaft einen nie wiedergutzumachenden Verlust bedeutet hätte. (Allgemeiner Beifall, an dem Professor Challenger sich beteiligte.)

Als Professor Summerlee sich erhob, brach ein neuer Begeisterungssturm los, der während seiner ganzen Ansprache immer wieder laut wurde. Dieser Vortrag wird hier nicht in seinem ganzen Wortlaut wiedergegeben, denn ein ausführlicher Bericht aus der Feder unseres Sonderberichterstatters über den gesamten Verlauf der Expedition befindet sich im Druck. Einige Andeutungen in großen Zügen mögen deshalb jetzt ausreichen.

Professor Summerlee erzählte zunächst die Vorgeschichte und zollte dabei seinem Freund, Professor Challenger, den schuldigen Tribut, verbunden mit einer Entschuldigung wegen der Ungläubigkeit, mit der er zunächst die jetzt voll gerechtfertigten Behauptungen aufgenommen hatte. Dann beschrieb er den Verlauf ihrer Reise, wobei er sorgfältig jegliche Information vermied, die der Öffentlichkeit bei einem Versuch behilflich sein könnte, dieses bemerkenswerte Plateau aufzufinden. Nach einem knappen Bericht über ihren Reiseweg vom Amazonas bis zu dem Zeitpunkt, an dem sie endlich den Fuß der Felsen erreichten, schilderte er die Schwierigkeiten, denen sich die Expedition bei ihren wiederholten Versuchen, nach oben zu gelangen, gegenübersah. Der Erfolg mußte schließlich mit dem Leben ihrer beiden treuen halbblütigen Diener bezahlt werden. (Diese merkwürdige Lesart war das Resultat von Summerlees Bemühungen, auf der Tagung keinerlei heikle Punkte zur Sprache zu bringen.)

Als er so seine Zuhörer im Geist auf den Gipfel geführt und ihnen dort durch den Absturz der Brücke den Rückweg abgeschnitten hatte, ging der Professor dazu über, die Schrecken und die Vorzüge dieses urzeitlichen Landes aufzuzählen. Von persönlichen Erlebnissen sprach er nur wenig, legte aber um so größeres Gewicht auf die Erkenntnisse, die für die Wissenschaft mit der Erforschung des wunderbaren Tier- und Pflanzenlebens auf dem Plateau gewonnen werden konnten. Das Interesse des Publikums konzentrierte sich natürlich auf die größeren Tiere und vor allem auf diejenigen Riesenungeheuer, die man bisher für längst ausgestorben gehalten hatte. Von diesen konnte er eine stattliche Aufzählung geben. Er ließ jedoch keinen Zweifel daran, daß sie noch erheblich verlängert werden könnte, wenn man Gelegenheit zu einer gründlicheren Erforschung des Ortes gehabt hätte.

Er und seine Gefährten wären wenigstens einem Dutzend Lebewesen begegnet, die keiner der gegenwärtig der Wissenschaft bekannten Arten entsprächen. Im Laufe der Zeit würden auch diese klassifiziert und näher untersucht werden. Er führte das Iguanodon und den Pterodactylos an – zwei der ersten überraschenden Begegnungen. Dann versetzte er die Versammlung in atemlose Spannung mit einem kurzen Bericht über die furchtbaren fleischfressenden Dinosaurier, die auch bei mehreren Gelegenheiten Mitglieder der Expedition verfolgt hatten.

Anschließend kam er auf einen riesigen bösartigen Vogel, den Phororachus, zu sprechen sowie auf einen großen Elch, der noch auf diesem Hochland umherstreift. Als er jedoch die Geheimnisse des Gladys-Sees schilderte, erreichten Interesse und Begeisterung der Zuhörer ihren Höhepunkt. Man kniff sich unwillkürlich in den Arm, um sich zu vergewissern, daß man nicht träumte, als dieser nüchterne und sachliche Professor in kühlen, abgemessenen Worten die ungeheuren Fischechsen und die riesigen Seeschlangen beschrieb, die dieses Gewässer bevölkern.

Als nächstes sprach er über die Indianer und die einmalige Kolonie menschenähnlicher Affen, die man als Weiterentwicklung des Pithekanthropus von Java betrachten könne und die mehr als irgendeine bisher bekannte Form jener hypothetischen Konstruktion, dem „fehlenden Glied", entsprächen. Schließlich erwähnte er unter allgemeiner Heiterkeit die geniale, aber recht gefährliche aeronautische Erfindung von Professor Challenger und beschloß seinen denkwürdigen Vortrag mit einem Bericht darüber, wie das Komitee endlich seinen Weg zurück zur Zivilisation fand.

Man hätte hoffen mögen, daß das Programm hiermit enden würde und daß eine Dank- und Glückwunschadresse, die Professor Sergius von der Universität Uppsala einbrachte, auf allgemeine Zustimmung getroffen wäre. Aber es hatte sich schon gezeigt, daß diesem Abend kein derartig glatter Ablauf beschieden war. Von Zeit zu Zeit hatte sich bereits eine gewisse Opposition bemerkbar gemacht, und jetzt erhob sich Dr. Illingworth aus Edinburgh in der Mitte des Saales. Er fragte an, ob nicht zunächst eine Richtigstellung zu Protokoll genommen werden sollte, bevor eine Entschließung gefaßt würde.

Der Vorsitzende: „Ja, Sir, wenn eine Richtigstellung nötig sein sollte."

Dr. Illingworth: „Euer Gnaden, eine Richtigstellung ist durchaus erforderlich."

Der Vorsitzende: „Dann wollen wir sie aufnehmen."

Professor Summerlee (aufspringend): „Darf ich darauf aufmerksam machen, Euer Gnaden, daß dieser Mann seit unserer Kontroverse im ‚Vierteljährlichen Journal der Naturwissenschaft' über die wahre Natur des Bathybius mein persönlicher Feind ist?"

Der Vorsitzende: „Ich fürchte, daß ich persönliche Gesichtspunkte hier nicht berücksichtigen kann. Fahren Sie fort!"

Ein Teil von Dr. Illingworth' Bemerkungen war infolge anhaltender Störungen durch die Parteigänger der Forschungsreisenden sehr unvollkommen zu verstehen. Auch wurde wiederholt versucht, ihn auf seinen Sitz herunterzuziehen. Da er jedoch ein Mann von enormen Körperkräften ist und über eine gewaltige Stimme verfügt, übertönte er den Tumult und brachte seine Rede zu Ende. Seit dem Augenblick, in dem er sich erhoben hatte, war es klar, daß er eine Anzahl Freunde und Gleichgesinnter im Saal hatte, wenn sie auch eine Minderheit unter den Zuhörern bildeten. Der größere Teil des Publikums nahm eine Haltung abwartender Neutralität ein.

Dr. Illingworth begann seine Ausführungen damit, daß er den wissenschaftlichen Leistungen von Professor Challenger und auch von Professor Summerlee seine höchste Anerkennung aussprach. Er bedauerte es außerordentlich, falls irgendwelche persönlichen Hintergedanken bei seinen Einwänden vermutet würden, die doch allein von seinem brennenden Verlangen nach wissenschaftlicher Wahrheit bestimmt wären. Und in der Tat entspräche seine Position in allen Punkten derjenigen, die Professor Summerlee auf der letzten Tagung eingenommen hätte. Auf jener letzten Zusammenkunft hätte Professor Challenger einige Behauptungen aufgestellt, die von seinem Kollegen bestritten wurden. Jetzt wiederhole dieser gleiche Kollege Challengers Behauptungen in der Erwartung, daß niemand ihnen widerspreche. Sei das vernünftig? („Ja", „Nein", und anhaltende Störungen, während deren Professor Challenger den Vorsitzenden um Erlaubnis bat, Dr. Illingworth auf die Straße zu setzen.)

Beim letzten Mal habe ein Mann unglaubwürdige Dinge erzählt. Jetzt behaupteten vier Männer noch haarsträubendere Sachen. Dürfte das als endgültiger Beweis gelten, zumal doch die betreffenden Angaben von revolutionierender und äußerst fragwürdiger Art seien? Es gäbe leider Beispiele genug dafür, daß Reisende, die aus unbekannten Gegenden mit merkwürdigen Geschichten zurückgekehrt seien, nur allzu bereitwillig Glauben gefunden hätten. Wollte sich das Zoologische Institut in eine derartige Lage bringen lassen? Er gäbe gern zu, daß die Mitglieder des Komitees durchweg charaktervolle Männer seien. Die menschliche Natur jedoch sei sehr vielschichtig, und auch ein Professor sei gegen Ruhmsucht nicht immun. Großwildjäger wollten sich gern in der angenehmen Lage sehen, das Jägerlatein ihrer Rivalen zu überbieten, und Journalisten seien Sensationsberichten keineswegs abhold, auch wenn dabei die Phantasie den Tatsachen nachhelfen müßte. Jedes Mitglied des Komitees hätte also gewichtige persönliche Motive, das Resultat nach Möglichkeit aufzubauschen. („Unerhört! Unerhört!")

Er habe keineswegs die Absicht, jemandem zu nahe zu treten. („Das tun Sie aber!") Das Beweismaterial für diese wunderlichen Geschichten sei aber in der Tat recht mager. Worauf liefe es hinaus? Auf ein paar Fotografien. Sei es denn vorstellbar, daß in dieser Zeit der geschicktesten Manipulationen Fotografien als Beweise anerkannt würden? Was gäbe es sonst noch? Wir hätten eine Geschichte über eine Flucht und einen Abstieg am Seil gehört, wodurch die Mitnahme größerer Exemplare ausgeschlossen worden sei. Recht hübsch ausgedacht, aber nicht sehr überzeugend.

Lord John Roxton: „Will dieser Kerl damit sagen, daß ich lüge?" (Tumult.)

Der Vorsitzende: „Ruhe, bitte! Ruhe! Dr. Illingworth, ich muß Sie bitten, Ihre Ausführungen abzuschließen und den Antrag für Ihre Richtigstellung zu formulieren."

Dr. Illingworth: „Euer Gnaden, ich hätte zwar noch mehr zu sagen, aber ich muß mich Ihrer Anordnung fügen. Ich beantrage also, daß Professor Summerlee für seinen interessanten Vortrag der Dank des Zoologischen Instituts ausgesprochen wird, die ganze Angelegenheit jedoch als ‚unbewiesen' angesehen und erneut an ein größeres und womöglich auch zuverlässigeres Prüfungskomitee übertragen wird."

Es fällt nicht leicht, das Durcheinander zu beschreiben, das dieser Antrag auslöste. Ein großer Teil der Zuhörer brachte seinen Unwillen über eine derartige Verunglimpfung der Reisenden durch lärmende

Zwischenrufe und Schreie wie „Nicht aufschreiben!“, „Zurücknehmen!“, „Schmeißt ihn raus!“ zum Ausdruck. Die Skeptiker andererseits – und es läßt sich nicht bestreiten, daß sie doch recht zahlreich waren – stimmten der Richtigstellung mit Rufen wie „Ruhe!“, „Hinsetzen!“ zu. In den Hinterbänken kam es zu einem Handgemenge, und es setzte Schläge unter den Medizinstudenten, die diesen Teil der Halle besetzt hatten. Allein der mäßigende Einfluß der zahlreich anwesenden Damen verhütete ein völliges Chaos.

Plötzlich jedoch gab es in dem allgemeinen Lärm eine Unterbrechung, eine Atempause und darauf absolute Stille. Professor Challenger war aufgestanden. Seine Erscheinung und sein Auftreten übten einen eigentümlichen Zwang aus, und als er die Hand hob, um Ruhe zu gebieten, saß das ganze Publikum erwartungsvoll da, ihn anzuhören.

„Viele der Anwesenden werden sich noch erinnern“, sagte Professor Challenger, „daß sich ähnlich dumme und unmanierliche Szenen während der letzten Versammlung, auf der ich sprach, zugetragen haben. Damals war Professor Summerlee der Hauptübeltäter. Heute habe ich nun ähnliche, aber noch beleidigendere Äußerungen von jener Person, die sich soeben gesetzt hat, anhören müssen. Obwohl es ein erhebliches Ausmaß an Selbstverleugnung erfordert, will ich versuchen, auf das geistige Niveau dieser Person hinabzusteigen, um auch den letzten Zweifel zu zerstreuen, der möglicherweise noch bei irgend jemand bestehen könnte.“ (Gelächter und Störungen.)

„Ich brauche in diesem Kreise nicht besonders daran zu erinnern, daß immer noch ich es bin, der den ersten Anstoß gegeben hat, obwohl Professor Summerlee als Leiter des Untersuchungskomitees heute abend den Vortrag gehalten hat. Jeglicher Erfolg ist in der Hauptsache mir zu verdanken. Ich habe diese drei Herren sicher an die bezeichnete Stelle geführt, und ich habe sie, wie Sie gehört haben, von der Genauigkeit meiner früheren Angaben überzeugt. Wir hatten gehofft, bei unserer Rückkehr feststellen zu können, daß niemand mehr so beschränkt sei, unseren gemeinsamen Bericht zu bezweifeln. Da ich jedoch durch meine früheren Erfahrungen gewarnt war, bin ich nicht ohne Beweise, die jeden vernünftigen Menschen überzeugen müssen, hierhergekommen.

Wie Professor Summerlee schon erklärt hat, wurden unsere Kameras von den Affenmenschen beschädigt, als sie unser Lager durchstöberten, und die meisten unserer Negative sind bei dieser Gelegenheit zerstört worden." (Pfiffe, höhnisches Gelächter und „Noch so 'n Witz!" aus dem Hintergrund.) „Ich sprach von den Affenmenschen, und ich kann nicht verhehlen, daß einige der Geräusche, die im Augenblick an meine Ohren dringen, mich sehr lebhaft an diese interessanten Kreaturen erinnern." (Gelächter.) „Trotz der Zerstörung so vieler unersetzlicher Negative befindet sich noch eine ganze Anzahl beweiskräftiger Fotografien in unserem Besitz, die die Lebensverhältnisse auf dem Plateau zeigen. Will man uns etwa beschuldigen, diese Fotografien gefälscht zu haben?" (Eine Stimme: „Ja!" Mehrere Leute wurden aus dem Saal gewiesen.) „Die Negative sind von Sachverständigen überprüft worden. Aber welche anderen Beweise haben wir noch? Unter den Bedingungen unseres Abstiegs war es natürlich unmöglich, eine größere Menge Gepäck mitzunehmen. Aber wir haben Professor Summerlees Schmetterlings- und Käfersammlung gerettet, die zahlreiche neue Arten enthält. Ist das kein Beweis?" (Ein paar Stimmen: „Nein!") „Wer sagt da ‚Nein'?"

Dr. Illingworth (steht auf): „Wir glauben, daß eine derartige Sammlung auch an jedem anderen Ort zusammengestellt werden kann."

Professor Challenger: „Ohne Zweifel, Sir, wir müssen uns vor Ihrer wissenschaftlichen Autorität verneigen, obwohl ich zugebe, daß Ihr Name unbekannt ist. Wenn wir also die Fotografien und die Insektensammlung beiseite lassen, so komme ich jetzt zu den verschiedenen und ausführlichen Informationen, die wir zu Problemen liefern können, die noch nie zuvor geklärt wurden. Beispielsweise über die Lebensgewohnheiten des Pterodactylos ..." (Eine Stimme: „Quatsch!" und Tumult.) „Ich behaupte, daß wir ein klares Bild von den Lebensgewohnheiten des Pterodactylos vermitteln können. Ich werde Ihnen ein Bild dieser Kreatur zeigen, das ich in der Brieftasche habe und das Sie überzeugt ..."

Dr. Illingworth: „Kein Bild könnte mich von irgend etwas überzeugen."

Professor Challenger: „Sie bestehen darauf, das Tier selbst zu sehen?"

Dr. Illingworth: „Zweifellos."

Professor Challenger: „Und das würden Sie akzeptieren?"

Dr. Illingworth (lachend): „Ohne jeden Zweifel."

Jetzt bahnte sich die Sensation des Abends an – eine dramatische

Zuspitzung, für die es in der Geschichte wissenschaftlicher Tagungen keine Parallele gibt. Professor Challenger gab mit der Hand ein Zeichen. Unverzüglich sah man unseren Mitarbeiter, Mr. Malone, sich erheben und in den Hintergrund des Podiums treten. Einen Augenblick darauf kam er in Begleitung eines riesigen schwarzhäutigen Mannes wieder nach vorn. Die beiden schleppten gemeinsam eine große rechteckige Kiste. Sie wurde behutsam vor dem Stuhl des Professors zu Boden gesetzt.

Jeglicher Laut im Saal erstarb, und jeder stand im Banne des Schauspiels, das vor aller Augen stattfand. Professor Challenger nahm den Schiebedeckel ab. Er blickte in die Kiste hinein, schnalzte mehrmals mit den Fingern und sagte mit lockender Stimme: „Komm schon, mein Kleines, mein hübsches Tierchen!"

Einen Moment später erschien mit kratzendem, rasselndem Geräusch eine unbeschreiblich abscheuliche Kreatur und hockte sich auf den Rand der Kiste. Die Zuschauer saßen da wie versteinert. Das Gesicht dieses Untiers glich dem wüstesten Wasserspeier, den die Phantasie eines mittelalterlichen Baumeisters sich ausgedacht haben konnte. Es war bösartig und schrecklich, mit zwei kleinen Augen, die wie brennende Kohlestücke glühten. Sein langer Schnabel, der offenstand, zeigte eine Doppelreihe haifischartiger Zähne. Seine Schultern hielt es vorgebeugt. Um sie herum war etwas gewickelt, was wie ein schmutziger grauer Schal aussah. Es schien der Teufel persönlich zu sein, so, wie wir ihn uns als Kinder vorgestellt haben.

Es gab Unruhe im Publikum. Jemand schrie. Zwei Damen in der ersten Reihe sanken ohnmächtig vom Stuhl. Für einen Augenblick bestand die Gefahr einer allgemeinen Panik. Professor Challenger hob beschwörend die Arme, um die Ruhe wiederherzustellen.

Aber gerade mit dieser Bewegung erschreckte er das Untier an seiner Seite. Plötzlich entfaltete sich sein merkwürdiger Schal, breitete sich aus und entpuppte sich als ein Paar flatternder lederartiger Flügel. Challenger griff nach seinen Beinen, erwischte sie jedoch nicht mehr. Das Tier hatte sich von der Kiste abgestoßen und kreiste langsam in der Queen's Hall herum, mit trockenem, ledernem Klappen seiner drei Meter spannenden Flügel. Ein fauliger, ekelhafter Geruch breitete sich im Raum aus. Die Angstschreie der Leute auf der Galerie, die durch die bedrohliche Nähe dieser glühenden Augen und des mörderischen Schnabels erschreckt waren, reizten das Scheusal.

Schneller und schneller flog es und schlug in blinder Wut gegen Wände und Leuchter.

„Das Fenster! Um Himmels willen, macht das Fenster zu!" brüllte der Professor vom Podium, wo er umhertanzte und die Hände rang.

Ach, seine Warnung kam zu spät! In der nächsten Sekunde hatte die Kreatur, die wie eine riesige Motte in einem Lampenschirm wieder und wieder gegen die Wand stieß, die Öffnung erreicht, ihren gräßlichen Körper hindurchgezwängt – und war fort.

Professor Challenger sank auf seinen Stuhl zurück und schlug die Hände vors Gesicht, während aus dem Publikum ein langer, tiefer Seufzer der Erleichterung aufstieg.

Wie soll man in Worten beschreiben, was sich dann abspielte – wie der ganze Überschwang der Mehrheit und die Reaktion der Minderheit sich zu einer einzigen großen Woge der Begeisterung vereinigten, die vom Hintergrund des Saales nach vorn rollte, stetig an Volumen zunahm, über das Orchester schlug, das Podium überflutete und die vier Helden auf ihrem Kamm davontrug? (Schön gesagt, Mac!) Hatte das Publikum den Forschern bisher keine Gerechtigkeit widerfahren lassen, so machte es jetzt alles im Übermaß wieder gut. Alles war auf den Beinen. Alles lief, schrie und gestikulierte durcheinander. Eine dichte Menge jubelnder Männer umgab die vier Reisenden.

„Hoch! Hoch mit ihnen!" schrien Hunderte von Stimmen. Augenblicklich erschienen vier Gestalten über den Köpfen der Menge. Vergeblich suchten sie sich zu befreien. Sie wurden auf ihrem luftigen Ehrenplatz festgehalten. Selbst wenn man gewollt hätte, wäre es kaum noch möglich gewesen, sie herunterzulassen; so dicht war das Gedränge. „Regent Street! Regent Street!" schrien die Stimmen.

In die Menge kam Bewegung, und der Menschenstrom bewegte sich auf den Ausgang zu, die vier auf den Schultern. Draußen auf der Straße gab es eine außergewöhnliche Szene. Dort wartete eine Versammlung von mindestens hunderttausend Menschen. Die dichtgedrängte Menge reichte vom Oxford Circus bis über das Langham Hotel hinaus. Als die vier Abenteurer hoch über den Köpfen der Massen unter den hellen Bogenlampen vor der Halle erschienen, wurden sie von einem Begeisterungssturm begrüßt. „Ein Triumphzug! Ein Triumphzug!" schrie alles. In einer Phalanx, die die Straßen von einer Seite zur anderen blockierte, setzte sich die Menge in Bewegung durch Regent Street, Pall Mall, St. James Street und Piccadilly. Der gesamte Verkehr im Londoner Stadtzentrum kam zum Erliegen, und zahlreiche Zusammenstöße mit Polizisten und Droschkenkutschern wurden gemeldet. Erst nach Mitternacht wurden die Reisenden schließlich vor dem Eingang zu Lord John Roxtons Wohnung im Albany freigelassen.

Die begeisterte Menge beschloß ihr improvisiertes Programm mit „God save the King".

SOWEIT also mein Freund Macdona. Man kann dies als zuverlässigen, wenn auch blumenreichen Bericht über die Vorgänge bezeichnen. Was das Hauptereignis betrifft, so war es wohl für das Publikum eine Überraschung, nicht aber für uns. Der Leser wird sich erinnern, wie ich Lord John begegnete, als er sich in seiner Schutzkrinoline aufgemacht hatte, um für Professor Challenger das „Teufelsküken", wie er es nannte, zu besorgen. Ich habe ebenfalls die Mühen angedeutet, die das Gepäck des Professors uns bereitete, als wir das Plateau verließen. Bei näherer Beschreibung unserer Rückreise hätte ich auch noch eine Menge über unsere Sorgen zu berichten gehabt, die wir mit dem Appetit unseres unsauberen Gefährten hatten, den wir nur mit verfaulten Fischen füttern konnten.

Wenn ich bisher nicht mehr darüber gesagt habe, so geschah dies natürlich auf ausdrücklichen Wunsch des Professors. Er wollte nicht, daß auch nur das leiseste Gerücht über das unwiderlegbare Argument, das wir mit uns führten, durchsickerte, bevor der geeignete Augenblick gekommen war.

Ein Wort noch zum Schicksal des Londoner Pterodactylos. Eindeutige Gewißheit gibt es in diesem Punkte nicht. Nach der Aussage zweier erschrockener Frauen hatte er auf dem Dach der Queen's Hall gehockt und dort für mehrere Stunden wie ein lebendiges Teufelsbild gesessen. In den Abendzeitungen war am nächsten Tag zu lesen, daß der Soldat Miles vom Coldstream-Garderegiment, der vor dem Marlborough House auf Wache gestanden hatte, wegen unerlaubten Verlassens seines Postens vor das Kriegsgericht gestellt wurde. Seine Entschuldigung, daß er sein Gewehr hingeworfen und die Flucht ergriffen hätte, weil er plötzlich beim Aufblicken den Teufel vor dem Mond dahinfliegen gesehen habe, wurde vom Gericht nicht akzeptiert, könnte aber in direktem Zusammenhang mit unserem Ungeheuer stehen.

Die einzige andere Spur, die ich noch hinzufügen kann, stammt aus dem Logbuch der „Friesland", eines Dampfers der Holland-Amerika-Linie. Sie besagt, daß am nächsten Morgen um neun Uhr, fünfzehn Kilometer vor Start Point, ein seltsames Tier – halb Ziege, halb Fledermaus – beobachtet wurde. Es flog mit erstaunlichem Tempo vorbei und verschwand in südwestlicher Richtung. Wenn sein Heimatinstinkt ihm den richtigen Kurs eingab, besteht kein Zweifel, daß der letzte europäische Pterodactylos irgendwo in den endlosen Weiten des Atlantiks sein Ende gefunden hat.

UND nun zu Gladys, meiner Gladys vom geheimnisvollen See – der nun in Zentralsee umbenannt wird; denn Gladys soll durch mich keine Unsterblichkeit zuteil werden. Hatte ich nicht immer einen grausamen Charakterzug an ihr bemerkt? Hatte ich nicht, sogar zu jener Zeit, als ich noch stolz darauf war, ihrem Geheiß zu folgen, empfunden, daß es doch eine recht armselige Liebe sein mußte, die es fertigbrachte, den Geliebten in den Tod oder doch in tödliche Gefahr zu schicken? Habe ich nicht in meinen geheimsten Gedanken hinter die schöne Fassade ihres Gesichts in ihre Seele geblickt und dort den Zwillingsschatten von Selbstsucht und Unbeständigkeit erkannt? Waren es Heldentum und menschliche Größe an sich, die sie liebte, oder tat sie es nur wegen des Ruhms, der ohne eigene Anstrengung oder Opfer auf sie ausstrahlen sollte? Oder sind diese Gedanken nur Ausdruck der Klugheit, die nach dem Schaden kommt? Es war der Schock meines Lebens. Vorübergehend machte er mich zum Zyniker. Aber jetzt, da ich dies schreibe, ist schon eine Woche vergangen.

Ich will mein Erlebnis mit Gladys in wenigen Worten erzählen. In Southampton erwartete mich weder ein Brief noch ein Telegramm. Ich kam gegen zehn Uhr desselben Abends, halb von Sinnen vor Besorgnis, zu der kleinen Villa in Chestnuts.

War Gladys tot oder krank?

Was blieb übrig von all meinen hochfliegenden Träumen, von den offenen Armen, ihrem lächelnden Gesicht, den Lobesworten für ihren Ritter, der sein Leben für sie gewagt hatte? Ich war von den erhabenen Gipfeln herabgestürzt und stand bescheiden auf dem Erdboden. Aber immer noch hätte eine einleuchtende Erklärung für mich die Wolken wieder zerstreuen können.

Ich stürzte den Gartenpfad hinauf, hämmerte gegen die Tür, hörte drinnen die Stimme von Gladys, drängte mich an dem bestürzten Hausmädchen vorbei und eilte ins Wohnzimmer. Sie saß auf einem niedrigen Sofa neben dem Klavier, im Schein der Stehlampe. Mit drei Schritten war ich bei ihr und ergriff ihre beiden Hände.

„Gladys!" rief ich. „Gladys!"

Sie blickte mit überraschtem Gesicht auf. Irgendwie wirkte sie verändert. Der Ausdruck ihrer Augen, der harte Blick, die verkniffenen Lippen waren mir neu an ihr. Sie entzog mir ihre Hände.

„Was wollen Sie denn?" fragte sie.

„Gladys!" rief ich. „Was ist denn los? Sie sind doch meine Gladys, oder nicht? – Die liebe kleine Gladys Hungerton?"

„Nein", sagte sie, „ich bin Gladys Potts. Ich möchte Sie mit meinem Mann bekannt machen."

Wie absurd es doch im Leben zugeht! Ich fand mich wieder, wie ich mich mechanisch verbeugte und einem kleinen rothaarigen Mann die Hand schüttelte, der sich in den großen Sessel geflegelt hatte. (Einstmals war dieser Platz für mich reserviert gewesen.) Wir nickten und lächelten einander nichtssagend zu.

„Vater läßt uns hier einstweilen wohnen, bis unser Haus fertig ist", erklärte Gladys.

„Ach so", antwortete ich.

„Dann haben Sie also meinen Brief in Para nicht erhalten?"

„Nein, ich habe keinen Brief bekommen."

„Ach, wie schade! Der hätte Ihnen alles erklärt!"

„Es ist ja alles klar", sagte ich.

„Ich habe William alles von Ihnen erzählt", sagte sie. „Wir haben keine Geheimnisse voreinander. Es tut mir ja so leid. Aber schließlich kann es ja bei Ihnen mit der Liebe nicht allzu schlimm gewesen sein, wenn Sie imstande waren, ans andere Ende der Welt zu gehen und mich hier allein zu lassen. Sie sind doch nicht böse, nicht wahr?"

„Nein, nein, ganz und gar nicht. Ich denke, ich gehe jetzt wieder."

„Trinken Sie doch noch etwas", meinte der kleine Mann munter und setzte vertraulich hinzu, „so ist das nun mal, nicht? Muß ja auch so sein, solange wir keine Vielehe haben. Sie verstehen schon." Er lachte wie ein Idiot, während ich der Tür zustrebte.

Ich war schon über die Schwelle, als eine plötzliche Regung mich nochmals zu meinem glücklicheren Nebenbuhler zurücktrieb, der nervös auf den Klingelknopf blickte. „Wollen Sie mir eine Frage beantworten?" fragte ich.

„Ja, wenn sie vernünftig ist", entgegnete er.

„Wie haben Sie's geschafft? Haben Sie einen verborgenen Schatz gefunden oder einen neuen Pol entdeckt, sind Sie längere Zeit auf einem Piratenschiff gefahren oder über den Kanal geflogen oder was sonst? Wo steckt der Zauber der Romantik? Womit haben Sie ihr imponiert?"

Er starrte mich an, mit verständnislosem Ausdruck in seinem leeren, gutmütigen, nichtssagenden Gesicht. „Finden Sie das nicht 'n bißchen zu persönlich?" meinte er schließlich.

„Nur eine Frage noch", rief ich. „Was sind Sie? Was für einen Beruf haben Sie?"

„Ich bin Buchhalter", antwortete er. „Zweiter Mann bei Johnson and Merrivale."

„Gute Nacht!" sagte ich und entschwand, gleich allen Helden, mit gebrochenem Herzen in der Dunkelheit, während Kummer, Wut und ein unbändiger Lachreiz in mir brodelten.

Noch eine letzte kleine Szene, und ich bin fertig. Gestern waren wir in Lord Johns Appartement zum Abendessen eingeladen. Hinterher saßen wir in guter Kameradschaft rauchend beieinander und unterhielten uns über unsere Abenteuer. Es war sonderbar, diese altvertrauten Gesichter in so veränderter Umgebung zu sehen. Da war Challenger mit seinem herablassenden Lächeln, dem unduldsamen Blick, den gesenkten Lidern, seinem angriffslustig gesträubten Bart und seinem gewaltigen Brustkasten, der sich blähte und vorwölbte, während er Summerlee die Meinung sagte. Und Summerlee selbst saß da, die kurze Stummelpfeife zwischen seinem dünnen Schnurrbart und dem grauen Ziegenbart, sein faltiges Gesicht im Eifer des Gefechts vorgebeugt, während er alles, was Challenger sagte, der Reihe nach bestritt. Und endlich war da unser Gastgeber mit seinem kantigen Adlergesicht und den kalten gletscherblauen Augen, aus deren Tiefe Übermut und Humor schimmerten. Das ist das letzte gemeinsame Bild von ihnen, das sich meinem Gedächtnis eingeprägt hat.

Nach dem Abendessen also in Lord Johns Allerheiligstem – dem Zimmer mit der rötlichen Beleuchtung und den unzähligen Trophäen – war es, daß Lord John uns noch etwas zu sagen hatte. Er hatte eine alte Zigarrenkiste aus dem Schrank geholt und vor sich auf den Tisch gestellt.

„Da wäre noch eine Angelegenheit", begann er, „über die ich vielleicht schon eher hätte sprechen sollen. Aber ich wollte erst mal genau wissen, woran ich bin. Hat schließlich keinen Zweck, unnötig Hoffnungen zu wecken, aus denen dann hinterher nichts wird. Aber jetzt haben wir's mit Tatsachen zu tun, nicht mit Hoffnungen. Sie erinnern sich wohl noch an den Tag, als wir die Pterodactylenkolonie im Sumpf entdeckten? Nun, an der Bodenbeschaffenheit fiel mir etwas auf. Vielleicht ist es Ihnen entgangen. Es war ein vulkanischer Trichter mit blauem Ton darin."

Die Professoren nickten zustimmend.

„Bisher habe ich nur an einer einzigen Stelle auf der ganzen Welt einen Krater mit blauem Ton gesehen. Das war bei der großen De-Beers-Diamantenmine bei Kimberley. Vielleicht können Sie jetzt verstehen, daß mir Diamanten im Kopf herumspukten. Ich zimmerte mir also einen Apparat zusammen, der mir die stinkenden Biester vom Leib hielt, und verbrachte dort einen wunderschönen Tag mit der Hacke. Das hier habe ich gefunden."

Er öffnete seine Zigarrenkiste, kippte sie um und schüttete etwa dreißig bis vierzig bohnen- bis haselnußgroße, unansehnliche Steine auf den Tisch.

„Sie meinen vielleicht, ich hätte es Ihnen gleich sagen müssen. Das mag stimmen. Nur wußte ich, daß es für den Unerfahrenen eine Menge Täuschungsmöglichkeiten gibt und daß Steine so groß sein können, wie sie wollen, und trotzdem nicht viel wert sind, wenn Feuer und Konsistenz nicht in Ordnung sind. Darum nahm ich sie erst mal so mit. Am ersten Tag nach der Rückkehr habe ich einen Stein zu einem Juwelier gebracht und ihn gebeten, ihn etwas zu schleifen und zu taxieren." Er zog eine Schachtel aus der Tasche und schüttelte daraus einen funkelnden Diamanten, den schönsten Stein, den ich je gesehen habe.

„Und das ist dabei rausgekommen", sagte er. „Er schätzt das Ganze auf mindestens zweihunderttausend Pfund. Das wird natürlich brüderlich unter uns geteilt. Was anderes kommt überhaupt nicht in Frage. Na, Challenger, was machen Sie jetzt mit Ihren fünfzigtausend?"

„Wenn Sie tatsächlich auf Ihrem großzügigen Angebot bestehen", meinte der Professor, „so würde ich mir einen langgehegten Traum erfüllen und ein privates Museum gründen."

„Und Sie, Summerlee?"

„Ich würde meine Vorlesungen aufgeben und damit Zeit für meine endgültige Klassifizierung der Kalkfossilien finden."

„Ich werde meinen Anteil benutzen", sagte Lord John Roxton, „um eine ordentliche Expedition auszurüsten und mir das liebe alte Plateau noch mal in Ruhe anzusehen. Und Sie, mein Junge, werden Ihren natürlich anlegen, um zu heiraten."

„Im Augenblick noch nicht", sagte ich mit etwas gequältem Lächeln. „Wenn Sie mich haben wollen, würde ich am liebsten mit Ihnen gehen."

Lord John Roxton sagte kein Wort; aber seine gebräunte Hand streckte sich mir über den Tisch entgegen.

Arthur Conan Doyle

In der Regel findet man unter SF-Autoren selten einen Schriftsteller, der zum Ritter geschlagen wurde. *Sir* Arthur Conan Doyle stellt hier gewiß die Ausnahme dar. Am 9. August 1902 wurde der damals dreiundvierzigjährige Schotte in den Adelsstand erhoben: für eine patriotische Schrift, die sich mit dem Burenkrieg in Südafrika von 1899–1902 beschäftigte.

Der Ritterschlag war wohl eine der wenigen Situationen, in der man Sir Arthur nicht schreibend antraf. Dem zweimaligen Ehemann und Vater von sechs Kindern wurde nachgesagt, daß er überall schreiben konnte: im Zug, im Taxi, auf Abendgesellschaften oder während er für Fotografen posierte. Auch in der Wahl seiner Themen zeigte sich Doyle äußerst flexibel. Detektivgeschichten, historische Romane, Science-fiction, Gedichte und Theaterstücke gehörten zu seinem Repertoire.

Doyle, der ursprünglich Medizin studiert hatte, war schon bald zur schreibenden Zunft übergewechselt. Immerhin galt er in den zwanziger Jahren als bestbezahlter Autor der Welt. Seine außergewöhnliche Popularität verdankte der Schotte einem genialen Einfall. 1887 erschuf er den scharfsinnigen Detektiv Sherlock Holmes. Die Nachfrage nach den Holmes-Geschichten, die serienweise im *Strand Magazine* veröffentlicht wurden, war so groß, daß Doyle kaum noch Zeit für andere schriftstellerische Projekte fand. Zunächst versuchte er die drängenden Verleger durch überzogene Preisforderungen abzuschrecken – ohne Erfolg. Schließlich beschloß der geplagte Schriftsteller, den lästig gewordenen Detektiv bei einem letzten Fall umkommen zu lassen. Die Reaktion auf den Tod des Meisterdetektivs glich einer nationalen Katastrophe. Zwanzigtausend treue Leser des *Strand Magazines* kündigten umgehend ihr Abonnement, Geschäftsleute gingen in Trauerkleidung zur Arbeit, und Doyle erhielt zornige Leserbriefe, in denen er als „brutaler, gewissenloser Mensch" beschimpft wurde. Solchermaßen unter Druck gesetzt, sah sich Doyle gezwungen, seinen Helden wiederauferstehen zu lassen. Und noch heute – sechzig Jahre nach dem Tod seines geistigen Vaters – scheint Sherlock Holmes quicklebendig. Immer wieder erhält Holmes Briefe an seine fiktive Adresse in der Baker Street 221 B in London. Eine Ehre, die er übrigens mit dem starrköpfigen Professor George Edward Challenger teilt.

„Maple White Land"

Die geheimnisvolle Welt der Tepui-Tafelberge in Venezuela

„Ich möchte jetzt noch nicht allzuviel sagen ... über die primitiven Tiergestalten und Pflanzenformen, die angeblich überlebt haben, abgekapselt vom Rest der Welt durch mächtige Felswände. Gar nicht schlecht, diese Idee von einer kleinen urzeitlichen Welt, seit Ewigkeiten da oben in den Wolken verloren ..., um eines Tages entdeckt zu werden!“

Mit diesen Worten, die vermutlich den Grundstein legten zu Sir Arthur Conan Doyles Science-fiction-Klassiker „Die vergessene Welt“, warb Everard Im Thurm, der Bürgermeister eines kleinen Ortes in Britisch Guyana, in den siebziger Jahren des vergangenen Jahrhunderts auf Vortragsreisen in Nordamerika für eine Expedition, die ihn in eine der unzugänglichsten Regionen der Erde führen sollte: zu den Tepuis, jenen riesigen, steilwandigen Tafelbergen im Südosten Venezuelas, die seit ihrer Entdeckung nüchternen Wissenschaftlern Rätsel aufgegeben und romantische Zeitgenossen zu den abenteuerlichsten Vermutungen hingerissen hatten.

Unendlich großer, undurchdringlicher Urwald, der von zahllosen Wasserläufen durchzogen wird, verwehrt bis zum heutigen Tag den Zutritt zu den meisten dieser ungeheuren Felsmassive, die mit ihren senkrecht aufsteigenden Wänden die Baumwipfel bis zu zweitausendfünfhundert Meter überragen. Ihr höchster Gipfel, der Pico da Neblina, mißt 3045 Meter, und in der Ausdehnung erreichen manche dieser Tafelberge Flächen von über 700 Quadratkilometern.

Mythische Berge jenseits von Eldorado

Der erste Europäer, der die einzigartige Gebirgslandschaft gesehen haben dürfte, war der Engländer Sir Walter Raleigh, der 1595 auf der Suche nach dem sagenhaften Goldland Eldorado das Orinokogebiet durchstreifte und in seinen Berichten „kristallene Berge mitten im Urwald“ erwähnte. Als eigentlicher Entdecker der Tepuis gilt jedoch der Südamerikaforscher Robert Schomburgk, der auf den Spuren Alexander von Humboldts in Venezuela unterwegs war und 1838 wenn auch vergeblich versuchte, den 2900 Meter hohen Roraima-Tepui zu

„Es war ein grandioser Anblick, etwa hundert dieser riesigen, häßlichen Geschöpfe gleichzeitig über uns zu sehen ... Dann schoß plötzlich ein langer Hals hervor, und ein scharfer Schnabel hackte nach uns ..."
Die Illustration zu dieser spannenden Szene stammt aus der 1912 erschienenen Originalausgabe von Sir Arthur Conan Doyles Science-fiction-Klassiker.

Wie riesige Felstürme überragen die 115 Tepuis den undurchdringlichen Regenwald zwischen Orinoko und Amazonas.

Exotische Miniaturgärten: Auf den Hochflächen der Tafelberge entstand unter extremen klimatischen Bedingungen eine einzigartige Pflanzenwelt.

ersteigen. 1842 unternahm er mit seinem Bruder Richard eine zweite Expedition; die Schilderungen der beiden Deutschen, die auf den für sie unerreichbaren Gipfeln der Tafelberge unbekannte Tier- und Pflanzenarten vermuteten, reizten in späterer Zeit eine Vielzahl von Forschern und Abenteurern, das Geheimnis der Tepuis zu lüften.

Dem reisenden Bürgermeister Everard Im Thurm gelang im November 1884 die Erstbesteigung des Roraima. Von einem tropischen Gewitter überrascht, mußten er und seine beiden Begleiter, der Landvermesser Harry Perkins und ein Orchideensammler namens Siedal, schon nach wenigen Stunden den Rückmarsch antreten. Aber die drei wagemutigen Männer hatten einen kleinen Einblick bekommen in die einzigartige Flora und Fauna, die sich auf den bizarren Granitformationen auf der Hochfläche der Tepuis unter extremen klimatischen Bedingungen – eiskalte Regenschauer wechseln sich ab mit langanhaltendem Nebel und gelegentlichem Sonnenschein – herausgebildet hatte. In ihren urtümlichen Formen erinnerten viele der mitgebrachten Belege an Überbleibsel aus früheren Erdzeitaltern, die – im Einklang mit den Lehren Darwins – in der Isolation überdauert hatten.

„Galapagosinseln“ des Regenwaldes

Auf diese Überlebenstheorie stützte sich auch Sir Arthur Conan Doyle bei der Schilderung von Captain Challengers Erlebnissen mit den angriffslustigen Flugsauriern. Die Idee zu dem Buch war ihm während eines Vortrags gekommen, den Everard Im Thurm in England hielt. Auch die Lektüre der Reiseberichte der Gebrüder Schomburgk sowie die Freundschaft mit dem Paläontologen Ray Lankester, dem Ausgrabungen von Sauriern gelungen waren, gaben dem Schrift-

„Heureka!“ rief Professor Challenger. „Das Problem ist gelöst!“

„Sie haben einen Weg nach oben gefunden?“

Als Antwort wies er auf die kirchturmartige Zinne zu unserer Rechten.

Erstaunliche Übereinstimmung: Links Illustration aus der Originalausgabe von „Die vergessene Welt“, rechts eine Fotografie des „Geo“-Redakteurs Uwe George, die am Kukenam-Tepui entstanden ist.

Golden leuchten die Steilwände mancher Felsriesen in der Sonne. Waren sie Wegweiser bei der Suche nach Eldorado?

steller entscheidende Anregungen für die fiktive Ausgestaltung von „Maple White Land“, das in seinem Roman ein Refugium für längst ausgestorben geglaubte Kreaturen darstellt und in der Wirklichkeit manche Gemeinsamkeit mit dem Roraima und dem 2700 Meter hohen Kukenam-Tepui aufweist. Zwar fanden wissenschaftliche Expeditionen weder dort noch auf den anderen Tafelbergen Hinweise auf ein Vorkommen fossiler Tierarten, doch gelten die Tepuis mit ihren eigenartigen Lebensformen heute als ökologische Einmaligkeit, als eine Art Galapagosinseln des südamerikanischen Regenwalds.

Die letzten weißen Flecken auf der Landkarte der Erde

„Haus der Götter“ bedeutet das Wort Tepui in der Indianersprache. Trotz des Einsatzes von Hubschraubern, die die hohen Wände bezwingbar machen, die bisher ihre Wohnung geschützt hatten, scheint

Bislang einziger Vorposten des Tourismus: Bungalowdorf Canaima bei den Sapo-Fällen am Fuß des Auyan-Tepui

Bizarre Felsformationen auf einer der Tepui-Hochflächen, deren Erforschung noch mehrere Jahrzehnte in Anspruch nehmen wird

es, als könnten die alten Indianergötter manche ihrer Geheimnisse auch bis ins nächste Jahrtausend bewahren. Tourismus gibt es lediglich im Umkreis des Bungalowdorfs Canaima, wo eine begrenzte Anzahl von Reisenden den Salto Angel bestaunen kann, der vom Auyan-Tepui in die Tiefe stürzt und mit 1050 Meter Höhe als der höchste Wasserfall der Erde gilt. Das sehr dünn besiedelte Gebiet, auf dem sich die übrigen 114 Tepuis verteilen, wurde von der Regierung als Naturpark ausgewiesen; es ist doppelt so groß wie die Bundesrepublik Deutschland und darf nur unter strengen Auflagen betreten werden.

Lediglich ein Dutzend Tepuis sind erforscht. Die Mehrzahl der Tafelberge ist bis heute unberührt, und von manchen existieren nur Radaraufnahmen, da sie sich meistens unter einer dicken Wolkenschicht versteckt halten.

Aufsehen erregten in den letzten Jahren die Veröffentlichungen des „Geo“-Redakteurs Uwe George, der mehrere Expeditionen unter der

Leitung des Venezolaners Charles Brewer Carias in das Gebiet der Tepuis begleitete. Das von der deutschen Zeitschrift unterstützte Team erforschte in mühevoller Kleinarbeit die einzigartige Tier- und Pflanzenwelt der Hochplateaus. Allein am Cerro de la Neblina sammelten die Wissenschaftler 14 000 Pflanzenbelege, 10 000 Schmetterlinge und 150 000 Gliedertiere, Spinnen und Skorpione. Das mitgebrachte botanische Material – Bromelien, Orchideen und fleischfressende Sonnenamphoren – wog vierzehn Tonnen!

Lebende Saurier?

Verborgen blieben den Forschern jedoch die Geheimnisse der „Simas", der unendlich tiefen Löcher in der Oberfläche der Tepuis. Hausen dort, in diesen unergründlichen, schlotartigen Höhlen, womöglich doch noch ein paar Saurier?

Alexander Laime, ein Einwanderer aus Lettland, der seit vierzig Jahren am Fuß des Auyan-Tepuis lebt, hat welche gesehen. Sie seien schwanzlos und nicht besonders groß, behauptet er, etwa so wie Robben mit einem ungewöhnlich langen Hals. Hirngespinste eines wunderlichen alten Mannes, in dessen schiefem Bücherregal auch ein Exemplar der „Vergessenen Welt" steht?

Vielleicht. Immerhin ist zu bedenken, daß die Männer der „Geo"-Expedition bei ihren Streifzügen auf Schritt und Tritt neuen Tierarten begegneten; beispielsweise entdeckten sie täglich im Durchschnitt etwa sieben unbekannte Schmetterlingsarten. Noch größer war ihre Ausbeute bei den Pflanzen, deren wissenschaftliche Auswertung Jahrzehnte in Anspruch nehmen wird. So sagte einer der Forscher beim Abschluß der Expedition: „Viele der Experten, die das gesammelte Material studieren und klassifizieren werden, sind noch gar nicht geboren."

ES GESCHAH AM TAGE X
(The Midwich Cuckoos)
© 1957 by John Wyndham
© für die deutsche Ausgabe:
Suhrkamp Verlag, Frankfurt
© für die deutsche Übersetzung:
Wilhelm Heyne Verlag, München 1970
Eine neue Übersetzung wird voraussichtlich 1991 im
Suhrkamp Verlag erscheinen.

DIE VERGESSENE WELT
(The Professor Challenger Stories – The Lost World)
© 1976 by André Milos
© für die deutsche Ausgabe:
Arena Verlag GmbH, Würzburg 1978
© für die deutsche Neubearbeitung:
Verlag DAS BESTE GmbH, Stuttgart 1990

Illustrierter Anhang:
„Maple White Land"
Die geheimnisvolle Welt der Tepui-Tafelberge in Venezuela
Ein Artikel von Christof Schmid-Flemmig
© für die Fotos und Illustrationen:
S. 340/341, 344, 345, 347, 348 und 350: Uwe George;
S. 343 und 346: Strand Magazine; S. 349: Christof Schmid-Flemmig

© für die Umschlagillustration:
The Image Bank/Ellen Schuster